黑色之書

諾貝爾文學獎得主
帕慕克

李佳姍——譯

Orhan Pamuk
Kara Kitap

目次

第二部

推薦序——文字與身分之謎

文／蔡素芬

帕慕克的作品一向擅長糅合歷史素材和現代文化元素，交織出一片綺思炫然的精神追尋內容，在他龐大迷人的敘述體系下，不斷撞擊一個人最內在的情感和思考，沉重如鐵，回聲鏗然。

土耳其地處歐亞銜接的橋梁，那裡東方與西方交融，受到基督教文化與伊斯蘭文化洗禮，現代與傳統並存，歷經古羅馬、拜占庭、鄂圖曼帝國的統治，這塊古老的土地上五千年歷史的紛擾與其累積的繁複文化認知，使土耳其的文化內容深具魅力。帕慕克身處這樣一個國度，耙理精神的思緒，迴繞伊斯坦堡，自覺必須書寫自己的城市，讓它在世界文學有位置，一如透過喬伊斯讀都柏林，透過狄更斯讀倫敦，他企圖讓城市因為它的歷史與文化的層層面向，以文字的力量被世人認知，從而作家也可以獲得定位。

不管作家如何以國家、歷史、文化、宗教為題材，都得回到藝術書寫的技藝，吸引我們把一本書讀下去的，是作者獨特於眾人的書寫藝術。《黑色之書》以偵探推理的方式開展一個尋找文字與身分的過程，這過程裡羅織許多歷史、宗教、人性的認知，包含幽微感人的愛情，隱喻書寫的行為和影響力，逐漸歸向生命的提問：一個人一旦有了閱讀行為，他還是不是自己？人們透過閱讀，也可能成為別人，那位書寫的卡利普，因嫻熟專欄作家耶拉的文風，深入耶拉的思想，成為他的替身，扮演耶拉，電話中的瑪哈姆也可以因了解耶拉而成為耶拉。帕慕克觸及思想的侵入性與書寫的態度等辨證，耶拉以專欄文章成為眾人精神的依賴，帕慕克多次把他置放在他即是救世主的質疑，暗示書寫的影響力是思想信仰的主宰，解開書寫的意涵又是一場需各人領悟的文字之謎。文字難解，因為其中可能隱含了動人的真誠力量、虛偽的矯情、隱藏的狡詐、觀察角度的質疑，在細心剖析體會的過程，可能迷失自己，也可能成為那個書寫的人。

猶如作家可能是多名作家的綜合體，帕慕克可能是波赫士，可能是尤瑟娜，可能是已列在經典文學作者中的某一位或眾人的投影。描寫居住在城市之心公寓這家人的生活細節，彷若普魯斯特書寫在貢布雷外祖父母家的形影情景，第十五章卡利普藉老記者的故事與普魯斯特推心置腹，普魯斯特彷彿回魂，魅影幢幢藉由記憶的氣味，細細堆砌出盪人心絃的故事。

小說最終回到對書寫的信仰，卡利普關於亡妻魯雅的一切，只剩下《黑色之書》，用魯雅喜歡閱讀的偵探小說形式書寫，卻絕對不同於魯雅所讀的那些外國偵探小說，魯雅卻讀不到了，卡利普從書寫得到慰藉，在終書探討書寫後，作者仍說只有書寫，只有書寫才是唯一的慰藉。從帕慕克文字刻劃的用力與深刻，可以想見這個浸潤在文字與思考中的作家，如何反省與質疑書寫行為，卻又頌揚書寫，這和柯慈在《伊莉莎白．卡斯特洛》中形容書寫的耗精費神略有同義，不禁令人慨然，因為書寫之困難，得以見書寫之偉大。如何看待閱讀，解開文字對自身的迷惑，聰明的讀者，愚昧的讀者，讀過這本睿智的小說後，心底應有迴盪的聲音在叩問。

（本文寫於二〇〇七年，作者為作家）

黑色之書

獻給艾琳（Aylin）

伊本·阿拉比曾經信誓旦旦地提起，他的一位聖人朋友，靈魂升上了天堂，途中抵達了環繞世界的卡夫山，他觀察到卡夫山本身則被一條蛇所包圍。如今，眾人都知道世界上其實並沒有這麼一座環繞世界的山，也沒有那麼一條蛇。

——伊斯蘭百科全書

第一部

1 卡利普第一次見到魯雅

不要引用題詞；它們只會扼殺死作品中的神祕！——阿德利

儘管扼殺神祕；扼殺倡導神祕的假先知！——巴赫替

魯雅在甜蜜而溫暖的黑暗中趴著熟睡，背上蓋一條藍格子棉被，棉被凹凸不平地鋪滿整張床，形成陰暗的山谷和柔軟的藍色山丘。冬日清晨最早的聲響穿透了房間：間歇駛過的輪車和老舊公車；與糕餅師傅合夥的豆奶師傅正將銅罐往人行道上猛敲；共乘小巴站牌前的尖銳哨音。鉛灰色的冬日晨光從深藍色的窗簾滲入房裡。卡利普睡眼惺忪地端詳妻子露出棉被外的臉孔：魯雅的下巴陷入羽毛枕裡。她微彎的眉毛帶有某種如夢似幻的感覺，讓他禁不住好奇，此刻她的腦袋裡正上演著何種美妙的事件。「記憶，」耶拉曾經在他的一篇專欄中寫道，「是座花園。」當時卡利普就曾想到：魯雅的花園，夢境的花園。別想，別想！如果你想，你一定會醋勁大發。然而，卡利普一面研究妻子的眉毛，一面忍不住繼續想。

他想要進入魯雅安穩睡眠中的幽閉花園，探遍裡頭的每一棵柳樹、刺槐，和攀藤玫瑰，或者尷尬地撞見一些面孔：你也在這裡？呃，那麼，你好！除了他預期中的不愉快回憶之外，帶著好奇與痛苦，他也發現一些意料外的男性身影：不好意思，老兄，可是你究竟是在何時何地遇見我太太？怎麼，三年前在你家；阿拉丁店裡賣的外國雜誌中的圖片裡；你們一起上課的中學裡；你倆站著手牽手的電影院休息區裡……不，不，或許魯雅的腦袋沒這麼擁擠也沒這麼殘酷。或許，在她陰暗的記憶花園中，唯一一塊陽光普照的角落裡，魯雅和卡利普很可能正要出發去划船。

魯雅一家人搬回伊斯坦堡後幾個月，卡利普和魯雅都染上了腮腺炎。那陣子，卡利普的母親和魯雅的美麗母親蘇珊伯母，會分別或相偕牽著卡利普和魯雅，帶他們搭乘公車，搖搖晃晃駛過碎石路，到比貝或塔拉巴耶坐小船。那個年代，可怕的是細菌而不是藥物，許多人相信博斯普魯斯海峽的乾淨空氣可以治療腮腺炎。早晨，水面平靜，白色的划艇，划船的總是同一位友善的船夫。母親或伯母總是坐在船尾，魯雅和卡利普則並肩坐在船首，躲在隨著划槳的動作忽高忽低的船夫身後。他們伸出同樣細瘦的腳踝和腳丫子，浸在水裡，下方的海水緩緩流過——海草、柴油引擎漏油所反射出的彩虹、半透明的鵝卵石、以及幾張依然清晰可讀的報紙，他們在報紙上搜尋耶拉的專欄。

卡利普第一次見到魯雅，是在得腮腺炎之前幾個月，他正坐在一張放在餐桌上的矮凳子上，讓理髮師剪頭髮。那段日子裡，留著一臉道格拉斯．凡本克鬍子[1]的高大理髮師，每星期有五天會到家裡來幫爺爺修臉。在那個年代，阿拉伯的店和阿拉丁的店門口買咖啡的隊伍比現在長得多，尼龍布料仍由小販兜售，而雪佛蘭正如雨後春筍般出現在伊斯坦堡街頭，那時卡利普已經上小學了，他會仔細閱讀耶拉用「謝里姆．卡區馬茲」為筆名寫作的專欄，刊登於《民族日報》的第二頁，一星期五次。不過他並非剛開始學讀寫，奶奶早在兩年前就已經教他識字了。他們總是坐在餐桌的一角，奶奶嘴裡叼著從不離口的「寶服」香菸，吞雲吐霧，熏得她孫子眼淚直流，她用嘶啞的聲音揭露字母組合的神奇魔術，煙霧使得拼字書裡異常巨大的馬匹變得更藍又更鮮活。這匹馬的下方標示著「馬」，牠的體型大過其他如跛腳挑水夫和賊拾荒漢的拉車馬等瘦巴巴的馬。卡利普從前常常希望能把魔法藥水倒在拼字書裡這匹健壯的馬身上，讓牠活過來。然而等他進了小學後，學校不准他直接跳讀二年級，而必須從頭學一遍同一本有馬圖的拼字書，那時他才明白，之前的希望只是一個愚蠢的幻想。

假使爺爺真的能夠實現諾言，出門去弄到魔法藥水，裝在石榴色的玻璃瓶裡帶回來，那麼卡利普一定會把藥水倒在別的圖片上，像是布滿灰塵的法文《寫照雜誌》，裡面充滿了第一次世界大戰的齊柏林飛船、汽車、泥濘的屍體；或是梅里伯伯從巴黎和阿爾及爾寄來的明信片；或瓦西夫從《大千世界》裡剪下來的長臂猿哺餵寶寶的照片；還有耶拉從報紙上剪下來的各種奇怪人臉。可是爺爺再也不出門了，甚至連理髮店也不去，他一天到晚待在家裡。雖然如此，他每天還是穿戴整齊，就像以前他出門去店裡一樣：大翻領的舊英國外套，顏色像他星期日臉上的鬍碴一樣是灰色的、西裝褲、鏈釦，和一條爸稱為「官僚領巾」的細領帶，媽總是用法文說「領巾」：她出身於比他上流的家庭。接著，爸媽會談論起爺爺，語氣好像是在講那些年久失修每天都會倒塌的木造房子。談著談著，忘掉了爺爺，有時候他們會彼此提高音量，這時他們會看向卡利普。「你現在上樓去玩。」「我可以坐電梯嗎？」「別讓他一個人坐電梯！」「你不可以一個人坐電梯！」「我可以跟瓦西夫玩嗎？」「不行，他會抓狂！」

事實上，他才不會抓狂。雖然瓦西夫又聾又啞，但他明白我並不是在嘲笑他，只是在玩「祕密通道」。玩法是趴在地上努力爬過床底下，到達洞穴的盡頭，彷彿鑽入公寓建築的黑暗深處，我帶著貓科動物般的小心翼翼，像個軍人似地匍匐穿越自己挖掘的隧道，通往敵人的壕溝。可是其他所有人，除了後來抵達的魯雅之外，都不懂這是怎麼一回事。有時候我和瓦西夫會一起站在窗邊，看電車的軌道。水

1　道格拉斯．凡本克（Douglas Fairbanks, Jr. 1909-2000），活躍於英美的美國好萊塢演員。

泥公寓建築裡的水泥陽臺上，有一扇面向清真寺的窗戶，它是世界的盡頭，而另一扇正對女子中學的窗戶，則是世界的另一個盡頭。兩者之間是警察局、一棵高大的栗樹、街角，和生意興隆的阿拉丁商店。我們望著顧客在店裡進進出出，並互相指認車輛，結果瓦西夫常常會興奮過頭，發出一聲恐怖的咆哮，好像他在睡夢中跟惡魔搏鬥似的，讓我又害怕又難堪。這時，從我們的正後方——爺爺坐在他的絲絨扶手椅上，對面是奶奶，兩個人抽菸抽得好像一對煙囪——我會聽見爺爺向沒在聽他說話的奶奶下結論道：「卡利普又被瓦西夫嚇破膽了。」接著，出於習慣而非真的好奇，他會問我們：「怎樣，你們數了幾臺車？」不過，他們誰也沒專心聽我詳細報告總共有幾臺道奇、派克、迪索托，和新的雪佛蘭。

爺爺和奶奶從早到晚開著收音機，收音機上頭趴著一座狗的小雕像，這隻毛量濃密、怡然自若的狗看起來不像土耳其狗。襯著收音機裡播放的土耳其和西洋音樂、新聞、銀行和古龍水廣告、以及地方樂透，爺爺和奶奶一路瞎扯閒聊。通常他們會抱怨手指間的香菸，好像在談論他們從沒停過而逐漸習慣的牙痛，互相怪罪對方害自己戒不掉。如果其中一個人開始像溺水一樣猛咳起來，另一個則會大聲宣布自己說對了，先是得意洋洋地，接著焦慮惱怒地。不過遲早其中一個會平復下來，生氣地說：「有完沒完呀，看在真主的份上！菸是我唯一的享受！」然後，報紙上的某篇報導會被扯進來：「顯然它們對神經很好。」接著他們或許會沉默一陣子，但這段可以聽見走廊壁鐘滴答聲的寂靜絕不會持續太久。下午當他們一邊翻閱報紙一邊玩比齊克牌時，他們仍然繼續講話。等公寓裡其他人一起吃晚餐聽收音機時，爺爺已經讀完了耶拉的專欄，他會說：「也許如果他們准許他用真名寫專欄的話，他會多花一點腦筋。」「也更像個大人！」奶奶會嘆口氣，臉上擺出真誠的好奇表情，好像她是頭一次問這個她每次都問的問題：「所以，他寫得那麼糟是因為他們不准他用真名發表專欄？還是說，因為他寫得太糟了所以他們不讓他用真名？」「至少，沒人知道他文章裡羞辱的人是我們。」爺爺如此說道，他們兩人時常選擇這麼自我安慰，「反正他用的又不是真名。」「沒人會那麼機靈，」奶奶則會用一種說服不了卡利普的姿態回答：「奇怪了，誰說他的專欄裡講的是我們？」不久之後──耶拉每星期都收到上百封讀者來信，於是他改用自己的顯赫真名，把早期的專欄重新拿出來刊登，只約略更動了幾個字。他的做法，有些人說是因為他的想像力已經耗盡了，或者因為他忙著玩女人和搞政治抽不出時間，或者純粹就只是因為太懶──爺爺會擺出一種二流舞臺演員的矯作和厭煩，重複他之前講過幾百遍的同一句話：「誰會不曉得，我的老天！每個人和他的親朋好友都知道，關於公寓大樓的那篇，講的根本就是這個地方！」這時奶奶才閉上嘴。

大概是在那時候，爺爺開始提到他愈來愈頻繁重複的夢。敘述夢境的時候，他的眼睛閃爍，如同他倆一整天閒聊不休時他講故事的模樣。他說他的夢是藍色的，在奔流不止的靛藍色夢境中，他的頭髮和鬍子一直長、一直長。耐心聽完他的夢後，奶奶會說：「理髮師應該馬上要到了。」可是爺爺並不愛提到理髮師。「話太多，問題太多！」結束了藍夢和理髮師的討論後，有幾次卡利普聽見爺爺低聲喃喃自語：「應該蓋在別的地方，另一棟房子。結果是，這個地方中邪了。」

很久以後，他們搬離了這棟「城市之心公寓」，把房子逐層賣掉。這棟建築就像當地其他同類型的房子一樣，慢慢搬進了一些小精品店、暗中實行墮胎的婦產科診所，以及保險公司。後來卡利普每次經過阿拉丁商店時，都會一邊端詳建築物陰鬱黑暗的外牆，一邊思索著究竟爺爺說這個地方中邪是什麼意思。小時候，卡利普曾注意到理髮師總會出於習慣隨口問起梅里伯伯的事（對了，先生，你的大兒子什麼時候會從非洲回來？）他也察覺到爺爺既不喜歡被問起，也很討厭聊下去。這位梅里伯伯花了好幾年總算從歐洲與非洲歸國，然後再由伊茲密回到伊斯坦堡和這棟公寓。卡利普感覺到，爺爺所說的中邪，其實是他古怪的長子，他拋下妻子和頭胎兒子遠走國外，多年未歸，而等他終於返家之後，卻帶回一個新太太和新女兒（魯雅）。

許多年後耶拉告訴卡利普，他們當初興建公寓樓房時梅里伯伯還在。他們自知雖然比不過哈奇．貝克的糖果店和他賣的堅果軟糖，但仍舊可以販賣架子上一排排奶奶醃在罐子裡的榲桲、無花果和酸櫻桃。在尼尚塔希的建築工地旁，梅里伯伯與他爸爸和兄弟們會面討論，他的兄弟們有些來自賽科西的糖果店（他們先是把店面改成一間糕餅鋪，之後又改成餐廳），有些則從卡拉喀的懷特藥房前來。當時不滿三十的梅里伯伯，總在下午離開他的律師事務所，反正待在辦公室裡不是浪費時間爭吵，就是在舊訴訟資料上畫船隻和荒島，也沒有在處理案件。來到尼尚塔希的工地後，梅里伯伯脫掉外套和領帶，捲起袖子，開始對收工前逐漸懈怠的建築工人精神喊話。就是從那陣子起，梅里伯伯開始侃侃談論學習歐洲蜜餞技術的必要性、訂購金色包裝紙來包栗子糖、與一家法國企業合股興建一座彩色泡泡浴工廠、向美國和歐洲地區如感染瘟疫般相繼破產的公司購買機器設備、以賤價替荷蕾姑姑弄來一座平臺鋼琴、找某人帶瓦西夫去法國或德國看一位著名的耳朵和腦部專家。兩年後，公寓終於蓋好了，但還沒有住人。這時梅里伯伯和瓦西夫卻已搭乘一艘羅馬尼亞船（崔絲蒂娜號）前往馬賽。卡利普第一次看見崔絲蒂娜號，是在奶奶的一個盒子裡，船的照片散發著玫瑰花香，八年後他從瓦西夫的剪報上再次讀到這艘船的消息，得知船撞上了一座海上油井，沉入黑海裡。公寓落成一年後，瓦西夫獨自回到賽科西火車站時，他依然「天生」又聾又啞（「天生」這兩個字，是荷蕾姑姑被人問到時所說的，卡利普始終不明白強調這個詞的背後祕密是什麼）。然而他在腿上緊緊抱著一個游滿日本金魚的水族箱，剛開始他根本捨不得移開視線，一會兒看得連呼吸都彷彿要停止了，一會兒又看得眼淚都流了出來。五十年後，他將會繼續注視著這些魚兒的曾曾曾孫。當時耶拉和母親住在公寓三樓（幾年後賣給了一位亞美尼亞人），但是由於他們必須寄錢給梅里伯伯，好讓他能夠在巴黎街頭繼續他的商業研究，因此只好搬進公寓頂樓的小閣樓（最初作為儲藏室，之後改建成一間加蓋屋），把原來的公寓租出去。一開始他們還時常收到梅里伯伯從巴黎寄來的信，信裡附上水果蜜餞和蛋糕食譜、香皂和古龍水的配方、吃這些糖果和用這些產品的電影明星和芭蕾舞者的照片，或是各式各樣的包裹，裡面裝滿薄荷牙膏、糖漬栗子、包酒的巧克力樣品、玩具消防員或水手帽。然而，隨著信件愈來愈稀少，耶拉的母親心裡已經盤算好要帶著耶拉回娘家去。只不過，一直到第二次世界大戰爆發後，他們收到梅里伯伯從班加西寄來一張明信片，這才下定決心搬出公寓，回到娘家在阿克薩瑞的木造房子。耶拉的外公在慈善組織的行政機構，擔任一個小小的職位。明信片上，正面棕白色的照片是一座怪異的宣禮塔[2]和一架飛機，背後的訊息提到他的返家路徑被炸毀了。戰爭結束後，他搬遷到摩洛哥，從那裡又陸續寄來一些黑白明信片。其中有一張手繪的明信片，上面是一棟殖民地式的飯店，後來有一部美國電影在那裡拍攝，故事裡的軍火商和間諜全都愛上了同一位交際名伶。爺爺和奶奶從這張明信片中得知，梅里伯伯娶了一位在馬拉喀什遇見的土耳其女孩，新娘是穆罕默德的後裔，也就是說，她是一位沙伊地，一位酋長，而且她美麗絕倫。（多年後卡利普再度觀看那張明信片，當時他已經能認出飄揚在二樓陽臺的旗幟是哪一個國家的。他學耶拉在〈貝佑律[3]的土匪〉故事中的遣詞用句，心裡認定，就是在這棟長得像結婚蛋糕的飯店的某一個房間裡，他們「種下了魯雅的種子」。）六個月後他們收到了下一張明信片，寄自伊茲密，他們不相信是梅里伯伯親自寄的，因為他們早已接受了他永遠不會回家的事實。有人謠傳說他和他的新婚妻子改信了基督教，他們加入一群傳道士一起前往肯亞，到某個當地獅子懂得用三叉戟獵鹿的小山谷裡，興建新教堂，組織一個結

2　伊斯蘭教建築中的塔，宣禮者每天五次從塔上召喚教徒前來禮拜。又譯為「叫拜樓」、「喚拜塔」。

3　土耳其伊斯坦堡其中一區，乃伊斯坦堡最大的夜生活與娛樂中心。

合伊斯蘭教與基督教的新教派。有些好管閒事的人認識新娘在伊茲密的家族，他們帶來消息說，梅里伯伯在北非所從事的一些見不得人的事業（像是軍火買賣和賄賂國王），使他成為百萬富翁。他的妻子是名家喻戶曉的美人，不僅讓他神魂顛倒，他更打算帶她到好萊塢，捧她成名，如今法國和阿拉伯的雜誌裡想必處處可見新娘的照片。事實上，在梅里伯伯的明信片上——它們在公寓大樓裡傳來傳去，刮痕累累，如同可疑的紙幣般被眾人蹂躪蹧踏——他寫道他們之所以決定回家，是因為他太想家了，他想念他的床。他們覺得「現在」比較恰當，是因為他以新穎而現代的經營概念，得到了他岳父在菸草和無花果事業的股份。下一張明信片上的字跡比黑人的鬈髮還要糾結混亂，而或許是由於終將引起家族成員冷戰的財產繼承問題，使得其中的內容到了每一層樓都被解讀成不同的含意。然而卡利普自己讀了之後，發現梅里伯伯在信中所寫的，只是簡單明白地解釋他想趕快返回伊斯坦堡，他有一個小女嬰，還沒有取名字。

卡利普第一次看到魯雅的名字，是在其中一張明信片上。奶奶把所有明信片塞在酒櫃上的鏡框裡。魯雅的意思是「夢」，他並不感到驚訝。後來，他們開始搜尋名字的另一層意思，他們在一本鄂圖曼土耳其文字典裡，詫異地發現卡利普意謂著「勝利者」，耶拉是「憤怒」。而魯雅表示「夢」的說法非常普遍，毫不教人訝異。比較不尋常的是魯雅嬰兒時期和小時候的照片混在其他的圖片中，像是教堂、橋梁、海洋、尖塔、船隻、清真寺、沙漠、金字塔、旅館、公園和動物，逐一塞在鏡子的邊框，環繞著這面大鏡子，彷彿第二圈鏡框（爺爺常常為此發火）。那個時候，卡利普對這位應該與自己同年的伯伯的女兒（用新的說法稱為「堂妹」）沒多大興趣，他比較好奇的是他的「酋長」伯母蘇珊，她一面憂傷地望著照相機，一面拉開黑白相間的蚊帳，猶如打開山洞的大門，讓人們一窺在幽暗、恐怖、引人遐想的山洞裡熟睡的女兒魯雅。他後來才明白，當魯雅的照片傳遍整棟公寓時，是她的美貌令公寓裡的男男女女一時啞口無言。當時，大部分話題都集中於梅里伯伯一家人何時返回伊斯坦堡，還有他們要住哪一層樓。原因在於，耶拉在奶奶的懇求下回到了公寓住宅，搬回頂樓的加蓋屋，因為他再也受不了繼續住在爬滿蜘蛛的老家裡。耶拉的母親改嫁給一位律師，但不久後卻染上某種所有醫生眾說紛紜的怪病，猝然過世後，耶拉就一直住在阿克薩瑞的母親娘家。他在一家日後以筆名撰寫專欄的報社工作，負責報導足球賽，企圖打探出球隊間暗中預定勝負的醜聞；誇大渲染貝佑律暗巷許多酒吧、夜總會、娼寮裡的神祕謀殺案，詳實描述罪犯的精巧手法；設計填字遊戲，裡面的黑格子總是多於白格子；接手有關摔角選手的連載小說，因為原本的作者沉溺於鴉片酒，再也想不出接下去的故事。除此之外，偶爾他會寫一些專欄，像是〈從筆跡看個性〉、〈解析你的夢〉、〈觀面相，知性情〉、〈今日星座〉（根據親戚朋友的說法，他透過星座專欄，在裡面加入密語，偷偷向他的情人們傳遞訊息）、一大堆〈信不信由你〉系列、閒暇時還會玩票性質地寫影評分析新上檔的美國電影。他勤奮多產，再加上如果繼續獨自住在頂樓公寓裡，他甚至能夠在記者這一行存下足夠的錢來娶個太太。後來，有一天早晨，卡利普注意到電車軌道之間歷久不衰的石板路被蓋上了一層荒謬的柏油，他禁不住想，爺爺所說的中邪一定和公寓樓房的異常擁擠有關，或者是位置不對，或者是其他同樣捉摸不定而嚇人的東西。所以，當梅里伯伯——彷彿故意報復那些沒把他當一回事的人似的——突然帶著他美麗的妻子和美麗的女兒現身於伊斯坦堡時，他二話不說就搬進了兒子耶拉的公寓裡。

梅里伯伯和他的新家庭抵達後，隔天，在這個春日早晨，卡利普上學遲到了。他夢見自己上學遲到，並且和一個他認不出身分的漂亮藍髮女孩坐上公共汽車，駛離學校，那天學校上課時本來要讀拼字書的最後幾頁。他醒來時，他發現不止他遲到了，他爸爸上班也遲了。他坐在餐桌前吃早餐，短暫的陽光落在桌上，藍白相間的桌巾讓他聯想到棋盤，一旁的爸媽正在談論搬進頂樓公寓的人，語氣好像在講霸占了樓房通風道的老鼠，或是纏著女傭艾斯瑪太太不放的鬼魂和邪靈。由於遲到而感到沒臉去上學的卡利普，不想再去思考自己為什麼遲到，寧可花心思去想像搬到樓上的是什麼人。他上樓到爺爺奶奶永遠一成不變的房間，只聽見理髮師早已問起搬到頂樓的那些人，手裡一邊替滿臉不悅的爺爺刮鬍子。平常塞在鏡框裡的明信片此時散落各處，四處都是零散的外國文章——還有一股最終使他上癮的陌生香味。剎那間，他感覺到一陣暈眩、一種焦慮，和一股渴望：是什麼樣的感覺，住在眼前這些彩色明信片上的國家裡？是什麼樣的感覺，認識一位他見過照片的美麗伯母？他真想趕快長大成為男人！當他宣布自己想要剪頭髮時，奶奶很高興，但是理髮師就像大部分長舌的人一樣毫不體貼，沒有讓他坐在爺爺的扶手椅裡，而是拿張凳子放在餐桌上，讓他坐上去。不止如此，理髮師從爺爺身上取下藍白格子布，綁在卡利普的脖子上，幾乎要把他給勒死，更讓他難堪的是，那塊布大得從他的膝蓋垂下，像是女生的裙子。

他們第一次見面之後過了很久，過了十九年十九個月又十九天（依照卡利普的計算），早晨看著他妻子的頭深陷在枕頭裡，卡利普感覺到，魯雅身上的藍棉被和理髮師從爺爺身上拿下來綁在卡利普脖子上的藍布，都帶給他同樣的不安。然而他從來沒向他妻子提過這件事，或許因為他知道魯雅不會為了如此含糊的理由更換棉被套。

想到晨報應該已經塞進大門下了，卡利普於是用一貫小心翼翼、躡手躡腳的動作起身下床。不過，他的雙腿沒有直接帶他走向門口，而是先進浴室，然後到廚房裡。開水壺不在廚房也不在客廳。依照銅菸灰缸裡塞得滿滿的菸屁股研判，魯雅想必一整夜沒睡，或許又讀了一本新的偵探小說，或許沒有。他在浴室裡找到開水壺；水壓不夠，啟動不了那個叫做「巧婦爐熱水器」的嚇人新玩意兒，所以他們用同一個開水壺燒洗澡用的熱水，一直沒有再去買另一個。做愛之前，如同爺爺奶奶和爸媽的慣例，他們有時候也會安靜而不耐煩地先燒水。

有一次，奶奶在他們照例以「戒菸」開頭的爭吵中被指責是忘恩負義，於是她提醒爺爺，她從來沒有比他晚起床，一次都沒有。瓦西夫傻瞪著，卡利普專心聆聽，不懂奶奶的話是什麼意思。後來，耶拉也曾針對此話題發表意見，不過他的角度不同於奶奶：「女人不容許自己睡到日上三竿，」他寫道，「以及必須比男人還早起，這些都是鄉下人的習慣。」專欄最後並詳實描述奶奶和爺爺每天早上的例行公事（棉被上的菸灰、浸在同一杯水裡的牙刷和假牙、照慣例飛快閱讀訃聞），看完文章，奶奶說：「好啊，現在我們可成了鄉下人！」「應該逼他早餐喝扁豆湯，讓他嘗嘗鄉下人的滋味！」爺爺回應。

卡利普一邊洗杯子，尋找乾淨的刀叉和盤子，從散發著五香燻牛肉氣味的冰箱裡拿出看起來像塑膠食物的乳酪和橄欖，然後用開水壺裡剛熱好的水刮鬍子，他一邊設法弄出嘈雜的聲響希望能吵醒魯雅，但是沒有成功。他只好把報紙從門縫下抽出來，攤開在他的盤子旁邊，開始閱讀散發著油墨氣味的沉悶內容。他一面喝著未泡開的茶，吃著不新鮮的麵包和百里香調味的橄欖，一面想著別的事情：今天晚上要不去找耶拉，要不就是去皇宮戲院看電影。他瞥了一眼耶拉的專欄，決定等晚上看完電影回來後再好好讀完，然而他移不開眼睛，忍不住讀了一行。他起身離開餐桌，留著報紙攤在桌上。他穿上外套，走到門邊但又轉身回屋。雙手插在裝滿香菸、零錢、用過的車票的口袋裡，他仔細、恭敬、安靜地注視妻子半晌。他轉身出門，輕輕把門帶上，然後離開。

早上剛拖過的樓梯聞起來有濕灰塵和泥土的味道。外頭是寒冷而渾濁的天氣，尼尚塔希的煙囪噴出一朵朵煤灰和油煙，遮暗了天色。他往冷空氣裡呼出熱氣，跨步經過地上一堆堆的垃圾，走進共乘小巴站牌前長長的隊伍裡。

對面的人行道上有個老頭兒，把夾克的領子豎起來當成風衣來穿，他正從攤販車中挑選糕餅，把肉餡餅和乳酪分開。卡利普突然脫離隊伍，拔腿奔跑。他轉過街角，拿起一份《民族日報》，付錢給杵在門口的賣報攤販，然後把報紙折起來夾在腋下。有一次他聽過耶拉戲謔地模仿一位年老的女讀者：「啊，耶拉先生，我們好喜歡你的專欄，有時候我和穆哈瑞會等得不耐煩，乾脆一次買兩份《民族日報》。」聽完這段模仿後，卡利普、魯雅和耶拉全都大笑。站在慢慢飄落的毛毛細雨中等了很久，全身都浸飽了髒雨，好不容易，經過一番推擠後他坐上了共乘小巴，車上瀰漫著濕布和香菸的氣味。等卡利普確定共乘小巴裡不會有人跟他閒聊後，他翻到報紙第二頁的專欄，帶著一個真正上癮者的細心和享受，把報紙折成適中的大小，先是瞥向窗外一會兒，接著便開始閱讀今日的耶拉專欄。

2 博斯普魯斯海峽乾涸的那天

沒有什麼比生命更讓人驚奇——除了寫作。——伊本・佐哈尼

你們是否注意到博斯普魯斯海峽的水位正在下降？我想你們沒有。這年頭，我們只顧忙著像無邪的孩童彼此嬉鬧，出於好玩互相砍殺，還會有誰去讀任何有關世界的報導？甚至我們閱讀專欄的時候，也只是漫不經心地瀏覽，一面在渡船口與人潮推擠、在公車月臺前東倒西歪地打盹，或是坐在共乘小巴裡任由手中的報紙不由自主地震動。我是從一份法國地理雜誌上得知這項消息的。

結論是，黑海的溫度逐漸上升，而地中海則是下降。因此，海水開始湧入海床上裂開的深邃海溝。類似的地殼運動，造成了直布羅陀海峽、達達尼爾海峽與博斯普魯斯海峽的地層逐漸上升。我們最近在博斯普魯斯岸邊採訪到一位漁夫，他描述自己的船隻如何在過去曾停泊的同一片深水域裡擱淺，接著他向我們提出這個問題：難道我們的總理一點都不在乎嗎？

我不知道。我只知道這個迅速發展的狀況在不久的將來可能導致何種後果。顯然，不用多久，我們稱為「樂園」的博斯普魯斯海峽就會變成一片烏黑的沼澤，只見結滿泥巴的大帆船骨架閃閃發亮，像是鬼魂的森白牙齒。不難想像這片沼澤經歷了炎熱的夏天後，會乾涸成處處都是泥糞堆，像是流經小城鎮的淺溪河床，甚至是這片窪地的斜坡，在千萬條巨大排水管湧出的污水長年灌溉滋養下，將會長出野

草和雛菊。在這座又深又荒蕪的山谷中，新生命將展開。黎安德塔[4]也將從泥裡冒出來，佇立於岩石之上，像一座真實而駭人的高塔。

我可以預見新興的城市區域，建立在這片曾經叫「博斯普魯斯海峽」的泥坑裡，在手裡拿著各種帳冊清單忙進忙出的市政府警察監督之下施工：有貧民窟、路邊攤、酒吧、歌舞廳、娛樂場所、旋轉木馬轉個不停的遊樂園、賭場；有清真寺、苦行僧修院和馬克思主義黨徒的巢穴；還有一夕間關門的塑膠加工廠、以及製造尼龍絲襪的苦力工廠。這片末世廢墟當中，可以見到船隻的屍骸，船身仍寫著「嘉功市輪」，和一片片遍布水母與汽水瓶蓋的荒地。等到突然下降的海水完全退去，冒出地面的除了美國的遠洋船艦以及海草包覆的愛奧尼亞式石柱，將能發現塞爾特人與力古利亞人的骸骨，依然張大嘴巴向如今不再為人所知的神祇呼求禱告。貽貝鑲嵌的拜占庭寶藏、銀和錫製的刀叉、一桶桶千年釀製的葡萄酒、汽水瓶、尖首大帆船的殘骸，從這些各式物品中，我可以想見一個文明，為了點亮他們過時的爐灶和油燈，他們的能源將取自於一艘陷入泥淖的廢棄羅馬尼亞油輪。不過我們必須有心理準備，因為，全伊斯坦堡的墨綠廢水瀑布所滋養的污穢坑穴裡，將爆發出新型瘟疫，這要歸功於成聚結隊的老鼠，牠們很快會發現這裡是天堂樂土，瀰漫著從地底冒出的滾滾瘴氣，乾涸的泥塘，遍布著海豚、比目魚和旗魚的屍體。你們要相信我的警告：鐵絲網後面，這片瘟疫隔離區裡所發生的災難，將會侵襲我們每一個人。

站在陽臺上，過去我們曾經望著月光映照在絲緞般的博斯普魯斯水面，波光粼粼，從今以後，我們將看著裊裊青煙，從燃燒無名屍首的火光中升起。坐在餐桌前，過去我們曾經暢飲茴香酒，呼吸著從博斯普魯斯岸邊飄來、清新沁人的洋蘇木和忍冬花香，從今以後，我們將嘗到腐爛屍體的辛辣惡臭，在我們的咽喉裡灼燒。我們將不再聽見春天鳥兒的歌唱，也不再聽見碼頭上總是擠滿漁夫的博斯普魯斯海峽發出激盪的浪濤聲。相反地，傳到我們耳中的將是人的厲聲尖叫，這些人隨手撿起被拋入海裡的武器

——那些千年來眾人大海撈針遍尋不著的劍、刀、鏽蝕的彎刀、手鎗、獵鎗——殺個你死我活。住在曾為沿海區域的伊斯坦堡當地居民，在他們筋疲力竭回家的路上，再也不會打開公車車窗呼吸海草的清香。反之，為了防止泥濘和腐屍的惡臭乘隙而入，他們會拿報紙和破布塞在公車的車窗縫間，同時望向窗外的深谷裡火光照亮的恐怖黑暗。充斥著賣氣球和哈發糕小販的海邊咖啡館，是我們相聚聊天的場所，但從今以後，坐在這裡，我們將不再看見海軍的照明燈光，取而代之的是海軍地雷的血紅閃光，從好奇孩童的手裡爆炸散開。海灘上的拾荒漢過去撿拾被沖上岸的錫罐和拜占庭錢幣討生活，如今他們將發現別的東西：像是咖啡磨豆器，多年前被洪水從濱海區的木造房子裡拖出來，拋入博斯普魯斯海峽深處；布穀鳥已長滿苔蘚的咕咕鐘；貽貝包覆的黑色鋼琴。到那時候，有一天，我將會鑽過鐵絲網，溜進這個新地獄，去尋找一輛黑色的凱迪拉克。

這輛黑色凱迪拉克是一位貝佑律大哥（我喊不出「流氓」兩個字）的紀念車，三十年前當我還是個菜鳥記者時，曾經跑過他的故事，他經營了一間墮落巢穴，那個地方的休息室裡掛了兩幅我非常欣賞的伊斯坦堡街景畫。全伊斯坦堡只有另外兩輛同款車，一輛屬於鐵路大亨達德倫，另一輛則由菸草鉅子馬魯夫所擁有。我們的大哥（我們這些新聞記者把他捧成傳奇人物，並把他最後幾天的故事做成系列，刊登了整整一星期），半夜被警察圍捕，駕駛凱迪拉克載著他的情婦，從安德托海岬衝入博斯普魯斯的黑水裡。根據一些人的說法，他是因為吸了大麻神經亢奮，要不然就是故意模仿亡命之徒騎馬飛越懸崖。潛水夫連續花了一星期搜尋怎麼也找不到他的黑色凱迪拉克，報紙和讀者也很快遺忘，然而，我想現在我猜得出這部車的所在位置。

---

4 位於博斯普魯斯海峽入口處一座岩石島嶼上的燈塔。

它應該就在那裡，深陷在這座過去叫博斯普魯斯海峽的新生山谷谷底，位於泥濘的懸崖底下。懸崖邊緣有幾只七百年前的鞋子和靴子，零零落落湊不成對，早已被螃蟹占據為巢，還有駱駝骨骸、玻璃瓶，裡頭裝著寫給不知名情人的情書。下方的斜坡滿滿覆蓋著茂密的海綿與貽貝，偶爾鑽石、耳環、汽水瓶蓋和金項鍊閃爍其中。懸崖谷底，離車子不遠處，一艘沉船的死寂船艙裡，有一座臨時增建的海洛因實驗室，再過去一點，是一片沙洲，源源不絕的血水從一桶桶用碎馬肉和驢肉製成的走私香腸裡滲出，滋養了滿地的牡蠣與海螺。

我找尋著汽車的下落，置身沉寂的有毒黑暗中，聆聽車子的喇叭聲來往於如今該稱為山路的濱海公路。我將會遇見被拋入海中的皇室造反者，依然蜷縮在麻布袋裡，姿勢與溺死時一樣；我將會發現東正教教士的骸骨，腳踝上套著鐵球和鐵鍊，手裡仍緊抓著十字架及權杖。當我看見英國潛艇的潛望鏡被當成煙囪而冒出青煙時（這艘潛水艇當初的任務，是擊沉載著我軍部隊從托普哈內港駛往達達尼爾海峽的古西摩輪船，然而它自己卻沉沒海底，潛入苔蘚蔓生的岩石間，螺旋槳纏上糾結的漁網），我將明瞭我們的市民已搬進了舒適的新家（在利物浦的造船廠建造完成），他們用瓷杯喝下午茶，坐在絲絨軍官椅上，這些椅子上曾經坐著拚命張口吸氣的英國人的慘白骨架。薄暮時分，再往前一點，則是從凱瑟·威漢姆的戰艦中垂下的生鏽船錨，在那裡，一臺電視機閃閃發亮的螢幕朝我眨眼。我將會發現一些殘餘的熱內瓦贓物寶藏、一座塞滿爛泥的短管大砲、各種雕塑和肖像，刻劃出消逝的古國文明、一只黃銅枝狀吊燈，頂端立著壞掉的燈泡。繼續往下走，涉過泥沼繞過岩石，我將會見到船役奴隸的骨骸，他們被鍊在槳上，安靜地坐著凝望星空。或許我不會太注意從海草樹林懸垂而下的項鍊、眼鏡和雨傘，但我將會駭懼莫名地審視全副武裝的十字軍騎士良久，望著配備齊全的華美馬匹骸骨仍舊固執地屹立不搖。在恐懼中我將驚覺，全身披掛勳章和盔甲、長滿蚌殼的十字軍骨架，正守護著黑色凱迪拉克。

小心謹慎，彷彿徵求十字軍的許可，我恭敬地朝黑色凱迪拉克走近，偶爾，不知從何處發出的磷光，隱約映亮了車身。我將會試試凱迪拉克的車門，然而，徹底包覆在貽貝和海膽下的汽車卻不讓我進去，泛綠的車窗也卡得死緊，文風不動。於是我從口袋裡拿出我的鋼珠筆，用筆的尾端慢慢刮掉黏附在車窗上一層開心果綠的苔蘚。

夜半時分，在這片勾魂攝魄的可怖黑暗中我劃亮一根火柴，這時，我將看見大哥和他情婦的骸骨在前座擁吻，她纖細的臂膀和手指，戴著手環和戒指，與他交纏不分，浸淫在一抹金屬光芒裡，發自依然光亮如十字軍盔甲的精美方向盤，以及滴漏著黃銘的里程表、刻度盤和時鐘。不僅他們的下巴緊緊相扣，就連他們的頭顱也融為一體，永恆相吻。

接著，我不再劃亮另一根火柴，轉身朝城市燈火走去，心裡想，當毀滅之時，或許那將是面對死亡的最佳方式。我痛苦地向一個不存在的情人呼喊：我的靈魂，我的摯愛，我的憂愁佳人，災難之日已迫在眉睫，到我身邊來吧，無論你在何方，也許在一間煙霧繚繞的辦公室、或是充滿洋蔥氣息的廚房、瀰漫著洗淨衣物芬芳的屋子、或是零亂的藍色臥房裡，無論你身在何方，是時候了，快來到我身旁。如今是我們靜待死亡的時刻了，讓我們用盡全力緊緊擁抱，在沉寂的黑暗房間裡，我們拉上窗簾，只盼能夠不要看見逼臨眼前的毀滅災難。

3 代我向魯雅問好

我祖父稱呼他們為「一家人」。——里爾克

卡利普的妻子離開他的那天早晨，卡利普爬樓梯走上位於舊城巴比黎的大樓，前往他的辦公室。他把剛剛看過的報紙夾在腋下，腦中想著多年前他掉進博斯普魯斯海峽深處的綠色鋼珠筆，那個時候卡利普和魯雅得了腮腺炎，他們的母親帶他們去乘船郊遊。這天晚上，當他審視魯雅留給他的道別信時，他發現放在桌上魯雅拿來寫信的綠色鋼珠筆，跟掉進水裡的那枝一模一樣。二十六年前，耶拉發現卡利普很喜歡這枝筆，所以把它借給他。後來，耶拉得知筆丟了，從船上失手掉入海裡，在聽完卡利普描述落水的位置後，耶拉說：「其實它並沒有丟，因為我們知道它掉在博斯普魯斯海峽的哪個地方。」卡利普在走進辦公室前剛好讀完了耶拉的〈災難之日〉專欄，他很訝異，耶拉雖然寫到他從口袋拿出鋼珠筆，刮掉黑色凱迪拉克車窗上開心果綠色的苔蘚，卻沒有提到這枝遺失的筆。畢竟，耶拉特別喜歡留意年代久遠的巧合——比如說，他會想像在博斯普魯斯山谷的泥濘中，找到刻著奧林帕斯山的拜占庭錢幣和奧林帕斯汽水瓶的蓋子——只要有機會一定放入他的專欄中。不過，如果真的像耶拉最近一次的訪談所言，自己的記憶力已經退化，當然就另當別論。「當記憶的花園逐漸荒蕪，」他們最近幾次聚會時，有一次耶拉這麼說：「一個人會開始珍愛最後殘存的花草。為了不讓它們凋萎，我從早到晚灌溉澆水，悉心照料。為了怕忘記，我回想，再回想。」

卡利普曾聽耶拉說過，梅里伯伯前往巴黎一年後，也就是瓦西夫抱著魚缸出現那年，父親和爺爺來到梅里伯伯位於巴比黎的法律事務所，把他所有資料和家具裝進一輛馬車，費力拖回尼尚塔希，再全部塞進頂樓的公寓裡。多年後，梅里伯伯帶著美麗的新妻子和魯雅從摩洛哥返國，先是在伊茲密與岳父共同經營乾果事業，結果宣告破產，接著家族成員禁止他插手接管藥品和蜜餞商店，以免家族事業也毀在他手裡，於是，他決定重回法律這一行。他把同一批家具搬回他的新辦公室，希望能給客戶好印象。後來，某天夜裡，耶拉又笑又氣地回憶起過去種種，他告訴卡利普和魯雅，當年搬家具上頂樓的其中一位門房，二十年後他也搬了冰箱和鋼琴，而中間經歷的歲月除了讓他禿頭之外，更讓他練就了一身搬運高難度物件的好功夫。

在瓦西夫遞給同一個門房一杯水並仔細觀察他的二十一年後，這間辦公室和舊家具轉給了卡利普，理由為何，大家的解釋都不同：根據卡利普父親的說法，梅里伯伯沒有替他的客戶攻擊對手，反而攻擊客戶本身；而卡利普的母親在變得衰老而行動不便後告訴他，梅里伯伯根本看不懂法院紀錄和訴狀，於是把它們當餐廳菜單和渡船時刻表來讀；根據魯雅的說法，她親愛的爸爸已經猜到他的女兒和姪兒日後會結婚，因此他才願意把自己的法律事務所交給卡利普，雖然他當時仍只是他的姪兒，尚未成為女婿。所以如今，卡利普擁有幾幅西方法學家的禿頭肖像，他們的名字和聲譽早已為人遺忘；幾張教師頭戴土耳其氈帽的照片，他們半個世紀前曾任教於法律學院；成堆古老的訴訟文件，牽涉其中的法官、原告和被告早已不在人世；一張耶拉晚上用來念書、他母親早上用來描衣服版型的書桌；桌子的一角，有一臺結實的黑色電話，它不僅是溝通工具，看起來更像一臺笨重而無用的戰時儀器。

電話的鈴聲響得嚇人，有時候還會自顧自響起。黝黑的話筒重得像小啞鈴，每當撥號時，它會傳來尖銳的呻吟，像是卡拉喀—卡迪喀渡船頭的老舊旋轉門在吱吱作響。有時候它會隨意接通號碼，不管撥出去的號碼是什麼。

當他撥家裡的號碼並發現魯雅真的接了時，他嚇了一跳說：「你醒了？」他很高興魯雅不再漫遊於個人記憶的幽閉花園，而是處於大家熟知的世界。他眼前浮現放置電話的桌子、零亂的房間、魯雅的姿勢。「你看了我留在桌上的報紙嗎？耶拉又寫了些好玩的東西。」「還沒。」魯雅說：「現在幾點？」「你很晚才睡，對不對？」卡利普說。「你自己弄了早餐。」魯雅說。「我不想吵醒你。」卡利普說：「你夢見什麼了嗎？」「昨天半夜我在走廊裡看到一隻蟑螂。」魯雅說，她平板單調的聲音像是收音機裡的播報員，警告水手小心在黑海發現的一枚水雷，不過接著她又焦慮地說：「在廚房門口和走廊的暖氣爐之間……兩點的時候……很大一隻。」沉默。「要我馬上坐計程車回家嗎？」卡利普說。「拉下窗簾後房子變得更恐怖了。」魯雅說。「今天晚上想去看電影嗎？」卡利普說：「去皇宮戲院？我們回家前可以順道去找耶拉。」魯雅打了一個呵欠，「我好睏。」「去睡吧。」卡利普說。他們雙雙陷入沉默。卡利普依稀聽見魯雅又打了一個呵欠，然後他掛上電話。

接下來的幾天裡，當卡利普一次又一次回想這段電話對談時，他不能確定自己真正聽見的談話內容究竟有多少，更別說依稀的呵欠聲了。似乎每次他回想起魯雅的話都是不同的版本，他不禁半信半疑地想：「好像與我說話的人不是魯雅，而是別人。」他想像自己被這個人耍了。過了一會兒他又認為，魯雅確實說了他所聽見的話，而在掛上電話之後，慢慢轉變成別人的是他自己，而不是魯雅。透過他的新角色，他不斷重組他以為自己聽見或記得的內容。曾有一陣子，卡利普連聽見自己的聲音都覺得是別人的，那時他就很清楚，當兩個人在電話的兩頭對話時，他們可以變成截然不同的兩個人。不過當下，為了尋找一個比較簡單的解釋，他怪罪都是這臺老電話的錯：一整天，這蠢物響個不停，逼他一直接電話。

和魯雅講完話後，卡利普先是打了一通電話給一位控告房東的房客。然後他接到一通打錯的電話。在易斯肯德打來之前，他又接了兩通撥錯的號碼。接著，某個知道他「與耶拉先生有關」的人打來，向他要耶拉的電話號碼。之後他又接了幾通電話，一個父親想拯救因政治因素入獄的兒子，還有一位五金商想知道為什麼在判決之前必須先賄賂法官。最後易斯肯德打來，因為他也想找耶拉。

易斯肯德和卡利普是高中同學，但自從高中以來就沒再聯絡，他很快地簡述中間十五年來發生的所有事情，恭喜他和魯雅結婚，像其他許多人一樣堅持說他早知道「這件事終究會發生」。現在他是一家廣告代理商的製作人，他想替耶拉和英國廣播公司的人牽線，他們正在做一個關於土耳其的節目。「他們想現場訪問一個像耶拉這樣過去三十年來始終都參與土耳其時事的專欄作家。」他接著贅述各種細節，解釋電視臺的工作人員已經採訪過哪些政治家、企業家和勞工團體，但仍堅持想見到耶拉，因為他們覺得他最有意思。「別擔心，」卡利普說：「我會很快幫你聯絡上他。」他很高興找到一個理由打電話給耶拉。「我覺得報社的人這幾天一直在敷衍我，」易斯肯德說：「所以我才打電話請你幫忙。這兩天耶拉都不在報社，想必發生了什麼事。」眾人皆知，耶拉有時候會失蹤幾天，躲進他在伊斯坦堡的幾個藏身處，耶拉從不對外透露這幾處的地址和電話號碼，不過卡利普確信自己找得到他。「別擔心，」他重複一遍，「我會很快幫你聯絡上他。」

他聯絡不到耶拉。一整天，每次他打電話去公寓或《民族日報》辦公室，他都幻想改變自己的聲音，偽裝成別人對耶拉說話。（他都想好了，他打算學以前魯雅、耶拉和卡利普晚上圍坐聆聽的廣播劇裡的聲音，模仿讀者與仰慕者說：「當然了，我支持你，老兄！」）然而，每次他打去報社，同一個祕書總給他相同的答案：「耶拉還沒進來。」掛在話筒上一整天，卡利普只有一次聽見自己的聲音成功地騙倒一個人。

傍晚時他打電話給荷蕾姑姑，心想她應該知道耶拉的行蹤。她邀他回去吃晚餐：「卡利普和魯雅也會來。」她再一次把卡利普的聲音誤認為耶拉。「有什麼差別？」明白自己搞錯後，荷蕾姑姑說：「你們對我來說都是粗心大意的小鬼，你們幾個全都一樣。我也正想打電話給你。」她先是責罵他沒有時常保持聯絡，語氣如同在斥責她的貓「煤炭」抓壞家具，然後她吩咐他來晚餐的路上先去一趟阿拉丁商店，替瓦西夫的金魚帶點飼料回來：他的魚只吃歐洲進口的飼料，而這些東西阿拉丁只賣給固定的顧客。

「你看過他今天的專欄了嗎？」卡利普問。

「誰的，阿拉丁的？」姑姑照例冷冷地說：「沒！我們買《民族日報》是要給你伯伯玩填字遊戲，給瓦西夫剪上面的文章玩，並不是為了看耶拉的專欄，然後為我們姪兒的墮落感到遺憾。」

「如果是這樣的話，你應該自己打電話邀請魯雅，」卡利普說：「我實在沒那個時間。」

「你可別忘了！」荷蕾姑姑說，再次提醒他晚餐時間和他的任務。接著她逐一列舉家庭聚餐的成員，這份名單就和晚餐菜單一樣永遠一成不變。她像個播報員般，慎重宣布一場足球賽雙方隊員的姓名，刻意吸引聽眾：「你母親、你的蘇珊伯母、你的梅里伯伯、耶拉——如果他出現的話——當然還有你父親、煤炭和瓦西夫，以及你的荷蕾姑姑。」她一路念下來，中間沒有夾雜她的咯咯笑聲。念完名單後她說：「我正在替你做肉餡千層酥。」她掛斷電話。

卡利普才掛上，電話又響了起來，他茫然地望著，腦中想起過去的一段往事，荷蕾姑姑本來已經準備好要結婚了，但到了最後一刻婚禮卻告吹。然而不知為何，他就是想不起剛剛還在他腦中的準新郎的怪名字。為了避免頭腦習於健忘，他告訴自己：「除非我想起剛才已經到嘴邊的名字，不然我不接電話。」電話響了七聲後才停下來。當它再度響起時，卡利普正在回憶準新郎帶著叔叔和大哥來家裡提親的情形——發生在魯雅一家人搬回伊斯坦堡的前一年。電話又停了，它下一次響起時，天已經暗了，辦公室裡的家具變得灰濛濛的。卡利普還是想不出他的名字，但他不寒而慄地記起他當天穿的怪異鞋子。那人臉上有一顆感染東方癬[5]而長出的疣。「這些人是阿拉伯人嗎？」爺爺想知道，「荷蕾，你真的想嫁給阿拉伯人嗎，啊？你和他到底是在哪裡認識的？」偶然碰到，就這麼一回事！晚上七點左右，卡利普離開空無一人的辦公大樓，在路燈下閱讀一位想改名的客戶的文件，這時他才想起準新郎的怪名字。當他走向往尼尚塔希的共乘小巴站牌時，他心裡想，這個世界實在太廣大了，塞不進任何一個人的記憶庫裡。當他朝位於尼尚塔希的公寓樓房走去時，他心想，人類從各種偶然中淬取意義……

公寓樓房坐落在尼尚塔希的一條僻巷裡。荷蕾姑姑、瓦西夫和艾斯瑪太太住在其中一戶，梅里伯伯和蘇珊伯母（之前還有魯雅）住另一戶。或許別人不會稱它為僻巷，因為畢竟它離大馬路、阿拉丁商店、還有街角的警察局只隔三條街，走路五分鐘就到。但是，如今居住在僻巷公寓裡的親戚們，以前曾在大馬路上的城市之心公寓遠遠地看著這棟僻巷公寓的轉變——從泥土地變成灌溉菜園，變成碎石子路，之後又改成柏油路——而始終沒多加留意。對他們而言，他們建造了公寓樓房的大馬路是最最有趣的了，其他沒有一條路可堪作為尼尚塔希的中心。他們的精神世界與地理世界相輔相成，從很早以前開始，他們心裡就已認定「城市之心公寓」處於中心的位置[6]，即使他們隱約察覺跡象，知道他們最後會

5 一種皮膚病，流行於中東與北非國家。

6 伊斯坦堡市大致上由金角灣分隔成舊城和新城。西側是古老的舊城，許多知名古蹟都在此，如聖蘇非亞大教堂、藍色清真寺、有頂大市場、皇宮等。東側則為新城，現代化新建築多聚集於此，如佩拉宮飯店、貝佑律區、以及城市之心公寓等。舊城與新城中間由葛拉答橋和阿塔圖爾克橋連接，所以書中常會見到主角在此走來走去。「城市之心公寓」位於尼尚塔希，是新城東北方一個現代繁華的高級區域。

把房子逐層賣掉，搬離這棟荷蕾姑姑所謂「睥睨全尼尚塔希」的大樓，並退居到別處幾間寒酸的出租公寓裡。等他們搬進這棟位於他們內心憂鬱角落的荒涼樓房後，最初幾年他們總是把「僻巷」二字掛在嘴邊，也許是為了誇大他們所遭遇的不幸，藉此互相怪罪，彷彿抓住一個絕不會失誤的大好機會。穆哈默德·沙必特·貝（爺爺）過世前三年，他從「城市之心公寓」搬進僻巷住宅的第一天，坐在絲絨扶手椅上望出街道——如今這張椅子在新的公寓裡，以新的角度面向窗戶，不過，它仍以舊角度（好像在舊房子裡）面對擺放收音機的笨重支架——大概是受到搬運家具的馬車前面那匹瘦巴巴的老馬所啟發，他說：「是吧，我們下馬，改騎驢。很好，祝好運！」然後他扭開收音機。收音機上面，已經擺上了狗的雕像，趴在針織的布墊上睡覺。

那是十八年前的事。此刻，晚上八點，商店全都打烊了，只剩下花店、乾果店和阿拉丁商店還開著。一陣輕柔的雪水從天而降，穿透漫天的汽車廢氣和火爐煤灰，滲過空氣中的煤炭和硫磺氣味。然而，當卡利普看見公寓裡的老舊燈光時，他心中有一股感覺，彷彿關於這棟樓房和公寓的記憶遠超過十八年。重點不在於巷道的寬度，或是新樓房的名稱（他們從來不曾使用），也不是它的位置，而是他們好像自從遠古以來就一直住在彼此的樓上樓下。卡利普爬上始終散發同一股氣味的樓梯（根據耶拉風靡一時的專欄，他分析這股氣味混合了公寓樓房樓梯間的臭味、濕水泥味、霉味、油炸味和洋蔥味），他腦中閃過等一下他預期會出現的景象和場面，像個不耐煩的讀者般，迅速翻過他熟讀多次的一本書：

現在是八點，我將會看到梅里伯伯坐在爺爺的舊扶手椅上，重讀他從樓上帶下來的報紙，感覺好像他在樓上還沒看過似的，似乎「同樣的新聞在樓上看和在樓下看想必會有不同的解釋」，或者似乎「我可以趁瓦西夫把它們剪下來之前再看一遍」。我想像那雙可憐的拖鞋，掛在我伯伯躁動不安的雙腳尖端，一整天啪啪作響，它正以童年時的強烈煩躁和不耐朝我痛苦大喊：「我好無聊，得做點什麼；我好無聊，得做點什麼。」我將會聽見艾斯瑪太太的聲音，荷蕾姑姑為了不讓任何人妨礙自己盡情炸酥餅，把她趕出廚房，所以她只好到外面來擺餐桌，她嘴裡叼著無濾嘴的寶服菸（比起以前的葉尼・哈門菸，味道差得遠了），一邊問房間裡的人：「今天晚上幾個人吃飯？」一副她真的不知道答案而其他人知道似的。我將會察覺蘇珊伯母和梅里伯伯之間的沉默，他們分別坐在收音機兩旁，就像爺爺和奶奶以前那樣，對面是爸和媽；接著過一陣子，蘇珊伯母會充滿希望地轉向艾斯瑪太太，問道：「今晚耶拉會來嗎？艾斯瑪太太？」然後梅里伯伯會一如往常地接口：「他從來不懂得多花一點腦筋，從來不會。」然後爸爸很得意自己比梅里伯伯來得中庸且有責任感，有能力為姪兒辯護，他會愉快地宣布自己讀了耶拉最新一篇報紙專欄。單單替姪兒反駁自己的哥哥他還覺得不夠得意，接著，他會在我面前刻意炫耀，提出一些適當的「正面」評論，讚美耶拉的文章探討了國家問題和生活危機。要是耶拉在場，聽見這一席話，他一定會馬上反唇相稽。我看見媽媽點頭表示贊同（媽，至少你別捲進是非！）並附和爸爸（因為她認為自己有義務替耶拉辯護，以為解釋「不過他其實心地善良」便可化解梅里伯伯的憤怒）。我也將忍不住白費力氣地問：「你們讀過他今天的專欄了嗎？」深知他們就算再花一百年，也無法像我一樣了解並喜愛耶拉的文章。接著我會聽見梅里伯伯說，儘管很可能他手上的報紙正好翻到有耶拉專欄的那一頁，「今天幾號？」或「他們現在要他每天寫，是嗎？沒有，我沒看到！」然後爸會說：「不過我不欣賞他對總理罵髒話。」而媽會丟出一句模稜兩可的話：「就算我們不認同作者的意見，我們也必須尊重他的人格。」讓人搞不清她是在替總理、爸爸，還是耶拉辯護。受到現場模稜兩可的氣氛所激勵，蘇珊伯母會提起香菸和菸草的話題：「他對邪惡、無神論與菸草的看法，讓我想起法國人。」接著，我會趁梅里伯伯和艾斯瑪太太慣常的口角升溫之前離開房間。仍舊不確定到底要替多少人擺碗盤的艾斯瑪太太，抓住桌布的兩角一揮一甩，像鋪一張大床單似的，讓桌布的另一端飛起來，然後隔著嘴裡吐出的煙霧望著桌布落下來，平整俐落。「艾斯瑪太太，你知不知道你吐出的煙加重我的氣喘！」「那麼，你自己先戒菸啊，梅里先生！」廚房裡一片霧氣迷濛，充滿麵糰、融化的白乳酪和油炸的氣味，看起來像是有個巫婆正費力用她的大鍋煮魔法藥（她用布蓋著頭免得頭髮沾油）。忙著炸千層酥的荷蕾姑姑會說「別讓別人看到」然後猛然往我嘴裡塞一塊熱騰騰的千層酥，好像在賄賂我，要我給她特別的關懷、愛，甚至一個吻。當疼痛的淚珠滾下我的眼眶時，她會問：「太燙了？」而我甚至說不出：「太燙啦！」我將離開廚房，走進爺爺奶奶的房間。他們曾在這個房間裡，裹著藍色棉被，度過無數失眠的夜晚；我和魯雅曾一起坐在藍棉被上，聽奶奶教我們繪畫、數學和閱讀；他們死後，瓦西夫與他寶貝的金魚搬進了這間房。我將在這兒看到瓦西夫和魯雅盯著金魚瞧，或是翻閱瓦西夫的剪報收藏，而我會加入他們。

一如往常，魯雅和我會像小時候那樣好一陣子不講話，彷彿刻意掩蓋瓦西夫又聾又啞的事實，然後用我們自己發明的手語比畫交談，為瓦西夫演出一幕我們不久前在電視上看到的老電影。或者，如果我們這幾個星期都沒有看到任何值得重播的電影，我們就會從總是讓瓦西夫興奮莫名的《歌劇魅影》中選一場戲，鉅細靡遺地演出，好像我們才剛看過似的。一會兒後，比任何人都容易受感動的瓦西夫轉身到一旁，或是回到他的寶貝金魚旁邊，留下魯雅和我四目相視。那時我將會問你，自從今天早上我就沒再見到的你，自從昨天晚上我就沒再面對面說話的你，「你好嗎？」而你，一如往常，回答：「噢，還好。」我會停頓一下，仔細思索你話語中有意無意的弦外之音，藏起自己空虛腦海中的翻騰思緒。這一次，也許，我會假裝自己不知道你其實並沒有在翻譯你說總有一天會進行的懸疑小說，反而一整天慵懶地翻閱那些我始終沒有能力閱讀的舊書，我會問：「你今天做了什麼？」我將會問你：「魯雅，你今天做了什麼？」

＊

耶拉在另一篇文章裡曾寫到，小巷公寓樓房的天井裡瀰漫著睡意、大蒜、黴菌、石灰水、煤炭和油炸的氣味，和之前的配方稍有出入。按門鈴前，卡利普心想：我要問魯雅，今天傍晚打了三通電話給我的人是不是她。

荷蕾姑姑打開門，問道：「怎麼！魯雅在哪？」

「她還沒出現嗎？」卡利普說：「你沒打電話給她嗎？」

「我打了，可是沒人接。」荷蕾姑姑說：「所以我以為你會告訴她。」

「也許她在樓上，在她父親家。」卡利普說。

「你伯伯和其他人都已經在樓下了。」荷蕾姑姑說。

兩人沉默了一會兒。

「她一定在家裡。」卡利普斷言，「我馬上回家找她來。」

「你的電話一直沒人接。」荷蕾姑姑說，但卡利普已經轉身走下階梯。

「好吧，可是快一點。」荷蕾姑姑說：「艾斯瑪太太已經開始炸你的肉餡千層酥了。」

冷風夾雜濕雪，把他穿了九年的風衣（耶拉另一篇專欄的主題）吹得劈啪飛揚，卡利普一路疾走。他早已算好了，如果他不走大馬路，而是沿著小巷，經過打烊的雜貨店、仍在工作的戴眼鏡裁縫、守門人的宿舍、以及可口可樂和尼龍絲襪的黯淡霓虹廣告，那麼，從他姑姑和伯伯的公寓到他自己的住家需要花十二分鐘。如果他回來的時候也走同樣的馬路和人行道（裁縫拿了一根新線穿針，同一塊布料依然還在他的膝蓋上），一趟下來總共要二十六分鐘。

當卡利普回來時，他告訴開門的蘇珊伯母以及餐桌前的其他人，魯雅感冒了，而且因為服用了太多抗生素（她把所有抽屜裡找得到的藥全吞了），所以一直昏睡。雖然她聽見了電話鈴聲，可是頭昏腦脹沒辦法起身接電話，也沒有食慾，她躺在病床上問候大家。他明白他的話將激起餐桌前眾人的想像（可憐的魯雅臥病在床），他也猜到他將引發一場口舌騷動：眾人口沫橫飛七嘴八舌地提出藥房櫃檯後面販賣的抗生素名稱，盤尼西林、咳嗽糖漿和喉片、血管擴張劑、感冒專用止痛藥，不僅如此，大家彷彿在談論甜點上的奶油一般，還加上必須同時搭配服用的維他命品牌名稱，轉譯為土耳其文發音，在子音之間加入額外的母音，更不忘補充這些藥品的服用方法。若是在別的時候，這場創意發音和成藥的慶典或許能帶給卡利普樂趣，像是閱讀一首好詩。然而，他滿腦子全是魯雅臥病在床的畫面，甚至過了一會兒後，他再也無法分辨自己腦中孕育的畫面，究竟有多少是純正、多少是假造。生病的魯雅一隻腳露出棉被外，她的細髮夾散落在床上，這些大概是真實的景象，可是其他畫面，比如說，披散在枕上的頭髮、一盒盒藥品、玻璃杯、水瓶，以及床頭桌上的書本，則來自於別處（來自於電影，或是那些翻譯得很糟的小說——她閱讀的速度就好像囫圇吞嚥阿拉丁商店買的開心果），是從學習和模仿中得來的影像。稍後，當卡利普簡短地回應他們「熱心」的詢問時，至少他也不忘特別花費心力，努力學習趕上一位推理小說偵探的聚精會神，試圖去區別純正和再造的魯雅景象。

是的（當眾人就座用餐時），魯雅應該已經睡了。不，她不餓，所以蘇珊伯母不需要為她煮湯。而且她說不想給那個醫生看病，他滿口大蒜味，醫療箱臭得像間製革廠。沒有，她這個月也還沒有去看牙醫。的確，魯雅幾乎足不出戶，每天都關在公寓裡。然而，不對，她今天一整天都沒出門。你在馬路上碰巧遇到她？想必是她出去了一下下但沒告訴卡利普，不對，她說了。所以，你是在哪裡遇到她的？她一定是出門到布料行的針線專櫃去買一些紫鈕釦，路過清真寺。當然，她跟他講過了；她一定是在冰冷的戶外受了風寒。她又咳嗽又抽菸，一整包。沒錯，她的臉白得像紙一樣。噢，沒有，卡利普沒有察覺自己的臉色也是如此蒼白；他也不知道何時他和魯雅才會停止這麼不健康的生活。

「外套」。「鈕釦」。「開水壺」。等這場家族質詢結束後，卡利普發現自己腦中冒出這三個詞，但他並沒有太過驚訝。在耶拉的一篇專欄中，他以巴洛克式誇張的憤怒寫到，潛意識並非源於我們本身，而是產生自西方世界裡華而不實的小說，以及他們電影中我們始終學不像的英雄（那時，耶拉剛看完《夏日痴魂》，影片中，伊莉莎白．泰勒一直無法理解蒙哥馬利．克里夫心中的「黑暗角落」）。當卡利普發現原來耶拉的生活已經變成了一座圖書館和博物館後，他回想起自己以前讀過一些譯文經過刪修、內容充斥色情細節的心理書籍，然後才逐漸明白，耶拉在文章裡從潛意識的觀點解釋一切，甚至包括我們可悲的生活。而這嚇人又不可思議的潛意識，又被耶拉稱之為「黑暗祕境」。

他正打算轉移話題，以「在耶拉今天的專欄裡……」作為開場，不過他突然想到另一件事，脫口而出：「荷蕾姑姑，我忘了去阿拉丁的店。」這時，艾斯瑪太太小心翼翼地端出甜點，彷彿捧著搖籃裡的橘色嬰兒，大家開始輪流在甜點上撒碎核桃。以前他們家族開的糖果店留下了一個研磨缽，現在用來搗碎核桃，然而在四分之一個世紀前，卡利普和魯雅發現，若拿一枝湯匙柄敲打這只研磨缽的邊緣，它會發出像教堂鐘響的聲音：叮噹！「拿個東西把它停下來，叮叮，好像基督教的教堂司事。」老天，怎麼會如此難以下嚥！因為碎核桃肉不夠眾人分，所以當紫碗傳到荷蕾姑姑面前時，她很熟練地略過（我並不想要），等每個人都傳完之後，她還是瞥了空碗底一眼。接著她突然開始咒罵起一個昔日的商業對手，她不止怪罪對方造成眼前的食物縮減，甚至認為所有的收入短少都是那人的責任：她打算去警察局告發他。事實上，他們全都很懼怕警察局，好像它是一個深藍色的幽魂。耶拉曾在專欄中寫到，我們潛意識裡的黑暗角落其實就是警察局，專欄刊登之後，局裡派來了一位警察，傳喚他去檢查官辦公室做筆錄。

電話響起，卡利普的父親接起電話，語氣嚴肅。警察局打來的，卡利普心想。他爸爸一邊講電話，一邊面無表情地環顧四周（為了自我安慰，他們選擇與「城市之心公寓」一樣的壁紙：長春藤葉片間點綴著綠色鈕釦），凝視著坐在餐桌前的眾人（梅里伯伯一陣咳嗽突發、耳聾的瓦西夫似乎在側耳傾聽電話內容、卡利普母親的頭髮經過一再重染之後，終於變成了漂亮蘇珊伯母頭髮的顏色）。卡利普也和大家一樣，聆聽著只有一半的對話，努力猜測另一頭是什麼人。

「不，沒在這裡，沒來。」他爸爸說：「請問你是哪位？謝謝……我是叔叔……不，可惜，今晚沒和我們在一起。」

有人在找魯雅，卡利普想。

「有人在找耶拉。」他爸爸掛斷電話後說，他似乎頗開心。「一位年長的女士，仰慕者，這位貴婦人很喜愛他的某篇報紙專欄，想和他聯絡，問了他的住址、電話號碼。」

「哪一篇專欄？」卡利普問。

「你知道嗎？荷蕾，」他爸爸說：「奇怪的是，她聽起來聲音跟你好像。」

「我的聲音聽起來當然像個年長女士，這很正常，」荷蕾姑姑說，她豬肝色的脖子陡然伸長，像隻鵝似的。「不過我的聲音跟她一點也不像。」

「怎麼說不像？」

「你以為是貴婦人的那個人今天早上也打來過，」荷蕾姑姑說：「與其說她的聲音像貴婦，還不如說是一個巫婆努力裝出貴婦的聲音。或許根本是個男人，在模仿年長女人的聲音。」

那麼，這位年長的貴婦人是從哪兒得到這裡的電話號碼呢？卡利普的爸爸想知道。荷蕾問過她嗎？

「沒有，」荷蕾姑姑說：「我不覺得有必要。自從耶拉開始在專欄裡宣揚家醜，他好像在寫一群摔角選手還是什麼，關於他的任何事情我都不再感到驚訝。所以我想，也許他在另一篇藉嘲笑我們以取悅讀者的專欄中，公布了我們的電話號碼。不但如此，當我想起我們往生的雙親有多麼擔心他時，我慢慢明白，如今關於耶拉的事情唯一還能讓我感到驚訝的，是得知他這些年來恨我們的原因——而不是他透露我們的電話號碼給讀者消遣。」

「他恨是因為他是共產黨。」平息咳嗽的梅里伯伯說，勝利地點起菸。「當共產黨終於被打醒，明白他們永遠引誘不了勞工群眾或這個國家之後，他們便試圖誘惑軍隊，想要籌畫一場土耳其禁衛步兵式的激進分子革命。因此，他以他的專欄為工具，想藉此達成他們充滿鮮血與仇恨惡臭的夢想。」

「不，」荷蕾姑姑說：「這麼說太誇張了。」

「魯雅告訴我的，我知道，」梅里伯伯說，他笑了幾聲，沒有咳嗽。「他之所以自修學習法文，是因為他被未來的前景沖昏了頭，以為自己將來能在這個土耳其式激進分子禁衛步兵組織裡，擔任外交首長或是法國大使。一開始，我甚至還很高興我這個從來學不會外國語言、跟一群烏合之眾混掉了青春歲月的兒子，最後終於找到一個理由學習法文。可是，當他愈做愈過火之後，我便不准魯雅與他見面。」

「根本沒這回事，梅里。」蘇珊伯母說：「魯雅和耶拉一直有見面，彼此關心，相親相愛如同親兄妹一樣，彷彿他們是同一個母親所生。」

「當然有這回事，只可惜我晚了一步。」梅里伯伯說：「當他發現誘惑不了土耳其人民和軍隊後，他便誘惑自己的妹妹。所以魯雅才會變成一個無政府主義者。要不是因為我這個女婿卡利普拉她離開游擊隊暴徒的溫床、害蟲的巢穴，現在的魯雅天曉得在什麼鬼地方，而不是待在家裡睡覺。」

卡利普盯著指甲，心想所有的人都在想像可憐的魯雅臥病在床。他懷疑梅里伯伯是否會在這段每兩三個月就要列舉一次的指控中增添一點新意。

「魯雅本來很可能進監牢的，畢竟她不像耶拉那麼謹慎。」梅里伯伯說，無視於周圍眾人齊聲的「真主保佑」，激動忘情下，他繼續列舉罪狀：「然後，魯雅很可能會跟著耶拉混入幫派。可憐的魯雅說不定會開始結交貝佑律的流氓、海洛因毒販、賭場黑道、吸古柯鹼的白俄人，以及所有耶拉假借採訪名義而滲透加入的頹廢敗類。我們會發現自己的女兒跟一群下流人渣廝混，像是來這裡尋找骯髒樂子的英國人、熱中摔角選手與摔角報導的同性戀、在澡堂裡聚眾淫樂的美國蕩婦、假藝術家、在歐洲連妓女都當不上更別說演電影的本地明星、因為違命犯上或侵吞公款而被踢出軍隊的退役軍官、嗓子因為梅毒而啞掉的男裝歌手、想飛上枝頭當鳳凰的貧民窟少女。叫她吃一點『衣思垂朵米辛』。」他突然擠出一個莫名其妙的藥名，結束談話。

「什麼？」卡利普說。

「抗感冒的特效藥，配上『貝咳贊』一起吃。每隔六小時吃一次。現在幾點？你想她醒了嗎？」

蘇珊伯母說魯雅現在大概還在睡。卡利普又想到其他人心裡一定都在想：魯雅躺在床上睡覺。

「才不是！」艾斯瑪太太說。她正小心地收起可悲的桌布，儘管奶奶不准許，但受到爺爺的壞習慣影響，大家都把桌布拿來當餐巾擦嘴巴。「不，我不會讓我的耶拉在這間屋子裡受到排擠。我的耶拉如今是個名人了。」

根據梅里伯伯的說法，他五十五歲的兒子因為自以為了不起，根本懶得來探望七十五歲的父親。他不願意透露自己住在伊斯坦堡哪間公寓，不想讓他父親或家裡任何人找到他，甚至包括總是馬上原諒他的荷蕾姑姑；他不僅隱瞞電話號碼，還拔掉電話插頭。卡利普很怕梅里伯伯會擠出幾滴假眼淚，出於習慣而不是悲傷。然而相反地，他做出了卡利普所害怕的另一件事：梅里伯伯又再次重申，不理會兩人之間二十二歲的年齡差距，他一直很希望有個像卡利普這樣的兒子——理智、成熟、安靜，而不是像耶拉那樣。

二十二年前（也就是，當耶拉是他現在的年齡時），那時的卡利普不但高得尷尬，兩隻手臂在舉手投足間更顯得笨拙得難堪，當他初次聽見梅里伯伯的這段話時，他以為有可能成真，他想像自己或許可以每天與蘇珊伯母、梅里伯伯和魯雅共進晚餐，逃離爸媽飯桌上無色無味的晚餐——每次坐在餐桌前吃飯時，大家都會望向四周牆壁外某個無限延伸的點（媽：有中午吃剩的冷蔬菜，要不要？卡利普：不了，我才不要。媽：你呢？爸：我什麼？）。除此之外，他還想到其他令他頭暈目眩的事：每個星期日，他上樓找魯雅玩時（「祕密通道」、「看不見」），偶爾他腦中會閃過一個念頭，假設美麗的蘇珊伯母——他偷看到她身穿藍色睡衣，雖然難得才有一次——是他的母親（該有多好）；梅里伯伯——他的非洲冒險和法律故事令他心神嚮往——是他的父親（該有多好）；而與他同齡的魯雅，則是他的雙胞胎妹妹（想到這裡，思索著可怕的結論，他遲疑地打住了）。

等餐桌收拾好之後，卡利普說英國廣播電視臺的人正在找耶拉，可是一直沒找到。然而，這段話並未如他所預期地重新點燃大家的喋喋不休，再次討論耶拉不為人知的住址和電話號碼，也沒有激起大家猜測他在全伊斯坦堡有幾間公寓，又可能位於哪裡。有人說外面下雪了。於是，大家起身離開餐桌，在坐進各自熟悉的舒服椅子前，他們用手背撥開窗簾，透過黑暗寒冷的窗戶，望向薄雪飄落的僻巷。寂靜，乾淨的新雪。（耶拉曾經在〈古老齋戒月夜〉中摹寫過同樣的場景，但目的偏向譏嘲，而不是為了與讀者分享懷舊感傷！）卡利普隨瓦西夫走回他的房間。

瓦西夫坐在大床上，卡利普在他對面。瓦西夫雙手在肩膀上晃動著，然後用手指耙了一耙自己的一頭白髮：魯雅呢？卡利普拿拳頭敲敲胸膛，咳了幾聲：她生病咳嗽。接著，他把腦袋一側，趴在他用雙臂疊成的枕頭上：她躺著休息。瓦西夫從床底下拿出一個大紙箱：過去五十年來他所搜集的雜誌剪報集錦，很可能是最精華的部分。卡利普在他身旁坐下。彷彿魯雅坐在另一邊，彷彿她指著某些內容，他們開心大笑。他們檢視著從箱子裡隨意抽出的照片：著名足球選手油滑的笑容，二十年前，他臉上塗滿泡沫為一家刮鬍霜代言廣告，後來有一次他以頭部阻擋一記角球，結果腦溢血死了；伊拉克領導人卡塞姆將軍的屍體，一場軍事政變後，他一身制服倒臥血泊；有名的西西黎廣場謀殺案的現場模擬（魯雅會用廣播劇般的聲音說：「一名上校退休之後，才發現自己戴綠帽長達二十年，妒火中燒，他花了好幾天跟蹤淫亂記者和年輕妻子的座車，最後開槍射殺車子裡的兩人。」）；以及孟德雷斯總理饒過一頭獻祭給他的駱駝，照片裡，記者耶拉與駱駝在他身後，眼睛望向別處。正當卡利普準備起身回家時，他不經意地從瓦西夫的箱子裡抽出兩篇耶拉的專欄，吸引了他的注意：〈阿拉丁的店〉與〈劊子手與哭泣的臉〉。正好可以在一個注定失眠的夜裡閱讀！他不需要對瓦西夫比手畫腳太久，就借到了文章。後來，當他推辭掉艾斯瑪太太端來的咖啡時，大夥也都很體諒：顯然「我太太生病在家」的表情深深烙在他臉上。他站在敞開的大門口與眾人道別。就連梅里伯伯也說：「當然了，他應該回家去。」荷蕾姑姑彎下腰來，抱起從積雪街道溜回來的貓咪煤炭；屋子裡傳來更多叮嚀的聲音：「告訴她，快點好起來；叫她快點好起來；向魯雅轉達我們的愛；轉達我們的愛給魯雅！」

回程的路上，卡利普巧遇戴眼鏡的裁縫，他正把店門口的遮板拉下來。在懸著小冰柱的街燈的光暈下，他們互相打招呼，接著一起走。「我太晚了，」裁縫說，或許是為了打破雪夜的深邃寧靜，「太太在家裡，等著。」「冷。」卡利普回話。傾聽著腳下積雪的嘎扎聲響，他們並肩行走，直到抵達街角卡利普的公寓樓房，仰頭可見樓上角落的臥室窗戶，透出幽微的床頭燈光。一會兒一陣雪飄落，一會兒一片漆黑。

客廳的燈是昏暗的，和卡利普離開時一樣，而走廊的燈仍亮著。一進屋，卡利普便把開水壺拿到爐子上加熱，脫下風衣和夾克，並且掛起來，然後走進臥房，在幽暗的燈光中換掉濕襪子。他在餐桌邊坐下，重讀一遍魯雅留給他的道別信。用綠色鋼珠筆所寫的信，內容比他記憶中還短：十九個字。

4 阿拉丁的店

如果說我有任何缺點，那就是岔題。——拜榮帕夏

我是一個「栩栩如生」的作家。我查過這個成語，但仍不是很了解它的意思；我只是碰巧喜歡這個詞的效果。我總是夢想著寫作一些不同的事物：戰馬上的武士；三個世紀前某個濃霧瀰漫的早晨，雙方軍隊在黑暗的草原上準備開戰；冬夜的酒館裡，落魄的酒客互相講述愛情故事；情侶無止境的冒險，他們為了跟蹤一樁神祕案件，最後消失在偏僻的城市裡。然而真主安排我在此，寫作這個必須呈現別種故事的專欄，並且面對你們，我的讀者。我們已經學會了彼此容忍。

倘若我的記憶花園尚未開始枯竭，或許我不會像這樣對命運發牢騷，可是一旦拿起筆，眼前便浮現你們期盼的臉，這時，我的讀者，我荒蕪花園裡的記憶痕跡頓時灰飛煙滅。找不回記憶，只能夠面對它的痕跡，彷彿隔著淚水凝望扶手椅上情人留下的凹痕，她拋下你，再也不回來。

因此我決定直接去找阿拉丁。我向他暗示我打算在報紙上寫他，不過希望能先採訪他，他張大黑眼睛，說：「可是這樣不會勾起我的感傷嗎？」

我向他保證不會。我告訴他，他店裡賣的幾千樣——不，幾萬樣——物品一直存活在我們的記憶裡，各種顏色，各種氣味。我告訴他，生病在家的小孩，總是殷切地躺在床上等待母親從阿拉丁商店

帶回小禮物：一個玩具（鉛製玩具兵），或一本書（《紅孩兒》）、一冊義大利人拍攝的西部牛仔圖文書（第十七冊，故事說到被剝去頭皮的齊諾瓦死而復生，回來追殺印第安人）。我告訴他，附近學校裡成千上萬的學生等不及下課鐘響，他們的腦袋裡早已敲響了鐘聲，迫不及待等著放學後去他的店裡，購買高飛巧克力棒，為了得到裡面附贈的明星照片，像是足球選手（葛拉答隊的馬丁）、摔角選手（哈密・卡普蘭）、或其他電影明星（傑瑞・路易斯）。我告訴他，女孩們在前往技職夜校上課前，會先到他的店裡，買小瓶裝的去光水，擦掉指甲上淡淡的指甲油——同樣的這群女孩，雖然日後終究被孩子與孫子牢牢綁在淡而無味的廚房與淡而無味的婚姻中，但偶爾仍會回想起她們沒有結果的初戀，夢想著阿拉丁商店，有如一則遙遠的童話故事。

我們回到我住的地方，面對面坐下來。我告訴阿拉丁，多年前我在他的店裡買了一枝綠色鋼珠筆和一本譯得很差的偵探小說，我告訴他這些東西後續的發展。偵探小說是我為自己深愛的女人所買的，從那天起，她便注定一輩子什麼事都不做只讀偵探小說。我告訴他，曾經有兩個人（一位愛國軍官和一位記者）約在阿拉丁的店裡碰面，密謀叛變（計畫發動一場將改變我們歷史甚至全東方歷史的政變），時間恰巧在第一次歷史性群眾集會之前。我還告訴他，當這場重大會議發生的那個傍晚，不明究理的阿拉丁正站在疊滿書籍與箱子直達天花板的櫃檯後面，用口水沾濕指頭，細數隔天早晨該退回的報紙和雜誌。

提起色情雜誌，他把這些雜誌展示在商店櫥窗，並繞著店門口一棵粗大的栗子樹幹懸掛一圈。我向他透露，所有心不在焉走過人行道的寂寞男人，晚上都會夢見那些面對鏡頭袒胸露背的本地和外國玩伴女郎，在他們的夢裡狂歡作樂，像是《一千零一夜》故事中的放蕩女奴和蘇丹嬪妃。既然我們談到《一千零一夜》，我告訴他，其實根本沒有任何一夜的故事角色採用了他的名字，而是當一百五十年前這本書第一次在西方出版時，某個名叫安東・加蘭的人偷天換日，把它加入書中。我解釋道，加蘭其實根本不是從雪赫柔莎德口中聽說這則故事，而是來自阿列坡來的基督教學者尤漢那・迪亞伯。故事很可能源自土耳其，因此，再加上內容有關咖啡的細節，可以想見它發生在伊斯坦堡。然而，我繼續說，事實上，我們不可能去探究某個故事的哪一部分起源於哪裡，就好像我們不可能去探究生命的源頭。我確信事實如此，因為我遺忘了一切，一切。的確，我又老、又悲慘、脾氣乖戾、孤獨寂寞，我只想死。尼尚塔希廣場周圍的交通噪音和收音機的音樂歌聲把人推入哀傷的洪流。我告訴他，說了一輩子故事後，我想在自己為了所遺忘的一切而死之前，聽阿拉丁說故事，聽他講店裡每樣東西的每一個故事，關於店裡的古龍水、印花、火柴盒上的圖畫、尼龍絲襪、明信片、電影明星劇照、性學年鑑、髮夾、拜功[7]儀式手冊。

就像所有發現自己跌入小說的真實人物一樣，阿拉丁此時的存在有點超現實，虛實難辨，他的邏輯簡單清楚，毫無歧異。他承認他很高興報紙對他的商店感興趣。過去三十年來，一天十四小時，他經營這間忙得像蜂巢的街角店面；每星期日下午，當大家都在聆聽收音機裡的足球賽時，他則待在家裡小睡，從兩點半到四點半。他的本名不叫阿拉丁，但他的顧客並不知道。至於報紙，他只看受歡迎的《自由日報》。他指出他的店裡絕不可能有任何政治集會，畢竟泰斯維奇葉警察局就在對面；除此之外，他對政治毫無興趣。他從來不會用手指沾口水數雜誌，他的店也絕不是什麼傳奇或童話故事裡的場景。他受不了人們的愚言蠢行，好比有些可悲的糟老頭誤以為櫥窗裡的塑膠玩具手表是真貨，跑進來瘋狂採購，滿心以為搶到了便宜貨。還有那些玩「紙上賽馬」或「全國樂透」的人，一旦輸了便火冒三丈，跑來惹麻煩，認為是阿拉丁操縱賭局，忘記了當初的號碼根本是他們自己親手挑選的。舉例而言，只要哪個女人的尼龍絲襪脫線，或是哪家小孩吃了國產巧克力結果碎了一地，或是某個讀者不滿報紙上的政治觀點，他們全都會跑來找阿拉丁，儘管東西根本不是他做的，他不過是負責賣。如果咖啡盒裡裝的是咖啡色的鞋粉而不是咖啡，不干阿拉丁的事。如果國產電池只能聽完一首愛默．莎般的黏膩歌聲就沒電，還整個黏在電晶體收音機裡，不干阿拉丁的事。如果本來應該永遠指向北方的指北針卻始終指著泰斯維奇葉警察局，不干阿拉丁的事。如果寶服香菸盒裡夾著某位浪漫工廠女工的徵婚啟事，這更不干阿拉丁的事；然而儘管如此，油漆工助手還是興匆匆地跑來親吻阿拉丁的手，問他女孩的姓名和住址，同時拜託他當男儐相。

他的商店位於伊斯坦堡所謂的「黃金」地段，可是他的顧客總是、總是、素質低落跟不上。他很訝異西裝筆挺的紳士甚至還學不會什麼叫排隊；有時候他實在忍不住斥責某些人要知道好歹。比如說，他已經放棄了販賣公車票，因為有一堆人總在公車已經開到轉角時才衝進來，對他大吼大叫像是放縱劫掠的蒙古士兵：「車票！給我一張車票，快點！」他們把店裡弄得亂七八糟。他看過年長的夫婦為了挑樂透號碼破口開罵；濃妝豔抹的小姐聞遍三十種不同品牌後才終於選定一塊肥皂；退休的軍官來買一個哨子，結果把箱子裡每個哨子都吹過了，一個接一個。可是他慢慢習慣了，他已經看開了。他再也不會對他們動怒，就算家庭主婦埋怨他店裡沒有十年前某一期的圖文小說、某個胖男人為了確定郵票的味道直接拿起來舔、或是屠夫的太太隔天把縐紋紙康乃馨拿回來退，禮貌但氣憤地指責他這朵假花居然沒有香味。

他胼手胝足打造這家店鋪。許多年來他親手裝訂漫畫書《德州》和《牛仔湯姆》；當整座城市尚在熟睡時，他第一個開門打掃店面；他自己一個人把報紙和雜誌固定在大門和栗子樹上；他在櫥窗裡展

7　指伊斯蘭教徒之禱告。

示最流行的貨品；除此之外，為了滿足顧客的需求，多年來他的足跡遍及全伊斯坦堡，他走過每一吋土地，光顧每一家店，只為了採購最稀奇古怪的商品（比如說，芭蕾女伶玩具，只要有磁性的鏡子一靠近，她便踮腳旋轉；三色鞋帶；瞳孔後面裝有藍色燈泡的阿塔圖克[8]石膏像；形狀像荷蘭風車的削鉛筆機；寫著「出租」或「以慈悲寬仁阿拉真主之名」的標語；松香口味的泡泡糖，裡面附贈一張小鳥圖片，圖片從一編號到一百，張張各有不同；只在有頂大市場才找得到的粉紅色西洋雙陸棋骰子；泰山和巴巴羅沙海軍總司令的轉印貼紙；一端是鞋拔，另一端是開罐器的新奇工具；代表各足球隊顏色的頭巾——他自己過去十年來戴著一條藍色的）。不論要求多麼不合理，他從來不曾拒絕（你有沒有玫瑰香味的藍墨水？你有沒有那種會唱歌的戒指？），因為他認為，只要有人問起，就表示必定有這種東西。他會記在筆記本裡，回答說：「明天會進貨。」接著，他會像個追查謎案的旅行家，搜尋整座城市，每一間商店挨家挨戶找，直到發現他的獵物。有一陣子他靠販賣人們瘋狂搶購的圖文小說輕鬆賺錢，或是其他西部牛仔漫畫，或是一臉呆板的本地電影明星照片。然而也有一些冷清悽慘的日子，人們爭相排隊搶購流入黑市的咖啡與香菸。當你望出商店的櫥窗時，你不會去想人行道上川流不息的是「這種人或那種人」，而是……而是他們是「別種人」。

原本生活看似南轅北轍的人民，突然間全都想要音樂香菸盒，好像深怕自己趕不上流行，或者他們同時迷上比小指頭還短的日本原子筆。然而過一個月後他們全都失去興趣，轉而狂熱追求手槍形狀的打火機，搶手的程度使得阿拉丁必須加班補貨，以免供不應求。之後，颳起了一陣塑膠香菸濾嘴的旋風，接下來的六個月，所有的人都帶著瘋狂科學家的痴迷，觀察焦油在濾嘴上囤積。很快地放棄這項興趣後，接著，所有的人，不管是改革派或保守派、虔誠信徒或不信神的人，全部一窩蜂湧進阿拉丁的店購買形形色色的念珠，走到哪裡都是人手一串數著念珠。念珠風暴尚未止息，阿拉丁還來不及退回剩下的珠串，一股解析夢境的風潮已經開始蠢動，人們在店門口排隊等著買解夢的小冊子。某部美國片大紅大紫，於是所有時髦人士全都非得要有一副墨鏡不可；報紙上登出某樣物品，於是每個女人都必須擁有亮光唇膏；或者每個男人頭上都必須戴一頂彩色無邊帽，好像他們是伊瑪目[9]。總而言之，各種風潮就好像黑死病，如野火燎原般迅速蔓延。要不是這個原因，那麼為何成千上萬的人會在同一個時刻全部一時興起，把相同的木雕帆船擺在他們的收音機或暖器上、放進他們的後車窗和房間裡，或排放在他們的書桌和工作檯上？你還能說出什麼原因，使得全體老少婦孺受到無法理解的慾望驅使，渴望在牆壁和門上懸掛這張海報：一個歐洲人模樣的流浪兒，眼眶滑下一滴豆大的淚珠？這個國家，這些人民……實在……實在……「很奇怪」，我接口，替他把話說完。此時，尋找像是「不可思議」或甚至「駭人聽聞」等字眼的工作，是我的而不是阿拉丁的任務了。我們沉默了好一陣子。

後來我明白，阿拉丁與他的顧客之間存在著一股默契，藉此，他才能夠了解光靠語言仍表達不清楚的意思，比如說，會點頭的賽璐珞小鵝，或者，裡面包著酸櫻桃酒和一枚酸櫻桃的老式酒瓶狀巧克力，或者其他像是，伊斯坦堡某處可以買到最便宜的做風箏的細棍子。他對顧客一視同仁，同樣親切，不管是跟著奶奶來買響鈴的小女孩，還是滿臉痘痘的少年，趁沒有人注意隨手抓起一本法國雜誌，偷溜到店裡的陰暗角落，迫不及待想與書裡的裸女激情歡愛。他喜愛那位鼻梁上架著眼鏡的銀行出納員，她晚上買了一本揭露好萊塢風雲名流生活的小說，熬夜啃完整本書，隔天早上拿來退貨，說：「我發現家裡已經有這本書了。」他也喜愛那位提出特別訂貨的老人，他想買一張海報，上面有一位女孩正在閱讀用白

8 阿塔圖克：土耳其建國之父凱末爾，人民稱呼他為阿塔圖克（Ataturk）。

9 伊瑪目，意指「領導人」，在清真寺引領拜功儀式的教長。

報紙包成書皮的古蘭經。儘管如此，他的愛是有條件的。他多多少少可以體諒那對母女，她們把流行雜誌裡的衣服版型圖樣全部攤開，鋪滿整間店，為了可以當場剪裁她們自己的布料。他甚至也能同情那群男孩，他們連店門都還沒跨出去，就已經拿著玩具坦克互戰起來，最後扭打成一團把玩具也弄壞了。但另一方面，有時候，當人們詢問他鉛筆手電筒或塑膠骷髏頭鑰匙圈時，他不禁覺得，有個莫名其妙的世界正向他傳遞某種啟示。究竟是什麼神祕的因素，促使一個男人在大雪紛飛的冬日走進店裡，為了學生的家庭作業，堅持要買一本《避暑勝地》而非《避寒勝地》？一天夜裡，他正準備要打烊時，兩個形跡可疑的客人走進店裡，賞玩可以轉動手臂的洋娃娃（它們有各種尺寸，還有專屬的替換衣服），他們小心、溫柔、輕巧地拿起它們，彷彿醫生抱著活生生的嬰孩。他們凝視著粉紅色的娃娃張眼閉眼，陶醉入迷。他們請阿拉丁替他們把一個洋娃娃和一瓶茴香酒包起來，然後轉身消失在黑夜裡，嚇得阿拉丁毛骨悚然。發生過許多類似的事件後，阿拉丁晚上會夢見這些他裝在盒子和塑膠袋裡賣掉的洋娃娃，眼前浮現幻象：夜晚關店之後，洋娃娃開始緩緩眨眼，它們的頭髮一直長、一直長。或許他打算問我究竟這一切是什麼意思，但突然間他陷入黯然而深思的沉默，正如同我們的同胞，每當他們覺得自己說太多話、談太多個人苦難，占去了別人的時間時，他們便會默然以對。我們深知彼此都不想立刻再度開口說話，我們一起沉入這片寂靜。

半晌後，阿拉丁帶著一抹歉意的神情離去，臨走前他說，現在全看我了，他確信我會盡力而為。總有一天，我也許真能盡力而為，寫出一些好東西，述說那些洋娃娃與我們的夢境。

5 絕對幼稚

人們為了某個理由而離開。他們告訴你他們的理由，他們給你一個回應的機會。他們不會就那樣子失去蹤影。不，這麼做是絕對的幼稚。

——普魯斯特

魯雅用綠色鋼珠筆寫下了十九個字的道別信，那枝筆卡利普平常始終放在電話旁邊，如今卻不見蹤影。他翻遍了整間公寓仍找不到，所以卡利普猜測，魯雅是在臨走前最後一分鐘寫下這封信，便順手把它放進皮包裡，心想也許以後還用得著。過去她偶爾心血來潮提筆寫信時（她總是寫不完；就算真的寫完了，她也從來不把信放進信封；就算真的放進信封，她也從來不會寄出去）所偏愛的粗原子筆，擺在老地方：臥房的抽屜裡。

卡利普花了好一段時間翻箱倒櫃，想知道她的信紙是從哪一本筆記本撕下來的。他翻出舊寫字檯抽屜裡所有筆記本，與信紙逐一比對。卡利普聽從魯雅和耶拉的建議，把自己從小到大的筆記本收藏於此，建立起一座個人的歷史博物館：小學的數學作業簿，裡面以每打六塊錢的價格計算雞蛋的售價；宗教課上強迫抄寫的祈禱文筆記本，最後幾頁畫著納粹黨徽和鬥雞眼宗教老師的肖像；土耳其文學筆記本，邊緣畫滿了女人的衣裙，寫滿了外國偶像、英俊的本國運動員，以及流行歌星的名字（「考試可能會考關於《美與愛》的問題」）。

他花了許多時間重複翻檢抽屜，徒勞無功；搜遍每一個箱子的底部，勾起悲傷的回憶；再一次伸手探進魯雅的口袋，一如往昔的幽香似乎與卡利普作對，說服他一切都不曾改變。直到晨禱的呼喚已過，終於，當他再度瞥向舊寫字檯時，他才湊巧發現被魯雅撕去一頁的學校作業本。雖然他之前已經檢查過了，但沒有仔細注意裡面的圖畫和注解（「行政內閣搜刮國有林地的行為，促成五月二十七日的軍事政變」；「水螅的橫切面看起來很像奶奶餐具櫥裡的藍色花瓶」），此時他才發現作業本中間被匆忙草率地撕掉一頁。然而這只是再度透露出魯雅的魯莽倉促，只是印證了他一整夜的努力，只是小小的發現，一段段如同坍塌的骨牌般相互堆疊的回憶。

一段回憶：許多年前，他們在中學的時候，卡利普和魯雅同坐一桌，有一位講課枯燥乏味、討人厭的歷史老師，時常突擊式隨堂小考：「把紙和筆拿出來！」整間教室頓時陷入毫無準備的恐慌，一片死寂，這時如果她聽見學生從筆記本裡撕紙的聲音，她便當場火冒三丈：「不准從筆記本撕空白紙！」她尖銳的聲音刺入耳膜，「我要單張白紙！那些撕筆記本的人是摧毀國家財產，不配做土耳其人，是敗類！我會給他們零分！」她還真的說到做到！

一個小發現：夜半時分，一片寂靜，只有冰箱無緣無故斷斷續續發出惱人的干擾聲響，經過不知道第幾次的翻檢後，卡利普在魯雅衣櫃的底部找出一本翻譯的偵探小說，塞在她留下來的墨綠色便鞋之間。公寓裡有幾百本這種小說，他隨手翻了翻手中的黑皮書，封面印著一隻小小的、神情陰險的大眼貓頭鷹，正當他打算把它丟到一旁，他那隻在一夜之間學會如何翻遍衣櫃底部和抽屜角落的手，彷彿是靠自己的力量找到了一張從彩色雜誌上剪下來的照片：一個俊美的裸男。卡利普直覺地比了比這個男人和自己的大小，他望著照片中頹軟的傢伙，心想：她這本雜誌一定是在阿拉丁店裡買的。

回憶：魯雅相信卡利普絕不會碰她的書。她知道他受不了偵探小說，而她也只有這些書。卡利普絲毫不願浪費時間在偵探小說的虛構世界裡，這些故事裡的英國人都是英國神探，而蠢蛋們都是超級蠢蛋，主角和配角包括凶手和被害人的行為像是機器設定，不符合人之常情，他們只是依照作者的逼迫，照本演戲。（打發時間嘛！魯雅總是這麼說，接著一邊啃書，一邊猛嚼從阿拉丁店裡買來的堅果零嘴。）卡利普有一次告訴魯雅：「唯一值得閱讀的偵探小說，應該是作者自己也不曉得凶手是誰。」只有這樣，書中的人物和角色才不會變成混淆視聽的假線索，操控在一位全知全能的作者手中。藉由反映出現實世界的真人真事，他們在書中的形象才會真實鮮活，而不單是小說家想像力的虛構之物。看小說看得比卡利普多的魯雅則反問，如果一本小說真如他所言，充滿了各式各樣的細節，最後必然會因為過於龐雜而完全失控。偵探小說中的細節之所以如此安排，很明顯地，目的是為了最後的破案做伏筆。

細節：魯雅離開前，曾經拿殺蟲劑——罐子上畫著一隻大黑甲蟲和三隻蟑螂來嚇唬顧客——在浴室、廚房和走廊裡狂噴一通（那些地方還臭得很）。她沒有多想，扭開了所謂的「巧婦爐」（多此一舉，因為星期四是大樓的中央熱水日），略翻了一下《民族日報》（有點皺），並且用隨手抓到的鉛筆在上面做了幾題填字遊戲：陵寢、峽谷、月亮、力量、即興表演、虔誠、神祕、傾聽。她吃了早餐（茶、羊乳酪、麵包）但沒有洗碗。她在臥房裡抽了兩根菸，在客廳裡抽了四根。她帶走了幾件冬衣、一些她說會傷害皮膚的化妝品、她的拖鞋、好幾本沒讀完的小說、平時掛在抽屜把手但沒有鑰匙的幸運鑰匙圈、她唯一的首飾珍珠項鍊、以及她的附鏡髮梳。她穿走了與她頭髮顏色相同的厚外套。她一定是把這些東西塞進她之前向她爸爸借的中型舊皮箱裡（梅里伯伯從巴巴里海岸帶回來的），當初他們借用的原因是想說旅遊時可備不時之需，只不過他們從未成行。她關上了大部分的櫥櫃（用踢的），她把抽屜也都關好，把隨身用品歸回原位。她一口氣寫完道別信，沒有停頓。垃圾桶或菸灰缸裡找不到揉成一團的草稿。

或許它根本不是一封道別信。雖然魯雅沒有提到她會回來，但也沒有說她不會回來。似乎她拋下的是這間公寓，而不是卡利普。她甚至提出七個字的請求，邀他成為共犯：「應付媽和其他人。」他也立刻接受了這個角色。他很高興她沒有明白地說她的離開是卡利普的錯，他更欣慰自己可以當魯雅的共犯，在一切已成定局之後，至少還能成為她的犯罪同夥。為了答謝他的幫忙，魯雅給予卡利普一個五字承諾：「會保持聯絡。」然而，一整夜，她都未曾與他聯絡。

反倒是暖氣爐，一整夜，持續不斷發出各種呻吟、嘆息、咕噥。間歇的寂靜中，雪花飄落。賣奶酒的小販一度叫賣起發酵奶，但沒有再出現。魯雅的綠色簽名和卡利普互相對視，久久無法移開。屋子裡的物品和陰影完全變了樣；這裡似乎變成一個陌生的地方。卡利普想：「蜘蛛！原來這些年來掛在牆上的這個裝飾品看起來像蜘蛛。」他想睡個覺，說不定可以作場好夢，但是他睡不著。一整夜，他每隔一段時間就重新把整間公寓再翻箱倒櫃一遍，不顧先前是不是已經搜過了。（他剛才已經查過衣櫥裡的箱子了，是不是；他查過了，應該是；可能還沒；不對，他還沒查過；現在他得全部從頭再翻一遍。）手裡拿著滿載記憶的魯雅皮帶扣環，或是她遺失很久的太陽眼鏡空盒，他會猛然明白自己的搜尋毫無目標，於是再把手裡的物品一絲不茍地放回原位，像是一個博物館研究員，小心翼翼地拿取收藏品。（那些故事書裡的偵探實在太沒有說服力了，根本是作者偷偷把答案透露給這些偵探——太天真了，以為讀者會笨到去相信。）像個夢遊者般，他的雙腳踩著恍惚的步伐，領他走進廚房，他翻了翻冰箱，卻沒有拿出任何東西；接著他發現自己回到客廳，才剛坐回他最喜歡的椅子裡，卻馬上又從頭展開相同的搜索儀式。

被拋棄的這一夜，卡利普獨自坐在這張椅子裡，結婚三年來，他總習慣望著魯雅坐在對面，緊張而焦躁地看她的偵探小說。卡利普眼前不斷浮現相同的影像：她搖晃著雙腿，手指纏繞頭髮，興致盎然地翻動書頁，不時發出深深嘆息。盤據他心頭揮之不去的，並不是自卑、挫敗、寂寞（我的臉長得不對稱，我笨手笨腳，我太軟弱無能，我的聲音太有氣無力了！）——這種感覺出現在他高中的時候，有幾次，在那些蟑螂四處橫行霸道的糕餅鋪和布丁店[10]裡，他目睹魯雅和幾個滿臉痘痘的少年約會，不像卡利普，他們不僅上唇冒出了鬍子，而且已經學會抽菸。不，不是那樣。他腦中想的也不是高中畢業後三年的某個星期六下午，他上樓去他們的公寓（「我上來看看你們有沒有藍色標籤紙」），看到蘇珊伯母坐在破舊的梳妝檯前化妝，一旁的魯雅瞥了一眼手表，不耐煩地搖晃雙腿。徘徊他腦海的甚至不是魯雅的蒼白倦容，他從沒見過她這種神情，那時，他才得知她結婚了，嫁給年輕的政治運動家，而且不單單是基於政治因素。這個人，不僅周遭的人對他推崇備至，甚至已經在《勞工的黎明》上以真名刊登了第一篇政治分析。一整夜，卡利普眼前浮現的畫面，是他曾經錯失的生活片段，一個機會，一小段歡樂：光線從阿拉丁的店裡流瀉而出，映得白色的人行道瑩瑩閃爍，雪花落入燈光裡。

一個星期五晚上，那時他們小學三年級，也就是魯雅一家人搬進頂樓公寓一年半之後。天色已黑，汽車和電車的轟隆聲響在冬夜的尼尚塔希廣場迴盪，他們才正要開始玩一個自創的新遊戲：「我消失了」，遊戲的規則結合了「祕密通道」和「看不見」。其中一個人「消失」到爺爺奶奶、叔叔伯伯或爸媽媽的公寓一角，接著另一個人必須把消失的人找出來。遊戲很簡單，不過規定不可以開燈，也沒有時間限制，因此全賴搜尋者的想像力與耐性。輪到卡利普「消失」時，他跑進奶奶的臥房，躲到衣櫥上面（先是踩著椅子的扶手，然後，小心地，踏上椅背），他一面心想魯雅一定不會發現他在上面，一面

10 土耳其的「布丁店」類似咖啡館，販賣傳統的各式甜鹹米布丁、牛奶布丁、咖啡、糕餅及餐點等。

幻想她在黑暗中走動的模樣。他想像自己在魯雅的處境，設法體會她此刻的情緒，她一定正到處找他，焦急難耐！魯雅一定快哭出來了；魯雅一定無聊死了；魯雅一定淚眼漣漣地哀求他出來，出來！不管你在哪裡！等了好久好久，對孩子而言彷彿是一輩子，於是他突然失去耐性，從衣櫥頂溜下來，忘記自己這麼一失掉耐心就已經結束了遊戲。等卡利普的眼睛適應了幽暗的光線後，此刻反而變成是他開始在整棟公寓大樓裡尋找魯雅。找遍了所有的房間後，一股恍惚而恐懼的感覺湧上身來，一種失敗的暗示，最後他不得不求助於奶奶。「老天爺，你滿身是灰！」奶奶說，坐在他的對面，「你跑到哪裡去了？大家一直在找你！」接著她補充：「耶拉回來了。他和魯雅去阿拉丁的店裡。」卡利普連忙奔向窗戶，來到冰冷、陰暗、墨藍色的窗邊。外頭下著雪，一場緩慢而悲淒的雪，召喚著你出去；一道光線從阿拉丁的店裡流瀉而出，穿過玩具、圖畫書、足球、溜溜球、彩色瓶子。白雪覆蓋的人行道瑩瑩閃爍，泛著一片好似魯雅臉頰的微暈光芒。

漫漫長夜裡，每當卡利普回想起這幕二十四年前的影像，心底就湧起一股不快的焦躁，像是一鍋突然滾沸的牛奶。這段生活片段究竟遺落在何方？他聽見走廊裡傳來老爺鐘無休無止的嘲弄滴答聲，這口鐘曾經陪伴爺爺奶奶數過歲月，卡利普和魯雅婚後不久，他把它從荷蕾姑姑家搬回來，帶著滿心的熱情與堅持，把它掛在自己的幸福小窩牆上，渴望藉此留住他們彼此童年的神祕與回憶。結婚三年來，不是卡利普，反倒是魯雅，她似乎總覺得錯失了某個未知生活的樂趣與遊戲，因而鬱鬱不樂。

卡利普每天早上出門上班，傍晚乘坐公車或共乘小巴回家，與車子裡一臉木然的陌生群眾推擠纏鬥，摩肩擦踵。一整天，他不斷尋找各種瑣碎到連魯雅都不得不皺眉的藉口，從辦公室打電話回家給她。等他一回到溫暖的家，他會開始透過檢查菸灰缸囤積的菸灰、菸蒂的數目和品牌，來推算魯雅今天做了些什麼——通常不會差太遠。在這段幸福的剎那（很罕有）或懷疑的當下，如果他像昨晚腦中想的那樣，仿照西方電影中的丈夫詢問妻子這一天做了些什麼，那麼他們兩人會陡然陷入尷尬，好像闖入一個朦朧曖昧的模糊地帶，不管是東方還是西方的電影中從來不曾清楚解釋的地帶。直到卡利普結婚後，他才偶然發現這塊神祕、隱晦、曖昧的區域，暗藏在某些無名人物的生命裡——也就是統計上和政府機關稱之為「家庭主婦」的這些人（卡利普從來不曾把魯雅跟買洗衣粉帶小孩的女人聯想在一起）。

卡利普很清楚，在這個隱晦世界中，有一座長滿奇花異草的花園，完全將他隔絕於外，就好像魯雅深不可探的記憶。所有洗衣粉廣告、圖文小說、最新的外國翻譯刊物、大部分廣播節目，和星期日報紙裡的彩色夾頁，都以這塊禁地為共通的主題和目標。儘管如此，它依然遠超過所有人的理解範圍，比任何人所知的都還要神祕而謎樣。有時候，卡利普會摸不著頭緒，搞不懂為什麼剪刀會放在走廊裡的暖氣爐上面的銅碗旁邊，或者當星期日他們出遊時，巧遇某個他好幾年沒見但魯雅一直保持聯絡的女人，然後卡利普會一陣錯愕，頓時楞住，彷彿撞見一條線索、一個從禁地浮現的暗號，彷彿過去暗地裡廣為流傳的祕密教派如今無須再隱藏，大刺刺地呈現在他面前。令人恐懼的，是這個謎的傳染力，它像某種神祕的邪教崇拜，蔓延在一群通稱為「家庭主婦」的普通人之間。除此之外，更令人害怕的，是眾人假裝這個謎根本不存在，沒有任何奧祕的儀式，沒有共同的犯罪邪行，沒有狂熱也沒有歷史，似乎她們的行為並非出自於祕密的共識，而是發自於內在的慾望。像是後宮太監謹守的祕密，牢牢上鎖，並把鑰匙給丟棄，謎底既誘人又教人反胃：既然它的存在眾所周知，或許它並非可怕得像一場夢魘；可是既然它隱而不宣地代代相傳，從不曾被人明言提起，那麼它必然是一個卑微的祕密，絲毫談不上什麼驕傲、肯定，或光榮。卡利普有時候會覺得這塊地帶如同某種詛咒，像是糾纏著一個家族世代成員、揮之不去的詛咒。然而，目睹過太多女人基於婚姻、養兒育女，或其他含糊的理由而突然辭去工作，自願返回那塊詛咒之地，他逐漸明白其中蘊含著某種密教式的磁力吸引。儘管如此，他看到有許多女人，費盡力氣好不容易擺脫了詛咒，成為有頭有臉的人，但仍然難掩內心的嚮往，渴望返回熟悉的神祕，重拾她們拋在腦後的魅惑時光，回到他永遠無法理解的幽暗禁地。

有時候，當魯雅為了他愚蠢的笑話或雙關語而捧腹大笑時，他會驚異不已；或者當她附和他的歡愉，任憑他笨拙的雙手滑入她栗貂色的黑暗密林，撇開所有從雜誌照片上學來的儀式，忘卻所有的過去與未來，沉溺於夫妻間水乳交融的剎那，突然間，卡利普會忍不住想問他妻子一個涉及神祕禁地的問題，想問她今天在家裡做了什麼，在某一個小時，除了洗衣服、洗碗、讀偵探小說、出門之外，做了什麼（醫生說他們可能沒辦法生小孩，魯雅對此也沒表示特別感興趣）；但是，問題說出口後，很可能會在他們之間割裂一道鴻溝，得到的回答更可能是他們日常對話中完全陌生的語言，想到這裡他無限恐懼，以致他問不出口，只能緊緊抱著魯雅，任由自己剎那間臉色倏然轉白，徹底呆滯。「你的臉又呆掉了！」她會說。他想起小時候魯雅母親說的話，她會重複說：「你的臉白得像紙一樣！」

晨禱的呼喚過後，卡利普坐在客廳的椅子裡打了一會兒盹。夢中，水族箱盛滿了綠色的液體，如同鋼珠筆的綠色墨水，日本金魚昏沉地游動，魯雅、卡利普和瓦西夫談論一個從前的錯誤，後來，才發現又聾又啞的並不是瓦西夫，而是卡利普。然而，他們並沒有太沮喪：畢竟，很快地一切都將會沒事。

等他一醒來，卡利普來到餐桌前坐下，腦中想像著魯雅十九或二十小時之前做過的事，一面在桌上尋找白紙。他沒有找到——就如同魯雅沒找到一樣——於是他翻過魯雅的信紙，開始在紙背上寫字，列出昨天夜裡所有閃過他腦海的人和地。令人不快的名單愈寫愈長，逼著他繼續往下寫，卡利普不禁覺得自己似乎在模仿某本偵探小說裡的主角：魯雅的舊情人、她「奇怪」的女性朋友、她偶爾提起的密友、她某段時間的「政治」同志，以及他們共同的朋友，後者，卡利普決定，除非找到魯雅，不然不能讓他們知道。他草草寫下他們的名字，用不確定的母音和子音拼出姓名，隨著筆跡上下起伏，他們的臉孔和形體逐漸累積意義和雙關喻意。他們開心地向卡利普揮手招呼，向這位新手偵探眨眼，傳遞假訊息，引他誤入歧途。很快地，等聽見清道夫來收垃圾、把大垃圾桶摔在垃圾車柵門上的聲音後，卡利普才逼迫自己停下筆，把名單塞進他身上的外套內袋裡。

卡利普關掉公寓裡所有的燈，屋裡只剩清晨時積雪反射的藍光。為了不讓好管閒事的門房起疑，他把垃圾桶拿出去，不過事先又檢查了一遍裡面的內容物。他泡了茶，替刮鬍刀換了新刀片，刮好鬍子，換上乾淨但未熨過的內衣和襯衫，然後把被他翻來翻去一整夜的房間收拾整理。當他換衣服的時候，門房已經把《民族日報》塞進門縫。他一邊喝茶一邊看報，耶拉的專欄提到「眼睛」的主題，關於他多年前某個深夜在貧民窟裡閒蕩時遇見的眼睛。卡利普記得讀過這篇文章，以前已經刊載過了，儘管如此，他仍感覺到同一隻「眼睛」瞄準著他，讓他不寒而慄。這時電話響了。

一定是魯雅！卡利普心想。在他拿起話筒時，甚至已經挑好了今天晚上兩人要去哪一家電影院：皇宮戲院。但話筒那頭傳來令人失望的聲音，他馬上毫不遲疑地編出一個故事來打發蘇珊伯母：對，對，魯雅退燒了；她不但睡得很好，甚至作了一個夢；當然，她想跟媽說話；稍等一下。「魯雅！」卡利普朝走廊裡喊，「魯雅，你媽在電話上！」他想像魯雅起身下床，一邊找拖鞋一邊懶洋洋地打呵欠、伸懶腰。接著，他在內心的放映機上換了另一捲帶子：體貼的丈夫卡利普走進房裡去叫妻子接電話，卻發現她像嬰兒般熟睡在床。他甚至還故意走進走廊再走回來，做出假的「環境音效」，為第二捲帶子增添真實感，讓蘇珊伯母信以為真。他回到電話旁：「她又回床上睡覺了，蘇珊伯母。她因為發燒眼睛腫得張不開。她大概洗了把臉後又躺回床上睡著了。」「叫她多喝點柳橙汁。」蘇珊伯母鉅細靡遺地指示他尼尚塔希哪裡可以買到最便宜的紅橙。「我們今天晚上可能會去皇宮戲院。」卡利普信心滿滿地說。「注意別讓她又著涼了。」蘇珊伯母說，或許擔心自己干涉太多，她轉換一個毫不相關的話題：「你知不知道你的聲音在電話裡聽起來很像耶拉？還是你也感冒了？小心別被魯雅傳染。」他們同時掛上話筒，輕輕地，不是怕吵醒魯雅，反倒像是怕弄傷了話筒，深深感覺到同樣的恭敬、溫柔，和寧靜。

掛上電話，卡利普回到耶拉的舊文章，再次沉入他不久前讀到的角色、剛才提到的「眼睛」的注視、以及他自己的混沌思緒中，一會兒他猛然頓悟：「一定是這樣，魯雅回去找她前夫了！」他很驚訝自己居然沒看出這麼明顯的事實，整個晚上蒙蔽在自己的逃亡假想裡。帶著同樣的堅決肯定，他決定打電話給耶拉，告訴他自己所經歷的精神折磨，以及他的決定：「我現在就要去找他們。等我在魯雅第一任丈夫那裡找到她時——不用花太多時間——我怕自己可能勸不動她回家。只有你才知道怎麼樣哄她回家（「回到我身邊」，他想這麼說但開不了口），所以我應該怎麼說才能叫她回來？」「首先，穩住你自己，」耶拉會認真說：「魯雅是什麼時候離開的？鎮定下來。我們一起從頭到尾好好想一想，來我這，到報社來。」

可是耶拉既不在家裡也不在報社，還沒到。走出門前，卡利普原本設想要把話筒拿下來，但他沒有。假使他真的做了，到時候要是蘇珊伯母說「我打了好幾次，老是通話中」，他便可以回答：「魯雅沒有把話筒掛好，你也知道她老是心不在焉，老是丟三忘四。」

6 班迪師傅的孩子

……嘆息聲響起，顫抖地穿透這沒有時間的空間[11]。

——但丁《神曲：地獄篇》第四節詩

自從我們魯莽地邀請一般民眾透過我們的專欄表達意見，無論其來源、背景或信仰後，便立刻湧進了大量讀者投書，其中不乏妙文佳作。有些讀者得知他們的題材終於也有發聲的一天，甚至懶得完整寫出來，乾脆親自跑到報社向我們講述他們的故事，口沫橫飛直到臉色發青。還有一些人，當發現我們對於他們所陳述的駭人細節和可疑鬧劇持懷疑態度時，為了證明自己的清白和故事的真實性，他們索性把我們拖下書桌，引領我們進入文化中神祕懵昧的晦暗角落——某些從未有人探究或書寫過的幽蔽之處。我們便是從這裡獲知了土耳其假人製造的隱晦歷史，後來我們才知道，這一行被迫轉入地下進行。

幾百年來，在我們的文化中，從來沒有人意識到製造假人也是一門藝術，只把它視為某種「民俗工藝」，充滿鄉土氣息，就好像那是稻草人之類的玩意兒。班迪師傅是第一位致力於此行業的工匠，也是假人製造業的開山祖師。他曾為海軍博物館製作過展場所需的假人，這座博物館是我們的第一座，由蘇

11 指但丁《神曲》中介於天堂與地獄間的靈薄獄。

丹阿布杜哈密下召興建，當時的王儲奧斯曼．亞拉列丁殿下出資贊助。這項技藝後來之所以走向祕傳，也是因為班迪師傅的緣故。因為，根據目擊者的敘述，參加博物館開幕的來賓對眼前的景象震驚不已，他們看見三百多年前在地中海擊潰義大利和西班牙船艦的土耳其強壯海盜和魁梧戰士，威武地屹立不搖，八字鬍又挺又翹，站立在皇家遊艇和軍艦之間。班迪師傅用木頭、灰泥、蠟、羊皮、駱駝皮和母鹿皮、加上人髮和鬍鬚，製造出他獨一無二的驚人塑像。然而當時的伊斯蘭教長是個老古板，親眼看見這些由精湛技藝製作出的奇蹟造物後，勃然大怒：因為完美仿製阿拉的造物意謂著與祂競爭，所以這些假人便被移出博物館，軍艦與軍艦之間則改放欄杆。

禁令──在我們從沒停止過的西化歷程中是家常便飯──並沒有澆熄班迪師傅對工藝的滿腔熱情。他不但忙著在自己家裡製作新的假人，更企圖遊說政府當局允許把他稱之為「孩子」的傑作再一次放進博物館裡或者任何別的地方，只要能夠展示就好。他被拒絕之後，便把一肚子氣怪到政府當局的不支持，而沒有遷怒於自己的藝術品。他把自己家裡的地下室改建成工作室，在那裡繼續生產假人。後來，他從伊斯坦堡舊城搬家到葛拉答的基督徒區，主要是為了防範鄰居指責他「邪魔歪道、變態、異端邪教」，另一方面則是因為他的「孩子」數量持續增加，原來那棟中等大小的穆斯林住所再也容納不下。

搬進位於庫勒迪畢的這棟怪屋子後（我便是來這裡參觀），班迪師傅本著熱情和信念繼續他嚴謹的工作，並把他專精的手藝傳授給自己的兒子。經過二十年不間斷的努力，他注意到許多貝佑律的流行服飾店開始在櫥窗裡擺設假人，那時正值土耳其共和國建立之初，西化的熱潮正如火如荼地展開，男士拋棄土耳其氈帽換上巴拿馬帽，女士則摘下面紗蹬上高跟鞋。班迪師傅第一次看見那些進口的假人時，他以為自己等待多年的勝利時刻終於來臨，於是他衝出他的地下工作室，奔上大街。然而，在貝佑律五光十色的繁華街道上，他遭遇到另一個新的打擊，使得他從此以後將自己放逐到地下的幽暗歲月，直到老死。

無論是豪華百貨公司的老闆，或者是販售西裝、裙子、服飾、絲襪、大衣、帽子等的成衣供應商，還是親自前來地窖工作室參觀的櫥窗設計師，在看過班迪師傅所展示的作品後，全都一一回絕了他。很明顯地，他所製造的假人長得不像教導我們什麼是風格的西方模特兒，而像我們自己人。「顧客，」其中一位商店老闆說：「不想看到風衣穿在一個大鬍子、O型腿、又黑又瘦、滿街都是的同胞身上。顧客想要的是穿在一位來自遙遠陌生國度的漂亮新面孔身上的外套，因為當他披上這件外套時，他相信自己也跟著變成了另外一個人。」一位頭腦清楚的櫥窗設計師，儘管對班迪師傅的傑作甚感驚豔，但他解釋為了自己的生計著想，很遺憾地無法在櫥窗裡擺設「這些正宗土耳其人，這些真實的同胞」，原因是：當今的土耳其人不想再當「土耳其人」了，他們想當別的。那就是為什麼每個人大力提倡穿著正式服裝、剃光鬍子、改良語言的發音和字母。另一名商店老闆則簡潔地指出，他的客戶其實不是要買一套衣服，而是要買一個夢。他們真正想要購買的是一個夢想，希望能變成像穿著同一件衣服的「別人」。

班迪師傅根本不考慮依此概念製造假人。他很清楚自己絕對比不過那些姿勢怪異、始終面帶牙膏廣告式微笑的歐洲進口模特兒。於是，他返回他陰暗的工作室，放棄了自己的衷心夢想。接下來的十五年，直到他去世前，他又製造出超過一百五十尊假人，每一尊都是藝術的結晶，把他個人的怪誕夢想轉化為真實的血肉證明。他的兒子大老遠前往我們的報社，帶我們去他父親的地下工作室，並向我們逐一展示這些假人，他解釋道，這些滿布塵埃的奇異作品中，蘊含著我們之所以是「我們」的「本質」。

我們一路從葛拉答高塔走下泥濘的斜坡，踩過骯髒的人行道上歪扭的階梯，來到這棟陰冷的房屋。站在地下室裡，我們被一群扭動掙扎的假人所圍繞，他們似乎焦躁地想做點什麼好抓住生命。晦暗的地窖裡，千百張臉孔隱藏在陰影中，靈動的眼睛注視著我們或望著彼此。有些坐著，有些在說話，有些忙著吃，有些大笑，有些在禱告，有些則好像透過自己的「存在」來反抗外在世界，而他們的「存在」在那一刻似乎顯得叫人難以承受。顯而易見：這些假人身上蘊含著一股活力，那是在葛拉答橋上的群眾身上所看不到的，更不用說在貝佑律或馬赫姆帕夏市場的櫥窗裡。生命力像光線般，從這群掙扎扭動、急促喘息的假人的皮膚下滲透而出。心醉神迷之中，我記得自己走向身旁的一尊假人，滿懷敬畏與嚮往。我記得自己伸手觸碰這個生物（一個長輩般的人物，沉浸於自身的憂愁），想感受他，想試圖感覺他的活力，想察知他之所以如此真實的祕訣何在，想探究他的世界。然而他僵硬的皮膚卻如同這個房間一樣冰冷、可怕。

「我父親以前常說，」假人師傅的兒子語氣自豪說：「我們最需要留意的是，每個人獨一無二的姿勢。」經過一段漫長而勞累的工作時間後，他和父親會從庫勒迪畢的暗室重回人間，到塔克辛的「風尚咖啡館」找一張視野好的桌子，坐下來點杯茶，然後開始觀察廣場人群的「姿勢」。這麼多年來，他的父親始終相信，就算一個國家的生活方式、歷史、科技、文化、藝術、文學會有改變，但是人的姿勢絕不可能變了樣。兒子接著補充說明，形容計程車司機點菸時的站姿；解釋貝佑律的流氓側身走下街道時，為什麼手臂會弓在身體外側像螃蟹一樣；他指出賣烤豆子小販的學徒的下巴和我們每個人一樣咧嘴大笑。他繼續透露，手拿購物網袋獨自在街上行走的女人，低垂的眼眸中含藏著惶恐。他解釋為什麼我們土耳其人在城市裡總是低頭走路，但到了鄉下就抬頭挺胸。他不厭其煩地指出假人的姿勢，他們的舉手投足，以及在那些動作之中，是什麼樣的本質構成了「我們」。這些人偶就這麼永恆等待著有朝一日被賦予生命。更不用說，你也很清楚這些驚人的造物絕對適合穿上漂亮的衣服展示。

然而，望著這些假人，這些悲傷的造物，你仍不禁感覺到有個東西催促著你回到外頭陽光普照的世界。我該怎麼說？是某種恐懼——駭怖、淒惻、陰暗！當兒子脫口而出「到最後，我父親停止觀察，甚至連最平凡的動作他也不再注意」，我似乎已經猜到了這個可怕的事實。父親與兒子逐漸發現，所有我稱之為「姿勢」的動作，無論是擤鼻涕或捧腹大笑，走路或握手，冷淡的斜睨或拔開瓶塞，所有這些平凡的動作全都變了樣，失去了它們的正統純粹。一開始，從風尚咖啡館裡觀察人群，他們想不透路上的那個男人究竟在模仿誰，畢竟他所看到的人除了自己之外，只有周遭那些和他從同一個模子印出來的同胞。人們日常生活的每一個舉手投足、兒子和父親所謂「人類最偉大珍寶」的姿勢，在不知不覺中慢慢變化，消失無蹤，彷彿聽命於某位看不見的「領袖」，取而代之的是一整套從某個不知名的源頭模仿而來的動作。過了一些時日，有一天，當父親與兒子開始著手製作一系列孩童人偶時，他們才恍然大悟：「那些該死的電影！」兒子失聲大喊。

　　那些該死的電影一匣匣從西方運來，在電影院裡每個小時輪番放映，影響了路上的行人，使他失掉了自己的正統純粹。我們的同胞以不可思議的速度拋棄自己的姿勢，開始接納別人的。我不打算重述師傅兒子的每一句話，他極為詳細地解釋父親的憤怒，義正辭嚴地指責這些新潮、矯作、荒誕可笑的動作，一筆一畫勾勒出所有精雕細琢的舉止以及扼殺我們原始純真的暴力行為：鬨堂大笑、推開窗戶、用力摔門；拿起茶杯或披上外套；所有這些後天習得的做作動作——點頭頷首、禮貌的輕咳、生氣的表示、眨眼、推諉客套、揚眉毛、翻白眼——全都是從電影學來的。他父親根本連看都不想再看到這些不純淨的雜種動作。由於害怕自己「孩子」的純真會受到這些虛假姿勢的污染，因此他決定不再離開他的工作室。他把自己關進地窖裡，聲稱他已經找出了「隱藏的意義和祕密的本質」。

　　檢視著班迪師傅在人生最後十五年中所創造的傑作，我滿懷恐懼地察覺到，像一個「狼孩兒」在多年後初次發現自己的真實身分般，我省悟到這含糊的本質可能是什麼：在這一群望著我、朝我移動的假人之中，在這一群叔叔嬸嬸、親戚朋友、熟人之中，在這些商人和工人之中，存在著我的形象。即使我此刻身處在這片遭到飛蛾蛀蝕的淒涼黑暗中。厚重的鉛灰塵埃下，我同胞的塑像（其中包括貝佑律的流氓、女裁縫、富可敵國的謝福得先生、百科全書編纂者薩勒哈汀先生、消防隊員、畸形的侏儒、老乞丐和孕婦）讓我聯想到受苦的神祇，他們失去了純真也失去了他們在微光中被誇大的威嚴神態；讓我聯想到鬱鬱憔悴的懺悔者，他們渴望成為別人但無法如願；讓我聯想到不幸的邊緣人，他們無法倒上床鋪縱情歡愛，因而互相殘殺。他們，如同我，如同我們，或許在過去某個遙遠得彷若天堂遺跡的一天，也曾經湊巧發現了謎底，恍然明白自己曚矓存在的祕密意義，只不過他們忘記了。我們受失憶所苦，我們卑躬曲膝，但我們仍堅持做我們自己。我們擤鼻涕、抓頭、走樓梯的模樣，我們悲傷與挫敗的表情，這些使我們之所以成為我們的各種動作，事實上是對我們的懲罰，斥責我們堅持要做自己。班迪師傅的兒子描述父親的信念：「我父親始終相信，總有一天幸福會降臨，人類將不用再模仿別人。」他說話的同時，我腦中卻想像著，這一群假人必定也和我一樣，渴望能快點逃離這座灰塵滿布的死寂地窖，探出地表透氣，在陽光下觀察別人，模仿他們，藉由努力變成另一個人，從此以後和我們一樣生活在幸福快樂中。

此種慾望，我後來得知，並非全然不切實際！一位喜歡用稀奇玩意兒吸引顧客的商店老闆，有一天到工作室來買了幾件「產品」，或許是因為他知道它們很便宜。然而，他買來展示的假人的姿態和動作，與商店櫥窗外川流的人潮和顧客實在太像了，它們如此平凡、如此真實、如此類似「我們的樣子」，以致人們完全視而不見。於是，商店老闆把它們鋸成一截截，打破了它們的整體性，使得賦予在整體姿勢上的意義也隨之消失。往後的好多年，這些被肢解的手、腿和腳就待在小小商店的小小櫥窗裡，被利用來展示雨傘、手套、長靴和鞋子，呈現在貝佑律的群眾眼前。

7　卡夫山中的文字

「名字一定要有意義嗎？」——路易斯．卡洛《愛麗絲鏡中奇遇》

跨步踏入不尋常的明亮白色中，白雪覆蓋了永遠一片灰濛的尼尚塔希，卡利普這才明白，他無眠的一夜裡，雪下得比想像中還大。路上來來往往的行人似乎沒有注意到尖銳、半透明的冰柱從大樓的屋簷懸垂而下。來到尼尚塔希廣場，卡利普走進都會銀行——魯雅稱之為「多灰銀行」，意指漫天的塵埃、煙灰、汽車廢氣、以及從附近煙囪噴湧而出的骯髒藍煙——他發現過去幾天裡，魯雅並沒有從他們的共同帳戶中提領任何大筆金錢。銀行大樓的暖氣沒有開，而眾人正開心地祝賀一位濃妝豔抹的銀行出納員贏得了一小筆全國樂透彩。他步行經過花店霧濛濛的櫥窗，經過騎樓，熱茶小販的托盤上放著一壺壺晨茶，經過他和魯雅以前就讀的西西黎革新高中，經過掛著冰柱、鬼魅般的栗子樹，走進阿拉丁的店裡。阿拉丁頭上罩著九年前耶拉在文章中提過的一頂藍色兜帽。他正忙著擤鼻涕。

「怎麼啦，阿拉丁？你生病了還是怎樣？」

「著涼了。」

卡利普一個字一個字清晰地念出他想買的期刊名稱，魯雅的前夫曾經在這些左派政治刊物上發表過文章，其中有幾篇卡利普覺得還能接受。阿拉丁起先露出幼稚的懼怕神情，接著臉上浮現一抹稱不上敵意的懷疑，他說只有大學生才會讀這種雜誌。「你要它們幹嘛？」

「玩填字遊戲。」卡利普回答。

阿拉丁大笑兩聲，表示他聽懂了笑話。「可是老兄，這些玩意兒裡頭沒有填字遊戲！」他說，語帶遺憾，像是一個真正的填字遊戲迷。「這兩本是新發行的，你也要嗎？」

「當然。」卡利普回答。他像一個買色情雜誌的老頭般，悄聲說：「麻煩你包起來。」

在埃米諾努公車上，他注意到包裹異常沉重；接著，在同樣的古怪感覺下，他察覺似乎有隻眼睛正盯著他看。這隻眼睛並不屬於周圍的群眾，那些彷彿坐在小汽船上隨著海浪左搖右擺的公車乘客眼神渙散地地望向外頭積雪的街道和熙來攘往的行人。這時他才發現，阿拉丁用一份舊的《民族日報》來包他的政治雜誌。某個折角處，耶拉正從他的專欄上方的照片裡往外瞪著他看。儘管每天早晨刊登在同一個位置的照片沒有絲毫改變，然而，令人難以理解的是，如今照片中的耶拉卻投給卡利普一個截然不同的眼神。好像在說：「我知道你在搞什麼，我會緊盯你！」卡利普伸出一根手指，遮住那隻能讀心的「眼」，只不過，一整段公車的路途上，他仍然感覺得到它在他的手指下瞪著。

一進辦公室他立刻打電話給耶拉，卻找不到他。他拆開舊報紙，小心放到一邊，拿出左派政治雜誌開始閱讀。才翻開雜誌沒多久，一股卡利普早已遺忘的興奮、緊張、期待感湧上心頭。這些刊物讓他回想起過去對解放、勝利和正義之日的期待，很久以前他便已放棄了這些信念，只不過當時他自己並不知道。翻完雜誌後，他花了一段時間，根據草草寫在魯雅信紙背後的號碼，打了一連串電話給她的老朋友。然後，他慢慢憶起自己的左派歲月，就如同小時候在戶外電影院裡，觀賞著投射在清真寺和露天咖啡店外牆上的影片，誘人而難以置信。以前卡利普看到綠松塢[12]那些劇情俗濫的黑白電影時，他常常會想，究竟是自己沒有看懂，或是他被拉進了一個不知不覺中呈現出童話故事的世界，那裡充斥著有錢而無情的父親、身無分文的浪蕩子、廚子、管家、乞丐、以及裝有散熱片的汽車（那輛迪索托的車牌，魯雅記得，和前一部電影裡的一模一樣）。每當他開始嘲笑周圍在椅子上感動落淚的觀眾時，對，對，就在那一剎那——注意了！——彷彿被耍了什麼戲法般，突然間，他會發現自己同情起銀幕中蒼白悲慘的好人以及果敢無私的英雄，感染了他們的傷痛與折磨，莫名之中，自己已淚流滿面。於是，為了想要更加了解這個黑白的童話世界，更深究這個小小的、魯雅與前夫曾經所屬的左派圈子，卡利普打電話給一位保存所有過期政治刊物的舊朋友。

「你還繼續在收集期刊，對不對？」卡利普說，語氣認真，「我有一個客戶面臨了大麻煩。我可以借用你的資料庫搜尋一下，好替他寫狀子嗎？」

「當然沒問題。」賽姆說，他一如往常的熱心，很高興有人想要看他的「資料庫」。今晚八點半左右他會等著卡利普來。

卡利普在辦公室工作到天黑。他又撥了幾次電話給耶拉，但始終找不到他。每一通電話中，祕書不是告訴他耶拉先生「還沒」進來，就是說他「才剛」離開。儘管報紙已經被卡利普塞進梅里伯伯留下來的舊書架裡，但他還是渾身不自在，總覺得耶拉的「眼睛」仍盯著他看。的確，一整天耶拉好像都站在身旁。在他的注視下，卡利普處理各種公事，聆聽一對肥胖的母子搶著說話，講述他們在有頂大市場的一間小店鋪因為談不攏由誰繼承而引起眾人的爭論；告訴一位戴著墨鏡、想要控告政府無端縮減退休金的交通警察，依據國家的法律來解釋，他待在瘋人院的那兩年不能算是受僱期間。

他一一打電話給魯雅的朋友。每一通電話他都捏造出各種不同的新藉口。他向她的高中死黨瑪西德

---

12 綠松塢（Yesilcam）等於是土耳其的好萊塢，一九七〇年代每年出產三百多部電影。

詢問古兒的號碼，因為他手上有一宗案件需要請她幫忙。他打電話給古兒——瑪西德不喜歡她，但這個意思為「玫瑰」的名字曾經一度讓他迷醉——結果優雅宅邸的優雅女傭告訴他，名字優美的女主人古兒，前天在「古兒巴切」（玫瑰花園！）醫院同時產下了她的第三和第四個孩子，如果他現在出發到醫院的話，還有時間從育嬰室的玻璃窗看一眼可愛的雙胞胎，名字叫「阿什客」與「芙頌」（愛與美）。費珍保證她會歸還車尼雪夫斯基的小說《怎麼辦？》，以及雷蒙．錢德勒的推理小說，並且祝魯雅早日康復。至於貝席葉——不，卡利普弄錯了——她並沒有一個叔叔在麻醉藥局擔任探員；而且——沒有，卡利普確信——她的聲音裡沒有流露出絲毫知道魯雅在哪裡的暗示。而瑟米則非常訝異卡利普怎麼會得知地下紡織廠的消息：沒錯，他們的確雇用了一群由工程師和技師組成的團隊，準備研發一項計畫，製造第一批土耳其製的拉鍊。不過，很遺憾，由於他並不清楚最近報紙上所報導的線軸交易情形，所以他無法提供卡利普任何相關的法律資料。他只能向魯雅致上他最誠摯的問候（這一點卡利普毫不懷疑）。

他在電話裡偽裝不同的聲音，或是假扮別的身分——中學校長、戲院經理、大樓管理員——然而還是沒辦法找出魯雅的蹤跡。蘇里曼，一名挨家挨戶兜售四十年前英國出版的進口醫療百科全書的推銷員，接到假扮的中學校長卡利普的電話後，極為誠懇地向他解釋自己非但沒有一個上中學的女兒名叫魯雅，事實上他根本沒有小孩。同樣的，伊利亞斯，一位用父親的平底貨輪從黑海海岸載運煤炭的商人，反駁說他絕不可能把自己的夢境日記忘在魯雅戲院裡，因為他已經好幾個月沒看電影了，而且他也沒有這樣的筆記本。升降機進口商阿辛解釋說，他的公司不能為魯雅大樓的電梯故障負責，因為他從沒聽過有哪棟大樓或哪條街的名稱叫魯雅。當這幾個人念出「魯雅」這兩個字時，他們都沒有顯露半點焦慮或罪惡的痕跡，他們的口氣全都充滿著真誠的清白。塔瑞克，白天在他父親的化學工廠製造老鼠藥，晚上則搖身一變成為寫作闡述死亡煉金術的詩人，他欣然答應一群法律系學生的邀請，去演講他詩中的主題

「夢境與夢之謎」，他還承諾改天與他的新朋友們在塔克辛的老咖啡館前碰面。至於科瑪和布蘭特，他們都才從安那托利亞旅遊回來。其中一個人的旅行路徑追隨著一位伊茲密女裁縫的回憶錄，這位女裁縫在五十多年前，在一群新聞記者的喝采聲中與阿塔圖爾克跳完華爾滋後，可以馬上在她的腳踏裁縫車後坐下，飛快地縫出一條歐洲樣式的長褲。另一個人則騎著騾子橫越整片東安那托利亞，他行經一個又一個村落，走訪一間又一間咖啡館，到處兜售一種西洋雙陸棋的神奇骰子，據說它是用一千年前一位慈祥老人的腿骨雕刻製成的，而這位老者便是基督教徒所謂的聖誕老人。

他不得不放棄名單上剩下的號碼，因為要不是怎麼也接不通，就是電話裡的雜訊吵得聽不到。只要遇到下雨或下雪天，電話的線路就變得特別糟糕。更令他沮喪的是，一整天他翻遍了政治期刊的每一頁，在眾多的名字中——其中包括那些改變黨派的、自首懺悔的、受到拷問而被殺害的、被判刑入獄的、或是在爭鬥中遇害且舉行過葬禮的、以及那些投書被編輯接納或退回或刊登的、還有那些畫政治漫畫、寫詩，或在編輯部工作的人的名字和假名——他卻始終沒看到魯雅前夫的名字或筆名。

夜幕降臨，他依然坐在椅子上，一動不動，黯然神傷。窗外一隻好奇的烏鴉斜眼睨著他，他聽見街道上傳來星期五夜晚的人群喧囂。慢慢地，卡利普被吸入一場甜美的睡夢中。過了很久，等他再度醒來，房間裡已是一片漆黑，但他仍能感覺到烏鴉的眼睛注視著自己，就好像報紙上耶拉的「眼睛」一樣。坐在黑暗裡，他緩緩關上抽屜，摸到自己的外套，穿上，然後離開辦公室。大樓走廊的燈已經全部熄了。小餐館裡，學徒正忙著清掃廁所。

走在積雪覆蓋的葛拉答橋上時，他感到一陣寒意：一股凜冽的冷風從博斯普魯斯海峽吹來。到了卡拉喀後，他走進一間有大理石桌面的布丁店，側身避開互相對映的鏡子，點了雞湯細麵和煮蛋。布丁店裡唯一一面沒有掛鏡子的牆上是一幅山岳風景畫，風格像是來自於明信片和泛美航空的月曆。在一片平滑如鏡的湖水後面，透過松樹的枝枒，遠處是耀眼的白色山峰。儘管那必定是取材自某些明信片上的阿爾卑斯山，但它看起來反而更像卡利普與魯雅小時候經常前往魔法探險的卡夫山。

搭乘電纜車回到貝佑律的短暫路途上，卡利普與某個陌生的老男人起了爭執：那天的意外，是因為纜線斷了，所以車子出軌衝進卡拉喀廣場，像一匹狂喜的脫韁野馬般撞上牆壁和玻璃窗？還是因為駕駛喝醉了酒？結果發現那位喝醉酒的駕駛是這位不知名老頭的同鄉，都來自特拉布松。走出塔克辛和貝佑律的擁擠街道，來到了不遠處的奇哈吉，路上空無人跡。前來應門的賽姆太太很高興見到他，但說完又立刻趕回房裡。顯然，她和賽姆正在看一個電視節目——許多計程車司機和門房會聚在地下室咖啡館裡一起看的節目。

「我們遺忘的珍寶」是一個批判性的節目，內容介紹許多巴爾幹半島上的古老清真寺、飲水泉、商旅客棧，哀悼這些當年由鄂圖曼土耳其所興建的古蹟，如今卻落入南斯拉夫人、阿爾巴尼亞人和希臘人的手中。賽姆和他太太似乎完全無視於卡利普的存在，他只好在彈簧早已彈出的仿洛可可扶手椅上坐下，望向螢幕上荒涼的清真寺畫面——好像一個隔壁的小男孩跑來鄰居家看足球賽。賽姆看起來像是那一個曾經贏過奧運獎牌的摔角選手，這位摔角選手雖然已經死了，但他的照片仍然高高掛在生鮮蔬果商店的牆壁上。他的太太長得則像一隻肥胖可愛的老鼠。房間裡有一張灰塵色的桌子和一盞灰塵色的檯燈。牆壁上掛著一個鍍金相框，裡頭的祖父看起來不像賽姆，反倒比較像他太太（她的名字是芮喜葉嗎？卡利普茫然地想著）。房間裡就是這些東西：保險公司送的月曆、銀行給的菸灰缸、酒杯組、銀質的糖果盤、擺放咖啡杯的餐櫥櫃。還有兩面塞滿紙張和期刊、布滿灰塵的牆壁，賽姆的「圖書資料庫」：卡利普之所以會出現在這裡的主要原因。

賽姆建造的這座圖書館，甚至在十多年前就被大學同學以挖苦的口吻稱為「我們的革命資料庫」。

有一次，在某段難得的自省時刻，賽姆很爽快地承認，圖書館的起源是由於他自己的優柔寡斷。然而，他的優柔寡斷並不是因為他「難以在兩個階級中做選擇」，而是因為他無法在兩個政治派別中做取捨。

賽姆以前極為熱中於參加各種政治會議或「座談會」，他跑遍了每一所大學、每一間學生餐廳，聆聽每一個人和每一個夥伴的演講，目的是了解「所有觀點和所有信仰」，但卻再三猶豫不去問太多問題。他收集了各式各樣的左派宣傳品（不好意思，不知道你有沒有昨天「破壞者」在理工學院散發的手冊？），其中包括各種報告白皮書、宣導小冊子、傳單等等，並且他會非常用功地閱讀。不過他實在沒有時間去詳讀每一篇文章，但同時他又始終沒辦法決定自己的「政治路線」，於是他便開始把所有沒空讀的東西全累積起來，以便日後有空再看。過了一段時日，慢慢地，閱讀和得出結論對他而言變得不再那麼重要，於是，他的目標便轉為建造一座知識的水庫，以容納這條充沛滿盈的「資料之河」，不讓它白白流逝（這個比喻是身為營建工程師的賽姆所自創的）。就這樣，賽姆毫不吝嗇地把自己的後半輩子投注在這個目標上。

電視節目結束後，他們關掉電視機，交換了幾句客套話，然後就是一陣沉默。夫妻倆向卡利普投以詢問的眼光，要求他趕快說明他的故事：他的被告是個學生，被人指控一項他沒有犯的政治罪名。當然，沒這麼乏味，的確有人死了。事情的起頭，是有三個笨賊計畫了一場烏龍銀行搶案，這些小鬼得手後離開現場，駕駛偷來的計程車打算逃逸，結果開車的人不小心撞到了一個矮小的老婦人，把她撞飛了。這可憐的婦人跌落地面，腦袋摔在人行道上當場死亡（「真是飛來橫禍啊！」賽姆的太太說）。他們在現場只逮到一個人，他手持槍械，是一個「好家庭」出身的文靜男孩。當然，他堅決不肯供出同伴的姓名，因為他非常景仰他們，更驚人的是甚至在嚴刑逼問下他也沒有洩露半個字。結果，根據卡利普後來的調查發現，很不幸地，這位年輕人只得默默地承擔了殺害老婦人的責任。真正的凶手其實是名叫默哈瑪特．伊瑪茲的考古學系學生，事發三個星期後，有一天他來到溫瑞尼葉後面的一塊新開發區，正當他在一座工廠牆壁上塗寫口號暗語時，被幾位不明人士開槍射殺。在這種情況下，那位好家庭出身的男孩終於鬆口透露真正凶手的姓名。然而，警方並不相信身亡的默哈瑪特．伊瑪茲是真正的默哈瑪特．伊瑪茲。不僅如此，主導這樁銀行搶案的政治派系領袖更出乎意料地表明立場，宣稱默哈瑪特．伊瑪茲仍在他們身邊，並且繼續秉持著不變的熱情毅力為他們的刊物寫作文章。

如今卡利普接下了這件案子，主要是看在那位善良富有的父親的分上，而不是為了這位公子哥兒。為了釐清案情，他希望能夠：一，查閱所有默哈瑪特的文章，以確認遇害的「默哈瑪特．伊瑪茲」不是真正的默哈瑪特．伊瑪茲；二，檢視所有用化名發表的作品，以查出究竟是誰假裝成亡故的默哈瑪特．伊瑪茲在發表文章；三，想必賽姆和他太太已經發現了，居然會這麼巧，計畫整件事情的政治派系剛好就是魯雅的前夫當年嶄露頭角的地方，他想要大概了解一下這支政治團體過去六個月來的活動；還有四，他決心要提出嚴正的質詢，調查所有假藉已故作家的名字來發表作品的影子作家，並且探究所有失蹤人口之謎。

這時賽姆也感染到了那股亢奮，他們立即展開調查。最初的幾個小時，他們一邊喝茶、大口品嘗太太準備的切片蛋糕——卡利普終於想起她的名字：茹綺葉——同時一邊在期刊裡搜尋文章作者的姓名和化名。接著他們擴大範圍，列出所有發表自白書、已故的人、或是刊物工作人員的筆名。沒多久，他們就開始感到暈頭轉向，彷彿進入了一個瞬息即變的隱晦世界，建立在各種迷離虛實的訃聞、恐嚇信、自白書、炸彈、排版錯誤、詩、口號之上。

他們找到許多不含祕密的化名、從化名衍生出來的名字、從衍生名字中擷取的名號。他們拆解離合詩句[13]、不夠精準的字母密碼、以及模稜兩可不知是刻意安排還是全然意外的顛倒字[14]。賽姆和卡利普坐在桌子的一邊，茹綺葉則坐在另一頭。房間裡瀰漫著一股不耐煩和憂傷的氣氛，彷彿他們是除夕夜裡的一家人，一如往常地一邊聆聽收音機一邊玩賓果或紙上賽馬遊戲，反而不像是正在費力為一個被誣告殺人的男孩洗滌罪名，或是搜尋一名失蹤的女人。從敞開的窗簾望去，外頭雪花紛飛。

他們往下追尋，滿足的心情就好像一位有耐心的老師，等待著親眼見到自己一手拉拔的聰明學生逐漸臻致成熟，他們喜悅地追蹤各個化名的冒險旅程，跟隨它們在不同的雜誌中曲折行進，目睹它們的高低起伏。有時候，在情緒高昂的旅途中，他們偶爾會看見某位化名者的照片，發現他被捕、被拷問、被判刑、或者消失不見，然後他們會落入悲傷的沉默，直到他們又闖進另一場新的拼字遊戲，遇見新的巧合，或是某個撲朔迷離的線索，帶領他們再次回到文字的世界裡。

依照賽姆的看法，根本不用管他們在這些刊物中找到的姓名與英雄人物是真是假，因為所有的示威抗議、會議、祕密集會、地下政黨的活動、以及這些人所計謀的銀行搶案，其實都不曾發生過。他提出了一個極端的例子來證明這一點：大約二十年前，在東安那托利亞的厄辛卡和客瑪之間有一座城鎮，名叫小切魯赫，那裡發生了一場大規模的民眾叛亂，事件確切的日期記載在其中一本刊物裡。暴動發生後，原本執政的地方首長被一只掉落的花瓶打破腦袋，當地建立起一個臨時政府，發行一張有鴿子圖樣的粉紅色郵票，出版了一份純詩文的日報，眼鏡商和藥劑師免費發送眼鏡給弱視的鎮民，一批批的木柴更送進了小學的暖爐裡。然而，正當小鎮通往文明城市的橋梁即將破土動工之際，政府的阿塔圖爾克軍隊卻已抵達當地，控制了整個局面。於是，在牛隻嚼光清真寺泥土地板上骯髒的膜拜墊之前，他們已經

13 一種特殊詩體，詩的各行首字母或尾字母或其他特定處的字母，能組合成一個字或詞。

14 將字倒過來念可組成其他意義，如 lived 轉為 devil。

揪出了叛亂犯，把他們一串串掛在小鎮廣場中央的橡樹上。事實上——賽姆在地圖的小符號中指出謎之所在——不僅根本沒有一個城鎮名叫切魯赫，不管是小切魯赫還是別的，甚至那些鼓動叛變、被人民視為傳奇之鳥般歌頌的英雄人物也全是假的。這些捏造的姓名被埋藏在押韻或反覆的詩詞裡，他們翻檢搜索，有一度找到了一個有關默哈瑪特·伊瑪茲的線索（關於一件在溫瑞尼葉發生的凶殺案，正好是卡利普之前提到那段時間）。他們仔細閱讀相關的說明和報導，裡面的文句像是國產電影般剪了又接起來，斷斷續續，只不過在接下來的幾期雜誌裡，他們怎麼樣也找不到故事的結局。

中途有一段時間，卡利普從桌邊起身打電話回家，口氣溫柔地告訴魯雅他會在賽姆家工作到很晚，要她別等他，先去睡。電話在房間遙遠的一頭，賽姆和他的太太向魯雅致上問候，自然而然，魯雅很親切地回覆。

他們繼續深入遊戲，尋找化名、拆解意義、再用它們組成字謎。這時賽姆的太太回房睡覺，留下兩個男人獨自在客廳，房間的每一個角落全堆滿了一疊疊的紙張、期刊、報紙和文件。早已過了午夜，伊斯坦堡沉浸在雪夜的魅惑靜寂下。卡利普埋首於眼前驚人龐雜的藏書堆，繼續鑽研各種排版和拼字錯誤。這座賽姆總以含蓄口吻形容為「太不完整，太不充分！」的資料庫，主要是由各式傳單所組成，這些字跡模糊的紙張想必是用同一臺油印機大量複製，在煙味瀰漫的大學餐廳裡散發，雨天裡示威抗議時在擋雨棚間傳閱，在遙遠的火車站內流通。正當卡利普沉浸於紙堆時，賽姆從另一個房間回來，手裡拿著一本他說「非常罕見」的論文，並以一個收藏家的驕傲姿勢展示給卡利普看：《反伊本·佐哈尼或腳踏實地的蘇非旅行者》。

卡利普小心翼翼地翻開這本線裝書，頁面上的內容還只是用打字的。「寫這篇論文的人住在開塞利省的一個小鎮裡，那個地方小到連中型土耳其地圖都沒標出來，」賽姆解釋：「他爸爸是一個小型道乘堂[15]的師父，所以他從小就接受宗教與蘇非神祕主義的薰陶。很多年後，他開始讀十三世紀阿拉伯神祕主義哲學家伊本·佐哈尼的書，名為《失傳奧祕的內在意義》，他一邊閱讀，一邊在頁緣空白處寫注解，想要媲美列寧研讀黑格爾的做法，寫下洋洋灑灑《唯物論》的評注。接著，他把這些筆記整理抄寫下來，引申擴充其內容，並加入一堆不必要的括號附加各種實證說明。不僅如此，他繼續下去，把自己的筆記當成好像是別人的作品，彷彿其中的內容無比艱澀深奧難以理解似的，他又再寫了一大篇論文來解說它的意義。最後，他把這兩篇東西當成是別人的作品一樣，打字整理好，全部編輯在一起，然後再加入一篇他自己寫的『編者的話』。在書本的頭三十頁裡，他補充了個人的心路歷程，敘述自己的宗教和後來的革命生涯。這些故事中有一個有趣的段落，某一天中午，作者在小鎮墓園裡漫步時，他忽然頓悟到一件事，原來西方稱之為『泛神論』的蘇非神祕主義，和作者從自己那位身為蘇非師父的父親身上所得出的哲學『實物主義』，這兩者之間有著強烈的關聯。漫步在墓園裡，穿梭於吃草的綿羊與熟睡的幽魂之間，他抬起頭，看見高聳的柏樹林中有一隻熟識的烏鴉，原來多年前他也曾在同樣這個地方見過牠——你知道土耳其的烏鴉可以活兩百歲吧？——然後他才明白，這隻長翅膀的大膽飛禽，人們所謂的『崇高思想』，一直保持著這個模樣，永存不朽，同樣的頭和腳，同樣的身體和翅膀。於是他親手在裝訂好的封面上畫下了這隻烏鴉。這本書證明了，任何一個渴求永恆的土耳其人，必須同時是自己的包斯威爾，為自己的約翰生寫傳記[16]；同時是自己的歌德，也是自己的艾克曼[17]。這本書他總共打字裝訂了

15 回教蘇非派的修道院。
16 約翰生（Samuel Johnson, 1709-1784），英國辭典編纂者及作家，包斯威爾（James Boswell, 1740-1795）曾寫作約翰生傳。
17 艾克曼（Eckermann），德國詩人、作家，歌德晚年的摯友兼助手，著有《與歌德對話》。

六個複本，我打賭國家調查局的資料庫裡一定連一本也找不到。」

彷彿有一個第三者的鬼魂，拉近了屋子裡的兩個人與那本烏鴉封面作者的距離，用一股想像的力量，把他們捲進那段憂傷、平淡、孤立的生活，往來於小鎮的房子和繼承自父親的五金行。卡利普很想說：「那麼多的作品、那麼多的字母、那麼多的文字，其實全部只是在敘述一個故事。所有救贖的希望、所有受盡了屈辱折磨後的回憶、所有以血淚寫下的希望與回憶，都訴說著單純的一個故事。」多年來，賽姆彷彿一個漁夫般，耐著性子往大海中撒網，拉起了這滿室的報告書、期刊與報紙，他知道自己已經捕獲了那一則故事，它就在這一堆龐雜的收藏裡。然而，他卻沒有辦法在這些分門別類堆積如山的資料裡找出隱匿其中的那一則簡單故事，非但如此，他更遺忘了開啟它的通關密語。

當他們在一本四年前出版的刊物中幸運撞見默哈瑪特·伊瑪茲的名字時，卡利普卻開口說這只是個巧合，而且他實在該回家了。但賽姆阻止了他，並表示在他的期刊裡一切都不會是巧合——現在他稱呼它們為「我的期刊」。接下來的兩個小時，卡利普發揮超乎常人的努力，兩隻眼睛像放映機似地轉呀轉，從一本刊物跳到另一本，沿路追尋默哈瑪特的蹤跡。他發現，默哈瑪特·伊瑪茲曾經改名為阿哈瑪特·伊瑪茲；接著，在一本封面畫著雞隻與農夫在一口井裡翻攪的雜誌裡，阿哈瑪特·伊瑪茲又變成了瑪特·恰瑪茲；很輕易地，賽姆推斷出馬丁·恰瑪茲和非瑞特·恰瑪茲也是同一個人；在此同時，這個筆名已放棄了寫作理論文章，轉而編起歌詞來，供人在結婚禮堂所舉行的追悼會上吟唱，在弦樂器的伴奏中隨著香菸煙霧繚繞。不過他也沒有在這一行待太久，因為一陣子後他又換了一個筆名，宣稱除了他自己之外，其他每個人都是為警察工作的。再下來他變成了一位野心勃勃、神經質的數學導向經濟學家，致力於破解英國學院院士的剛愎性格。然而，他畢竟無法長久忍受黑暗陰險的學術腐敗。賽姆踮著腳尖走進臥房，拿出了另一批雜誌，胸有成竹地從某一期中找到了他的主角。在這本三年多前出版的刊物裡，這傢伙改名為阿里・瑟倫，並詳述未來一個沒有階級的社會裡，人們的生活將會是什麼模樣：石板路將繼續鋪著石頭，不會被柏油所覆蓋；浪費時間的偵探小說將會被禁，而故弄玄虛的報紙專欄也將逃不過同樣的下場；叫理髮師來家裡剪頭髮的習俗將遭破除。卡利普往下讀到教育的問題，文中提到為了預防孩童受到他們父母的愚蠢偏見所洗腦，孩童的教育應該委派給他們住在樓上的祖父母，看到這裡，卡利普不再懷疑筆名的真實身分，不僅如此，他痛苦地明瞭，魯雅曾把她的童年回憶與她的前夫分享。相同的這個筆名出現在接下來的一期雜誌中，不出所料，書上介紹筆名的主人是一位數學教授，任職於阿爾巴尼亞研究學院。接著，在教授的生平事蹟下方，明明白白地，沒有隱藏在任何化名之中，正是魯雅前夫的真實姓名，靜默而僵直地嵌在紙上，像是廚房裡一隻被陡然扭亮的燈光震懾住的蟲子。

「沒有什麼比生命更讓人驚奇，」賽姆歡欣鼓舞地說：「除了書寫。」

他再一次踮起腳尖走進臥房，出來的時候手裡抱著兩個塞滿期刊的沙那人造奶油紙箱。「一個與阿爾巴尼亞有關的分離派系發行了這些刊物。我要告訴你一個奇特的祕密事件，我投注了多年心力好不容易解開了謎底。我覺得它跟你在尋找的東西有關。」

他重新泡了一壺茶，從紙箱裡拿出幾本期刊，從書架上取下幾本書，放在桌子上，作為待會兒說故事時的援引。

「那是六年前的一個星期六下午，」他開始敘述：「我正在翻閱阿爾巴尼亞勞工黨的幹部及其領袖恩維爾・霍查[18]所發行的雜誌（當時流通的共有三種刊物，彼此間勢不兩立）。當我翻開最新一期《人民的勞力》想看看有什麼有趣的主題時，忽然一張照片和一篇文章吸引了我的目光：內容是報導新成員入

18 恩維爾・霍查（Enver Hoxha, 1908-1985），阿爾巴尼亞共產黨領導人，獨裁統治四十年。

黨的表揚儀式。引起我注意的，並不是因為在這個禁止所有共產主義活動的國家裡，一個馬克思主義團體竟敢公開歌頌新成員入黨，不，不是這個原因。我很清楚所有這些小型的左派分離派系為了生存，都必須冒著危險在每一期刊物上刊登類似的報導，好讓人們知道他們的人數不停成長。真正吸引我注意的，是一張特別強調畫面中有「十二」根石柱的黑白照片圖說，至於那張照片，畫面中是一群吞雲吐霧的黨員，看似在進行什麼神聖的儀式，此外還有恩維爾．霍查和毛澤東的海報，以及幾位詩文朗誦者。更奇特的是，在報導中採訪到的新進黨員，都選擇一些阿拉維教派[19]的名字作為化名，像是哈珊、胡賽因、阿里等，後來我更進一步發現，這些全都是拜塔胥精神領袖的名字。若非我正好知道拜塔胥蘇非教派曾經在阿爾巴尼亞盛行一時，或許我根本不會察覺異狀，永遠不會發現這個驚人的祕密。我拚了命往下鑽研，不放過任何線索。整整四年的時間，我勤讀各種有關拜塔胥教派、土耳其禁衛軍、胡儒非教派[20]、阿爾巴尼亞共產主義的書籍，終於，我解開了一個橫跨一百五十年的陰謀。

「相信你很熟這些歷史。」賽姆嘴裡雖然這麼說，但卻又自顧自地背誦出拜塔胥教派七百年的歷史，從其創立者哈西．拜塔胥．維里開始講起。他詳細解釋這個教派是如何受到阿拉維、蘇非和巫教的影響；在鄂圖曼帝國建立與崛起的過程中扮演著何種角色；中心信仰根植於拜塔胥教派的土耳其禁衛軍，他們反叛革命的傳統究竟又從何而來。如果你把每一個土耳其禁衛軍人視為一個拜塔胥教徒，那麼你便可以立刻看出這個祕密與伊斯坦堡的歷史交疊難分。拜塔胥教徒第一次被逐出伊斯坦堡，是因為禁衛軍的緣故：一八二六年馬哈木二世下令突襲禁衛軍軍營，因為這支自立為政的軍隊不願意接受他的西化政策，很快地，長久以來作為禁衛軍精神殿堂的道壇便被迫關閉，拜塔胥苦行僧被趕出城外。

轉入地下之後過了二十年，拜塔胥再度返回伊斯坦堡，不過這一次卻化身為拿克胥教派。儘管拜塔胥教徒以拿克胥信徒的身分公諸於世，但他們私底下卻仍謹守著原先的拜塔胥身分，而把這個祕密埋入深處。直到七十年後阿塔圖爾克下令禁止所有的教派活動。

卡利普仔細研究一本英國旅遊書中的版畫，上面刻畫著一個拜塔胥的宗教儀式，但內容所反映的比較像是這位旅行藝術家的內心幻想，而非現實場景。他數了數，版畫中共有十二支石柱。

「拜塔胥第三次出現，」賽姆說：「是在共和國建立後五十年，這一回他們不再利用拿克胥教派的偽裝，而是披上馬克思—列寧主義的外衣……」他沉默了一會兒，然後開始興奮地列舉各項證據，援引各種他從雜誌、書本和手冊上剪下來的漫畫文章、照片和版畫。拜塔胥教派中所執行、記載、發生的一切，都與這個政治黨派的所有活動完全吻合：入會的儀式；入會前要經歷一段時間的嚴苛考驗和自我否定；在這段過程中年輕的候選人必須忍受疼痛；舉行致敬儀式，向教派或黨團裡死去、遇害及封聖的先人表示尊崇；賦予「道路」這個詞神聖的意義；一再使用各種象徵群體合一精神的字眼與詞彙；連禱的儀式；組織裡經歷過同樣過程的前輩以下巴上的鬍鬚、嘴唇上的短髭、甚至眼睛裡的神情來區別同道中人；用特定的音節和韻腳來編寫典禮中所吟唱的詩文和歌謠等等。「顯而易見地，除非一切全是巧合，」賽姆說：「除非真主為了訓誡我，對我開了一個殘酷的玩笑，不然我就算瞎了也能看得出，毫無疑問地，這些拜塔胥取自於胡儒非的字謎與回文詩，不斷反覆出現在左派刊物裡。」萬籟無聲的夜裡，只有遠處守夜人的口哨偶爾劃破寂靜。賽姆開始緩緩地、如同喃喃念禱一般，向卡利普複誦出他所破解的字謎，依照其中的隱含意義把它們串連起來。

---

19 阿拉維教派（Alawite），什葉派的分支，十世紀時創立。

20 胡儒非教派（Hurufism），蘇非神祕教派的分支，十四世紀時創立，相信語言中的聲音和文字藏有一切真理，從人的身體上可以找到真主的神諭和啟示。

過了許久，在半夢半醒間，正當卡利普恍惚往返於美好回憶以及對魯雅的迷夢時，賽姆的話語再度傳入耳中：「整件事最令人震撼的重點在於……」卡利普這才又打起精神。賽姆說，加入政治黨派的這些孩子壓根兒沒有想到自己竟成為拜塔胥教徒。由於整個陰謀全是黨中央管理階層與阿爾巴尼亞的拜塔胥師父聯手策畫的，因此下面的人絲毫不知情。那些雄心壯志的孩子棄絕了自己的日常生活，徹底扭轉自己的一生，只為了加入組織奉獻人群，他們萬萬沒有想到，他們在慶典儀式、遊行餐會時所拍的照片，居然被一群阿爾巴尼亞苦行僧拿去視作其教派擴張的證明。「一開始，我很單純地想，這是一件卑鄙的陰謀、一個駭人聽聞的祕密，這群孩子傻傻地被蒙在鼓裡。」賽姆接著說：「以至於，一陣衝動之下，十五年來我頭一次想把這一切鉅細靡遺地寫下來，公諸於世。只不過，我很快又打消了念頭。」雪夜的岑寂中，傳來一艘黝黑的油輪駛過博斯普魯斯海峽的低鳴，城市裡的每一扇窗都隨之震顫。他又開口：「因為我終於明白，去證明我們所過的生命其實只是別人的夢，沒有絲毫助益。」

接著，賽姆說了一個關於索里盼部族的故事。索里盼部族定居在東安那托利亞一座與世隔絕的山裡，兩百年來，他們一直在準備著一場前往卡夫山的朝聖之旅。一切的概念，都是由於在一本三百二十年前的夢幻之書中，提及了這場族人從未涉足過的旅程，使得大家開始企望前往神話中的卡夫山。族裡的人並不知道，他們的精神領袖儘管把這件事當作祕密般代代相傳，其實卻早已與鄂圖曼達成協議，讓這場卡夫山之旅永遠無法實現。然而，如果告訴族人這項事實，對他們有何助益？這就好像告訴那些星期日下午擠在小城電影院裡的士兵，銀幕上那位試圖誘拐勇敢的土耳其戰士喝下毒酒的陰險傳教士其實只不過是一個卑微的演員，在真實生活中，更是虔誠的伊斯蘭信徒。你改變得了什麼？到最後你只不過是剝奪了這些人唯一的樂趣，也就是置身瘋狂的樂趣。

天色漸亮，卡利普在沙發上昏昏沉沉，聽任賽姆滔滔不絕繼續獨白：那些身在阿爾巴尼亞的年老拜塔胥師父來到一間世紀初遺留下來的白色殖民式旅館與政黨領袖會面，在如夢的偌大宴會廳裡，他們熱淚盈眶地望著照片裡的土耳其青年，卻完全沒有想到，這些青年在儀式中所背誦的詩文並非教派的祕語，而是馬克思—列寧主義的滿口理論教條。對煉金術士而言，不知道自己永遠無法點石成金，這不是他們的悲哀，而是他們存在的理由。就算現代的魔術師把他的戲法祕訣毫不隱瞞地洩露給外人知道，狂熱的觀眾依然會情願說服自己，在魔杖一揮的剎那，他們看見的是魔法而非騙局。同樣地，有那麼多的年輕男女，只因曾經在生命的某一個時期聽見了某一句話、讀了某一則故事、看了某一本書，然後便在這氛圍的影響下，墜入情網。在激情的暈眩中，他們結了婚，始終不曾理解他們愛情背後的謬誤，就這樣開開心心地共度餘生。等賽姆的太太清好桌子，準備擺放早餐時，賽姆——瞥了一眼塞進門縫裡的日報——仍然滔滔不絕地說著，就算我們終於明白這個事實，一切也不會改變：所有的文字、所有可信的文章，指涉的都不是生命，反之，書寫本身就只是在指涉一場夢。

8 三劍客

我問他有沒有敵人：他數了又數，數個沒完。——與雅哈亞．凱默[21]對談

他的葬禮果然誠如他所恐懼的，實現了他三十二年前的預言：貧病安養院的一名室友和一名看護；一個退休記者，是專欄作家在過去聲名如日中天時所提攜的後進；兩個對作家生平作品一無所悉的糊塗親戚；一名格格不入的希臘富孀，頭上戴著一頂覆有薄霧面紗的帽子，胸口別著一只狀似蘇丹羽飾的胸針；受人尊崇的伊瑪目；我，以及棺材裡的屍體。加起來總共九個人。昨天棺材入土時，正下著暴風雪，因此等伊瑪目草草念完禱詞後，我們剩下的人便匆匆忙忙地把土撒入墳中。接著，我還來不及多想，眾人已轉身離開。我走進空無一人的克西克黎車站裡等待電車。才剛越過河，來到城市的另一頭，我便直接走上貝佑律，去阿哈布朗看正在上映的電影，愛德華．羅賓遜主演的《血紅街道》。我走進電影院讓自己好好沉醉了一番。我一直都很喜歡愛德華．羅賓遜，在這部片子裡，他飾演一個窩囊官僚兼業餘畫家，出入總是穿華服裝氣派，騙人說自己是一位億萬富翁，只為了讓情人對他刮目相看。結果沒想到他的心上人，瓊．班內特，竟然自始至終都有別的男人。背叛的打擊讓他傷透了心，從此一蹶不振。看見他飽受折磨，令人也不禁沮喪了起來。

我初次遇見親愛的往生者時（我刻意選擇他常用的字詞作為段落的起頭，前面一段也是如此），他

是個七十歲的專欄耆老，而我年僅三十。那天，我要到巴基喀拜訪一個朋友，正當我準備跨進賽科西火車站的通勤電車時，好巧不巧居然看見了他！他坐在月臺上一間小吃攤位的桌子邊，與另外兩位我少年時代萬分仰慕的專欄作家一起喝著茴香酒。讓我驚訝的並不是在擁擠吵鬧、摩肩雜沓的賽科西火車站裡，居然能撞見這三位傳奇性的七旬老者，在我的文學想像中他們就如卡夫山一樣高不可攀。最讓我震驚的，是看見他們三個人在一起，坐在同一張桌子邊喝酒，就好像大仲馬筆下的三劍客在酒館裡喝酒，但事實上，在他們的文學生涯中，這三位揮筆之士從來不曾停止相互謾罵。將近半世紀的寫作生涯中，歷經了兩個蘇丹、一個哈里發[22]、還有三個總統，這三位好戰的作家始終互相攻擊，指控對方犯下各種罪行（有時候的確一針見血）：無神論、青年土耳其主義、親法主義、民族主義、共濟會主義、阿塔圖爾克主義、共和主義、通敵叛國、保皇主義、西化主義、神祕主義、抄襲剽竊、納粹主義、猶太主義、阿拉伯主義、亞美尼亞主義、同性戀、變節、宗教正統主義、共產主義、大美國主義、以及，為了跟上當時的流行話題，還有存在主義。（那陣子，其中一位還公開表示，伊本·阿拉比[23]，這位不僅在七百年後受人爭相模仿、更被西方世界大肆剽竊的思想家，才是「永遠的存在主義者」。）我仔細端詳了三位作家好一會兒，接著，在一股內在衝動的驅策下，我走上前來到他們桌邊，簡單自我介紹了一下，然後分別給予三個人我小心拿捏後的等量讚美。

現在，我希望讀者能夠體諒：那時的我雖然年輕熱情、創意十足、幹勁充沛、聰明又成功，但仍在

21 雅哈亞·凱默（Yahya Kemal, 1884-1958）被視為最後一位偉大的鄂圖曼詩人。

22 伊斯蘭教國家的國王。

23 伊本·阿拉比（Ibn Arabi, 1165-1240），穆斯林世界的偉大性靈導師以及宗教復興者。

自戀與自信之間徘徊不定，在遠大志向與自私投機之間猶豫不決。身為一個初出茅廬的菜鳥專欄作家，我之所以有膽量去接近這三位偉大的前輩大師，基本上是因為我心裡很清楚，我比他們三個人吸引更多讀者、我收到的讀者信件比他們多、我寫得比他們好。當然，他們也心不甘情不願地明白，至少前面兩項是事實。

這便是為什麼我會欣喜地把他們對我的不屑一顧解釋為我個人的勝利。倘若我不是一位成功的年輕專欄作家，而只是一個滿懷仰慕的平凡讀者，他們自然會對我友善得多。一開始，他們並沒有邀請我坐下，於是我等著。接著，好不容易他們准我坐下後，卻把我當成服務生一樣使喚我去廚房，我便替他們服務。他們想翻一翻某本週刊，我當然義不容辭跑去書報攤幫他們買。我替其中一個人剝橘子，替另一個人撿餐巾好省得他彎腰，我更順著他們的期待，卑躬屈膝地回答：不是的，先生，很可惜我法文很糟，我只是偶爾晚上會一邊查字典一邊努力研讀《惡之華》。雖然我的無知使得他們更加無法忍受敗給我的事實，不過極度的自我貶抑似乎減輕了我的罪過。

許多年後，當我發現自己也擺出同樣的姿態對付年輕記者時，我才明白，儘管當時這三位大師看起來似乎對我毫無興趣，只是自顧自地談話，但事實上他們非常留意我是否受到感化。我一言不發，洗耳恭聽他們的喋喋不休。關於最近幾天登上報紙頭條的德國原子科學家，究竟他改信伊斯蘭教的真正動機為何？土耳其共產主義之父，可敬的阿哈米．米薩特，因為打筆仗敗給伊拉斯提．薩伊，於是某一天夜裡去暗巷圍堵他，把他痛打了一頓，那時米薩特是否就威脅薩伊必須放棄彼此間爭執不休的論戰？到底伯格森應該算是一個神祕主義者，還是物質主義者？這個世界中藏著什麼樣隱晦的證據，可以證明「二度創世紀」的存在？古蘭經第二十六章的最後幾行詩中，大肆撻伐某些宣稱自己的言行舉止堅守信仰，但實際上卻背道而馳的詩人，這些人指的是誰？同樣的脈絡下，究竟安德烈．紀德真的是個同性戀，還是說他其實和阿拉伯詩人阿布・努瓦斯一樣，雖與女孩交往，卻假裝自己喜歡男孩，只因為他很清楚這種癖好可以替他帶來壞名聲？在《不屈不撓的柯勒本》第一段中，法國科幻小說家儒勒・凡爾納描寫到托普哈內廣場和馬哈木一世噴泉，他之所以搞砸了這個場景，是因為他從旅行畫家梅林的某一幅銘刻中取材並加以衍伸，還是因為他這一整段都是從法國詩人拉馬丁的《東方之旅》中抄襲來的？魯米的《瑪斯那維》[24]第五部中，有一則故事說到一個女人與一頭驢子交媾之後死了，魯米之所以加入這則故事，是因為內容有趣，還是為了要提出教訓？

當他們謹慎而禮貌地辯論著最後一個主題時，我注意到他們朝我瞥了幾眼，白色的眉毛揚起質疑，於是我也抛出我粗淺的意見：這則故事就和所有的故事一樣，之所以被加進去都是因為內容有趣，不過作者卻刻意用一層教訓的薄紗來掩飾它。「孩子，」其中一位說——昨天我參加的便是他的葬禮——「你寫作專欄的目的是為了教導讀者，還是為了娛樂觀眾？」由於我很努力想要證明自己對任何主題都能當場提出明確的想法，所以我脫口說出腦中浮現的第一個答案：「為了娛樂觀眾。」他們不以為然。「你很年輕，在這一行裡還嫩得很。」他們說：「讓我們給你一些簡單的忠告。」我激動得一躍而起。「先生！」我說：「我想要把你們的每一句忠告全部抄下來！」我立刻衝到收銀臺，向老闆要了一疊紙。在這裡，親愛的讀者，我希望能與你們分享我得到的忠告。

我明白有一些讀者急著想知道這三位大師早已為人所遺忘的姓名，讀者大概很期待我至少會悄悄說出他們的名字。不過，既然我一路下來始終刻意避免洩露這三位作家的身分，那麼顯然此刻我也不打算

24　魯米（Jalal ad-Din Rumi, 1207-1273）：被譽為最偉大的波斯伊斯蘭教神祕主義詩人。他的詩作論及形而上學、神祕主義、宗教、倫理，詩作《瑪斯那維》被視為波斯文的古蘭經。

這麼做。主要不是怕擾亂這三人組在墳墓裡的安息，而是我想藉此淘汰掉那些不夠格的讀者，只讓剩下有資格的人知道他們是誰。為了這個目的，我將用化名來稱呼三位已逝的作家，這三個化名取自於三位鄂圖曼蘇丹在自己詩作下的簽名。讀者們要先能夠分辨出哪個化名屬於哪位蘇丹，接著再透過三位詩人蘇丹與三位大師名字之間的相似處，從中推演，或許便能解開這個拐彎抹角的謎題。然而，真正的奧祕則是藏在三位大師所布下的虛榮棋戲中，他們藉由所謂的「忠告」來推移棋子，建造出一個神祕局面。由於我依然不十分明瞭這個祕密之美，因此，就好像有一些可悲的無能之士借助報紙上的西洋棋解說專欄來解讀大師的一舉一動，同樣地，我也在大師給予的忠告之中，插入括號附加說明，以表達我個人的卑微見解和想法。

A：阿德利。寒冬的那一天，他身穿一套米色的英國羊毛西裝（在我們國家，所有昂貴的材料都被冠上「英國」的稱號），打著一條深色領帶。高大、體面、白色的小鬍子梳得平整。拿著一根手杖。看起來像一個沒有錢的英國紳士，雖然我也不確定如果一個人沒有錢的話還能不能算得上是英國紳士。

B：巴赫替。他的領帶歪歪扭扭的就跟他的臉孔一樣。他身穿一件皺巴巴的舊外套，上面滲著污漬。一條鍊子從背心的釦眼裡垂下來，連上他放在背心口袋裡的懷表。不修邊幅、笑容滿面、總是菸不離手，只不過這個被他暱稱為「我唯一的朋友」的香菸，到頭來終究背叛了他的痴情，害他心臟病發而死。

C：瑟馬里。矮小，愛跟人唱反調。儘管他企圖保持整齊清潔，但怎麼樣也改變不了一身退休老師的打扮。那郵差般的褪色外套、褲子、國營蘇瑪集團商店買來的厚膠底鞋。厚重的眼鏡、誇張的近視、「駭人」的醜陋。

以下便是大師們字字珠璣的忠告以及我狗尾續貂的補注：

1. C：純粹為了娛樂讀者而寫作，將使得專欄作家迷失在浩瀚的大海中，沒有指南針的指引。
2. B：專欄作家不是伊索也不是魯米。故事會自然生出教訓，但教訓卻不會產生故事。
3. C：不要試圖配合讀者的智慧，要配合你自己的智慧。
4. A：教訓便是你的指南針。（顯然在指涉C的第一條。）
5. C：你必須從我們自己的墳墓和歷史中挖掘祕密，不然你沒有資格談論「我們」或東方世界。
6. B：關於東方與西方的主題，關鍵隱藏在「留鬍子的阿瑞夫」說過的一句話中：「可悲的愚夫啊，你們的船朝東方行駛，可你們卻望向西方！」（留鬍子的阿瑞夫是B在專欄中，以一位真實人物為雛型所塑造的英雄。）
7. A、B、C：善加利用警言佳句、軼事趣聞，也別忽略笑話、格言、諺語和精選詩詞。
8. C：不必為了找一句座右銘來總結文章而絞盡腦汁；相反地，你應該要替這句已經選好作為結論的座右銘，尋找最適合的題材。
9. A：第一句話還沒想出來之前，別妄想坐下來寫作。
10. C：你必須擁有某種誠摯的信仰。
11. A：就算你並沒有某種誠摯的信仰，你也要設法讓讀者相信你的信仰是誠摯的。
12. B：讀者是一個小孩，想要去參加嘉年華會。

13. C：讀者絕對不會原諒任何一個污衊穆罕默德的作者；不僅如此，真主也會處罰這種人，使他癱瘓。（察覺到第十一條是針對他的挖苦，C在此予以反擊，暗指A之所以一邊嘴角輕微癱瘓，是因為他寫過一篇文章探討穆罕默德的婚姻狀況和經商背景。）

14. A：別跟侏儒過不去，讀者喜愛侏儒。（為了回應第十三條，他在這裡嘲笑C的五短身材。）

15. B：談到侏儒，舉例來說，侏儒在烏斯庫達的神祕住所會是個有趣的主題。

16. C：摔角也是個有趣的主題，不過只限於在體育版中。（認為第十五條是在侮辱自己，於是他暗示B對摔角的興趣以及根據摔角而寫的系列，引起各方揣測B其實是玻璃圈內人。）

17. A：讀者是個已婚、有四個小孩、入不敷出、智商只有十二歲的人。

18. C：讀者就像貓，會反咬餵養牠的主人。

19. B：貓是一種有智慧的動物，不會反咬餵養牠的主人。然而牠知道不要相信任何寵愛狗的作家。

20. A：不要去研究什麼貓啊狗的，你應該關心的是你祖國的問題。

21. B：確定你手邊有國外領事館的地址。（影射一則謠言，據說在二次大戰期間，C拿了德國領事館的錢做事，而A則是拿英國人的錢。）

22. B：儘管去跟別人打筆仗，不過你得先懂得如何中傷那個傢伙。

23. A：儘管去跟別人打筆仗，不過你得先有個上司替你撐腰。

24. C：儘管去跟別人打筆仗，不過你得先準備好一件厚大衣。（衍伸自B的一句名言，B曾解釋說他之所以避開獨立戰爭，選擇留在伊斯坦堡占領區[25]，是因為：「我受不了安卡拉的冬天。」）

25. B：回答讀者投書。如果沒有人寫信來，那麼就自己瞎掰幾封，然後回答這些信。

26. C：《一千零一夜》雪赫柔莎德是我們的前輩和導師。記住，你所做的，只是在組成「生命」的每一個事件中，增添十到十五頁的故事。

27. B：不必讀太多書，但每一本都要以熱情來閱讀。如此，你將會比那些囫圇吞棗的人顯得更為飽覽群書。

28. C：要積極，努力結識重要人物，這麼一來，等他們翹辮子後你才會有相關的往事可以寫。

29. A：別以「親愛的亡者」作為悼文的引言，結果到頭來卻是在侮辱死者。

30. A、B、C：千萬克制自己避免用到下面的句子：一、親愛的亡者昨天還在世上。二、文人總是飽受忘恩負義：我們今天所寫的文章到了明天就被人遺忘。三、你們昨天晚上有沒有聽到收音機裡的某個節目？四、時間過得真快！五、倘若親愛的亡者還活在世上，不知道他會怎麼看待這一件醜聞？六、在歐洲，大家不會這麼做。七、幾年以前一條麵包只賣這麼幾庫魯。八、然後這件事情也讓我聯想到這個和這個。

31. C：只有對寫作藝術毫無概念的人才會用「然後」這個詞。

32. B：專欄中的任何藝術風味，都不應該出現在專欄中；出現在專欄中的任何東西，都不是藝術。

33. C：有些人為了滿足他自己的藝術慾求，強姦了詩詞，別去仰慕這種人的才智。（譏諷B的詩意傾向。）

34. A：信筆揮灑地寫，你將會輕易得到讀者。

---

25 鄂圖曼帝國在第一次世界大戰末期戰敗後，一九一八年與協約國簽訂條約，協約國於是派兵占領伊斯坦堡，直到五年後才撤離。在這段時間裡，阿塔圖爾克則在安卡拉成立土耳其國會，推動共和政府，廢除帝制。

35. C：嘔心瀝血地寫，你將會輕易得到讀者。
36. B：如果你嘔心瀝血地寫，你將會得胃潰瘍。
37. A：如果你得了胃潰瘍，你將會成為藝術家。（到這裡，他們發現彼此頭一次和樂融融地交談，不禁啞然失笑。三人全笑了起來。）
38. B：快一點變老。
39. C：沒錯，儘可能快一點變老。要不然你如何寫得出一篇動人的遲暮之作？
40. A：三大課題，無庸置疑地，是死亡、愛情和音樂。
41. C：不過你必須替愛情的主題下定論：什麼是愛？
42. B：去尋找愛。
（提醒讀者，這裡插入一段長長的沉默、靜寂和陰鬱。）
43. C：把愛隱藏起來。畢竟，你可是一位作家！
44. B：愛是一種追尋。
45. C：把你自己隱藏起來，如此一來，人們會以為你真的有不可告人之處。
46. A：讓人們猜測，以為你有個祕密，女人便會愛上你。
47. C：每一個女人都是一面鏡子。（這時他們又開了一瓶茴香酒，也倒了一點給我。）
48. B：牢牢記住我們。（我當然會記住，閣下！我說。而我也確實在自己的許多作品中提及他們和他們的故事，相信細心的讀者可以作證。）
49. A：到街上去走走，研究人們的臉。那會是一個好題材。
50. C：讓人們假定你知道一件歷史懸案。不過，很遺憾地，你卻不能寫出它的來龍去脈。（緊接著，C說了另一個故事，故事中的主角對他的愛人說「吾即汝」——日後我會將它改寫成另一篇文章——我感覺到這個奧祕的出現，把半世紀以來互相指責的三位作家結合到同一張桌子上。）

51. A：絕對不要忘記全世界都討厭土耳其人。

52. B：在這個國家裡，我們愛我們的同胞、我們的童年、我們的母親；跟著這麼做。

53. A：不要引用題詞；它們只會殺死作品中的神祕！

54. B：如果作品難逃一死，那麼儘管殺死神祕；殺死倡導神祕的假先知！

55. C：如果你非得要引用題詞，那麼不要取材自任何從西方傳來的書籍，那兒的作家和主角跟我們截然不同。除此之外，也絕對不要從任何一本你沒讀過的書裡取材。畢竟，這正是韃迦爾[26]的末世學。

56. A：記住，你既是撒旦也是天使，既是韃迦爾也是祂——一個全然善良或全然邪惡的人終究會讓讀者倒胃口。

57. B：然而，萬一有讀者發現，原來自己從頭到尾都被偽裝成祂的韃迦爾耍得團團轉，原本他一直認定看似救主的人竟然是韃迦爾，那麼他很可能趁你不備在暗巷裡打死你。我可不是在唬人！

58. A：沒錯，所以你必須把祕密藏起來，千萬不可以把這一行的祕辛給出賣了！

---

26 韃迦爾（Dadjdjal），伊斯蘭教中，末日到來之前將要出現的假救世主。他將統治四十天或四十年，接著被降臨的救世主馬赫迪所消滅，那時候，整個世界將歸向真主。

59. C：這個祕密便是愛，你要牢記在心。關鍵的字眼就是愛。

60. B：不，不對，關鍵的字眼寫在我們的臉上。去觀看，去傾聽。

61. A：是愛，是愛，是愛、愛、愛！

62. B：對於抄襲也不要過於膽怯；畢竟，在閱讀與寫作的領域裡，我們之所以能得到這無足輕重的成就，其中的祕密，正如我們所有其他祕密一樣，都藏在神祕主義的鏡子裡。你聽過魯米的〈兩畫家之爭〉這個故事嗎？他也是從別的地方偷來的，但他自己……（我知道這個故事，閣下，我說。）

63. C：等你老了以後，你會開始質疑究竟一個人能不能做他自己，到那時候，你也會開始質問自己究竟有沒有搞懂過這個祕密，這你可別忘了！（我不曾忘記。）

64. B：也別忘了老舊的公車、草率成書的作品、有毅力的人、還有那些理解力比不上別人的傢伙。

車站的某處揚起一首曲子，也許是從這家餐廳裡傳出來的，歌詞吟頌著愛情、痛苦、生命的空虛。這時他們忘卻了我的存在，陡然憶起自己是那冒著鬍子的年老雪赫柔莎德，於是便開始和樂融融、同仇敵愾、憂傷抑鬱地敘舊起來。下面是幾則他們述說的故事：

有一位不幸的專欄作家，他終生志向便是解說穆罕默德升上七重天的旅程，然而，當他發現原來但丁早已搶先一步，便抑鬱而終；有一個瘋狂而變態的蘇丹和他的妹妹，小時候拘謹得像是菜園裡的稻草人；有一位作家，在妻子棄他而去之後，便從此不再作夢；有一位讀者，莫名地幻想自己是普魯斯特與雅柏汀的合體；有一位專欄作家，他假扮成征服者瑪哈姆蘇丹，諸如此類、諸如此類……

9 有人在跟蹤我

時而雪花飄落，時而，是黑暗。——謝伊・加里波[27]

卡利普回想這一整天，他在清晨離開檔案管理員朋友賽姆的家，走上奇哈吉的古老街道，朝卡拉喀走去，當他步下路旁高起的人行道時，看到一張只剩骨架的扶手椅，彷彿是一場陰暗噩夢過後殘留下來的唯一記憶。扶手椅被丟在一排門窗拉下的店鋪前方，那一帶的店鋪多半是賣壁紙、合成纖維裝潢、木料或石膏天花板，外頭接連著通往托普哈內的陡峭巷弄，耶拉曾經有一次在那些小巷裡追蹤過交易熱絡的毒品販子。手把和椅腿上的塗漆已徹底剝落，椅墊被劃出深長的切痕，像是受傷的皮膚，生鏽的彈簧無助地從裡面蹦出來，好像一匹騎兵馬被割破了肚子，流出泛綠的內臟。

雖然已經過了八點，但卡拉喀的廣場卻空無一人。卡利普不由得把剛才看到扶手椅的荒涼巷道和眼前的空曠廣場聯想在一起，暗忖是否即將發生一場劇變，而除他之外所有的人都已經察覺徵兆。似乎因為預見了災難，所以排班出航的船隻全用繩索繫在一起，所以人們走避碼頭，所以在葛拉答橋上工作營生的街頭攤販、流動快照師、毀容的乞丐，全都決定把握生命的最後一天度假去。倚著欄杆，卡利普

27 謝伊・加里波（Seyh Galip, 1757-1799），著名的蘇非神祕主義詩人，其著作《美與愛》是鄂圖曼文學中最偉大的作品之一。

望向泥濁的河水沉思，想起就是在橋的這一頭，曾經有一群孩子潛入水裡找尋基督教觀光客拋進金角灣的錢幣。他想不透為什麼，當耶拉幻想到博斯普魯斯海峽乾涸的那天時，卻沒有提起這堆滿坑滿谷的錢幣，沒有想到多年以後，它們將帶來不同的象徵意義。

走上大樓，一進到辦公室後，他馬上坐下來讀耶拉今天的專欄。但他發現那不是新的文章，而是以前已經登過的舊作。這可能表示耶拉有好一陣子沒有提供任何新稿給他的編輯，但也可能暗示著完全不同的事情。同樣地，耶拉的這一篇文章，不論是中心議題「你是否難以做自己」，或是其中闡述此疑惑的理髮師主角，似乎並非單純地在講耶拉所寫的內容，而是指涉外在世界中的別種含意。

卡利普記得以前耶拉曾經告訴過他一段話，關於這個主題：「大多數的人，」耶拉說：「不會注意到某樣物質最根本的特性，因為這些特性太理所當然了，所以總被忽略；相反地，大家卻會發現並認出引人注意的第二層意義，只因為它淺薄顯眼。這便是為什麼我不會明白地揭露我想表達的事情，而是把它不經意地放在一旁，看似離題。當然了，我不會挑一個太過隱晦的角落來存放意義——我的犧牲打只是一場小兒科的捉迷藏——然而人們一旦親自發掘了，便會像孩子一樣，立刻深信不疑。這就是我這麼做的原因。但是有時更糟，有些讀者連文章刻意的安排和偶然的寓意都還沒看出來，就把報紙給扔了，殊不知那得需要一點耐心和頭腦才搜尋得到。」

內心一股衝動湧起，卡利普扔下報紙，走出門去《民族日報》辦公室找耶拉。他知道耶拉比較喜歡趁週末人少的時候去報社寫稿，因此他猜想他會看見耶拉一個人在自己的辦公室裡。他爬上陡斜的山丘，盤算著要告訴耶拉說魯雅身體微恙。接著再講個故事，告訴他說有一位客戶因為太太跑了而陷入慌亂。聽完這個故事耶拉會作何反應？一個深受關愛的妻子，背棄了我們文化傳統中一切最好的價值，就這樣轉身拋下她的好丈夫，一位正直、勤勉、頭腦清明、性情溫和又經濟寬裕的好男人。這究竟意謂著什麼？它究竟在影射何種祕密或隱喻？究竟在標記何種啟示？耶拉會細心聆聽卡利普鉅細靡遺的描述，然後歸納出一個結論。耶拉解釋得愈詳細，這個世界就會變得愈有道理。透過他的話，原本我們視而不見的「隱藏」真相，轉變成一則我們從沒察覺自己其實早已知道的故事，驚人而豐富的故事。如此一來，生命似乎變得比較可以忍受。卡利普瞥見伊朗大使館花園裡，濕漉漉的枝椏微映著亮光，他想，與其活在自己的世界，他倒比較喜歡活在耶拉深情筆調下的世界中。

他在辦公室裡沒找到耶拉，只見一張整潔的桌子、清空的菸灰缸，也沒有茶杯的蹤影。卡利普朝他慣坐的紫色椅子坐下，開始等待。他深信不用多久，他將會聽見耶拉的笑聲從另外一個房間傳來。

一直到他失去信心之前，他回憶起許多：他頭一次來報社參觀時，瞞著家人，謊稱是受邀參加一個廣播猜謎節目，那次他帶了一位同學一起來，結果那位同學後來愛上了魯雅。（「他本來打算帶我們參觀印報流程的，」回程的路上卡利普尷尬地說：「只不過他沒空。」「你有沒有看到他桌上那一堆女人的照片？」他的同學問。）他和魯雅第一次上來這裡時，耶拉領他們參觀印刷室。（「你長大以後也想當記者嗎，小姑娘？」老印刷師問魯雅。而在回家的路上，魯雅也問了卡利普同樣的問題。）還有，以前他常覺得這是一個從《一千零一夜》裡冒出來的房間，充滿了報紙上他自己絕對幻想不出來的各種驚異故事、生活，與夢境。

他開始匆匆翻遍耶拉的書桌，想尋找新的報紙和新的故事，或許可以讓自己分神、可以忘卻。他發現了未拆封的讀者來信、尾端啃得爛爛的鉛筆、大小不一的各式剪報（關於一個吃醋的丈夫的情殺故事，上面用綠鋼珠筆標記重點）、從外國雜誌裡剪下來的大頭照、人物肖像、幾張耶拉手寫的便條（別忘了：王子的故事）、空墨水瓶、火柴、一條難看的領帶、幾本有關巫教、胡儒非教派和增進記憶的粗糙平裝書、一罐安眠藥、降血壓藥物、鈕釦、一只停擺的手表、剪刀、讀者來信附上的照片（一張是耶拉和一位禿頭軍官，另一張，在某間鄉下咖啡館裡，幾個油亮亮的摔角手和一頭討人喜歡的土耳其牧羊犬開心地望向鏡頭）、彩色鉛筆、梳子、香菸桿、以及各種顏色的鋼珠筆……

他在桌上的記事本裡找到兩個檔案夾，其中一個標示為「發排版」，另一個是「存稿」。在「發排版」的專欄檔案夾中，是過去六天來已刊登過的文章的打字稿，還有一篇尚未登載的週日專欄。明天才會見報的週日這一篇，想必一定已經排好了版，畫好了插圖，然後又被放回檔案夾裡。

在標示「存稿」的檔案夾裡他只看到三篇文章，全都是幾年前已經刊登過的。星期一要出刊的第四篇，此時大概正在樓下某位排字工人的桌上，所以星期日之後的存稿只夠再撐三、四天。難道耶拉沒有知會任何人，就不聲不響地去哪裡旅行或度假了？可是耶拉從沒離開過伊斯坦堡。

卡利普走進寬大的編輯室，他的雙腿引導他來到一張桌子旁，兩位老先生正在那兒交談。其中一位筆名叫涅撒提，是個憤世嫉俗的老古板，多年前曾和耶拉爆發一場激烈的口角。這些日子來，報社給他一塊角落，讓他發揮他憤怒的正義感寫作回憶錄，和耶拉的專欄比起來很不顯眼，也較少人讀。

「最近幾天都沒看到耶拉，」他皺著眉頭說，鬥牛犬似的臉就跟他專欄上方的照片一模一樣。「不過，你又是他的什麼人？」

第二個記者詢問他要找耶拉做什麼。卡利普翻遍腦中記憶庫裡的零亂檔案，才找出這位仁兄的身分。老戴著黑框眼鏡的這個傢伙，是報紙綜藝版中的夏洛克．福爾摩斯。他曉得在貝佑律的哪一條暗巷中哪一天有哪一位優雅的電影明星──她們全都擺出一副鄂圖曼貴族名媛的姿勢──曾經在哪一家豪華妓院裡接過客。他知道，比如說，那個來到伊斯坦堡，偽裝成阿根廷女伯爵但後來被揭發其實是在法國鄉下表演走鋼索的天籟歌手，事實上，是一個從阿爾及爾來的貧窮穆斯林女人。

「所以，你們是親戚，」綜藝版作家說：「我以為耶拉除了他親愛的亡母外，就沒有別的親人了。」

「哼！」年老的好戰分子說：「要不是因為那些親戚的緣故，耶拉怎麼可能會有今天？比如說，他有一個姊夫助他一臂之力。同樣也是這個信仰虔誠的傢伙教他寫作，但耶拉最後卻背叛了他。這位姊夫是某拿克胥教派的一員，這個教派在昆卡比的一座廢棄肥皂工廠裡舉行祕密儀式，過程中大量運用到鐵鍊、橄欖榨油機、蠟燭，連肥皂模子也派上用場。他參與各種儀式，然後花一個星期的時間坐下來寫報告，把教派活動的內幕消息提供給國家調查局。這位仁兄一直努力想證明，他向軍方告密的這個宗教組織中的門徒，事實上，並沒有涉入任何危害政府的行為。他把他的情資報告和耶拉分享，希望這位文藝青年會閱讀並學習，提升自己對優美文句的品味。那幾年，耶拉的政治觀點順著一股左邊吹來的風倒向右邊，其間，他不曾間斷地吸收那些報告中的風格，像是交織在字裡行間、直接取自阿撻、阿布．呼羅珊、伊本．阿拉比和波特佛里歐譯本的明喻和暗喻。沒錯，有些人在他的明喻中看見了連接我們舊有文化的新橋梁——儘管它們全依附於同樣老套的源頭。但大家並不知道創造出這些仿古文的人根本是另一個人，一個耶拉恨不得他消失的人。多才多藝的姊夫天賦異秉，還是個萬事通：他製造出替理髮師省麻煩的鏡子剪；研發一種割包皮工具，使得此後許多男孩不再因為嚴重的疏失而毀掉未來；他還發明了無痛絞刑架，把浸油的套索換成項圈，把椅子換成開闔式地板。有幾年，耶拉感覺自己需要他親愛姊姊和姊夫的關愛，於是那陣子他便在自己的〈信不信由你〉專欄中，大力介紹這些發明。」

「對不起，可是你全搞錯了，」綜藝版作家反駁道，「耶拉在寫〈信不信由你〉專欄那幾年時，他完全是靠自己。讓我向你描述一個場景，那是我親眼目睹，不是聽來的。」

這個場景簡直就是某部蹩腳的綠松塢電影裡的一幕，故事描寫一個勤勉向上的孩子，經過多年的貧困孤獨後，終於苦盡甘來。某一年的除夕夜，在貧民區一間破敗的房舍裡，菜鳥記者耶拉告訴他的母親，家族中一個有錢的親戚邀請他到他們在尼尚塔希的房子參加除夕宴會。他將與活潑的堂姊妹和喧鬧的堂兄弟共度一個吵吵嚷嚷的歡樂夜晚，說不定最後還會去城裡天曉得哪個聲色場所玩。母親欣慰地想像兒子的喜悅，由於她剛好是個女裁縫，便為他準備了一個驚喜：當天晚上，她悄悄把亡夫的舊外套修改成兒子的尺寸。耶拉穿上外套，完美合身。（看見這個景象，母親眼裡泛出淚水：「你看起來就跟你父親一模一樣。」）聽說有另一位記者同事——也就是這個故事的目擊證人——也受邀參加宴會，快樂的母親更放寬了心。當記者與耶拉一同步下木屋裡陰冷的樓梯，走出泥濘的街道時，他才搞清楚，根本沒有任何親戚或別人邀請可憐的耶拉去參加任何除夕晚宴。不僅如此，耶拉當天還得去報社值班，因為他想多賺一些錢讓母親動手術，治療她長年在燭光下縫衣服而逐漸失明的眼睛。

故事結束後是一段沉默，接著卡利普指出，其中有一些細節完全不符合耶拉的生平，然而他們並不聽信他的解釋。的確，他們有可能搞錯了日期和親戚的輩分，假使耶拉的父親還在世（你可以百分之百確定嗎，先生？），他們或許會錯把父親說成祖父，或是誤把姊姊當成姑姑，但這一點出入也沒什麼大不了。他們請卡利普在桌邊坐下，拿根菸請他抽，問他一個問題但又不理會他的回答（你剛剛說你們是什麼親戚關係？），接著，他們彷彿在一張想像的棋盤上面下棋般，開始你來我往地從袋子裡拿出一個個追憶片段。

耶拉對他的家族充滿了感情，以至於就連在那段只准提及市政問題的報禁時代，他也依然揮筆成書，寫出讓讀者和審查官都看不懂的文章，追溯他童年的記憶，以及記憶中那棟每一扇窗外都有一棵菩提樹的豪宅。

不，不對，耶拉的處世技巧僅限於在新聞領域裡。只要碰到他不得不參加的盛大場合，他一定會帶朋友同去，以確保自己能夠安全無虞地模仿朋友的動作和談吐，效法他的服裝打扮和餐桌禮儀。

才沒這回事呢！耶拉是個雄心壯志的年輕人，專門負責婦女版的填字猜謎和讀者諮詢，連續三年間，他所執筆的專欄不僅成為國內閱讀率最高的單元，甚至在整個巴爾幹半島和中東地區都深受歡迎。不止如此，當他出言詆毀左右派分子時，也絲毫不覺得良心不安。若不是那些有權有勢的親戚朋友對這個不值得的傢伙關愛有加，助他一臂之力，耶拉哪可能擁有今天的聲勢？

那麼，拿西方文明的基石之一「生日派對」來說好了。我們有一位具前瞻性的政治家，很希望能夠在我們的文化裡建立起這項溫情風俗，因此，當他為自己八歲的兒子舉辦一場善意的「生日派對」時，他不但邀請多位記者參加，也請了一位來自地中海東岸黎凡特的中年婦女彈奏鋼琴，更準備了一個鮮奶油草莓蛋糕，上面插著八枝蠟燭。結果，耶拉卻在他的專欄裡大肆嘲諷這場宴會，將它講得極為可鄙不堪。他之所以這麼做，並不是如人們所推測的，是為了思想上、政治上、甚至是藝術上的理由，而是因為他驚覺，自己一輩子從來不曾得到父愛，也從來不曾擁有過任何形式的關愛。

恰巧相反。為什麼如今哪裡都找不到他；為什麼大家發現他給的不是錯誤的電話號碼就是假的地址？這一切都是因為他的近親和遠親給予他太多的愛，使得他難以回報，因此從中衍伸出一種奇異而複雜的仇恨——是的，甚至擴散到全人類。（卡利普只是不小心問到他可以去哪裡找耶拉而已。）

噢，不是這樣，他之所以藏到城市的偏僻角落，之所以躲著全人類，必然是基於別的因素：他終於明白，孤獨的痼疾將永遠纏著自己，打從出生以來，這股無法治癒的孤獨感就如一圈不幸的光暈般籠罩在他周圍。好像一個殘廢的人，終於向疾病投降，他也不得不放棄，退縮到某個遠離塵囂的房間裡，隱遁入那股逃不了的淒苦孤寂的懷抱之中。

卡利普提到有一個「歐洲來的」電視單位，他們正在尋找這個窩在遠離塵囂的房間裡冬眠的耶拉。

「總而言之，」論戰作家涅撒提打岔道：「耶拉就要開天窗了，他已經十天沒有交任何新的東西。每個人都清楚得很，他企圖蒙混作為存稿的文章，根本就是二十年前的舊玩意，只是重新打字讓它們看起來像是新的。」

綜藝版作家不同意。如卡利普所期待的：這些專欄文章甚至更受歡迎，電話響個不停，耶拉收到的讀者信件每天都超過二十封。

「的確！」論戰家說：「寫信給他的，都是那些他在文章裡大肆表揚的妓女、皮條客、恐怖主義者、享樂主義者、毒販、流氓老大，專門寄信來提供他餿主意。」

「所以你偷看他的信？」綜藝版作家說。

「你還不是一樣！」論戰家說。

兩個人像對弈的棋手般在椅子上正襟危坐，滿足於自己的出手。論戰家從外套的內袋裡拿出一個小盒子，以一種魔術師準備把東西變不見的裝模作樣姿態向卡利普展示。「如今，我和你稱之為親戚的那個人之間唯一的共通點，便是這種胃藥。它能立刻消除胃痛，要不要來一顆？」

卡利普搞不懂哪裡是棋戲的一部分哪裡又不是，但他想加入，所以他拿了一顆白藥丸吞進肚裡。

「目前為止你還喜歡我們的遊戲嗎？」年老的專欄作家微笑著說。

「我還在努力弄清楚規則。」卡利普說，有點不信任對方。

「你看我的專欄嗎？」

「是的。」

「你拿起報紙，是先看我的專欄，還是耶拉的？」

「耶拉碰巧是我的堂哥。」

「就只是因為這個理由所以你先讀他的嗎？」老作家說：「難道家族情感遠勝於文筆好壞嗎？」

「耶拉的文筆也很好！」卡利普說。

「他的東西誰都寫得出來，你還不明白嗎？」老專欄作家說：「更何況，大部分都太長了，不是合適的專欄。捏造的故事，半調子的矯揉造作，瑣碎的胡言亂語。他有幾個慣用的伎倆，會耍幾個花招，如此而已。比蜂蜜還甜美的追憶和聯想是一般規則，偶爾會抓住一個似非而是的弔詭。一定要訴諸反諷的遊戲，像是優雅的詩人所謂的『博學的無知』。不大可能的事情要講得好像真有此事，而已經發生的事情要講得好像沒這回事。假使全都行不通的話，那麼就把空洞的內容藏在浮誇的詞藻後面，讓他的崇拜者以為他文筆優美。每個人也都有自己的生活、回憶和過去，絕對不比他少。隨便哪個人都可以玩他的把戲。就連你也行。來，講個故事！」

「什麼樣的故事？」

「隨便你想到什麼：一個故事。」

「有一個男人，他深愛美麗的妻子，」卡利普說：「有一天妻子拋棄了他。於是他四處找尋她。他在城市的大街小巷處處發現她的蹤跡，卻始終遇不著她……」

「繼續說。」

「說完了。」

「不對，不對！一定還有更多！」老專欄作家說：「從他妻子留在城市的痕跡裡，這個男人讀出了些什麼？她真的是美女嗎？她為了誰而離開他？」

「從她遺留在大街小巷的痕跡裡，這個男人讀出了自己的過去，他踩上美麗妻子的足跡。她究竟是為了誰而閃躲他，他不知道，也不想知道。他一廂情願地想：妻子所追逐的那個男人，或是那個地方，一定存在於自己曾到過的某處。」

「好題材，」老專欄作家說：「正如愛倫坡所言：死了或失蹤了一個美麗的女人！不過說故事的人必須更果決一點，讀者無法信賴一個猶豫不決的作者。我們來看看，也許可以利用耶拉的一個伎倆完成故事。追憶：城市裡充滿了男人快樂的回憶。風格：用毫無深意的浮誇詞藻來掩飾藏在追憶中的線索。博學的無知：男人假裝他想不透另一個男人的身分。弔詭：因此，妻子拋下他去追求的男人其實就是他自己。不錯吧？看吧，你也辦得到，任何人都可以。」

「可是寫出來的人是耶拉。」

「沒錯！但是從現在開始，你也可以寫了！」老文人說，示意這個話題已經結束了。

「如果你想找出他身在何方，仔細讀他的專欄。」綜藝版作家說：「他一定躲在文章裡什麼地方，他在文章的各個角落裡都藏滿了訊息，小小的祕密訊息。你懂我的意思嗎？」

卡利普說了一段往事代替回答，小時候耶拉曾經向他示範，如何用他文章裡每一個段落的頭尾單字湊成句子。他透露他怎麼樣組字謎來瞞騙審查官和報紙督察員、怎麼樣用句子的頭尾音節編排字串、用所有大寫的字母組成句子、還有惹火「我們姑媽」的文字遊戲。

綜藝版作家問：「你們姑媽是老處女嗎？」

「她沒結過婚。」卡利普說。

耶拉和他父親是不是曾為了一間公寓引發爭吵？

卡利普說那是「好久好久以前的」口角。

他是不是真的有一個律師伯父，分不清楚哪些是法庭紀錄、訴狀和法條，哪些是餐廳菜單和渡輪時刻表？

卡利普說他猜想這也和其他的事情一樣只是傳說。

「找找線索吧，年輕人！」老作家不悅地說：「耶拉不會把事情講得清楚明白！我打賭我們這位熱中偵探冒險和胡儒非教派的朋友，已經一點一滴地，像是用繡花針挖掘一口井似的，從耶拉專欄裡的隱藏文字中挖出了意義。」

綜藝版作家說，這些文字遊戲很可能真有一個意義，也許它們指示著來自未知的訊息，而也許正是這份與未知的緊密連結，使得耶拉得以超越那些注定沒沒無聞的作家。除此之外，他想要提醒他這句諺語有它的道理：「名氣太大的記者不會有好下場。」

「也可能，真主保佑，他說不定死了！」老記者說：「怎麼樣，你喜歡我們的遊戲嗎？」

「關於他喪失記憶這一點，」綜藝版作家說：「是真的還假的？」

「都是，」卡利普說：「是真的也是假的。」

「那麼，關於說他的藏身處遍及全城？」

「也一樣。」

「或許此刻他正孤伶伶地在其中一個藏身處嚥下最後一口氣，」專欄作家說：「你也知道，他自己也挺愛這種猜謎遊戲的。」

「如果他快死了，他會召喚某個親近的人到身旁。」綜藝版作家說。

「才沒這個人呢。」老專欄作家說：「他跟誰都不親。」

「我敢說這位年輕人並不這麼想，」綜藝版作家說：「你還沒告訴我們你叫什麼名字呢。」

卡利普告訴他們。

「那麼，告訴我，卡利普，」綜藝版作家說：「在他窩藏的地方——天曉得他是受到什麼衝動的驅使——一定有某個耶拉覺得夠親近的人，至少可以讓他吐露寫作祕密和臨終遺言，對不對？畢竟，他並不是一個全然的孤獨者。」

卡利普思忖片刻。「他不是一個全然的孤獨者。」他感觸良多地說。

「那麼，他會召喚誰？」綜藝作家問：「你嗎？」

「他妹妹。」卡利普脫口而出。「他有一個小他二十歲的同父異母妹妹，那是他會聯絡的人。」接著他陷入沉思。他回想起那張生鏽彈簧破肚而出的扶手椅。思緒繼續延伸。

「或許你已經逐漸抓到了我們遊戲的邏輯。」老專欄作家說：「你或許開始品嘗到自己正步向合理的結論。因此我必須坦白告訴你一點：所有的胡儒非信徒都無可避免地走入悲慘的下場。法茲拉勒，胡儒非教派的創立者，最後像條狗一樣被人殺死，屍體的腳上被綁條繩子拖著遊街示眾。你知道嗎？六百年前，他也是透過解夢而進入這一行，就如同耶拉。不過他並不是在哪家報社孜孜不倦地工作，而是躲在城外一個山洞裡……」

「經由這樣的比較，我們對一個人能有什麼了解？」綜藝版作家說：「一個人能夠多麼深入另一個人生活的祕密？三十多年來，我一直試圖深入探究那些悲慘電影演員的祕密，那些模仿美國人的我們所謂『明星』。於是我發現了這一點：有些人，他們說每個人類都有一個分身，他們錯了。沒有任何一個人像另一個人。每個可憐的女孩都有她自己的可憐樣。我們的每個明星都是獨一無二，如同天上的星星，孤孤單單，個個是找不到同類的悲慘星斗。」

「除了好萊塢的原版模特兒之外，」年老的專欄作家說：「我有沒有跟你提過耶拉所仿效的原創者名單？除了但丁、杜思妥也夫斯基和魯米外，他還大大方方地抄襲了我們偉大宮廷詩人謝伊．加里波的《美與愛》。」

「每一個生命都是獨特的！」綜藝版作家說：「每一則故事之所以能夠成為故事，是因為它不會一模一樣。每一位作家都是獨一無二的自己，都是充滿個人特色的二流作家。」

「呸！」老作家說：「我們拿他頗感自滿的那篇來看，什麼〈博斯普魯斯海峽乾涸的一天〉那篇。裡頭所有末世的景象，根本就是直接抄襲自好幾千年前的古書，描述救世主降臨前的毀滅之日，不是嗎？從古蘭經中，審判之日的章節裡抄來的；從伊本·赫勒敦[28]和阿布·呼羅珊的書裡抄來的，不是嗎？然後他再加入一個什麼黑道老大的低俗故事，毫無藝術價值可言。當然了，文章中的各種噱頭，還不足以造成某小部分特定讀者的風靡熱愛，或是促使當天報社接獲上百通歇斯底里女人的電話。真正的原因，是由於字裡行間隱藏的祕密訊息，恰巧被讀者解讀出來——不是被你我這種普通人，而是一小撮手上擁有密碼書的信徒。這些信徒遍布全國各地，其中一半是妓女，另一半是男同性戀，他們把這些訊息當作神聖的律令，從早到晚打電話到報社來，想確定我們不會把他們的教主耶拉先生給踢出門外，叫他為那一堆胡言亂語負責。不止這樣，還老是會有一、兩個人守在大門口等他。卡利普先生，我們怎麼知道你是不是他們其中之一？」

「可是我們挺喜歡卡利普的，」綜藝版作家說：「我們在他身上嗅到自己年輕時的氣味。我們信賴他，所以才告訴他我們的心裡話。我們便是靠這種直覺來分辨是非。莎蜜葉·莎曼女士曾是個耀眼出眾的明星，當她在養老院安度晚年時曾經對我說：『嫉妒這種疾病……』怎麼？你要走了嗎，年輕人？」

「卡利普，小伙子，既然你要走了，那麼先回答我一個問題，」老專欄作家說：「英國電視臺搞什麼？他們要訪問耶拉而不是我？」

「因為他文章寫得比較好。」卡利普說。他已經從桌邊起身，準備跨入通往樓梯的安靜走廊。他聽見老作家在他身後大喊，渾厚的聲音絲毫不失原有的歡悅。

28 伊本·赫勒敦（Ibn Khaldun,1332-1406），阿拉伯歷史學家、哲學家、社會學家。

「你真以為你剛才吞的是胃藥嗎？」

步上外面的街道，卡利普小心謹慎地四下觀望。對面人行道的一個角落裡，一個賣橘子小販和一個禿頭男人茫然呆立，那個地點曾經發生過神學院學生焚燒報紙的事件，因為報上刊登了一篇他們視為褻瀆的耶拉專欄。眼前兩個人看起來不像在等耶拉。卡利普穿過馬路到對面去買了一顆橘子。正當他剝著橘子吃的時候，他突然感覺到有人在跟蹤他。來到喀加格魯廣場，他轉向辦公室的方向，還是搞不懂剛才那一刻怎麼會突然有股毛骨悚然的感覺。他緩緩步下街道，目光望進書店櫥窗，就是想不透為什麼那股感覺如此真實。彷彿模糊中有一隻「眼睛」緊盯著他的後頸，如此而已。

當他緩步經過其中一家書店前，他的眼睛遇上了櫥窗裡的另一對眼睛。四目交會的剎那，他的心突然跳了一下，好像巧遇自己長久以來的至交。櫥窗裡擺設的是一家以偵探小說為主的出版社，魯雅總是狼吞虎嚥地閱讀他們的書。卡利普常在書上看到的那隻奸邪的小貓頭鷹，此刻正耐心注視著卡利普和櫥窗外來往的週六人潮。卡利普走進店裡，挑了三本他認為魯雅還沒看過的舊書，結帳包好，外加廣告看板上介紹為本週之選的一本書《女人、愛情、威士忌》。一張頗大的海報釘在上層書架上，寫著：「土耳其唯一達到第一百二十六名的偵探小說系列：排名就是我們最好的品質證明。」店裡除了同一家出版社的「文學羅曼史」和「貓頭鷹趣味小說系列」之外，還賣其他的書。於是卡利普詢問店員有沒有一本關於胡儒非教派的書。一位矮壯的老人坐在門口的椅子上，一邊監視著櫃檯後的蒼白年輕人，一邊張望著外頭泥濘的人行道上絡驛不絕的人群。他給了卡利普一個意料中的答案。

「我們沒有。去小氣鬼以斯馬的店問問看。」接著他又補充：「好久以前我曾經拿到幾本偵探小說的草稿，從法文翻譯過來的，翻譯者是奧斯曼．亞拉列丁王儲殿下，他剛好就是個胡儒非信徒。你知道他怎麼死的嗎？」

出了店外，卡利普朝人行道前後張望一會，但沒有看見任何值得留心的異狀：一個女人帶著孩子正在研究三明治店的櫥窗，孩子身上的外套太大了；兩個穿著一模一樣綠色襪子的女學生，一個身穿棕色風衣的老人，正等著過馬路。可是，他才剛跨步要走向辦公室，就感覺到同樣一隻緊迫盯人的「眼睛」落上他的後頸。

卡利普從來不曾被人跟蹤過，也從來不曾體驗過被跟蹤的感覺。他對這件事的認識，僅限於他所看過的電影或是魯雅的偵探小說中的情節。雖然他只讀過幾本偵探小說，但他卻時常高談闊論此種文類：應該有辦法架構出一本小說，讓它的開頭和結尾的章節一模一樣；應該寫一個沒有「結局」的故事，因為真正的結局已經隱藏在中間的內容裡；應該要編造出一本小說，其中的角色全是瞎子等等。卡利普在腦中組織著這些魯雅嗤之以鼻的假設，夢想或許有一天他能夠成為故事中的另一個人。

辦公大樓的入口旁邊，有一個無腿的乞丐蜷縮在壁凹裡，卡利普想像他兩眼都瞎了。想到這裡，察覺自己已捲入這場噩夢愈來愈深，他才決定這一切不只是魯雅離去的緣故，必然也要歸因於睡眠不足。一走進辦公室後，他沒有立刻坐回辦公桌前，反而打開了窗戶探頭往下看，觀察人行道上的所有動靜。一會兒後，他回到桌前坐下，而他的手則不由自主地，不是伸向電話，而是朝一個放有紙張的檔案夾伸去。他拿出一張白紙，不多加思索便振筆疾書。

「魯雅可能會去的地方：她前夫家。我伯父家。芭努家。一個『安全』的住所。一個半安全的住所。一個討論詩文的場所。一個什麼事物都討論的場所。尼尚塔希的某間房子。任何一棟老房子。一棟房子。」看見自己寫的東西沒什麼邏輯，於是他放下筆。接著他又抓起筆，把除了「她前夫家」之外的地點全部劃掉，然後再另起一段：「魯雅和耶拉可能會去的地方：耶拉的某個藏身處。魯雅和耶拉在一間旅館裡。魯雅和耶拉去電影院。魯雅和耶拉？魯雅和耶拉？」

寫下這一切，讓他回想起那些偵探小說，而自己恍若故事裡的主人公。他感覺自己正逐漸接近一扇門，通往魯雅，通往一個新的世界，通往一個他渴望成為的新身分。在門後隱約可見的那個世界裡，被人跟蹤的感覺是正當合理的。假使一個人相信自己被人跟蹤，那麼他一定也會相信自己可以是這樣一個人：為了尋找一名失蹤者，坐在桌前，列出所有必要的搜查線索。卡利普很清楚自己根本不像偵探小說中的主人公，但藉由假裝自己就是、或者「像是」這麼一個人，或多或少替他減輕了一些包圍在四周讓他喘不過氣的物品和故事。稍晚之後，年輕的服務生——他的頭髮從正中央驚人地對稱分邊——端來卡利普的餐點，這時的卡利普幾乎已經完全融入偵探小說的世界，到處都是寫滿線索的紙張。恍然出神的程度，甚至連放在骯髒托盤上的烤肉飯和紅蘿蔔沙拉，此時看在他的眼裡，似乎也不再是他吃慣的乏味菜肴，而變成了他從沒見過的珍奇美饌。

飯吃到一半，電話響了。他順手拿起話筒，彷彿已經等了很久；打錯了。吃完飯挪走托盤後，他打電話回自己尼尚塔希的公寓。他讓電話響了很久，腦中想像著魯雅，回到家累了，爬下床接電話。沒有人接，但他並不訝異。他又撥電話給荷蕾姑姑。

為了先發制人，不讓姑姑有機會提出新問題，卡利普一口氣把事情交代清楚：因為他們的電話壞了，所以他們沒辦法打電話聯絡；魯雅當天晚上就復元了，精神飽滿，一點也沒事，她現在穿著那件紫色的外套，心情很好，正坐在五、六年的雪佛蘭計程車裡等卡利普；他們正準備前往伊茲密，去探視一位重病的老朋友；船不久要開了，卡利普在路上一間雜貨店裡打電話；多謝雜貨店老闆，店裡忙得不可開交的時候還肯借他用電話；要掛了，姑姑，再見！然而荷蕾姑姑仍設法插話問道：你們確定門都鎖好了嗎？魯雅有沒有帶她的綠毛衣？

一直到賽姆打來時，卡利普還在思考，一個人光盯著一張他從沒去過的城市的地圖，是否可能產生深遠的改變？賽姆告訴卡利普，早上他走了之後，自己又繼續在資料庫裡鑽研，結果發現了一些或許有用的線索：那位意外害死老婦人的默哈瑪特・伊瑪茲，沒錯，他很可能還活著，只不過他用的名字不是他們之前推測的阿哈馬・卡刻或哈爾敦・卡拉，而是像個遊魂似的，以一個絲毫不含半點化名意味的穆阿馬・厄吉尼之名行遍天下。之後，當賽姆在一本全然擁護「相反觀點」的刊物裡遇到同一個名字時，他並不訝異；令他嚇一跳的是，另外又有一個名字叫沙利・果巴契的人，發表了兩篇尖銳批評耶拉專欄的文章，裡頭不僅使用了同樣的修辭形式，甚至連錯字都一模一樣。仔細推敲後，他才注意到這個人的姓名不但與魯雅前夫的姓名有著相同的子音，而且還彼此押韻。接著他又看到，此人的名字出現在一本小型教育刊物《勞動的時刻》中，頭銜是總編輯。於是賽姆替卡利普記下了這個編輯辦公室的地址，位於城市西邊的郊區：巴基喀，錫南帕夏區，豔陽丘，瑞夫貝街十三號。

掛上電話後，卡利普在市內電話簿的地圖上找出錫南帕夏區。他很訝異：豔陽丘新開發區涵蓋了一整片原本荒涼的丘陵地，十二年前魯雅和前夫剛結婚時，因為丈夫想要對勞工進行「田野調查」，於是他們便搬進了那裡的一棟違章建築。卡利普仔細檢視地圖，看出那片他曾經去過一次的丘陵地，如今已劃分為多條街道，每一條都依照獨立戰爭中的英雄命名。角落裡有一塊廣場，上頭標示著綠色的公園、清真寺的宣禮塔，以及一塊小小長方型的阿塔圖爾克雕像。這是卡利普一輩子也無法想像的一片區域。

他打電話到報社，對方說耶拉還沒有來，接著他打電話給易斯肯德。他告訴易斯肯德他已經聯絡上了耶拉，也傳達英國電視臺想採訪他，耶拉好像也不反對這個提議，只不過他最近實在太忙。敘述故事的過程中，他聽見另一頭傳來小女孩的哭聲，就在電話附近。易斯肯德告訴他，英國人至少還會在伊斯坦堡多待六天。他們聽說了許多關於耶拉的佳評，他相信他們會願意等；如果卡利普有興趣的話，可以主動去佩拉宮飯店[29]拜訪他們。

他把午餐托盤拿到門外，離開大樓。走下通往海邊的坡道，他注意到天空呈現前所未見的暗淡蒼白，彷彿就要降下飛灰。即便如此，週六的人群大概也會裝出一副習以為常的樣子。或許這就是為什麼行人總低頭望著腳下泥濘的街道行走，因為他們希望能習慣這種想法，不要讓自己大驚小怪。夾在腋下的偵探小說令他心安不少。或許該慶幸這些故事是出自於遙遠、魔幻的國度，由一群抑鬱不樂的家庭主婦翻譯成「我們的話」——她們曾經在某些外語高中就讀，但後來卻放棄學業，為此她們始終後悔不已——多虧這個原因，如今我們大家才能不受影響地為自己的生活奔忙，而辦公大樓入口前一身褪色西裝替人填充打火機的小販、看起來像一團破爛抹布的駝背男人、以及共乘小巴車站前安靜的乘客，才都能夠一如往常地庸碌過活。

他在埃米諾努上了公車，到離公寓不遠的赫比葉下車。他看見皇宮戲院前擠滿了人，正在等待兩點四十五分的星期六午後場電影。二十年前，卡利普和魯雅以及她其他同學也會來看這個午後場，擠在一群身穿同樣軍用上衣、滿臉青春痘的學生中間。他會走下和現在一樣撒滿鋸木屑以防雪滑的臺階，研究小燈泡點亮的框格裡、即將上檔新片的著色劇照。然後，默默地充滿耐心地，望向魯雅的方向，看她正在和誰說話。前一場電影似乎始終演不完，門好像怎麼也不會開，他和魯雅肩並肩坐在熄燈黑暗裡的那一刻彷彿永遠都不會到來。這一天，當卡利普發現兩點四十五分這一場還有票時，陡然一股自由的感覺湧入心頭。電影院裡，前一場觀眾留下來的空氣窒礙悶熱。卡利普知道，等會兒只要一熄燈上廣告，自己將會馬上睡著。

醒來之後，他坐直身體打起精神。銀幕上有一名美麗的女子，一位真正的美女，美麗而迷惘。接下來看到一條寬廣平靜的河流、一間農舍、一座美式農莊坐落於濃密的綠蔭中。接著，迷惘的美麗女孩開始和一名卡利普從沒在別部片中見過的中年男子說話。他們的對話緩慢而平和，從他們平緩的臉孔和手勢中，他可以看見他們的生命陷入深沉的磨難。不只是理解而已：他「懂」。生命充滿了磨難、痛苦、悲傷憂愁，把我們的臉孔揉捏成相仿的形貌。總當我們好不容易習慣了悲苦時，新的悲苦又壓頂而至，而且更為沉重難捱。甚至當悲苦倏然降臨時，我們也知道它其實一直都在醞釀。然而，就算我們早已有了心理準備，但當磨難像場噩夢般席捲而來，我們依然會被孤獨所吞噬，一種死寂絕望、揮之不去的孤獨。我們幻想著，若能找人分擔寂寞，將能使我們快樂起來。有一剎那，卡利普覺得自己的悲苦和銀幕中女人的悲苦是相同的——或許他們共享的並不是悲苦，而是這個世界，一個井然有序、不會讓你期待太多、也不會棄你不顧的世界，一個要求你必須謙卑的世界。卡利普覺得自己和眼前的女子心靈相繫，看著她的一舉一動彷彿是看著自己：從井裡汲水、駕駛一輛舊福特小汽車出城、抱著孩子哄他上床睡覺。他好想擁抱她，不是由於她的美麗、她的質樸天真、或是她坦率的態度，而是因為他相信自己就活在她的世界裡。倘若他能擁抱她，那麼這名淡褐色頭髮的苗條女子必然能夠分享他的想法，能夠懂他。卡利普覺得他好像是獨自一人在看電影，眼前的畫面只有他一個人能夠看到。儘管如此，很快地，中間鋪著一條柏油大馬路的酷熱小鎮爆發了一場戰鬥，一個「領導型的強壯男人」解決了衝突，這時卡利普明白，他即將失去與那女人之間的同夥關係。他逐字逐句閱讀字幕，同時感受到戲院裡躁動不安的人群。他起身回家，天色近黑，他走在緩緩從天而落的雪花裡。

29 佩拉宮飯店（Pera Palas Hotel）：建於一八九二年，是一棟極為古色古香的建築，推理小說大師阿嘉莎．克莉絲蒂便多次投宿此旅館的四一一號房，在此寫下《東方快車謀殺案》。

一直到很晚之後，躺在藍格子棉被下遊離於半夢半醒之際，他才驀然想起，他把買給魯雅的偵探小說忘在電影院裡了。

10 眼睛

在他生命中那段創造力最豐盛的時期，每天的文字產量從不少於五頁。

——阿布杜拉曼・謝瑞夫[30]

我現在要說一件某年冬天發生在我身上的事。那時正值我生命中一段陰鬱的時期：儘管好不容易度過了記者生涯最艱困的頭幾年，但同時，在這一行想要出人頭地所必須忍受的種種事情，卻也已經把我最初的熱情給消耗殆盡。寒冷的冬夜裡，當我告訴自己「我終究成功了！」的同時，我也明白自己已被掏空了。那一年冬天，失眠找上了我，從此以後一輩子不再離開。於是，許多平常工作日的夜裡，我和值班的同仁會在報社裡留到很晚，利用這段時間完成在白天的喧譁忙亂下寫不出來的文章。〈信不信由你〉專欄——當時這個題材在歐洲的報章雜誌裡也頗盛行一時——便是特別為我的大夜班所設計的。我會先翻閱一份已經被剪成碎碎條條的歐洲報紙，找出其中〈信不信由你〉的單元，詳細研究上面的照片，然後，根據照片給我的靈感（我堅信學習外語不僅沒有必要，而且絕對有害我的想像力），我帶著某種藝術的狂熱把腦中的模糊概念鋪陳寫下。

30　二十世紀初的土耳其歷史學家，專門研究鄂圖曼帝國歷史。

那一個冬夜，我草草瞥了一眼某本法國雜誌（一本過期的《寫照雜誌》）中一張怪物的圖片（一隻眼在上，一隻眼在下），接著飛快編出一篇關於獨眼巨人的文章。我列舉出這隻強悍的生物化身轉世的過程：牠先是出現在韃韃．廓庫傳說中[31]把年輕女孩嚇得魂飛魄散，接著變形成為荷馬史詩中背信忘義的賽克洛普斯，在布哈里的《先知史》中牠是韃迦爾本人，到了《一千零一夜》後牠則闖入了大臣的女眷閨房，在《神曲》中當但丁即將找到心愛的碧翠絲時（我對她是如此熟悉），牠以一身紫色裝束讓人驚鴻一瞥，牠埋伏打劫魯米的商旅，而在我所鍾愛的威廉．貝克佛小說《瓦席克》[32]中，牠則搖身一變，成為一個女黑人的形貌。接著我開始默想，究竟額頭正中央長著一隻深井般的眼睛是什麼模樣，為什麼牠令我們驚懼，為什麼我們非得害怕而避之唯恐不及？興奮中我文思泉湧，揮筆在這篇短短的「專論」裡加入幾則小故事：其中一則是關於一個傳聞住在金角灣周圍貧民窟裡的獨眼巨人一號，有一天夜裡，牠不知道用什麼方法穿過了油膩、污濁、泥濘的河水，去會見獨眼巨人二號。這位獨眼巨人二號要不就是和前一個一模一樣，要不就是個貴族獨眼巨人（人們稱呼牠「閣下」）。那天半夜，二號來到佩拉區一間豪華的妓院，當牠摘下毛皮頭飾的那一剎那，所有鶯鶯燕燕全都嚇昏了過去。

我草草附上一行字，提醒那位特別鍾愛此類題材的插畫家（「拜託，不要鬍子！」），於半夜十二點多左右離開了報社。由於我並不想回我那寂寞寒冷的公寓，因此我決定在伊斯坦堡舊城的大街小巷裡走一走。一如往常，我心情低落，但對於我的專欄和故事卻感到志得意滿。我心裡想著，也許待會兒散步的途中，我可以來幻想那篇故事得到廣大的讚美認同，這麼一來，說不定能延遲那股如不治之症般糾纏我不放的莫名憂傷。

我穿過後街暗巷，愈往裡面走，巷子就愈窄愈黑，每一條都以任意的斜角互相交錯縱橫。聽著自己的腳步聲，側身擠過相倚相疊的幽暗房舍，只見每棟二樓的陽臺早已扭曲變形，窗戶漆黑一片。我走入那些被遺忘的街道，那兒，就連群集的野狗、睡眼惺忪的守夜人、吸毒者和鬼魂都不敢涉足。

陡然間，我感覺有一隻眼睛從某處注視著我，一開始我並不驚惶。我推測這是由於我剛才寫了那篇文章，所以生出此種虛妄的知覺。因為不管從歪扭的陽臺窗口——我感覺它位在那裡——或是空地的深邃黑暗中，事實上都沒有眼睛在看我。我所意識到的存在物只不過是一種模糊的幻象，我不認為值得大驚小怪。四周闃然無聲，除了守夜人的口哨和遠方狗群打架的號叫之外，聽不見半點聲響。處於靜寂之中，被人注視的感覺卻慢慢益發清晰，逐漸強烈到讓我無法忽略、甩脫這股壓迫感。

一隻無所不在、全知全能的眼睛此時大剌剌地盯著我瞧。不，它和我今晚編造出的故事主人公毫無關聯。不像他們，這一個並不可怕、不醜陋、不滑稽、也不怪異或不懷好意。它甚至像是個熟人，沒錯，這隻眼睛認識我，而我也認識它。從很久以前我們就知道彼此的存在，然而一直到今天深夜、行走在這條巷子裡，強烈深刻的街景激起這股獨特的感知向我席捲而來，我和它才終於公開相認。

我不打算透露在金角灣後方山丘上這一條路的名稱，因為對於不清楚伊斯坦堡那塊區域的讀者來說，並沒什麼意義。你們只要想像，那是一條暗淡無光的石板路，兩旁是深色的木頭房子（奇異事件發生後三十年的今天，大部分的房子仍舊屹立不搖）以及二樓陽臺投下的陰影，一盞孤伶伶的路燈散出光暈，被扭曲的枝枒遮掩而矇矓。人行道又髒又窄，一間小清真寺的牆壁延伸向似無止境的黑暗。街道——或者視線——的陰暗盡頭處，這隻荒謬的眼睛（我還能怎麼稱它？）等待著我。我想像一切已逐漸明朗：這隻「眼」正等著要幫助我體會「靈魂出竅經驗」（我事後想，那比較像是夢境），而不是要傷

31 出自於《韃韃．廓庫之書》，是六、七世紀時期開始流傳中亞的史詩，故事中也有一個大眼怪物。

32 威廉．貝克佛（William Beckford, 1760-1844），英國富商、小說家，其作品《瓦席克》情節古怪，是典型的哥德小說。

害我——比如說，嚇我、勒我、砍我或殺死我。

一片寂靜。霎時間我明白了，整段經驗是源自於我內心深處的空虛、從事新聞業所失去的自我。當一個人極度疲累時，最真實的噩夢會乘虛而入。可它並不是噩夢，它是一種更鮮明、更清晰——甚至計算精密——的感知。「我知道我裡面徹底空了。」我是這麼想的，接著，我朝清真寺的牆壁一靠，心想：「它知道我裡面徹底空了。」它曉得我在想什麼、曉得我曾經做過的種種，但是就連這一切也不重要；這隻「眼」暗示著別的、某樣一目了然的事情。我創造了它，而它造就了我！這個念頭閃進我腦海，我以為它會一閃即逝，像是偶爾竄出筆端又消失無蹤的愚蠢字句，但它卻停留不去。這個念頭開啟了一扇門，領我進入一個新的世界，就如那位追著兔子跑的英國女孩掉進了樹籬下的兔子洞裡。

最開始的時候，是我創造出了這隻「眼」，目的很明顯是希望它看著我、觀察我。我不想脫離它的凝視。在眼睛的凝視下、在隨時隨地意識到它的情況下，我創造出我自己：我欣然接受它的監視。我的存在取決於我深知自己始終被注視著，彷彿說，倘若這隻眼睛不看我，我便不會存在。事實上，顯然我已忘記了最初創造眼睛的人是我自己，如今反倒對它心生感激，認為多虧它造就了我的存在。我想要依循它的命令！唯有如此我才能置身於更美好的「存在處境」！然而，要達到這個目標困難重重，所幸我們不會因為如此的困難而痛苦失意（人生本是如此），畢竟我們時常遭遇這種挫折，並逐漸將之視為理所當然而予以接受。倚靠在清真寺的牆壁上，我墜入這冥想的世界，它不像噩夢，反而像由熟悉的記憶和影像所編織而成的喜悅之境，就如同我在〈信不信由你〉專欄中曾經描述過的想像繪畫，那些我虛構出來、不存在的畫家所「製造」的圖畫。

倚著清真寺的牆壁，審視著自己的洞見，我看到自己置身於喜悅花園的中心。

很快地我明白了，在我的洞見、或想像，或者說幻覺——隨便你怎麼稱呼——中央的那個人，並不是一個酷似我的人，他就是我，我自己。這時我才了解，之前感覺到的凝視目光，其實是我自己的凝視。我已經變成了那隻「眼」，當下正觀察著自己。那是一股自然而然的感知，不詭異，不陌生，甚至一點也不可怕。我彷彿脫離了軀殼，從外面觀看自己，霎時間我才領悟，原來自己長久以來一直保持著自省的習慣。多年來，我便是靠著從外頭省視自己，來端正我的言行舉止。「很好，一切都沒問題了。」我會這麼說。或者，我會把自己檢視一遍，然後說「唉，今天沒做好」、「我表現得不夠像我應有的樣子」。或者我說「看起來有點接近了，要再努力一點」。多年以後，再次端詳自己：「太好了！我終於表現出我想讓別人看到的樣子了！」我會歡欣地說：「是的，我辦到了，我成為了他。」

這個「他」到底又是誰？首先我明瞭了一點，為什麼這個我渴望與之相像的「他」，會在我奇境之旅的這一刻，出現在我的面前：因為，今天夜裡徘徊在街頭的我，完全沒有試著要模仿「他」或任何其他人。別會錯意，我一直深信人只要活著就會去模仿別人，就會渴望當另一個人。只不過那天夜裡我實在太累、太空虛，以致我內心的這股渴望跌到谷底。如此一來，反而使得我和「他」（我必須服從的人）終於處在某種「平等」的關係。我不再懼怕他，也不再抗拒被他召喚進入這個異想世界：這都顯示出我們之間的「相對」平等。儘管我仍活在他的注視之下，但那一個美麗的冬夜裡，我是自由之身。雖然這樣的結果並非得自於意志力和勝利，而是從疲憊和挫敗而來，但此種平等與自由的感覺，仍舊在我和他之間建立起一道輕鬆的親暱關係。（誠摯的態度顯然是我的風格。）這些年來，他頭一次向我透露他的祕密，而我也懂。一點也沒錯，我是在自言自語，但是如此的對話，不正是像親密知己般，與深埋在我們心底的第二個人甚至第三個人，悄悄說話嗎？

專心的讀者想必早已弄懂我交相指涉的解說，不過還請容我再述說一遍：「他」，無疑地，便是「眼」。眼睛就是我想要成為的那個人。然而我最先創造出來的不是「眼」，而是「他」，一個我想要成為的人。而這個我想要成為的「他」，隔著遙遠的距離，大剌剌地向我投下犀利而沉重的凝視。在「眼睛」的範圍內我的一舉一動無所遁形，任性的凝視不僅監看著我、評斷著我，更拘束我的自由。它像一輪可厭的烈陽，高掛在我的頭頂絲毫不放過我。但別以為我是在抱怨，看見這隻「眼」在我面前展現的燦爛景象，我萬分喜悅。

在我周身的景觀宛如幾何圖案，而且精準到一絲不苟的地步，我望著自己置身其中（畢竟，「我望著自己」正是這整件事的樂趣所在），當下意識到原來「他」是我創造出來的，但是對於自己究竟是怎麼辦到的，我卻只有一點模糊的概念。從某些線索中我可以看出，他是淬取自我個人的生活材料和經驗。他（我想要成為的人），取材自我童年時看的漫畫中的英雄，或是我在國外刊物上見到的文壇巨擘的照片，甚至照片中這些擺著姿勢的文人的圖畫室、書桌、或他們時常出沒的神聖場所——他們在這些地方咀嚼他們「深沉而有意義」的思想，並在門口擺姿勢給攝影師拍照。我當然也想要像他們一樣！可是，又要多像呢？在這塊形而上的版圖裡，我也遭遇了一些令人氣餒的線索，反映出我著實是以自己的過去點滴來塑造「他」：一名勤奮富裕的鄰居，我母親總是大力吹捧他的優點；一個崇尚西化的帕夏，他誓言拯救自己的祖國；一本書中的一位英雄，這本書我從頭到尾讀完了五遍；一位用相應不理來處罰我們的老師；一個過分優雅的同學，他不僅有每天換穿新襪子的財力，甚至還以「您們」來尊稱自己的父母；貝佑律和舍查德巴許電影院裡放映的外國片中那些聰明、機智、風趣的男主角——他們拿酒杯的姿勢、他們那種幽默的樣子、那種明確的果決、能夠那麼輕鬆自在地與女人相處，甚至是美麗的女人；著名的作家、哲學家、科學家、探險家和發明家，我從他們書本的前言得知他們的生平歷史；幾位軍事要人；還有那位拯救城市逃離毀滅洪水的失眠英雄……早已過了午夜，我倚著清真寺的牆壁而立，看見這些人物一個接著一個陸續現身，彷彿站在地圖上各個熟悉的區塊，從四面八方向我揮手打招呼。一開始我也湧起一股孩子氣的興奮，就好像一個人驚訝萬分地發現自己居住了大半輩子的街區竟然出現在地圖上。然而接下來，我品嘗到一股酸澀的殘味，就好像第一次檢閱地圖的那個人，最後終究逃不過失望，因為他將發現，那些大樓、街道、公園、房舍，滿載了他終生縈繞心頭的回憶，然而當展現在偌大繁複的地圖上頭時，卻只不過是用小小的幾個點幾條線敷衍帶過，相較於其他的線條和標示，它們看起來無足輕重、毫無意義。

從往日的記憶和景仰的人物之中，我造就出他來。我一個一個地撿拾過去的事事物物，拼貼成這一個龐然畸物，他釋放出這隻緊盯我的「眼」，他是這隻「眼」的靈魂。此刻，這個巨大的混合體卻反過來成為我凝視的對象。在它之中，我瞥見我自己和我的一生。我很高興能夠受到它的嚴密注視；在它的羽翼下努力向上。我花費畢生精力只為了模仿「他」，努力扮演想要成為他，並深信有朝一日我真的會變成他，或者至少能夠接近他。我活著並非充滿自信熱情，而是不斷希望有機會能夠變成另一個人：他。我的讀者，請不要誤以為這「靈魂出竅的經驗」意謂著某種覺醒，或是那種「大徹大悟」小品故事的一個例子。來到這片夢遊奇境，我發現了自己，倚著清真寺的牆壁，周遭一切浸淫在幾何放射的光芒下瑩瑩閃爍，滌除了罪與惡、歡樂與懲罰。曾經有一次我作夢看見，就在這同一條街上、從同一個角度望去，一輪滿月高掛在同樣這片夜半靛藍的天空上，緩緩幻化成為時鐘上的一個明亮刻度。此時我體會到的景色正如同在那場夢裡，有著同樣的清晰、剔透、對稱。我很想要悠閒自在地繼續欣賞，反覆吟味那看似理所當然的細節，一個一個挑出其中有趣的變異。

我確實也這麼做了：彷佛面對一場西洋棋局，臆測著深藍色大理石板上的小石子的走向，我對自己說：「斜倚清真寺牆壁而立的『我』，渴望成為他」、「這個人想要與自己羨慕的對象結為一體」、「另一方面，『他』假裝不知道他其實是扮演他的『我』所形塑出來的」、「那就是為什麼『眼』會如此自信滿滿」、「他似乎不曉得，『眼』之所以創造出來，是為了讓倚在清真寺牆上的人有機會接近他，反過來，倚在清真寺牆上的這個人倒是非常清楚這個曖昧的概念」、「如果這個人展開行動去接近他，並設法成為他，屆時『眼』將會走進死巷或者掉入深淵」、「此外，還有……」諸如此類。

就這樣，我從外頭審視著自己，心中一邊想著這些事情。接著，我所審視的「我」開始往家的方向走，返回他的床鋪。他沿著清真寺的牆壁行走，到了牆的盡頭後，繼續沿著附有一模一樣二樓陽臺的木造房子，穿過荒涼的空地、公共飲水泉、門窗緊閉的商店，還有墓地。

看著自己，我不時感到驚愕。這感覺就好像走在一條擁擠的街道上，我們望向身旁行色匆匆的人群，卻突然在一片厚玻璃櫥窗或一排假人身後的大鏡子中瞥見自己的身影。不過，在此同時，我很清楚在這如夢的場景中我所觀察到的「我」正是我自己，沒什麼好奇怪的。令我驚訝不已的是，我對此人竟感到如此舒服、甜蜜、親切的情愫，教人難以置信。我知道他其實是個脆弱而可憐的人，無助而憂傷，全天下只有我知道眼前這個人並不像他外表所見。我想要像一個父親般保護這敏感的孩子，或甚至像一個神祇般照料這柔弱的生物，把他納入我的羽翼。可是他繼續走了很久（他在想些什麼？為何如此憂傷，如此疲倦，如此挫敗？），最後終於返回大街上。偶爾，他抬眼望進小吃店和雜貨店熄了燈的窗戶。他把雙手用力插入口袋，下巴垂到胸口，就這樣繼續從舍查德巴許走向溫卡帕尼，偶爾有輛汽車或空計程車從身旁呼嘯而過，他也視而不見。或許他身上沒有半毛錢。

走上溫卡帕尼橋，他朝金角灣凝視了一會。黑暗中，依稀可見一群船員齊力拉著一條繩子，繩子綁著一艘拖船，正準備入水駛過橋下。爬上西哈尼山丘，他和一個迎面下坡而來的醉漢交談了幾句。他完全沒有注意以司第克拉大道上輝煌明亮的櫥窗，除了一家銀器店，他仔細地端詳了櫥窗內展示的銀飾。他有什麼心事？滿懷著不安的掛念與關心，我注視著他，替他感到焦慮。

來到塔克辛後，他在書報攤買了香菸和火柴。他撕開包裝，遲緩的動作正如同街上猥瑣的土耳其人。他點起一根菸：噢，一縷哀傷的青煙從他口中裊裊升起！儘管我世故老練、無所不知，但此時我卻彷彿頭一次面對面遇見人類這種生物，為他擔心受怕。我想說：「小心點，小子！」每一次看見他平安穿越馬路，我都不禁鬆口氣，暗自慶幸。我始終保持警覺，留意著街道暗處、公寓大樓的死角，以及漆黑無燈的窗戶，深怕有任何災禍埋伏。

謝天謝地，好不容易他安全到家，返回位於尼尚塔希的公寓樓房（「城市之心公寓」）。一上到他的閣樓公寓後，你們以為他會就這樣上床睡覺，滿心愁悶——同樣的愁悶折磨著我，沉重而難懂。然而，不，他往一張椅子上坐了下來，開始抽菸，花了一點時間翻閱報紙。接著他起身，在老舊的家具、搖搖欲墜的桌子、褪色的窗簾、堆積如山的報紙和書本間來回踱步。突然間，他往桌前一坐，在吱呀作響的椅子上調整好姿勢，抓起一枝筆，傾身伏向一張乾淨的白紙，揮筆疾書。

我站在他身旁，緊貼著他，感覺好像我就倚在他零亂的桌面上。我貼近地端詳他：他帶著孩子般的專注神情振筆寫字，陶醉投入的模樣像是在欣賞一部喜愛的電影，對著自己內心播放。我望著他，驕傲極了，如同一個父親注視著兒子寫下生平第一個字母。每當他寫完一個句子，他會抿起嘴；他的眼珠子隨著文字鼓碌碌地轉動。一整頁寫完後，我閱讀他寫了些什麼，我打了個寒顫，內心湧起一股深沉的痛楚。

他所寫的，並不是挖掘自靈魂深處、我所渴望知悉的祕密，他只是潦草寫下了你們剛才讀到的那些句子。不是他的世界，而是我的；不是他自己的話語，而是此刻你們正飛快掃視的每一個字（拜託，慢下來！），屬於我的話語。我想與他對質，要求他寫出自己的話，但我什麼也不能做，只能呆望著他，如同在夢裡。一字連著一字，一句接著一句，愈往下走，我的痛愈深愈濃。

來到另一個段落的起頭時他略為停頓。他看著我——彷彿他看見了我，彷彿我們四目相交！記不記得，在舊書和雜誌中常出現這樣的場景：作家和他的繆思有一段愉快的交談？調皮的插畫家會在頁面空白處畫出鋼筆大小的繆思和若有所思的作家，彼此相視而笑。是的，我們就是這樣相視而笑。既然我們已經彼此交換了心有靈犀的微笑，我樂觀地猜想，那麼接下來一切都會清楚了。他將會醒悟什麼才是對的，因而寫出他自己內心世界的故事，讓好奇不已的我得以一窺究竟，而我將會滿懷喜悅地閱讀他評論身為自己的種種。

試得好！可什麼也沒有。零。他再次衝著我親切地一笑，好像所有需要解釋的事情全都一清二楚了。他頓了頓，醞釀情緒，如同剛破解了一場棋賽僵局，蓄勢待發準備繼續進攻。接著他寫下了最後的字眼，把我的世界推入一團無底的黑暗。

11 我們把記憶遺失在電影院

電影不但毀壞孩童的視力，更毀壞他的心靈。——烏魯奈

卡利普一醒來，就知道又下雪了。或許他在睡夢中早已知悉，感覺到一片寂靜吞沒了城市的喧囂。乍醒時他還記得前面的那場夢，但才剛轉頭望出窗外，便忘得一乾二淨。黑夜已深，卡利普用瓦斯爐始終燒得不夠熱的水洗了個澡，然後換上衣服。他拿起紙和筆來到桌前，坐下來，花了一點時間檢查線索。他刮了鬍子，穿上魯雅很喜歡的那件人字呢夾克——耶拉也有一件完全相同的——然後在外頭披上他的粗厚大外套。

雪已經停了。路旁停放的車輛和人行道上覆蓋著幾吋積雪。星期六夜晚的購物人潮手裡提著大包小包，顫顫巍巍地走路回家，彷彿他們正踩在外太空某座星球軟綿綿的地表，一時還無法適應步伐。

到了尼尚塔希廣場，他很高興看見主要大道已經空無一人。一家雜貨店的門口照每天夜裡的慣例架起一個攤子，擺上一疊疊裸女雜誌和八卦報刊，卡利普從中間抽出一份隔天早晨的《民族日報》。他橫越馬路，走向對街的餐館，找了一個路上行人看不到的角落位置坐下，點了一份番茄湯和烤肉餅。趁食物上桌的空檔，他把報紙拿到桌上，開始仔細讀起耶拉的週日專欄。

這篇也是多年前刊載過的文章。如今第二次讀來，卡利普仍記得其中幾句耶拉的至理名言，有關於

記憶。他一邊啜飲咖啡，一邊在文中做記號。步出餐館後，他揮手招了一輛計程車，前往巴基喀市郊的錫南帕夏區。

漫長的車程中，卡利普望著周圍的景象，感覺自己似乎不是身處於伊斯坦堡，而是在另一座城市裡。古穆蘇佑坡往下通往多瑪巴切的斜坡處，三輛市公車互相穿插停靠，人群蜂擁而上。公車站和共乘小巴車站裡沒有半個人影。雪花落入城市，專橫地壓境而至，街燈漸暗，城市裡獨有的夜間活動沉寂了下來，四周頓失聲息，彷彿退回到中世紀的單調夜晚，房舍的門窗緊閉，人行道上空蕩荒涼。覆在清真寺圓頂、倉庫、違章建築上的積雪不是白色的，而是藍色。卡利普看見紫唇藍頰的流鶯在阿克薩瑞街頭徘徊、年輕人拿木梯子當雪橇從城牆上一路往下滑、停泊在公車總站前的警察巡邏車不停轉動著藍光；從總站發車的公車裡，乘客畏懼地向外張望。年老的計程車司機說了一個疑點重重的故事，關於很久以前某個不可思議的冬天，金角灣的水面凍結成冰。借助計程車內的頂燈，卡利普在耶拉的專欄上標滿了各種數字、符號和字母，但依然什麼都找不到。最後，司機抱怨說他沒辦法再往前開了，卡利普只好在錫南帕夏區下車，開始步行。

豔陽丘比他記憶中的還要靠近大馬路。街道沿著窗簾掩蔽的兩層樓水泥磚房（由原本的違章建築改建補強），沿著陰暗無光的商店櫥窗，平緩上坡，來到一個小廣場處戛然而止。廣場上矗立著一座阿塔圖爾克的半身像（並不是一整座雕像），正是早晨他在市內電話簿地圖上看到的那塊長方形標示。一座不大不小的清真寺牆上寫滿了政治標語，他憑著記憶，選了旁邊的一條路。

他甚至不願意去想像魯雅在眼前某一間破爛房子裡，那些房子的排油煙管從窗戶當中伸出、陽臺被壓得向下傾斜。然而十年前，他曾經躡手躡腳來到敞開的窗口，看見了此刻他不願意去想像的情景，倉惶之下，落荒而逃。那是一個炎熱的八月傍晚，魯雅穿著無袖印花棉洋裝，坐在堆滿紙張的餐桌前忙碌，一隻手指捲著一縷鬈髮轉呀轉。她的丈夫背對窗戶而坐，正在攪拌杯裡的茶。一隻即將跌落的飛蛾圍著懸吊在頂頭的光禿燈泡繞呀繞地飛，一圈比一圈更搖晃。丈夫與妻子之間的桌子上，擺了一盤無花果和一瓶殺蟲劑。卡利普清清楚楚記得湯匙敲撞杯子的叮噹作響，以及鄰近樹叢中夏蟬的唧唧鳴叫。不過他怎麼也想不起有這麼一個轉角，旁邊豎立著一根半埋在積雪中的路標，上頭寫著：瑞夫貝街。

他走完整條街後又折返。巷道的一頭有幾個小孩在擲雪球，另一頭貼著一幅電影海報，一盞燈映亮了上頭一個相貌平庸的女人，眼睛被塗黑，戳瞎。由於所有的屋子皆同樣是兩層樓房，門上也都沒有門牌號碼，因此當卡利普第一次經過的時候，他漫不經心沒有多注意。等到走第二趟時，他才心不甘情不願地認出了那扇窗戶、十年前他不屑碰觸的那只門把，以及那片晦暗、沒有粉刷的牆壁。房子加蓋了二樓；旁邊增建了一座園圃；泥巴空地換成了水泥地。一樓室內漆黑一片。附有獨立出入口的二樓，微藍的電視螢幕光芒從緊閉的窗簾滲透而出。如同槍管般穿破牆壁指向馬路的排油煙管，噴出一股硫磺色的煤炭煙霧，宣布著好消息：來訪的不速之客打開門後，將會發現這裡不僅有熱食可吃、有溫暖的爐火、還有一群傻傻盯著電視的熱心好人。

卡利普小心翼翼踩上積雪的臺階，一步一聲伴著隔壁空地上一條狗兒的警示吠叫。「我只要跟魯雅講一下話就好！」卡利普自言自語，但其實也搞不清楚心裡究竟是在對自己說還是對她前夫說。等見到她後，他會要求她解釋在道別信中沒有講明的理由，接著他會叫她馬上回家收拾所有她的東西、她的書、香菸、湊不成對的絲襪、空藥瓶、她的髮飾、她那些眼鏡的盒子、吃了一半的巧克力、她的細長髮夾、她孩提時代的木鴨子玩具；然後，離開，別再回來。「每一件關於你的物品，都帶給我難以承受的痛楚。」由於他沒辦法當著那傢伙的面說出這些，所以他最好能說服魯雅到另一個地方去坐下來說話，「像成年人一樣」。等他們來到這個地方，開始以「成年人」的樣子對談，這時，或許也有可能成功說服魯雅別的事情。只不過，這附近除了全是男人的咖啡館外沒有別的地方可去，他該上哪兒找這麼一個談話的地點？

卡利普先是聽見小孩的聲音（「媽，開門！」），接著是一個女人的聲音。這個女人顯然絕不是他的妻子、他二十多年來愛戀的對象、他從小到大的摯友。頓時他才明白，到這裡來找魯雅是件多麼愚蠢的行為。他本想臨陣脫逃，但門已經開了。卡利普一眼便認出妻子的前夫，但對方卻不認得卡利普。他是個中等年紀、中等身高的男人，正如卡利普所想像的一樣。同樣地，卡利普也將永遠不會再想起這麼樣的一個人。

前夫花了一點時間，讓眼睛習慣外頭危險世界的黑暗，卡利普也靜待著對方慢慢認出他來。在此同時，好奇的腦袋一顆顆冒出來，先是妻子，然後是小孩，接著是另一個小孩，詢問著：「爸，是誰呀？」爸爸被問倒了，在原地呆楞了好一會兒。卡利普決定抓住機會溜掉而不要進屋，連忙一口氣把自己來訪的理由交代清楚。

他很抱歉三更半夜打擾他們，可是他實在是不得已。今天他之所以來到他們家——改天會再來正式拜訪（甚至帶魯雅一起）——是為了調查關於某個人、某個名字的一些資料，事關重大，極為迫切。他正在替一個被誣告謀殺的大學生辯護，噢不，事實上的確有人死了，只不過真正的殺人凶手行蹤飄忽成謎，像個鬼魅似的在城市游走，曾經有一度……

故事才剛講完，卡利普立刻被簇擁進屋。他才脫下鞋子，面前就呈上一雙過小的拖鞋、手裡被塞進一杯咖啡、並獲知熱茶馬上泡好。卡利普又複述一遍那位可疑人士的姓名（捏造一個截然不同的名字以防萬一），然後魯雅的前夫便接手一切。聆聽著男人滔滔不絕的鋪陳，卡利普可以想見這些故事含有強烈的麻醉效果，很快地自己將失去知覺，走不出大門。事後，他記得自己當下曾想過，說不定在那兒多待一會兒，能夠發現一些關於魯雅的線索，至少有一點蛛絲馬跡，然而這種想法比較像是末期病人接受手術治療前的自我欺騙。好不容易，他終於走出那扇他以為永遠不會再開啟的大門，這時他已經聆聽了前夫如水庫洩洪般奔流泉湧地講了兩個小時的故事，並從中得知以下事實：

我們以為自己知道很多事情，其實我們什麼都不知道。

我們知道，比如說，大多數東歐和美國的猶太人，都是猶太哈札爾王國的後裔，一千年前定居於窩瓦河與高加索山之間。我們也知道，哈札爾人事實上是一個接受猶太教的土耳其部族。然而我們並不知道，其實土耳其人和猶太人的關係血脈相連，極其密切。多麼有意思啊！過去二十個世紀以來，這兩個形同手足的民族四處遷徙，勢力兩相消長起伏，彷彿同時在一首神祕樂曲的伴奏下跳舞，但始終碰不在一起，總是錯身而過，像一對絕望的孿生兄弟，注定一輩子糾纏不清。

地圖拿來後，卡利普馬上從故事的麻醉劑中甦醒，他站起身，動了動被暖氣烘得懶洋洋的肌肉，然後望向攤開在桌子上的故事書，他驚異地望著充滿了故事的地圖上用綠色鋼珠筆標滿的箭號。

主人開始說，他認為歷史的對稱性是件無可辯駁的事實；我們必須做好心理準備，我們現在經歷了多少的幸福快樂，到頭來便將經歷多少的悲慘痛苦，諸如此類的。

首先，一個新國家將在博斯普魯斯海峽與達達尼爾海峽之間興起。這一回，他們不會像一千年前那樣，引進新移民來組織這個新國家。相反地，他們會把舊居民改造成為符合他們理想的「新人類」。甚至不需要讀過伊本．赫勒敦，誰都猜得出為了改造我們，他們必須切斷我們的記憶，把我們變成一群沒有過去、沒有歷史、沒有時代背景的遊魂。眾所皆知，博斯普魯斯區山坡上和貝佑律小巷裡有幾所陰鬱的傳教士學校，那裡的人給學生喝下薰衣草色的液體，藉此摧毀我們的國家意識（「記住這個顏色的名稱。」媽媽一邊專心聽她丈夫講話一邊說）。後來引發了一些化學後遺症，西方團體基於「人道立場」，認為這種方法過於魯莽而危險。從此以後，他們便改採取一種「較為溫和」、效力也更為長久的解決之道，也就是透過他們的「音樂─電影」手段。

顯而易見，此種電影方法是利用美麗女人的臉蛋圖像、教堂管風琴整齊而輝煌的音樂、令人聯想到讚美詩的視覺重複技法、以及各式各樣抓住觀眾視線的畫面呈現——酒、槍、飛機、衣服——而比起非洲和拉丁美洲的傳教士所使用的教學法，此種手段證實更為徹底有效。（卡利普很好奇還有誰聽過這一串顯然事先撰寫好的冗長句子：附近鄰居？同事？共乘小巴上的陌生乘客？岳母大人？）舍查德巴許和貝佑律的電影院開張沒多久後，就造成數幾百名觀眾失明。有些人意識到加諸在他們身上的恐怖陰謀後，決定抗拒，然而他們的怒吼卻在警方和腦科醫生的壓制下，從此噤聲。如今，他們只能透過衛生署發放免費的眼鏡給那些被新影像弄瞎眼的孩子，藉此減輕他們內心的反抗情緒。然而終究不是這麼容易可以抹平的，零星的衝突還是偶爾會爆發。當他看見幾條街之外，一個十六歲少年朝一張電影海報發射空包彈時，他很快可以理解那是為什麼。還有一個人，攜帶了好幾罐汽油到一家電影院裡，當他在大廳被保鑣圍捕時，他大聲要求對方把他的眼睛還來。沒錯，他希望要回他的眼睛，那曾經看見舊日景象的眼睛。還有報紙上以前報導過，有一個馬拉提亞的牧羊少年，看電影看上了癮，結果在短短一個星期內喪失了所有記憶，連回家的路都忘得一乾二淨。不知道卡利普先生有沒有看過這個新聞？類似的故事多到一個星期也講不完，都是關於一些人在看了電影後，因為太過嚮往銀幕裡的街道、服飾和女人，以致再也無法回到過去的生活，從此變成廢人。無以數計的人把銀幕上的角色當作是自己，荒謬的是，他們不僅沒有被眾人視為「有病」或「變態」，甚至我們的新統治者還邀請這些人進入其事業體系共同合夥。我們都被弄瞎了眼！我們每一個人！每一個人！

男主人，也就是魯雅的前夫，現在想要知道：難道沒有任何政府單位察覺到電影院的興起與伊斯坦堡的衰落是成正比的嗎？他想要知道：難道妓院和電影院開在同一條路上只是純粹巧合嗎？他更進一步想知道：為什麼電影院裡面都要那麼暗，那麼徹底而殘酷的黑？

十年前，他和魯雅小姐為了心中深信不疑的一個理念，以化名和假身分居住在這棟屋子裡。（卡利普不停嚙向自己的手指甲）。他們把政治宣言從一個他們從來沒去過的國家的語言翻譯成我們「自己的話」，同時設法保留文句中的原文風味；他們搜集那些他們素未謀面的人物的談話點滴，以此種新文體撰寫成政治預測，經過打字和影印之後，發給那些他們永遠不會遇見的人群。事實上，他們只不過，自然而然地，想要成為另一個人。當他們發現真有人相信了他們的化名，誤以為他們就是化名中的人物時，他們多開心呀。有時候，其中一人會忘掉了在電池工廠裡長時間工作的疲累、或是寫作文章和寄發傳單的耗力費時，停下來，目不轉睛地凝視著他們輾轉弄到手的新身分證。在青春的熱情與樂觀之中，他們常會一時興起，脫口而出：「我已經洗心革面了！我是個全新的人了！」甚至他們還會抓住機會慫恿對方也說出這樣的話。多虧他們的新身分，他們看見了一個過去未能察覺的新世界，並讀出其中的意義：這個世界是一本嶄新的百科全書，可以從頭讀到尾；你讀得愈多，百科全書就改變得愈多，你也隨之蛻變；於是乎，一旦你讀完了，回過頭去再從第一冊開始重讀這個百科全書世界，這時你會陷入錯亂，被書頁中新發現的大量新身分弄得昏頭轉向。（接下來主人的演講就這樣迷失在百科全書比喻的書頁叢林裡，卡利普一邊聽著，一邊注意到餐具櫥的一層架子上排放著訂報紙時一小冊一小冊隨刊附贈的《知識寶庫》全書。）然而，多年以後，如今他才終於了解，這樣的惡性循環其實是「他們」為了模糊焦點而設下的陰謀：我們樂觀地以為，當我們變成另一個人、又變成另一個、再另一個之後，還能夠返回我們原初的身分，幸福快樂，這都是騙人的。他們夫妻倆走到半路後才明白，自己已經迷失在一大堆標誌、文字、宣言、照片、臉孔和槍械之中，再也歸納不出任何意義。那個時候，這棟房子還只是兀自矗立在荒涼的山丘上。一天夜裡，魯雅把幾件衣物塞進她的小袋子裡，回到她的家人身邊，回到她認為安全的舊日家庭與生活中。

講到慷慨激昂之處，主人（鼓碌碌的眼珠讓卡利普不時聯想起兔寶寶邦尼）站起身來回踱步，弄得昏昏欲睡的卡利普頭暈腦脹。他繼續解釋為什麼他認為如果我們想要破解「他們的」把戲，則我們必須返回源頭，回到萬物的起點。卡利普先生也看得出來：這棟房子完全符合一個「小布爾喬亞」或「中產階級」或「傳統市民」的住家。室內有包著印花棉布椅套的舊沙發椅、合成纖維的窗簾、邊緣畫有蝴蝶的瓷釉餐盤、一個難看的「餐具櫥」，裡面藏著只有假日客人來訪時會拿出來的糖果盤和從來沒用過的利口酒杯組、以及被打得爛爛的褪色地毯。他很清楚自己的太太不像魯雅是個受過教育的美麗女人：她比較像他自己的母親，平庸、單純、無害（這時太太銜著卡利普和丈夫微微一笑，笑中的含意卡利普讀不出來），是他的堂妹，他叔叔的女兒。他們的孩子也像他們一樣。假使他的父親還在世，而且還是老樣子的話，父親所建立的生活和他現在過的想必沒有兩樣。這樣的生活是他刻意的選擇。他意識清醒地過著此種生活，堅持自己的「真實」身分，藉由拒絕成為自己以外的另一個人，來阻撓一場千年陰謀。

眼前屋子裡所有的物品，卡利普先生猜想或許只是碰巧放在這裡，但其實它們是根據同一個理由而刻意安排的。壁鐘是經過特別挑選的，因為這樣的一間房子就需要這種壁鐘的滴答聲。既然在類似的屋子裡，電視這個時候總是開著，因此他們也放任它像盞路燈似的亮著。電視機上面之所以鋪著那塊針織墊布，是因為這種家庭的電視機上一定得鋪塊類似的墊布。一切都是精心策畫的結果：餐桌上的零亂、剪下折價券的報紙扔在一旁、拿來當作針線盒用的巧克力禮盒邊上沾到的果醬；甚至包括不是由他親自設計的事情，比如孩子們折斷的耳朵形的茶杯柄、晾在恐怖煤炭爐旁的洗滌衣物。有時候他會停下來觀察，彷彿在看一部電影般，傾聽自己和妻兒談論的事情、審視全家人圍著餐桌坐在椅子上的模樣。當他發現他們的對話和動作正如他們這樣的家庭應有的樣子，他滿心歡喜。如果說，幸福就是能夠有意識地過著自己渴望的生活，那麼，他很幸福。除此之外，他不僅達成了幸福的條件，還粉碎了一場千年陰謀，這使得他的快樂更有過之而無不及。

為了設法擠出幾句話來結束這個話題，卡利普站起身，嘴裡一邊說外頭又開始下雪了，一邊跌跌撞撞地走向門口。儘管喝了那麼多茶和咖啡，他仍覺得自己隨時要昏厥過去。主人擋在前面，卡利普拿不到外套，只得聽他繼續說：

他很遺憾卡利普先生必須回到伊斯坦堡，那兒是一切墮落的起點。伊斯坦堡是善惡的指標：別說是住在那裡了，就算只是一隻腳踏進伊斯坦堡，也都代表了投降，承認失敗。那座可怖的城市如今充斥著過去只有在電影裡才看得到的畫面。無可救藥的人群、破爛的車輛、逐漸沉入水中的橋梁、堆積如山的錫鐵罐、遍布坑洞的高速公路、看不懂的巨大字母標誌、難以辨識的海報、毫無意義的殘破看板、顏料斑駁褪色的塗鴉、啤酒和香菸的圖片、不再呼喚群眾禱告的宣禮塔、一堆堆的瓦礫、泥巴和塵土等等。如此的一片廢墟殘骸根本了無希望。如果說會有什麼復興運動的話——主人相信還有許多人也和他一樣在奮力抗拒——他肯定只有可能發生在這裡，從這片被貶為「水泥貧民窟」的社區裡萌芽，原因在於，唯有這塊地區仍保存了我們最珍貴的本質。身為此社區的創建者、開拓者，他深感驕傲，並且邀請卡利普也加入他們，甚至就是現在。他可以留下來過夜，說不定兩人可以來場小小的辯論。

卡利普已經穿上了外套，他向安靜的太太和恍惚的孩子們道了再見，打開門，跨出戶外。主人仔細端詳了一會外頭的雪，然後清晰地吐出「雪」這個字，專注的神態不禁感染了卡利普。主人曾經認識一位只穿白衣的教長，與他見了面之後，他作了一場全白的夢。純白的夢境裡，他與穆罕默德並肩坐在一輛純白色凱迪拉克的後座。前座坐著一個他看不見臉的司機，以及穆罕默德的孫子，哈珊與胡賽因，穿著一身雪白。當白色凱迪拉克駛過充滿海報、廣告、電影和妓院的貝佑律時，兩個孫子轉過頭來擺出憎惡的表情，尋求祖父的讚許。

卡利普試著走下積雪覆蓋的臺階，但這個家的主人依舊說個不停：並不是說他有多相信夢諭，他只是學會去解讀神聖的暗示罷了。他祝福卡利普先生和魯雅能夠運用他所學到的事物，而且顯然其他人已經這麼做了。

有趣的是，三年前正值他政治生涯最為活躍時，他曾以化名發表了一些「全球分析」，如今卻聽見總理一字不漏地複述他當時提出的政治解決辦法。可以想見「這些人士」手下有一個消息靈通的情治單位網絡，負責清查國內所有出版品，再冷僻的也不放過，然後把有需要的資訊呈報「上去」。不久之前，他注意到耶拉．撒力克[33]有一篇文章，似乎也是透過同樣的管道取得了同樣的內容，但這個人是在白費力氣：他根本走錯了方向，徒然為一個空無的理想尋找一個錯誤的解答，他的專欄不過是自我欺騙。

這的確耐人尋味，一位真正信仰者的構想不知怎地竟被總理和名專欄作家注意到了，並且拿來運用，然而別人卻以為這位創始者早已消聲匿跡，更沒半個人想到要登門拜訪。有好一陣子，他考慮向報社揭發真相，告訴他們這兩位德高望重的人物犯下了厚顏無恥的抄襲行為，他打算證明，他們剽竊了一篇文章中的文字，甚至原封不動地抄下好幾句話，而這篇文章原本刊登在根本沒人看過的一份政治小報上。然而爆發內幕的時機還沒有成熟，他相當清楚自己必須耐心等待，終有一天這些人會來按他的門鈴。卡利普先生的造訪——以一個毫無說服力的藉口說要找某人的化名線索，雪夜裡大老遠跑到這偏僻的郊區——顯然是個徵兆。他要卡利普先生知道他很懂得解讀徵兆，並且（這時卡利普好不容易走下冰封的街道）他想小聲問最後幾個問題：

卡利普先生能否再給他的修正主義歷史一次機會？為了怕他自己一個人可能找不到路走回大街，或許主人可以陪他走一段？若是這樣的話，卡利普什麼時候方便再來呢？好吧，那麼，能否代他向魯雅問一聲好呢？

33 耶拉的姓氏含有隱喻。撒力克（Salik）是蘇非教派的一個專有名詞，意指「尋密者」，此人沿著一條道路，以緩慢的階段前進，參悟自身周圍的祕密，達到與真身（神性）結合的目的。

12 吻

有些人會詳讀各種定期刊出的文章，這種閱讀的習慣，可以歸入阿威洛伊的反記憶法類別，或者說是引起失憶的禍源。

——柯立芝《文學傳記》

他請我代為向你問一聲好，剛剛好兩個星期前。「我一定會。」我回答，但才一上車我已經把它拋之腦後，不是忘記他的問候，而是送上問候的那個人。但我並沒有為此失眠。依我看來，任何一個明智的丈夫都應該把向他們妻子問好的男人拋之九霄雲外。畢竟，你永遠料不到會發生什麼事，不是嗎？尤其如果你的妻子碰巧是個家庭主婦，除了自己無趣的丈夫之外，一輩子根本沒機會認識其他男人。倘若有人向她問好，那麼她很可能開始對這位彬彬有禮的傢伙左思右想起來——反正她有的是時間。雖然憑良心講，這種男人確實是禮數周到，可天曉得我們從哪時候開始流行這門子的風俗了？想當年，一位紳士頂多籠統地問候一下對方家中的女眷罷了。從前的電車也比現在的好得多。

想必有許多讀者知道我沒有結婚、從未結過婚、而且由於職業的緣故也永遠不會結婚。這些讀者讀到這裡，大概不免疑心，這篇專欄從破題第一句話開始，是不是我在設計什麼謎題要弄他們？我稱呼得如此親暱的女人，到底是誰？別胡言亂語了！你們垂垂老矣的專欄作家就要打開話匣子，向你們叨絮他逐漸失憶的過程，邀請你們來品嘗花園裡殘存的最後一朵玫瑰花香，如果你們明白我的意思。不過，別急躁，這樣我們才能不露痕跡地把玩一齣老套的簡單戲法。

三十多年前，我才剛當上菜鳥記者沒多久，專跑貝佑律這條線，那時我必須挨家挨戶地訪察搜尋獨家新聞。我時常前往貝佑律黑幫和毒梟出沒的賭場，尋找以死亡或自殺作結的新鮮愛情故事。我跑遍各家旅館，翻閱旅館職員特准我看的訪客登記簿——我每個月得投下兩塊半里拉才買到這項特權——嗅出是否有任何外國名人投宿或是任何有意思的西方人物，可以讓我誆騙說是某個西方名人來到我們城市拜訪。那年頭，不僅世界上還沒有淹滿這麼多名人，而且他們根本不會來伊斯坦堡。那些實際上沒沒無聞、卻被我當成他們國內知名人士而登上報紙的人，看到自己的照片刊出來，一開始他們滿頭霧水，到最後總是演變成忿忿不滿。其中一位我預期將大紅大紫的人最後果然達到真正的聲望。當時我在文章中寫道「名服裝設計師某某人昨日拜訪我們的城市」，見報二十年後，他終於成為一位著名的法國——以及存在主義——時裝設計師。連半句謝我的話也沒有。西方人就是這般忘恩負義。

那段日子裡，我除了忙著挖掘業餘的名人和本土黑幫（如今稱之為黑手黨）的新聞外，曾經有一次我巧遇一名年長的藥劑師，從他身上嗅到一則新故事的可能性。這位老先生飽受失眠與失憶所苦，就如現在我自己遭受的折磨一樣。同時患上這兩種疾病最恐怖的地方，是在於你會誤以為其中一項（失眠）有可能抵消另外一項（失憶），然而，實際發生的情況卻恰好相反。失眠的夜裡，時間與黑暗凝滯不前，全部凍結在一片無名無姓無色無味的世界裡，老人的記憶消失得如此徹底（如同我一樣），以至於他以為自己孤伶伶地站在「月亮的另一面」，像是從外國雜誌翻譯過來的文章中經常描寫到人陷入瘋狂的那種狀態。

老先生在他的實驗室裡研發了一種藥，希望能夠治癒他的病痛（就好像我為了同樣目的發明了抒情文）。記者會的現場上，只有我和某晚報有大麻癮的記者出席（加上藥劑師總共三個人），當場老先生賣力地表演，倒出他的粉紅色液體然後一飲而盡。為了給他的新藥更多曝光亮相的機會，他再三反覆暢飲，直到最後他企盼了多年的睡眠終於降臨。只不過，這位年老的藥劑師不僅重獲睡眠，更回歸到他的天堂夢土去了，再也醒不過來。因此，大眾也永遠聽不到他們殷切渴望的好消息：土耳其人終究也發明出了什麼東西。

他的葬禮在幾天後一個晦暗的陰天裡舉行，若我記得沒錯的話，我不斷思索著，到底他一直想要記住的是什麼事情。我至今依舊想不透。隨著我們逐漸老去，哪一部分將被我們的記憶給甩脫，彷彿一頭暴躁的馱馬拒絕背負超載的包袱？是最不愉快的部分？最重的？還是最容易丟棄的負擔？

遺忘：我已經遺忘了，置身於全伊斯坦堡所有美麗景點旁的那些小房間裡，陽光如何滲入紗霧窗簾流瀉在我們的身體上。我已經遺忘了，那位賣黃牛票的小伙子在哪一家電影院入口做生意，他愛上售票亭裡蒼白的希臘姑娘，迷戀得發狂。我很久以前就已經遺忘了我親愛讀者的姓名，以及我在私人回信裡替他們解答的神祕，當我為報紙寫解夢的專欄那一陣子，這群讀者和我一起夢見無數相同的夢境。

於是，多年以後某個深夜裡，你們的專欄作家回首過去的時光，試圖攀附住一根記憶的枝椏，陡然間他想起一段過往，自己曾經在伊斯坦堡的街頭度過駭人的一天：我的整個身體，整個人，慾火焚身地想要親吻某個人的唇。

一個星期六下午，我窩在一家老戲院裡，看了一部說不定比戲院本身還老的美國偵探片《血紅街道》。片中有一幕縮水的吻戲，沒什麼特別的，就好像其他黑白電影中的一般吻戲，早已被我們的電檢官員剪掉剩下不到四秒鐘。我也搞不大清楚怎麼回事，但突然間一股強烈的慾望襲來，我也渴望用同樣的方式吻一個女人，是的，用盡全力把我的嘴唇壓上她的唇。想到可悲的自己，我差點難過得喘不過氣來。我已經二十四歲了，卻還不曾跟人親過嘴。並不是說我沒和妓院的女人睡過，但是一方面那些女人不怎麼願意親嘴，另一方面我也不想把我的嘴和她們的湊在一起。

電影還沒演完我就離開了，走在街頭上，我渾身煩躁焦慮，彷彿城市的某個角落正有一個女人等待著我去吻她。我記得自己飛奔進地鐵，然後匆忙趕回貝佑律，一路上絕望地翻撿著記憶，彷彿在黑暗中摸索著什麼，企圖尋找那一張臉、一抹笑、一個女人的身影。我怎麼也想不出有哪個親戚或熟人可以讓我親她的嘴；我根本無望找到一個心上人；我不認識半個女人可以做我的……情人！這擠滿了人的城市看似一片空蕩。

儘管如此，到了塔克辛廣場後，我發現自己還是坐上了公車。我母親的某個遠房親戚在我父親離開後的那些年來對我們照顧有加，他們有個小我幾歲的女兒，我們曾一起玩過幾次撲克牌。一個小時後我抵達芬丁查德，按下門鈴的那一刻，我突然想起，這名我夢想親吻的女孩前陣子已經嫁人了。如今早已不在人世的年邁雙親邀我進屋。事隔這麼多年後看見我的來訪，他們既詫異又迷惘。我們東聊西扯了一會（他們對於我的記者身分毫不感興趣，認為這種職業只不過比販賣小道消息好一點點），一邊聽收音機裡的足球轉播，一邊喝茶配芝麻麵包圈。他們熱情邀我留下來吃晚餐，但我馬上咕噥了幾句，向他們告辭，連忙衝回大街上。

戶外的冷空氣竄上我的皮膚，仍然冷卻不掉我渴望接吻的慾火。我的皮膚寒冷如冰，但我的血肉卻灼燙如火，我渾身難受得不得了。

我在埃米諾努搭上渡船，過河來到卡迪喀。以前有個同學時常跟我們講，說他家附近有個女孩是接吻出了名的（意思是說，她還沒結婚前大家都知道她很會接吻）。我朝我同學在費倫巴切的家走去，心裡想著，儘管可惜她已經名花有主，沒機會了，但我朋友一定還知道其他類似的女孩。我在一幢幢木造的房舍和柏樹花園之間繞來繞去，尋找我朋友過去居住的地方，但怎麼樣都找不到。沿著如今早已拆除的木頭建築，我一邊走一邊望進燈火通明的窗戶，想像那位結婚前是個接吻好手的女孩住在其中一棟房子裡。每每仰望進一扇窗裡，我都會告訴自己：「她在這兒，會和我親嘴的女孩就在這兒。」我們近在咫尺，只隔著一片花園圍牆、一扇門、幾道木頭階梯。

可我就是到不了她身邊，吻她。當下，這吻是如此接近又如此遙遠！迷人又嚇人！這個吻，如大家熟悉的神祕、詭譎、超乎想像，又如夢境一般陌生而魔幻！

搭乘渡船回到伊斯坦堡位於歐陸的那一邊，我獨自思忖著，假使我強吻某個女人會發生什麼事？或者如果我只是假裝自己的嘴不小心碰了一下她的唇呢？不過，在這種情況下我的腦子沒法仔細思考，更何況附近也沒看到任何一張適合的臉。過去在生命中曾經有幾段時期，我陷入痛苦而絕望的情緒，就算與城市裡紛擾的人群呼吸著相同的空氣，我仍覺得這座城市一片空虛。那一天，我這種感受特別強烈。

踏著潮濕的人行道，我走了好一會兒，心裡不停想著哪一天等我功成名就之後，重返這個空無一物的城市，到時候我必能得到我所想要的。儘管如此，那個當下你們的專欄作家別無選擇，只得乖乖回到他和母親同住的房子裡，回去讀翻譯成土耳其文的巴爾札克，關於可憐拉斯蒂涅的故事。年輕的時候，我曾像個真正的土耳其文藝青年般認真讀書，換句話說，不是基於我個人的喜好，而是出於一股為自己的未來做準備的責任感。但未來又救不了今天！

躲進自己的房間裡待了一會兒後，我煩躁地走出來。我記得自己凝視著浴室的鏡子，在腦中勾勒出電影中那些演員的畫面，心想一個人至少可以親吻鏡子裡的自己。無論如何，我滿腦子都是演員的嘴唇（瓊．班內特和丹．杜瑞亞的），甩也甩不掉。但再怎麼樣我吻到的終究只是玻璃而不是我自己，於是我離開浴室。母親坐在餐桌前，身旁堆滿了做衣服的版型和天曉得從哪個有錢遠親那兒弄來的雪紡紗，正趕著為某個人的婚禮縫製晚禮服。

心裡審視著未來的計畫，我開始向她解釋自己的想法，大都是些有關自己哪天會功成名就的故事和白日夢。然而我母親卻沒有全心全意在聽。我發現對她而言，重要的不是我說的話，管它內容到底是什麼；重要的是我能夠星期六晚上坐在家裡和她閒聊。這讓我怒從中來。不知為何那天晚上她的頭髮梳得特別漂亮，嘴唇上也塗了薄薄一層口紅。我瞪著我母親的嘴唇，望著那張大家都說和我很像的嘴。我楞住了。

「你的眼神好奇怪，」她擔憂地說：「怎麼了？」

母親和我沉默了好一會兒，接著我跨步走向她，但半路上陡然住腳。我的雙腿在顫抖。我沒有再走近她，只是站在原地開始用盡全力破口大罵。我現在已經忘了當時吼叫的內容，只記得就這樣莫名其妙地，我們再度爆發了一次劇烈爭吵。突然間，我們不再害怕聲音被鄰居聽到。那是正在氣頭上的那種時刻，一個人失去了所有控制而任由憤怒發洩。通常遇到這種情況，難免會有茶杯被摔破或是爐子差一點被撞倒。

最後，我好不容易從爭吵中脫身，甩門離開。留下我母親坐在成堆的雪紡紗、線軸、進口的縫衣針之中（第一批土耳其製的縫衣針到了一九七六年才由霍士門公司生產），低聲啜泣。我沿著人行道在城市裡亂晃到深夜。我穿越偉人蘇里曼蘇丹清真寺的庭院，跨過阿塔圖爾克橋，走到貝佑律。我好像不是我自己；感覺有一個憤怒而惡毒的怪物正追逐著我；我理想中的那個自我似乎尾隨在身後。

下一刻，我發現自己坐在一間布丁店裡，只為了混進人群。但我刻意避開視線，害怕和別人四目相交，然後發現對方也在設法填滿星期六夜晚的無盡空虛。我們這種人往往一眼便能認出彼此，認出之後卻打從心底互相鄙視。沒過多久，一個男人和他的妻子來到我桌前，男人開口對我說話。這個白髮的幽魂跑進我的回憶裡來是想做什麼啊？

真相大白，他就是我在費倫巴切找了半天找不到他家的老同學。他不僅結了婚、在鐵路局工作、滿頭少年白、而且還把當年的種種記得一清二楚。你們想必也見過這種情況，一個老朋友出乎意料向你一股腦兒傾吐，裝得一副他和你擁有數不清的共同回憶和祕密，其實只是為了讓他身旁的太太或同伴以為自己的過去多麼風光。我可不上這個當，也不打算配合演出，附和他誇大其辭的過往歲月。我絕對不會承認自己仍深陷悲哀慘淡毫無改變的舊生活裡，反正他也早已拋之腦後。

我挖起一勺沒加糖的布丁，邊吃邊告訴他們獨家新聞。我透露自己已經結婚好幾年了，你正在家裡等我，我把我的雪佛蘭停在塔克辛，走路到這兒來買你忽然嘴饞想吃的雞肉鹹布丁，我們住在尼尚塔希，待會兒可以順道載他們一程。他謝謝我，但是不用了，因為他還住在費倫巴切區，不順路。一開始他出於好奇，試探地詢問我，但當他聽說你出身於「上流家庭」後，他也想表現給他的妻子知道其實他對上流家庭很熟。眼見機不可失，我趕緊堅稱他一定記得你。他果然記得，他很高興，並且還要我代他向你問好。手裡拎著裝有雞肉鹹布丁的盒子，我起身準備離開布丁店，我與他親吻道別，接著，仿效西方電影裡那種瀟灑的風度，我吻了他的妻子。你們真是一群莫名其妙的讀者！真是一個莫名其妙的國家！

13 看誰在這裡！

我們早該認識了。——朵兒肯．瑟芮，土耳其電影巨星

離開了魯雅前夫的住所後，卡利普來到大路上，卻發現沒有任何接駁的車輛。三不五時會有幾輛市公車呼嘯而過，但絲毫沒有要減速的意思，更別說停下來載客了。他決定徒步走到巴基喀的火車站。卡利普拖著腳步穿過雪地，走向看似街角雜貨店裡那種小冰櫃的火車站，心裡幻想著，或許他會巧遇魯雅，然後一切都將回復往常，等到那些讓魯雅離開的理由都澄清而解釋了之後，他將幾乎可以忘掉她曾經離開。儘管如此，就算只是在這場破鏡重圓的白日夢裡，他也想不出該如何開口告訴魯雅他去拜訪了她的前夫。

在誤點了半個小時的火車上，一個老人告訴卡利普一個故事，四十多年前一個和今天同樣寒冷的冬夜裡發生在他身上的事。老人的軍旅在色雷斯的村子裡駐紮過冬，那年冬天嚴寒，又遇上因為世界大戰即將蔓延至國內而造成的連年饑荒。一天早晨，他們收到一道暗語指令，於是眾人騎上馬，離開村落，騎了一整天好不容易來到伊斯坦堡市郊。然而他們並沒有進城，相反地，他們來到俯瞰金角灣的山丘，靜待黑夜降臨。等城裡的活動逐漸停歇後，他們便騎下黝黑的街道，走入鬼魅般的街燈幽光裡，他們領著馬匹，安靜地踩過冰凍的鋪石路，然後把牠們送進肅盧切區的屠宰場。在火車噪音的干擾下，卡利普

無法一字一句聽清楚老人如何形容屠殺的場面：馬匹接二連三倒地，滿臉茫然困惑，牠們的腸子流淌在鮮血淋漓的石頭地面上，內臟懸在體外，像是一把開腸破肚的扶手椅中蹦出的彈簧，屠夫殺紅了眼，剩下的馬兒在後頭等著輪到自己，牠們露出憂傷的神情，恰似那些如罪犯般偷溜出城的騎兵臉上的表情。

賽科西車站前面也沒有任何接駁車。卡利普一時之間本打算走回辦公大樓，上去他的辦公室過夜，但他看見一輛計程車來了一個大迴轉，心想應該會願意載他。不過當計程車在人行道前面一點的地方停了下來，一個彷彿剛從某部黑白電影裡走出來的男人，一手拎著公事包，一手猛力拉開車門，自顧自坐進後座。司機在這位客人上車之後，又在卡利普面前停了下來，說他可以在送這位「紳士」的途中順路放他在葛拉答廣場下車。

卡利普在葛拉答廣場下了車，步出計程車後他才感到後悔，剛才沒有和那位長得像黑白電影裡角色的男人說話。凝視著停泊在卡拉喀橋邊、燈火通明但沒有開航的渡船，他想像著與這個男人之間可能會有的對話。「先生，」他會這麼說：「很多年以前，在一個像今天這樣的雪夜裡⋯⋯」只要他開口說出這個故事，他必然能夠一氣呵成講完，而對方也將會如卡利普所期待的，興味盎然地傾聽。

從擎天神戲院往下走一段路有一家女鞋店，正當卡利普望進櫥窗裡時（魯雅穿七號鞋），一個瘦小的男人朝他走來。他拿著一個手提箱，像是瓦斯公司收帳員挨家挨戶收費時拿的那種人造皮箱。「有沒有興趣看明星？」他說。他把身上的短外套當成風衣穿，一路扣到脖子。卡利普本以為自己碰到了塔克辛廣場上一個擺販的同行，那個小販會趁晴朗的夜裡在廣場上架起一副望遠鏡，提供好奇的民眾觀看星星，一次一百里拉。但眼前的男人卻從手提箱裡抽出一本相簿，翻開內頁，讓卡利普瞧瞧他妙不可言的照片，沖印精美的相紙上展示著一些國內當紅的電影明星。

只不過，這些照片並不是當紅的電影明星本人，而是外表酷似她們的人，學著明星穿衣服戴珠寶，依樣畫葫蘆地模仿她們的姿勢動作，比如說，她們吸菸的模樣，或是噘起嘴唇誘人親吻的神情。每張電影明星寫真頁中都貼著斗大的姓名和一張彩色照片，分別是從報紙和雜誌上剪下來的。照片的周圍排了一圈由演員竭力模仿本人所擺出的各式各樣「撩人」姿態。

提著箱子的瘦小男人察覺卡利普興趣缺缺，於是把他拉進「新天使戲院」後面一條無人的窄巷，並把相本遞給他，讓他自己動手翻閱。旁邊一家孤單小店的櫥窗裡，假人的斷肢殘骸自天花板垂懸而下，展示著各種手套、雨傘、皮包和絲襪。藉助櫥窗的光線，卡利普仔細端詳：「朵兒肯‧瑟芮」身穿吉普賽服飾跳舞，轉著圈繞呀繞進了無窮遠處，或者懶洋洋地點起一根香菸；「穆潔艾」一面剝香蕉，一面淫蕩地盯著鏡頭，或是放聲浪笑；「胡麗亞‧寇絲姬」戴起眼鏡，縫補她脫下來的胸罩，俯身朝向水槽洗滌碗盤，或是滿臉憂淒地嚶嚶哭泣。相簿的主人從剛才開始便聚精會神地觀察卡利普，他猛然抽回卡利普手中的相簿，一把塞回他的手提箱裡，蠻橫的態度像是高中老師抓到學生在偷看禁書。

「想不想我帶你去找她們？」

「哪兒可以找到她們？」

「你看起來像個正經人，跟我來。」

他們沿著暗巷東拐西繞，一路上卡利普耐不住男人的囉嗦糾纏，不得不做出決定，並且被迫坦白承認自己其實最喜歡朵兒肯‧瑟芮。

「親眼見了這妞兒，」拎著皮箱的男人故作神祕說：「她可會樂極了，包準讓你爽翻天。」

他們走進一棟位於貝佑律警局旁的舊石屋一樓，屋子的門椽上刻著「好同伴」三個字。室內的空氣瀰漫著灰塵和布料的氣味，燈光微暗。雖然周圍看不見任何裁縫車或材料，但卡利普卻有股衝動想給這個地方命名為「好同伴的男飾店」。他們穿過一扇高大的白門，進入另一間燈火通明的房間，卡利普才想起來自己該付皮條客一點小費。

「朵兒肯！」男人一邊把錢塞進口袋，一邊喊道：「朵兒肯，看啊，艾錫到這裡來找你啦。」

兩個正在玩牌的女人吃吃笑著轉頭望向卡利普。簡陋的房間讓人聯想到一個老舊、荒廢的舞臺布景，通風不良令人昏昏欲睡，窒悶的空氣中充塞著炭爐的煙霧、濃稠的香水味、以及嘈雜膩人的國內流行音樂。一個女人斜倚在沙發上，手裡翻閱一本休閒雜誌，模樣很像魯雅看偵探小說時的典型姿勢（一條腿擱在沙發椅背上），只不過她長得既不像電影明星也不像魯雅。要不是她T恤上面寫著「穆潔艾」，誰也看不出她是穆潔艾。一個像服務生的年老男人在電視機前面睡著了，電視裡正在播放談話節目，討論「君士坦丁堡陷落之戰」[34]在世界歷史上的重要性。

卡利普覺得那個燙著鬈髮、身穿藍色牛仔褲的女人依稀像某個美國電影明星，可名字他忘了。然而他不確定這份相似是真的還是刻意營造出來的。一個男人從另一扇門走進房裡，他朝「穆潔艾」走去，儘管醉醺醺又口齒不清，他還是努力盯著她T恤上面的名字瞧，認真的神情好像某些非得看到報紙有報導才會相信確有其事的人。

卡利普猜想那個身穿豹紋洋裝的女人一定就是「朵兒肯．瑟芮」：她正朝他靠近，走路的姿態甚至還帶著一絲優雅。或許她是裡面長得最接近原版的一個；她一頭金色的長髮從右肩垂落。

「我可以抽菸嗎？」她愉快地微笑著。她拿了沒有濾嘴的香菸叼在唇間。「能幫我點菸嗎？」

卡利普拿出自己的打火機替她點菸，香菸才一點燃，立刻湧起一團驚人的濃密煙霧，籠罩住女人的腦袋。慢慢地，她的臉和睫毛很長的眼睛從雲霧中浮現，彷彿聖人的腦袋在雲端顯靈，霎時間，一股奇異的寂靜似乎壓過了嘈雜的音樂（就好像浪漫愛情片裡那樣），讓卡利普禁不住——這輩子頭一次有這種念頭——他可以和魯雅之外的另一個女人上床。上了樓，在一間精心布置的房間裡，女人把香菸往一個印有Ak銀行標幟的菸灰缸裡捻熄，然後又從菸盒裡拿出另一根。

「我可以抽菸嗎？」她用和剛才相同的聲音語調說。她把菸叼在嘴角，揚起頭愉快地微笑。「能幫我點菸嗎？」

卡利普注意到她仿照先前的姿勢，頭微傾向一個想像的打火機，藉此刻意露出乳溝。於是他猜想，她的臺詞和點菸的動作必定是來自於某部朵兒肯．瑟芮的電影，因此他也應該要模仿演員艾錫．古奈扮演片中男主角的角色。他替她點了菸，一團驚人的濃煙再度湧起，籠罩住女人的頭，再一次，她那雙睫毛很長的黑眼睛又從雲霧中慢慢浮現。她怎麼有辦法弄出那麼多煙？他以為這種效果只有在攝影棚裡才做得出來。

「幹嘛不說話？」女人微笑說。

「我沒有不說話。」卡利普說。

「你是箇中老手，是吧？」女人裝出又嬌又嗔的樣子說。「還是你太嫩了不會說話？」她又把這兩句話重複一遍。長長的耳環在她赤裸的肩膀上晃晃盪盪。

夾在她圓型梳妝鏡上的沙龍照讓卡利普想起，朵兒肯．瑟芮在電影《我的狂野寶貝》裡飾演夜總會名妓時，身上就穿著一件豹紋洋裝，背後的開口一路露到臀部。二十年前，她正是以這副打扮與艾錫．古奈領銜主演此部電影。接著他又聽見女人說了幾句臺詞，也是從朵兒肯．瑟芮的電影裡來的：（她垂著頭，像個鬱鬱不樂的驕縱小孩，本來雙手交握撐著下巴，但猛然抽出雙手向前一攤）「可是我不能現在就去睡覺！我喝了酒，我要好好玩樂！」；（神色憂慮，像個溫柔阿姨擔心鄰居小孩那樣）「留下來

---

34 一四五三年，鄂圖曼土耳其攻陷君士坦丁堡（更名為伊斯坦堡），拜占庭帝國宣告滅亡。史稱「君士坦丁堡陷落」。

陪我，艾錫，留下來等到橋通了！」；（陡然轉為熱情洋溢）「在今天，碰到你，這都是命中注定！」；（一副小女人的模樣）「我真高興遇見你，我真高興遇見你，我真高興遇見你……」

卡利普在門邊的椅子上坐下，女人則坐在梳妝鏡前梳理她漂成金色的長髮，圓形的梳妝鏡看起來很像電影裡的原版道具。夾在鏡框周圍的照片中，有一張正是這一幕的場景。女人的背甚至比電影裡朵兒肯．瑟芮的背還要美麗。有那麼一剎那，她直視著鏡子裡的卡利普。

「我們早該認識了……」

「我們的確在很久以前就認識了。」卡利普說，凝望著鏡中女人的臉。「雖然在學校裡我們沒有坐在一起，但某個溫暖的春日，冗長的課堂討論結束後，有人打開了窗戶，後方黝黑的黑板襯著窗戶玻璃，讓它變成了一面鏡子，而我就像現在這樣，望著反映在鏡中你的臉孔。」

「嗯……我們早該認識了。」

「我們很久以前就認識了。」卡利普說：「第一次見到你的時候，你的腿看起來如此纖細，我好擔心它們會折斷。小時候你的皮膚很粗糙，但隨著你逐漸長大，當我們中學畢業之後，你的肌膚卻變得無比嬌嫩而紅潤。炎熱的夏天裡，有時候因為我們在屋子裡玩瘋了，所以大人把我們帶去海邊，回家的路上我們一邊拿著從塔拉比亞買來的冰淇淋甜筒，一邊用指甲刻劃彼此手臂上殘留的鹽巴，在上頭寫字。我好愛你細瘦手臂上的寒毛，我好愛你的雙腿曬了太陽後的紅暈，我好愛當你伸手拿取我頭頂架子上的東西時頭髮披散臉龐的模樣。」

「我們早該認識了。」

「我愛你以前的每一個動作每一個姿態：你母親借你的泳衣在肩膀上留下的肩帶痕跡；你緊張時，你會心不在焉地拉扯頭髮；抽完沒有濾嘴的香菸後，你用中指和拇指捻起舌尖留下的菸絲；看電影時，你會微張著嘴；看書的時候，你會不自覺地用手蓋住裝在盤子裡的烤雞豆和堅果；你老是弄丟你的鑰匙；因為你拒絕承認自己近視，所以總是瞇起眼睛看東西。當你瞇著眼睛望向遙遠的一點而神遊未知時，我很清楚你心裡在想著別的事情，這讓我愛你愛得焦慮折磨。噢我的天！我帶著恐懼與戰慄愛著你內心我所無法觸及的部分，就如同我深愛著我所熟悉的你。」

看見鏡中的朵兒肯．瑟芮臉上閃過一抹不安，卡利普閉上嘴。女人往梳妝檯旁邊的床上躺下。

「現在，到我這兒來，」她說：「一切都不值得，不值得，你懂嗎？」但卡利普只是坐在那兒，遲疑不決。「難道你不喜歡你的朵兒肯．瑟芮？」她酸溜溜地加了一句，卡利普分不出那是真的還是裝的。

「我喜歡。」

「你也喜歡我眨眼睛的樣子，對不對？」

「我喜歡。」

「你很喜歡以前我在《馬沙拉海灘》裡，風情萬種地走下樓梯的姿態；在《我的狂野寶貝》裡，我點菸的動作；還有在《麻辣俏妞》裡，我拿著菸管抽菸的模樣。對不對？」

「對。」

「那麼，到我這兒來，我親愛的。」

「我們再多聊一會兒。」

「啊？」

卡利普沉思不語。

「你叫什麼名字？你是幹哪一行的？」

「我是律師。」

「我從前也有個律師，」女人說：「他拿光我所有的錢，卻沒辦法替我要回登記在我丈夫名下的車子。車是我的，你懂嗎？結果現在被某個賤貨拿走了。五六年的雪佛蘭，消防車一樣的火紅色。律師有啥屁用，我問你，如果他連我的車都要不回來，你能去向我的丈夫要回我的車來嗎？」

「我能。」卡利普說。

「你能？」女人滿懷希望地說：「你能，你辦到了，我就嫁給你。你將能拯救我脫離我現在的人生，也就是，活在電影裡的人生。我實在受夠了當電影明星，這個弱智的國家以為電影明星不過是個妓女，稱不上藝術家。我不是電影明星，我是藝術家，你懂嗎？」

「當然。」

「你願意娶我嗎？」女人興致勃勃地說：「如果我們結了婚，我們可以開我的車去兜風。你願意娶我嗎？不過，你得先愛上我才行。」

「我願意娶你。」

「不，不，你要問我……問我願不願意嫁給你。」

「朵兒肯，你願意嫁給我嗎？」

「不是那樣！要真誠地問，帶著感情，像電影裡面那樣！可是你要先站起來。沒有人會坐在椅子上向人求婚的。」

卡利普起身立正，好像準備唱國歌一樣。「朵兒肯，你願不願意，嫁給我呢？」

「可是我已經不是處女之身了。」女人說：「發生了一場意外。」

「是什麼，騎馬嗎？還是滑下欄杆跌倒了？」

「不，是熨衣服的時候。虧你還笑得出來，昨天我才聽說蘇丹要殺你呢。你結婚了嗎？」

「結婚了。」

「我老是碰上已婚的男人。」女人說，神情學自於《我的狂野寶貝》。「不過不重要。重要的是鐵路局的營運狀況。你認為今年哪一隊會贏得世界盃？你想事情最後會變成什麼樣子？你覺得軍方何時才會出面控制現在的無政府狀態？你知道嗎？你把頭髮剪一剪會比較好看。」

「不要做人身攻擊，」卡利普說：「很不禮貌。」

「我說了什麼嗎？」女人學朵兒肯．瑟芮那樣張大眼睛，假裝驚訝地眨呀眨。「我只是問說，如果你娶了我，能不能替我把車子要回來？不，不對，我是說，如果你能替我把車子要回來，那麼願不願意娶我？車牌號碼是34JG，一九一九年五月十九日，跟阿塔圖爾克從尚松出兵解放安那托利亞剛好是同一天。我親愛的五六年雪佛蘭。」

「我相信是這樣沒錯。」卡利普說。

「對呀，不過他們很快就要來敲門了。你的『客人時間』就要到了。」

「土耳其文的說法是『訪客時間』。」

「什麼？」

「錢不是問題。」卡利普說。

「對我來說，也不是問題。」女人說：「那五六年的雪佛蘭就跟我的指甲一樣紅，顏色一模一樣。我一根指甲斷了，是嗎？也許我的雪佛蘭也撞到了什麼東西。從前我每天都開著我的車到這裡來，直到我那雜碎丈夫把它送給了那個賤貨。所以這陣子以來，我都只有在街上才會看得到，我是指，車子。有時候我看到某個司機開著它在塔克辛跑，有時候則在卡拉喀渡船頭看到另一個計程車司機坐在裡面，等待客人招呼。那婊子對這臺車有癖好，每隔兩天就把車子漆成另一個顏色。有時候，瞧！它被漆成了栗子棕色，第二天又變成加了奶精的咖啡那種顏色，泛著金屬光澤，還加裝了燈泡。隔天，車上掛滿了花圈，儀表板上頭坐著一個洋娃娃，車子竟變成了一臺粉紅色的結婚禮車！接著一個星期之後，只見它被漆成了黑色，裡面塞進六個黑鬍子警察，信不信由你，現在它搖身一變成了警車！上面甚至寫了『警察』什麼的，絕對沒錯。不過，當然它的車牌每次都會換，好故意教我認不出來。」

「當然啦。」

「當然啦，」女人說：「什麼警察或司機的，都是那婊子的伎倆，可我那孀三丈夫根本毫不知情。有一天他就這樣丟下我不告而別。曾經有人像這樣丟下你不告而別嗎？今天是幾號？」

「十二號。」

「時間過得真快！你居然就讓我劈哩啪啦地講個不停！你說不定想要來點什麼特別的？儘管說，告訴我，我都依你。畢竟你是個有教養的男人，能夠怪到什麼地步？你身上帶很多錢嗎？你真的是有錢人嗎？還是說像艾錫一樣只是個賣菜的？不對，你是律師。來吧，說個謎語給我猜，律師先生。好吧，不然我來說一個：蘇丹和博斯普魯斯橋之間有什麼差別？」

「問倒我了。」

「阿塔圖爾克和穆罕默德之間呢？」

「我放棄。」

「你太輕易放棄了！」女人說。她從梳妝檯前起身，剛才她便一直對著梳妝鏡看自己。她格格笑著，湊上卡利普的耳朵悄聲說出答案，接著她以手臂環繞卡利普的脖子。「我們結婚吧，」她喃喃說道，「讓我們登上卡夫山，讓我們擁有彼此，讓我們變成別人。娶我，娶我，娶我。」

他們玩遊戲似地接吻。這女人身上有什麼地方讓人聯想起魯雅嗎？絲毫沒有，但卡利普仍舊心滿意足。他們跌進床裡，然後女人做了某件事讓他想起魯雅，不過她做得跟魯雅不完全相同。每次當魯雅把舌頭滑進卡利普嘴裡時，他總會有點不悅地想，他的妻子在霎時間變成了另一個人。可是此刻，假扮的朵兒肯．瑟芮把她那比魯雅厚實的舌頭伸進卡利普嘴裡，有點霸道又有點溫柔而嬉鬧，這時他卻覺得，不同的並非他抱在懷裡的女人，而是他自己，他已經徹底變成了別人；他感到異常亢奮。在女人遊戲般的情緒刺激下，他們在床上纏鬥扭打起來，從床的這一頭滾到那一頭，一會兒他壓在她上面，一會兒又互換過來，彷彿置身於國片中極度不寫實的接吻場景。「你讓我暈了！」女人說，仿傚一個不在場的鬼影角色而裝出一副她真的暈了的樣子。當卡利普發現他們可以在床尾的鏡子看見他們自己時，他才搞懂為什麼這場微妙的翻滾過程總是不可缺少。女人愉悅地望著鏡中的影像褪去她的衣服，接著又脫掉卡利普的。他們兩人像個旁觀者似的，一起望著鏡中女人的各種把戲，一樣接著一樣，看得過癮，就好像體操比賽的評審，仔細評量著參賽者的各項指定動作，不過當然，他們的目光要和善得多。直到後來有一段時間他們開始在無聲的彈簧床上跳上跳下，以致卡利普再也看不到鏡子，這時女人說：「我們兩個都變成了別人。」她問：「我是誰，我是誰，我是誰？」但卡利普沒有辦法說出她想聽的答案：他已經徹底投入其中。他聽見女人說：「二乘二等於四，」又喃喃自語，「聽呀，聽呀，聽呀！」接著用幾乎聽不見的聲音說到什麼有個蘇丹和他可憐的王儲，好像她在講述某個傳說故事，或是一場夢，用說故事特有的過去式文法。

「如果我是你，那麼你就是我。」稍後，當他們在穿衣服的時候，女人說：「那又怎樣？如果你變成了我，我變成你，那又怎樣？」她拋給他一個狐媚的微笑。「你還滿意你的朵兒肯．瑟芮嗎？」

「我喜歡她。」

「那麼，拯救我脫離苦海，拯救我，帶我離開這裡，娶我，讓我們到別的地方去，我們私奔吧，我們結婚，然後開始新的生活。」

這個橋段是從哪部片子、還是從哪個遊戲裡來的？卡利普也不確定。或許這真是女人想要的。她告訴卡利普，她不相信他結了婚，因為結過婚的男人她看多了。如果他倆真的去結婚，如果卡利普真有辦法把五六年的雪佛蘭弄到手，那麼他們兩人可以去博斯普魯斯郊遊；他們可以到艾米根買哈發糕來吃，到塔拉比亞看海，去布由克迪瑞找個地方吃飯。

「我不太喜歡布由克迪瑞。」卡利普說。

「那樣的話，你是白等祂了，」女人說：「祂永遠不會來。」

「我並不急。」

「但我急，」女人固執地說：「我擔心當祂來臨的時候我認不得祂；我擔心我會是最後一個見到祂的人；我害怕當最後一個人。」

「『祂』是誰？」

女人神祕地一笑。「你難道沒看過電影嗎？你難道不曉得遊戲的規則嗎？你難道以為多嘴洩露這種事情的人，在這個國家裡還能活下去嗎？我可不想死。」

有人開始敲門，打斷她正在講的故事，關於她有個朋友有一天神祕失蹤，毫無疑問是被謀殺了，屍體被丟進博斯普魯斯海峽。女人安靜下來。他正要走出房門時，女人在後面朝他低語。

「我們全都在等祂，我們每個人都是；我們全都在等祂。」

14 我們全都在等祂

我對神祕的事物瘋狂著迷。——杜斯妥也夫斯基

我們全都在等祂。我們等祂已經等了好幾個世紀。我們有些人，受不了葛拉答橋上擁擠的人群，一邊哀淒地凝視著金角灣中鉛灰色的流水，一邊等待著祂；我們有些人，在蘇底比的二房公寓裡，一邊朝怎麼樣也燒不熱的爐子裡再扔進幾根木頭，一邊等著；我們有些人，一邊踩著看似無止境的階梯，爬上奇哈吉區後巷裡的一棟希臘式建築，一邊等待；我們有些人，在安那托利亞一個祥和小鎮的酒館裡，攤開一份伊斯坦堡的報紙做填字遊戲打發時間，直到遇見朋友，並且等待著；我們有些人，幻想著自己即將登上那份報紙上所展示的飛機、或是正要跨進一間燈火通明的房間、或是就要把迷人的軀體擁入懷裡，在此同時，我們等待著。我們一面等待著祂，一面憂傷地走在泥濘的人行道上，手裡拿著用讀過不下百遍的報紙做成的紙袋，或是裡頭塞滿蘋果、散發出化學合成氣味的塑膠袋，或是會在我們指掌間留下紫紅色壓痕的菜市場網袋。坐在電影院裡，我們全都在等祂，一面觀看某個週末夜裡一群壯碩的傢伙打破瓶子和窗戶，或是觀看世界知名的甜美女郎展開一場愉快的冒險。走在回家的路上，我們等著祂，一面踱步離開妓院，那兒妓女的懷抱只讓我們感覺更為寂寞；離開酒館，那兒的朋友總是譏嘲我們小小的執著；離開鄰居的家，在那兒，他們吵鬧的小孩始終不肯上床睡覺，吵得我們沒法子好好聽收音機。

我們有些人說，祂會首先出現在貧民窟最黑暗的角落，那兒的路燈已被街頭貧童用彈弓打爛。其他人說，祂將會現身於商店門口，在那裡，罪惡的店家販售著全國賭馬和運動樂透的彩券、色情雜誌、玩具、菸草和保險套之類的東西。每個人都說，無論祂最先出現在哪裡，不管是在孩子們一天十二小時不停揉捏麵糰的肉餅店，還是千百隻眼睛熱切渴望融為同一隻眼的電影院，或是天使般的純真牧羊人被墓園柏樹催眠睡去的綠野山坡，無論在哪裡，第一個見到祂的幸運兒將會立刻認出祂來，並且倏然醒悟，那永恆般漫長卻又轉瞬般短暫的等待已經結束，救贖已近在眼前。

關於這個主題，古蘭經有詳細明示，但只有讀得懂阿拉伯字母「意義」的人才能理解（〈夜行〉篇中第九十七句、或〈隊伍〉篇中第二十三句，解釋古蘭經的結構是「一致性」以及「重複」等等）。耶路撒冷的穆塔哈．伊本．塔亥，在古蘭經啟示之後三百年，寫下了《起源與歷史》一書，內容說道，關於這個主題的唯一證據，是在於穆罕默德的「名字、外貌、或某個與我意氣相投的作者的指引」，或者是，為此篇聖訓提供訊息的證人的證言。我們也知道，在摩洛哥旅行家伊本．巴圖塔的《旅程》中也有簡短提及，什葉教徒在薩邁拉「當代聖賢」神殿下方的地底通道裡，舉行儀式等待祂的顯靈。此書發表三十年後，斐如茲．沙在他的文章裡敘述道，成千上萬的悲苦民眾在漫天黃土的德里街道上等待祂的降臨，以及祂將揭露的啟示之祕。我們也知道，同一時期，還有另一個關注的焦點。也就是伊本．赫勒敦所寫作的《歷史導論》一書，此書中他篩檢了許多激進什葉派的典故傳說，仔細探討每一則提及顯靈的聖訓，重新強調一項重點：祂現身之後，將會殺死在審判和救贖之日與祂一起出現的韃迦爾，或稱撒旦，或稱反基督——依基督教的概念和語言來說。

令人詫異的是，那些等待並夢想著救世主[35]的眾生，竟然都完全想像不出祂的臉孔：比如說，我珍貴的讀者默哈瑪特．伊瑪茲寫信來告訴我，他曾在位於安那托利亞內地一座偏僻小鎮的家裡看見了某種幻象；而七百年前的伊本．阿拉比也只能虛構出類似的光景，並把它寫進《鳳凰》一書中；哲學家阿爾金迪作了一個夢，夢中面孔模糊的祂與祂拯救的眾人，把君士坦丁堡從基督教徒手中奪了回來；甚至那位女店員，坐在伊斯坦堡——阿爾金迪的夢後來果然在這裡成真——貝佑律區一條後巷裡的一間布料店裡，置身於滿屋子的線軸、鈕釦和尼龍絲襪堆裡，也只能平空呆想祂的樣貌。

相反地，我們卻能夠輕而易舉地描繪出韃迦爾：根據布哈里的《先知史》中所敘述，韃迦爾有一頭紅髮，一隻獨眼，而《朝聖》中則提到，他的身分寫在他的臉上；被《他亞利西》形容為粗脖子的韃迦爾，在尼贊麥丁教長於伊斯坦堡作白日夢寫下的《獨一真主書》中，還有一對紅眼和沉重的身軀。我還在做菜鳥記者的那幾年，有一份名叫《皮影戲》的幽默小報在內地廣為流行，報上連載了一篇以一名驍勇善戰的土耳其軍人為主角的愛情漫畫，故事中的韃迦爾被畫成缺臉歪嘴。在戰鬥中使盡花招耍弄我方軍人、與君士坦丁堡眾佳麗翻雲覆雨、至今尚未被打敗的韃迦爾，有一個寬額頭、大鼻子、沒有鬍子（符合我不時提醒插畫者的建議）。相對於激起我們鮮明想像力的韃迦爾，我們卻唯有一位作家費瑞．凱末醫生能夠以擬人化方式呈現人們企盼已久的無上榮耀救世主。他用法文寫下《大帕夏》，然而此書到了一八七〇年卻也只能在巴黎出版，關於這一點，有些人認為是我國文學的一大損失。

只因為是用法文寫成的，就把這部具體描繪祂的形貌的獨特作品摒除於我國文學之外，這是既錯誤又可惜的，就好像指責俄國作家杜斯妥也夫斯基的小說《卡拉馬助夫兄弟們》中「審判長」這一段是剽

35 伊斯蘭教同基督教和猶太教，都有救主降臨的概念。伊斯蘭教認為在世界末日到來之前，上天會派遣一個使者馬赫迪（al-Mahdi）降臨，在人間建立起神的王國，這位馬赫迪是個阿拉伯人，是先知穆罕默德的後代，他將在麥加降臨，他便是救世主。基督教則認為救世主是耶穌基督。

竊自那一篇微薄的論文——這種說法雖然令人難堪，但是在某些東方背景的出版品如《儀式的泉源》或《偉大的東方》中，的確曾經被人提及。許多人吵鬧不休地討論著究竟西方從東方偷了些什麼，或是東方從西方偷了什麼，關於這一類主題，總會讓我再度興起一個想法：如果這個我們稱之為「世界」的夢之國境是一棟房子，我們則像個夢遊者般踏入其中，迷失了方向。各式各樣的文學作品就像是不同的時鐘，掛在屋子裡各個房間的牆壁上。茫然迷失的我們則盼望能憑藉時鐘來定出自己的所在位置。現在來看看：

1. 如果要說在夢境之屋的房間裡，某一個滴答作響的時鐘是正確的，而另一個則是錯誤的，這麼說很愚蠢。

2. 如果要說房間裡的一個時鐘比另一個快了五個小時，這麼說也很愚蠢。因為，依循同樣的邏輯，也可以說前面一個時鐘比後面那個慢了七個小時。

3. 如果因為其中一個鐘指了九點三十五分，經過了一段時間後，另一個鐘也指到九點三十五分，最後從這裡結論出其中一個鐘在模仿另一個鐘，這種說法更是愚蠢至極。

伊本．阿拉比這位寫了超過兩百本神祕書籍的作家，在哥多華參加阿維若伊葬禮的前一年，於摩洛哥寫下了一本書，靈感起源於一個故事（夢境），內容是關於穆罕默德被帶到耶路撒冷後，踩著一座梯子（阿拉伯文稱為「米拉區」）登上天，從那裡，他很仔細地看了一眼天堂和地獄——前面所提到的〈夜行〉篇中曾敘述這件事。現在，讓我們仔細評判伊本．阿拉比的描述：在他的引領下巡行七重天、他的所見所聞、他與眾先知聚談的內容。再考慮到當年他寫作這本書時，年屆三十三歲（一一九八年）。若是從這幾點就得出結論，說他書中的作夢女孩妮贊是「真的」，而但丁筆下的碧翠絲是「假的」；或者伊本．阿拉比是「對的」，而但丁是「錯的」；或者〈夜行〉篇是「正確的」，而《神曲》是

「不正確的」。這樣的說法，正是我所謂第一種愚昧的一個例子。

安達露西亞的哲人伊本．圖飛爾在十一世紀寫了《自修的哲人》一書，內容講述一個孩童被遺棄在荒島，他在島上住了好幾年，慢慢地學會尊崇自然，景仰那哺育他的母鹿、海洋、死亡、天空以及「神聖真理」。如果把這本書和丹尼爾．狄福的《魯賓遜漂流記》拿來相比，然後說前者「早了」後者六百年，或者說因為後者對於工具及物品的描述更為詳細，所以伊本．圖飛爾「晚了」狄福六百年，這兩個結論，都是第二種愚昧的例子。

可敬的非利尤丁大師，穆斯塔法三世統治期間的伊斯蘭教長，在聽到口沒遮攔的朋友說了一句魯莽失禮的話之後，突然受到啟發（那朋友在某個星期五晚上來教長家拜訪，看見他的書房裡有一張精美的寫字檯，不禁說道：「尊貴的先生，你的書桌看起來就好像你的腦袋一樣，亂七八糟哪。」），於是在一七六一年三月提筆寫下一首雙韻長詩，其中用了許多關於他的腦袋和寫字檯的比喻，以證明兩者中的每樣東西都是井然有序。他在詩中提出了一個觀點，認為我們的腦袋也有十二個部分——就好像那精巧的亞美尼亞製寫字檯，有兩個小櫃、四個架子和十二個抽屜——以便讓我們儲放時間、空間、數字、文件，以及我們今日稱為「因果」、「存在」和「必然性」的各種零星雜物。而在他二十年後，康德才把純粹理性分類成十二個範疇，如果我們就因此推論德國人把土耳其人的概念據為己有，那麼此種說法，正是第三種愚昧的例子。

費瑞．凱末醫生提筆描繪眾人企盼已久的無上榮耀救世主時，並沒有料到一百年後，他的同胞會用如此愚昧的方式來解讀他的書，不過，要是他知道了，也不會感到太驚訝。畢竟，他一輩子就是包圍在冷漠和忽視的光環中，致使他隱遁入一個寂靜的夢裡。今天，當我想像他那張從未拍照留存的臉孔時，眼前只浮現一個夢遊者的臉：他已徹底上癮。阿布杜拉曼．謝瑞夫寫了一篇滿紙誹謗的研究《新鄂圖曼人與自由》，告訴我們，費瑞・凱末醫生把他的許多病人變成和他一樣上癮。一八六六年他前往巴黎，抱持著某種模糊的反叛意識——沒錯，就在杜斯妥也夫斯基第二次歐陸之旅的前一年！——並發表了幾篇文章，刊登在《自由報》和《報導家報》兩份歐洲報紙上。他一直留在巴黎，甚至當青年土耳其黨員與意見不合的宮廷達成妥協後相繼返回伊斯坦堡，這時也不見他的蹤跡[36]。既然他在書前序言中提到波特萊爾的《人造天堂》，或許他也知道我最喜愛的戴昆西[37]；也許他正在嘗試鴉片，不過在他書中談到祂的部分卻看不出有這類嘗試的蛛絲馬跡；相反地，文中許多地方都透露出一個我們今日迫切亟需的邏輯概念。我寫作這篇專欄的目的，便是為了散播這個邏輯，並把《大帕夏》中所提出的迷人構想推薦給我們軍隊中愛國的軍官。

不過，要了解這個邏輯，我們必須先弄清楚書本的背景環境。設想一本書，藍皮線裝，印刷在草紙上，總共只有九十六頁，一八六一年由出版商普雷馬拉西斯在巴黎出版。設想其中法國畫家（但尼葉）所畫的插圖，看起來不像舊時的伊斯坦堡，反而像是今日的伊斯坦堡，遍布著石頭建築、人行道和拼花石板路。設想這樣的畫面，現今的水泥老鼠洞、陰影、家具和周遭環境，讓人聯想到的是各種懸吊通電的現代酷刑器具，而不是舊時用來維持秩序的石頭地窖和簡陋刑具。

書本一開始，描述了伊斯坦堡的某條暗巷。四周一片闃靜，只聽得見守夜人用警棍敲打人行道的聲音，以及遠處街弄裡野狗打群架的嗥叫。木造房子的格子窗櫺沒有滲出半絲光線。幾縷青煙從煙囪裡裊裊飄散，漫成游絲般的霧氣，沉澱在圓頂和屋脊上。深邃的闃靜中，依稀可聽見荒涼的人行道上傳來一陣腳步聲。聽見了這陌生、新奇、出乎意料的腳步聲，每個人——那些套上層層毛衣準備鑽入冰冷被窩的人，以及那些早已躲入羽絨被下悠然熟睡的人——都認為那代表著佳音降臨。

第二天，一掃昨夜的陰鬱，處處瀰漫著喜慶的氣氛。每個人都認出了他，知道「他」就是「祂」，大家明白那無止無盡、滿載苦難的永恆歲月終於結束了。祂出現在歡樂的滿城人群中：重新和好的敵對宿仇、啃食糖漬蘋果和麥牙糖的孩童、彼此嬉鬧的男男女女、跳舞玩樂的人們。祂似乎比較像個被手足環繞的兄長，而不像是那至高無上的救世主，走在悲苦的群眾之間，指引他們美好的生活和一連串的勝利。儘管如此，祂的臉上卻有一抹疑慮的陰影，一絲憂懼，一絲不祥的預兆。然後，正當祂沉思著在街道漫步，大帕夏的手下把祂抓了起來，關進一間石砌的地牢裡。夜半時分，大帕夏手裡拿著一枝蠟燭親自下到牢房裡探視祂，並與祂徹夜長談。

這位大帕夏是誰？由於我也和作者一樣希望讀者能夠不受干擾、自己找出答案來，因此我甚至不打算把他的名字從書中的法文翻譯回原本的土耳其文。既然他是帕夏，我們可以得知他是偉大的政治家或偉大的軍人，或者只是某個位高權重的要人。從他談話中的條理分明看來，我們可以假定他是哲學家或崇高的人物，擁有相當的智慧，就像某些關心國家民族利益甚於一己之私的有志之士，而在我們的土耳其同胞之中也一再出現這類人物。一整夜，大帕夏滔滔不絕，而祂專注聆聽。大帕夏的邏輯和話語令祂啞口無言，以下便是他的解釋：

1.我也和所有人一樣，立刻明白你就是祂（大帕夏開始說話）。我心知肚明，無須仰賴任何有關你的神諭、天空中或古蘭經裡的徵兆，或是字母和數字所顯現的祕密——這是千百年來的習俗。當我看見群眾臉上的勝利狂喜與歡樂時，我立刻知道你就是祂。如今，人們期待你抹去他們的痛苦與悲傷，重建

36 鄂圖曼帝國末期，面臨內憂外患，有許多土耳其知識分子力圖展開維新改革，歐洲人稱他們為「新鄂圖曼人」。他們主張立憲政體，終止皇帝的獨裁專制。在他們的壓力下，蘇丹阿布杜哈密二世於一八七六年宣布君主立憲。

37 戴昆西（De Quincey），英國作家，著有《一個鴉片癮者的自白》。

他們失落的希望，引領他們步向勝利。可你辦得到嗎？好幾百年前，先知穆罕默德之所以能為苦難者帶來幸福，是因為他用劍劈開了道路，讓人可以衝向一連串勝利。如今，相反地，不管我們的信仰多麼有力，伊斯蘭的敵人卻擁有更強大的武器。軍事勝利根本毫無機會！這樣的事實，不正好展現了那些假救世主的例子？這些假救主聲稱自己就是祂，並設法採取一些行動對抗印度和非洲的英國人與法國人，然而只維持了很短時間，很快地就被徹底摧毀而消滅，反而把民眾推向更大的災難。（接下來的幾頁裡，寫滿了軍事和經濟力量的比較，證明為什麼「大舉戰勝西方」這種想法必須被斥為天真幻想，而且不單單是伊斯蘭世界，甚至對整個東方而言也是一樣。大帕夏以一個看清現實的政治家的態度，誠實比較了西方世界與東方世界的貧富差距。而祂呢，由於祂是真正的祂而不是假的，所以便安靜而悲傷地證實了帕夏所勾勒出的慘澹前景。）

2.儘管如此（天色已近黎明，大帕夏繼續說），這並不表示不能給予苦難者一點勝利的希望。我們要對抗的不只是「外來的」敵人，那些內在的敵人又怎麼辦呢？那些造成我們一切窮苦與折磨的主事者，那些放高利貸的吸血鬼、那些躲在人群中偽裝成市井小民的虐待狂，他們難道不是罪人嗎？你很清楚，只有透過發起對內戰爭以抵抗內部敵人，你才有辦法給你苦難的弟兄帶來幸福與勝利的希望，不是嗎？接著，你一定也明白，你的戰爭，是沒有辦法靠伊斯蘭的聖戰士來打贏的，必須在線民、拷刑者、劊子手和警察的支援下，才贏得了這場內戰。絕望的大眾必須親眼見到造成種種苦難的犯罪者，才會相信打倒這個人，將有機會為人間開創一片天堂樂土。過去三百年來，這就是我們唯一能做的事。為了給弟兄們希望，我們揭發他們之中的罪犯。由於他們渴求希望就好像渴求麵包一樣，因此他們相信我們。在面臨行刑之前，這些罪犯之中最聰明也最正直的人深知自己被判罪的原因，於是承認了更多的罪行，把最微不足道的小惡也說成了天大惡行，為的是在他們苦難弟兄的心中激起更熱烈的希望。我們甚至寬恕了某些加入我們、與我們一起挖掘罪惡因子的人。就如同古蘭經，希望除了是我們精神生活的支柱，更支持著我們的物質生活：我們仰仗同一個源頭，期盼它不僅給予我們希望和自由，也能每天提供我們麵包。

3.我知道你有決心，想要達成在你面前的所有艱鉅任務；也有正義感，可以絲毫不眨眼地揪出人群裡的罪犯；更有力量，雖然不願意，但仍能夠送他們接受嚴刑拷打而凜然不動搖——畢竟，你是祂。然而，你期待希望可以誤導大眾多久？眼見事情沒有好轉，他們一定會很快就恍然大悟。當他們發現麵包並沒有變得更大時，他們一直以來所仰仗的希望便開始破滅。再一次，他們將失去信心，不再相信經書與生死兩個世界。他們將放縱自己回到過去頹喪、墮落、心靈匱乏的生活。最糟的是，他們將開始懷疑你，甚至恨你。線民會開始感到罪惡，後悔當初主動把罪犯交付給你那些嗜血的劊子手和拷刑者；警察和憲兵將開始對他們所執行的酷刑拷打感到無比厭煩，屆時就算是最新的招數或是你提供的希望，都不再能夠引起他們的興趣。到最後，世人會開始相信，那些如串串葡萄般吊死在絞刑臺上的倒楣鬼只不過是白白犧牲。你一定早已明瞭，在審判之日，世人將不再信任你或是你所說的故事。當人們不再共同信仰一個唯一的故事，他們將會開始相信他們自己編造的情節，每個人都有自己的故事想要告訴別人。成千上萬的可憐鬼背負著自己的故事，有如頭頂的一圈悲苦光暈，將會像一群夢遊者般落魄地漫步在城市中似乎永遠掃不乾淨的骯髒街道和泥濘廣場上。然後，在他們的眼裡，你將變成韃迦爾，韃迦爾將變成你！這時，他們會開始相信韃迦爾的故事，而不再是你的。韃迦爾將在榮耀中重返，他會化身為我，或是另一個像我這樣的人。而他將會告訴世人，這些年來你一直在愚弄他們，你散播給他們的不是希望，而是謊言，你其實從頭到尾就是韃迦爾，而不是祂。也許根本不用這麼複雜。某天深夜，在一條暗巷中，韃迦爾本人，或是某個終於搞懂原來你自始至終都在欺騙他的不幸之人，將會把子彈射進你一度被認為刀槍不入的血肉之軀。就這樣，因為你多年來一直給予世人希望而又欺騙了他們，於是某天夜裡，世人將在骯髒的人行道邊發現你的屍體，躺在你日益熟悉而珍愛的泥濘街道上。

15 雪夜裡的愛情故事

……無聊的男人和同伴們，到處打探故事和神話……——魯米

卡利普才離開朵兒肯·瑟芮的複製房間沒多久，就再度見到那位與他共搭計程車、看起來活像是黑白電影角色的那個男人。那時卡利普正站在貝佑律警察局門口，猶豫著要往哪裡走，突然間一輛警車閃著藍燈從街角竄出來，在人行道旁停了下來。後車門猛然推開，他立刻認出從裡面走出來的那個男人，他的臉已經從原本黑白電影的樣子轉換為適合夜晚與犯罪的強烈深藍色。一名警官在他之前先下車，第二名警官殿後，其中一個人拿著男人的公事包。為了防止受到突襲，警察局的外牆上打著明亮的燈光，透過那裡的光線，可以看見男人的嘴角上有一抹深紅色的血跡，但他並沒有擦掉。他順從地走著，低垂著頭像是早已俯首認罪，但似乎又非常怡然自得。當他瞥見卡利普站在警察局臺階前，便投予他一個愉快的眼神，霎時間既怪異又恐怖。

「晚安哪，先生！」

「晚安。」卡利普囁嚅著說。

「他是誰？」其中一個條子說，指了指卡利普。

卡利普聽不見接下來的對話，只見他們又拖又拉地把男人帶進了警察局裡。

當他抵達大路上，已經是午夜過後，積雪的人行道上仍有行人。「英國領事館隔街的一條路上，」卡利普在心裡複誦，「有一個整晚不打烊的場所，不但經常有安那托利亞來的暴發戶光顧撒錢，就連知識分子也常在這兒流連忘返！」這些訊息都是魯雅從藝文風格的雜誌上搜集來的，裡面的文章喜歡用故作嘲諷的口吻來描述這類場所。

在一棟過去曾經是托卡里揚旅館的舊大樓前，卡利普巧遇易斯肯德。他的口氣洩露出他顯然已經喝了不少茴香酒：他到佩拉宮飯店去接英國廣播公司電視臺人員，帶他們參觀伊斯坦堡的一千零一夜（在垃圾堆裡巡邏的野狗、毒販和賣地毯的、大腹便便的肚皮舞女、夜總會的無賴等等），接著，他帶他們去某條小巷子裡的酒吧。在那裡，一個手提公事包、長相奇特的男人為了某個難以理解的字，跟人起了口角，不是跟易斯肯德的同伴而是別人。然後警察來了，把男人給抓走了，有一名顧客甚至還爬窗逃跑。之後，店裡的人就跑來和他們一起坐，就這樣，顯然今天會是個熱絡的夜晚，如果卡利普有興趣的話也可以加入。卡利普陪著出來買無濾嘴香菸的易斯肯德在貝佑律繞來繞去，接著和他一起回到酒吧，店門上有個標示寫著「夜總會」。

迎面而來的是喧譁、歡騰，與疏離。其中一個英國記者正在講故事，她是個好看的女人。傳統土耳其樂團已經停止了演奏，魔術師開始耍起把戲，從盒子裡拿出盒子再拿出盒子。他的助手有一雙O型腿，就在她的肚臍下方還有一道剖腹產留下的疤痕。卡利普滑稽地想著：這女的看起來似乎生不出任何小孩，除了她手裡抱的那隻睡眼惺忪的兔子。在表演完了從土耳其傳奇幻術大師札提・頌古爾那兒抄襲來的「消失的收音機戲法」之後，魔術師再一次開始從盒子裡接二連三地拿出盒子，場子又冷了下來。

坐在桌子另一頭的那個漂亮英國女人一邊在講她的故事，易斯肯德則一邊翻譯成土耳其文。卡利普聽著故事，樂觀地假想自己其實可以從女人表情豐富的臉上讀出大概的內容，儘管他錯過了開頭。後面的故事在說，有一個女人（卡利普想，一定就是說故事的女人自己）試著說服一個從她九歲起就認識她並愛上她的男人，要他相信一個顯而易見的事實：一名潛水夫找到的拜占庭錢幣上的一個明顯符號。然而男人只看得見自己對女人的愛，其他什麼都看不到，他盲目的眼睛看不見他倆眼前的魔法，而他所能做的只是把他的熱烈情愛寫成詩句。「於是，就因為潛水夫在海床上找到的一枚拜占庭錢幣，」易斯肯德將女人的故事用土耳其文轉述，「表兄妹倆最後結了婚。女人因為相信了她在錢幣上看到的神奇面孔，從此以後生命全然改觀，但是相反地，男人卻絲毫沒有察覺。」基於這個理由，女人決定把自己關進一座塔裡，獨自度過餘生。（卡利普想像女人就這樣拋下了慌亂無措的男人。）這時大家明白故事結束了，長桌旁深受感動的聽眾陷入一陣「人性」的沉默，以表達對「人性情感」的敬意。卡利普覺得這些人愚蠢極了，或許他不能期待大家的反應和他一樣，因為畢竟一個美麗的女人甩掉了一個蠢男人，但是根據他所聽到的後半段內容，故事的陡然終結（眾人在如此誇張的演說之後全部一起陷入可笑而虛偽的沉默）也實在是太荒謬了。整個景象除了女人的美麗之外，都讓人感到無比荒謬可笑。卡利普在心裡重新估量，覺得說故事的人其實只是好看而已，算不上美麗。

一個高個子男人說起了另一個故事，卡利普從易斯肯德的話裡聽得出他是個作家，剛剛聽到人群中在傳他的名字。這位戴眼鏡的作家事先提醒他的聽眾，他的故事是關於另一位作家，所以千萬別搞混了，誤以為故事中的主角就是他本人。卡利普留意到這位作家說話時帶著奇怪的微笑，臉上露出略為靦腆又有點曲意逢迎的神情，讓人摸不透他真正的動機。

內容敘述到，有一個男人長年以來一直窩在他的房子裡寫小說（他從來沒給別人看過，或者，就算他有，也沒拿出來出版）。他整個人徹底沉溺於他的寫作事業（當時這根本還稱不上是一種事業），甚至已成為了習慣。而他之所以從不出現在人群中，不是因為他厭惡人類，或是因為他瞧不起別人的生活，而是由於他整天鎖在屋子裡寫作，根本離不開書桌。在書桌前度過了大半的人生後，這位作家的「社交技巧」幾乎完全退化，以致當他有一次難得出門時，居然根本不曉得如何與人交談，嚇得躲在一個角落待了好幾個小時，等著要再回到他的書桌前。每天工作十四個多小時之後，他會在黎明前回到床上，聽著宣禮塔傳來重複的早禱呼喚，不斷在山谷間迴盪，然後他會開始夢想自己一年才偶遇一次的心上人。但當他夢想到這個女人時，他並不像別人所說的是帶著激情與性愛的渴望，反而是企盼著一名假想的伴侶，他唯一的孤獨解藥。

幾年過後，這位承認自己對於愛情的了解全來自於書本、對性愛興趣缺缺的作家卻意外地娶了一位脫俗出眾的美女。大約同時，他的作品也出版了。然而他的生活並沒有因為婚姻和事業的得意而有所改變。他依舊每天花十四個小時坐在書桌前，和以前一樣慢慢地、耐心地組合一字一句，瞪著桌上的一疊白紙想像著新作的種種細節。他仍然保持習慣，每天在黎明前躺上床，一邊聽著晨禱的呼喚，一邊編造他的白日夢，但如今他生活中唯一的不同，在於他感覺到自己的夢竟與他美麗安靜的妻子所作的夢互相呼應。當他躺在妻子身旁作白日夢時，作家感覺到兩人的夢中有某種默契，彷彿在他們兩人如同一首和諧的樂曲般上下起伏的呼吸中，不自覺地建立起一種心有靈犀。作家很滿意他的新生活，在多年的獨居後，他並不會因為現在身旁多了一個人而難以入睡。他喜歡在妻子的呼吸聲中編造他的夢，他喜歡相信兩人的夢境確實交纏不分。

某個冬日，他的妻子離開了他，沒有留下半句明確的理由，作家陷入好一陣低潮。儘管躺在床上聽著晨禱的召喚，但他就是無法像過去那樣編織出任何一個夢來。從前那些故事他可以信手捻來，並在婚前和婚後安詳的熟睡中發展至高潮，但如今他就算絞盡腦汁，再也達不到「精采」與「栩栩如生」的程度。作家對自己正在寫的小說相當不滿意，並且感覺到其中似乎有某種不妥當、某種不確定，藏著一個夢中不願透露的祕密，這使得作家陷入瓶頸，走進了死胡同。妻子剛離開的那陣子，他的白日夢簡直恐怖透頂，以至於他完全無法入睡，失眠直到晨禱的召喚結束、直到第一隻晨鳥早已在枝頭鳴唱、海鷗從聚集過夜的屋頂上起飛離去、垃圾車駛進巷道，接著是第一班市公車。更糟的是，夢境和睡眠的缺乏也尾隨著他來到他寫作的紙張上。作家發現自己就連最簡單的句子也無法輕鬆下筆，即使他重寫二十遍也是一樣。

作家掙扎著想要擊退那入侵他整個世界的消沉意志，於是他給自己訂了嚴格的規律，逼迫自己去記起往昔的每一場夢，希望藉此能重新喚回夢中的和諧。幾個星期後，在晨禱的呼喚聲中，他終於成功地安詳入睡，等他一醒來，便立刻像個夢遊者般來到書桌前開始寫作，當他發現句子中充溢著他渴望多時的優美與生動時，他明白自己的消沉已經結束了。他同時還注意到，為了達成這個目的，自己在下意識中發明了一些微妙的技法。

這位被妻子拋棄的男人，也就是，這位再也編造不出滿意故事的作家，開始想像他舊有的自我，那個尚未與任何人同床共枕的自己，那個未曾與任何美麗女人的夢境交織糾纏的他。為了再度喚回那曾被他丟棄的角色，他嘔心瀝血，甚至讓自己變成了幻想中的角色，並且從此沉入那個人安穩的夢鄉。很快地，他習慣了如此的雙重生活，於是不再需要逼迫自己作夢或寫作。重新取回了先前的身分後，他就這樣變成了另一個人，變成了自己的分身，與現實的自己一起寫作、往菸灰缸裡塞滿相同的菸蒂、用相同的杯子喝咖啡、在同一時間裡，躺在同一張床上，一起安詳熟睡。

有一天他的妻子回到他身邊（回到「家」，她這麼說），同樣沒有給他任何明確的理由。作家再一次陷入低潮，這讓他不知所措。當初他被遺棄時陡然竄入夢中的那股不確定感又再度籠罩他整個人。每天輾轉反側入睡後，他會從噩夢中驚醒，搞不清楚現在這個自己究竟是舊日的他還是新的他，在兩個身分之間搖擺不定，漫無頭緒好像一個找不到回家路的醉漢。某個失眠的早晨，他拎起枕頭爬下床，走進瀰漫著灰塵和紙張氣味的工作室，蜷縮在堆滿紙張的書桌旁一張小沙發上，很快地進入夢鄉。從那天起，作家不再與他沉默而神祕的妻子同床共枕，不再與她的夢糾結纏繞，而改睡在他的書桌和紙張旁邊。每當他一覺醒來，還在半夢半醒中，便往桌前一坐，延續著夢中內容揮筆寫作。只不過，現在卻出現另一個問題，把他給嚇僵了。

在他妻子離開之前，他已經完成一本小說，內容是關於一對雙胞胎彼此交換了生命，這本書被讀者譽為一部「歷史性」的作品。後來，作家為了能夠再度入睡與寫作而開始扮演過去的自己，他又化身成為前述小說的作者，再加上因為他無法預測本人和分身的未來，於是他發現自己竟又能以舊日的同樣熱情重新寫作同一篇「雙胞胎」的故事！過了一段時間後，這個充滿複製品的世界——每樣東西都模仿另一樣東西，所有的故事和人物都同時是他們本人，也是他們的複製品，所有的故事都牽連到另一個故事——在作家眼中變得太過真實，他想，如此「明顯的」寫實故事應該不會有人愛看，於是他決定去發掘一個虛幻的世界，一方面讓自己寫得暢快，一方面讓讀者心甘情願地投入其中。為了這個目的，趁著半夜、美麗神祕的妻子在床上安靜熟睡，作家來到城市的黑暗街道，徘徊在街燈破損的貧民區、從拜占庭時代遺留下來的地下通道、落魄居民出沒的酒館、夜總會和鴉片窟。他所看到的一切告訴他，「我們城市」裡的生活是如此的真實，但也恍如一個想像的國度：這一點證明了世界的確是一本書。就這樣，他四處遊蕩，在街上閒逛好幾個小時，閱讀這座城市每天向他展現的新書頁，審視其中的臉孔、符號、故事。由於他太過耽溺於閱讀這本生命之書，以至於如今他害怕回到熟睡在床的美麗妻子身邊，也不敢再回去面對自己寫了一半的故事。

由於作家的故事所談論的是孤獨而非愛情，內容是關於說故事而非真的在講一個故事，因此觀眾逐漸失去興趣。卡利普想，大家一定對作家之妻離家出走的原因頗感好奇，顯然每個人或多或少都有平白無故被拋棄的經驗。

下一位說故事的人，卡利普認為必定是其中某酒館吧女，她一再告訴大家她要講的是一個真實故事，並一再確認「我們的訪客朋友」明白這一點；她希望自己的故事不僅能在土耳其作為典範，更能放諸全世界。一切就是從這間酒吧開始的，時間在不久以前。一對表兄妹在相隔多年後又在此相遇，重新燃起童年時代的愛苗。由於女的是個歡場女子，而男的是個花花公子（「換句話說，」女人特地為外國客人解釋：「是個吃軟飯的。」），因此在這種情況下沒有什麼「名譽」的顧慮，這個男的不用擔心占了女孩子的便宜，或是「糟蹋」了她。在那個年代，酒吧裡一片安靜祥和，就如同全國的氛圍。年輕人不會在街上互相掃射，而是彼此擁吻；每逢節日，他們會互相贈送真正的糖果，而不是一盒炸彈。女孩與男孩幸福快樂。後來女孩的父親突然過世，這一對年輕情侶便住進了同一個屋簷下，只不過他們始終分床而眠，焦躁難耐地等待結婚的日子。

婚禮當天，女孩與她貝佑律的歡場姊妹忙著盛裝打扮，抹脂粉灑香水，而男孩則為大婚之日前去修臉。修完臉後，漫步在大街上，他看到一個美豔得叫人不敢相信的女人，迷得神魂顛倒。這個女人當場奪走了他的理智，並把他帶進她在佩拉宮飯店的房間裡，兩人激烈歡愛之後，這個命運乖舛的女人透露一個祕密，原來她是伊朗沙皇與英格蘭女王的私生女。為了報復她的父母遺棄了他們一夜情的果實，她來到土耳其，展開第一階段的復仇計畫。她希望這位年輕人去替她取得一張地圖，這張地圖有一半收藏在國家安全局，另一半則在祕密警察手裡。

被激情沖昏頭的年輕人於是哀求她准許自己離開，並連忙趕到原本預定舉行婚禮的廳堂。那兒，訪客早已四散離去，只剩女孩仍躲在角落裡哭泣。他先安撫了她一會兒，接著坦承說他因為某種「國家目標」而被徵召。他倆把婚禮暫延，傳話給所有的歡場女子、肚皮舞女、老鴇和素魯庫列的吉普賽女郎，要她們從全伊斯坦堡每一位落入溫柔鄉陷阱的警察身上擠出可能的情報。最後，等他們終於拿到地圖的兩半拼湊起來，女孩也拼湊出一個事實，原來她的表哥從頭到尾都在欺騙她，欺騙伊斯坦堡所有辛苦出賣勞力的女孩：原來他是愛上了英格蘭女王和伊朗沙皇的女兒。她把地圖藏在左邊的胸罩裡，流浪到庫勒迪畢一間只有最廉價的妓女和最下流的變態會光顧的妓院，把自己鎖進一間小房間裡，終日沉浸於悲傷。

潑悍的公主命令男孩以地毯式搜索翻遍整個伊斯坦堡，把地圖找出來。搜尋的過程中，他才恍然大悟原來自己所愛的並不是那個教唆追捕的人，而是追捕的對象；不是隨便哪一個女人，而是他的摯愛；不是公主，而是他的初戀情人。好不容易，他循線跟著她來到了庫勒迪畢的妓院。透過鏡子上的一個窺孔，他看到自己的初戀情人正在對一個戴領結的有錢傢伙耍「清純少女」的把戲，他當場破門而入，救出女孩。一顆巨大的痣出現在他的眼睛上——也就是對準窺孔使他心碎的那隻眼（看見他的愛人半裸著身子開心地吹簫玩耍，他傷透了心）——怎麼樣也褪不去。女孩的左乳下方也出現了一模一樣的愛情印記。後來他們找了警察去逮捕那位潑婦，等警察闖入她在佩拉宮的房間後，大家在她的梳妝檯抽屜裡發現了幾千張一絲不掛的裸照，全都是一些純情的年輕男子被這個吃人的公主慫恿而拍下了各種姿勢的照片，作為她「政治」勒索的收藏。抽屜裡還有許多恐怖分子的大頭照、印有槌子與鐮刀的宣言手冊、各式各樣的政治書籍和傳單、有斷袖之癖的末代蘇丹的遺囑，以及瓜分土耳其領土的計畫概要，上頭有拜占庭十字的簽印。祕密警察清楚得很，就是這個賤貨把恐怖主義的瘟疫引進了土耳其，讓它像是來自法國的梅毒一樣到處流傳。然而，由於她的相片收藏裡包含了數不清的警方人員，全身光溜溜的只帶著根「警棍」，為了避免這些照片不小心落入哪個記者手裡，他們隱瞞了她的涉案。看起來唯一適合上報的新聞是這對表兄妹的婚禮公告，附上一張他們的結婚照。說故事的吧女從她的皮包裡抽出她私自從報紙上剪下的公告，照片中可以看見她身穿一件時髦耀眼的狐毛領大衣，戴著一副此刻吊在她耳垂上的珍珠耳環。她要桌上的人傳閱這張剪報。

然而，女人注意到眾人對她的故事抱持懷疑，甚至有些人根本嗤之以鼻，她不禁惱怒，辯稱她講的都是真的，並呼喚某人出來：現場剛好有一位曾替公主和她的受害者拍下無數張淫穢照片的攝影師。滿頭灰髮的攝影師來到桌前，聽見女人說，如果他給大家講一個好聽的愛情故事，那麼「我們的訪客」將會很樂意讓他拍照，並且付給他慷慨的報酬。於是，年老的攝影師開始說故事。

大約三十多年前，一名男僕來到他狹小的工作室，召喚他前往西西黎高級住宅區一棟位於電車大道上的宅邸。由於這位攝影師以拍攝夜總會照片聞名，因此在前往宅邸的路上，他不禁疑惑自己為什麼被選來做這份工作，因為依他的看法，他有另一位同事更適合拍攝上流階層的社交舞會。到了那裡，一位年輕漂亮的寡婦邀請我們的攝影師進屋，然後提出一項交易：她提出大筆現金的酬勞，要他每天早晨送來千百張他每晚在貝佑律各家夜總會拍攝的相片。

攝影師多少出於好奇而接受了這項交易，但他懷疑背後牽扯了某種感情糾葛，於是他決定儘可能地留心這名有點斜眼的棕髮女人。就這樣過了幾年後，他發現女人並不是想在照片中尋找某個她認識的人，或是某個她在哪裡看過照片的人。那些她從千百張之中篩選出來的照片——要他放大或是要他從更清楚的角度拍攝的——上面的男人每個人的臉孔和年紀也從來都不一樣。後來，由於合作久了，彼此也漸漸熟了，加上共享祕密的緣故，也加深了彼此的信賴，女人開始向攝影師吐露真相。

「你給我這些滿臉空白、表情空洞、目光無神的照片一點用也沒有，」她說：「我什麼都認不出來，在他們臉上我看不見任何文字！」有時看著同一張臉孔的各式照片，她卻只能隱約讀出（她堅持使用

「讀」這個字）極模糊的意義，這總會讓她沮喪不已，忍不住說：「如果就連在充滿失意落魄人的酒店裡，我們都只能得到這些，我的老天，那麼，當人們在工作場所、商店櫃檯後面、坐在辦公桌前的時候，他們的臉孔又會是多麼的空洞乏味呀！」

不過，也不是說他們沒有遇到一、兩張帶給他倆些許希望的樣本。有一次，女人在審視一個老人皺紋滿布的臉孔良久之後，讀出了一個意義，只不過這個意義既古老又陳腐。這個老人，他們後來發現是位珠寶商，他額頭上的皺紋以及眼睛下方豐富的字母只不過是一個模糊意義的最終迴響，一再地重複，沒有揭示任何新意。三年後，他們遇見一張鮮活的臉孔，上面寫著蒼勁有力的字母，而且他們發現它所指涉的意義正存在於今日。這張激烈的臉孔讓他們興奮不已，他們放大了照片，並且很快地得知臉孔的主人是名會計師。一個陰暗的早晨，女人給攝影師看一張這個男人出現在各大報的巨幅照片，旁邊的標題寫著：「此人侵吞銀行二千萬元」。如今這位會計師為非作歹的日子已經告終，他放鬆的面容安詳地凝望讀者，空洞得像是一頭待宰羔羊深紅色的臉孔。

下面的聽眾竊竊私語擠眉弄眼，原以為真正的愛情故事當然是發生在女人和攝影師之間。沒想到最後的主角竟完全是另一個人：一個清涼的夏日早晨，女人看到一張酒館裡一群人圍桌而坐的照片，她的眼睛滑過眾多毫無意義的臉孔，陡然定神在其中一張懾人而奪目的臉上，然後她才明瞭自己十年來的辛苦搜尋終於沒有白費。一個極為坦白、簡單、清楚的意義，出現在那張年輕而美妙的臉上，在他接下來的照片中——當晚在那家酒館裡一併拍下並且放大——也都能讀到同樣的意義：就是「ＬＯＶＥ」。這個三十三歲的男人，之後他們得知他在凱拉古穆克一家小店裡替人修表，在他坦白而清晰的臉上，女人輕而易舉地讀出了那四個拉丁文字母。然而攝影師卻說他什麼字母也看不出來，女人劈頭便說他一定是瞎了眼。接下來的幾天，她心頭小鹿亂撞，像是一個被帶到媒人跟前的待嫁新娘；受盡相思折磨，如同一個早已預見自己將來勢必心碎的熱戀中人。而每當她察覺到一絲希望的火花，她便開始拉扯著頭髮，幻想終成眷屬的可能結局。短短一星期內，女人的客廳裡貼滿了成千上百張修表匠的照片。這個男人在各式各樣的藉口下被設計偷拍了無數張的照片。

一天晚上，為了更仔細呈現修表匠那張不可思議的臉孔，攝影師設法拍到了他的特寫，然而隔天他卻沒有出現在酒館，從此失去蹤影。女人簡直要發狂了。她派攝影師到凱拉古穆克找尋修表匠，但他既不在他的店鋪裡，也不在鄰居指給攝影師看的房子裡。一個星期後攝影師再回去，只見商店因為「有要事處理」而出售，房子也已經搬空。從那時候起，女人對攝影師為了「尋找愛」而帶來的照片不再感興趣；除了修表匠的臉之外，任何其他迷人的臉孔她連看都不看一眼。一個颳風的早秋清晨，攝影師來到女人家門口，帶著一件他認為能激起她興趣的「作品」，沒想到迎接他的卻是一個好管閒事的門房，他愉快地告訴他，女主人已經搬到一個隱密的地址。攝影師很遺憾故事必須到此結束，他必須向他的聽眾承認自己的確愛上了這個女人。然而，在此同時他也告訴自己，如今他或許終能展開他自己的故事，一個藉由回憶過去所編織的故事。

不過這個故事真正的結局發生在多年以後，有一天他心不在焉地讀到一張照片的說明文字：「她往他臉上潑硫酸！」持有硫酸的吃醋女人的名字、容貌和年齡都不符合那位住在西西黎的女士，臉上被潑硫酸的丈夫也不是位修表匠，而是事件發生地點安那托利亞中部的一位檢查官。儘管所有的細節都跟攝影師的夢中情人和英俊的修表匠有所出入，但看到「硫酸」這兩個字的剎那，我們的攝影師立刻直覺想到這對夫妻必定是「他們」。他推斷出這兩個人這些年來一直在一起，他只是他們私奔計畫這個遊戲的一部分，而他們的計謀便是除去所有像他一樣阻擋在他們中間的倒楣傢伙。他找來當天另一份八卦小報，證實了自己的想法。他看見修表匠被徹底溶蝕的臉，上頭所有的字母與意義已全部被抹去。

攝影師一邊敘述一邊直視著外國記者，看見自己的故事得到眾人的支持及注意，於是他又補充了最後一件插曲，似乎想藉由透露一項軍事機密來贏得滿堂采：又過了幾年後，同一份八卦小報再度刊登同一張溶蝕的臉，宣稱這張照片是一場延宕多年的中東戰爭下的最後一個犧牲者，圖下並附有說明文：「大家都說，畢竟，一切全為了愛。」

桌邊的群眾開心地擺姿勢讓攝影師拍照。這當中包括幾名與卡利普有點頭之交的記者和一名廣告商、一個長得面熟的禿頭男人，還有幾個侷促不安地坐在桌子一側的外國人。圍桌而坐的一群人，像是因為一件小意外或是恰巧投宿同一家旅舍而結識的陌生人，彼此之間莫名產生了友誼與好奇。這時店裡大部分客人都走了，酒吧裡安靜下來，舞臺上的燈光早已熄滅。

卡利普有種感覺，這家酒吧很可能就是電影《我的狂野寶貝》裡，朵兒肯．瑟芮扮演應召女郎的真實場景，於是他把年老的服務生喚到桌邊問他。或許是因為每個人都轉頭看他，或許是因為無意間聽到別人的故事激起他的興致，總之，這位服務生也說了一個簡短的故事。

不，他的故事跟剛才提到的那部電影無關，而是關於另一部在這家酒吧裡拍攝的老電影。電影在魯雅戲院上映的那個星期，他總共去看了十四次自己的演出。由於製作人和飾演女主角的美麗女人都請求他能參與其中幾場戲，因此我們的服務生便高興地服從了。幾個月後，當他看到電影時，他認出自己的臉和手，但在另一個鏡頭中，他的背、肩膀和脖子卻是別人的。服務生每一次看這部片都會覺得毛骨悚然，但又夾雜著詭異的喜悅。不僅如此，他始終不習慣聽見自己的嘴裡冒出別人的聲音，一個他在其他許多片子裡還會再聽見的聲音。他的親朋好友在看了電影之後，對於這令他頭髮直豎、心神不寧、恍惚夢境般的配音替身並不特別感興趣，他們也沒有注意到任何攝影騙術。最重要的是，他們從沒想過一個小小的花招可以騙人去相信某人是另一個人，或者另一個人是某人。

服務生痴痴等了好幾年，盼望哪個暑假期間貝佑律的戲院播放二輪片時會上映這部他曾經短暫出現過的電影。假使他能夠再看一次影片，他相信自己將能展開一段新生命，不是因為他將能再次遇見年輕的自己，而是由於另一個「顯而易見」的原因，他的朋友猜不出是什麼原因，但在場的尊貴友人必定早已知曉。

背著服務生，眾人熱烈討論起這個「顯而易見的原因」。大多數的人都認為原因當然就是愛；這個服務生愛上了他自己，或者愛上了影片中他身處的世界，或者是愛上了「電影之美」。剛才的吧女插嘴打斷這個話題，她說這個服務生根本只是個老玻璃，就跟所有那些退休的摔角選手一樣，因為有人曾經逮到他一個人赤條條地對著鏡子打手槍，還看過他在廚房裡偷捏打雜小弟的屁股。

卡利普覺得眼熟的禿頭男人反駁吧女對摔角選手的「不實指控」，說這些選手發揚了我們祖先的運動。他接著開始講述他自己的觀察，當年他在色雷斯的那段時間，有一次曾經貼近地採訪了這群優秀人士的模範家庭生活。趁著老頭說話的同時，易斯肯德告訴卡利普這人的來歷：他在佩拉宮飯店大廳裡巧遇這個禿頭男，當時的場面極度混亂，易斯肯德正手忙腳亂地一邊替這群英國記者安排行程，一邊試圖找出耶拉的所在——是的，很有可能那天晚上他也撥了電話給卡利普。這老頭加入搜尋的行列，說他認識耶拉，為了某個私人的理由也需要找到他。接下來的幾天裡，走到哪裡都碰到這個人，他不單只是為了尋找耶拉，還透過他廣大的人脈（這人是個退休上校）幫了易斯肯德和英國記者許多小忙。這老頭把他一口破英文發揮得淋漓盡致。很顯然，他是那種時間很多的退休老人，想做一些對國家有用的事情；喜歡交朋友，而且非常熟悉伊斯坦堡。結束了關於色雷斯摔角手的話題後，老頭開始敘述自己的故事。

實際上，這故事比較像是機智問答題目：一個牧羊人有一天中午趕羊群回家，由於那天正好日蝕，所以羊群全都自行提早返回。鎖好了畜欄之後，他走進屋裡，卻發現他親愛的老婆跟情夫躺在床上。他遲疑了一會兒，然後抓起刀子把兩個人雙雙砍死。之後他向警方自首，並在法官面前為自己辯護，舉出一個看似單純的邏輯推論。他說他沒有殺死他的老婆和她的情夫，而是某個躺在他床上的陌生女人和她的情人。因為那個他認識、信賴、並且甜蜜同居多年的「女人」不可能會對「他」做出這種事，所以床上的女人和他「自己」都是另外兩個人。牧羊人對於發生這件令人震驚的替換感到堅信不疑，因為日蝕的超自然預兆支持著他的想法。當然，牧羊人願意扛下他短暫記得的另一個自己的刑責，但他要法官知道，被他殺死在自己床上的一對男女是兩個賊，不僅闖入他的屋子，更無恥地玷污了他的床。不管要在牢裡蹲幾年，等他刑期滿後，他打算出發找尋他老婆，因為打從日蝕那天起他就沒再見過她。找到她之後，也許在她的幫助下，他準備開始尋找遺失的另一個自己。

所以，法官給這個牧羊人判了什麼罪？

眾人向退休的上校提出各種解答，卡利普聽著，心想他以前在哪裡看過或聽過這個老掉牙的題目，可是怎麼也想不起出處。攝影師把沖洗好的照片傳給大家看，卡利普盯著其中一張，心想他或許能憶起自己究竟是怎麼知道這個禿頭男和他的故事；只要他想起來後，他似乎就能告訴那個男人他的真實身分為何，在此同時，另一張難以辨認的臉孔之謎也將得到解答，就好像攝影師的臉孔故事中所描述的情形。輪到卡利普的時候，他的結論是法官必須豁免牧羊人的刑責，他一邊說，腦中一邊想著，自己很可能已經讀出了退休上校臉上的隱藏意義：似乎，這名退休軍官剛開始說故事的時候，是某一個人，而在他說完之後，卻變成了另一個人。講故事的過程中發生了什麼事？在故事講完的時候，是什麼改變了他？

接著輪到卡利普說故事，他開始敘述一個他從某專欄作家那兒聽來的事件，關於一個單身老記者的迷戀。這位老兄花了一輩子在巴比黎日報工作，負責綜藝消息的翻譯，並撰寫電影和戲劇評論。由於他對女人的衣著飾品比對女人本身更感興趣，因此他沒有結婚。他獨居在貝佑律小巷中狹小的兩房公寓裡，只養了一隻看起來比他老而孤單的虎斑貓作伴。平靜無波的生活中唯一的起伏，是在晚年的時候，他開始閱讀普魯斯特那似乎沒完沒了追尋過往回憶的小說。

年老的記者愛極了這本書，甚至好長一段時間他根本沒興趣談其他話題，然而，他始終找不到有別人願意像他這樣投注心力辛苦讀完這些迷人的法文巨著。不僅如此，他甚至遇不到半個人能夠分享他的熱情。結果他只得退回自己的內心世界，把那些他讀過數不清多少遍的書冊中的故事和場景一遍遍對自己述說。要是他一整天過得不順利，或是碰到一些冷漠、粗俗、貪婪而通常可以稱之為「沒文化」的人，又不得不忍受他們的無禮與粗野，這時他就會告訴自己：「我不在這裡；我人現在在家裡，在臥室裡，腦中想著我的雅柏汀正在隔壁房裡或睡或醒，或者正喜悅地傾聽著雅柏汀踩著公寓地板的輕柔步伐！」每當他苦悶地走在外面街上時，他都像普魯斯特小說中的敘述者那樣，假想有一個年輕美麗的女人正在家中等待，想像著雅柏汀——就算只是和她隨便見個面都能帶給他極大的快樂——正在等待他，他幻想著雅柏汀等他時會做什麼動作。等年老的記者回到那間暖爐永遠不夠暖的兩房公寓後，他會悲傷地記起雅柏汀離開普魯斯特的篇章。瀰漫在冷清公寓中的哀淒之情滲入他的內心，他不停回想起種種情境，彷彿自己既是普魯斯特又是他的情人雅柏汀：就是在這裡，他曾與雅柏汀一起談話、一起歡笑；她總是先按了門鈴才來拜訪他；他那無窮無盡的陣陣妒火；共同去威尼斯旅遊的夢想。他不斷地回憶，直到悲喜交集的淚水從眼眶滑落。

星期日早上他都和他的虎斑貓待在家裡，有時候當他讀到報紙上刊登的粗糙故事而感到惱怒，或是想起好奇的鄰居、冷漠的遠親或伶牙俐齒的無禮孩童嘴裡的譏笑諷刺時，他會假裝自己在舊櫥櫃的小抽屜裡找到了一枚戒指，並幻想那是雅柏汀遺留下來而被他的女傭法蘭絲在玫瑰木的書桌抽屜裡發現了。

接著，他會轉身對假想的女傭說：「不，法蘭絲，」他壓低聲音，只讓虎斑貓聽得見，「雅柏汀並沒有忘記。沒有必要把戒指還回去，因為雅柏汀很快就會回來了。」

我們居住在一個多麼可悲而悽慘的國家裡啊，老記者心想，竟然沒有半個人知道雅柏汀或普魯斯特。倘若哪一天出現了一個懂得雅柏汀和普魯斯特的人，那天必然是轉機之日，沒錯，屆時路上留著小鬍髭的同胞也許就可以開始過更高尚的生活，也許到時候，他們將不再只因為一時的妒火就拔刀互砍，而會像普魯斯特那樣，在腦中喚起情人的影像，沉浸於天馬行空之中。所有那些為報紙寫文章的作家和翻譯家、自以為有文化修養的人，其實都是一堆愚鈍平庸之士，因為他們根本不讀普魯斯特，不曉得雅柏汀，也不知道老記者讀過普魯斯特，更沒想過他本人既是普魯斯特又是雅柏汀。

故事最令人驚異的地方，不在於老記者以為自己是小說的主人翁或是它的作者，因為畢竟任何一個土耳其人只要迷上了哪一本國內同胞還沒讀過的西方經典，不用多久後，都會全心全意地開始相信自己不僅愛看這本書，甚至根本一手寫成了這本書。到頭來他對周圍的人愈來愈不屑，不單是因為他們沒讀過那本書，更由於他們寫不出和他一樣有水準的書。所以，最讓人驚訝的並不是老記者長久以來自以為是普魯斯特或雅柏汀，而是沒想到有一天，他竟把多年來深藏於心的祕密透露給一位年輕專欄作家。

或許是因為老記者對年輕專欄作家有一份特殊的情愫才會向他吐露心事。年輕人擁有一種神似普魯斯特和雅柏汀的美：他的上唇冒出新生的短髭、體格健壯優美、臀部結實、睫毛濃長，此外，如同普魯斯特和雅柏汀，他的膚色黝黑，身材略矮，絲般柔滑的皮膚泛著巴基斯坦人的古銅光澤。不過，相似點僅止於此。這位年輕俊美的專欄作家對於歐洲文學的品味只限於法國小說家保羅．科克和義大利作家比提葛利，第一次聽見老記者的暗戀故事時，他的反應是哈哈大笑；接著他宣布打算把這則趣聞寫進自己的專欄裡。

老記者這才知道自己犯了大錯，他懇求年輕俊美的同事忘記這一切，可是對方充耳不聞，只是繼續笑個不停。老記者回到家後馬上明白自己的整個世界已然瓦解：置身於空蕩寂寥的房間裡，他再也想像不出普魯斯特的妒意、他與雅柏汀相聚的時光、甚至是雅柏汀後來的去向。全伊斯坦堡只有他呼吸到並賴以維生的神奇愛情，他唯一能夠感到驕傲、無人能玷污的聖潔愛情，很快地，將會在成千上萬個愚蠢的讀者之中粗鄙地傳誦，這就好像強暴了他多年來奉為神祇的雅柏汀。老記者好想去死。想到雅柏汀的名字——那美麗的名字，那親愛的雅柏汀，他的深情摯愛，她的移情別戀可以讓他嫉妒而死，她的離去使他憔悴絕望，而第一次見到她騎著腳踏車駛在巴別克的景象則叫他一輩子無法忘懷——將印在一張張報紙上，流落到一群愚蠢的讀者手中，這些人除了前總理的竊盜案件和最新廣播節目的錯誤聲明之外從來沒讀過任何東西，他們將把報紙拿來鋪在垃圾桶下面，或是拿來墊尚未清腸去鱗的魚。

就因為想到這一點，他才鼓起勇氣，下定決心打電話給那位有著絲緞皮膚和新生短髭的專欄作家，向他解釋道，唯有他一個人能夠體會到如此特別而無可救藥的愛情，如此的人性情感，他那卑微而沒有止境的妒意。他乞求專欄作家，永遠別在他的任何一篇專欄中提及普魯斯特或雅柏汀。「更何況，」他又加強補充道，「你甚至沒讀過普魯斯特的經典！」「誰的什麼經典？」年輕人問，他早已把這件事以及老記者的迷戀忘得一乾二淨。於是老人又重述了一遍他的故事，而這位漫不經心的年輕專欄作家再一次爆出大笑，興高采烈地說對啊，對啊，他非得把這則故事寫出來不可。或許他甚至覺得老頭兒實際上的確想要張揚這個題材。

他便提筆寫下這則故事。在這篇有點像短篇小說的專欄裡，對於老記者的描述就像是你們之前聽到的：一個可憐、孤單的伊斯坦堡老人，愛上了一本西方的奇異小說，幻想自己既是這本書的作者也是其中的主人翁。故事中的老記者也和現實中的老記者一樣養了一隻虎斑貓。故事中的老記者也同樣因為看到自己在一篇報紙專欄受盡嘲諷而震驚不已。在這則故事中的故事裡，老記者也是在看到雅柏汀和普魯斯特的名字出現在報紙上之後而想要去死。在老作家最後幾個憂鬱夜晚的噩夢中，那出現於一層又一層故事中的孤獨記者、雅柏汀和普魯斯特，不斷重複跌入那無止境、一個又一個的無底深井。每每半夜從噩夢中驚醒時，老作家再也無法感受到那份無人知曉的愛情喜悅。殘酷的專欄刊出後過了三天，人們破門進入他的房間，發現老記者已經在睡夢中平靜地死去，是那座不肯散發出半點熱氣的爐子所漏出的煤煙使他窒息而亡。虎斑貓已經三天沒有餵食，但終究鼓不起勇氣去啃食牠的主人。

儘管內容悲傷，但由於卡利普的故事將聽眾緊扣在一起，使得大家情緒高昂了起來。有幾個人，包括幾位外國記者，從椅子上起身，隨著不知哪裡傳來的收音機音樂和女孩們跳起舞來，就這樣又笑又鬧，直到酒吧打烊。

16 我必須做自己

如果你想要開心，或憂愁，或悔恨，或沉思，或謙恭有禮，
你只需表演出這些情緒的姿勢就夠了。

——派翠西亞．海史密斯《天才雷普利》

曾經有一度，我想起二十六年前某個冬夜裡發生在我身上一段靈魂出竅的經驗，並在幾篇專欄中略有提及。那大概是十或十二年前的事，確切的時間不記得了（這陣子我的記憶耗損得嚴重，而我手邊的「祕密資料庫」不幸地又無法提供查閱），總之，寫了這個題材之後，我收到一大堆讀者來信。大部分的讀者都很不高興我寫的並不是他們所期望的專欄（為什麼我不討論國家議題，為什麼我不描述雨中伊斯坦堡街道的哀愁），但其中有一位讀者在信中說，他「直覺感到」我和他對一件「極重要的主題」有著相同的看法。他表明說他將很快會來拜訪我，詢問我關於一些「獨特」而「深沉」的議題，他相信，對於這些疑問我們意見相符。

一天下午正當我準備回信打發掉這個讀者時，他卻真的出現了——是個理髮師，這已經夠怪了。由於我沒有時間跟他聊，而且我心想這個理髮師一定會滔滔不絕地講他個人的苦惱，纏著我不放，抱怨我在專欄裡沒有多提到他無窮無盡的煩憂。為了甩掉他，我叫他改天再來。他提醒我，他在信中早已預告

過會來，更何況他也沒有時間「改天再來」。他只有兩個問題，都是我能當場回答的。理髮師如此開門見山地切入主題，正合我的意，於是我便請他有話直說。

「你會不會覺得做自己很難？」

幾個人圍到了我桌邊看熱鬧，期待有什麼笑話可看——彷彿等著一場好戲上演，作為日後茶餘飯後的笑料。其中包括一些由我領入行的年輕後輩，還有肥胖聒噪的足球新聞特約記者。因此，面對這個衝著我來的問題，我依照通常在這種情況下眾人期待我會有的反應，露了一手我的「機智妙語」作為回答。然而理髮師卻把我的譏諷當成是我真正的答案，聽完之後，又問了第二個問題。

「一個人有辦法只做自己嗎？」

這一回，他問話的口氣好像是在替別人發問，而不是為了滿足自己的好奇。顯然他早已把問題準備好，背了下來。這時，我第一個笑話的效果仍瀰漫在空中，其他人聽到了歡樂的氣氛，也圍了上來。在這樣的情況下，有什麼比準確地丟出第二個笑話還要自然不過的呢？難道要針對人類存在的本質問題發表長篇大論的演說嗎？更何況，第二個笑話將能強化第一個的效果，把整件事變成一個精采故事，讓眾人記憶深刻，津津樂道。破解問題的第二個笑話出口之後——我現在記不得內容了——理髮師說：「我就知道！」接著轉身離去。

由於我們土耳其人只欣賞帶有暗諷或暗貶意味的雙關語，因此我毫不在意理髮師的敏感脆弱。甚至我有點鄙視他，就好像我看不起某一位在公共廁所認出你們專欄作家的讀者，他一面扣上褲襠，一面與匆匆詢問敝人在下有關生命的意義，或者我信不信真主。

然而隨著時間過去……讀者如果看到這句沒說完的句子，誤以為我對自己的無禮心生悔意（以為理髮師這懸而未決的問題困擾著我，或甚至有天夜裡我作了一個噩夢夢見他，醒來之後滿心罪惡），那麼你們顯然還不了解我。我根本再也沒想到過這位理髮師，除了一次。就算真的想起他的那一次，我的思緒也不是因他而起。閃進我腦海的是多年前我就曾經思考過的一連串概念。事實上，一開始它幾乎稱不上是一個概念，比較像是從小到大一直在我腦中縈繞不去的一段旋律，突然蹦進了我的耳中——不，比較像是從我的靈魂深處跳出來的：「我必須做自己。我必須做自己。我必須做自己。」

經歷了一整天與人群相處、周旋於親戚和同事之間，在一天結束之後半夜上床就寢前，我來到另一個房間，往舊扶手椅上坐下，雙腳擱在矮凳上，瞪著天花板抽菸。整天下來我所聽見的嘈雜人聲，各種噪音紛擾，全部匯集成一股單一的音調，在我腦中不斷地回響，彷彿一陣煩人的劇烈頭痛，或甚至是一陣酸澀的牙痛。這時，我不能稱之為「概念」的舊日旋律便開始浮現，像是一段——怎麼說呢——反調，對抗著那段嘈雜的回響。為了把我隔絕在鼎沸人聲之外，它指引我一條路，讓我體悟到自己內心的聲音、我的平靜、我的快樂、甚至是我自己的氣味：「你必須做自己。你必須做自己。你必須做自己。」

就是在那個深夜我才明白，我多麼慶幸自己能夠獨居於此，遠離所有的人群，以及「他們」（星期五講道的伊瑪目、老師、我姑姑、我父親、政客，所有的人）視為「生活」的那一團噁心爛泥——他們期望我能沉溺於其中，期望我們所有人都沉溺其中。我如此慶幸能夠漫遊於我自己的夢境花園，而不是跨入他們平淡無味的故事。我甚至憐愛地望著我的可憐雙腿，從扶手椅伸直到矮凳上；我容忍地檢視我醜陋的手，夾著香菸，來回送往我朝著天花板吞雲吐霧的嘴邊。這麼多年來第一次，我終於能夠做我自己！這麼多年來第一次，我終於能夠愛這個身為自己的我！如此的感覺，比起那個鄉下匹夫，沿著清真寺的石牆行走，嘴裡重複著同樣字眼的堅忍毅力，還要強烈得多；比起那位老乘客，坐在飛馳的火車裡數著窗外電線桿的全神貫注，還要濃稠得多。如此的感覺，轉化成為一種蘊含憤怒與不耐的力量，不止包圍了我，同時吞沒了眼前這個悲哀的舊房間——籠罩了整個「真實世界」。我並非只是喃喃背誦「我必須做自己」的旋律，而是在這股力量的驅迫下，帶著怒氣反覆吐出這些字眼。

我必須做自己，我重複念著，我無須去在乎他們、他們的聲音、氣味、慾望、他們的愛與恨。倘若我不能做自己，我將成為他們要我做的人，而我無法忍受他們要我做的那種人。我心想，與其成為他們要我做的討厭傢伙，我寧可哪種人都不做，或者不要做人。

年輕的時候，當我去叔叔嬸嬸家作客時，我變成人們眼中那個「幹記者這行真可惜，不過他很上進，假使繼續這麼努力，說不定有朝一日會成功」的人。為了擺脫這個身分而努力工作多年後，當成年的我再度跨進公寓大樓——如今我父親和他的新太太也搬了進來——我成為那個「辛苦多年終於小有成就」的人。更糟的是，我看不出自己還有可能擁有別種身分，只能讓這個我不喜歡的傢伙像一層醜陋的皮膚般緊黏著我的肉身，不消多久，我便愕然發現自己說著這個傢伙的語言，而非我自己的話。晚上回到家後，我會自我折磨地提醒自己，今天我嘴裡吐出的是我討厭的傢伙的話，像是這些陳腐的句子：「我本週的長篇論文中觸及到這個議題」、「在我最新的週日專欄中仔細思考過這個問題」、「下星期二我將會在文章中探究這件事」。我把這些話語在腦中一再重複，直到讓自己陷入無盡的沮喪深淵——直到這時，我才能夠稍微接近我自己。

我的一輩子充滿了這種恐怖的回憶。我坐在扶手椅中伸直雙腿，回想著那一次次身不由己的經驗，好讓自己更陶醉於此時全然自我的狀態。

我回憶起：只因為「軍中同袍」在我入伍當兵的第一天就已經認定我是哪種人，從此在我整段軍旅生涯中，我一直扮演著「一個在任何危急情況下都能談天說笑的人」。以前我常去看一些二流電影——不是為了打發時間而只是想獨自坐在黑暗裡——那時，每當中場的五分鐘休息時間，混在一群無所事事站著抽菸的人群中，我曾想像他們眼中的我看起來一定像是「一個前途無量的有為青年」，為了這個緣故，我記得我會故意表現成「一個心不在焉、滿腦子深沉而神聖思想的年輕人」。過去那段計畫軍事政變的日子，我們認真地夢想著未來能成為國家的舵手，我記得當年的自己行為舉止就像一個愛國青年，熱愛自己的同胞至深，以至於夜裡輾轉難眠，惟恐政變延宕而拖長了人民的痛苦。回想起暗中造訪以前經常流連的妓院時，我會假裝自己是個失戀的傷心人，不久前才經歷一段刻骨銘心的愛情，原因是妓女通常特別照顧這類男人。行經警察局時（要是我沒來得及察覺而趕緊走到對街），我會試著表現出一個平凡好市民的模樣。在奶奶家玩賓果時，我會裝成好像玩得很開心，雖然我之所以去那裡只是因為我沒有勇氣一個人過除夕夜。我記得，當我跟美麗的女人聊天時，我會把自己隱藏起來，假裝我是一個腦子裡只想著婚姻和責任的男人（假定那是她們想要的），要不然我就是一個成天憂國憂民沒時間想兒女私情的人，或者是一個敏感的浪子，受夠了這片土地上普遍缺乏的體恤和同情，或者，俗氣一點來說，我是一個不為人知的詩人。最後（是的，到了最後），我想起當我每兩個月去一次理髮師那裡時，我都不是我自己，而是一個演員，扮演著我所有身分總合的一個角色。

事實上，我去理髮師那裡是為了放鬆（當然，是另一位理髮師，不是一開始來找我的那位）。然而，當理髮師和我一起望進鏡子裡時，我們所看見的，除了即將要剪掉的頭髮外，是長著頭髮的這顆頭、肩膀和軀幹。當下我感覺到眼前鏡子裡坐在椅子上的人並不是「我」，而是別人。這顆被理髮師捧在手裡一邊問「前面要剪多少？」的腦袋、支撐著腦袋的脖子、肩膀、以及軀幹，都不是我的，而是屬於專欄作家耶拉先生。我與這個人絲毫沒有任何關聯！事實如此明顯，我以為理髮師會注意到，但他卻似乎沒有察覺。不僅如此，彷彿要強迫我接受我不是我而是「那個專欄作家」的事實，他問了我許多一般專欄作家會被問到的問題，比如說：「如果戰爭爆發，我們能夠痛宰希臘嗎」、「總理的老婆真的是個蕩婦嗎」、「蔬菜商必須為物價上漲負責嗎」。一股不知從何而來的神祕力量阻止我親自回答這些問題，反倒是鏡子裡那位讓我看得目瞪口呆的專欄作家以他一貫的賣弄架子叨叨絮絮地替我回答了：「大家都希望和平」、「這麼說吧，就算把某些人吊死了，物價也不會下降」。

我厭惡這位自以為無所不知的專欄作家，不懂裝懂，還自以為了不起地承認應該要接受自己的過與不及。甚至我也厭惡這位理髮師，他每問一個問題，就迫使我變得更像「專欄作家耶拉」。就是在這個時候，當我回憶著不愉快的過去時，我想起了另一位理髮師，那位走進新聞編輯室提出奇怪問題的理髮師。

夜半時分，我坐在這張讓我回復了自我的扶手椅裡，雙腿伸到矮凳上，傾聽著勾起我不愉快過往的舊旋律中的新憤怒，我告訴自己：「是的，理髮師先生，人們不允許一個人做自己；人們不讓他這麼做；人們絕不准。」我用與舊旋律相同的節奏和憤怒說出這句話，但這些字句卻只讓我陷入我所渴望的寧靜更深處。此時此刻，我才意識到一種秩序在之前的專欄中我曾經提及，而我最忠實的讀者也必然能洞悉。那是某種意義，甚至我可以說是一種「神祕的對稱」，存在於這整個故事裡：藉由某位理髮師而回憶起另一位理髮師造訪報社的經過。它是一個象徵，暗示著我的未來：經歷了漫長的一天後，夜裡，一個男人獨自坐在他的扶手椅中，做他自己，就好像一個旅行者，在經歷了漫長而崎嶇的旅程後，終於回到了家。

17 記得我嗎？

每當我回首舊日，重溫過往，我彷彿總看見一群人漫步於黑暗中。

——阿哈麥·拉辛

步出酒館後，說故事的人群並沒有散去，而是圍在附近，站在間歇飄落的雪花下，彼此互相對視，期待有人提議接下來的另一場娛樂。眾人就這樣釘在原地，好像剛才目睹了一場火災或街頭槍戰，此時流連不忍離去，免得接下來還有好戲可看。「不過那個地方不是對每個人都開放的，易斯肯德先生。」禿頭的傢伙說，他已經戴上了一頂頗大的軟呢帽。「他們沒有辦法容納這麼一大群人。我想要只帶英國佬，讓他們有機會飽覽我們國家的另一個面向。」接著他轉向卡利普，「當然，你也可以一起來……」他們出發朝帕貝巴西走去，有兩個人堅持也要跟來，其中一位是個女古董交易商，另一位是個鬍鬚硬得像刷子的中年建築師。

行經美國大使館的時候，戴軟呢帽的男人問道：「你曾經去過耶拉先生位於尼尚塔希以及西西黎的公寓嗎？」「為什麼問？」卡利普說，仔細端詳那人沒什麼表情的臉。「沒什麼，只是易斯肯德先生說你是耶拉·撒力克的姪子。你難道沒有去探望過他嗎？如果由他來向英國佬介紹我們國內的現狀，不是挺體面的嗎？你看，國際人士終於對我們稍微有點興趣了！」「確實。」卡利普說。軟呢帽說：「還是你恰巧有他的住址呢?」「沒有,」卡利普說:「他從不把住址給別人。」「聽說他拿這些公寓來金屋藏嬌,真的假的?」「沒這回事。」卡利普說。「真抱歉,」男人說:「只是外面在傳的,管不住別人的舌頭啊!你沒辦法叫大家閉嘴,尤其是碰到像耶拉先生這種當代的傳奇人物。我跟他很熟。」「是嗎?」「是的,沒錯。有一次他找我去他在尼尚塔希的其中一間公寓。」「那是在哪裡?」卡利普問。「那地方早不在了,」男人說:「是一棟兩層樓的石造房子。有一天下午他待在那裡,抱怨他很寂寞。他告訴我,只要我方便隨時都可以去找他。」「可是他就是想要獨處啊。」卡利普說。「也許你沒那麼了解他吧。」男人說:「我內心裡有一個聲音告訴我,他需要我的幫助。你確定你真的不知道他的住址?」「我完全不知道,」卡利普說:「話說回來,大家認同他可不是沒有原因的。」「一個了不起的人物!」軟呢帽說,以此作為話題的總結。接著,他們又開啟另一場討論耶拉最新作品的談話。

他們聽見守夜人的哨音,在通往地鐵站的明亮街道上,這個應該出現在貧民窟的聲響聽起來格格不入。眾人轉頭,望向狹窄的街道上、映照在紫色霓虹燈光下的積雪人行道。他們轉進一條通往葛拉答高塔的道路後,卡利普似乎感覺到街道兩旁的樓房慢慢地往上逐漸聚攏,像是電影院裡的布幕。塔頂亮著紅燈,示意著明天將會下雪。此時已經凌晨兩點。不遠的某處,一家商店拉下了鐵捲門,發出一陣嘎吱嘎啦的噪音。

繞過高塔,他們走進一條卡利普從沒來過的小巷子,踩上結了一層薄冰的黑暗人行道。頭戴軟呢帽的男人在一棟狹小的兩層樓房前停了下來,敲了敲破爛的大門。過了好一會兒,二樓的燈亮了,一扇窗戶打開,從裡頭伸出一顆泛藍的腦袋。「是我,開門哪,」戴軟呢帽的男人說:「這兒有幾位英國來的訪客。」他轉過身來投給英國佬一個尷尬的微笑。

上頭寫著「馬爾斯假人模特兒工作室」的大門打開了,出現一個蒼白、不修邊幅、三十來歲的男人。他身上穿著藍條紋睡衣和黑色寬鬆長褲，一臉睡眼惺忪。與所有的訪客握完手後，男人臉上泛起一抹彷彿大家同為某個祕密結社成員的曖昧表情，然後帶領他們走進燈火通明的房間，室內瀰漫著顏料的氣味，到處塞滿了箱子、鑄模、錫罐，以及假人模特兒的各個身體部位。他先發給每個人一本自製的小手冊，接著用單調的聲音發表了一場演說。

「我們的工作室是全中東和巴爾幹地區最早的假人模特兒製造事業。經過一百年的歷史，我們已然成為土耳其現代化和工業化的成就指標。今天，不止所有的手、腳、臀部全都百分之百本國製造……」

「賽拔先生，」禿頭男子不耐煩地說：「我們的友人不是來這裡隨便逛逛的，而是希望你能導覽他們參觀地下室，去看看那些苦難的人、我們的歷史，以及塑造我們之所以為『我們』的種種。」

我們的嚮導憤怒地扭熄電燈開關，中等大小的房間裡，成千上百隻手臂、腿、頭和軀幹頓時陷入黑暗，只留下一顆光禿禿的燈泡還亮著，懸吊在通往地下室的樓梯口上方。眾人開始步下鐵樓梯。一股陰濕的氣味從底下升起，卡利普停住了腳。賽拔先生走到卡利普身旁，輕輕鬆鬆地，教人有點驚訝。

「別害怕，你將會在這裡找到你一直尋尋覓覓的東西！」他說，一副無所不知的神情，「是祂派我來的。祂並不打算讓你步入歧途，或是迷失方向。」

他這段曖昧不明的話語也是講給其他人聽的嗎？下樓之後他們進入第一個房間，嚮導介紹眼前所見的假人模特兒：「這是我父親早期的作品。」另一個房間裡，藉著一顆電燈泡的光芒，他們見到了幾尊鄂圖曼船員、海盜、抄寫員的人偶，以及一群農夫，圍著晚餐盤腿坐在鋪了桌布的地上。嚮導也同樣咕噥了幾句話。再來到另一間房間，他們看到一個洗衣婦，一個被砍頭的異教徒，以及一個扛著吃飯傢伙的劊子手，這時卡利普才頭一次聽懂了嚮導在說些什麼。

「一百年前，我的祖父在創造第一批藝術作品時，他的腦袋裡沒有別的念頭，只有一個簡單得一清二楚的想法：商店櫥窗裡所展示的假人模特兒應該要代表我們自己的同胞。我祖父是這麼想的。然而，一場歷史性、國際性陰謀下的不幸犧牲者卻阻礙了他的夢想。而這場陰謀竟是在兩百年前就已經策畫好的。」

他們繼續走下更多的樓梯，穿越更多的房間，看到了成千上百個假人模特兒。一個又一個房間通往更多的階梯，往下延伸，一條粗電線上掛著一顆顆光禿禿的燈泡，像曬衣繩般在頭頂蜿蜒纏繞。

他們看到了陸軍元帥費弗濟．恰馬克的人偶，在他擔任總司令的三十年間，因為害怕人民可能會與敵人互相勾結，所以突發奇想，炸斷國家境內所有的橋梁，拆毀所有的宣禮塔好讓俄羅斯人頓失地標，撤離伊斯坦堡所有居民以行空城之計，藉此把整座城市變成一個迷宮，讓占領的敵軍迷失方向，坐困愁城。他們看見康亞地區的農夫塑像，長久以來的近親通婚使得每個人長得幾乎一模一樣——母親、父親、女兒、祖父、叔伯、所有的人。他們看見挨家挨戶收破爛的舊貨商，他所收走的各式舊垃圾都曾在不知不覺中造就了今日的我們。他們看見找不到自我的電影明星扮演著電影中找不到自我的主角，因為他們做不了自己也當不成別人；他們也看見只會扮演自己的土耳其超級巨星和演員。他們看見窮苦迷惘的可憐人，奉獻畢生心力翻譯改編西方典籍，只為了把西方的藝術和科學引進國內。他們看見已故的夢想家，他們的墳地早在他們的夢想實現之前就已灰飛煙滅；這些人拿著放大鏡辛勤工作了一輩子，為的是想把伊斯坦堡雜亂無章的巷弄改建成為菩提樹整齊排列的柏林街道，或是如星芒般向外放射的巴黎大道，或是搭橋架高的聖彼得堡馬路。他們幻想著在新砌的人行道上，我們的市井小民也能如他們的歐洲友人般，傍晚的時候牽狗上街大小便。他們看見祕密特務成員，這些人堅持拷刑的流程要遵循本地傳統而非新式國際手法，因而被迫提早退休。還有肩上扛著扁擔的流動攤販，他們沿著大街小巷叫賣放在扁擔上的發酵玉米餅、鰹魚和酸奶酪。他們看見一群標示為「咖啡館人生百態」的假人，嚮導解釋這一系列作品「創始於我的祖父，經過我父親的發展，如今由我來接手」。這一群人之中，有失業的，他們低垂著頭，下巴深陷胸口；有幸運的，他們暫時把生活的愁苦以及時代的煩憂拋在腦後，開心地沉浸在一場棋局之中；也有一邊喝茶、一邊抽著廉價香菸而茫然失神的，他們凝視著地平線的盡頭，彷彿正努力回想著自己存在的意義；還有那些沉溺於內在世界的，或是想靜一靜卻被打擾的人，只好拿骰子、撲克牌、或是對方出氣……

「強大的國際力量終於在我祖父臨終之時擊垮了他，」嚮導向眾人解釋：「歷史性的力量把我祖父趕出了貝佑律的商店，把他的作品從以司第克拉大道的展示櫥窗扔了出去。因為這股力量阻止我們的國家做自己，它竭盡全力要剝奪我們最珍貴的資產，也就是我們的日常姿勢。直到後來，父親才明白，垂死的祖父所遺留給他的地下作品——沒錯，地下作品——是一筆未來的財富。然而當時他還沒認清其實伊斯坦堡自古以來就一直是一座地下城市。這一點是經過一段時間和經驗後，他才逐漸明瞭。因為在他挖掘泥土以建造新儲藏室的過程中，他發現了許多古時候的地底通道。」

眾人拾級而下，走進地底通道，穿過更多的臺階和洞穴般的小室，他們看見成千上百個平民百姓的假人模特兒。在電燈泡的照映下，這些人形塑像不時讓卡利普聯想起我們逆來順受的同胞，一身長年累積下來的灰塵泥土，坐在某個被遺忘的公車站牌下，等待著永遠不會來臨的公車。偶爾他還會有種錯覺，以為伊斯坦堡街頭的苦命人彼此都是兄弟。他看到賭徒拿著他們的籤袋。他看到傲慢、累垮的大學生。他看到烤堅果小販的學徒、賞鳥人士和尋寶者。他見到那些學者，他們閱讀但丁只是為了證明所有西方的藝術思想全都抄襲自東方；還有那些專家，他們繪製地圖只是為了證明那些稱為宣禮塔的建築事實上是外太空生物樹立起的信號柱。他看見一群神學院學生，他們意外被一條高壓電纜擊中後，集體在震撼之下成為一群藍色怪物，從此以後竟能背誦出兩百多年前發生過的每一件事。在泥濘的密室裡，他看見各式各樣的假人聚集成一群群江湖郎中、騙子、罪人、無賴。他看到婚姻不美滿的夫妻、無法安息的鬼魂、封死在墓穴裡的戰爭亡者。他看到臉上和額頭上寫著字母的神祕人物、鑽研這些字母意義的先知、甚至還有當今著名的先知後代。

一個擠滿當代土耳其藝術家和作家的角落裡，甚至有一尊耶拉的人偶，身上穿著那件二十年前他常穿的雨衣。當他們經過這尊塑像時，嚮導說明那是他父親曾經非常看好的作家，他父親因而為這位作家揭露了文字之謎，然而作家卻為了自己卑劣的目的出賣它來換取廉價的成功。二十年前耶拉以嚮導的父親和祖父為題材所寫的文章框起來吊在塑像的脖子上，像是處刑的判決勒令。泥濘的密室牆上溢散出潮濕和黑黴，窒鬱的空氣灌滿了卡利普的肺。許多的商店也像這樣，沒有經過市政府的准許，私下挖掘了地底密室。從頭到尾，嚮導滔滔不絕地講述自己的父親，說他在歷經多次的背叛挫折後，如何在前往安那托利亞的旅途中得知了文字的祕密，從此以後便把所有的希望都投注其上。當他父親一面忙著塑造假人，這些造就出伊斯坦堡當今面貌的地底隧道也逐漸向他揭示了在那悲苦塑像的臉上他所刻劃出的神祕意義。卡利普在耶拉的人偶前佇立了好一會兒，這尊壯碩的塑像有一個巨大的軀幹、溫和的表情和一雙小手。「就是因為你，所以我無法做我自己，」他很想說：「就是因為你，我相信了所有試圖把我變成你的虛構故事。」他端詳耶拉的塑像良久，彷彿一個兒子專注地審視自己父親多年前拍的照片。他記得長褲的布料是在賽科西一個遠房親戚的店裡特價買的；他記得耶拉愛極了這件雨衣，他自己覺得穿起來就像是英國偵探小說中的探長，雨衣口袋角落的縫線已經裂開了，因為他總是用力把手插進口袋；他還回想起過去幾年，耶拉的下巴和喉結上已經不再看得到刮鬍刀的割傷；他想起耶拉還是用那枝放在外套口袋裡的原子筆。卡利普對他又愛又懼。他希望能夠成為耶拉但又希望遠離他。他不停地尋找他但又想要把他拋之腦後。他抓起耶拉的外衣後領，好像在質問他自己生命的意義何在——這個祕密他解不開，但耶拉知道，卻又不願意告訴他。究竟這個平行的宇宙藏著什麼祕密？究竟這場遊戲，如同一個玩笑般開始，結果卻轉為一場噩夢，要什麼樣的條件才能夠脫離？他聽見嚮導的聲音從遠方傳來，隱含著一股興奮，卻又如公式般的千篇一律。

「利用他對文字的知識，我父親在他的假人臉上賦予了如今街上或屋裡都再也見不到的意義。他工作的速度之快，我們挖好的地底密室很快就不敷使用，必須再繼續挖掘新空間。就是從這時開始，我們發現了遺留的通道，把我們連接上地底下的歷史。而這一點不能純粹以巧合來解釋。從那時起，我父親很清楚地了解到我們的歷史只能在地底下發展，下面的生命很清楚地警示出上方無可避免的崩毀。我父親明白，這一條條充滿骸骨、最終連接往我們房子的隧道，提供給我們一個歷史機會，讓我們能夠創造如今別處再也見不到的真正同胞，並為他們的臉孔賦予生命及意義。」

卡利普放開了耶拉塑像的後領，它像一個玩具兵般左右輕輕晃了晃。退後一步，卡利普點燃一根菸，心想自己將永遠不會忘記他心靈導師這詭異、恐怖、荒謬的形象。他一點也不想跟著大家下階梯走進地底城市的邊緣，那裡總有一天也會塞滿了假人，如同曾經埋葬於此的骸骨一樣。

眾人下去後，嚮導指出地底隧道在金角灣側的咽喉口給他的客人看。一千五百三十六年前，拜占庭人唯恐阿提拉攻擊而在金角灣下挖掘了這條隧道。接著他義憤填膺地訴說骸骨的由來，他說如果拿著燈從這一頭進入，便能看見這些骸骨——以及蜘蛛網覆蓋的桌子和椅子。七百七十五年前，這些骸骨的主人就在這裡守著寶藏，不讓入侵的拉丁人掠奪。卡利普耳朵裡聽著，心裡不斷想起很久以前他就曾在耶拉的文章裡讀過這個故事，文章裡更深入探討這些奧妙的情節和畫面究竟代表什麼。嚮導先是解釋到，他的父親看到了一些預示著徹底毀滅的有力徵兆之後，決定走入地下。接著他又說明，伊斯坦堡的每一次變身（更名為拜占庭、維贊特、新羅馬、安圖沙、沙皇城、米克羅城、君士坦丁堡、君士堡、伊斯堡），都有其歷史源頭，而且是源自於地底下這些無可避免、必要的通路和隧道。前一個民族逃進來躲藏，在城市下方建立驚人的雙層基地，然而——嚮導愈說愈激動——地底下的民族卻總有辦法報復地面上那個把他們推入地下的民族。卡利普記得在耶拉的一篇文章中提到伊斯坦堡的公寓樓房其實是地下文明的延伸。語帶憤怒的嚮導繼續說下去，他的父親為了參與地下世界所預言的大崩毀，為了加入勢不可擋的末日行列，他計畫把自己的假人模特兒移居至地底下每一條通道，遷進這些塞滿金銀財寶和骨骸、老鼠蜘蛛橫行的狹廊。他父親的新夢想——慶祝大崩毀的到臨——為他的人生帶來了新的意義。不僅如此，嚮導本人也跟隨父親的腳步，在這些心血傑作的臉孔上創造出文字及意義。

聽見他的話，卡利普已經毫無疑問，這位嚮導必定每天天一亮就出門去買《民族日報》，然後帶著滿腔貪婪、嫉妒、仇恨和憤怒閱讀耶拉的專欄，就像此刻他所展現的態度一樣。再往下聽他的話，卡利普更確信這位嚮導一定認真讀過耶拉的最新作品，因為這老兄接著說，有膽的人大可以冒險往裡面走進去，在懸掛著金項鍊和手環的隧道裡，將會看見阿巴賽特圍城時被趕入地下的拜占庭人骸骨，以及在十字軍的恐怖陰影下緊緊相擁的猶太人屍骨。這兒有超過六千具熱內瓦人、阿馬菲人及比薩人的骨骸，都是在拜占庭肅清義大利人口時逃進地底的；還有六百年前的屍首，他們被一艘亞速海來的船隻所夾帶的黑死病趕下來，大家背靠著背，圍坐在阿瓦爾斯圍城時搬入地底的桌子旁邊，耐心等待審判之日的到臨。煩躁地聽這傢伙滔滔不絕講個不停，卡利普不禁疑惑自己竟也在耶拉身上找到同樣的天賦耐性。嚮導指出，這些隧道從聖蘇非亞清真寺一直延伸至聖艾林，往下連接到全能基督教堂，然後當他們開闢新空間的時候，再一路從這裡挖掘到那裡。一整段地道全是為了要躲避大肆劫掠拜占庭的鄂圖曼人。他繼續說，兩百年後，另一群人為了躲避穆拉特四世對咖啡、菸草和鴉片的禁令，藏進地下。他們手裡緊揣著咖啡研磨器、咖啡壺、水菸筒、長菸管、菸草袋和鴉片囊，任憑一層柔軟的灰塵如雪花般逐漸覆蓋他們，靜待著假人模特兒指引他們救贖之路。卡利普想像著哪一天，同樣柔軟的塵埃也將覆蓋耶拉的骨骸。嚮導向眾人一一介紹：這兒有阿哈邁德三世嗣子的骨骸，在一場密謀篡位失敗之後，他被迫逃入地底，與七百年前拜占庭帝國肅清種族時躲入隧道的猶太人為伴；這兒有那位逃出後宮與情人私奔的喬治亞女奴的屍骨。除此之後，大家還有可能會在這裡看到當今的偽幣製造者，躲在這裡，拿著潮濕的紙鈔檢查顏色；或是穆斯林的馬克白夫人，因為小戲院裡沒有更衣室，不得不往下走一層階梯到下面來，坐在她的梳妝檯鏡子前面，雙手浸在一桶走私的水牛鮮血裡，染成一種全世界舞臺上從沒見過的真實腥紅；也可能見到我們的年輕化學家用玻璃燒瓶蒸餾出最純最上等的海洛因，迫不及待要送上破爛鏽蝕的保加利亞船隻運往美國。莫名之中，卡利普覺得自己能在耶拉的臉上和文章裡讀到這一切。

稍後，等嚮導結束了演講之後，他又告訴大家一個他自己與父親最珍愛的夢想情景，這個事件將會發生在地面上一個炎熱的夏日，當全伊斯坦堡都陷入一場沉重遲滯的午睡，籠罩在一團充滿蒼蠅與垃圾臭味的濃稠空氣中。然而地底下，濕冷陰暗的隧道裡，一場盛大的慶祝正如火如荼展開。先人的骨骸與假人都活了過來，滿溢著我們同胞的生命力，他們策畫了這場熱鬧的狂歡慶典，擺脫所有的時間、歷史、以及敬畏生死的社會束縛。走回地面的路上，卡利普恐懼地想著剛才訪客所見的上百尊「市民」雕像臉上透露出什麼樣的痛苦，他感覺到剛才聽到的每一則故事、望見的每一張臉，都沉重地壓在他身上。他腦中浮現骷髏與假人在慶典中歡欣共舞的畫面，他想像狼籍的杯盤、音樂與靜默、滿地交媾的男女喀啦喀啦地碰撞，呈現一幅駭人的景象。他的雙腿發軟，但不是因為爬上陡峭的通道，也不是由於度過了漫長而累人的一天。他的身體承受著他在同胞臉上所見的疲倦——走過滑溜的臺階，穿過無數潮濕的密室，那一具具浸淫在燈泡幽光中的塑像身影迎面而來。他們低垂的頭、佝僂的身體、彎駝的脊背、鬆垮的腿，他們的悲苦與他們的故事，全都是他自己身體的延伸。他感覺所有的臉都是他自己的臉，所有的不幸都是他自己的不幸。當這些栩栩如生的假人逼近時，他只想轉開臉，避開他們的眼睛，然而他切不斷自己的目光，就如同他切不斷他與自己孿生兄弟的連結。他想要讓自己相信，就如他少年時每次讀完耶拉文章後那樣地說服自己：藏在眼前世界後面的，是一個簡單的祕密，只要他能找出來，就能解決一切問題；只要解開謎底，人就能獲得自由。然而，也正如他早年閱讀耶拉的經驗，他發現自己陷入這個世界太深，以至於每當他逼迫自己尋找謎題的解答時，總覺得自己一次比一次無助而幼稚，彷彿墜入了迷魂陣。他不明白假人意謂著什麼樣的世界意義，不明白自己跟一群外國人混在這裡做什麼，他也不懂任何文字之謎、臉孔的意義、甚至自己存在的奧祕。不僅如此，隨著他們愈接近地表、愈往上走、愈遠離地底的祕密，他愈強烈地察覺自己已經開始忘記了剛才的所見所聞。當他在上層的房間裡看到一系列嚮導懶得評論的「一般市民」時，他覺得自己與這群人感同身受：很久以前，他們曾經一起過著充滿希望與意義的生活，但由於某個不知名的原因，使得他們如今不僅失去了這個意義，也遺失了他們的記憶。每當他們試圖挽回這個意義，卻反而迷失在自己蛛網滿布的內心隧道，置身於內心陰暗黝黑的巷弄裡，他們找不到回頭的路，也永遠找不到通往新生活的入口，因為鑰匙已經掉在他們失落的記憶庫深處。他們只能兀自茫然呆立，被一股彷彿失去家庭、國家、過去及歷史的無助劇痛吞逝。流亡和失落的痛楚如此強烈、如此難以忍受，逼得他們不得不放棄找回意義和祕密的努力，只能順從地聽天由命，安靜地等待生命終結的時刻。然而卡利普愈接近上面，他愈感覺到自己無法忍受這種讓人窒息的耐心等待，除非找出自己尋覓的東西，不然他將永無安寧。究竟怎樣比較好？當另一個人的拙劣模仿者，還是當一個沒有過去、記憶和夢的自己？踩在鐵樓梯的平臺上，他想要毅然決然成為耶拉，用他的態度去藐視這些假人以及驅使師傅創造它們的動機：這根本只是一個愚蠢的概念，被幾個偏執狂不斷重複；這只不過是一個滑稽的事件，一個無聊的笑話，一件沒有任何意義的可悲蠢事！而且，眼前這位嚮導更證明了卡利普的想法，這個滑稽人物，滔滔不絕地囉嗦著他父親怎樣不遵從「伊斯蘭教義裡對圖畫再現的禁令」，還有什麼思想的運作其實完全就是圖畫的再現，以及他們剛才在這裡見到的也是一系列的再現。此刻，嚮導正站在他們最初踏進門的房間裡，解釋他們為什麼必須與假人模特兒市場做生意，因為如此一來才能維持這個龐大的概念流傳不朽。他接著請求訪客們可以好心地投點錢在綠色的捐獻箱裡，金額隨意。

卡利普把一張一千里拉的紙鈔投入箱子裡，當他抬起頭時正好與古董商四目相對。

「你記得我嗎？」女人說。她的臉上帶著孩子氣的調皮表情，以及一抹夢幻的神情。「原來我奶奶講的故事全是真的。」微光中，她的眼睛像貓眼閃爍。

「對不起，你說什麼？」卡利普尷尬地說。

「你不記得我了。」女人說：「中學的時候我們在同一個班上啊。我是蓓琪絲。」

「蓓琪絲。」卡利普說，過了一會兒才發現除了魯雅之外，他完全想不起班上的任何一個女孩。

「我有車，」女人說：「我也住在尼尚塔希，可以載你一程。」

走出室外，人群便逐漸散去。英國佬返回佩拉宮飯店，戴軟呢帽的男人給卡利普一張名片，請他代為問候耶拉，然後就消失在奇哈吉的暗巷裡。易斯肯德跳上計程車，棕刷鬍子的建築師與蓓琪絲和卡利普一道走。過了擎天神戲院，他們來到一個路口，向街上的小販買了一盤肉飯，三個人一起吃。一個灰濛濛的展示箱裡擺著幾只手表，他們張望了一會兒，彷彿看到什麼神奇的玩具。卡利普研究著一張如同夜晚般陰鬱深藍的破舊海報，以及照相館櫥窗內一張多年前遇刺身亡的總理照片。這個時候，建築師提議要帶他們去偉人蘇里曼蘇丹清真寺。在那裡，他會給他們看某樣東西，比剛才在他稱為「假人模特兒地獄」裡所見的更教人嘆為觀止：事實上，這間四百年歷史的清真寺正在一點一點地移動！他們上了蓓琪絲停在塔里哈內巷子裡的車，然後就靜靜地出發了。當車子駛過一棟棟漆黑嚇人的兩層樓房時，卡利普忍不住想說：「可怕，可怕極了！」雪輕輕地下著，城市正在熟睡。

車子開了好一段時間後，他們終於來到清真寺，這時建築師告訴他們事情的緣由：他過去曾負責這座清真寺地底隧道的整修和還原工作，因此不但對它瞭若指掌，而且與這裡的伊瑪目也很熟。只要給伊瑪目一點小費，他就會替你開門。引擎熄火後，卡利普說他留在車子裡等他們。

「你會凍死！」蓓琪絲說。

卡利普注意到蓓琪絲對他說話的口吻頗為熟絡，儘管她長得還算漂亮，但是包在厚重的大衣和頭巾之下，她看起來更像是他某個遠房姑媽。這位姑媽在他們每逢宗教節日去拜訪她時，總會給卡利普一種甜得不得了的杏仁糖，他吃了一塊之後非得先喝一口水，才有辦法再嚥下她遞上來的第二塊。為什麼魯雅總是拒絕在節日的時候一起去拜訪親戚？

「我不想下去。」卡利普說，語氣堅決。

「可是為什麼不？」女人說：「我們待會兒可以爬到宣禮塔上面。」她轉身問建築師：「可以嗎？」

一陣短暫的沉默。不遠的某處，一條狗在吠。卡利普聽見絨毯一般的積雪下傳來城市的低吟。

「我的心臟負荷不了爬那麼多階梯，」建築師說：「你們兩個上去吧。」

爬上宣禮塔的念頭吸引了卡利普，於是他踏出車外。他們穿過外圍的院子，幾顆光禿禿的燈泡照亮了雪花覆蓋的樹。庭院裡，由無數石頭堆砌而成的清真寺突然間看起來比原本還小，有如變成一棟熟悉的建築，裡頭藏不住任何祕密。大理石上覆蓋著一層結冰的積雪，髒污而布滿坑洞，像是照片中特寫放大的月球表面。

拱廊的一角有一扇鐵門，建築師開始粗手粗腳地把弄上頭的掛鎖。他一邊弄，一邊解釋，這座清真寺由於本身的重量加上坡地的緣故，幾百年來一直以每年二到四吋的距離向金角灣滑落。事實上，若非下滑的速度受到延緩，清真寺原本早該沒入水中了。幸虧有環繞地基、其祕密尚未被完全理解的「石牆」、工程技術之繁複至今無法超越的「下水道系統」、極為精確平衡的「地下水水位」、以及四百年前所丈量計算出來的「隧道系統」，才阻擋了這個過程。解開掛鎖，建築師推開鐵門，露出一條黑暗的通道。卡利普看見女人的眼裡亮起一絲生氣勃勃的好奇。蓓琪絲或許並沒有不尋常的美貌，她只是總讓人猜不透她下一步會做什麼。「西方人始終解不開這個謎。」建築師有點陶醉地說，然後像個醉漢一樣，踩著搖晃的步伐和蓓琪絲一起走進通道。卡利普留在外頭。

當伊瑪目從結著冰晶的圓柱陰影後冒出來，卡利普正傾聽從通道裡傳來的吱呀聲響。儘管在清晨時分被吵醒，伊瑪目看起來沒有絲毫不悅。他聽了一下通道裡的聲音，然後問：「那位女士是觀光客嗎？」「不是。」卡利普回答，心想這位伊瑪目的鬍子使他看起來比實際年齡更老。「你是老師嗎？」伊瑪目又問。「我是老師。」「教授嗎，像是佛克瑞先生！」「沒錯。」「清真寺真的在往下滑嗎？」「是真的，所以我們才會來這裡看。」「願真主報答你。」伊瑪目說，看起來半信半疑。接著他又問：「那位女士帶著小孩嗎？」「沒有。」卡利普回答。伊瑪目說：「有一個小孩藏在裡頭，下面深處的某個地方。」「顯然，這座清真寺幾百年來一直在往下滑。」卡利普不確定地說。「這我知道，」伊瑪目說：「雖然禁止外人從那裡進去，但有個女觀光客帶著小孩走進那裡，我看到的。後來她獨自一個人出來，把小孩留在裡頭。」「你應該向警方報案的。」卡利普說。「沒必要，」伊瑪目說：「報紙上登出了女人和小孩的照片：原來那個小孩是衣索比亞國王的孫子。他們及時派人來找到了他。」「那麼，小孩的臉上有什麼？」卡利普問。「看吧！」伊瑪目語帶狐疑地說：「連你也知道這件事。沒有人能正視這孩子的眼睛呢。」「他的臉上寫著些什麼？」卡利普追問。「他的臉上寫著很多，」伊瑪目說，不再那麼自信滿滿。「你懂得讀面相嗎？」卡利普問。伊瑪目沉默不語。「若一個人為了找回自己遺失的臉而去追尋眾人臉上的意義，這個理由夠充分嗎？」「這種事你比我還清楚。」伊瑪目不安地說。「清真寺開放了嗎？」卡利普說。「我剛剛才把正門打開。」伊瑪目說：「人們很快就會進來晨禱，你進去吧。」

清真寺裡面空無一人。日光燈映照著光禿禿的牆壁，卻沒有照亮地板上一塊塊鋪排延伸成一片海平面的紫色地毯。脫掉鞋子，卡利普感覺襪子裡的腳凍成了冰。他仰頭望向穹頂、圓柱以及上方宏偉壯麗的大片石砌牆壁，希望內心有所悸動，然而，這一切沒有引起他任何的情緒，只有那股渴望悸動的感覺：一種等待，隱約浮現的好奇，想知道接下來發生什麼事⋯⋯他覺得清真寺是一個巨大而封閉的物體，就好像建造它的石頭一樣自給自足。這個處所既沒有召集任何地方的人，也沒有把人送往另一個地方。既然所有的東西都沒有暗示另外的意義，那麼一切也都可以暗示任何事情。忽然間他彷彿瞥見一道藍光，接著聽見某種像鴿子撲翅的聲音，不過很快地一切又回復到原本的寂靜凝滯，等待著一個新的意義。然後他想，這裡的石頭和物品竟超乎意料的「赤裸」：所有的物品彷彿都在朝他呼喊，大叫：「給我們一個意義！」過了一會兒，有幾個糟老頭互相低語著走向神龕，在那裡跪了下來，然後卡利普就沒有再聽見物品的呼喊了。

因為這樣，所以當卡利普登上宣禮塔的時候，心裡沒有半分激動。建築師告訴他蓓琪絲已經迫不及待地先上去了，於是卡利普飛快爬上樓梯，但是才走了一會兒，他就覺得太陽穴怦怦急跳，只好放慢下來。等他的雙腿和臀部感到痠痛後，他決定坐下來休息一會兒。接下來，每次繞過一顆沿著樓梯向上的照明燈泡，他都坐下來休息一會兒才繼續前進。聽見上方某處傳來女人的腳步聲，他便加快步伐，儘管心裡明白再過幾分鐘出了陽臺後就會遇到她。爬到樓頂後，他和女人站在陽臺上俯瞰籠罩在黑暗中的伊斯坦堡，良久沒有言語。他們望著依稀可辨的城市燈火，看著雪花零星飄落。

慢慢地卡利普注意到黑暗逐漸散去，然而城市卻似乎一直停留在黑夜狀態，像是一顆遙遠行星的背光面。半晌後，他在寒冷中發抖思索，那一絲照亮煙囪青煙、清真寺牆壁、水泥房舍的光線，並非來自於城市外的某處，而是從城市深處流瀉而出。就好像一個尚未完全成型的星球表面，埋藏在水泥、石塊、木頭、壓克力與圓頂下方起伏不定的城市地表似乎隨時會緩緩裂開，讓炙熱火紅的光芒從神祕的地底滲隙而出，穿透黑暗。漸漸地，穿插在牆壁、煙囪、屋頂間的銀行和香菸廣告看板，上頭的大字逐漸清晰，這時，他們聽見身旁的擴音器裡爆出伊瑪目尖銳刺耳的晨禱呼喚。

走下樓梯的途中，蓓琪絲問起魯雅。她正在家裡等他，卡利普說，今天他買了三本偵探小說給她。魯雅喜歡晚上看書。

當蓓琪絲再度問起魯雅，他們已經坐進了她那臺毫無特色的土耳其飛雅特，開到寬敞而總是空曠的奇哈吉大道，讓建築師先下車，並準備開往塔克辛。卡利普說魯雅沒有在工作，每天就看偵探小說。有時候她也會一時興起，把一本已經看完的小說翻譯成土耳其文。在塔克辛廣場的圓環轉彎時，女人問卡利普，魯雅翻譯得如何，卡利普回答：「很慢。」早晨等他出門上班後，魯雅會先把早餐的東西收拾好，然後在餐桌旁坐下來工作。不過他無法想像魯雅在餐桌旁工作的畫面，畢竟他從沒真的見過她這麼做。卡利普心不在焉地回答另一個問題，說偶爾早晨他出門的時候魯雅還沒起床。他說他們每個星期會去一趟他們共同的姑姑家吃晚餐，有時候晚上會去皇宮戲院看電影。

「我知道。」蓓琪絲說：「我以前常常在電影院見到你們。你看起來生活無憂無慮，眼睛總是盯著大廳裡的海報，溫柔地挽起妻子的手臂帶她隨著人群走向包廂門。然而，她總是在人群和海報中張望，期待能找到一張臉孔為她開啟世界的大門。從我坐的地方觀察遠處的你們，我憑直覺知道她讀得出臉上的祕密意義。」

卡利普默不作聲。

「中場五分鐘的休息時間，你就像個知足而忠實的好丈夫，想要買條椰子口味的巧克力棒或什麼冰品來討妻子歡心，於是你會揮手招來一個用硬幣敲著木箱底部的小販，然後摸遍自己的口袋找零錢。我常常能感覺到你的妻子一直在尋找線索，期待從某處出現某個神奇的徵兆帶她到另一個世界。就連銀幕上的吸塵器或榨汁機廣告，她也不放過，藉著昏暗的觀眾席燈光鬱鬱不樂地觀看。」

卡利普依舊沉默不語。

「午夜之前，當群眾彼此依偎在對方的大衣裡步出皇宮戲院，我時常看見你們兩人手勾著手，盯著人行道走路回家。」

「頂多，」卡利普語帶惱怒，「你也僅止於那麼一次在電影院看到我們。」

「不止一次，十二次在電影院，超過六十次是在街上，三次在餐廳裡，還有六次是在外頭逛街。回到家後，我總會想像那個和你在一起的女孩不是魯雅，而是我——就好像我少女時代的幻想。」

一片寂靜。

「中學的時候，」女人繼續說下去，車子駛過剛才提到的皇宮戲院，「每當下課，魯雅在跟一群男孩談天說笑時——就是那種男孩，在後褲袋裡塞著一把梳子以便隨時拿出來梳理濕頭髮，並且把鑰匙圈掛在皮帶釦上——你雖然坐在位子上低頭假裝看書，卻用眼角偷瞄，那時我就常常幻想你眼中的人不是魯雅，而是我。冬天的早上，我時常想像那個無憂無慮的女孩是我，而不是魯雅，可以漫不經心闖過馬路，只因為你在她身旁。星期六下午，偶爾我會看見你們和一個叔叔有說有笑地走向塔克辛共乘小巴車站，那時我總是假想叔叔帶著你和我去貝佑律。」

「這場遊戲持續多久了？」卡利普說，扭開收音機。

「這不是遊戲。」女人說，當她絲毫沒有減速地闖過一個交岔路口時，又補了一句：「我不打算轉進你的巷子。」

「我記得這首歌。」卡利普說，彷彿看著一張遠方城鎮的明信片般瞥了一眼他所居住的街道。「崔尼・羅培茲以前常常唱。」

窗戶裡，簾幕後，都沒有魯雅回家的跡象。卡利普不知要把雙手擺哪裡，只好撥弄著收音機的按鈕。一個語調不卑不亢的溫和男聲正在建議聽眾如何減少穀倉裡的老鼠。「你沒有結婚嗎？」等車子轉進尼尚塔希一條小巷之後，卡利普問。

「我是個寡婦，」蓓琪絲說：「我丈夫死了。」

「我不記得學校裡有你這個人。」卡利普說，沒來由地冷酷，「我想起另一張長得像你的臉。一個很害羞、很可愛的猶太女孩，梅芮・塔瓦西，她老爸是『時尚襪業』的老闆。新年的時候，有些男同學甚至一些老師常向她要裡頭附有絲襪女郎照片的『時尚』月曆，而她總是又羞又窘地乖乖把月曆帶來學校。」

「新婚的頭幾年，尼哈和我過得很快樂，」沉默了一會兒後，女人開始訴說自己的故事，「他是個安靜而纖細的人，菸抽太多。平常星期日他會看報紙、聽收音機裡的球賽、練習吹他新學的笛子。他喝酒喝得極少，但他的臉卻時常比最憂愁的醉鬼還要悲傷。有一陣子，他偶爾會不好意思地抱怨說他頭痛。結果原來他腦部的某個角落長了一顆大腫瘤，長久以來不斷地滋長。你知道吧，有些頑固的小孩，拳頭裡緊捏著某樣東西，任憑你怎麼哄怎麼騙都不願意放手？他就像那些小孩一樣死守著腦中的腫瘤。就好像那些孩子，在終於放棄拳頭裡的彈珠的那一刻，總會露出一抹微笑，當他最後坐著輪椅被推去動腦部手術時，也同樣投給我一抹愉快的笑容。他平靜地死在手術室裡。」

他們走進一棟幾乎就是「城市之心公寓」翻版的建築，大樓離荷蕾姑姑家不遠，位於一條卡利普不常經過但熟得像自己家似的街道一角。

「我知道他是用死來報復我。」在破爛的電梯裡女人繼續說：「他明白既然我始終在模仿魯雅，那麼他自己也得模仿你。有些晚上我喝多了白蘭地，會克制不住自己，滔滔不絕告訴他關於你和魯雅的事。」

沉默中，他們走進她的住處，室內的裝潢和一般家庭大同小異。安頓下來後，卡利普焦躁地說：「我記得班上有尼哈這個人。」

「你認為他長得像你嗎？」

卡利普逼自己從記憶的深處擷取一、兩幅畫面：卡利普和尼哈手裡拿著父母寫的請假單站在那裡，聽著體育老師指責他們偷懶；一個溫暖的春日，卡利普和尼哈在臭味四溢的學生廁所裡，嘴巴貼著水龍頭喝水。他有點胖、笨手笨腳、腦筋不很靈光。儘管有心，但卡利普就是感覺不出這個記憶中模糊的形象和自己有任何相似之處。

「對，」卡利普說：「尼哈長得有點像我。」

「他跟你長得一點也不像。」蓓琪絲說。有那麼一剎那，她的眼中閃過一絲卡利普初見她時所注意到的危險光芒。「我知道他根本不像你。可是我們都在同一個班上，而我也成功地使他用你看魯雅的眼神來看我。中午休息時間，當魯雅和我跟其他的男孩在『牛奶公司布丁店』抽菸的時候，我會看見他在外頭的人行道上，煩躁地瞥向店裡，他知道我和一群風雲人物在一起。惆悵的秋天傍晚，夜晚總是早早降臨，看著蒼白的燈光從公寓樓房裡流瀉而出，照亮光禿禿的路樹，我很清楚他正想著我，就如同當你望著這些行道樹、其實心裡想著魯雅一樣。」

坐下來吃早餐時，明亮的陽光透過垂放下來的窗簾縫隙照進屋裡。

「我了解做自己有多難。」蓓琪絲說，突然提起這個話題，就好像，若一件事情在腦海中久久縈繞不去，往往就會脫口而出。「但我一直到過了三十歲才明白這一點。在那之前，如果你問我，這個困擾看起來只不過出於渴望成為別人，或者純粹是嫉妒。半夜裡，失眠躺在床上，注視著天花板上的影子，我是如此渴望成為另外一個人，無比強烈的渴望驅使我相信自己可以像手滑出手套那樣容易地，滑出這個軀殼之外，然後鑽進另一個人的軀殼裡，展開一場新生活。有時候，想到這一個人，想到自己沒有辦法過她的生命，一股劇烈的痛楚便油然而生，以至於當我坐在電影院裡、或是看見繁忙的市集裡專注的人群時，眼淚會不禁奪眶而出。」

女人心不在焉地用刀子塗抹一片烤得太硬的薄麵包，彷彿是在塗奶油，可刀子上並沒有奶油。

「這麼多年之後，我依然搞不懂，為什麼會有人想過別人的生活，而不要過自己的。」女人接著說：「我甚至說不出為什麼我想當魯雅，而不是當這個或那個人。我只能說，多年來我以為這是種疾病，必須隱瞞起來不讓別人知道。我感到羞恥：有這種病，靈魂染上了這種病，不論到哪裡身體也被迫帶著這個疾病。我以為自己的一生只是一場模仿，模仿那應該屬於我的『真正的生命』，也因此，和所有的贋品一樣，它既可悲又可恥。那個時候，我沒有別的方法，只能靠著不斷模仿我的『原型』，才能消除心中的不快樂。有一段時間，我甚至幻想著要轉學、搬家、脫離原有的朋友圈子。然而我很清楚離開這一切不會有任何用處，只會讓我更想到你。某個秋天的陰雨下午，當我無事可做時，我會在安樂椅中坐上好幾個小時，凝視著窗戶玻璃上的雨滴。我會想到你們兩人：魯雅和卡利普。利用我所知道的線索，我會去想像魯雅和卡利普現在可能在做些什麼，就這樣，胡思亂想了個把鐘頭之後，我會開始相信坐在這個幽暗房間裡這張椅子上的人不是我自己，而是魯雅。我開始從這些恐怖的想法中得到一種極度的喜悅。」

女人一邊說一邊往廚房裡走進走出，端出更多的茶和吐司。既然她說的時候臉上竟能帶著親切的微笑，彷彿在講一件關於別人的好玩事情，於是卡利普也沒有感到半點不自在地繼續聽她接下來的話。

「這個疾病在我體內猖獗，直到我丈夫去世。或許至今它依舊肆虐不止，但我不再視它為疾病。丈夫死後是好一段寂寞悔恨的日子，在那期間我得出一個結論：一個人怎麼樣都做不了自己。那段日子裡，強烈的後悔之情如同疾病的另一個版本，刺痛著我，讓我無比渴望能夠再與尼哈重來一生，所有的一切，一模一樣，重來一遍，只不過這次將要以我自己的身分。某天半夜裡，我慢慢醒覺，悔恨將會毀掉我的餘生，這時一個詭異的念頭閃過我心裡：再這樣下去，我的下半生將會虛度在成為一個後悔自己當不了自己的人，這就如同，我把我的前半生浪費在渴望成為一個我不是的人。這個概念對我而言是如此的荒謬，在恐懼和悲哀中，我看見自己的過去和未來頓時幻化成為一場我與眾人共擔的宿命，而我並不希望沉溺於其中。終於我學會了一個永遠不會忘記的道理：沒有任何一個人有辦法做自己。我很清楚，公車站裡某個排隊等車的老頭，在我眼中好像深陷於愁思，但事實上他只是某個『真正』人物的鬼魂，這個人是他多年來一直希望變成的角色。我知道帶小孩來公園裡曬太陽的那個朝氣蓬勃的母親犧牲了自己，好成為另一個帶小孩來公園的母親的翻版。我明白那些緩緩步出電影院的失意人，或是在擁擠的街道和嘈雜的咖啡店裡侷促不安的可憐人，日日夜夜，他們所渴望迎頭趕上的原版典範，都如鬼魂般糾纏他們不放。」

他們坐在早餐桌邊，抽著菸。女人愈往下說，房間裡變得愈溫暖，卡利普越感到一股難以抵擋的睡意逐漸包裹他的身體，像是一種唯獨夢中才能體驗的純真感覺。當他詢問能否在暖氣旁的沙發上小睡一會兒時，蓓琪絲開始告訴他一個王子的故事，據她所說和「這一切都有關聯」。

是的，很久以前有一個王子，他發現生命中最關鍵的難題是在於要做自己？還是不要做自己？然而，卡利普才剛開始在想像中勾勒故事的細節，就馬上感覺自己正轉變為另一個人，變成一個墜入夢鄉的人。

18 黑洞

「一棟珍貴老房子的外觀總像一張人類的臉孔，深深感動我。」

——霍桑《七角樓》

多年以後的某天下午，我去看那棟樓房。我時常經過那條總是擠滿人的街道，走在同樣的人行道上，擦肩而過的是一群午休時間的高中學生，他們繫著領帶卻一身邋遢，扛著書包你推我擠，或是下班回家的丈夫和聚會結束的家庭主婦。儘管街道如此熟悉，這麼多年來，我卻從來不曾再回去看一眼那棟樓房，那棟曾經對我意義深刻的公寓大樓。

冬日的傍晚，夜色及早降臨，從煙囪冒出的煙霧沉入狹窄的街巷，暈成一片薄霧矇矓的夜。只有兩層樓亮著燈：幽暗、沉鬱的燈光從兩間有人加班的辦公室裡透出來。除此之外，大樓的外表一片漆黑。黝黑的公寓裡拉起了黝黑的窗簾，空洞嚇人的窗戶恍如盲人的眼睛。相較於過去，我眼前所見的是一幅冰冷、乏味、醜陋的景象。很難想像曾經有一個大家族居住於此，一層疊著一層，彼此糾葛難斷，紛擾不休。

我很喜愛那股蔓延在整棟樓房裡的毀滅混亂，它像是對青春罪惡的懲罰。我明白自己之所以有這種感覺，只因為我從不曾分享到那份罪惡的歡樂，而看見它的衰頹讓我嘗到了一口復仇的滋味。然而在此同時，我心中卻想起另一件事：「不知道那個後來改成通風井的洞現在變成什麼樣子？不知道藏在洞裡的祕密現在又怎麼了？」

我想到的是過去緊鄰著樓房的一個洞。夜裡，這個無底洞總讓人不寒而慄，不只有我害怕，而是居住在每一層樓的每一個漂亮孩童、女孩、大人都如此。洞裡熱熱鬧鬧地塞滿了蝙蝠、毒蛇、老鼠和蠍子，像是奇幻故事裡的一口深井。我覺得它正是謝伊．加里波的《美與愛》中所描述、魯米的《瑪斯那維》中提及的那個洞。事實上，有時候把一個吊桶垂入洞中，再拉起來的時候繩子已經被割斷了，有時候人們說底下窩著一個大如房子的食人黑妖。小孩子不准靠近那裡！大人會這麼警告我們。有一次，門房在皮帶上綁了一條繩索吊進洞裡，朝無盡的黑暗時光展開一場無重力飛行旅程，返回地表時他被萬年累積的香菸焦油熏得肺部發黑直冒眼淚。我察覺到一個事實，守衛著洞口的蠻荒女巫偶爾會假扮成門房那月亮臉的太太，而這個洞和一個埋藏於居民記憶深處的祕密息息相關。他們恐懼心底的這個祕密，就如同恐懼一個無法永恆埋葬於過去的罪行。到最後他們忘記了這個洞，忘記了關於它的記憶和祕密，以及它裡面的東西，他們像動物一樣，直覺地耙土掩蓋自己的穢物。一天早晨，我從一個翻騰著無數人臉的黑暗噩夢中醒來，發現洞口已經被蓋上了。驚恐之中，噩夢的感覺再度襲來，我才明白原來洞被整個翻了過來，攤開在一度稱為洞的那個地點。這塊把死亡和神祕帶上我們窗口的新空間，他們給了它另一個名稱，他們叫這個暗坑為「通風井」。

實際上，居民語帶嫌惡和不滿稱之為通風井的這塊新空間（其他伊斯坦堡人則稱呼類似的空間為「採光井」），既不是通風井也不是採光井。這個地區剛開始興建的時候，兩側各有一塊閒置的土地；它不像後來蓋的公寓樓房那樣，沿著街道排成一列像一堵難看的石牆。後來，大樓隔壁的另一塊土地賣給了一位建商，從此以後，原本可以遠眺清真寺、電車軌道、女子學校、阿拉丁商店和地上大洞的窗戶

——廚房窗戶、狹長走廊邊上的窗戶、每層樓作為不同用途的小房間的窗戶（小房間有的是儲藏室、傭人房、育嬰室、窮親戚的客房、熨衣室、遠房姑姑的房間）——如今面對的是隔壁三碼之外，一棟連屋風格的高聳公寓大樓的窗戶。就這樣，兩堵單調而灰撲撲的水泥牆，加上彼此對應的窗戶，以及下方的地面，三者之間便形成了一個不透光的窒悶空間，連空氣也不流通，讓人聯想到一口無底深井。

很快地鴿子進駐了這個空間，沒有多久便製造出一股特有的濃重、陳舊、陰沉的氣味。為了容納不斷增加的後代，牠們築巢在水泥凸架上、在隨時剝落的窗臺上、在人手搆不到的排雨管彎曲處，到處堆積了大量的排泄物，很快地那裡變成沒有人想碰觸的角落。偶爾，厚顏無恥的海鷗——牠們不僅是氣象災難的預報員，也是大難臨頭的惡兆[38]——會飛來加入牠們，有時也有烏鴉，半夜裡迷失了方向闖進黑暗之井，一頭撞進兩旁的窗戶裡。若有人冒險走進門房的那間低矮不通風的公寓，彎下腰穿過一扇如同牢門的矮小鐵門（也像個地窖門般吱呀作響），一路上他得先踩著模糊泥濘的地板，跨過許多被老鼠撕成碎片的鳥屍。令人作嘔的地下室地板上，黏結著比糞肥還要齷齪的土塊，在那兒還可以發現其他物品：鴿子蛋殼，被爬上排雨管溜到上面樓層的老鼠偷了下來；零散的叉子和不成雙的襪子，在人們朝窗外抖開印花桌布和床單時不小心滑了出來，跌入瀝青色的空洞；刀子、抹布、菸蒂、碎裂的玻璃杯和燈泡和鏡子、生鏽的床墊彈簧、斷了手臂卻依然絕望而固執地眨著塑膠睫毛的粉紅色洋娃娃、被仔細撕成碎片的通俗雜誌和報紙、癟掉的球、污漬斑斑的孩童內褲、被扯爛的駭人相片……

門房三不五時會拎著一件物品挨家挨戶失物招領，他總是憎惡地捏著東西的一角，彷彿提著一個罪犯叫人指認。然而這些突然又從地底泥沼世界冒出來的東西，大樓裡的居民從來不願意認領：「不是我

---

38 古老的迷信認為同時有三隻海鷗在頭頂盤旋是人將死亡的預兆。

們的，」他們會說：「掉進那裡去了，對吧？」

那是一個他們渴望逃離的地方，就好像一股他們想要任其遺忘卻又辦不到的恐懼。每當提起這個地方，他們的語氣就像講到某個醜陋的傳染病：這個空洞是個糞坑，如果他們不小心，他們自己也可能意外墜落，就像那些倒楣的物品一樣被它所吞沒。那是一個邪惡的巢穴，長久以來狡猾地滲入了他們的生活中。難怪小孩子老是生病，因為這個地方帶給他們報紙上一天到晚都在探討的病菌；這裡也帶給孩子們對鬼魂和死亡的恐懼，讓他們小小年紀就開始談論。奇奇怪怪的氣味更從這個地方散發，飄入窗口，有時則像一朵恐怖的烏雲籠罩住整棟樓房。很容易讓人聯想到詛咒和厄兆正從兩棟大樓之間的幽暗裂縫中升起，透隙而入。如同裂縫中沉重的青煙，降臨在居民身上的災難（破產、欠債、拋妻棄子、亂倫、離婚、背叛、嫉妒、死亡），在他們的心底深處，總是連接到這個黑洞的歷史：就好像他們不想再次記起的書頁，在他們的記憶庫裡黏成一團。

不過，感謝真主，總會有某一個人為了尋寶，願意翻開這些書冊中的禁忌章節。孩子們（啊，孩子們！）膽戰心驚地踏進為了省電沒有開燈的長廊，溜到刻意掩上的窗簾後面，好奇地用前額抵住玻璃，俯瞰下方的黑洞。過去有一段時間，三餐都是在爺爺的公寓裡煮的，每當晚餐端上桌之後，女傭就會朝著黑洞裡大喊，叫下面和對面公寓的居民來吃飯。被放逐到閣樓公寓的母子二人沒有被邀請，他們只能打開廚房的窗戶，留意著下面的人所準備的藉口和食物。有些夜裡，一個又聾又啞的傢伙會瞪著黑洞發呆，直到他的奶奶發現。下雨天的時候，關在自己的小房間裡作著白日夢的女傭會凝視著那塊空洞，隨著排雨管一起掉眼淚。同樣的，有個年輕人也是如此，儘管有一天他將會衣錦還鄉，返回一個逐漸衰敗終至崩毀的家族曾經居住的樓房。

讓我們大略瞥一眼他們看見的寶藏：女人和女孩的身影映在迷濛的廚房窗戶上，聽不見她們的聲音；一個鬼魅般的背影在祈禱，緩慢地彎下腰去又直起身來；一隻老婦人的腿，她躺在棉被還沒有掀開的床上，旁邊擺著一本圖畫雜誌（如果耐心等一會兒，將會看見一隻手翻動書頁，懶洋洋地搔了搔腿）；一個年輕人的前額壓著冰冷的窗戶玻璃，他下定決心，終有一天要光榮地返回這個無底的深淵，挖掘出居民隱藏的祕密（這位凝望著自己倒影的年輕人，有時候會看到對面下一層的窗戶上反射出他美麗懾人的繼母也正和自己一樣陷入幻想）。容我們再補充說明，蹲在黑暗中的鴿子，用牠們的頭和身體為這些畫面加了一圈深藍色的畫框；微微搖曳的窗簾、忽明忽滅的光線、燈火通明的房間，都將在窗戶上、在轉化成為這些畫面的悔恨記憶中，畫下鮮橘色的痕跡：我們活著的時間如此短暫，我們見到的事物這麼少，我們更是幾乎一無所知；那麼，至少，讓我們來作一點夢。祝你們週日愉快，我親愛的讀者。

19 城市的符號

「我今晨醒來時還是同一個人嗎？我依稀記得自己好像有點不一樣。可是，如果我不是同一個人，那麼接下來的問題是：『那我到底是誰？』」

——路易斯．卡洛《愛麗絲夢遊仙境》

卡利普一覺醒來，看見蓓琪絲已經換了衣服，她穿著一件石油色的裙子，讓他想起自己現在正與一個陌生的女人在一個陌生的地方。她的臉和頭髮也全都變了。她把頭髮往後梳得像是《北京五十五日》中的愛娃．嘉娜，嘴唇上了電影中同樣的超特藝拉瑪紅。看著她的新面孔，卡利普突然覺得長久以來大家一直在欺騙他。

不久後，卡利普從女人費心收進衣櫃裡掛好的大衣口袋裡拿出了報紙，攤開在女人同樣費心收拾乾淨的餐桌上。他重讀了一遍耶拉的專欄，又看了看自己之前在頁緣寫下的注記以及劃線強調的字詞和重點，卻發現它們有點可笑。事實擺在眼前，這些劃線的字詞並非解開文章祕密的關鍵。一絲念頭閃過卡利普腦海，也許這個祕密並不存在：他眼前所讀的字句除了本身的意義之外，本來就還另有言外之意。耶拉這篇週日專欄的內容，描述有個人因失憶而發現了驚人事實，卻無法向世人傳達。但文章裡的每一個句子，似乎都是來自於另一則關於某種眾所皆知的人類處境的故事。字裡行間的意義是如此明晰而真實，根本沒有必要把他所挑出來的重點字詞再一遍重寫或重組。一個人僅僅需要信心十足地閱讀這篇文章，便能破解其中所謂的「隱藏」意涵。目光從一個字滑向下一個字，卡利普相信自己正在閱讀著城市和生命的祕密，同時搜尋著魯雅和耶拉藏身之處的位置和意義。然而，每一次只要他抬起頭瞥見蓓琪絲的新面孔，他便失去了信心。他希望自己能夠保持純然的樂觀，花一點時間再從頭重讀這篇文章，但他就是無法清楚地分辨出他自以為已經掌握到的神祕意義。他感覺到一股即將揭開世界之謎和存在之祕的狂喜，但是，每當他就要參透這個尋覓多時的祕密、就要大聲宣布答案之際，斜睨著他的女人的臉孔便浮現眼前。一會兒之後，他決定或許能夠靠邏輯推理而非直覺信念來更進一步逼近謎底，於是他開始在頁緣寫下全新的注記，標出完全不同的重點字詞。蓓琪絲走近桌邊時，他早已陷入忘我的境界。

「耶拉．撒力克的專欄，」她說：「我知道他是你大伯。你知道為什麼昨天晚上在地下室裡，他的人偶看起來那麼陰森詭異嗎？」

「不知道，」卡利普說：「不過他不是我大伯，他是我大伯的兒子。」

「因為那個人偶太像他了。」蓓琪絲說：「有幾次我為了希望能撞見你而跑到尼尚塔希去，結果反而看到他，一身相同的穿著。」

「那是好幾年前他穿的雨衣，」卡利普說：「以前他常穿。」

「他現在也還會穿著它，像個鬼魂一般在尼尚塔希晃來晃去。」蓓琪絲說：「你在邊上寫的是什麼筆記？」

「跟專欄無關，」卡利普說，把報紙折起來，「是關於一個失蹤的極地探險家。因為他失蹤了，所以別人取代了他的位置，結果也失蹤了。第二個人的失蹤使得第一個人的失蹤變得更加神祕。原來，第一個失蹤的人來到一座邊遠偏僻的小鎮，改名換姓，定居下來，沒想到有一天意外死亡。」

裡。

等卡利普把故事講完後，他發現自己必須再重述一遍。他嘴裡重新講述，心裡則感到非常生氣，眾人總是逼他把故事講了一遍又一遍。他實在很想說：「為什麼大家都不能只做他自己，這麼一來就沒有人有必要講任何故事了！」他從椅子上站了起來，一邊重複故事一邊把折好的報紙塞回舊大衣的口袋裡。

「你要走了嗎？」蓓琪絲怯生生地問。

「我故事還沒講完。」卡利普說，語帶不悅。

說完故事後，卡利普看見女人的臉上彷彿戴著一張面具。倘若他能把塗著超特藝拉瑪紅色唇膏的面具從女人臉上撕下來，那麼一切的意義將會清清楚楚地顯露在底下的臉孔上，然而他想不出那意義會是什麼。這就好像小時候每當他無聊到極點的時候會玩的遊戲「我們在這裡幹嘛？」，因此，他便學小時候那樣，在玩這個遊戲的時候把注意力擺到別的東西上面——他重述了他的故事。剎那間他明白了為什麼耶拉那麼受女人歡迎，因為他能夠在說故事的同時想著其他事情。但話又說回來，蓓琪絲看起來並不像會聽信耶拉故事的女人。

「魯雅從來不擔心你在哪裡嗎？」蓓琪絲說。

「不，她不會。」卡利普回答：「我常常過了半夜才回家，因為忙著處理一些失蹤案件，像是政客或是冒名貸款的詐欺犯。有很多次我都得為了案件忙到清晨，像是沒付房租就消失的神祕房客，或是用假身分重婚的夫妻。」

「可是現在已經過了中午，」蓓琪絲說：「我若是魯雅，在家等時一定希望你儘快打電話。」

「我不想打電話。」

「如果是我在等你，我一定擔心死了。」蓓琪絲不放過，「我會站在窗戶邊，聽電話有沒有響。想到你明知我又擔心又不高興卻還是沒有打來，我的心情會變得更糟。好啦，打個電話給她，告訴她你在這裡，和我在一起。」

說完，女人把話筒遞給他，像是個玩具。卡利普只好打電話回家。沒有人接。

「家裡沒人。」

「她會上哪兒去呢？」女人調皮地問。

「不知道。」卡利普說。

他再度打開報紙，翻回耶拉的專欄。他把文章看了一遍又一遍，花了好多時間讀了好幾遍，到最後眼前的文字失去了意義，變成純粹由字母組成的形體。一會兒後，卡利普覺得自己也能夠寫出這篇文章、也能夠寫得像耶拉一樣。接著，他把大衣從衣櫃裡拿出來穿上，把報紙小心折好，再把剛才從報上撕下來的專欄放進口袋裡。

「你要走了？」蓓琪絲說：「別走。」

等卡利普坐進好不容易攔到的計程車後，他朝熟悉的街道瞥了最後一眼，煩惱自己將無法忘記蓓琪絲懇求他留下時的那張臉。他多希望她留在自己心中的是另一張臉，蘊含著另一個故事。他很想像魯雅的偵探小說裡所寫的那樣，指揮司機「就走這條路、再接那條路」，但他只是簡單地說要去葛拉答橋。

他步行過橋，混入週日的人潮中，突然間一股感覺攫住他，多年來他一直盲目尋覓著一個祕密，卻始終不清楚自己尋找的是什麼，直到此刻他才明瞭，而祕密的答案似乎即將揭曉。他心底的某個幽暗角落，如同夢境的一隅，告訴他這股感覺只是個錯覺，儘管這兩種相互牴觸的想法同時存在卡利普心中，他卻絲毫不受困擾。他觀察到成群外出的國民兵、出門釣魚的民眾、攜家帶眷趕去搭船的家庭。他們身上都蘊含著卡利普正在思索的祕密，但他們自己並不知道。等再過一會兒卡利普解開謎底後，他們都將領悟到這個長年來影響他們生活至深的事實。所有人都將明白，包括週日出門拜訪朋友的父親、腳穿球鞋的兒子、手裡抱的嬰兒，以及包著圍巾坐在行駛而過的公車裡的一對母女。

他人在橋上，沿著馬爾馬拉海一帶行走。這時他開始往路上的行人湊過去，好像就要撞上他們似的：眾人臉上的意義，原本多年以來不是遺失、走味、就是消耗殆盡，頓時似乎發亮了起來。趁眾人疑惑地打量這個魯莽的傢伙時，卡利普望進他們的眼睛和臉孔，從中讀取他們的祕密。

大多數的人身穿舊外套和大衣，磨損褪色。走在路上，他們認為整個世界就和腳下的人行道一樣平凡，然而這世界上並沒有他們真正的立足點。他們若有所思，但假使能稍微觸動他們，某種聯繫著過去意義的記憶便會從他們的心底深處浮現，在他們面具般的臉孔上投下一抹倏忽即逝的好奇。「我真想擾亂他們！」卡利普心想，「我真想告訴他們那則王子的故事。」此時故事在他腦中記憶猶新，彷彿他親身經歷了故事中的種種，因而印象深刻。

橋上的人大多拿著塑膠袋，袋子的開口露出裡頭的紙袋、一截金屬、塑膠製品或報紙。他盯著它們瞧，好似頭一次見到，專注地閱讀塑膠袋上的字眼。他察覺到袋子上的詞彙指涉著「另一個」或「真正的」現實，一時間不禁振奮了起來。然而，如同擦肩而過的行人，他們臉上的意義在剎那的閃亮後旋即暗了下來，塑膠袋上的詞彙和字眼短暫地充盈了新意之後也消失無蹤。儘管如此，卡利普還是不停往下讀：「……布丁店……度假村……土耳其製造商……乾果……緊接著是……大百貨……」

他看見一個老釣客的袋子上沒有文字，而是一幅鸛鳥的圖畫，這才領悟到原來圖畫也能和文字一樣被閱讀。他看到一個袋子上有四張臉孔，一對快樂的父母與充滿希望的兒女；另一個袋子上有兩條魚；其他還有各式各樣的圖畫：鞋子、土耳其地圖、建築剪影、香菸盒、黑貓、公雞、馬蹄鐵、宣禮塔、千層酥、樹木。無疑地，它們全都指向一個謎。然而是什麼謎？在新清真寺前面他看到一個賣鳥食的老太婆旁邊擱著一個袋子，上面有一隻貓頭鷹。他意識到這隻貓頭鷹要不是魯雅的偵探小說上印的那一隻，就是牠鬼祟的孿生兄弟。當下他清楚地感覺到果真存在著那一隻「手」，暗中安排了一切。那兒，另一件「手」耍的把戲，必須公諸於世；那隻貓頭鷹隱藏著含意，但除了卡利普之外每個人都充耳不聞。他們不在乎，就算自己早已深陷其中，深陷於失落的祕密之中！

為了更仔細觀察那隻貓頭鷹，卡利普向貌似巫婆的老婦人買了一杯玉米，撒在地上餵鴿子。頃刻間，一大群黑壓壓的醜陋鴿子如同一張翅膀鋪成的大傘朝飼料撲攏。袋子上的貓頭鷹和魯雅偵探小說上的是同一隻。旁邊有一對父母望著女兒在餵鴿子，一臉驕傲和喜悅。卡利普對他們感到很惱怒，因為他們沒有察覺這隻貓頭鷹、這個顯而易見的真相、別的符號、或是不管任何符號、甚至是任何事情。他們根本徹底無知，連一絲懷疑都沒有。他們是如此盲目。他想像在家裡等他的魯雅正讀著一本偵探小說，而他自己是書中的主角。那隻儘管巧妙安排一切卻仍隱而不宣的暗中之手和他之間有一個懸而未決的謎，謎底所指是一個機密的意義。

不知不覺中他來到了蘇里曼清真寺外圍，他看見一個學徒拿著一幅上框的鑲珠畫，畫面裡正是蘇里曼清真寺。對他而言這幅畫就如一個總結：若說塑膠袋上的文字、詞彙、圖畫是符號的話，那麼它們所指涉的事物也是一樣。色彩鮮麗的圖畫甚至比眼前的清真寺更為真實。不止文字、臉孔和圖畫是暗中之手的棋子，所有的一切都在它的遊戲中。他才領悟到這一點便立刻明白，此刻自己腳下這片街道錯縱複雜、名為「地窖門」的區域也存在著無人察覺的特殊意涵。耐心地，如同接近填字遊戲的尾聲，他感覺到一切就要歸入原位。

草率搭建的商店以及扭曲變形的人行道上的割草機、裝飾著星星的螺絲起子、「禁止停車」的標幟、番茄糊罐頭、平價小吃店牆上的月曆、吊著壓克力字母的拜占庭拱橋式高架水道、商店鐵捲門上的笨重掛鎖，他眼前所見的這一切，全都是符號，指向那神祕的意義。只要他願意，他可以像閱讀人臉一樣閱讀這些物品和記號。於是，鉗子代表了「專注」、罐裝橄欖象徵「耐心」、輪胎廣告看板中的滿意駕駛則意謂著「逼近目標」，解讀出這些之後，他感覺自己正專注而耐心地逼近目標。然而，圍繞他身旁的卻是更難以測度的符號：電話線、割禮師的招牌、交通號誌、洗潔劑的盒子、缺柄的鐽子、難以辨讀的政治口號、散布在人行道上的片片冰屑、國營電力公司標在門上的數字、行車箭號、一張張白紙……也許很快地它們的意義就會明晰，但此刻全都亂成一團，紛擾而喧鬧。相反地，魯雅偵探小說中的主角則居住在一個整潔平和的世界，由作者提供的少數幾條必要線索所組成。

儘管如此，阿西．卻勒比清真寺卻像是一本讀得懂的小說般，帶給他慰藉。許多年前，耶拉曾經寫過自己作的一場夢，他看見自己在這間小清真寺裡與穆罕默德和其他聖人為伴。醒來之後他到卡辛帕夏區找人解夢，詢問其中的神諭，得到的答案是他將繼續寫作直到嚥下最後一口氣。他將會以寫作和幻想為職志，就算他從此不跨出家門一步，他的一生仍會是一段豐富的旅程。幾年後卡利普才發現，這篇文章是改寫自從前一位旅遊作家艾弗里亞．卻勒比的著名作品。

走過蔬果市場時，他心裡想：「所以，第一次讀的時候，故事呈現出一個意義，然而第二次再讀時，卻是另一個截然不同的意義。」毫無疑問，第三次或第四次重讀耶拉的專欄，都將揭露另一層新意義。儘管耶拉的故事所指涉的東西每一次都不同，但卡利普相信它們都通往同一個目標，他彷彿在閱讀兒童雜誌中的猜謎，推開一扇又一扇的門。卡利普心不在焉地穿過市場裡的雜亂小巷，很希望此刻置身在別的地方，能夠讓他把耶拉所有的專欄全部再好好讀過一遍。

剛步出市場外，他便看見一個收售破爛的人。這個人在人行道上鋪了一張大床單，把各式各樣的物品放在上面。剛從市場區的污濁吵嚷走出來、滿腦子仍想不透的卡利普頓時被這些物品迷住了：幾只彎水管、幾張舊唱片、一雙黑鞋、一個檯燈底座、一把破鉗子、一具黑色電話、兩條床墊彈簧、一枝珠母貝香菸桿、一面停了的壁鐘、幾張白俄羅斯紙幣、一個黃銅水龍頭、一尊揹著箭囊的羅馬女神塑像（月神戴安娜？）、一個畫框、一臺舊收音機、幾個門把、一個糖果盤。

卡利普審視著每樣物品，念出它們的名字，一個字一個字刻意發出聲來。他覺得這些物品的迷人之處其實不在於物品本身，而在於它們擺放的方式。這些東西在任何一個收售破爛的人那裡都是稀鬆平常，但這位老人卻把它們四排四列陳列在床單上，彷彿在擺設一個大棋盤。每樣物品就如標準的六十四格棋盤上的棋子一樣，彼此等距，沒有互相碰觸。然而，擺設位置的精準和簡單看起來卻像是偶然，而非刻意之作。卡利普不禁聯想到外文課本中的單字測驗，在那些書頁上同樣有十六個物品的圖案，如眼前這樣整齊排列，讓他用新的語言寫下它們的名稱。卡利普忍不住想同樣躍躍欲試地念出：「水管、唱片、鞋子、鉗子……」

但讓他害怕的是，他清楚感覺到這些物品還有另外的意義。他瞪著黃銅水龍頭，腦中像做單字練習般想著「黃銅水龍頭」，但又興奮地察覺這水龍頭還大可以表示別的意思。床單上的黑色電話，不只是像外文課本中對電話這項物品的解釋——「某種常見的儀器，連上線後可使我們與別人通話」——它還暗含著另一層意義，令卡利普興奮得喘不過氣。

他如何才能進入這個深層意義的幽晦世界發掘祕密？此刻他正站在入口處，亢奮不已，然而他卻怎麼也無法跨進第一步。在魯雅的偵探小說中，等最終謎底揭曉後，原本藏在層層包裹下的第二層世界頓時豁然開朗，而表面的第一層世界則很快地灰飛煙滅。魯雅常常在午夜時分，臉頰鼓著阿拉丁商店裡買來的烤雞豆，向他宣布：「凶手竟然是退休的將軍！因為不甘心受到侮辱而採取報復！」卡利普猜想他妻子早已忘光了所有的細節，把充斥全書的英國管家、打火機、餐桌、瓷杯、槍枝忘得一乾二淨，如今她只會記得這些物品和人物在祕密世界裡所代表的新一層意義。到了這些譯文拙劣的小說最後，在頭腦清晰的偵探幫助下，物品重新歸位，把魯雅帶進了新的世界。然而，對卡利普而言，這些物品卻只能帶給他一絲通往新世界的希望。為了解開這個謎團，卡利普仔細端詳這位在床單上排列神祕物品的收破爛老人，想從他的臉上讀出意義。

「電話多少錢？」

「你是買家？」收破爛的老人說，謹慎地展開討價還價的流程。

突然被問起自己的身分，卡利普嚇了一跳。他腦中閃過一個念頭：「果然，別人視我為某種標誌，而不是我本人！」不過，反正他所在乎而想融入的世界並不是眼前這一個，而是耶拉終其一生創造的另一個國度。他意識到，耶拉透過為物品命名以及說故事，在這個世界中築起了一道道圍牆，並藏起鑰匙，讓自己隱遁在其後。收售破爛的老人原本滿懷希望地亮起了臉，但旋即又回復剛才的黯淡無光。

「這是做什麼用的？」卡利普指著一個簡單的小檯燈座。

「桌腳，」收破爛的說：「不過有些人拿來釘在窗簾桿的兩頭，也可以當門把用。」

來到阿塔圖爾克橋頭時，卡利普心裡想著：「從現在開始，我只要觀察人臉就好。」橋上往來的臉孔時而閃現一星光采，在他心中驀然凸顯，像是翻譯的圖文小說中放大的問號；接著，隨著問題的淡去，臉孔也只留下一抹隱約的痕跡。即使他就快要得出結論，找出橋上所見的城市景象和臉孔在心中積累的意義之間有何關聯，但那終究是誤會一場。雖然從市民的臉孔上有可能察覺出城市的古老、它的不幸、它失落的繁華、以及它的憂傷悲苦，但那並不象徵著什麼精心設計的祕密，而是一種集體的挫敗、歷史和陰謀。金角灣裡鉛藍色的清冷水波在船隻後方拖行著，染上了一抹難看的褐色。

一直到卡利普走進所謂的地鐵站後面小巷中的咖啡館時，他已經觀察了七十三張新面孔。他在一張桌子前坐下，很滿意自己剛才所見。他點了一壺茶，從大衣口袋裡拿出那頁報紙，然後反射地把耶拉的專欄再重頭讀一遍。儘管字詞文句已不再新鮮，愈往下讀，某些先前不曾想到的概念愈逐漸成形：這些概念並非源自於耶拉的文章，而是卡利普個人的見解，但它們卻以一種奇妙的方式收納在耶拉的文章裡。當卡利普發現自己的想法竟與耶拉相輔相成，一股安詳湧入他內心，就像小時候，當他明白自己成功地模仿了他所崇拜的對象時，也會有這種感覺。

桌子上有一張捲成錐筒狀的紙。散布在一旁的葵瓜子殼暗示著在卡利普之前坐在位子上的客人曾向小販買了一份瓜子，裝在紙筒裡。從紙的邊緣看來，應該是從學校作業簿裡撕下來的。卡利普把它翻到另一面，閱讀上頭費力刻寫的孩童字跡：「一九七二年九月六日，第十二課，家庭作業。我們的家，我們的花園。我們的花園裡有四棵樹。兩棵白楊木，一棵大柳樹和一棵小柳樹。我父親用石頭和鐵絲在花園周圍蓋了一道牆。房子是一個避風港，保護我們冬天不受涼，夏天不被曬。家是一間庇護所，守衛我們安全不受傷害。我們的房子有一扇門、六扇窗、兩支煙囪。」文字的下方有一幅彩色鉛筆畫的插圖，一棟房子在花園圍牆裡。房子的屋瓦最開始是一片片地畫，但接下來後面整片屋頂就只是潦草塗成一片紅色。卡利普注意到畫中的門、窗、樹木和煙囪都和作文裡的數目相符，於是心中的安詳更為加深。

在這股安詳的心緒下，他把紙翻到空白的一面，開始振筆疾書。他確信自己在格子間寫下的文字所示意的一切將如同孩童筆下的事物一樣真實發生。彷彿多年以來他一直失聲噤語，直到今天才得以重拾字句，多虧了這一張家庭作業。他列出所有的線索，以蠅頭小字一路寫到紙張的最末端。他心想：「真是輕而易舉！」接著他又想：「為了確定耶拉和我想的一模一樣，我必須再多看幾張臉。」

他一邊喝茶一邊觀望咖啡店裡的臉孔，喝完茶後，他再度步入外頭的寒冷。在葛拉答廣場中學後方一條巷子裡，他看見一個包頭巾的年長女人，邊走路邊喃喃自語。一個小女孩從雜貨店半掩的拉門下彎腰鑽出來，從她的臉上他讀出所有的生命皆相似。一個身穿褪色洋裝的年輕女孩因為怕在冰上滑倒，一路盯著自己的膠底鞋行走，在她的臉上寫著她深知憂慮為何物。

走進另一家咖啡店，卡利普坐下來，從口袋裡拿出那頁家庭作業，飛快地讀過一遍，一如閱讀耶拉的專欄。如今他很篤定，只要把耶拉的文章拿來反覆閱讀，藉此探入他的記憶庫，那麼便能找到耶拉的所在。這表示說，首先他必須找到收藏著耶拉完整作品的貯藏室，才有辦法獲取他的記憶。把這篇家庭作業讀了一遍又一遍之後，他才恍然大悟，如此一間收藏室必然是一個「家」：「一間庇護所，守衛我們不受傷害。」他把家庭作業一讀再讀，感覺到這個勇於大聲說出物名品稱的孩子影響了他，使他內心湧起一股純真無邪。於是，他相信自己必然輕易就能找出魯雅和耶拉在什麼地方等待他。這個領悟讓他一陣陣暈眩，不過也僅止於此，坐在桌前，他只能繼續在家庭作業的背面寫下新的線索。

等卡利普再度踏上外面的街道時，他已經把手邊的線索做了一些新的刪補：他們不可能出城，因為耶拉無法待在伊斯坦堡以外的地方；他們不可能橫渡博斯普魯斯海峽，到達安那托利亞那一頭，因為那裡不夠「歷史性」，不適合他；魯雅和耶拉不可能躲在共同的朋友家裡，因為他們沒有這麼一個朋友；魯雅也不可能待在她的朋友處，因為耶拉寧死也不會去那種地方；他們更不可能寄宿在冰冷無情的旅館套房裡，因為就算他們是兄妹，一男一女共處一室難免令人起疑。

坐在下一間咖啡店裡，卡利普確信自己至少已經抓到了正確的方向。他很想穿過貝佑律的小巷往塔克辛去，走向尼尚塔希、西西黎，來到他過去生命的中心。他記得耶拉曾在一篇文章中探討伊斯坦堡的街道名稱。他注意到牆上掛著一張已故摔角選手的照片，這個人，耶拉曾經詳盡描寫過他的生平。這張黑白照片原先是某本舊《生活》雜誌的中間頁，被許多理髮店、服飾店和雜貨店的老闆加了框掛在牆上，裝飾店面。這位奧運獎牌得主兩手扠腰，面對鏡頭擺出溫和的微笑。卡利普研究著他臉上的表情，不禁想起他死於一場車禍。於是，就如同以前每次看到這張照片時的聯想，十七年前的一場車禍和摔角選手臉上的溫和表情在他心中融為一體。卡利普不得不認為那場車禍必然是某種徵兆。

這證明了巧合是必要的，它們把事實與想像融為一體，創造出另外的徵兆，訴說著截然不同的故事。卡利普踏出咖啡店，沿著一條小巷走向塔克辛，他腦中想到：「偶然看見哈斯農．加里波街旁一輛馬車前站著一匹疲累的老馬，這時我必須回頭去檢視記憶中一匹巨大的馬，那是我在奶奶教我讀寫的字母書中看到的。接著，由於字母書中的大馬下方標示著『馬』，讓我聯想起耶拉，那些年間他獨居在泰斯維奇葉街上那棟樓房的頂樓公寓。然後我會想到依著耶拉的喜好與回憶裝潢布置的那間公寓。再來，我會推論出那間公寓很可能象徵了耶拉對我人生的支配意義。」

然而，耶拉已經搬離公寓好多年了。卡利普停下來，擔心自己或許也把徵兆給解讀錯了：他很清楚，如果他認為直覺是在誤導自己的話，那麼他將會迷失在這座城市裡。他像個瞎子般摸索著，想要辨別周遭的物品，透過感官直覺闖入了各種故事。多虧了這些虛構的故事，他才得以維持姿態。他之所以屹立不倒，純粹是因為他設法從一路上所見、遍布城市的符號與圖像中建構起一則故事。他很肯定周遭的人物和世界都將會依循著故事的脈絡，服膺在它的力量之下。

他再度走進另一間咖啡館坐下，憑著依然樂觀的態度，卡利普重新審視「他的處境」。線索列表中的文字看起來就和紙張背面的孩童文字一樣簡單易懂。咖啡店的遙遠角落有一臺黑白電視正在播放一場足球賽。白雪紛飛的球場裡，地上的標線和泥漬的足球都是黑色的。除了幾個在空桌子上玩牌的人之外，每個人都盯著那顆黑色的足球。

走出咖啡館，卡利普想，自己所追尋的祕密其實就如黑白的足球組合一樣，簡單明瞭。他需要做的一切，只是繼續任憑雙腿帶他四處遊蕩，觀看臉孔和符號。伊斯坦堡到處充斥著咖啡館，繞遍整座城市，每隔三五步就能找到一家咖啡館歇腳。

忽然間，他發現自己置身於塔克辛區電影散場後的人潮中。人們心不在焉地步出室外，盯著自己的腳，雙手插在口袋裡，或者彼此挽著手臂踏上臺階，走向街道。他們的臉上充滿了表情，暗示著如此深刻的意涵，以至於就連卡利普最夢魘般的故事都相形失色。電影觀眾的臉上是一抹寧靜，剛才沉浸在虛構的世界裡使得他們忘卻了自己的憂愁。此刻，他們身在眼前慘澹的街道上，但心卻在夢想的故事裡，他們的記憶庫裡原本早已枯竭，只剩下挫敗與悲苦，但現在又重新充盈滿溢，由一個深刻的故事溫柔地撫平了傷痛的回憶。「他們想像自己是另一個人！」卡利普急切地想著。頓時間他恨不得自己也和大家一起看了同一部電影，也能消失而成為另一個人。他可以發現，當這些人開始瀏覽庸俗的櫥窗時，他們正逐漸返回這個充斥著單調熟悉事物的無味世界。「他們太輕易放過自己了！」卡利普想。

相反地，若要成為另一個人，必須要有徹底的決心。在卡利普抵達塔克辛廣場之前，他已經下定決心，為了達成這個目標，他準備鼓起全部的意志力。「我是另一個人！」他告訴自己。說出這句話給他一股愉快的感覺，不僅改變了他腳下結冰的人行道、改變了包圍在可口可樂和罐頭食品廣告看板中的廣場、甚至整個人也從頭到腳煥然一新。用堅定的口吻重複這句話，一個人可以說服自己整個世界全變了，不過，沒有必要到這個程度。「我是另一個人。」卡利普對自己說。那個人——他不想說出他的名字——的回憶與哀愁交織成一首樂曲，像新生命般從卡利普心底湧出，他聆聽著，滿心歡喜。隨著音樂，他生命中最初的地標塔克辛廣場正逐漸轉變，從原來的模樣——四周團團環繞著如超重火雞般的公車、晃悠悠如龍蝦般的緩慢電車、以及固守在黑暗中的隱晦角落——變成一座矯揉造作的「現代」廣場，矗立在一個貧窮絕望的國家裡。卡利普彷彿第一次踏進此地。裹著白雪的「共和國雕像」、沒有盡頭的「愛奧尼亞渦旋梯」、十年前在卡利普興奮的注視下燒成灰燼的「歌劇廳」，全都變成了別的物品，符合它們在新世界中的象徵意義。無論是公車站裡煩躁的人群，或是你推我擠搶著上車的乘客，在這些人當中，卡利普沒有看見任何一張神祕的臉，也沒有發現有哪一個塑膠袋暗示了背後還有一個平行的世界。

他覺得自己不再需要去咖啡館了。他從赫比葉直接走到尼尚塔希。稍晚，等他來到了自己尋找多時的地方後，他將仍然有點遲疑，對一路上認定的新身分沒有把握。過一會兒後，他會這麼推論：「那個時候，我還不完全相信自己已經變成了耶拉。」置身於此，滿屋的舊文章、舊筆記、舊剪報揭開了耶拉過去生活的全貌。「那個時候，我還沒有徹底拋掉自我。」剛才一路上的所見所聞，就彷彿他是一個遊客，因為飛機誤點而滯留在一個自己從沒想過會踏上的城市，打發半天的時間：阿塔圖爾克的雕像表示這個國家過去有一位顯赫的軍事英雄；泥濘卻明亮的電影院入口處擁擠的人潮意謂著市民星期日下午無聊沒事，藉由觀看外國進口的夢想以紓解情緒；手裡拿著刀子望向櫥窗外頭街道的麵包店員透露著他們逐漸褪色的夢想與回憶；大馬路中央光禿禿的暗褐樹木象徵著一抹全國性的哀愁，在午後逐漸沉澱，一點一點更加幽暗。「我的天，在這座城市裡、這條街道上、這個時刻，能夠做什麼？」卡利普喃喃道，話一出口他才明白，自己竟從剪下來的耶拉舊文章裡把這句咒語給背起來了。

來到尼尚塔希的時候天色已黑，冬夜裡馬路上壅塞的車輛排放出濃稠的引擎廢氣，公寓大樓的煙囪也散發出陣陣煙霧，瀰漫在狹窄的人行道上。卡利普平靜地呼吸著這一區特有的刺鼻氣味。站在尼尚塔希一隅，他心中想要成為另一個人的渴望如此強烈，以致他確信自己能夠以全然不同的新意來解釋所有公寓大樓的外觀、商店的門面、銀行的看板，以及霓虹燈標誌。把他所居住多年的這一區徹底改頭換面的，是一股輕鬆冒險的感覺，它深深植入了卡利普內心，彷彿永遠不會再離開。

他沒有穿越馬路回到自己住的地方，反而在泰斯維奇葉大道上左轉。冒險的感覺滲透入他的四肢百骸，讓卡利普雀躍不已；他的新身分向前展開的無限可能更是如此迷人。他貪婪地飽覽周遭的新鮮景象，好似一個多年來臥病在床的病人剛從醫院裡釋放出來。「啊，布丁店的櫥窗擺設就好像珠寶店裡閃亮的展示盒。」他忍不住想說：「啊，這條街真窄，人行道也都歪歪扭扭的！」

小時候，他也曾經常常脫離自己的身體和靈魂，用外人的角度來觀看自己。「現在，他經過了鄂圖曼銀行。」卡利普心想，重拾童年時他經常扮演的第二個角色。「現在，他經過了『城市之心公寓』，連看都不看一眼。他和爸媽及祖父母在這裡住了好多年。現在他停下來瀏覽藥房的櫥窗，坐在收銀臺前面的是以前替人打針的女人的兒子。現在他經過了警察局，卻一點也不緊張。現在他溫柔地注視著歌星牌裁縫車旁邊的幾尊假人模特兒，好像它們是老朋友一樣。現在他意志堅決、目標明確地走向那個謎，走向多年來辛苦策畫的陰謀的核心。」

他跨越馬路走到對街，前後走了幾步，然後又再一次橫越馬路折返，穿越寥寥幾棵珍貴的菩提樹、廣告看板和陽臺下方，一路走到了清真寺。每到一條街，他就這樣上上下下多走幾步，以擴展他的「調查版圖」。每一次他都仔細觀察，並在腦海中記下那些因為過去可悲的身分而沒能察覺的細節：阿拉丁商店的展示櫥窗裡，除了一堆舊報紙、玩具槍和尼龍絲襪，竟然還有一把彈簧刀；指向目的方向泰斯維奇葉大道的交通箭頭，瞄準的目標其實是「城市之心公寓」；儘管天氣乾冷，清真寺四周矮牆上留給鴿子和野貓的麵包皮卻已經潮濕發黴了；女子學校門口信手塗鴉的政治標語原來還有言外之意；一間仍亮著燈的教室裡，牆壁上掛著一張照片，上面的阿塔圖爾克正隔著灰塵堆積的玻璃望向「城市之心公寓」；花店的窗戶裡，某個精神異常的人拿了一把別針，刺入一朵朵玫瑰花苞裡。一間新開皮件店的櫥窗裡立著時髦耀眼的假人模特兒，它們的目光也朝向「城市之心公寓」，凝視著先是耶拉、後來是魯雅和她的父母曾經住過的屋頂閣樓。

卡利普隨著假人模特兒一起朝頂樓望了半晌。對卡利普來說，這似乎是很合理的，耶拉和魯雅很可能就在上面，在假人模特兒目光所及的頂樓。他感覺自己是一個冒牌偵探，模仿著偵探翻譯小說中的英雄。這些外國製造的故事是在外國孕育的魯雅告訴他的，而眼前的假人模特兒也一樣，來自於外國。卡利普甩開如此的假設，朝清真寺走去。

但他必須費盡全力才辦得到。似乎他的腿拒絕帶他離開「城市之心公寓」，而想要跨步走進樓房，衝上階梯直達頂樓，闖入那黑暗恐怖的地方，只為了給他看某樣東西。卡利普不願意去想像那幅畫面的細節。他用全身的力量拖著自己離開，然而一路走下去，他發現周圍的人行道、商店、看板上的文字以及交通號誌卻又回復了早先指涉的意義。一想到他們兩個人就在上面，他心中頓時升起一股大難臨頭的恐懼，讓他驚惶不已。等他來到阿拉丁的小店時，他已分不清自己逐漸加深的恐懼是因為警察局就在隔壁，還是由於他發現交通箭號不再指向「城市之心公寓」。疲累困惑之餘，他只想找個地方坐下來，好好想一想。

他走進泰斯維奇葉—埃米諾努線共乘小巴車站轉角一間歷史悠久的小餐館，點了茶和肉餡餅。既然耶拉對於自己的過去和逐漸敗壞的記憶如此執迷，那麼，他租下或買下童年和青少年時生長的公寓，不正是再自然不過的事？如此一來，他便能光榮地重返曾經拒他於千里之外的地方，相反地，那些當初把他踢出家門的人，如今卻住在一條沒落街道上一間骯髒公寓裡，又窮又爛。除了魯雅外，耶拉沒有把他的勝利與家人分享，卡利普認為這是完全正確的選擇，儘管住在中央大道上，他卻小心不留下任何痕跡。

接下來幾分鐘，他的注意力轉移到櫃檯前的一個家庭：媽媽、爸爸、女兒和兒子看完了星期日下午場電影後來到小餐館吃晚飯。父母的年紀和卡利普相當。父親三不五時就把自己埋進從外套口袋拿出來的報紙裡；母親用她的眉毛制止兩個孩子之間爆開的爭吵，一隻手在她的小提袋和桌子間不停地來回往返，為身旁三個人摸出各種用品，敏捷靈巧的程度好似一個魔術師從帽子裡掏出稀奇古怪的玩意：一條手帕給男孩擦鼻涕、一顆紅色藥丸塞進父親手裡、一只髮夾替女孩夾頭髮、一個打火機給正在閱讀耶拉專欄的父親點菸、同一條手帕再給男孩擦鼻涕，諸如此類。

就在卡利普吃完肉餡餅喝完茶的時候，他忽然想起這個父親是他中學和高中時代的同班同學。在踏出店門前，他內心湧起一股衝動，想要向那男人透露這件事情。他走上前去，注意到男人的喉嚨和右頰上有一片可怕的燒傷疤痕，這時他又記起這個母親也曾是他的同學，小時候是個大嗓門的資優生，與他和魯雅在西西黎革新高中同一個班上就讀。趁大人展開例行的寒暄與敘舊時，兩個孩子逮住機會互相報仇。他們很關心地問起魯雅——她和卡利普正好與他們對稱，類似的婚姻。卡利普告訴他們魯雅和他沒有小孩；魯雅在家裡讀偵探小說等他；晚上他們要去皇宮戲院看電影，他先出來買票，剛才在路上巧遇了他們另一位同班同學，蓓琪絲。你知道，蓓琪絲，棕色頭髮，不高不矮。

這對瑣碎的夫婦絲毫不留餘地，當場接口說出他們瑣碎的意見：「可是我們班上沒有叫蓓琪絲的人啊！」顯然他們很習慣三不五時就去翻看畢業紀念冊，回憶每個同學過去的種種妙聞軼事，才能夠如此斬釘截鐵。

離開餐館走入寒風中，卡利普飛快趕到尼尚塔希廣場。他非常肯定魯雅和耶拉會去皇宮戲院看七點十五分的週日晚場電影，因此他一路跑著來到電影院。然而，人行道上或入口處都不見他倆的蹤影。等待他們的同時，他看見一張照片，是昨天那部電影裡的女明星，他心裡湧起一股慾望，想再度與這個女人一起進入她的世界。

他們沒有出現，於是他在附近徘徊了一會兒，瀏覽櫥窗，觀察人行道上往來路人的臉孔。等他再次站在「城市之心公寓」前，已經頗晚了。每天到了晚上八點，除了「城市之心公寓」之外，所有的大樓窗戶裡都會透出電視機瑩瑩閃爍的藍光。卡利普研究著大樓一扇扇單調的窗戶，注意到頂樓陽臺的鐵欄杆上綁著一條深藍色的布。三十年前，他們整個家族都居住在此的時候，也會在同一條鐵欄杆上綁上同一種藍布，作為給送水人的信號。用馬車載運著釉亮水罐、挨家挨戶送水的送水人總是能夠依據藍布縛綁的位置分辨出哪戶人家的飲用水喝完了，需要他提水上去。

卡利普判斷這塊布必定也是個信號，然而該如何去解讀，在他心裡則有不同的答案：這個信號或許要告訴他耶拉和魯雅在這裡，它也可能暗示著耶拉對自己過去種種的懷舊探索。到了八點三十分，他離開佇立良久的人行道，轉身回家。

客廳裡的燈投下的光線充滿了教人難以承受的回憶，令人感到難以承受的哀傷。不久以前，他和魯雅曾經坐在這裡，一邊抽菸一邊閱讀書和報紙。如今這幅景象就如同淪落至報紙旅遊版上的人間樂園照片。沒有絲毫魯雅曾經回來過的跡象：一縷熟悉的幽香和微影迎接著返巢的疲倦丈夫。拋下憂傷燈光下的靜默物品，卡利普穿過黑暗的走廊，走進黑暗的臥房。他脫下外套，摸索著找到床，然後往上頭一倒。客廳的光線和街燈的微光沿著走廊滲入房中，在天花板上留下瘦削的鬼影。他睡不著。

爬下床後沒多久，卡利普便已經知道自己打算怎麼做。他翻開報紙查閱電視時刻表，研究電影簡介及附近戲院的播放時間——儘管它們從來不曾變更。他瞥了耶拉的專欄最後一眼，然後走去開冰箱，從盒子裡拿出即將透露出腐壞徵兆的一些橄欖和一片羊乳酪，配著找到的幾片剩餘麵包一起吃掉。他抓了幾張報紙塞進一個從魯雅衣櫃裡翻出來的大信封，寫上耶拉的名字，帶在身邊。十點十五分他已經離開家門，再度來到「城市之心公寓」對街的人行道上，這一次他站得更靠近。

不一會兒，樓梯間的燈亮了起來，接著，長年擔任大樓門房的以斯梅嘴裡叼著菸，拿著幾個垃圾桶走出來，往栗樹旁的一個大桶裡倒。卡利普橫越馬路。

「嘿，哈囉，以斯梅，我來這裡把這個信封交給耶拉。」

「卡利普，是你！」老人歡喜又焦慮地說，像一個在多年後遇見自己舊學生的高中校長。「可是耶拉不在這裡啊。」

「我碰巧知道他在這裡，不過我不打算洩露給別人知道。」卡利普說，堅定地步入大樓。「你也不要告訴任何人。他交代過我，把信封交給樓下的以斯梅。」

卡利普走下樓梯，穿過一如過往的瓦斯和回鍋油臭味，進入門房的公寓。以斯梅的太太佳美兒正坐在同一張舊扶手椅裡看電視，電視機就擺在從前放收音機的同一個架子上。

「佳美兒，看是誰來了。」卡利普說。

「啊，我一定是……」女人說，站起來親吻他。「你們全都不記得我們了。」

「我們怎麼可能忘記你們？」

「你們常常經過這棟大樓，卻沒有半個人想到要進來看一看！」

「我拿這個來給耶拉！」卡利普說，指了指信封。

「是以斯梅告訴你的嗎？」

「不，是耶拉自己告訴我的。」卡利普說：「我曉得他在這裡，但是不要跟別人說。」

「我們的嘴緊得很，對不對？」女人說：「他嚴格命令過我們。」

「我知道，」卡利普說：「他們現在在樓上嗎？」

「我們什麼事情都不知道。他都在半夜我們睡覺的時候進出，我們只聽見他的聲音。我們替他倒垃圾，幫他送報紙。有時候報紙在門底下積了好幾天，堆成一堆。」

「那我就不上樓了。」卡利普說。他假裝要找地方放信封，朝屋內掃視一圈：餐桌上蓋著同一塊舊藍格子油布、同樣的褪色窗簾遮擋窗外往來的人腿和骯髒的輪胎，此外還有縫紉籃、熨斗、糖果盤、煤氣煮菜鍋、炭火暖爐……暖爐上方的架子邊緣釘著一根釘子，卡利普看到鑰匙就掛在那個老地方。

「我來替你泡杯茶，」她說：「在床邊找個地方坐下來。」她一隻眼睛仍盯著電視。「魯雅最近在做什麼？你們兩個怎麼還沒生小孩？」

在女人忍不住緊盯不放的電視螢幕上出現一個有點神似魯雅的年輕女人。她有一頭挑染過的蓬亂頭髮，膚色很淡，目光中蘊含著一種孩童的冷靜，魯雅的臉上也看得到這種表情。她正輕鬆自在地往唇上塗口紅。

「漂亮的女人。」卡利普靜靜地說。

「魯雅比她漂亮多了。」佳美兒說，同樣輕聲細語。

他們帶著一絲不可言喻的崇仰，恭敬地注視著畫面中的人。卡利普俐落地一把抓下釘子上的鑰匙，塞進口袋，讓它從寫滿線索的家庭作業紙旁滑進袋底。女人絲毫沒有察覺。

面向街道的小窗戶上窗簾半掩，透過縫隙，卡利普瞥見以斯梅拿著空垃圾桶返回大樓。電梯一啟動，電視上的畫面頓時變成一片霧茫，卡利普便乘機告辭離去。他走上樓梯來到門口，一路上故意弄出很多聲響。他打開門，沒有跨步出去，卻又重重地把門摔上。接著他躡手躡腳地轉回樓梯間，踮腳爬上兩段階梯，幾乎克制不住內心的緊張。他在二三樓之間的臺階上坐下來，等待把垃圾桶放回上面幾層樓的以斯梅再次搭電梯下樓。樓梯間的電燈陡然熄滅。「時間切換！」卡利普喃喃自語。小時候，這個名詞總讓他聯想到一場乘坐時光機器的魔幻旅程。電燈再度亮了起來。趁門房坐電梯下樓的時候，卡利普開始慢慢爬上樓梯。過去他和父母共同居住的公寓的門上，如今掛著一位律師的銅製名牌。來到祖父母公寓的入口處，他看到一位婦產科醫師的招牌和一個空垃圾桶。他爬上頂樓。

耶拉的門上沒有任何標示也沒有名字。卡利普依例按下門鈴，彷彿是瓦斯公司派來的一絲不苟的收帳員。當他第二次按下門鈴時，樓梯間的燈又熄了。門縫底下沒有透出半點光影。他探進無底洞似的口袋裡尋找鑰匙，另一隻手則繼續又按了第三、第四次門鈴。當他終於找到鑰匙，他的手指仍壓在門鈴上。「他們躲在裡面某個房間裡，」他推斷，「他們面對面坐在兩張扶手椅上，靜悄悄地等著！」一開始鑰匙怎麼也插不進鎖孔裡，他弄了老半天正準備宣布鑰匙不對的時候，鑰匙喀嗒一聲滑進了定位，吻合的程度教人驚異——像是一團混濁的記憶在霎時的清晰之際，突然醒悟到自己在這個世界上的雜亂無序。門開了，卡利普首先注意到的是迎面而來的黑暗，接著才聽到幽暗的公寓裡倏然響起的電話鈴聲。

第二部

20 幻影的居所

「他感覺到如同一幢空屋般的恐懼……」——福婁拜《包法利夫人》

他開門之後電話已經響了三、四秒鐘，但卡利普依然駭懼不已。難不成門和電話之間有什麼機械裝置互相牽引，就像警匪片中放肆大響的警鈴？電話響起第三聲時，他以為自己將會撞上從黑暗公寓裡匆忙趕來接電話的耶拉；到了第四聲，他猜測屋裡沒有人；到了第五聲，他推斷出打來的人一定知道這個地方有人居住，才會如此有毅力地讓電話不停響下去。第六聲的時候，卡利普開始四處摸索尋找電燈開關，努力回想這間幻影公寓的地形，儘管最後一次踏足此地已經是十五年前。他撞到了某樣東西，嚇了一大跳。在伸手不見五指的黑暗中，他一路跌跌撞撞打翻了各種物品，最後終於來到電話旁邊。當他好不容易把那詭譎的話筒拿到耳邊，他的身體已經自動找到了一張椅子，坐了下來。

「喂？」

「你終於回家了！」一個他從沒聽過的聲音說。

「對。」

「耶拉先生，我找你找了好幾天。抱歉這個時候打擾你，但是我非得馬上見到你不可。」

「我聽不出你是誰。」

「我們許多年前在國慶宴會上見過面。我向你自我介紹，不過我相信你現在一定忘了。後來，我寫了幾封信給你，用的是化名，什麼名字我現在也記不得了。其中一封信中，我提出一個論點，極有可能解開阿布杜哈密蘇丹死亡之謎。另一封信則提到一件人稱卡車謀殺案的大學生陰謀。就是我暗示你其中有個祕密探員涉入，而你，運用了敏銳的智慧，調查這個事件並找出真相，在你的專欄中披露出來。」

「對。」

「現在我手中有另一份文件。」

「請送到報社編輯室去。」

「可是我知道你好一陣子沒去那兒了。而且，我不大信賴報社的人，特別在事關緊急的時候。」

「好吧，如果是這樣，把它交給門房。」

「我沒有你的住址。電話公司不提供你的地址，因為我只有這個號碼。這支電話必定是用另一個名字登記的，因為電話簿裡到處都找不到耶拉．撒力克。不過，裡面有登記一個耶拉列丁．魯米——想必是個假名。」

「把我電話號碼給你的人難道沒有把我的住址一併給你？」

「沒有，他沒給。」

「他是誰？」

「一個我們共同的朋友。我比較希望等見到你之後再告訴你細節。我試過了所有想得到的手段：我打電話給你的親戚，跟你親愛的姑姑說過話。我根據你在專欄中所提到的，前往伊斯坦堡各個你喜愛的地方——像是古圖路斯、奇哈吉區的街道，還有皇宮戲院等——期待能夠遇見你。在此同時，我得知有一群英國電視臺的工作人員也在找你，他們住在佩拉宮飯店。你知道這件事嗎？」

「你說的文件是關於什麼內容?」
「我不想在電話裡談。告訴我你的住址,我馬上趕過去。在尼尚塔希附近,對不對?」
「對,」卡利普漠不關心地回答,「但我對這些事情再也不感興趣了。」
「什麼?」
「假使你一直都有仔細讀我的專欄,你應該知道我不再關心這類事情。」
「不對,不對,這個題材你會有興趣,你甚至會想要讓英國電視臺的人知道。快吧,給我你的住址。」
「對不起,」卡利普說,愉快的語調連他自己都嚇了一跳。「不過我不再跟文藝迷談話了。」
他平靜地掛斷電話。他的手在黑暗中伸出,找到了旁邊桌燈的開關,扭開它,一片幽微的橘光頓時照亮整個房間。一陣昏亂與恐慌猛然攫住卡利普,眼前的景象恍若「海市蜃樓」——日後他總是忘不掉這個字眼。
這個房間徹底翻版自耶拉二十五或三十年前居住的小窩。家具、窗簾、檯燈、物品的陳設、顏色、陰影及氣味完全一模一樣。有些新的物品是模擬舊物,好像在耍卡利普,要他以為自己所經歷的四分之一個世紀其實根本沒有發生過。然而等他再近一點瞧後,他幾乎要相信這些物品並不是在耍他,而是他童年以來的生活真的就這麼消失了,無影無蹤。從危險的黑暗中倏然出現的家具都不是新的,但卻有那麼一股魔咒,使得它們乍看之下恍如全新。他以為這些物品和自己的記憶一樣,早已老舊、破損,甚至消失,沒想到這些他早已忘光的東西竟在多年後再度浮現眼前,外表更與他最後一次所見完全一樣。彷彿這些舊桌子、褪色的窗簾、骯髒的菸灰缸和磨損不堪的扶手椅,並沒有屈服於支配著卡利普生命的命運安排以及記憶,反而從某一天開始——梅里伯伯和家人從伊茲密回來並搬進公寓裡的那一天——起而抗拒為它們鋪排好的命運，並找到另外的途徑組成它們自己私密的世界。不單是這樣，卡利普還發現所有物品都依照從前的位置擺設，刻意讓一切符合四十年前耶拉和母親同住此地、以及三十多年前菜鳥記者耶拉獨居於此時的模樣。

橘色的燈光下，物品位在老地方，不曾改變，儘管卡利普早已將它們拋之腦後，盼望不要再記起：同樣的舊胡桃木桌子，桌腳像獅爪的形狀，立在同樣的地方，與掛在窗上的同一面開心果綠窗簾隔著相同的距離；扶手椅上同樣鋪著由蘇瑪集團紡織公司生產的刺繡椅墊（同一群凶狠的獵犬在一片紫葉森林裡同樣嗜血地追逐同一群可憐的瞪羚，就如三十年前一樣），椅子的靠背被油膩的頭髮印出了同一塊人形污漬；彷彿從英國電影裡走出來的英國塞特獵犬，同樣沉著地坐在銅盤裡，從滿布灰塵的古董櫃裡望向同樣的世界；停止的表、杯子、指甲刀擺在暖爐上方同樣的位置。「有些東西我們遺忘了，但還有些東西我們甚至不記得我們遺忘了。」耶拉在最近一篇章欄中寫到，「必須要把它們找回來！」卡利普慢慢想起來，在魯雅一家人搬進來而耶拉搬出公寓之後，屋裡的物品不知不覺地變換了位置、損壞淘汰、或是消失到某個不知名的地方，從眾人的記憶中悄然蒸發。當電話再度響起，外套都還沒脫的他從「慣坐」的安樂椅上伸手向那再熟悉不過的話筒，沒有察覺自己開始信心滿滿地模仿耶拉的聲音。

電話那頭傳來同樣的聲音，這一次他聽從卡利普的要求，先道出姓名自我介紹，而非教人猜測：馬海爾．伊金西。名字沒有讓卡利普聯想到任何一個人或是一張臉。

「他們在籌組一場軍事政變。軍隊裡有一個小團體，是一個宗教背景起源的組織，一個全新的教派。他們相信救世主，他們認為末日已經到來。不但如此，他們還是受到你的故事所啟發的。」

「這種無稽之談跟我沒有關係。」

「不，耶拉先生，與你有關，沒錯。你現在不記得了，或者你不想記得，因為你說自己喪失了記憶，不然就是你刻意忘掉。再好好看一看你的舊作，一字一句地讀，你就會想起。」

「我不會想起。」

「你會的。根據我對你的了解，我會說，你不是那種聽到有軍事政變的線索時還能坐在椅子上無動於衷的人。」

「不，我不是，我甚至不是我自己。」

「我馬上過去你那邊。我會讓你想起自己的過去，重拾喪失的記憶。到最後，你會同意我，並全力追查這件事。」

「聽起來不錯，但我不打算見你。」

「但我會見到你。」

「除非你找得到我的住址，因為我再也不出門了。」

「聽著，伊斯坦堡電話簿上共列出三十萬用戶，既然我知道你的號碼，我可以迅速地每小時過濾五千個電話，這表示在五天之內我就會有你的地址，也會找出那個令我好奇不已的化名。」

「白費力氣，」卡利普故作鎮定地說：「碰巧這支電話沒有登記。」

「你對使用化名有莫名的癖好。好幾年來我一直在讀你的文章，我知道你對化名、偽造、冒名有著難以自拔的喜愛。我敢打賭，比起填寫一張不登記電話的申請單，你會寧可出於好玩編個假名。我已經查過了幾個你很可能選用的假名。」

「比如說像是什麼？」

這人開始滔滔不絕地列了一串名單。等卡利普掛斷電話並拔掉插頭後，他才想到這些他剛才逐字聆聽的名字很可能會被記憶給刪除，不留下半點痕跡。於是他從外套口袋裡拿出一張紙，寫下這些名字。

沒想到自己居然得對抗另一個耶拉的死忠讀者，而且對方把專欄的內容記得甚至比自己還熟，卡利普感到詭異和錯愕至極，一時間感覺周遭一切變得如此不真實。他覺得，雖然令人反感，但他與這位勤勉的讀者之間連結著某種兄弟之情。要是他們能一起坐下來討論耶拉的舊文章就好了，如此一來，在這個不真實的房間裡他身下的這張椅子將會添加一層更深刻的意涵。

那是在魯雅、梅里伯伯和蘇珊伯母出現之前，那時他六歲，開始會溜出奶奶的公寓偷偷跑來耶拉的單身漢房間——這一點他父母不大能苟同——和他一起收聽週日下午的足球廣播（瓦西夫不時點頭好像他聽得見似的）。卡利普總是坐在這張椅子裡，仰慕地觀看耶拉一邊抽菸一邊飛快地打字，接手撰寫吹毛求疵的同事沒寫完的摔角選手連載故事。接著，梅里伯伯一家人搬了進來，與尚未被趕出家門的耶拉同住一個屋簷下，那陣子，他的父母准許他在寒冷的冬夜裡上樓來聽梅里伯伯講非洲的故事，然而卡利普其實是跑來看蘇珊伯母和美麗的魯雅——之後他發現，她遺傳了她母親的每一分驚豔迷人。他就是坐在這張椅子上，看著對面的耶拉揚眉眨眼地揶揄梅里伯伯的故事。接下來的幾個月裡，耶拉突然失蹤了，奶奶和梅里伯伯爆發爭執，氣哭了奶奶，而其餘的人則在奶奶的房間裡爭奪公寓、錢財、土地和遺產，然後某個人會說：「把小孩子送上樓去。」等到兩個人被獨自留在一片靜默的物品中之後，魯雅就是坐在這張椅子裡，雙腿輕晃，卡利普則敬畏地注視著她。二十五年前的事了。

卡利普靜靜地在椅子裡坐了很久。然後，為了搜集證據，找出魯雅和耶拉的藏身之處，他開始到各個房間翻箱倒櫃，搜遍這間幻影公寓，這個耶拉重建其童年和年輕時代的地方。兩個小時過去了，他晃遍了這間幻影公寓的房間和走廊，帶著好奇翻遍每一個櫃子，像一個入迷的玩家參觀第一座專為自己的嗜好之物建造的博物館，既興奮、沉迷，又無比敬畏，反而不像是一個迫不得已的偵探在尋找逃妻的蛛絲馬跡。初步的調查帶給他以下的結論：

根據剛才在黑暗中他從邊桌上打翻的一對咖啡杯來看，卡利普研判耶拉曾有客人來訪。由於脆弱的杯子已經摔破，因此無法試嘗杯底殘留的粉末以取得線索（魯雅喝咖啡習慣加很多糖）。堆積在門後的《民族日報》中，最舊的一份上頭的日期顯示出魯雅失蹤當天耶拉曾來過公寓。雷明頓打字機旁放著標題為〈博斯普魯斯海峽乾涸的那一天〉的專欄文稿，上面用綠色鋼珠筆修訂過，畫滿耶拉一貫的憤怒字跡。從臥房的衣櫥和門邊的外套櫃來判斷，都看不出耶拉究竟是出門遠行還是已經不住在這裡，或者還住在這兒。無論是他的藍條紋睡衣、鞋子上的新泥、這個季節穿的海軍藍風衣、天冷時加穿的背心、以及數不清的內衣褲（耶拉曾在專欄中坦承，就像許多歷經貧困童年的有錢中年人一樣，他也染上囤積新內衣褲的惡習，即使數量遠超過自己所需），這一切物品再再顯示出這個地方的主人很可能隨時會下班回來，然後立刻投入日常生活的作息。

屋裡的裝潢究竟有多少是模擬舊時景象，也許很難從床單和毛巾類的小東西看出來。不過很明顯地，其他房間的設計也都沿襲客廳裡所運用的「幻影居所」概念。因此，臥室裡複製了魯雅小時候的藍色牆壁，也擺著一張和舊床同樣式的床架。那張舊床上曾經鋪滿了耶拉母親的裁縫用品、服裝版型和歐洲進口的布料——西西黎和尼尚塔希的社交名流把這些布料連同時裝雜誌和剪報照片一起帶來給耶拉的母親。如果說角落裡瀰漫的氣味能給人一股聯想的力量，讓過往的歲月再度重現，那麼人們會說必須加上眼前似曾相識的場景才能使一切更為鮮活。然而，走近魯雅過去所用的那張雅緻的坐臥兩用沙發床，卡利普才慢慢明白，其實相反，是周遭的物品引出了氣味的回憶。他聞到了舊「佩柔」肥皂的香味，混合著梅里伯伯以前用的「尤基．托馬帝斯」牌古龍水——這家公司已經倒閉了。但在現實中，魯雅的床邊找不到任何香皂散發出這股熟悉的氣味；房間裡沒有仿冒的「板瑞雅」古龍水瓶子；也沒有任何薄荷口味的口香糖；更是四處找不到那個抽屜，裡面收藏著許多鉛筆、著色本和鮮豔的圖畫書，有的是從伊茲密寄來給魯雅的，有的是在貝佑律的商店或阿拉丁的店裡買來的。

根據屋裡仿照舊時的裝潢，很難判斷出耶拉到底多常造訪或居住此地。在這間博物館裡，很可能一切都屬於固定的展示，有人隨時在監督，以一種病態的嚴謹來擺設各種看似隨手放置的物品，包括了：四處亂擺的菸灰缸裡，細長的「紅罌粟」或粗短的葉尼．哈門菸蒂的數目；廚房碗櫃裡盤子的乾淨程度；或是露出管子外的伊白亮牌牙膏的新鮮與否——牙膏軟管的頸部好像被人生氣地擠捏，而同樣的氣憤也曾爆發在幾年前一篇譴責這個品牌的專欄中。甚至可以進一步猜想，燈泡上的灰塵、穿透灰塵落在斑剝牆壁上的陰影、二十五年前在兩個伊斯坦堡孩童眼中神似非洲森林和中亞沙漠的陰影形狀、他們從姑姑和奶奶口裡聽來的奇幻故事中的狐狸和野狼的幽魂，這一切，全都是博物館中獨一無二的複製品。（卡利普陷入沉思，這個概念讓他一時間難以吞嚥。）因此，若想推測這裡是否常有人居住，也不可能倚賴去觀察沒有關緊的陽臺門旁殘留的雨漬，牆角如絲般的塵埃毛球，或者因為中央暖氣而裂開的一片片拼花地板，腳步的重量踩出的尖銳嘎吱聲。掛在廚房門上那座五顏六色的壁鐘，指針停在九點三十分。這座鐘是一個複製品，仿製自謝福得先生家中那座始終歡欣鼓舞地滴答敲奏的大鐘——荷蕾姑姑總是自豪地提起謝福得先生繼承了多少財產。這個地方讓卡利普想起阿塔圖爾克博物館，裡面的擺設也依循著同樣的病態偏執，把所有鐘上的時間都停在阿塔圖爾克死亡的時辰（一九三八年，十一月十日，早上九點零五分）。但九點三十分究竟指示著什麼，或是誰的死亡時間，卡利普並沒有印象。

往事的重量如鬼魅般壓著他，他一陣恍惚，內心湧起一股哀愁和報復之情，因為他知道在二十五年前，由於屋裡空間不夠，他們早已把原始的可憐不幸家具賣給一個收破爛的，裝在他的馬車上一路叮叮噹噹駛向某個天知道的遙遠地方，從此被人遺忘。拋開回憶，卡利普回到走廊，廚房和浴室之間的寬牆邊沿牆立著一個玻璃門的榆木櫃，是整間房裡唯一算「新」的家具。他開始翻找裡頭的報紙，但才搜尋了沒多久，他便發現裡面書架上的文章也同樣分類得井然有序：

耶拉菜鳥記者時代的新聞和採訪剪報；各種讚美或詆毀耶拉．撒力克的文章剪報；耶拉以化名發表的所有專欄和名人軼事；耶拉以真名發表的所有專欄；所有的〈信不信由你〉、〈分析你的星座〉、〈歷史上的今天〉、〈驚奇新聞〉、〈從筆跡看個性〉、〈看面相，知性情〉、〈猜謎和填字遊戲〉之類的專欄，全都是耶拉親自鑽研下筆的；所有專訪耶拉的新聞剪報；基於眾多因素沒有刊登的文章草稿；重要的便條記錄；成千上萬張他多年來剪貼收集的新鮮故事和照片；讓他能隨手記下夢境內容、天外奇想和備忘事宜的筆記本；成千上萬封收藏在蜜餞乾果罐和鞋盒裡的讀者來信；耶拉以筆名發表的連載小說剪報，有的是他自己獨力完成，有的是半途接手代寫的；好幾百封他所寫的信的複本；上百本千奇百怪的雜誌、傳單、書籍、小冊子、軍中年刊和學校畢業紀念冊；好幾盒從報紙和雜誌上剪下來的人物照片；色情圖片；罕見動物和昆蟲照片；兩大箱關於胡儒非教派和文字科學的文章和刊物；上面畫有標誌、文字和記號的舊公車票根、足球賽票根、電影票根；零散或黏貼成冊的照片；新聞組織頒發的獎狀；舊土耳其和帝俄時代的紙幣；通訊錄。

翻出三本通訊錄後，卡利普便回到客廳的椅子上，一頁一頁地查閱。經過四十分鐘的研究後，他得出結論，通訊錄裡的都是在五〇到六〇年代時期和耶拉有所交集的人，而他並沒有辦法透過這些電話號碼找到魯雅和耶拉，因為號碼後面的住家地址上的房子大概都已經拆掉了。他又花了一點時間，翻完了玻璃門櫃裡的瑣碎文件，然後找出耶拉在七〇年代早期的專欄以及同時間收到的讀者來信，開始閱讀，想確定其中是否有馬海爾．伊金西所謂關於卡車謀殺案的那封信。

由於這場人稱「卡車謀殺案」的事件牽涉到幾個卡利普的高中同學，因此他對這件政治因素引發的謀殺案始終很感興趣。謀殺案的主導是一群足智多謀的年輕人，他們組織了一個政治派系，所做所為在無意間全都鉅細靡遺地模仿杜斯妥也夫斯基的小說《附魔者》。卡利普一邊翻閱著信件，腦中又想起曾經有好幾個夜晚和耶拉討論過這個話題，而耶拉總是堅持我們國家裡的每一樣東西都是模仿自另一樣東西。那是一段陰鬱、寒冷而煩悶的日子，早已理所當然被遺忘：魯雅嫁給了那個「好男人」——卡利普的心思躊躇於敬畏和輕蔑之間，老是記不住這人的名字。當時的他，忍不住好奇心的驅迫，到處打聽流言閒語，結果聽到了一堆政治消息，反倒是關於新婚夫婦小倆口的甜蜜或冷淡沒有任何可信的證據。某個冬天深夜，當瓦西夫心滿意足地餵他的日本金魚（紅色的「和金」與「琉金」，牠們皺褶的尾鰭是近親雜交的畸變產物），而荷蕾姑姑一邊抬頭看電視一邊做《民族日報》上的填字遊戲時，奶奶在她冰冷的房間裡瞪著冰冷的天花板死了。魯雅獨自一個人回來參加葬禮（「這樣比較恰當。」梅里伯伯說出卡利普內心的想法。梅里伯伯曾公開表示瞧不起從鄉下來的女婿），她身穿一件褪色的外套，包著一條更舊的頭巾，之後匆匆忙忙地離開。葬禮過後，有一天晚上在公寓裡，耶拉問卡利普有沒有卡車謀殺案的相關資料，但卻沒有得到他最想知道的答案：卡利普認識的那些年輕人之中，有沒有可能碰巧有誰讀過那位俄國作家的書？

「所有的殺人犯，」那天夜裡耶拉說：「就像所有的書一樣，全都是模仿品。這就是為什麼我永遠無法用自己的名字出書。」隔天晚上他們又聚在往生者的公寓裡，兩人深夜促膝長談，耶拉沿續先前的話題說：「話雖這麼說，但即使最差勁的殺人犯也有其原創的部分，而最差勁的書裡則根本沒有。」往後的歲月裡，耶拉一步一步深入這項思辯，每當卡利普目睹到這一點，總感到一種類似於出發前去旅行般的喜悅。「所以，諧擬其實不在於謀殺，而在於書本。由於它們都是關於模仿的模仿——正是這件事最讓我們興奮莫名——重現書本內容的謀殺與重現謀殺情節的書本皆能激起一般大眾的情緒。無疑地，要能夠舉起棍棒敲下被害者的腦袋，一個人非得要把自己變成另一個人（因為沒有人能接受自己是凶手）。創造力絕大部分來自於憤怒，憤怒使我們麻木不仁，但唯有借助我們以前從別人那裡學來的方法，憤怒才可能刺激我們展開行動：借助刀、槍、毒藥、敘述技巧、小說形式、詩韻節奏等等。當一個惡名昭彰的大惡棍說『庭上，當時我不是我自己』時，他只不過在陳述一件人盡皆知的事實：謀殺，其中所有的細節與儀式，全都是從別人那裡學來的，也就是從傳說、故事、新聞和報紙——簡言之，是從文學作品中學來的。就算是最單純的殺人行為，比如說一時激動失手犯罪，也仍然是不自覺的模仿動作，仿效自文學作品。我是不是應該拿這個題材寫篇專欄？你覺得呢？」他並沒有寫。

早已過了午夜，卡利普正在專心閱讀從櫃子裡拿出來的專欄，先是客廳裡的燈熄了，像舞臺上的燈一樣，接著冰箱馬達發出無力的呻吟，好似一輛超載的舊卡車哀嚎著換檔爬上又陡又滑的斜坡，然後整間公寓陷入漆黑。身為伊斯坦堡人，對於停電早就習以為常，卡利普在椅子裡靜坐良久，剪報檔案夾放在腿上，一動不動，企盼著也許「電很快就會來」。他坐在原位，傾聽著大樓內部的聲響，這些年來他早已遺忘了暖爐的嗶剝聲、牆壁的死寂、拼花地板的伸展、水龍頭和水管的咕嚕呻吟、不知何處一座鐘的沉悶滴答，以及通風井傳來令他毛骨悚然的呼嘯。等他摸索著走進耶拉的臥房時，夜已經非常深了。他換上耶拉的睡衣，突然想起昨天晚上在酒吧裡，憂鬱作家所說的那個小說家的古老故事，故事中的小說家主角覺得自己躺在分身的床上。卡利普爬上床，過了很久還是睡不著。

21 你睡不著嗎？

「夢境是我們的第二個生命。」——紀哈・內瓦爾《奧慧莉亞》39

你爬上床，鑽進熟悉的事物中，床單和棉被散發著你的氣味和記憶，你的頭陷入枕頭中熟悉的軟柔，你翻身側躺，蜷起雙腿，脖子向前微傾，讓冰涼的枕頭冷卻你的臉頰：很快地，眨眼之間，你就會墜入夢鄉，在那片黑暗之中你將會忘記一切，所有的一切。

你將會忘掉所有：上司的無情專權、魯莽的話語、愚蠢、沒有趕完的工作、缺乏體諒、不忠、不公平、漠不關心、怪罪你的人或以後會怪罪你的人、你的財務窘況、時光的飛逝、漫長無聊的時間、你想念的人、你的孤獨、你的羞恥、你的挫敗、你的悲慘、你的痛苦、不幸、所有的不幸。很快地你將忘記這一切。你很高興自己就要忘掉。你等著。

黑暗中，或幽光中，周圍的物品陪著你一起等待：熟悉得不能再熟悉的平凡衣櫥、抽屜、暖氣、桌子、矮凳、椅子、掩上的窗簾、你脫下來隨手亂扔的衣服、一包香菸、火柴、你外套口袋裡的皮夾、滴答聲仍依稀可聞的手表。

等待的過程中你聽見的聲響毫不陌生：一輛汽車壓過熟悉的石板路，或輾過淺窪中的止水、不遠的某處一扇門關起、一臺老舊冰箱的馬達、遠方幾條狗在吠叫、霧角的低鳴從海邊一路傳來、布丁店門口一扇鐵捲門猛然被拉下。這些聲音，不僅充滿了睡眠與夢境的暗示，也牽引你回想起那讓人重生的忘憂世界，告訴你無須多慮，提醒你很快地你將會遺忘它們，遺忘你周圍床邊的各種物品，你將踏入另一片領域。你準備好了。

你準備好了。彷彿你即將脫離軀體、你親愛的腿和臀部，甚至你的手和手臂。你準備好了，你感到無限喜悅，你不再需要那朝夕相處的身體和四肢，你明白等你閉上雙眼後，你將把它們全部拋在腦後。

一個輕微的肌肉抽動提醒你，眼皮下方你的瞳孔與光線徹底隔絕。熟悉的聲音與氣味暗示你一切都安然無恙，沉靜之中，透入瞳孔的光線並非屋內稀薄的微光，而是你內心深處的光影，漸漸地暈染，慢慢地擴散，終至爆發成一朵朵色彩斑斕的煙火：你看見藍色的水印、藍色的閃電、紫色的煙霧、紫色的穹窿；靛青的粼粼波光、薰衣草紫的瀑布水霧、殷紅的熔岩從火山口蜿蜒流淌、波斯藍的星點靜默地閃爍。你欣賞著內心的色彩，看著顏色和形狀悄然變化、重複，出現又消失，然後一點一滴地逐漸幻化變形，直到勾勒出你早已忘卻或從不曾發生過的回憶場景。

但你還是沒有睡著。

現在就承認這件事實未免太早了吧？回想一下當你安穩入睡時腦中的思緒：不，不是你今天做了什麼或明天要做哪些事，而是去想像那些帶領你融入無意識睡眠狀態的甜美細節：它們全在等你回來，等你好不容易現身，讓一切美好圓滿。可是沒有，你沒有出現，你在一輛火車上，沿著左右兩排白雪包覆的電線桿向前飛馳，行李箱裡裝滿所有你最珍愛的物品。你帶著某個精美迷人的東西回來，大家全都明

39　紀哈・內瓦爾（Gerard de Nerval, 1808-1855），法國象徵主義和超現實主義詩人作家，創作全盛期精神嚴重失調，多次進出精神療養院，最後在巴黎街頭自縊身亡。著有《奧蕾莉亞》、《希薇》、《東方之旅》等。

白了自己的錯誤而閉上嘴巴，私底下對你感到一絲欽佩。你擁抱一個你所愛的美麗身軀，而那身體也回抱著你。你返回那座始終無法忘懷的果園，從樹枝上摘下熟透的櫻桃。是夏天，是冬天，是春天。現在是早晨，一個蔚藍的早晨，一個美麗的早晨，一個陽光燦爛的早晨，朝氣蓬勃的早晨……然而沒用，你睡不著。

要不然，試試我的作法：輕柔地轉動床上的身體，不要驚擾你的四肢，讓臉頰在枕頭上找到一塊冰涼的位置。接著，你開始回想七百年前拜占庭送給蒙古大汗旭烈兀作妻子的瑪莉亞・帕里奧洛加斯公主。她從君士坦丁堡出發，長途跋涉至伊朗嫁給旭烈兀，然而還沒抵達目的地，旭烈兀已經撒手人寰，於是她只好嫁給繼承父位的阿八哈。她在伊朗的蒙古宮殿裡居住了十五年，直到丈夫被人謀殺，才被迫返回此刻你渴望安穩熟睡的這片丘陵地。啊，想像你自己就是瑪莉亞公主，試著感受她出發上路時的淒愴哀愁，感受她返國之後，自我幽禁在金角灣岸邊的教堂裡，度過了悠悠餘生。想像菡丹蘇丹妃——阿哈邁德一世的母親——所豢養的侏儒，為了取悅她這些親愛的朋友，蘇丹妃替他們在斯庫他瑞建造了一間侏儒屋。但後來，蘇丹派人替他們建造了一艘大帆船，將她的這些朋友從伊斯坦堡送往某個地圖上找不到座標的人間樂園。試著體會菡丹蘇丹妃在旅途啟程的黎明與朋友分離的悲傷，體會侏儒站在帆船甲板上揮手道別時的悲傷，彷彿你自己即將離開伊斯坦堡，揮別你所愛的親友。

倘若這一切仍無法引我入眠，我親愛的讀者，那麼我會假想一個苦悶的旅人，在一個淒清的夜晚一個淒清的火車站裡，站在月臺上來回踱步，等待一輛不會到來的列車。當我弄清楚旅人的目的地時，我會發現原來我自己就是他。我想到那些挖掘西黎維城門下方地底隧道的工人，就是這條通道在七百年前讓希臘人得以進城占領。我想像第一個偶然發現萬物背後意義的人。我幻想在眼前所見的世界之下隱藏著另一個平行的宇宙，而當我逐漸理解事物的隱含意義後，我將為這片新領域中的新意義感到無限狂喜。我設想一個失憶的人心中幸福的無知。我假想自己被棄置在一座無名的鬼城裡，曾經擠滿千百萬人口的房舍、街道、清真寺、橋梁和船隻如今杳無人跡。我穿越鬼魅般的空蕩市區，在淚眼模糊中憶起原來這是我自己的家鄉，這裡有我的過去。我緩緩走回我所居住的街道、我的家、躺上那張讓我輾轉難眠的床鋪。我想像自己是弗朗索．尚波里昂，爬下床來解讀羅塞達石上的埃及象形文字[40]，陷入無窮往事中找不到出路，像個夢遊者般在我記憶深處的幽暗隧道裡漫步遊蕩。我幻想自己是穆拉特四世，深夜裡獨自一個人微服出巡，視察禁酒令執行的成效，偽裝成平民百姓的武裝侍衛隨侍在側，暗中確保我的安危。我欣慰地觀察子民的生活，他們在清真寺周圍、在零星幾間尚未打烊的商店裡、在騎樓暗處的簡陋小屋裡悠哉閒晃。

接著，午夜時分，我變成了製棉被的學徒，向師傅耳語透露某個密碼的前後音節，預告十九世紀最後一場的禁衛軍叛變。或者我是那神學院的信差，來到非法的教派組織，催促沉潛中的托缽僧從瞌睡和沉默中醒覺。

假使我仍舊睡不著，親愛的讀者，那麼我將化身為憂愁的痴情人，四處追尋那逐漸失落的愛人身影，我將打開城市的每一扇門，走進每一間鴉片煙瀰漫的房間、擠進每一群說故事的人群、踏入每一棟歌聲繚繞的屋舍，尋找我自己的過往以及愛人的足跡。倘若我的記憶、我的想像力、以及我殘破不堪的夢想尚未耗損殆盡，那麼在一段半夢半醒的恍惚剎那，我將會跨進第一間不期巧遇的熟悉居所，也許是

40 一七九九年在埃及羅塞達發現的一塊石板，上面刻有希臘文和埃及象形文字，成為解開古埃及文字的可靠線索。尚．弗朗索．尚波里昂（Jean-François Champollion, 1790-1832），法國歷史學家，人稱「現代古埃及學之父」，花了二十三年解開羅塞達石的文字。

某個點頭之交的朋友的家，或者是某位近親空下來無人居住的宅邸，接著，我打開一扇又一扇的門彷彿闖入自己記憶中遺忘的角落，直到開啟最後一個房間。我吹熄蠟燭，躺上床伸展四肢，然後，在各種遙遠、陌生、奇異的物品包圍下，安然睡去。

22 誰殺了大不里士的賢姆士？

我還要尋找你多久，一棟房子又一棟房子，一扇門又一扇門？
還要多久，從一個角落到另一個角落，從一條街到另一條街？

——魯米

早晨，卡利普在睡了長長的一覺後安詳醒來，天花板上用了五十年的電燈依然亮著，投下舊羊皮紙色的光芒。他穿著耶拉的睡衣，把整夜未熄的電燈全部關掉，撿起從門縫底下塞進來的《民族日報》，走到耶拉的書桌前坐下，開始看報紙。他看見專欄裡出現星期六下午他在報社辦公室裡發現的同樣錯誤（「做你們自己」誤植成「做我們自己」），他的手很自然地滑進抽屜裡，摸到一枝綠色鋼珠筆，把它拿出來，然後開始校對全文。改完之後，他才想起耶拉以前校對的時候也是坐在這張書桌前，穿著同樣的藍條紋睡衣抽著菸，拿著同一枝筆。

他信任內心那股一切進行順利的感覺。吃早餐的時候他情緒高昂，像是睡足了一覺後自信滿滿地迎接一天的開始，感覺自己又回來了——他不再需要成為另一個人。

煮好咖啡後，他把從走廊櫃子裡拿出來的幾盒專欄、信件和剪報放在書桌上。他深信只要他專心誠意地閱讀面前的紙張，終究能找到尋覓多時的答案。

卡利普挑出優先閱讀的專欄文章，然後一路看下去：關於住在葛拉答橋下船塢裡過著野人生活的孩童；關於講話口吃的凶惡孤兒院院長；關於一群技藝超群的選手所舉行的空中競賽，他們在身上裝了翅膀，如潛水般從葛拉答塔縱身躍入空中；關於列凡特地區雞姦行為的歷史，以及由此衍伸的各類「新潮」商品。他秉持著同樣的樂觀與信心繼續往下閱讀，看到各種故事：貝敘塔希一位駕駛伊斯坦堡第一輛福特T型車的車商的軼聞趣事；為什麼「我們城市」裡的每個區域都要設置一座鳴鐘塔；埃及人禁止《一千零一夜》中後宮嬪妃和黑人奴隸幽會的場景，這樣的禁令有何歷史意義；能夠在行進中登上老式馬拉街車的優點；為什麼當鸚鵡逃離伊斯坦堡而烏鴉大舉入侵時，會引起第一場雪飄落。

讀著讀著，他回到了初次看到這些文章的歲月。他在紙上做筆記，有時候把某句、某段，或某個字反覆讀幾遍。每結束一篇專欄，他就再小心翼翼地從盒子裡拿出新的一篇。

陽光打在窗櫺上，沒有曬進屋裡。敞開的窗簾外，對街公寓大樓的屋簷垂掛著冰柱，融水正從冰尖和積滿污雪的排雨管中滴落下來。三角形的屋頂和長方形的高煙囪之間露出一塊湛藍的天空——屋頂是紅磚混髒雪的顏色，煙囪則從它烏黑的牙齒間噴出炭褐色的煙霧。眼睛讀累時，卡利普便抬頭望向這塊三角形和長方形中間，凝望著烏鴉疾馳的翅膀劃過藍天。當他再度回到面前的紙張上時，他才醒悟，原來耶拉也一樣，每當看累了的時候也會從桌上抬起頭，望向同一塊天空，注視同一群烏鴉展翅飛過。

很久之後，等陽光照到了對面公寓樓房黝黑窗戶裡掩上的窗簾時，卡利普的樂觀開始消散。雖然很可能所有的事物、文字和意義都在正確的位置，但愈往下讀，卡利普愈是痛苦地明白，那貫穿一切的深沉現實早已消失無蹤。他讀到耶拉寫到救世主、假先知、偽君王，並在文章中討論魯米和大不里士的賢姆士的關係，而在賢姆士死後，「偉大的蘇非詩人」則轉而與一名叫撒拉定的珠寶商相熟，在撒拉定死後又由卻勒比．胡珊邁丁取代了他的位置。為了甩開內心湧起的反感，卡利普決定換讀〈信不信由你〉專欄，其中一篇講到一個名叫斐加尼的詩人，這個人寫了一首雙韻詩侮辱伊布拉罕蘇丹的宰相，因而被綁在驢子上遊街示眾；另一篇是關於艾佛拉基教長的故事，他娶了自己全部的姊妹，卻意外地害她們接連死亡，然而這些故事都無法轉移卡利普的注意力。讀著從盒子裡取出的信件，他一如童年般訝異地領悟到，對耶拉感興趣的人竟然那麼多、差異又那麼大。不過，這些信件除了加深卡利普心中浮現的懷疑之外，沒有任何助益。因為寫信的人不外乎是要錢、互相指責、揭露耶拉敵對專欄作家的妻子們的輕浮舉止，或是報告某個祕密組織的陰謀、當地大企業主的賄賂行為、或是聲明他們自己的愛恨情仇。

他知道每件事都與耶拉逐漸改變的形象息息相關，而這個形象從他一坐在書桌前就縈繞他腦海。如同早晨時一切事物都曾屬於一個可以理解的世界，那時的耶拉對他而言，是一位他多年來熟讀的作者，他遠遠地了解並認同他那「未知的力量」。到了中午這段時間，電梯開始流量穩定地運載生病或懷孕的女人前往樓下的婦產科診所，卡利普慢慢地發現，心中的耶拉正扭曲為一個「有缺陷」的形象，這時他明白整個房間和周圍的物品也都變了。它們看起來不再友善，反而變成嚇人的符號，來自於一個不願輕易洩露其祕密的世界。

卡利普領悟到這樣的改變是源於耶拉對魯米的描寫，因此他決定針對這個主題往下探究。很快地他找出耶拉討論魯米的文章，數量驚人，他飛快地一篇篇瀏覽。

這位從古至今最具影響力的神祕詩人吸引耶拉之處，不是十三世紀時他在康亞以波斯文所寫的詩作，也不是中學倫理課上作為道德範本教學用的詩文佳句。對於許多平庸作家在書本第一頁引用為裝飾的「經典珠璣」，耶拉也不感興趣，就像他毫不熱中於赤腳裙裝梅列維教派迴旋舞托缽僧[41]的儀式，儘

41　梅列維，蘇非教派的一支，由詩人魯米所創，追求冥想與苦修，透過伴隨著音樂不停旋轉跳舞的儀式來接近真主，其僧侶故而有迴旋舞托缽僧的稱號。

管觀光客及明信片業者為之風靡。魯米，這位過去七百年來有上萬冊評論以其為主題的詩人，以及在他死後為人傳頌不斷的教誨，對耶拉而言卻只不過是一個有趣的目標，值得專欄作家善加利用並從中獲益。事實上，耶拉對魯米最感興趣的地方，是在於他與幾個男人之間「情慾而神祕」的親暱關係。

魯米在四十歲左右時已經繼他的亡父接掌了康亞地區精神領袖的地位，成為當地教長，不僅受到忠誠信徒的敬愛，更得到全城的景仰。但魯米卻懾服於一位來自大不里士，名叫賢姆士，才智和品性絲毫不及魯米的流浪托缽僧。耶拉認為，魯米的行為教人完全無法理解。往後七百年來，眾多評論家為了設法弄清楚這段關係，寫下了許多辯解之文，更證明了此事的不合常理。在賢姆士離開或遇害之後，魯米不顧其他信徒的反對，轉而指派一位純然無知、提供不了半點建言的珠寶店老闆接續賢姆士為他的摯友。依照耶拉的說法，如此的選擇顯示出魯米的悲傷情緒，而不是因為他又找到了另一個人能夠取代大不里士的賢姆士帶給他「極致強烈的神奧體悟」——這也是所有評論家所致力證明的。同樣的道理，在這位繼任者死後，魯米又選擇了下一個人作為他的「靈魂伴侶」，如同前者，他也是個毫無智慧與才華的俗人。

幾世紀以來，無數的學者把各式各樣的解釋加諸在這三段看似全然難以理解的關係上，目的是要讓它們變得可理解——替每位繼承人虛構不存在的美德，甚至有些人還替他們捏造家族系譜，宣稱他們是穆罕默德或阿里的後代。看在耶拉眼中，這些討論全都失焦了，重點該是擺在魯米最切實的感召力。某個週日下午，碰巧是康亞一年一度的紀念慶祝日，耶拉曾詳細說明魯米反應在詩文中的這股感召力。二十二年後卡利普重讀同一篇文章，又再一次感覺到周遭的物品變了，當他小的時候，這篇文章就像所有的宗教作品，讓他覺得無聊透頂，他只記得作品刊登時，那年正好特別發行一系列魯米的郵票（十五庫魯的郵票是淡粉紅色，三十庫魯的是勿忘草藍，而魯雅最想要的珍貴六十庫魯郵票則是開心果綠）。

依照耶拉的看法——評論家也曾千百次地在他們書中最顯眼的位置闡明這項事實——的確，當魯米初次遇到流浪托缽僧大不里士的賢姆士時，他不僅得到了領悟，也深受其影響。然而原因並不是一般所揣度的，認為在大不里士的賢姆士提出那個深奧的問題而引發兩人之間一場著名的「對話」之後，魯米憑直覺得知此人是位先知。兩人的交談其實平凡無奇，內容不過是奠基於某個普通的「美德寓言」，這類的語錄在清真寺庭院裡所販賣的蘇非教派書本中俯拾皆是。假使魯米真如他所言，受到了啟發，那麼也絕對不可能是因為如此平庸的寓言。頂多，他只是假裝受到了震撼。

而他所做的確實就是這樣。他表現出好像自己在賢姆士身上遇見了一個深沉的人物、一個有力的靈魂。耶拉認為，當時三十多歲的魯米，在那一個下雨天真正需要的，便是邂逅像這樣的一個「靈魂伴侶」，一個他可以從其臉上看見自己倒影的人。因此，看見賢姆士的剎那，他說服自己，這就是他尋覓的那個人，接下來很自然地，無須花費太多力氣他便讓這位賢姆士相信，真正崇高的人其實是賢姆士自己。一二四四年十月二十三日的偶遇之後，他們把自己關進神學院一間密室裡，整整六個月沒有再出來。至於這六個月來，神學院的密室裡究竟發生了什麼事，儘管關於這個「世俗的」問題，梅列維教派的成員只有輕描淡寫，但耶拉卻在文中加以鋪陳，同時小心不要過分激怒讀者，並就此引出他真正的主題。

終其一生，魯米不斷在尋找「另一個人」，能夠感動和點燃他；他在尋找一面鏡子，能夠反映出自己的臉孔和靈魂。所以，就如同閱讀魯米的所有作品一樣，若想要理解他們在密室裡的談話和作為，必須把這些行為、話語、聲音當成是出自於許多人冒充成一個人，或者反過來，出自於一個人扮演著多人的角色。置身於十三世紀安那托利亞小鎮的窒悶環境中、忍受著頑固信徒的熱忱崇拜（他就是擺不掉他們），詩人唯有憑藉多重身分，借助他總是藏在衣櫃裡的變裝道具，才可能在適當的時機稍作紓解。耶拉從自己另一篇文章中引了一段話來強調這種改變形象的渴望：「就好像某些國家的君主，因為受不了身旁一堆諂媚、殘酷、愚蠢的人，因此會在衣櫃裡藏一套農夫的衣服，偶爾換上它到街上去透透氣。」

這篇文章刊登後，如卡利普所料，耶拉從宗教信仰最虔誠的讀者那裡收到了辱罵和死亡恐嚇，以及死硬派共和黨員的奉承信件。雖然報社主管要求耶拉別再碰這個題材，但一個月過後，耶拉又舊話重提。新的文章中，耶拉首先重述每一位梅列維教徒都知道的基本事實：其他的信徒嫉妒這個可疑的流浪托缽僧竟得到魯米的寵信，因此向賢姆士施壓，恐嚇要取他的性命。接著，一二四六年二月十五日一個白雪紛飛的冬日（卡利普很感激耶拉對於精確紀年的執著，不像學校的歷史課本裡則充滿了錯誤的年代），賢姆士從康亞消失了。失去摯友、失去另一個自己的魯米，扼抑不住悲傷，直到他從一封信中得知賢姆士身在大馬士革，他立刻召回他的「摯愛」（耶拉刻意把這個詞放在引號裡，以免更進一步引起讀者的猜疑），並把自己的養女許配給他。雖然如此，但嫉妒的漩渦很快又再度包圍住賢姆士，直到「一二四七年十二月的第五天，某個星期四，他遭遇突襲被人亂刀砍死」。犯案的暴徒中包括了魯米的兒子亞拉丁。當天夜裡，冰冷的大雨滂沱，他的屍體被拋入一口井中，就在魯米住處隔壁。

接下來的幾行句子描寫賢姆士被棄屍的那口井，卡利普讀著內容，覺得一點也不陌生。耶拉的敘述，關於那口井、井底的屍體、屍體的孤獨和悲傷，不僅使卡利普戰慄膽寒，他甚至覺得自己彷彿親眼看見了七百年前的井與屍體、周遭的石牆、以及呼羅珊風格的粉刷。他把這篇文章反覆讀了幾遍，又隨手拿起幾篇文章瀏覽，然後才想到，那段文字很像有一篇描寫大樓通風井如同黑洞的專欄，耶拉不但一字不漏地照抄某些句子，還刻意保持兩篇文章的風格一致。

於是卡利普便以這種全新的觀點繼續閱讀堆在桌上的文件，他花了很多力氣研究細節——倘若他先讀到耶拉探討胡儒非教派的文章，想必就會因為太過投入而忽略掉這些小地方。此時他才明白，為什麼閱讀耶拉的文章會改變周遭的物品；為什麼原本瀰漫在那些桌子、破舊窗簾、隨處可見的菸灰缸、椅子、暖氣爐上的剪刀、其他個人用品之間的一股祥和寧靜，如今消失無蹤。

談到魯米時，耶拉彷彿在談論自己；利用乍看之下並不明顯但很巧妙的文字置換，他把自己放進魯米的角色。卡利普慢慢才肯定這樣的置換，因為他注意到耶拉在談論自己和講述魯米的「歷史」文章中，都運用了同樣的句子、段落、甚至同樣的憂傷語調。這場詭譎的遊戲令人駭異之處，在於他拿來佐證的事實都曾出現在他的私人日記、未發表的草稿、關於歷史的閒談、以另一位梅列維詩人（謝伊．加里波，《美與愛》的作者）為主題所寫的評論、夢境釋義、伊斯坦堡回憶記事、以及他自己許許多多其他專欄中。

在他的〈信不信由你〉專欄裡，耶拉提過無數則君王以為自己是別人的故事，比如中國皇帝為了從此假扮成別人，放火燒掉自己的宮殿，或是蘇丹由於微服出遊成癮，連續好幾天棄宮中事務於不顧。在一篇像是往事追憶的隨筆中，卡利普讀到，某個單調乏味的夏日裡，耶拉以為自己分別是：德國數學家布萊尼茲、著名的大富豪謝福得先生、穆罕默德、報業大亨、法國諷刺作家法朗士、成功的大廚、布道內容廣受歡迎的伊瑪目、魯賓遜、巴爾札克、以及另外六個名字被劃掉的人物，耶拉之所以劃掉這六個名字，想必是因為覺得難堪。他瞥了一眼仿照魯米紀念郵票及海報所繪的諷刺漫畫，發現上面笨拙地畫了一個小方塊，裡頭刻上「耶拉．魯米」的字樣。另一方面，有一篇未發表的專欄，第一句就開門見山說：「魯米的《瑪斯那維》被視為他最偉大的作品，但其實從頭到尾都是剽竊來的。」

根據耶拉的說法，就像那些無法忍受長久扮演自己的人唯有假冒另一個人的身分才能得到慰藉，魯米也是一樣，當他在講述一則故事時，也只能重述別人已經講過的故事。而且，對這些抑鬱的靈魂而言，說故事能夠巧妙地讓他們逃離自己可厭的身與心。《瑪斯那維》的架構雜亂而沒頭沒腦，正如《一千零一夜》，第一個故事還沒結束，第二個故事已經開始，第二個還沒講完，第三個早已展開——無窮無盡的故事，還沒告終就被遺落在一旁。卡利普隨意翻開《瑪斯那維》的一冊，看見某些地方的頁緣空白處畫了線，標示出有情色意涵的故事；有幾頁被冠上憤怒的綠色問號、驚嘆號，或被直接了當地刪掉。草草讀完遍布污漬書頁上頭的故事後，卡利普恍然大悟，青少年時代他所看到的許多篇專欄，本以為是原創故事，原來其實是耶拉從《瑪斯那維》中抄下來，拿到現代伊斯坦堡的背景中來用。

他回想起許多夜晚，耶拉長篇大論地解釋念讚詩這項宮廷藝術，也就是依照已有的詩為範本而填寫的詩，並透露說這是他唯一會的技巧。而魯雅也在一旁，把他們在路上買來的酥餅打包好，聽著耶拉說他許多的專欄，或許全部的專欄都是借助別人的幫忙而寫成的；他宣稱他所有的專欄都取材自別人的作品，他還補充道，最關鍵的重點不在於去「創造」新的東西，而是去擷取過去千百年來、成千上萬個知識分子努力發展出來的驚人傑作，巧妙地加以改變，轉化成為新的東西。然而卡利普之所以沮喪，之所以對房裡物品和桌上文件這些平凡現實失去樂觀的信心，並不是因為他得知多年來他深感著迷的這些故事其實是耶拉從別處參考來的，而是因為這項發現暗示了別種可能。

他腦中閃過一個念頭，除了這間公寓裡這個複製其二十五年前模樣的房間外，也許在伊斯坦堡的另一處，還有另一間公寓裡的另一個房間，也是這裡的翻版。如果那裡沒有一個耶拉，坐在一模一樣的書桌前，說故事給一個魯雅開心地聆聽，那麼那兒想必有一個苦悶卡利普的翻版，坐在一模一樣的書桌前，閱讀各式各樣的舊專欄，以為自己將能從中尋找到失蹤妻子的蛛絲馬跡。他還想到一點，就好像物品、照片、塑膠袋上的標幟都是符號，指涉著別的東西，就好像耶拉的專欄每讀一次都能得到另一種解釋，同樣地，他的人生在每一次回顧後也都可能有不同的意義，而他或許將會迷失在這些如火車車廂般緊連不斷的眾多意義之中。外面天色已暗，屋內瀰漫著一片幽微的光霧，讓人聯想到在一間蛛網披垂的陰鬱地窖裡，那濕霉與死亡的氣息。陷入這地底冥府噩夢的卡利普試圖掙脫，為了逃離這片鬼魅之境，他扭亮檯燈，卻發現除了繼續用痠澀的眼睛往下閱讀外，他沒有其他的選擇。

於是他回到剛才擱下的地方，賢姆士的棄屍地點，那口布滿蜘蛛網的深井。故事的後半部分裡，詩人為自己失去的「摯友」和「摯愛」悲傷得難以自拔，他不願意相信賢姆士被人殺害扔進井裡，甚至，他不但怒斥那些想帶他去那口近在眼前的井邊查證的人，更編造出各種藉口到別處去找尋他的「摯愛」：賢姆士會不會又像上一次他失蹤的時候那樣，去了大馬士革？

就這樣，魯米前往大馬士革，開始大街小巷搜尋他的摯愛。每條馬路、每個街角、酒館和客棧，他翻遍了每一塊石頭尋找。他拜訪了愛人的老朋友、彼此共同認識的人、他最常出沒的老地方、清真寺和神學院，慢慢地，經過一段時間後，尋找的過程變得比結果更為重要。讀到文章這裡，讀者才發現自己沉浸在一團鴉片煙霧、蝙蝠、玫瑰香油之中，墜入神祕主義和泛神論的異域，在這裡，尋找者和被尋找的人互換位置，最重要的並不是找到，而是不斷地前進；最根本的並不是愛人，而是「愛」，愛人只是一個藉口。詩人在街道上所遭遇的各種冒險，就等同於蘇非之道上的修行者為了獲得啟發而必須克服的各個階段，文章中也簡單列出如此的對照：緊接著發現愛人失蹤時的失心瘋狂場景後，他啟程踏上考驗之路，正如「否認，或違逆自然秩序」的階段；之後他與愛人的老友和舊敵會面、調查愛人出沒的地點、並檢視那些令人心碎的個人物品，這些再再反映出各種階段的苦修「試煉」。倘若妓院的場景代表了「融入愛情」，那麼各種化名——比如說在哈拉智[42]死後，從他屋裡找到的密碼信件上的署名——與

42　哈拉智（al-Hallaj, 858-922），蘇非教派的殉道者，因宣稱「我是真理」而被視為異端，最後被肢解並釘死在十字架上。

文體技巧、含藏著文字遊戲的作品，便意謂著迷失在天堂與地獄，或者，如同阿撻[43]所言，迷失在奧祕之幽谷。就好像深夜的酒館裡，說書人輪番講述一則取材自阿撻《群鳥之會》中的「愛情故事」，同樣地，也是出自於同一本書，詩人在街道、商店、櫥窗的周圍充滿神祕色彩的漫遊，便是「與真主結合的純粹狂喜」或「空無」的最佳例子，因為這「誘發」他逐漸領悟，他其實是在卡夫山上尋覓自己。

耶拉的文章以古典詩韻體的俗麗詞句作為修飾，模仿其他蘇非作家，探究尋找者和被尋找者的身分，並引用魯米在大馬士革歷經一個月的尋覓後，頹喪之餘所道出的著名詩句，憎惡詩詞翻譯的耶拉並且以白話文補注：「若我就是他，」有一天，沉溺於城市奧祕中的詩人說：「那麼為何我依然尋尋覓覓？」最後耶拉用一個高潮點作結，提出梅列維信徒始終驕傲複誦的文獻事實。到了遊戲的這個階段，魯米不再把他最優秀的詩作署上自己的名字，而把它們集結到大不里士的賢姆士名下。

這篇專欄讓卡利普小時候第一次讀到就深受吸引的地方，在於追根究柢的特色，以及利用了警方的偵查技巧。在這裡，耶拉得出一個結論，想必將再一次激怒他「虔誠的」讀者——在此之前他寫了好一陣子蘇非教派的東西安撫他們——但必然能取悅他「世俗的」讀者：「計畫殺害賢姆士並棄屍井中的人，想當然耳，就是魯米自己。」耶拉之所以能如此斷言，是沿用了土耳其警方和檢察官常使用的一個方法，五〇年代初期他在跑貝佑律地方法院新聞時，與這些人相交甚篤。以一種小鎮檢察官指控罪行時的自信滿滿，耶拉暗示從賢姆士的死亡中獲益最多的人就是魯米，因為這給了他一個機會，讓他能從原本平凡乏味的神學導師晉升為蘇非派詩人。所以，他聲稱，魯米便是最有謀殺動機的人。至於動機和執行之間的模糊界線，這個在基督教小說中特有的關注重點，耶拉則草草交代過去，只提出一些反常的行為，比如說顯而易見的罪惡感、否認此人已死等業餘凶手慣用的伎倆、陷入徹底的失心發狂、以及拒絕低頭望入井底。緊接著便跳到另一個話題，把卡利普推入絕望的深淵：犯下謀殺案後，被告來到大馬士革，月復一月地在街道上搜尋，翻遍了整座城市，這麼做究竟是什麼意思？

卡利普推論耶拉花在這篇專欄上的時間比表面上看起來多，根據一些線索——耶拉在筆記本中寫下的注記、他收藏舊足球賽門票（土耳其3—匈牙利1）和舊電影票根（《血紅街道》、《回家》）的盒子裡找到的大馬士革地圖。地圖上，一枝綠色的鋼珠筆描繪出魯米在大馬士革的搜索路線。

天黑很久之後，卡利普找到了一張開羅的地圖，以及一本一九三四年的大伊斯坦堡市區電話地址簿，收在耶拉存放零星雜物的盒子裡，盒裡物品的年代都是同一個時期，正值他發表專欄探討《一千零一夜》中的偵探故事（〈阿里的冒險〉、〈聰明的小偷〉等）那時。如卡利普所料，開羅地圖上用綠色鋼珠筆標上箭號，作為《一千零一夜》故事的參考。他看到市區電話簿中的地圖上也標了箭號，若不是出自同一枝筆，必然也是同樣的綠色墨水。他順著綠色的箭號走入伊斯坦堡電話簿裡複雜的地圖，莫名中彷彿看見了自己過去幾天在城市間穿梭的路徑。為了說服自己確實看走了眼，他提醒自己，綠箭頭所指的商業大樓、清真寺和陡坡路，他都不曾進入或踏上。然而，他的確曾經來過毗連的商業大樓、附近的清真寺、爬上另一條通往同樣山丘的街道。這意謂著，無論地圖上如何標示，整個伊斯坦堡其實擠滿了同路的人！

於是，依照幾年前耶拉在一篇靈感來自愛倫坡的專欄中的提議，卡利普決定把大馬士革、開羅和伊斯坦堡的地圖並排擺放。他從浴室裡找來一片刮鬍刀片，上面殘留的毛髮證明它曾經劃過耶拉的鬍子，然後把地圖從市區電話簿上割下來。他把三張地圖排在一起，但由於大小不同，一開始他搞不清楚該怎麼看那布滿線條和符號的紙張。接著他把地圖疊起來，貼到客廳門的玻璃上，透著門後的檯燈光芒加以

43 阿撻（Farid ud-Din Attar, 1119?-1220?），土耳其詩人，其作品影響了魯米及許多蘇非派詩人，最主要作品為《群鳥之會》。

研究，就好像他和魯雅小時候拿一本雜誌來勾勒圖片的輪廓那樣。層層相疊的地圖中，他只能依稀辨認出一個形狀，恰似一個老人的風霜老臉。

他瞪著那張臉良久良久，以致他以為自己很早以前就認識它了。熟悉的感覺和夜晚的沉寂帶給卡利普一股平和，一種安詳的感覺，繼之升起的是一份自信，早已為某人準備好、小心醞釀的沉穩自信。卡利普誠心相信是耶拉在引領著他。耶拉曾寫過許多文章探討臉孔，但此時浮現在卡利普腦中的隻字片語，都是關於耶拉覺得當他凝望著某些外國電影女星的臉孔時，內心會湧上的一股平靜。因此卡利普決定從箱子裡翻出耶拉年輕時寫的影評來看。

在這些電影文章中，耶拉帶著痛苦的殷盼談到了某些美國電影明星的臉孔，就如同半透明的大理石雕像，或星球背後的絲緞表面，或是來自遙遠國度那如夢似幻的傳說。字裡行間，卡利普感覺到他和耶拉共享的所愛，並不純然是魯雅和小說，而是這樣的殷盼，和諧而寧靜，好似依稀可聞的一縷樂音。他熱愛他與耶拉共同藉由閱讀地圖、臉孔和文字所發現的一切，但也懼怕它。為了捕捉那段音樂，他本打算更深入鑽研其他關於電影的文章，然而他遲疑了一會兒，停了下來：耶拉從來不曾以同樣的角度談論土耳其演員的臉孔。土耳其演員的臉讓耶拉聯想到半個世紀前的電報，如同電報中的密碼，臉上的意義已經遺失，被人忘記。

此刻他了然於心，明白為何剛才吃早餐時，以及剛往書桌前坐下來時，包圍著他的樂觀離開了他。八小時的閱讀後，耶拉的形象在他心裡已全然改觀，而他自己也變成了另一個人。早上的時候，他對世界充滿信心，天真地以為只要耐心努力便能解開這個世界隱瞞著他的關鍵祕密，那時的他一點都不渴望成為別人。不過現在，這個世界的祕密遠離了他，房間裡面他以為自己熟知的物品和文章全部轉變成為來自異域的難解符號，成為他不認識的臉孔地圖。卡利普只想掙脫這個陷入絕望和疲憊中的自己。此時城市裡已經是晚餐時間，窗戶裡，電視機閃耀的藍色光芒逐漸映照在泰斯維奇葉大道上。為了尋找最後的線索以理清耶拉與魯米及梅列維教派的關係，卡利普開始閱讀幾篇觸及耶拉過往回憶的專欄。

耶拉對於梅列維教派一直很感興趣，不單是因為他知道讀者對此題材有一種莫名難解的投入，也因為他的繼父是梅列維信徒。梅里伯伯從歐洲和北非返家後，便與耶拉的母親離婚，享受他自己的天倫之樂；耶拉的母親靠裁縫營生卻入不敷出，於是改嫁給在亞伍茲蘇丹區一座拜占庭水池邊參加梅列維靜修的人。透過耶拉憤世嫉俗、伏爾泰式的諷喻，卡利普才逐漸看清楚這位「講話帶著鼻音」、參加祕密儀式的駝背律師。文章中寫到，耶拉住在繼父屋簷下的那段時間裡，他為了工作賺錢，曾經在電影院裡當帶位員；不時在黑暗擁擠的戲院裡和人打架或被打；中場休息的時候他兼賣汽水，而為了增加汽水的銷售，他還與麵包師傅串通好，要他在辮子麵包裡加入大量的鹽和胡椒。卡利普把自己投射到帶位員、嘈雜的觀眾和麵包師傅身上，最後——一如他這樣的好讀者——他把自己投射到耶拉身上。

就這樣，他繼續讀著耶拉的過往追憶，辭去了舍查德巴許電影院的工作後，他接著在一家瀰漫著膠水與紙張氣味的小店裡替一位裝訂商工作。這時，一行句子抓住了卡利普的視線，似乎是一則早已寫好的預言，用以解釋他此刻的處境。那是一句很老套的句子，出自於熱情有餘的自傳作家之筆，這種人總為自己編造一個賺人熱淚的過去：「我只要拿到什麼就讀什麼。」耶拉寫道。卡利普很清楚，耶拉不是在談論自己在裝訂商那邊的日子，而是在暗示卡利普只要拿到有關耶拉的文章就會往下讀。

一直到凌晨他離開前，每當想起這句話，卡利普都會覺得它證明了耶拉知道他——卡利普——此時此刻正在做什麼。所以，他認為過去五天的考驗並非他個人在追尋耶拉和魯雅的蹤跡，而是耶拉（或許還有魯雅）為他所設下的遊戲。由於這種想法正好符合了耶拉私底下遙控人們的慾望——藉由布下小陷阱、模稜兩可的情境、虛構的故事——卡利普不禁要想，他在這間儼然如博物館的公寓裡的調查並非出於他的自由意志，而是遂行了耶拉的願望。

他只想趕快離開這個地方，不僅因為他再也忍受不了這股窒息的感覺，或者長時間的閱讀使他眼睛痠痛，也由於廚房裡他找不到東西可吃了。他從衣帽間裡拿出耶拉的深藍風衣穿上，如此一來，假使門房以斯梅和他太太佳美兒還醒著，將會在睡眼矇矓中想像走出大樓的是穿著風衣的耶拉。他摸黑走下樓梯，看見門房的一樓窗戶裡並沒有滲出光線，從那扇窗他可以瞥見外頭的大門。由於他沒有大門的鑰匙，他沒辦法把門鎖好。就在他步上人行道的瞬間，一陣冷顫竄過他全身：他一直刻意不去想的那個人，電話裡的男人，隨時可能從某個黑暗的角落冒出來。在他的幻想中，這個似曾相識的陌生人手裡握有的，並非一場新軍事政變陰謀的證據資料，而是某種更駭人而致命的東西。然而，街上沒有半個人。他假想自己看見電話裡的男人在街上跟蹤他。不，他沒有在模仿任何人，而是他自己。「我弄假成真。」經過警察局時，他自言自語道。站崗的警察手擎機關槍，站在警局前，惺忪的睡眼狐疑地打量著他。為了避開牆上的海報、滋滋作響的霓虹看板以及政治塗鴉，不去閱讀上頭的文字，於是卡利普低著頭行走。尼尚塔希所有的餐廳和速食櫃檯都打烊了。

走了好一段時間之後，沿著人行道穿過一排排七葉樹、柏樹和梧桐樹，融雪順著排雨管滴落，發出淒涼的聲響，他聆聽著自己的腳步聲和鄰近咖啡店傳來的喧譁。來到卡拉喀後，他在一家布丁店用湯、雞肉和糖漿煎餅把肚子填飽，在一家全天營業的蔬果店裡買了水果，從快速點餐櫃檯買了麵包和乳酪，接著，他便逕自返回「城市之心公寓」。

23 不會說故事的人的故事

「唉呀！」（喜悅的讀者這麼說）「這真是聰明，真是天才！我完全理解，而且敬佩萬分！我自己也想過同樣的念頭好幾百遍了！」換句話說，這個人讓我想起我自己的聰明才智，因此我對他敬佩萬分。

——柯勒律治，《當代論文》

不，關於破解那吞沒了我們整個人生，而我們卻沒有意識到的祕密，以此為題我所寫作最傑出的文章，並不是距今十六個月前的那一份調查——在其中我揭露了大馬士革、開羅和伊斯坦堡地圖中驚人的相似處。（有興趣的讀者可以自行參考該篇專欄，便能得知答巴穆斯塔金、哈里里市場、與我們的有頂大市場三者皆呈M形，並發現這個M所提示的臉孔身分。）

不，我最「有深度」的故事並不是我有一度以同樣熱情所寫的，關於可憐馬哈木教長所經歷的兩百二十年的懊悔——他把教派的祕密賣給一個歐洲間諜以換取永生不朽。（有興趣的讀者可以查閱該篇專欄，便能明白這位教長，為了找到一位願意把永生不朽交換給他的英雄，於是跑到戰場上找那些流血不止的重傷戰士，試圖混淆他們以為自己是他。）

當我回想自己過去的文章，關於貝佑律的流氓、喪失記憶的詩人、魔術師的故事、有雙重身分的女歌手，以及無可救藥的失戀人，我發現自己總是略過一個主題，頂多生澀僵硬地點到為止，沒能切入重點，儘管如今它對我意義深重。然而我並不是唯一的罪人！我迄今已寫作了三十年，也投入了將近同樣的年月在閱讀，但我從來沒有遇到任何一位作家，無論東方或西方，曾經探討過我即將告訴你們這項的事實。

所以，等會在閱讀我即將寫出的內容時，請你們在腦海中勾勒我所描述的臉孔。（畢竟，閱讀不就是把作者的文字透過心靈的默片演出嗎？）在你內心的銀幕上，投射一幅東安那托利亞一間販賣藥草日用品的雜貨店。一個早早天黑的冬日下午，眼見市區活動冷清，對街的理髮師留下學徒顧店，來到雜貨店裡，和一位退休的老鄰居、理髮師的弟弟、一位來串門子勝於採買的當地顧客，一起聚在火爐邊閒聊。他們聊著自己當兵的日子，翻著報紙閒話家常，不時還發出陣陣笑聲。然而其中有一個人神情沮喪，他的話很少，也始終引不起別人的注意：那是理髮師的弟弟。雖然他也知道不少笑話和故事，也渴望跟大家分享，但他就是缺乏伶俐的口才可以成為眾人注目的焦點。一整個下午當他好不容易企圖講一個故事時，卻被別人不經意地打斷了。現在，請想像理髮師弟弟在自己的故事被打斷時臉上的表情。

接下來，請想像伊斯坦堡一個已經西化但不甚富裕的醫生家庭，在自己的屋子裡舉行了一場訂婚喜宴。宴會中途，幾個來訪的客人輕鬆地聚集在訂婚少女的房裡，圍坐在堆滿外套的床邊。其中有一位美麗迷人的女孩，以及兩位暗戀她的男子。其中一個傢伙長得其貌不揚，腦袋也不怎麼聰明，可是他很健談又善於交際。於是，房裡的長輩和漂亮女孩都被他吸引，專心聽他說故事。現在，請你們設想一下，另一位年輕人臉上的表情，儘管他比那長舌的傢伙還聰明而細膩得多，但人們就是沒興趣聽他說話。

再來，請想像三個姊妹，兩年中陸續嫁人的她們，在小妹的婚禮結束兩個月後，一起回娘家重聚。在商人的小康家庭裡，巨大的掛鐘滴答響著，跳躍的金絲雀輕聲啼囀，四個女人坐在灰白的午後日光中喝茶。其中最活潑健談的小妹，天花亂墜地述說她兩個月來新鮮的婚姻生活，她講的是那麼精采又幽默，以致於最年長也最美麗的大姊禁不住沉悶地想到，僅管自己早已熟悉其中許多類似經歷，但是不是有可能，她的生活和丈夫真的缺少了些什麼。現在，請你們幻想一下她愁悶的臉。

你們在腦中勾勒出這些畫面了嗎？那麼，你有沒有發現，很奇怪的，這些面孔彼此相像？難道不是有某樣東西，使得這些臉孔如此相似？就好像某處必然有一條線，綁住了這幾個人的靈魂深處？你們難道不覺得，這些沉默寡言者的臉上有著更多的意義和內涵？這些不會敘述事情、無法讓別人聽見聲音、看似無足輕重、無聲無言、所說的故事引不起人們好奇、只有在事後回到家才會猛然想出完美反駁的人們。似乎這些人的臉上充溢著文字，訴說著他們的故事；彷彿他們身上印著沉默、灰心、甚至挫敗的符號。從這些臉孔中，你們可以看見自己的臉，不是嗎？我們的人數是如此眾多，如此可憐，如此無助！

但我並不打算欺騙你們：我不是你們其中之一。一個人若能拿起一枝筆，胡亂寫下一些什麼，並且尚能叫別人去讀他胡亂寫下的東西，那麼就某種程度而言，他已從此疾病中被拯救出來。或許這便是為什麼我從不曾遇過任何一個作家，能夠鞭辟入裡地探討這個最重要的人性課題。如今每當我提筆，都會清楚意識到其實所有書寫的主題只有這唯一的一個。從今以後，我唯一的企圖，便是看透人們面容下的隱藏詩文、目光中的駭人祕密。因此，做好準備吧！

24 臉孔中的謎

「一般而言，大家都是以貌取人。」——路易斯．卡洛《愛麗絲鏡中奇遇》

星期二早晨，卡利普坐回被報紙專欄淹沒的書桌前，心情已不像前一天早上那般樂觀。經過第一天的工作後，耶拉在他心裡的形象已經改變，使得他的調查目標似乎失去了焦點。但是既然別無他法，只能繼續閱讀從走廊櫃子裡取出的專欄和筆記，抽絲剝繭出耶拉和魯雅的藏身處，因此當他坐下來閱讀時，不禁有一種以孤注一擲來面對災難的滿足感。除此之外，待在一間充滿快樂童年回憶的房間裡閱讀耶拉的作品，遠勝過坐在賽科西髒亂的辦公室裡，審閱為了保護房客對抗嚴苛房東所擬的契約，以及鋼鐵和地毯商人彼此針鋒相對的文件。雖然說是一場不幸所導致的結果，但給了他一股幹勁，像是一個公務員被派到更好的位置上處理一件他更有興趣的工作。

啜飲著第二杯咖啡，挾著這股幹勁，他把手邊的線索複習了一遍。他想起塞進門縫下的《民族日報》裡標題為〈道歉和反諷〉的專欄，幾年前已經刊登過了，很合理地顯示出耶拉星期日沒有交出新文章。這使得報紙重刊的專欄已經累積到了六篇：檔案夾中只剩下一到兩篇備用存稿。意思是，假使耶拉不趕快生出一篇新作，那麼他的專欄馬上要開天窗了。過去二十五年來，每天卡利普都以耶拉的專欄為生活揭開序幕，而耶拉無論生病或休假，也從不曾拖欠過任何一篇文章。因此每當卡利普思索第二版上出現空白專欄的可能性時，總會感到一股浩劫即將來臨的憂懼。這樣的浩劫，讓他聯想到博斯普魯斯海峽乾涸的那天。

為了確保不錯過任何可能自動送上門的線索，他把抵達公寓當晚拔掉的電話線再度接上。他回溯自己與自稱馬海爾．伊金西的男人在電話中的對話，那人提到的「卡車謀殺案」和軍事政變讓卡利普想起耶拉過去幾則專欄。他從盒子裡拿出那些文章，仔細閱讀之後又想到耶拉一些關於救世主的文句和段落。他花了好長的時間，憑著印象和日期找出這些分散在各式各樣文章中的段落，最後再次坐回書桌前時，他已經累得彷彿做了一整天的工作。

六〇年代初期，耶拉利用他的專欄試圖煽動軍事政變，那時他一定記得自己在談論魯米的文章中所提出的一個原則：一個專欄作家若要讓一大群讀者接受某項概念，必須有辦法重新修復讀者記憶庫裡熟睡的鏽蝕回憶，再次攪動那逐漸腐朽而沉澱的思想殘渣——像是黑海深處一艘艘沉船裡的屍體。身為忠實的讀者，卡利普期待藉由閱讀耶拉依此宗旨搜集歷史資料而寫作的故事，能夠攪起他記憶庫裡的沉渣，只不過，被激起的是他的想像力。

讀著《武器的歷史》中所提到的第十二個伊瑪目，在有頂大市場裡那些偷改秤盤刻度的銀樓老闆之間引起恐慌；被自己父親宣稱為救世主的教長，帶領著追隨其理念的庫德族牧羊人和鐵匠師傅，從堡壘發動攻擊；以及一個洗碗工助手，在一場夢中，看見穆罕默德駕著一輛白色敞篷凱迪拉克駛過貝佑律的污泥石板路，從此之後他便聲稱自己為救世主，煽動妓女、吉普賽人、扒手、香菸小販、擦鞋童和遊民起而反抗地方角頭和皮條客。卡利普眼前浮現這些場景，籠罩在磚紅和橘黃的氤氳中，如同他自己的生命與夢境。還有一些故事，不僅開啟他的想像力，也觸動了他的記憶：關於獵人阿合邁的事蹟，這個冒牌貨，在自封為王儲進而自立為王後，更自稱為先知。讀到這裡，卡利普想起耶拉有天晚上——魯雅在旁邊微笑著，一如往常透過樂觀而惺忪的睡眼望著他——思索著一個問題，若要設計一個「冒牌耶拉」，能夠代替他寫專欄，會需要什麼樣的條件？（「一個能夠探入我記憶庫裡的人。」他這麼說，聽來奇怪。）卡利普陡然一陣驚恐，感覺自己正被拖入一場危險的遊戲，等著他的是一個致命的陷阱。

他再度檢視耶拉的通訊錄，拿上頭的姓名電話去對照市區電話簿。他找出兩邊不符合的，試打了幾通電話：第一通打到拉列黎的一家塑膠公司，他們製造洗碗盆、水桶、洗衣籃，只要提供模型給他們鑄模，一星期內便能生產並運送出上千個各種顏色的任何物品。第二通電話是一個小孩接的，他告訴卡利普自己和媽媽、爸爸、奶奶一起住在這裡。不，爸爸不在家。在話筒傳到焦慮的媽媽手上之前，一個之前沒提到的哥哥插話進來說，他們不會把名字告訴陌生人。「你是誰？你是誰？」戒慎恐懼的媽媽說。

「打錯了。」

等卡利普看完耶拉在公車票和電影票根上的信手塗鴉後，已經是中午了。其中一些紙片寫著耶拉艱辛記下的觀影心得，另一些上面則記下演員的名字。有的名字下面畫了底線，卡利普猜不透原因何在。幾張公車票上也寫著姓名和文字：其中一張（十五庫魯的車票，顯示它是六〇年代發行的）上面，有一個用拉丁字母拼湊組成的臉。就這樣，他閱讀著票上的文字、影評、一些早年的專訪（知名美國電影明星瑪莉·馬羅昨天來訪！）、填字遊戲的草稿、他隨手揀選的讀者來信，以及幾張新聞剪報，內容是耶拉計畫撰寫的幾件貝佑律凶殺案。大部分的案件都大同小異：全部都使用廚房的尖刀，全部都發生在半夜；犯罪的原因除了當事人喝醉酒外，更是由於好勇鬥狠的本性驅使。報導中的強硬口吻反映出這樣的道德觀：「混黑道的人下場就是如此！」耶拉把報紙上的一些資料拿來用在〈伊斯坦堡觀光景點〉、（奇哈吉、塔克辛、拉列黎、古圖路斯）專欄的幾篇文章裡，重新敘述凶殺案的故事。卡利普看到一系列〈歷史中的先驅〉連載，想起土耳其第一本用拉丁字母編寫的書籍是在一九二八年由教育圖書社的發行人卡辛姆先生所出版。這個人也發行了好幾年的《知識性日曆附時刻表》，一大本厚如磚頭，讓人每天撕下一頁。每一頁上面都印著——除了魯雅最愛的每日菜單外，還有阿塔圖爾克的格言，或是傑出的伊斯蘭人物，或外國名人像是班傑明．富蘭克林或波特佛里歐，以及輕鬆小語——一個鐘面，指示出當天各節禱告的時間。其中幾張沒撕掉的日曆上頭，耶拉在鐘面上亂動了手腳，把指針畫成圓臉上的尖鼻子或長鬍鬚。這使得卡利普相信自己發現了一條新線索，趕緊拿出一張白紙記下來。吃午餐的時候（麵包、乳酪、蘋果），一股莫名的興致讓他開始去翻筆記。

一本筆記本裡，記載著兩本偵探翻譯小說的摘要（《金甲蟲》和《第七封信》），以及一些密碼和暗語，都是選自於幾本德國間諜和馬其諾防線相關的書籍。在筆記本的最後幾頁，他看見一道顫抖的綠色鋼珠筆筆跡。線條看起來有點像開羅、大馬士革和伊斯坦堡地圖上的綠色墨水痕跡，又似乎有點像人臉，或是像花，也頗像是曲折的溪流，蜿蜒滑過一片平原。卡利普跟隨著不對稱而無意義的曲線從第一頁走到第四頁，接著在第五頁的地方解開了筆跡之謎。答案是有人把一隻螞蟻放在一張空白頁的中央，然後拿一枝綠色鋼珠筆緊跟著焦急逃命的昆蟲，在牠身後留下零亂的軌跡。來到第五頁後，筋疲力竭的螞蟻繞著圈子，畫出猶豫不決的軌跡，最後在紙張的中央留下一具被人壓扁的乾屍。不知道這隻倒楣的螞蟻因為無力提供任何解答而被人處決，是多久以前的事？而這個奇怪的實驗與魯米的文章又是否有所關聯？卡利普展開調查。在《瑪斯那維》的第四部中，魯米曾提到有一隻螞蟻爬過他的草稿：一開始，螞蟻注意到阿拉伯字母中含藏著水仙和百合花的影子，接著有一枝筆創造出這片文字花園，接著有一隻手引領這枝筆，再接下來有一個智慧生物控制著這隻手，「而最後，」耶拉在他的文章中補充，「牠察覺到還有另一個至高的智慧，帶領著這個智慧生物。」卡利普本想對照筆記和專欄的日期，從中建立一個合理的連結，但筆記本的最後一頁只記錄了伊斯坦堡歷史大火的地點、日期、以及所燒毀的木造房舍數目。

他讀到耶拉的一篇文章，內容講到二十世紀初期，一個二手書商的學徒趁挨家挨戶推銷的時候暗中進行陰謀。書商學徒每天搭小船往來城市各區，前往有錢人家的宅邸，把行囊裡的特價書賣給後宮女眷、深居的隱士、工作繁重的職員和愛作夢的孩子。不過，他真正的顧客則是各地區的帕夏。由於阿布杜哈密蘇丹的限制令，這些官員被軟禁在公府和自家宅院裡，受到蘇丹情報單位的監控。書商學徒向帕夏們（耶拉稱之為「他的讀者」）洩露胡儒非的祕密，以便教導他們如何解讀他黏在這些書本裡的文章。讀到這裡，卡利普感覺自己逐漸轉變為另一個人，而這正是他想要的。這些祕密，他後來才發現，只不過是一本精簡版的美國小說書末出現的符號和關鍵字。當他們小的時候，某個星期六中午，耶拉曾經拿這本以遠洋為背景的小說給魯雅看。明白這點之後，卡利普確信自己絕對能夠藉由閱讀變成另一個人。就在這個時刻，電話響了；打來的人，當然了，就是上次那個傢伙。

「很高興你把電話線接回去了，耶拉先生！」他說，聲音聽起來像是過了中年的人。「眼前有這麼可怕的情況迫在眉睫，我不相信像你這樣的人會與城市和國家脫節。」

「你查到電話簿的第幾頁了？」

「我很認真在找，但比預期的要花時間。查電話號碼查太久，會讓人開始胡思亂想起來。我在裡面看到了魔法配方、幾何對稱、重複排列、矩陣變化、以及數字的各種形狀。拖慢了我的速度。」

「也有臉嗎？」

「是的，不過你的那些臉孔是由某些數字的排列組合而來的。數字不見得都會說話，有時它們沉默無語。有時候我依稀感到4想要告訴我什麼，一長串的4，一個接著一個。一開始先是兩個兩個一組，接著它們不見了，整排換到下一列去，現在變成了16。然後，7取代了它們空出的位置，依循同樣井然有序的音調低聲呢喃。我想說服自己一切只是巧合，沒有意義，可是你看，帖木兒．巴耶塞特的電話號碼140-22-40難道不會讓你聯想到一四〇二年帖木兒大帝和蘇丹巴耶塞特一世之間的安卡拉戰役？以及接下來，野蠻的帖木兒贏得勝利後，抓走了巴耶塞特的妻子，納入自己後宮？電話簿活生生地展現了伊斯坦堡和土耳其歷史！我不禁沉迷其中，忘了找你的地址這件事。但我知道你是唯一能夠阻止這場大陰謀的人。他們蓄勢待發，箭在弦上，而你就是那根緊繃的弓弦，耶拉先生，唯有你阻止得了這場軍事政變！」

「怎麼說？」

「上次在電話中，我並沒有告訴你，他們誤把所有的信心都放在救世主身上，徒勞地等待著祂的降臨。他們只不過是一群士兵，讀過幾篇你早年寫的文章，並且深信不疑，就像我一樣。試著回想一下你自己在一九六一年時寫的幾篇專欄，回憶一下你談論『審判長』的念讚詩，以及你的一些影評，還有你那篇高傲文章中的結論，你在裡面暢談為什麼你不相信全國樂透彩券上的幸福家庭肖像（媽媽打毛線，爸爸看報紙——或許是讀你的專欄——兒子念書，奶奶和貓咪坐在爐火旁打瞌睡：假如每個人都這麼該死的幸福美滿，假如大家都像我的家庭一樣，那麼為什麼樂透彩券會賣得這麼好？）。當時，你為什麼如此激烈地批評家庭倫理劇？這些影片為數不清的人帶來無數的樂趣，或多或少替大家表達了心聲，但你所看到的，卻是其中的布景、梳妝檯上的古龍水瓶、久未彈奏而結滿蛛網的鋼琴上成排的照片、塞在鏡框周圍的明信片、以及家庭收音機上熟睡的小狗雕像。為什麼？」

「我不知道。」

「哈，不對，你知道！你指出這些物品，是為了呈現我們的悲慘和頹敗。同樣的道理，你提起被扔進通風井中的破爛物品、全部住在同一棟公寓樓房的大家族、因近水樓臺而成婚的堂兄妹、以及鋪在扶手椅上防塵防髒的布套。在你的筆下，這些物品成為令人痛心的符號，代表著我們的自甘墮落和無可避免的腐朽。但不久之後，你又自圓其說，在你所謂的歷史評論中暗示到，永遠有獲得解放的可能：在最黑暗的時刻，將會出現一位救主，帶領我們脫離貧瘠的生活。這位或許好幾世紀以前就曾來過此地的救世主將會以另一個人的身分復活：繼五百年前以耶拉列丁．魯米或謝伊．加里波的身分出現在伊斯坦堡後，這一次，他將以某位報紙專欄作家的身分復出！雖然你只是把這一切放進你的文章中，娓娓道出貧民窟裡等待汲取公共泉水的女人的悲哀，吶喊著銘刻在舊街車木頭椅背上的愛情誓言，然而，這些軍人卻把你的話當真。他們以為，當他們所信仰的救世主來臨時，一切的悲苦和哀愁都將結束，隨之而來的是光明與正義。是你鼓動他們的！你知道他們是誰！他們是你寫作的對象！」

「那麼，現在你想要我怎麼樣？」

「只要見到你就夠了。」

「何必？其實並沒有什麼所謂的機密文件吧，對不對？」

「如果能夠見你一面，我會向你解釋清楚。」

「你的名字顯然也是捏造的！」卡利普說。

「我想見你。」那個聲音說，聽起來像是一個配音員用矯揉造作、卻又莫名誠摯而感人的聲音說：我愛你。「我想見你。等你見到我之後，你便能明白為什麼我想見你。沒有人比我更了解你，沒有人。我知道你徹夜作夢，一邊啜飲著自己泡的茶和咖啡，一邊抽著你放在暖爐上烤乾的馬帝皮香菸。我知道你的文章是用打字的，並用一枝綠色鋼珠筆修改。我知道你不滿意你自己，也不滿意你的生活。我知道許多夜晚，你鬱鬱寡歡地在房裡踱步，直到黎明破曉。你渴望成為另一個人，而不要做自己，但你始終無法決定該選擇變成哪一個身分。」

「這些全是我寫的！」

「我也知道你不愛你的父親，當他帶著新太太從非洲回來後，他把你趕出你長久居住的閣樓公寓。我也知道當你搬進你母親家後，經歷了什麼樣的艱苦時光。啊，我的兄弟！當你還是個窮酸記者時，你專跑貝佑律線，編造了各種子虛烏有的謀殺案。你在佩拉宮飯店所採訪的美國電影明星，不僅根本不存在，連電影也是假的。為了寫一篇土耳其鴉片菸癮者的自白，你乾脆自己吸食鴉片！你以假名替人代筆一篇摔角手的連載故事，結果到安那托利亞採訪的時候，被人痛打了一頓！你在〈信不信由你〉專欄中，寫下了字字血淚的自傳故事，但讀者根本感覺不到！我知道你有手汗的毛病、你出過兩次車禍、你一直找不到防水鞋可以穿、你害怕孤獨但又老是獨來獨往。你喜歡攀登宣禮塔、在阿拉丁商店裡閒逛、和你的繼妹談天說笑、也喜歡色情書刊。除了我，誰還會知道這些事情？」

「很多人，」卡利普說：「誰都可以從文章裡讀出這些。你到底說不說你為何非得見我不可？」

「因為軍事政變啊！」

「我要掛電話了……」

「我發誓！」聲音聽起來焦慮而絕望。「只要讓我見到你，我就會告訴你一切。」

卡利普把電話線扯下來。他從走廊櫃子裡拿出一本畢業紀念冊，昨天第一眼瞥見這本書後，他就一直念念不忘。坐進耶拉每晚筋疲力竭回家後癱坐的椅子，卡利普翻開這本裝訂精美的一九四七年軍事學校畢業紀念冊：最前面刊載著阿塔圖爾克、總統、參謀總長、三軍統帥、總司令和軍事學校教職員的照片及箴言，後面則印滿了全體學生一張張整齊的照片。每一頁之間都夾著一張蔥皮紙保護。卡利普一頁頁翻，也不懂為什麼在講完電話後會突然想看這本紀念冊。他只覺得上面的臉孔和表情驚人地雷同，就好像頭上的帽子和領子上的軍階條飾一樣。一時間他以為自己在看一本老舊的古幣收藏手冊——與一堆廉價舊書一起塞進好幾只髒紙箱，堆在二手書店門口展示——銀幣上所刻的人頭和文字只有專家才鑑別得出差異。他意識到心中升起了一股旋律，那是當他走在路上或坐在渡輪候船室時所察覺的同一縷樂音：他喜歡觀察臉孔。

翻動著書頁，讓他回想起以前自己常等了好幾個星期，終於拿到最新出版的漫畫，當他急匆匆翻開散發著油墨和新紙氣味的書頁時，心中的雀躍之情難以言喻。的確，就如同漫畫內容一樣，每件事都連結到另一件事。他開始在照片中看見了他之前在路人臉上發現的剎那光采：似乎照片也能夠像真人臉孔般，向他展現同樣豐富的意義。

六〇年代初期醞釀的那一場失敗軍事政變中，絕大多數的籌畫者——除了那些向年輕軍官眨眼示意、自己卻撇清關係的將軍之外——想必都是出自於曾在這本紀念冊中留影的年輕軍官。書頁上，或是表層的蔥皮紙上，散布著耶拉的潦草塗鴉，但都跟軍事政變毫無關係，而是像小孩子般替照片中的臉孔加上鬍子，或是在顴骨和鼻子下方塗上一抹淡淡的陰影。有些額頭上的紋路被修改成「命運紋」，依稀可辨幾個無意義的拉丁字母；有些人的眼袋被加重畫成O或C的圖樣；還有一些人的臉上被裝飾星星、牛角和眼鏡。幾位年輕軍校生的下顎骨、額骨和鼻梁骨都被標上記號，畫上比例尺線，有的線條縱貫他們的臉，有的線條橫貫他們的鼻子、嘴唇和額頭。有些照片下方標示了注記，對應其他頁的照片。軍校學生的臉上被加上各式各樣的青春痘、痣、雀斑、阿列坡疣、胎記和傷疤。其中有一張臉孔特別明亮無瑕，讓人無從加上任何線條或字母，在這張照片的旁邊，有一行字：「修改照片將抹殺其靈魂。」

卡利普在另外幾本紀念冊中也看到相同的句子。他發現耶拉在各種紀念冊大頭照上都留下了類似的線條和記號：工程學院全體學生、醫學院教職員、一九五〇年國會議員、席瓦斯——開塞利鐵路興建工程人員、「布爾薩美化協會」組員、以及伊茲密市阿爾頌卡克區的韓戰自願軍人。幾乎每一張臉都用一條直線垂直平分成兩半，以便凸顯左右兩邊臉上的文字。卡利普時而草草翻閱，時而花工夫仔細檢視照片：彷彿他想要抓住靈光乍現的片刻，努力挽回眨眼間即將遁入永恆遺忘的某段記憶；彷彿他正摸索著路徑，試圖重返某個深夜一度誤闖的房舍。有些臉孔光瞥一眼就能徹底看透，但有些平靜祥和的面容卻出乎意料地隱藏著故事。莫名地，卡利普想起好幾年前一部外國電影裡短暫出現的女服務生眼神中的色彩和憂愁，以及最後一次在收音機裡聽見的一首曲子，一段他期盼著但總是錯過的旋律。

夜色逐漸降臨，卡利普從走廊的櫃子裡拿出所有的紀念冊、相簿、照片剪報，以及從各處搜集而來在盒子裡堆積如山的照片，全部拿進書房，像個酒鬼般一張張瀏覽。他分辨不出有些臉孔是在何時、何地、又為何拍攝下來：照片裡有年輕女孩、頭戴瓜皮帽的紳士、包著頭巾的女人、表情誠懇的男子和貧困潦倒的窮人。不過，有些悲傷的臉孔被拍攝的地點和原因倒是再明顯不過：兩位市民在一群閣員和安全警察的和藹注視下，焦慮地望著他們的國會議員代表向總理陳遞請願書；一個母親抱著她的孩子和鋪蓋，僥倖逃離貝敘塔希區貝瑞布佑街的火災現場；一群女人在阿爾罕布拉戲院前面排隊買票，為了看埃及演員阿布杜．瓦哈伯主演的電影；一位著名的肚皮舞孃和一位電影明星因為持有大麻被捕，在警察的陪同下出現在貝佑律市區車站；一個會計師因為侵吞公款而被逮捕時，臉上刷然呈現一片空白。他從盒子裡隨機抽出的照片似乎自己解釋了它們存在和被保留的原因：「還有什麼能比一張照片、一個人臉部表情的寫真，更為深奧、迷人，而令人好奇呢？」卡利普想。

他悲傷地想到，即使在最「空洞」的臉孔背後，在那些經過修片和其他攝影技巧的調整而失去其意義和表現力的照片裡，也隱藏著滿載回憶、恐懼和祕密的故事，無法用言語傳達，只能透過他們眼眉目光中的哀愁向我們展露。卡利普熱淚盈眶地望著這些照片：一個製棉被學徒中了全國樂透頭彩時快樂而恍惚的臉孔；一個保險業務員持刀砍殺妻子後的表情；前往歐洲大陸「以最佳儀態代表土耳其」的土耳其小姐在歐洲小姐選美比賽中榮獲亞軍時的神情。

他暗自思忖，貫穿耶拉作品中的那一絲憂鬱，必定是源自於目睹這些照片。有篇文章提到一棟能俯瞰到工廠倉庫的出租公寓，院子裡晾了一排洗滌衣物，這想必是受到我們的業餘拳擊冠軍在出戰五十七公斤量級比賽時臉上的表情所啟發；有篇文章探討葛拉答歪斜的街道只有在外國人眼中才顯得歪斜的理論，這想必是由於看到了一名自稱曾和阿塔圖爾克上過床的一百一十歲女歌手青白的臉孔。而一群從麥加朝聖結束的回程途中遇上車禍的信徒，他們戴著小圓帽的屍體上的臉孔，讓卡利普聯想到一篇關於伊斯坦堡舊地圖和版畫的文章。在那篇專欄中，耶拉寫道，某些地圖上的符號標記著藏寶的位置，同樣地，某些歐洲版畫中的符號則向意圖前往伊斯坦堡行刺蘇丹的狂熱殺手透露祕密訊息。卡利普心想，耶拉窩在伊斯坦堡某個藏身處好幾星期所寫出的那篇文章，一定與他用綠筆做記號的那些地圖有某種關聯。

他開口念出伊斯坦堡地圖上的地區名稱，誦讀它們的音節。但是這些字眼多年來每天都被講了千百遍，已經乘載了太多的聯想，以至於對卡利普而言不再具有任何意義，就好像「這樣」、「那樣」之類的字眼一般。相對地，只要大聲複述那些在他生命中印象模糊的地區名稱，便立刻令他產生聯想。卡利普想起耶拉曾寫過一系列的文章，描述伊斯坦堡某些地區的景象。於是他翻出從櫃子裡拿來的〈伊斯坦堡的幽僻角落〉開始閱讀。然而他發現，這些文章與其說是在描述伊斯坦堡的偏僻地區，還不如說比較像是耶拉的短篇小說。若是在別的時候，自己被這樣擺了一道，他可能只會笑笑就算了，但此時的他卻感到無比灰心喪氣，因為顯然耶拉不僅一輩子都在故意欺騙他的讀者，甚至包括卡利普。他一邊讀這些街坊軼事——從法第開往赫比葉的電車上爆發的小口角、費立喀一個小孩在走出家門去商店跑腿後就消失無蹤、或是鐘表店裡那一只有音樂滴答聲的鐘——同時不停暗自默念：「我不會再信以為真了。」然而沒一會兒，他又忍不住猜想耶拉或許就窩在赫比葉、費立咯或托普哈內的某處。這使得他原本對引誘他入陷阱的耶拉滿腔怒火當下轉到自己身上，氣自己的心理偏執，老是想從耶拉的文章中找尋線索。他厭惡自己總是在追求情節故事，就好像那種隨時隨地都想要玩的小孩一樣。他立刻得出一個結論：這個世界沒有空間可以容納符號、線索、第二層和第三層意義、祕密和謎語，所有的符號全是他內心為了企圖解開疑惑而幻想出來的產物。他好希望能夠平靜地生活在一個單純的世界裡，一切物品只純粹是物品本身。唯有那樣，這些字母、文章、臉孔、街燈、耶拉的書桌、梅里伯伯從前的櫃子、留著魯雅指紋的剪刀或鋼珠筆，才不再是透露著弦外之音的可疑符號。在那兒，綠色鋼珠筆就只是綠色鋼珠筆而已；在那兒，誰都不渴望成為另一個人。究竟一個人如何才能進入那樣的世界？像個小孩子幻想著自己居住在電影裡那個遙遠的陌生國度，卡利普研讀著桌上的地圖，希望能說服自己，他就生活在那另一個世界中：剎那間，他彷彿看見一個老人皺紋滿布的額頭；接著，他眼前出現歷代蘇丹臉孔的合成；取而代之的是一個朋友的臉——或者，那是一個王子？——但他還來不及細看，臉孔已經又消失了。

幾分鐘後，他來到安樂椅前，坐了下來，打算翻看耶拉三十年來搜集的大頭照，他心想這些影像必然是來自於他渴望前往的另一個世界。他隨手亂抽照片來看，盡量避免去注意臉孔上的符號或神祕。於是，每張臉看起來就只是一個單純的物品，組合了眼睛、鼻子和嘴巴，跟身分證和戶籍文件上的照片沒什麼兩樣。其中，他瞥見一張黏在保險文件上的女子照片，那秀麗而意味深長的面容中含藏的憂鬱帶給他一陣哀傷。接著，他振作起自己，換看另一張沒有絲毫哀愁和故事的臉孔。為了不想和臉孔中的故事有任何牽連，他甚至避開不讀照片下方的敘述或耶拉在旁邊寫下的說明。就這樣好長一段時間，他逼著自己像欣賞人臉地圖般瀏覽這些照片。等到尼尚塔希的夜晚又再度車水馬龍，而眼淚開始溢出眼眶時，卡利普其實才只看完了一小部分耶拉三十年來的照片收藏。

25 劊子手與哭泣的臉

「別哭，別哭；噢，請不要哭。」——哈立・濟亞[44]

為什麼看見一個男人落淚總讓我們渾身不自在？一個哭泣的女人，我們把她看作生活中一個悲傷動人的意外，以誠摯和關愛接納她。但一個哭泣的男人卻讓我們感到手足無措。彷彿他已經走投無路了，不但沒有半個人可以依賴——就好像他摯愛的親人死了——而且，在我們的世界中也沒有他的容身之處，這種景況是多麼悲慘甚至恐怖啊。我們都很清楚，當我們在一張曾經熟悉的臉孔上看到一種全然陌生的表情時，我們會感到怎樣的驚懼和錯愕。我在幾本書中讀過類似主題的故事：奈馬的《史書》第四部、賀立夫的《皇家史》，以及埃迪尼的卡德里的《劊子手的歷史》。

大約三百年前，一個春日的夜晚，當時最有名的劊子手布拉克・歐默騎著馬來到埃祖隆堡。十二天前，他從皇家禁衛隊隊長手中接到蘇丹的聖旨，負責處決統領埃祖隆堡的阿布第帕夏，於是他即刻啟程上路。從伊斯坦堡到埃祖隆的這段路途，一般在這個季節也需花上一個月的時間，他很高興自己一路上如此順暢。春天夜晚的涼風吹拂讓他神清氣爽，不過，他內心裡仍隱隱壓著一塊沉重的大石頭，這是他以往執行公務時很少有的。他感覺似乎有某種詛咒的陰影籠罩著他，或者是某種猶豫不決的焦慮，而這或許會妨礙他執行任務。

他的任務的確頗為困難：他必須單槍匹馬進入這個駐防地，城裡每個人都對這位他全然不認識的帕夏忠心耿耿。接著他將拿出勒令書，透過他個人的自信和凜然的現身，讓帕夏和他的護衛明白，抵抗蘇丹的旨意是沒有用的。假使，極其不幸的情況下，帕夏拒絕接受如此說法，那麼他就得當場格殺他，以免周圍的眾人藉機做出一些違法亂紀的行為。對於整道程序他再有經驗不過，因此他心中的猶豫想必是別的事情所引起的。在他三十年的職業生涯中，他處決了將近二十個王子、兩個宰相、六個大臣、二十三個帕夏——總數超過六百人，包括老實人和小偷、無辜的和有罪的、男人和女人、老的和小的、基督徒和穆斯林。此外，打從他的見習時期算起，曾被他嚴刑拷打過的人數以千計。

那一個春天早晨，劊子手在進城之前下了馬，在歡樂啼囀的鳥鳴聲中沐浴淨身，接著跪下來禱告，乞求真主保佑自己一切順利。雖然他過去幾乎不曾這麼做過，但一如往例，真主接受了這個勤奮之人的禱告。

過程果然非常順利，有如神助。帕夏一見到劊子手光頭上的錐形紅氈帽和塞在腰帶間上了潤滑油的絞索，就明白了他是什麼人，也料到了自己的命運。他並沒有做出任何過於激烈的反抗。或許他早已認清了自己的罪行，準備好臣服於必然的命運之下。

一開始，帕夏把聖旨反覆讀了十遍，每一次都同樣細心謹慎。（這是服從命令者共有的特性。）讀完之後，他裝模作樣地親吻聖旨，高舉至額頭碰觸。（在布拉克・歐默眼中，這是一個愚蠢的動作，但是常見於那些愛刻意做樣子給旁人看的人身上。）接著，他希望能誦讀古蘭經並禱告一番。（無論是真正的信徒還是作戲拖時間的人都會如此要求。）禱告結束之後，他把身上的貴重物品分送給周圍的人，

44 哈立・濟亞（Halit Ziya, 1866-1945），第一位以西方技巧寫作小說的土耳其作家。

戒指、珠寶、裝飾品，嘴裡說：「希望你們會藉此記住我。」目的是確保東西不會落到劊子手手中。（這種行為常見於一些膚淺、世俗的人身上，他們心胸狹窄地把私怨指向劊子手。）最後，就在絞索要套入他腦袋之前，他做出了不只是少數人而是所有人都會做的行為，他徒手掙扎反抗，連珠炮般破口咒罵。不過，一旦狠狠的一拳搥上他的下巴後，他便立刻癱軟下來，乖乖等死。這時，他流下眼淚。

哭泣，就處於此種情形中的受刑人而言，是再尋常不過的反應。然而，在帕夏淚濕的臉龐上，劊子手卻注意到別的東西，使得他在三十年的職業生涯中第一次感到猶疑。於是他做了一件自己不曾做過的事：他拿一塊布蓋住受刑人的臉，然後才把他絞死。他的同業以往這麼做時總會遭到他的批評，因為他相信劊子手若要流暢完美地執行任務，必須要能夠直直望入受刑人的眼睛，直到對方斷氣。

確定受刑人死了之後，他拿出特製的鋒利刀刃「破迷刀」割下死者的腦袋。趁著頭顱還新鮮，丟進隨身帶來的羊皮囊裡，用蜂蜜浸泡：他得把頭顱保存好，以便帶回伊斯坦堡讓負責的人檢查他的工作是否圓滿完成。當他把頭放入裝滿蜂蜜的羊皮囊時，他又再一次驚異地望見帕夏臉上淒然的目光，那難以理解又駭人的表情從此在他腦海中縈繞不去，直到他自己生命結束的那天——並不太遙遠了。

他再度騎上馬，離開城市。劊子手總是希望，當眾人正為受刑人的屍體舉行惱人的葬禮並哀傷哭泣時，自己已經帶著隨馬匹奔馳顛簸的頭顱離開當地至少兩天的路程。就這樣趕了一天半的路後，他來到了可馬哈堡。他在商旅客棧吃過飯，拖著羊皮囊回到窄小的房間，接著就上床睡了長長的一覺。

就在他逐漸從熟睡中醒來時，他夢見自己在埃迪尼，場景和童年時一模一樣：他朝一個大果醬罐走去，罐裡塞滿了他媽媽剛做好的無花果蜜餞，糖漿煮無花果的酸甜芳香不僅充斥整間屋子和花園，更飄散到街坊鄰里。他先是愕然發現自己原本認為是無花果的綠色小圓球實際上是長在一張哭泣臉上的眼珠子；接著他打開罐子，他覺得有點罪惡感，不是因為做了不該做的事，而是因為目睹了哭泣的臉上那種無法理解的恐懼；這時，他聽見從罐子裡傳來一個成年男子的啜泣聲，他整個人凍住了，一股讓他動彈不得的無助感蔓延開來。

隔天深夜，躺在另一家客棧的另一張床上，睡夢中，他來到了自己青少年時期的某天傍晚：天色即將變暗，他在埃迪尼市中心的一條巷子裡。有一個他搞不清楚是誰的朋友叫他注意看，他看見天空的一端是下沉的夕陽，而另一端則懸著一輪蒼白的滿月。隨著夕陽西沉，天空變暗，月亮的圓臉逐漸明亮起來，也變得更加清晰。但他陡然醒悟，那耀眼閃亮的臉原來是一張人類的哭臉。頓時埃迪尼彷彿變成了另一座城鎮，街道變得騷亂而難解，不過，如此的錯覺並不是因為月亮幻化成哭臉讓人哀傷，而是其中的謎教人困惑。

第二天早上，劊子手回想他在睡夢中體悟到的道理，發覺竟與自己的過往回憶互相呼應。在他的職業生涯中，他看過成千上萬個哭泣的臉孔，然而不曾有一張臉讓他感覺到罪惡、殘忍和恐懼。並不是如一般人猜測的那樣，他的確也會為手下的受害者感到悲傷和難過，但這種情緒很快地就被正義、需要和必然的理由所平衡過來。他非常清楚，那些被他斬首、絞殺、扭斷脖子的受害者，永遠比他更明白是什麼樣的前因後果導致他們步上死亡。看著一個男人嚎啕哽咽地求饒，涕淚縱橫地走向死亡，並不是什麼難以容忍或無法承受的事。劊子手並不會鄙視哭泣的男人，雖然有些傻子會，因為他們期待受難者吐出可以流傳千古的勇敢話語，擺出能夠成為傳奇的瀟灑姿態。他也不會在看見受刑人的眼淚後心生憐憫，以致不知所措，雖然另一些呆子會，因為他們絲毫不能理解生命的無常，以及避免不了的殘酷。

然而，夢境中究竟是什麼讓他揮之不去？一個陽光燦爛的早晨，劊子手騎著馬，把羊皮囊掛在馬臀上，疾馳穿越崎嶇陡峭的峽谷，他回想起那席捲全身的痲痺感，心想它一定在某方面與他初抵埃祖隆時的奇異感受有關——那股籠罩著靈魂深處的猶豫不決、隱約的詛咒陰影。在絞死帕夏之前，他就察覺到了有一股神祕的力量逼迫他用一塊粗布蓋住對方的臉，驅使他遺忘受害者的臉孔。不過慢慢地，愈往前走，劊子手逐漸不再想到自己身後那顆頭顱的表情了。這一天，他騎過了一座座鬼斧神工的崎嶇懸崖（有的岩石像是一艘船身圓胖的帆船，有的像是一隻頭型如無花果的獅子），穿過一片片異常奇特而壯觀的松樹和山毛櫸林，跨越一條條流過奇形怪狀的鵝卵石堆的冰冷溪水。此刻他發現世界變得令人目眩神迷，彷彿是他第一次見到的全新世界。

他突然領悟，所有的樹看起來都像他回憶中失眠夜裡的黑暗幽影。他第一次注意到，在翠綠山坡上放牧羊群的純真牧羊人，他們的腦袋看起來好像是扛在肩膀上的的陶甕。他第一次發現，山腳下那些由十棟小屋組成的聚落，看起來就像是排放在清真寺門口的鞋子。望向幾天後他即將行經的西方省份，那紫色的山巒和上方的雲朵給他一種全新的體悟，彷彿是細密畫中的景色，寓意著這個世界是個赤裸荒涼的所在。這時他才恍然明白，所有的植物、岩石、膽小的動物，都象徵著某個國度，一個如噩夢般恐怖、如死寂般單調、如記憶般久遠的地方。愈往西行，愈拉愈長的影子又聚集了新的意義，劊子手只覺得各種的符號和暗示都是關於那個他無法參透的奧祕，它們正一點一滴地滲入他的周遭環境，就像鮮血從陶甕的裂縫滲出來一樣。

天黑沒多久，他找到一家客棧，於是下了馬，在裡面吃了點東西，但他知道自己沒辦法和那顆頭顱一起關在一個小房間裡睡覺。他曉得自己承受不了那可怕的夢境，趁他熟睡時悄悄地蔓延開來，像是從裂開的傷口中不斷溢流的膿水。他也承受不了那偽裝成回憶出現在他夢裡、夜夜哭泣的無助臉龐。於是他在原地稍作休息，滿心驚訝地觀察了一會客棧群眾的臉孔，然後就繼續上路。

這天夜裡又冷又靜，樹林裡沒有風，也沒有任何動靜。他疲累的馬兒自顧自地踱步。好一會兒他就這樣前進，沒有去觀察任何東西，也沒有沉思任何擾人的問題，似乎回到了從前美好的日子：稍晚後，他把這個情形歸因於當時天色漆黑。等到月亮從雲堆裡探出頭來後，樹林、影子、岩石又逐漸幻化為某個無解之謎的符號。讓人感到驚懼的，不是墓園裡淒涼的碑石，不是孤寂的柏樹，也不是荒夜裡狼群的長嗥。讓這個世界變得如此驚奇以致駭人的，是他自己莫名地企圖從中擷取一個故事——彷彿世界想告訴他什麼，想指出某種意義，但話語卻遺失在迷霧中，如同在夢裡。天將破曉前，劊子手耳裡開始聽見啜泣聲。

黎明時，他想啜泣聲應該是樹林起風造成的幻覺；一會兒後，他判斷那必然是一夜無眠加上疲倦的結果。等到中午的時候，鞍褥上的皮囊發出的哭聲卻變得如此清晰，他只好下馬，儘可能綁緊繩子，把皮囊牢牢固定在鞍褥上，像是某個人半夜裡不得不從溫暖的被窩爬起來，以解決半掩的窗戶所發出的惱人嘎吱聲。然而過沒多久，下起了一場無情雨，他不但繼續聽見哭聲，甚至連皮膚上也感覺到了哭泣頭顱流下的眼淚。

當太陽再度出現時，他已得出結論，世界之謎與哭泣臉中的奧祕息息相關。原本熟悉的、可以理解的舊世界，一直是靠著人們臉孔中平凡的表情和意義而得以延續，但是，當哭泣的臉上出現了那抹詭譎的表情後，世界的意義頃刻間便消失無蹤，留下劊子手一個人，孤獨害怕，不知所措——就好像一個施過咒語的碗摔成了碎片，或者一個藏有魔法的水晶花瓶裂了開來，萬物頓時東倒西歪。等到陽光曬乾了他的濕衣服時，他已明白若要一切回復正常，他必須拿出皮囊中的頭顱動些手腳，改變那如同面具般掛在它臉上的表情。然而，他的職業道德要求他把那顆頭顱割下來塞入裝滿蜂蜜的皮囊裡，完好如初地保存，帶回伊斯坦堡。

一整個晚上他騎著馬，聽著從皮囊裡不停傳出的嗚咽聲逐漸加劇，變成刺耳的音樂。隔天早晨，劊子手發現世界變得如此不同，他甚至都要認不出自己來了。松樹和柏樹、泥土路、原本眾人聚集但一見到他就紛紛走避的村莊噴泉，全都出自於一個他不認識的世界。中午時分，他來到一座之前從沒注意過的城鎮，甚至弄不清楚自己憑著動物本能狼吞虎嚥吃下的食物是什麼。飯後，他來到城外的一棵樹下讓馬兒休息，他伸伸懶腰，卻發現他原本以為是天空的東西，其實是一座他不認識也沒看過的怪異藍色拱頂。等太陽開始西沉，他回到馬背上，算算還有六天的路程要走。最後他終於明白，除非他動一點神奇的手腳，改變哭泣臉上的表情，停止皮囊裡的哭聲，讓世界回復熟悉的狀態，不然他將永遠回不了伊斯坦堡。

夜色降臨，他來到一座聽得見狗吠的村莊，碰巧看見一口井，便翻身下馬。他取下馬背上的羊皮囊，解開繩結，小心翼翼地抓住頭顱的頭髮，把它從蜂蜜裡拎出來。他從井裡打了幾桶水，像是清洗新生嬰兒般地細心把頭顱沖乾淨。接著他拿一塊布把這顆頭顱擦乾，從頭髮一路擦拭到耳朵的溝紋。最後，藉著滿月的光芒，他看了臉孔一眼：它正在哭泣。沒有絲毫改變，一模一樣教人難以忍受又忘記不了的無助表情停駐在那裡。

他把那頭顱放在環繞水井的矮牆上，回到馬邊拿取他的職業工具：一對特製的刀子和幾根拷打用的粗鐵棍。他先從嘴巴開始嘗試，用刀子把周圍骨頭上的皮膚絞鬆。弄了老半天後，他把嘴唇搞得一塌糊塗，但終於成功地讓嘴巴顯出一抹扭曲而含糊的微笑。接著他針對眼睛進行較精細的手術，試圖把因疼痛而緊閉的眼皮打開。經過漫長而耗神的努力，整張臉好不容易展露出一絲接近笑意的表情。他筋疲力竭，但終於鬆了一口氣。不僅如此，當他看見阿布第帕夏的下巴上仍留著被絞死之前自己拳頭的紫印時，他感到很滿意。一切都處理完善後，他像個孩子般開心，跑步到馬邊把工具放回原位。

當他轉身回來，頭顱已不在他所放置的地方。一開始，他以為微笑的頭在跟他耍把戲，不過後來便發覺原來它滾進了井裡。他跑到最近的房子前，毫不在乎地猛敲大門，吵醒屋裡的人。年邁的父親和年輕的兒子才看到劊子手一眼，就滿懷恐懼地遵從了他的命令。三個人一直忙到清晨，努力把頭顱從不太深的井裡撈出來。他們用上過潤滑油的絞索綁在兒子的腰際，把他垂入井裡。就在天色漸亮的時候，兒子一邊驚駭地尖叫一邊抓著頭顱的頭髮，被拉回了地面。儘管那顆頭變得一團糟，但它終究不再哭泣。劊子手鎮定地擦乾頭顱，把它丟回盛滿蜂蜜的皮囊，在父親與兒子的手裡塞了幾枚錢幣，然後便愉快地離開他們居住的村莊，繼續往西前進。

陽光照耀，鳥兒在春花盛開的枝枒間啁啾，劊子手心中充滿了激動，以及如天空般遼闊的生命喜悅，因為他知道世界已回到往日熟悉的模樣。皮囊裡不再傳來啜泣的聲音。接近正午的時候，他來到一處滿山遍野長滿松林的山腳下，在湖邊下了馬，心滿意足地躺下來，準備好好睡上一覺，享受一場渴望已久不受驚擾的睡眠。不過在睡著之前，他開心地從地上起身，走到湖畔。望著水中自己的倒影，再一次確認世界一切正常。

五天後他抵達了伊斯坦堡。然而，熟知阿布第帕夏的證人卻不認得從羊皮囊裡拿出的頭顱，他們指稱那臉上的微笑表情完全不符合帕夏的容貌。在那顆頭顱上，劊子手看到了他滿心歡喜在湖裡所見的倒影，他自己愉悅的臉。人們指控他被阿布第帕夏收買，在皮囊裡塞進另一個人的腦袋，比如說某個無辜的牧羊人，殺害他後再把他的臉蹂躪毀容，讓人分辨不出是個替代品。劊子手明白再怎麼辯駁也是徒勞無功：他已經看到了另一個劊子手的到來，準備砍下他的腦袋。

謠言傳得很快——一個無辜的牧羊人代替阿布第帕夏被砍了頭——事實上，散布的速度之快，甚至當第二個劊子手到達埃祖隆之前，好端端坐在自己駐防地裡的阿布第帕夏就已經料到有人要來取他的腦袋，最終接受了處決。這便是所謂「阿布第帕夏之亂」的由來。這場叛亂持續了二十年，犧牲了六千五百顆頭顱，儘管有些人說他們在帕夏臉上看到的文字洩露出他其實也是個冒牌貨。

26 文字之謎與謎之失落

「十萬個祕密即將揭露。當真相大白時，將出現驚訝的臉。」——阿摣《群鳥之會》

城市的晚餐時刻，尼尚塔希廣場的交通逐漸紓解，街角的警察也停止了憤怒的哨音，而卡利普已經盯著照片看了好久的時間，久到整個人被掏空了，感覺不到眼前同胞的臉孔可能在他心裡激起的悲傷苦痛；他的眼淚早已乾了。筋疲力竭的他再也感覺不到那些臉孔可能帶來的任何鼓舞、喜悅或興奮；彷彿他對生命不再有任何期待。望著照片，他只感到一股漠然，像是一個失去所有記憶、希望和未來的人那樣；在他內心的一角有一抹寂靜，似乎將要逐漸蔓延，最終包裹住他整個身體。他甚至一邊喝著濃茶、吃著從廚房裡拿來的麵包和羊乳酪，一邊仍繼續看照片，還把麵包屑撒在上面。城市裡雄心勃勃的喧囂雜沓已平息了下來，取而代之的是夜晚的聲響。此時他可以聽見冰箱的馬達聲、巷子底一家商店拉下木遮板的聲音，以及阿拉丁商店周邊傳來的笑聲。有時候他會注意到高跟鞋匆忙敲響人行道的斷續節奏，有時候他則渾然不覺於寂靜，尤其是當看到照片中的某張面孔引起他一陣駭懼或是一陣耗神的驚異時。

於是他開始思考文字之謎與臉孔意義之間的關聯，目的不是為了解開耶拉隨手寫在照片臉孔上的謎樣暗語，而是有一股欲望，讓他想模仿魯雅那些偵探小說中的偵探。「若要像偵探小說中的英雄那樣，處處可以發現線索，」卡利普疲憊地想著，「唯一的方法就是，你必須相信周遭的物品都隱藏著祕密。」

他從走廊的櫃子裡拿出箱子，裡頭塞滿了書本、論文、剪報、千萬張照片和關於胡儒非教派的圖像，然後再度展開工作。

他遇見幾張臉，是由阿拉伯字母所組成的，眼睛這個詞當中包含و和ع，眉毛這個詞當中包含ز和ر，鼻子這個詞當中包含أ。耶拉不厭其煩地把這些字母一一標出來，彷彿他是一個正在學習古字母的用功學生。在一本石版印刷書裡的幾頁，他看見好幾隻用و和ج組成的淚眼，ج的那一點化成為滑落紙頁的滴滴淚珠。在一張古老的黑白毛片中，他觀察到同樣的字母在眼睛、眉毛、嘴巴和鼻子裡也清楚可辨；照片下方，耶拉以工整的字體寫下拜塔胥大師的名字。在眼睛的形狀和害怕的表情中，他看見「啊，愛情的嘆息！」的銘文、暴風雨中搖擺的戰艦、天空劈下的閃電。他看見臉孔的輪廓中有著各式各樣的字母，如樹枝般糾結纏繞；每一撇鬍子都畫出不同的字母。他看見蒼白的臉孔，眼睛從照片上被挖出兩個洞；無辜的人，嘴角被寫上文字，扭曲成罪惡的暗示；犯罪的人，前額的皺紋裡被刻入了他們可怕的命運。他注意到，許多被吊死的惡棍和總理臉上浮著一抹心不在焉的神情，他們的眼睛望著腳踩不到的地面，一身白色囚袍，胸前掛著判決的罪名。他看到許多人寄來的各種照片：有的是知名電影明星的褪色彩照，在她濃妝豔抹的眼睛裡人們讀出她其實是個妓女；有的是自認為有明星臉的人，寄來了神似多位蘇丹、帕夏、范倫鐵諾和墨索里尼的照片，並特地寫出文字說明。從冗長的讀者來信中，他發現一些端倪，透露出耶拉在玩的祕密文字遊戲。有的讀者解開了耶拉在專欄中隱藏的訊息，指出Allah（阿拉）最後一個字母「h」的特別意涵和位置。有的讀者花了一個星期、一個月、甚至一整年，分析出他用「早晨」、「臉孔」、「太陽」這些字眼所製造的對稱。還有一些讀者堅持認為耍弄文字遊戲的罪過不下於偶像崇拜。他看見胡儒非教派創始者法茲拉勒的圖片，翻印自古老的細密畫，上頭擠進了小小的拉丁字母和阿拉伯字母拼寫的文字；他看見上頭寫著文字的足球選手和電影明星圖卡，那是阿拉丁商店賣的巧克力餅乾和硬得像鞋跟的彩色泡泡糖盒裡附贈的，他看見讀者寄來給耶拉的照片，裡頭有凶手、罪人、蘇非派大師。還有成千上萬數不清的「市民同胞」照片，密密麻麻寫滿了文字；過去三十年來從安那托利亞各個角落寄來給耶拉的一千張國人照片，有的來自於破落的小鎮，有的來自於邊遠的村子，那兒的夏天豔陽曬得土地龜裂，而冬天裡有四個月積雪冰封，除了飢餓的狼之外無人接近，有的來自於敘利亞邊界偷渡猖獗的聚落，那兒的男人有半數因為誤踩地雷而缺手斷腿，有的來自於四十年來痴等著公路開通的村莊，有的來自於大城市裡的酒吧和賭場，有的來自於設置在洞穴裡的屠宰場、菸毒販的窩巢、偏僻火車站的站長辦公室、牲口販子趕市集途中夜裡住宿的旅舍大廳，還有一些則來自於索古可陸克的妓女戶。他看見千萬張由街頭攝影師的舊萊卡拍出來的照片，這些攝影師把相機固定在掛著邪眼[45]圖案避邪天珠的三腳架上，背景是政府辦公室、市政大樓，以及代書替不識字的人打文件時用的折疊桌，接著他們就像鍊金師或算命師般消失在黑布下面，熟練地擺弄快門和摺箱、黑色的鏡頭蓋、以及用化學塗料處理過的玻璃盤。當這些市民同胞望進相機裡時，不難想像他們心裡會升起一剎那模糊的死亡意識和永恆不朽的期盼。卡利普很快就明白，這股深沉的期盼，與他在臉孔和地圖的符號中所察覺到的毀滅、死亡和挫敗，密不可分。彷彿在巨大崩壞發生之前的多年幸福已淹沒在塵土下，火山爆發所噴出的灰燼早已將之掩埋，如今卡利普必須解讀這成千上百個可疑的符號，才能從深埋的往事中找到失落的祕密意義。

照片背後的資料透露出其中有一些是寄到〈觀面相，知性情〉專欄來的，這個專欄在五〇年代初期由耶拉接手，那時他還負責謎語、影評和〈信不信由你〉。有些是應耶拉的徵件而來（我們希望能夠看到讀者的照片，並且在這些專欄中刊登一部分）。另外一部分則是隨著一些信件寄來，儘管信的內容卡利普讀不大懂。他們面對鏡頭，表情好像想起某件陳年往事，或者好像注視著一道銀綠的閃電擊中地平線上一片矇矓的土地，好像他們已習慣於眼睜睜望著自己的命運慢慢沉入一片黝黑的沼澤，好像他們是一群失憶症患者，深信他們永遠喚不回自己的記憶。照片裡，那些神情中的沉默占據了卡利普的心緒。他很清晰地體會到為什麼耶拉要在照片、剪報、臉孔、容貌上刻印下所有那些字句。可是，當他想利用這個理由來解開故事的結局時——關於他與耶拉和魯雅相連相依的生命、關於離開這個幻影居所、關於他自己的未來——卻頓時變得像照片中的臉孔一樣陷入沉寂。他的思想，原本應該要把各個事件編織出關聯來，此時卻完全被文字和臉孔之間的意義迷霧所吞噬。就這樣，他從臉孔中讀到的那股恐懼慢慢逼近他，而他自己也一點一點地步入其中。

在拼字錯誤百出的石版印刷書本和論文中，他讀到了胡儒非教派的創立者兼先知法茲拉勒的生平。一三三九年，他出生於呼羅珊靠近裡海一個叫做阿斯特拉巴德的城鎮。十八歲的時候，他開始投入蘇非教派，展開朝聖之旅，隨後在一位名叫哈珊教長的大師門下學習。為了增加自己的經驗，法茲拉勒在一個又一個城鎮間旅行，從亞塞拜然到伊朗，並且向大不里士、舍爾文和巴庫的大師請益討論。卡利普讀到這裡，心裡油然升起一股想要「展開新生活」的急切渴望，就如這一類勵志書裡總會說的。法茲拉勒對於自己的命運和死亡做了一些預言，日後果然成真，不過看在卡利普眼中，那些預測都只是平凡的事件，可能發生在任何準備展開自己嚮往的新生活的人身上。最開始，讓法茲拉勒為人所知的，是他的夢境解析。有一次，他夢見一對戴勝鳥、所羅門先知以及他自己。正當兩隻鳥站在枝頭，望著所羅門和法茲拉勒在樹下熟睡時，兩個人的夢境融合為一，於是，枝頭上的兩隻戴勝鳥也融合成為一隻鳥。另一次，他夢見一位托缽僧來到他閉關的洞穴裡拜訪他，沒多久之後，這位托缽僧果真來訪，法茲拉勒才知

45 地中海地區的迷信，若諸事不順，可能是有嫉妒你的人對你下了邪眼詛咒。此區文化當中因而常以邪眼圖案作為護身符。

道原來這位托缽僧也夢見了他。他們在洞穴裡共同翻閱一本書，並在文字中看到了各自的臉孔，而當他們抬起頭彼此互望時，卻發現對方的臉上寫著書中的文字。

根據法茲拉勒的觀點，每樣東西從虛無跨入物質世界時都會發出一個聲響，因此聲音是「存有」和「虛無」之間的界線：拿兩個「最沒有聲音」的物品互相撞擊，就足以讓我們領悟這一點。而最進步的聲音，當然了，便是「語言」，稱之為「演說」的崇高之物，由字母拼湊而成的「文字」魔法。存在的起源，它的意義，以及真主創造的物質層面，都可以在人臉上清晰可見的字母之中找到答案。我們每個人都天生具備如此條件：兩條眉毛、四排睫毛和一道髮際線——總共七劃。進入青春期後，加上逐漸成形的鼻子劃分我們的臉，使得這個數字增加到十四。若我們再以稍微寫意的方法勾勒筆劃，加上想像和真實的線條，數字便增加一倍，顯示出全部二十八個阿拉伯字母，證明穆罕默德用來創造古蘭經的語言並非意外出現。若要把數字增加到三十二，等同於波斯字母的數目（法茲拉勒所說和寫作《永生之書》的語言），則必須更仔細地檢視頭髮和下巴的線條，從中分成兩半——各自又分成兩條線，乘以二等於四。讀到這裡，卡利普才明白為什麼箱子裡照片中的人要把頭髮中分（模仿三〇年代美國電影裡的演員，把油亮光滑的頭髮從中分線）。這一切是如此地顯而易見，卡利普不禁為這種小孩子般的簡單感到歡欣鼓舞，覺得自己再一次了解到是什麼吸引了耶拉投入這些文字遊戲。

法茲拉勒宣稱自己是信使、是先知，也就是猶太人的彌賽亞、基督徒引頸期盼的再世基督、穆罕默德所預示的救主馬赫迪（Mahdi）——簡言之，就是人們長年等待、耶拉在一篇文章中稱之為「祂」的那個人物。在七位信徒的擁護下，法茲拉勒開始在伊斯帕罕宣揚其信仰。從一個城鎮到另一個城鎮，法茲拉勒向人傳道，告訴他們這個世界充斥著許多隱而不察的祕密，若想要探究，必須先理解文字的奧祕。讀到這裡，卡利普的內心一陣釋然，因為對他而言，這似乎清楚地證明了如今他的世界也充斥著祕密，一如他始終期待和想望的那樣。他內心的那股平靜想必是來自於一個無比簡單的推論：如果世界真的充滿了祕密，那麼，毫無疑問地，桌子上的咖啡杯、菸灰缸、拆信刀、甚至他擱在拆信刀旁像一隻猶疑的螃蟹般的手，在在都指出一個隱晦的世界確實存在，它們本身也是那個世界的一部分。魯雅在那個世界裡，卡利普站在它的門口。不用多久，文字的祕密就會放他進去。

因此他必須更細心閱讀。他又讀了一遍法茲拉勒的生平，從中得知法茲拉勒曾夢見自己的死亡，後來也如作夢般地步向自己的死亡。他被控散布異端邪說：崇拜文字、人類、偶像而非真主，宣稱自己為救世主，並相信自己的幻想，追尋古蘭經中所謂的祕密隱晦之意，而不接受其真實明確的價值。他被逮捕，經過拷問，最後以吊刑處死。

法茲拉勒及其同夥被處決後，胡儒非信徒很難繼續在伊朗待下去，於是他們長途跋涉進入了安那托利亞，多虧了法茲拉勒的一位後繼者、詩人內札米的幫助。這位詩人把法茲拉勒所有關於胡儒非教派的書本和手稿全裝進一個綠色行李箱裡——這箱子日後成了胡儒非信徒的傳奇之物——然後遊遍了安那托利亞，訪遍每一個小鎮。為了找尋新的擁護者，他來到偏僻的神學院，那兒步調緩慢到在滿室壁虎的檢疫所和修道院裡，就連蜘蛛都會忍不住打起瞌睡。為了向他的新學生解釋，不止在古蘭經裡，其實整個世界都充滿了祕密，他訴諸於文字遊戲，靈感來自於他很喜愛的棋戲。詩人內札米能夠在兩行詩句中把他情人臉上五官的其中之一和一顆美人痣比喻為一個字母和一個句點，把這個字母和句點比喻為海底的一塊海綿和一顆珍珠，把他自己比喻為一個願意為珍珠而死的潛水夫，把這位主動潛入死亡懷抱的潛水夫比喻為一個尋找愛人的神祇，接著循環回到原點，把他的情人比喻為神。這樣的一位詩人，後來在阿列坡被捕，經過一段冗長的拷問，最後遭剝皮而死：他的屍體被吊在城裡公開示眾，隨後被切成七塊，分別埋在七個城市裡以儆效尤，那七個城市，正是他招納信徒、人們朗誦其詩文的地方。

受到詩人內札米的影響，胡儒非教派迅速在鄂圖曼帝國統治的拜塔胥人之間散播開來，甚至連十五年後征服君士坦丁堡的征服者瑪哈姆蘇丹也成了它的信徒。蘇丹不僅隨身攜帶法茲拉勒的著作，逢人便講述世界的奧祕、文字之謎，以及他從新進駐的宮殿中所觀察到的拜占庭祕密，甚至他會調查每一根煙囪、圓頂和樹木，分別指出它們提供了什麼樣的線索，可以引領人探入另一個存在於地底下的謎樣國度。當他身旁的神學家發現這件事後，便密謀迫害那些試圖接近蘇丹的胡儒非信徒，把他們活活燒死。

卡利普翻開一本小書，書的最後一頁附了一張手寫的紙條，說明（或誤導）這本書是二次大戰初期在埃祖隆附近的合羅珊暗中印製的。書中有幾張圖畫，是胡儒非信徒在企圖行刺征服者瑪哈姆的兒子巴耶塞特二世之後，被砍頭或燒死的畫面。另一頁中，幼稚的筆觸描繪出那些違反偉人蘇里曼蘇丹放逐令的胡儒非信徒被火刑燒死時的場景和臉上駭懼的神情。火舌在軀體上跳躍，如同波浪一般，其中清晰可見「阿拉」這個字中的「ا」和「ل」兩個字母。然而更奇怪的是，在阿拉伯字母烈焰中熊熊然燒的這些身體，眼睛裡流淌下的淚水卻被畫成了拉丁字母的O、U、和C。在此，卡普發現了胡儒非對一九二八年文字改革——從阿拉伯字母轉為拉丁字母——的最早詮釋。不過，由於他的心思是放在解開謎語的公式上，所以對此他沒有多想，只是繼續閱讀從箱子裡找到的東西。

他看到在書中許多地方都證實了真主的基本特質是一個「隱藏的寶藏」，一個謎。問題在於我們要找到一個方法去發掘它；在於我們要明瞭，這個謎其實反應在世界裡；在於我們要理解，這個謎出現在任何事物、任何人之中。世界是一個充滿線索的海洋，每一滴海水裡所蘊含的鹽分都引向它背後的奧祕。卡利普紅腫灼痛的眼睛愈往下讀，他心裡就愈清楚自己終將洞悉海洋的祕密。

既然這些符號無所不在，那麼奧祕也同樣無所不在。就像卡利普不斷在詩中讀到的情人容顏、珍珠、玫瑰、高腳酒杯、夜鶯、金髮、深夜和火焰，他周遭的物品也是符號，不僅表示它們本身，同時也指涉著他正逐漸接近的神祕。被檯燈的幽光照亮的窗簾、滿溢著關於魯雅的回憶的舊扶手椅、牆上的陰影、不祥的電話筒，這一切是如此充斥著故事和寓意，使得卡利普不禁感到自己正不知不覺地被吸入一個遊戲中，就好像他小時候偶爾會有的感覺。但他繼續往前，沒有太多懷疑，因為他深信——正如他小時候一樣——只要等自己變成了另一個人的時候，他便能逃離這場嚇人的遊戲。「如果你怕的話，我可以把燈打開。」以前當他發現一起在黑暗中玩遊戲的魯雅也和自己一樣害怕時，他常這麼對她說。「別開燈。」勇敢的魯雅喜歡被嚇，總是這麼回答。卡利普繼續往下讀。

十七世紀初始之際，有些胡儒非信徒遷徙到偏遠的村落定居，當地的農民在亞拉立叛亂將安那托利亞蹂躪成一片斷垣殘壁的時期，為了躲避各種帕夏、官員、盜匪和伊瑪目，早已棄村而逃。從一首長詩中可以讀到，在這些胡儒非村落裡，曾經一度瀰漫著某種幸福充實的生活型態，卡利普一面試圖想像如此的情景，同時不禁回想起自己與魯雅共度的那段快樂童年。

在那段遙遠的幸福歲月中，意義和行動始終是同義詞。在那段黃金時期，我們所夢想的東西就是我們屋子裡頭擁有的東西。在那段過往的快樂年代，每個人都明白，我們手中的匕首和筆桿、工具和物品，都不只是我們身體的一部分，也是我們靈魂的延伸。那個時候，當一個詩人說到「樹」時，每個人都能夠正確無誤地在腦中勾勒出它的樣貌，每個人都知道無須使用太多溢美之辭來列舉它的枝葉，這個字眼和詩中的那棵樹便足以解釋「樹」這個物品，也足以指涉花園裡和生命中的任何一切。當時，每個人都非常明瞭，文字與其所描述的事物是如此地接近，以致當晨霧降臨到山中的這些幻影村落時，文字和它們所描述的事物已然交織融合。每當人們在晨霧籠罩的清晨從睡眠中醒來，總分辨不出夢境與現實、詩歌和生活、名字和真正的人。那個時候，故事和生命是如此真實，根本不會有人想到要問哪一個才是最初的生命，或者哪一個才是最原始的故事。夢境在生命中上演，生命得到圓滿的解釋。正如所有的東西，當時人的臉孔也充滿了意義，甚至那些不識字的人，儘管看不懂半個字母，卻也能夠自然而然地讀出我們臉上的文字，並參透其中的意義。

在那段遙遠的快樂時光，人們甚至沒有意識到時間。詩人筆下的橘色太陽靜靜佇立在夜晚的天空中；船艦的大帆飽脹著一股不會吹的風，紋絲不動地在一片灰綠色的靜止海洋上航行；潔白的清真寺和雪白的宣禮塔屹立在海邊，像一座永不消失的海市蜃樓。卡利普讀到這裡才恍然明白，胡儒非的想像和生活儘管從十七世紀以來始終隱藏而不為人知，其實卻早已包圍了伊斯坦堡。詩文中描寫到城裡的景象：背後映襯著一座座三層樓的白色宣禮塔，鸛鳥、信天翁、駿鷹[46]和鳳凰展翅高飛，迎向天際，幾世紀以來牠們就彷彿這樣懸在半空中，從伊斯坦堡的屋舍圓頂上方滑翔而過；在伊斯坦堡那些總是歪斜交會、毫無章法的街道上，每一個出遊的人都好像是踏上一段永恆的假日之旅，如此地興高采烈、歡欣鼓舞；夏日的溫暖月夜裡，從井裡不僅能汲取出冰涼的水，也能夠撈起滿滿一桶神祕的符號和星光，那時人們會徹夜吟誦詩歌，訴說各種符號的意義，以及意義的多樣表徵。看到這裡，卡利普才明白，伊斯坦堡曾經存在過一段純粹美好的胡儒非教派年代，這更讓他了解到自己與魯雅共度的快樂時光已然遠逝。

這段幸福的時代想必為時不久。卡利普讀到，黃金年代結束後，很快地這個奧祕信仰就變成了眾人鄙夷的污點，而關於它的祕密也變得更複雜難解。為了更進一步隱藏他們的祕密，有些人會求助於神符聖水，他們學居住在幻影村落裡的胡儒非信徒，用鮮血、蛋、頭髮、糞便調製出各種混合物；其他人則在伊斯坦堡的隱蔽角落和自己家的地底下挖掘隧道以埋藏他們的祕密。然而有些人則沒有像挖隧道的人那般幸運，他們因為加入禁衛軍叛亂而被逮捕，吊死在樹上，上過潤滑油的繩索像領帶一樣纏繞脖子，勒得他們的臉部文字扭曲變形。不僅如此，當吟遊詩人拿著魯特琴來到陋巷裡的托缽僧小屋低聲傳唱胡儒非的奧祕時，結果也只是碰壁，因為沒有人聽得懂。卡利普所讀到的這些證據，證實了曾經存在於偏遠村落也存在於伊斯坦堡暗巷小徑的黃金年代，在一夕之間消失無蹤。

卡利普手中的這本詩集，書頁有老鼠囓咬的痕跡，角落長出一朵朵深綠和藍綠色的黴菌，散發出一股好聞的紙張和潮濕的氣味。翻到最後一頁，他看到一則注記寫著，關於這個主題在另一篇專論中有更詳盡的資料。在詩的最後一行下面，以及印刷廠地址、出版社、著作和出版日期的上面，留了一點空間，合羅珊的排字工人塞進了密密的一行又長又不合文法的句子，指出同系列中的第七本書是由同一單位在埃祖隆附近的合羅珊所出版，作者是火F. M.烏申緒，書名是《文字之謎與謎之失落》，曾獲得伊斯坦堡記者歇林．卡馬茲的好評。

昏昏沉沉的卡利普，滿腦子都是關於魯雅的夢境和充滿文字的幻想，疲累又失眠，此時不禁聯想到耶拉剛進新聞業的最初幾年。那個時候，耶拉所玩的文字遊戲只限於在〈今日星座〉和〈信不信由你〉專欄中，用暗語傳遞訊息給他的情人、家人和朋友。為了找出注記中提及的專論，他在幾大疊文件、雜誌和報紙中胡亂翻找，滿屋子翻箱倒櫃。好不容易，最後他終於在一個看起來毫無希望的箱子裡找到了那本書，埋在一堆耶拉收集的六〇年代初期剪報、未發表的辯論和一些怪異照片中。這時早已過了半夜十二點，街道上籠罩著肅殺的靜寂，教人背脊發涼，像是戒嚴國家的宵禁氣氛。

如同許多這一類的「著作」往往過早宣布出版時間，而真正的發行日總拖了很久，《文字之謎與謎之失落》也隔了好幾年，一直到一九六七年才終於在另一個城鎮果德斯問世——卡利普很驚訝當時那裡竟然有印刷廠——裝訂成一本兩百二十二頁的書。泛黃的書封上是一幅圖畫，印刷很糟，想必是出自於粗糙的製版和廉價的油墨：那是一幅簡陋的透視法插畫，一條左右栽種了兩排栗子樹的道路，往前延伸

46 駿鷹（Simurgh），古波斯傳說的巨鳥，為獅與鵬鳥的結合體。

通向看不見的遠方。每一棵樹的旁邊都印著文字，恐怖、讓人渾身冰涼的文字。

乍看之下，它很像是幾年前某些「理想主義」的軍官所寫的書，內容關於「為什麼過去兩百年來我們趕不上西方國家？我們該如何進步？」。這些由作者自費在某個安那托利亞偏僻小鎮印刷的書，最前面常有類似的獻詞：「戰事學校的同學們！國家的未來掌握在你們手中！」不過，把書翻開之後，卡利普便明白在他面前的是一本截然不同的「著作」。他從椅子上起身，來到耶拉的書桌前，兩隻手肘支在書的兩側，開始專心地閱讀。

《文字之謎與謎之失落》是由三個主要部分所組成，前兩部的標題正好是書名。第一部，〈文字之謎〉（或者可說是胡儒非之謎），從胡儒非教派的創始者法茲拉勒的生平開始說起。作者烏申緒在故事中加入了較為入世的層面，不純然把法茲拉勒描述為一個蘇非派和神祕主義學者，更視他為理性主義者、哲學家、數學家和語言學家。就如同人們認為法茲拉勒是個先知、救世主、殉道者和聖人——或者還不止這樣——他也是個敏銳的哲學家和天才，雖然「不為我們所知」。如果把他的思想解釋為泛神論，或是像西方國家某些東方主義學者那樣，用柏羅汀、畢達哥拉斯、卡巴拉的觀點來分析法茲拉勒，這些方法都會像是用法茲拉勒一輩子力抗的西方思想來捅他一刀。法茲拉勒是一個純粹的東方人。

依照烏申緒的說法，東方與西方分別占據半個世界：兩者完全對立、互相排斥、彼此矛盾——如同善與惡、黑與白、天使與惡魔。相反於活在夢幻中的樂觀主義者的假想，烏申緒認為兩個世界之間沒有妥協的餘地，完全不可能和平共處。兩者之一必然會控制另一個，一個世界扮演主人的角色，另一個世界則是奴隸。為了描繪出這對孿生兄弟之間不曾止息的爭鬥，作者回顧了許多具有重要意涵的歷史事件演進，並且一一列舉：亞歷山大割斷哥蒂厄斯之結[47]（作者評注說「意思正是解謎」）、十字軍東征、拉希德國王送給查理曼大帝的神奇時鐘上頭各種文字和數字的雙重意義、漢尼拔橫越阿爾卑斯山、伊斯蘭在安達露西亞的勝利（作者花了整整一頁探討哥多華清真寺的石柱數目）、本身是胡儒非信徒的征服者瑪哈姆蘇丹征服拜占庭並奪回君士坦丁堡、哈札爾的崩毀、最後是鄂圖曼人先後在迪皮歐（「白色城堡」）以及威尼斯的圍城挫敗。

烏申緒認為，所有這些歷史事件都指向一個昭然若彰的事實，而法茲拉勒則把它轉化為各種隱喻，融入他的作品中。在不同的時期，無論是西方還是東方之所以能夠壓制過對手的原因，絕非偶然，而是確有邏輯可循。任何一方，若是能成功地「在特定的歷史時期」看出這個世界是一個模稜兩可、充塞著祕密的神祕地方，那麼，這一方就會占上風，得以支配另一方。相反地，把世界視為單純、清晰、有條有理的那一方，則注定會失敗，結果必然是受到奴役。

烏申緒在書本的第二部裡詳盡地討論了「謎」的失落。所謂的「謎」，可以是任何東西，可以是指古希臘哲學家的「理念」、新柏拉圖學派基督教的「神性」、印度教的「涅槃」、阿撻的「駿鷹」、魯米的「摯愛」、胡儒非的「祕密珍寶」、康德的「本體」、或者是一本偵探小說中的凶手。不管謎究竟是什麼，任何時候，它都意謂著「中心」，始終隱藏不為世人所知。如此一來，烏申緒解釋，若一個文化失去了「謎」的概念，便是喪失了它的「中心」，一個人如果觀察到此現象，必然要推論出這個文化的思想也已經失去了平衡。

接下來的幾行，卡利普讀得似懂非懂：魯米必須要謀殺他的「摯愛」，也就是大不里士的賢姆士；為了保護他所「設置」的謎，他展開大馬士革之旅；然而，在城市裡的漫遊和搜尋並不足以支持這個

47　哥蒂厄斯之結，希臘神話中，佛里幾亞王哥蒂厄斯的難解繩結，根據神諭所示，能解開這個結的人，便能成為亞細亞王，後來亞歷山大大帝以劍將它劀斷。

作者主張，「謎」的概念；魯米為了要重新定位自己已經偏離的思想「中心」，在流浪途中前往了許多場所。作者主張，一宗完美的謀殺案，或是一場不留痕跡的失蹤記，都是重新建立起失落之謎的好方法。

隨後，烏申緒著手鋪陳胡儒非教派中最重要的課題，「文字與臉」之間的關係。仿效法茲拉勒在著作《永生之書》的作法，他說明在人類的臉孔上可以一目了然地看見總是隱而不為人知的真主，他詳盡地檢視了人臉上的線條，把這些線條勾畫成阿拉伯字母。作者花了許多篇幅，天真地分析胡儒非詩人的詩句，比如說內札米、雷費、米撒里、巴格達的魯赫伊和羅絲．巴巴，最後整理出某種邏輯。處於幸福昌盛的年代，我們所有人的臉孔都富有意義，就如我們所居住的世界。這個意義要歸功於胡儒非信徒，因為他們看出了世界的謎和世人臉上的文字。然而，隨著胡儒非教派的消失，我們臉上的文字以及世界的謎也一起失去了蹤影。從此以後，我們的臉孔變成空白一片；再也沒有任何根據可以從中讀出什麼；我們的眉毛、眼睛、鼻子、目光和表情只剩下空洞，我們的臉孔不再具有意義。雖然卡利普很想起身照鏡子看看自己，但他繼續仔細往下讀。

攝影藝術帶來了悚然黑暗的結果，由於直接以人為題材，它展現出我們臉上的空虛，就好像土耳其、阿拉伯和印度電影明星臉上特殊的五官起伏讓人聯想到看不見的月亮背面。而伊斯坦堡、大馬士革和開羅的街道上，熙來攘往的人群彷彿深夜裡躁動呻吟的鬼魂；所有男人皺眉的臉上全都蓄著相同的鬍子；所有戴著同款式頭巾的女人全都流露出相同的目光。這一切都是隨著空虛而來。因此，我們有必要建立一套新的系統，來分辨那些將會在我們空白的臉上重新灌輸意義的拉丁文字母。書的第二部最末，作者愉快地告訴我們，整套系統的運作即將在題為〈謎之發現〉的第三部之中公諸於世。

烏申緒不僅善用言外之意，而且喜歡玩弄文字，像個孩子般天真無邪，使得卡利普不禁對他產生好感。他的某個部分讓人聯想起耶拉。

27 冗長的棋局

拉希德國王[48]有時候會微服巡視巴格達，希望能得知人民對他和他的統治有何觀感。因此，有一天夜裡……

——《一千零一夜》

一封揭露我們近代史上「民主化」時期黑暗面的信件，落到了一名讀者手中。這名讀者不願具名，也很合情合理地不願透露得到這封信的機緣巧合與陰謀背景。信是出於我們從前的軍事獨裁者之手，內容是寫給顯然定居國外的兒子或女兒。我決定把它原原本本地在這專欄中刊登出來，不修改任何文字，保留帕夏的用字遣辭。

六星期前，八月的某天晚上，天氣又悶又熱，蒸騰的暑氣瀰漫在我們共和國創建人過世的房間裡，彷彿所有的動作、思想、時間全都僵直死去了。時間不僅靜止在鍍金的時鐘上——那座時鐘始終指著阿塔圖爾克辭世的九點零五分，你們摯愛的亡母總是被它混淆，讓你們這些孩子覺得很有趣

48 拉希德國王（Harun al-Rashid, 766-809），開創阿拔斯王朝的黃金時代，是《一千零一夜》中的主角之一。

——甚至所有多瑪巴切宮裡、所有伊斯坦堡的時鐘，全部戛然而止，不再移動半分。俯瞰博斯普魯斯海峽的窗口，平常總是窗簾飛舞，此時卻紋絲不動。沿岸的哨兵直挺挺地矗立，像是深夜裡的人形模特兒，但這似乎並不是因為我下達命令，而是由於時間陡然停佇。感覺到如今我可以實行多年來我一直想做、卻從不曾下定決心去做的事情，我換上收藏在衣櫃裡的農人服裝。我從荒廢的後宮大門溜出宮殿，鼓起勇氣，告訴自己，過去五百年來，在我之前有無數的蘇丹曾從這扇邊門（以及伊斯坦堡其他宮殿——托普卡匹宮、貝勒貝葉宮和伊地茲宮——的後門）潛伏出宮，消失入他們企盼以久的城市深夜，而他們也都能平安歸來。

伊斯坦堡變了好多！子彈不僅無法射穿雪佛蘭防彈禮車的窗戶，我很快地發現它也驚擾不了我所深愛的城市中的真實生活！跨出宮廷圍牆，我徒步走到卡拉喀，向一個空氣中殘留著焦糖餘香的攤販買了一些哈發糕。我在一間露天咖啡店停留了一會兒，跟坐在那裡聽收音機下棋玩牌的人聊天。我注意到流鶯在布丁店裡等待顧客上門，街童指著餐廳櫥窗裡的烤肉串向人乞食。我來到清真寺的院子裡，試圖混入晚禱結束後四散的人群。我坐在小巷間的家庭式花園茶座，學著其他人那樣喝茶嗑瓜子。在一條鋪著大石板的巷弄裡，我看到一對年輕夫婦從鄰居家打道回府；母親包著頭紗，父親抱著打瞌睡的兒子，倚在他肩頭：你們真應該看看她依偎著丈夫手臂時的那份深情摯愛！淚水溢滿了我的眼眶。

不是的，我所關心的並不是我同胞的幸福與否。親眼目睹我同胞如此貧困而慘澹的真實生活，重新攪擾起我夢中浮現的悲傷與恐懼，一種踏出現實之外的感覺，即使是在今天這樣一個自由與幻想之夜。我試著藉由凝視伊斯坦堡來甩掉這種不真實的感覺與恐懼。透過櫥窗望著糕餅店裡聚集的人群，望著夜裡最後一班公共客運渡輪靠岸，豎立著漂亮煙囪的船隻放下一群群乘客，我的眼裡一次次流下悲傷的淚水。

我所須定的宵禁時間差不多快到了。因為想在回程的時候享受海水的清涼，於是我走向埃米諾努的船夫，付他五十庫魯，請他划船載我到對岸，放我在卡拉喀或卡貝塔斯下來。「你腦袋壞掉啦，老兄？」他回答我，「你難道不知道，現在剛好是我們的總理帕夏坐汽艇巡邏的時刻？水面上要是有人被他看到了，都會被抓起來丟進地牢裡。」我拿出一捲粉紅色的紙鈔——上面印著我的肖像，剛發行的時候在我的敵人之間引起了軒然大波，我心知肚明——摸黑塞進他手裡。「如果我們坐你的船出去，那麼，你可以帶我去看總理帕夏的汽艇嗎？」「到油布底下躲好，不准亂動！」他說，用抓著紙鈔的那隻手朝船首比了比。「真主保佑！」他開始划船。

黑暗中我說不出我們朝哪個方向去。博斯普魯斯海峽？進入金角灣？還是往外到馬爾馬拉海去？無波的水面靜悄悄的，彷彿一座停電的城市。躺在船首，我聞到瀰漫在水面的氤氳。遠方傳來一陣馬達的聲響，船夫低聲說：「他來了！他每天晚上都會下水！」等我們的船在布滿貽貝的浮船塢後藏妥，我迫不及待引頸張望，看見探照燈冷酷地掃過整個城市、碼頭、水面和清真寺，由左掃到右，再轉回去，好像在質詢周遭環境。然後我看到一艘白色大船緩緩駛近；甲板上是一排穿著救生衣拿著槍枝的貼身保鑣；他們頭頂的艦橋上站著一群人，而更高處的平臺上，獨自佇立在那兒的，正是假總理帕夏本人！昏暗的光線下，我只能趁船艦駛過時依稀瞥到一眼他的形體，儘管周圍很暗又薄霧籠罩，但我終究觀察到他的衣服竟和我的一模一樣。我要求船夫跟蹤他，卻是徒勞無功。他告訴我宵禁時間已經到了，接著就放我在卡貝塔斯下船。街道幾乎已經空無人煙，我躡手躡腳地溜回皇宮。

那一夜，我滿腦子裡都是他——我的分身，假帕夏——然而並不是在想他是誰、在水面上幹嘛？我之所以想著他，是因為藉由思考他，我可以審視自己。隔天早上，我向執行戒嚴的總司令發布一道命令，把宵禁時間延後一個小時，好讓我能有更充裕的時間來觀察他。電臺廣播立刻宣布了這項法令，接著並播出我對全國的聲明。為了營造出較輕鬆的氣氛，我還下令釋放一些羈押犯，而命令也很快執行。

那天晚上的伊斯坦堡有比較歡樂嗎？完全沒有！事實顯示我的子民無止無盡的憂傷並非起因於政治壓迫，如我膚淺的反對者所言，而是來自於另一個更深沉而無法否認的源頭。那天晚上他們仍舊抽菸、嗑瓜子、吃冰淇淋、喝咖啡。他們也一如往常地哀傷，聆聽著咖啡館的收音機裡播放出我宣布縮短宵禁時間的聲明，陷入沉思。然而他們是如此地「真實」！置身於他們之中，我感到一陣心痛，像是一個醒不過來無法重返現實的夢遊者。不知什麼原因，埃米諾努的船夫已經在等著我，於是我們立刻啟航。

這天夜晚風大而顛簸。我們等了一會兒假總理帕夏，因為他遲到了——似乎有什麼徵兆要他小心謹慎一點。小船划出水面，遠離卡貝塔斯，躲進另一個浮船塢後。我望向船艦，然後端詳著假總理帕夏，我不禁在心裡暗想，他看起來好真實，他真是美麗——彷彿「美麗」和「真實」兩個詞可以同時並存似的。有可能嗎？他高踞在艦橋的眾人頭頂上，眼睛彷彿兩支探照燈，緊緊凝望著伊斯坦堡市區、它的人口以及它的歷史。他看到了些什麼？

我把一疊粉紅色鈔票塞進船夫的口袋裡，於是他推動船槳往前划。我們順著波浪一路顛簸搖擺，最後在卡辛帕夏區的船廠邊追上了他們，不過我們也只能從遠處觀望。他們坐進黑色和深藍色的加長禮車，其中一輛正是我的雪佛蘭，然後就消失在葛拉答的夜裡。船夫不停抱怨說我們拖得太晚，宵禁時間馬上就到了。

再度踏上岸後，一股不真實感襲上心頭，最初我以為是由於剛才在顛簸的海上搖晃了太久，一時頭重腳輕所致，然而並非如此。走在因為我的宵禁令而空無人跡的深夜街道上，一種不真實的感覺陡然攫住我，彷彿只存在我夢裡的一個幻影就出現在眼前。芬丁克里和多瑪巴切之間的大街上，除了一群狗之外沒半個人影——不把賣烤玉米的小販算進去的話，小販在前方二十步外匆匆忙忙推著推車，還不時回頭朝我張望。從他的神情我猜測他怕我，想要趕快逃開，而我卻想告訴他，他真的該怕的是躲在街道左右兩排高大栗子樹後的東西。不過，正如在夢裡，我開不了口告訴他；也正如在夢裡，說不出話讓我害怕，或者，害怕讓我說不出話。我害怕樹後面的東西，它跟隨著我們流動。我加快腳步，賣烤玉米的小販見狀也加快腳步。我不知道它是什麼，更糟的是，我明白這不是一場夢。

第二天早上，為了不想再經歷一遍同樣的恐懼，我要求再度縮短宵禁時間，並釋放另一群羈押犯。對此我沒有多加解釋；電臺播放了我之前的聲明。

歲月的經驗教導我，生命中什麼都不會改變，所以我很清楚自己將會看到一往如昔的城市景象。我果然是對的。有些戶外電影院延長了播映時間；也僅止於此。賣粉紅色棉花糖的小販的雙手依然是粉紅色，西方國家來的遊客也依然是白色的臉孔，多虧了導遊的帶領，他們才膽敢在街上走動。

我的船夫在同一地點等候我，甚至可以說假帕夏也是如此。下水後不久，我們便遇到了他。這天風平浪靜，就如第一次出航的夜晚，只除了水面沒有絲毫霧氣。在墨黑似鏡的海上，我看見帕夏高踞在艦橋上方同樣的位置，清晰得像反映在水面的城市燈火和圓頂。他是真實的。不僅如此，他也看見了我們，畢竟在這麼一個明亮的夜裡，任誰都看得到。

我們的船尾隨著他在卡辛帕夏碼頭停泊。我不發一語踏上岸，他那群看起來不像軍人倒像酒店保鑣的手下馬上跳過來，一把抓住我的手臂：三更半夜在這裡幹什麼？我侷促不安地解釋說宵禁時間還沒到，我是一個窮鄉巴佬，來城裡看看，住在賽科西一家旅館裡，趁著回鄉下前的最後一個晚上，想說大膽地來坐船晃一圈，我實在不知道帕夏的宵禁……但嚇壞的船夫卻向帶著手下走向我們的總理帕夏供出了一切。雖然帕夏一身便服，他看起來卻比較像我，而我看起來比較像個鄉巴佬。他又聽了一次我們的說辭，然後下達命令：船夫可以離開，我則得跟帕夏走。

車子駛離港口，我和帕夏單獨坐在雪佛蘭防彈車的後座。駕駛的在場，反倒加深而非消除我們兩人獨處的感覺，儘管他和長型禮車本身一樣安靜無聲地坐在前座開車，與我們中間用一塊玻璃板隔開——我的雪佛蘭沒有這項配備。

「我們等待這場相會已經等了好幾年！」假帕夏說，我覺得他的聲音一點都不像我。「我知情地等著，而你則毫不知情地等著。但我們誰都沒料到竟會在這種情況下相見。」

他開始有一搭沒一搭地講述他的故事，並沒有因為終於能講出這個故事而興奮，反而是因為好不容易能結束它而心平氣和。原來在軍事學校念書時我們是同一班。我們選了相同老師開的相同課程。同樣的寒冷冬夜，我們兩人都外出接受夜訓；同樣的炎熱夏日，我們兩人都在石頭砌的營房裡等待水龍頭流出水來；而當我們獲准休假時，兩人便會一起去逛我們最愛的伊斯坦堡市中心。那時他便隱約察覺事情會演變至此，雖然不盡然和今天的情況一模一樣。

早在學生時代他就明白我會比他還要成功，我們兩人在各個方面暗中較勁，爭取數學成績的最高分、打靶練習的紅心、全校的風雲人物、最優良的操行紀錄，以及班上的第一名。他很清楚最後將會是我入住那座屋裡的靜止時鐘老是讓你那親愛亡母感到困惑的皇宮。我提醒他，這必然是一場

「祕密」的競爭，因為我既不記得在軍事學校裡有跟任何同學競爭——我時常建議你們孩子要這麼做——也不記得有他這麼個朋友。聽見我的話，他一點都不訝異。反正他退出了這場比賽，因為他發現我是如此地自信滿滿，甚至沒有察覺兩人之間的「祕密」競爭，而且我早已超越了同班同學和學長，超越了中尉甚至是上校。他不願意成為站在我背後的暗淡影子，也不希望像個二流的模仿者般複製我的成就。他要當個「真實的人」，不要做影子。聽著他不斷解釋，我望出雪佛蘭的車窗外——我開始覺得它不怎麼像我的車——看著伊斯坦堡空蕩蕩的街道，偶爾瞥一眼我倆面前一動不動保持相同姿勢的膝蓋和腿。

稍後他說，這次的偶遇並不在他的計算之中。在那個年代，一個人不需要是先知，便能預言出我們貧困的國家在接下來的四十年間將受到另一個獨裁者的支配，伊斯坦堡將落入他的手裡，這個獨裁者將是一個與我們年齡相仿的職業軍人，而這位「軍人」終將會是我。所以，透過簡單的推理，在軍事學校期間他已經勾勒出了未來的遠景。他要不就是像所有人那樣，當一個鬼影，徘徊於特立獨行和庸庸碌碌之間，游走於永無翻身的現實生活、無邊無際的過往回憶，或是未來由我擔任總理帕夏所統治的虛幻伊斯坦堡。要不然，他就得投注一輩子來找尋方法，使自己成為「真實的人」。他承認自己為了尋找這個方法，故意犯了一件小罪，罪行嚴重到足以讓他被踢出軍隊，但又沒有嚴重到要坐牢。聽到這裡，才第一次喚起我對這位平庸同學的印象。他敘述自己假扮成軍事學校的總司令，去視察守夜的部隊，結果成功地被逮到。被開除後，他進入業界做生意。「每個人都知道在我們國家要賺大錢有多容易。」他驕傲地說。矛盾的是，這個國家卻是處處可見貧窮，原因在於人們從不曾被教育要富有，而是被教導要貧窮。一段沉默之後，他補充說，是我教會了他如何成為真實的人。「你！」他親暱地說，強調那個字，「經過這些年後，我才驚覺你比我還不真實。

你這可憐的鄉巴佬！」

一段很長、很長的靜默。裹在這一身副官為我準備的純正鄉巴佬服裝下，我覺得有點荒謬，但更覺得不真實，被迫在一場幻想中扮演我完全不願意的角色。在這段寂靜中，我了解到這個幻想是建立在我從加長禮車窗戶看出去的伊斯坦堡景象，如同一部慢動作電影：荒涼的街道、人行道、空曠的廣場。我的宵禁時間已到，這裡恍若無人居住的城市。

此刻我才明白，我那狂妄自負的同學展示給我看的，只不過是這座我所創造的夢幻城市。我們駛過木造房屋，在高大的栗子樹下它們看起來無比渺小而破敗。我們穿過侵占墓園土地的貧民窟，抵達夢境國度的門口。我們下坡，駛在石板路上，道路已經讓給了爭執追逐的狗群；我們上坡，走在堅實的地面，路旁的街燈投射出來的是昏暗而非光亮。穿梭在一條條幻影街巷裡，水泉乾涸，圍牆坍塌，煙囪斷裂。帶著莫名的駭懼，我看見清真寺像是故事書裡的巨人打著瞌睡。車子駛過公共廣場，那兒的水池空了，雕像年久失修，時鐘也停了，我不禁要相信，不單是皇宮裡，而是全伊斯坦堡的時間都靜止不動。一路上，我完全沒有聽我的模仿者在講什麼，不管他在商場成功的經歷，還是他認為適合我們此刻所處情況的故事（一個老牧羊人撞見老婆與情人的故事，以及《一千零一夜》中拉希德國王迷路的那則傳說）。天將破曉時，以你我姓氏命名的大街就如同所有其他街弄巷道和公共廣場，已幻化成為一場夢境的延伸，不再是現實。

快要天亮前，趁著他在描述一場魯米稱之為「兩畫家之爭」的夢，我擬好了一篇聲明稿（也就是我們的西方盟友私底下詢問你的那一篇），關於解除宵禁和戒嚴，準備稍晚透過電臺廣播公開發表。結束了無眠的一夜後，我躺在自己的床上試著睡場覺，腦中胡思亂想，我想像那些空曠的廣場在經過這一夜之後將會人聲鼎沸，停止的時鐘將開始走動，而一種比幻影還實在的真實人生將湧上橋梁、湧向電影院大廳、湧入顧客嗑著瓜子的咖啡館。我不知道我的夢究竟有多少成真，在這片塑造我成為真實的伊斯坦堡土地上。然而我聽我的侍衛說，自由，一如往例，啟發了不只是夢想家，更多的是我的敵人。再一次，他們開始在茶館裡、在旅館房間內、在橋下組織起來，蘊釀計謀推翻我們。我已經聽說有機會主義者在皇宮外牆上塗上了政治口號，字裡行間的意義沒有人參得透。但這一切都不重要了。蘇丹君主微服出巡的時代早已過去，只存在於書本中。

有一天我讀到漢默的《鄂圖曼帝國歷史》，書中提到謝里姆一世在尚未登基前，曾經微服出巡大不里士。由於他是個頗負盛名的西洋棋高手，當同樣熱中西洋棋的伊司美沙皇聽聞此事後，便一時興起，邀請這位一身托缽僧襤褸裝束的年輕人進宮。一場漫長的棋賽結束後，謝里姆打敗了波斯沙皇。多年之後，伊司美沙皇才領悟到那位在棋賽中打敗他的人並不是托缽僧，而是鄂圖曼帝國的蘇丹謝里姆一世，沙皇正準備在察德倫戰役後奪下他的大不里士城。我不禁懷疑，恍然大悟的沙皇是否還記得兩人棋賽中的步數。我那狂妄自負的模仿者必定清清楚楚記得我們遊戲中的每一步。順道一提，西洋棋刊物《國王與卒子》的後續幾期，我一直沒有再收到。我會撥款到你大使館的帳戶裡，麻煩你再幫我續訂。

28 謎之發現

「……你此刻所閱讀的篇章，探討的是你臉上的文字。」——埃及的尼亞齊

要進入《文字之謎與謎之失落》一書的第三部之前，卡利普先給自己煮了一些濃咖啡。為了讓自己保持清醒，他走進浴室用冷水洗了把臉，但刻意避免望向鏡子。他端著咖啡回到耶拉的書桌前坐下，興致高昂，像一個高中生準備動手破解一個長久以來無人能解的數學難題。

F．M．烏申緒認為，由於拯救全東方的救世主將要降臨在安那托利亞，也就是土耳其的領土上，那麼，重新發掘失落之謎的第一步，便是研究人臉上的線條，以及一九二八年後土耳其語改採的二十九個拉丁字母，在兩者之間建立起一套扎實的對照關係。為了達成這個目標，他根據曖昧不明的胡儒非著作、拜塔胥地區的詩文、安那托利亞的民間藝術、原始胡儒非村落的遺跡、托缽僧小屋和帕夏宅邸內所畫的圖案、以及上萬幅書法碑文，從中得出推論，他並且舉例解釋，有些字的發音在從阿拉伯文和波斯文轉換為土耳其文的過程中被賦予了「價值」；接著，他以一種令人敬畏的自信，在人們的照片上一個一個指明並標示出這些字母。不過作者也指出，一個人就算看不出這些拉丁字母，也能清楚正確地讀出其中的意義。卡利普望著照片中的臉孔，打了一個哆嗦，很像他剛才翻看耶拉櫃子裡照片時的感覺。他翻過一頁頁印得很糟的圖片——下方圖文說明他們是法茲拉勒、法茲拉勒的兩位繼承人、「魯米的肖

像，複製自一幅細密畫」，以及我國的奧運摔角金牌選手哈密．卡普蘭——接著他赫然發現一張耶拉在一九五〇年代所拍的照片，讓他大吃一驚。與書中別的圖一樣，這張照片也被標上了字母，用箭頭指出對應的位置。在這張耶拉年約三十五歲的照片中，烏申緒注意到鼻子上有個U，眼睛周圍有個Z，整張臉上有個歪斜的N。卡利普匆匆瀏覽過整本書，發現書後還附了幾張照片，分別是一些胡儒非大師、有名的伊瑪目、幾個曾有過瀕死經驗的人，以及一些「臉孔充滿深邃意義」的美國電影明星，像是葛麗泰．嘉寶、亨佛萊．鮑嘉、愛德華．羅賓遜、貝蒂．戴維斯，還有幾個著名的劊子手和耶拉年輕時代追蹤報導過的某些貝佑律角頭老大。作者接下來表示，臉孔上標示出的每一個字母都透露著獨立的兩層意義：一層是字母本身的單純意義，一層是從臉孔衍伸出的隱含意義。

一旦我們接受了這個觀點：一張臉中的每個字母都有其隱含意義，指向某種概念，烏申緒認為，接下來無庸置疑地，由這些字母所組成的每個詞彙也都一定含有一個隱藏的第二層意義。如果一個人能把這第二層意義用不同的句子和不同的字眼來表達——也就是，用不同的字母來組合——那麼，透過這樣的一次「闡釋」，將會產生出由第二層意義所衍伸的第三層意義，然後再由第三層衍伸出第四層，綿延不絕，無窮無盡，呈現一段無限延伸的隱含意義。我們可以把它對應到彼此相通的街道網絡：人的臉孔和地圖非常相似。一個讀者透過他自己的方式，利用他自己的量尺，試圖解開人臉上的字母之謎，他其實和一個旅人沒什麼兩樣。一個旅人漫遊於他從地圖上所見的街道，將會慢慢發掘到城市之謎（這個謎，當它被發掘後反而變得更為廣泛，當它變得更為廣泛之後又顯得更為昭然若揭），無論在他所選擇行走的大街小巷裡，或在他所選擇攀登的階梯上，他都能察覺到謎的蹤跡。逐漸深陷於謎中的讀者——殷切期盼的讀者、隱忍受迫的讀者、貪戀故事的讀者——將會發現，在那個讓他們流連忘我的地方，祂，等待已久的救世主，是如此地顯而易見。在生命和文本之間的某處，也就是在臉孔與地圖交會的那一點，配備著鑰匙和解密表的旅人將會從城市裡和符號中接收到救世主的信息（如同蘇非神祕之道的信徒），從此開始找到自己的道路。就好似有路標的輔助，替旅人指路，烏申緒如孩子般興高采烈地比喻。因此，依照烏申緒的說法，問題是在：一個人必須能夠看出救世主置放在生命和文本中的符號。根據他所言，要解決這個問題，我們必須把自己擺在救世主的位置，預料祂會如何行動。我們得像是在下棋一般，猜測祂會走的步數。接下來烏申緒說他要與讀者共同來預測，因此他先要求讀者設想，什麼樣的一個人有能力隨時隨地吸引一大群讀者。「比如說，」他立刻補充：「專欄作家。」不管是在渡輪、公車、共乘小巴上，還是咖啡館和理髮店裡，專欄作家的文章隨時被全國上下成千上萬的人閱讀。若說什麼人有管道可以散布救世主的祕密訊息，指引我們方向，那麼專欄作家正是極佳的人選。對於那些沒興趣探索奧祕的人而言，這位專欄作家的文章只有一層意義：表面的明顯意義。另一方面，對於那些等待著救世主的人而言，他們很清楚解碼的公式，所以也能夠藉由字母的第二層意義讀出文章的隱藏意涵。這麼說吧，假設救世主在文中置入了這麼一個句子「我從外頭審視著自己，心中一邊想著這些事情」，普通讀者會覺得字面意思有點奇怪，但那些知曉文字之謎的人立刻就會臆測這句話或許正是他們期盼中的特殊訊息。在隨身具備的解密表幫助下，他們即將展開一場冒險，邁向一個全新的旅程，進入一段全新的生命。

烏申緒著作中的第三部分是〈謎之發現〉，這個標題透露出其中內容所述並不止在於重新發掘對於謎的「概念」——當初就是因為失去了這個「概念」，迫使東方相對地臣服於西方——此篇也教導世人如何找出救世主置放於文本中的話語。

接下來，烏申緒分析愛倫坡的〈關於祕密寫作的二三事〉，並討論文章裡提出的解碼公式。他指出，把字母重新排列組合的方式最接近蘇非神祕大師哈拉智所使用的密碼通信，也最接近救世主將會採用的形態。接著，在書的最後，他突然發表了一項重要的結論：所有解碼公式的起點都必然是每個旅人自己臉上所找到的字母。任何人若想走上這條道路，建立起一個新的宇宙，他的第一步必須從發現自己臉上的文字開始。讀者手中的這本小書，便是一本指南，教人如何找尋那些文字，但對於開啟奧祕的解碼公式之研究，終究只算得上一篇導論而已。把文字放入文本中的工作，想當然，是保留給即將如太陽般升起的救世主。

不，卡利普心想，這裡的「太陽」指的是魯米被殺害的摯愛，大不里士的賢姆士，因為賢姆士在阿拉伯文的意思是「太陽」。他扔下書，準備起身到浴室裡好好看一看鏡子裡的自己。一個念頭從他心裡一閃即逝，卻頓時轉化為清晰的恐懼：「耶拉不知道幾百年前就已經看出我臉上的意義了！」一股小時候和青春期時偶爾會出現的宿命感湧上他心頭，一種一切都已結束、終了、永遠無法挽回的覺悟──當他做錯了什麼事、變成了別人、受到了某種神祕所污染的時候，這種感覺便會油然而生。「從現在起，我是另一個人！」此刻卡利普告訴自己，彷彿是一個小孩在玩一場自己熟悉的遊戲，也好似一個人踏上了不歸路。

凌晨三點十二分，公寓和城市籠罩在這種時段獨有的寂靜中──不純然是死寂，而是寧靜的氣氛，因為附近的暖氣爐或遠方船隻上的發電機傳來一陣微弱的呼呼聲，隱隱刺入他耳中。雖然他決定時機已經成熟，該要踏上新的路途了，但他仍舊希望能在動身之前，再多流連一會兒。

然後他猛然想起一件事，過去三天以來他一直刻意忘掉：如果耶拉再不想辦法寄出一篇新文章，他的專欄馬上就要開天窗了。多年來報紙第二版的專欄從不曾缺席，卡利普不願意去想像那裡出現一片空白的樣子──空白似乎意謂著魯雅和耶拉再也不可能藏匿在城市的某處，談笑等待著他。他一邊讀著一篇隨手從櫃子裡抽出來的專欄，一邊想：「這我也寫得出來！」畢竟，他手中就握有配方。不，不是三天前編輯室裡的老專欄作家給他的配方，而是別的：「我熟悉你所有的作品和關於你的一切；我讀過了一遍又一遍。」最後一句話他幾乎要脫口而出。他又隨便抽出另一篇文章，然後往下讀。然而也稱不上是閱讀；他在心裡默念文中的字句，專注於某些字詞的第二層意義上。他意識到，愈是仔細地閱讀，他就愈接近耶拉。畢竟，閱讀一個人的作品，難道不就是在一點一滴地擷取作家的記憶嗎？

現在他已經準備好去照鏡子，察看自己臉上的文字。他走進浴室，看了一眼。接下來，所有的事情都發生得飛快。

很久之後，過了好幾個月，每當卡利普在書桌前坐下來寫作時，置身於滿屋子默默營造出三十年前過往景象的物品之中，他總會想起自己第一眼望向鏡子的剎那，然後心頭便會浮現那個詞：恐懼。不過，他第一次照鏡子是帶著好玩的興奮，當時還沒有感受到這個詞帶給人的毛骨悚然。那時，他感受到的是茫然、空虛和麻木。那時，藉著一顆燈泡的光線，他望進反映在鏡子上的臉孔，他彷彿看見三天兩頭就出現在報紙上的總理或明星的臉。他端詳自己的臉，但並不是刻意要解開什麼祕密，或是要破解多天來絞盡腦汁無法拆解的暗語密碼。相反地，他把它看作是一件穿了很久習以為常的外套，或是一個平凡乏味的冬季清晨，或是一把他視而不見的舊傘。「以前我是那麼地習慣自己，以至於從沒有意識到自己的臉。」事後，他這麼想。然而這一股漠然並沒有持續太久。一旦他能夠用觀看烏申緒書裡的臉孔同樣的方法觀看鏡子裡的自己，他立刻察覺到文字的影子。

他注意到的第一件奇怪事情是，在他眼中，自己的臉看起來竟然就像一張寫了字的紙——他的臉好像是一塊碑文，刻意把符號呈現在其他人的眼睛和臉孔之前。關於這點，一開始他並沒有多想，因為他好不容易才分辨出眼睛和眉毛之間幾個明顯的字母。很快地，這些字變得如此清晰，使他不禁懷疑過去自己為什麼從沒意識到。當然，他也想過，眼前所見其實只是剛才看了太久標著文字的照片後所留下的殘影——是一種視覺的幻象，或某個幻術遊戲的一部分。但每一次他撇過頭，再轉回面對鏡子，都能看見那些字仍在同樣的位置。這些字母不會時而出現時而消失，像是兒童雜誌裡的「形象與背景」圖片，第一眼看見樹的枝葉，再看一眼則發現枝葉間躲著賊。他們就躲在他每天早晨心不在焉地刮鬍子的臉部地形中，在眼睛、眉毛裡，在胡儒非信徒堅稱像是的鼻子處，在他們稱之為面部範圍的球形表面上。如今要讀出這些文字似乎不再是件難事。難的是不去注意到它們。卡利普試圖忽視，想要擺脫這附著在臉上的可怕面具。剛才在翻閱胡儒非藝術和文學作品時，他謹慎地把鄙夷的態度藏在心中一角，現在他努力喚醒它，希望能再度點燃懷疑的心態，重新質疑所有與臉上文字有關的事情；希望能斥之為無稽之談、幼稚把戲。然而，他臉上的線條和彎曲卻是如此清晰地勾勒出這些字母，讓他沒辦法從鏡子前掉頭就走。

就在這個時候，那股日後他稱之為恐懼的感覺猛然襲來。但一切都發生得太快，他是那麼不設防地瞥見臉上的字母，以及字母所組成的文字，以至於他始終無法清楚解釋，究竟自己突然被恐懼所攫，是因為自己的臉變成了一張標滿符號的面具，還是因為他察覺到這個字的寓意有多麼駭人。這些字母所顯露的祕密，卡利普將會透過其他全然不同的詞彙來記住，用它們寫出真相——那些他心知肚明卻力求遺忘、牢記在心卻自以為不記得、曾經鑽研過卻沒有背下來的真相。而如今他在自己臉上確切地讀到它們，不含半點懷疑的陰影，他才意識到一切其實都很簡單易懂。他所看見的，他早就知道了，無須驚詫。或許他之所以會有日後稱之為恐懼的感覺，是由於真相的簡單明瞭太教人訝異。在某方面，那就像是人類心靈中與生俱來的雙重視覺，讓一個人在看見桌上一只高腳水杯時能以超自然的眼光視其為一項不可思議的奇蹟，同時又把它當作是平常可見的普通杯子。

等卡利普確認了自己臉上的文字並非不知所云，而是一針見血後，他從鏡子前轉身離開，走進走廊裡。現在他明白自己的恐懼是來自於文字本身的意涵——放在那裡的路標指向何方——而不是因為他的臉孔變成了一張面具、變成了別人的臉，或者變成了一個路標。畢竟，依照這場精巧遊戲的規則，每個人臉上都有文字。在走廊的櫃子前，他彎下腰朝櫃子裡望去，忽然體內一陣劇痛，他是如此地想念魯雅和耶拉，他痛得幾乎直不起身。彷彿他的身體和靈魂聽任他為自己不曾犯下的罪行受苦；彷彿他的記憶裡只存有失敗和毀滅的祕密；彷彿所有過往的悲傷回憶，縱使每個人都已經快樂地遺忘，仍留佇在他的記憶中，壓在他的肩頭。

日後，當他試圖回想在照了鏡子後的三到五分鐘裡，自己做了些什麼時——由於一切都發生得太快了——他將會記起那一刻，自己站在走廊的櫃子前，旁邊的窗戶敞開通往黑暗的通風井。剛才在浴室裡，當他第一次感覺到「恐懼」時，他呼吸困難；他關掉電燈，摸黑離開鏡子，冷汗在額前結成水珠。有一剎那，在走廊裡，他想像自己可以再回去佇立在鏡子前，扭亮電燈，然後扯下那張薄薄的面具，像是掀開傷口的結痂般撕掉它；這麼一來，他想自己將不再有能力從面具下的臉孔中判讀出任何文字的隱藏意義，同樣地，他也不再能夠從普通街道、尋常看板和塑膠袋上的文字和符號中找到任何祕密訊息。但是接著，他從櫃子裡抽出一篇耶拉的文章，集中精神閱讀，想要藉此壓過心底的疼痛。可他早已熟知內容了，他熟知耶拉所寫的每一篇文章，就如同是他自己寫的一樣。他試圖想像自己瞎了，或者他的瞳孔變成挖空的大理石洞，嘴巴變成一扇爐門，而鼻孔是生鏽的螺絲洞。往後他也常這麼想像自己的臉，但每次想起，他就明白耶拉也見過那出現在他心眼中的文字，耶拉知道有一天卡利普也將會看見它們，他們其實一直互相勾結著在玩這場遊戲。但他將永遠無法肯定，當時的自己，是否曾有能力把一切想個透徹。他覺得自己無法呼吸，也哭不出來，即使他很想。一聲痛苦的呻吟從他的喉嚨裡竄出；他的手不知不覺地伸向窗戶拉柄；他想看看外頭，看看黑暗的通風井，看看曾經是天井的空洞。他覺得自己像個孩子，扮演著某個人，一個不認識的角色。

他打開窗戶，身體探入黑暗中，手肘支著窗架，頭伸進無底洞似的通風井裡：一股惡臭升起，氣味來自於堆積了半世紀的鴿子糞、人們傾倒的各種垃圾、建築的污垢、煤煙、泥巴、焦油和絕望。人們把所有想要忘記的東西全丟了進來。他很想衝動地跳進這團永劫不復的虛空，跳進這段已從舊房客的記憶中徹底抹滅的往事，跳進這片耶拉長年來以文字耐心建立的黑暗——耶拉把井、奧祕、害怕等主題全部編織入文字中，好似在填寫華麗的宮廷古詩。但卡利普只是瞪著這一團黑暗，像個醉漢般試圖回想。他與魯雅在這棟公寓樓房裡共度的童年往事與這股氣味密不可分；這股氣味也塑造出了他的過往，那個天真無邪的孩童、那個善良的年輕人、那個對妻子心滿意足的丈夫，和那個居住在奧祕邊緣的平凡市民。他的心底深處升起了想與魯雅和耶拉在一起的渴望，如此強烈，他幾乎要失聲大叫。他的身體像是被撕裂了一半，被帶到某個遙遠而黑暗的地方，像是在夢裡，而只要他能夠放聲大喊，大哭大叫，就有辦法逃離這個圈套。但他只是瞪向無底的黑暗深淵，任憑雪夜的潮濕冰冷刺著臉。把臉暴露在黑暗乾井中好一陣子之後，他感覺這些日子來他獨自背負的痛苦得到了分擔，可怕的事情逐漸可以理解，而這一連串挫敗、悲慘和毀滅，其中的祕密，也變得有如耶拉的一生一樣清楚明晰——過程中的細節耶拉早已安排好了，只為引誘卡利普掉入陷阱。在那兒，掛在窗口，他面對著底下的無底深淵，凝視良久。過了很長一段時間後，他才陡然意識到自己的臉頰、脖子和額頭已冷得發凍了，於是他縮回身子，關上窗戶。

接下來的一切發生得非常自然順暢，簡單明瞭、毫無滯礙。從走廊回到客廳後，他在一張安樂椅上仰躺下來，休息片刻。接著他把耶拉的書桌收拾整齊，把文件、剪報、照片放回原本的箱子裡，再把箱子放回櫃子中。他不僅把過去幾天來弄亂的東西打掃整潔，也整理了耶拉滿屋子到處亂丟的雜物。他倒空菸灰缸，清洗杯盤，推開緊閉的窗戶，讓公寓裡的空氣流通。他把臉洗乾淨，替自己再煮了一杯濃咖啡，把耶拉的沉重舊雷明頓打字機放在整理擦拭過的書桌上，然後坐了下來。耶拉平常用的草稿紙收在書桌抽屜裡，他拿出一張白紙，塞進打字機裡，二話不說便開始寫作。

事後，當卡利普檢視自己在天亮前完成的作品時，他會發現，不但他所寫的一切都相當適切、必要、合乎邏輯，而且也記得自己在下筆時的明快俐落。他連續寫了將近兩個小時沒有起身。感覺到如今一切都步上軌道，他熱切地寫著，乾淨空白的紙張激起了他的興奮之情。打字機按鍵的聲響與他腦中一首古老熟悉的旋律融合共舞。每按一個鍵，他就益發明白，現在所寫的其實是自己早已知道且深思熟慮過的東西。偶爾，他得慢下來，略為思考用字遣詞，儘管如此，他下筆仍如行雲流水，字句隨著思想奔流——正如耶拉所說：「沒有半點勉強。」

第一篇文章他以此句起頭：「我望著鏡子閱讀自己的臉。」第二篇文章則是：「我夢見我終於變成自己多年來渴望成為的人物。」在第三篇文章裡，他則敘述了幾則貝佑律的老故事。寫完第一篇後，他下筆變得毫不費力，甚至帶著一絲深沉的哀傷與希望。他有信心他的文章將會完全如自己所期望和預料，安插入耶拉的專欄。他把三篇文章都簽上耶拉的名字。耶拉的簽名，高中的時候他曾在筆記本背後模仿過不下千萬次。

天亮了，垃圾車駛過街道，伴隨著垃圾桶敲撞在人行道上的聲響。卡利普翻開烏申緒的書，再次審視耶拉的照片。另一頁某處有張模糊褪色的照片，底下並沒有標出人名，卡利普猜測這一定就是作者本人。他仔細閱讀作者寫在書前的自傳，然後計算他被牽扯入一九六二年的流產軍事政變時，年紀是幾歲。考慮到他是以中尉的身分前往安那托利亞，並且有機會目睹哈密．卡普蘭出道頭幾年的摔角比賽，因此烏申緒必然和耶拉年齡相仿。卡利普再一次翻出四四年和四五年的軍事學校畢業紀念冊，從頭開始一頁頁搜尋。他遇到有好幾張臉孔都可以是《文字之謎與謎之失落》中那張不知名臉孔在年輕時候的樣貌，但是那張褪色照片中最顯眼的特徵，光頭，卻被畢業紀念冊中年輕軍校生的軍帽給藏住了。

八點三十分，卡利普穿上外套，把三篇專欄折起來放進口袋裡，然後像一個趕上班的父親般，匆忙步出「城市之心公寓」，跨越馬路走向對街的人行道。沒有半個人看見他，就算有，大概也懶得叫住他。空氣清新，天空是冬日的藍；人行道上覆著積雪、冰片、污泥。來到騎樓後，他停了下來，那兒有一家名叫「維納斯」的理髮店，就是以前每天早上到家裡來替爺爺修面的理髮師開的，後來他和耶拉也經常光顧。騎樓底有一間鎖店，他把耶拉的公寓鑰匙留在店裡請人備份。他向轉角的書報攤買了一份《民族日報》，然後走進耶拉平常吃早餐的「牛奶公司」布丁店，點了蛋、奶油、蜂蜜和一杯茶。他邊吃早餐邊讀耶拉的專欄，心裡卻想著，當魯雅的推理小說中的偵探終於從一堆線索中歸納出一條重要的假設時，他們的心情一定就如同此刻的自己。他感覺自己好像一個發現了破案關鍵的偵探，正滿心期待要用這個線索來開啟更多新的門。

耶拉的專欄是他星期六在《民族日報》辦公室的檔案夾中所看到的最後一篇存稿，和其他幾篇一樣，之前也已經刊登過一次了。卡利普甚至不打算去解析文中的第二層意義。吃完早餐後，站在等待共乘小巴的隊伍中，他想起了從前的自己，以及那個人一直到最近之前所過的生活：每天早晨，他會在共乘小巴上看報紙，想著傍晚就可以回家，並幻想著自己的妻子正在家裡的床上熟睡。淚水溢滿他的眼眶。

「到頭來，」當共乘小巴行經多瑪巴切皇宮時，他心想：「要領悟到一個人變成了另一個人，其實就是必須要相信這個世界徹頭徹尾變了樣。」共乘小巴車窗外，他所見到的並不是他習以為常的伊斯坦堡，而是另一個伊斯坦堡，其中的神祕他不久前已經破解了，也將會記錄在紙上。

報社裡，編輯與各部門長官正在開會。卡利普敲敲門，稍候片刻，然後走進耶拉的辦公室。自從上次來過後，房間裡的書桌或任何地方都沒有絲毫變化。他在桌子前坐下來，隨便翻了翻抽屜，看到過期的開幕酒會邀請函、各式各樣左翼或右翼政治組織寄來的報刊、上一次看過的新聞剪報、鈕釦、領帶、手表、空墨水瓶、藥丸、一副他之前沒注意到的墨鏡……他戴上墨鏡，離開耶拉的辦公室。走進編輯室，他看見那位好辯的老涅撒提正在桌前工作。他隔壁的椅子是空的，上一次綜藝作家就坐在那個位子。卡利普走上前，坐下來。「你記得我嗎？」過了一會兒，他開口問老人。

「我記得！」涅撒提頭也不抬地回答：「你是我記憶花園中的一朵花。『記憶是一座花園。』這句話是誰寫的？」

「耶拉．撒力克。」

「不對，是波特佛里歐寫的。」老專欄作家抬起頭說：「由伊本．佐哈尼翻譯，收錄在他的經典版中。耶拉．撒力克從裡面偷來的，一如往常。就好像你偷了他的墨鏡。」

「這是我的墨鏡。」卡利普說。

「顯示出墨鏡就像人一樣，是在彼此的形象中創造出來的。把它交出來！」

卡利普摘下墨鏡，遞過去。老人略為檢查了一下後，戴上墨鏡，看起來就像耶拉在專欄中描寫的五十位貝佑律傳奇老大之一：那位和他的凱迪拉克一起消失的賭場兼妓院兼夜總會老闆。他神祕地微微一笑，轉頭面對卡利普。

「難怪有人說應該偶爾透過別人的眼睛來看世界。唯有那個時候才能真正明白世界和人類的祕密。你猜出這是誰的話了嗎？」

「F. M.烏申緒。」

「差得遠了，」老人說：「他笨得要死，他也是個蠢蛋。你是在哪裡聽到他的名字的？」

「耶拉有一次告訴我，那是他用了很多年的化名之一。」

「這顯示出一個人到了年紀很大的時候，他不止會否認自己的過去和作品，還會自稱是另一個人。不過，我無法想像我們精明的耶拉先生會變得如此精神錯亂。他一定有什麼計謀，才會這樣大剌剌地撒謊。烏申緒恰巧是真實存在的人物，有血有肉。他是個軍官，二十年前曾用信件轟炸過我們報社。我們好心地在讀者投書專欄裡刊登了一、兩封他的信之後，沒想到他竟跑到報社來，大搖大擺地好像是這裡的員工似的。然後，突然之間，他又不來了；接下來的二十年中，再也沒有人看過他的蹤影。就在一個星期之前，他又現身了，腦袋禿得像顆瓜。他說他是個仰慕者，大老遠來到報社只為見我一面。可悲的傢伙，滿口都是即將出現的預兆。」

「什麼預兆？」

「少來了，你很清楚是什麼預兆。難不成耶拉沒向你透露過？時機已經成熟了，你要知道！一大堆什麼預兆出現的屁話。就在外頭大街上：審判之日、革命、東方的解放……諸如此類。」

「前幾天耶拉跟我聊到你，也是有關於那個主題。」

「他躲在哪裡？」

「一時想不起來。」

「他們關在編輯室裡密談，」老專欄作家說：「要是你那耶拉大叔再不趕快交篇新作品來，他們就準備叫他滾蛋。告訴他是我說的：他們打算把第二頁中他的版面給我，不過我會拒絕。」

「前幾天耶拉提到你的名字，語氣中充滿了感情。他講到關於你們兩人在六〇年代初期都被牽扯上的軍事政變。」

「謊話連篇。他背叛了政變，這就是他恨我、恨我們其他人的原因。」戴著墨鏡的老專欄作家說，墨鏡在他臉上絲毫沒有不搭調，此刻他看起來比較像是個「大師」，而不是個貝佑律大哥。「他出賣了政變行動。當然，他不會告訴你事實，反而會宣稱是自己把一切組織了起來。不過，老樣子，你的耶拉叔叔總是等到每個人都已經相信事情會成功後，他才加入。在那之前，當安那托利亞從南到北的讀者群逐漸被組織起來時，當到處都在傳遞金字塔、宣禮塔、共濟會的符號、獨眼巨人、神祕羅盤、蜥蜴、塞爾柱圓頂的照片、做了標記的白俄羅斯紙鈔、野狼的頭等等時，耶拉卻是在搜集讀者的照片，像個小孩搜集電影明星照片似的。今天他發明了假人屋，明天他又開始滔滔不絕講什麼半夜的窄巷裡有隻『眼睛』在窺視他。我們猜他大概是想加入我們，所以我們同意了。我們想像他會利用自己的專欄來為理念服務，說不定他還能吸引到一些官員，發揮一點吸引力！當時有許多的狂熱分子和遊手好閒的人，像你的烏申緒那一類的人，而耶拉首先做的事情就是緊箍住他們的腦袋。接著，他運用密碼程式、文字遊戲，與另一群可疑人士建立起聯繫。等玩夠了這些聯繫之後，他便自認為取得了勝利，開始爭奪革命結束後自己想要的內閣職位。為了增加談判的本錢，他堅持說自己與許多人保持密切接觸，比如托缽僧教派的餘黨、等待著救世主的群眾，以及自稱得到那些流亡葡萄牙或法國的鄂圖曼王子們口信的人。他宣稱收到一些神祕人士的來信，還保證要拿給我們看；他表示有多位帕夏和教長的繼承人到他住處拜訪，留給他寫滿祕辛的手稿和遺囑；甚至三更半夜會有奇特人物到報社來找他。這些人全是他捏造出來的。在此同時，我企圖戳破這傢伙的謊言。他大放厥詞，說自己已被內定擔任革命結束後的外交部長職位，可是他連半句法文都不會講。那段時間，他發表了一篇評論，內容是幾則關於他證明了某位爭議性傳奇人物存在的故事，滿紙荒誕不羈，充滿了先知、救世主、天啟，最後總結出有一項陰謀正在醞釀，而它將會揭發不為人知的歷史真相。我坐下來，寫了一篇專欄披露事實，內容引述了伊本·佐哈尼和波特佛里歐。好個孬種！他馬上脫離我們，加入別的組織。傳言指出他會在天黑後變裝易容，假扮成他編造的故事角色，以向他的新朋友證明這些人物真的存在。有天晚上，他出現在貝佑律某家電影院門口，裝扮得既像救世主又像征服者瑪哈姆蘇丹，對著等看電影的群眾布道，宣揚說全國人民都必須換上別的裝束，過另一種生活：眼看美國電影已經變得和本國電影一樣無藥可救，所以不管我們怎麼樣去模仿他們，也不再會有任何出路。很明顯地，他企圖煽動看電影的群眾反對綠松塢電影街上的電影製作人，從而跟隨他的領導。那個時候，就和今天一樣，等待救贖的，並不是只有耶拉在專欄裡常常提到的『悲慘的小布爾喬亞』——那些貧民窟裡的居民，以及住在伊斯坦堡暗巷裡的破爛木頭房子的人——而是土耳其全國上下全都在等待一個『救主』的到來。人們以一如往常誠摯和樂觀地相信著，倘若發生一場軍事政變，想必麵包將會便宜些；如果把罪人全送上絞架，那麼通往樂園的大門就會開啟。然而，多虧了耶拉先生對於支配群眾的狂熱和貪婪，不同派系的政變策畫者彼此起了內鬨，這場軍事政變於是夭折。那天夜裡動員的坦克車並沒有駛向廣播電臺，反而調頭返回了兵營。結論：你自己也看得出來，我們仍舊茫然不知下一步在哪兒。在歐洲人的羞辱下，我們只好設法偶爾投投票，這麼一來我們才能面無愧色地告訴來訪的外國記者，現在的我們就跟他們一樣。但這也並不表示人民從此不再企盼救贖。我們的確另有出路。假使英國電視臺當初沒有找你的那個耶拉，而是希望和我聊聊的話，我可以告訴他們東方如何在未來千萬年後依然幸福長存的祕訣。卡利普先生，孩子，你的堂哥耶拉是一個可悲的、有缺陷的人類。為了要做自己，我們不需要像他那樣，在衣櫃裡裝滿假髮、假鬍子、傳統服飾和奇裝異服。馬哈木一世每天晚上都微服出巡，但猜猜看他穿些什麼？他只是把蘇丹的包頭巾換成了氈帽，再拿一根枴杖，就這樣！沒有必要每天晚上花個把鐘頭化妝易容，穿上奇怪而俗麗的服裝或是乞丐的破衫。我們的世界是一個完整的個體，而不是一個零零散散拼湊的世界。在這個領域裡，確實存在著另一個領域，但它並不是隱藏在表象和布景之後，像是西方世界那樣。所以，我們不需要拉開布幕，勝利地展現隱藏的真相。我們的這個含蓄的宇宙無所不在，它沒有中心，也沒有標明在地圖上。但那正是我們的奧祕，畢竟，要理解它是無比地困難，必須經歷一道試煉。我問你，我們之中能有幾個具備真膽識的人，知道他們自己便是整個宇宙，而自己所尋找的謎就存在於這個宇宙中？整個宇宙便是正在尋找謎底的自己？只有當你達到此等領悟後，才夠資格變裝成另一個人。我和你那耶拉大叔唯一共同的情感在於：我和他一樣都很憐憫我們可憐的電影明星，他們既不能做自己，也當不了別人。不僅如此，我更憐憫我們的國家，竟然去認同這些明星！土耳其原本可以得到救贖的，甚至全東方本來都可以。然而，是你那位大叔、你的堂哥耶拉，為了個人的私利把我們出賣了。如今，他被自己親手造就的結果給嚇壞了，躲藏起來，帶著他的一櫃子衣服，逃離全國上下。他幹嘛要躲起來？」

「你很清楚，」卡利普說：「街上平均每天發生十到十五起政治煽動的謀殺案。」

「那些不是政治煽動而是心靈促成的暗殺。此外，就算假蘇非教徒、假馬克思主義者和假法西斯分子彼此互相殘殺，又關耶拉什麼事？已經沒有人對他感興趣了。他這樣躲起來，等於是發出了死亡的邀請，引導我們相信他是一個重要到值得被暗殺的人物。在民主黨的全盛時期，我們曾經有一位溫和有禮、專寫聳動故事的作家，後來過世了；他以前每天用化名寫信給檢察官，控告自己，為了讓自己可以被起訴而吸引大眾注意。這還不夠，他甚至還宣稱寫那些控訴狀的人就是我們。你懂了嗎？耶拉先生透過自己的記憶，竊取了自己的過去——他和這個國家唯一僅有的聯繫。難怪他再也寫不出任何東西來了。」

「是他派我到這裡來的，」卡利普說著從口袋裡拿出文章。「他請我幫他交新的專欄。」

「我們來看看。」

老專欄作家連墨鏡都沒有摘下就直接讀起了三篇專欄，一旁的卡利普注意到桌上攤開著一大本阿拉伯文書，是夏多布里安的《墓中回憶錄》。老作家朝一個剛從編輯辦公室走出來的高個子揮揮手，召他過來。

「耶拉先生的新專欄，」他告訴對方，「老樣子，就是喜歡出風頭，老樣子……」

「我們馬上送去排版，」高個子說：「我們才在考慮要重登一篇舊文章。」

「往後一陣子都會由我來替他送新稿子。」卡利普說。

「搞失蹤的用意何在？」高個子男人說：「這幾天有一大堆人在找他。」

「顯然，他們兩個人夜裡會假扮成別人出門。」老作家說，用鼻子指了指卡利普。等高個子男人微笑著離開後，他轉身面對卡利普。「你將返回鬼影幢幢的街道，對不對？回到宣禮塔傾圮的清真寺、廢墟、空屋、廢棄的托缽僧修院，穿上奇裝異服、戴上面具、這副墨鏡，找尋骯髒的勾當、詭譎的祕密，在騙子和毒梟之中搜尋鬼魅，對嗎？卡利普先生，孩子啊，自從我上次見到你後，你變了很多。你的臉色蒼白，眼窩凹陷。你已經變成了另一個人。伊斯坦堡的夜晚無止無盡……罪惡的幽魂讓人難以成眠……你說呢？」

「我只想拿回那副墨鏡，先生，然後離開這裡。」

29 我竟然變成了英雄

關於個人風格：書寫必然是開始於模仿別人的書寫。孩童不也是透過模仿別人，才開始牙牙學語的嗎？

——塔席——烏爾．梅列維

我望著鏡子閱讀自己的臉。鏡子是一片寧靜的海洋，而我暗黃的臉孔是一張紙，海綠色的墨水在上頭刻劃了痕跡。從前，每當我露出空白的神情，你的母親——你美麗的母親，也就是我的伯母——常會這麼說：「親愛的，你的臉白得像張紙。」我之所以表情空白是因為我害怕自己臉上寫著什麼，而我卻不知道；我之所以表情空白是因為我害怕當我回來卻找不到你——你不在我當初離開你的地方，不在老舊的桌子、疲憊的椅子、褪色的檯燈、報紙、窗簾和香菸的環繞中。冬天裡，夜晚來得很快，就如同黑暗。每當夜色降臨，關上門，扭亮燈火，我都會想像你背對著門，坐在角落裡：當我們年幼時位在不同的樓層，等我們長大了則在同一扇門後。

讀者啊，親愛的讀者，明白我所談論的是一個曾經與我息息相關、且同住一個屋簷下的女孩的讀者啊：當你讀到這篇文章，請務必把你自己放在我的立場，並留意我的暗示。因為我知道當我在談論自己時，也在談論著你；你也會明白當我對你講述故事時，我也在重溫自己的過往回憶。

我望著鏡子閱讀自己的臉。我的臉是羅塞達石，我在夢中解析過它的祕密。我的臉是一塊殘破的墓碑，削去了傳統穆斯林碑石上該有的包頭巾雕刻。我的臉是一面皮膚做成的鏡子，讀者可以在裡面看見自己；我們透過毛孔，一齊呼吸著：我們兩個，你和我，我們的香菸濃霧，瀰漫在我們的客廳裡，屋裡滿滿是你嗜讀的小說，黑暗的廚房裡傳來冰箱馬達抑鬱的嗡嗡作響，光線滲過顏色有如平裝書封面和你的膚色的燈罩，落在我罪惡的手指和你修長的腿上。

我是你所讀的書本中那位足智多謀的憂傷英雄。我是那位探險家，在嚮導的陪伴下，沿著大理石牆、擎天柱梁和黝黑岩石向前疾馳，爬上階梯通往繁星點點的七重天，奔向被判入地底受苦受難的芸芸眾生。我是那位固執的偵探，在跨越深淵的橋梁邊朝他對岸的愛人呼喊：「我是你！」同時，多虧了作者的偏袒，他也在菸灰缸裡察覺到毒藥的殘漬……而你，魯雅，我的夢，則不耐煩而一言不發地翻過這一頁。我犯下了激情的謀殺，我騎著馬橫越幼發拉底河，我被埋葬在金字塔底，我殺死了紅衣主教。「告訴我，這本書在說些什麼？」你是一個戀家的家庭主婦，我是一個晚歸的丈夫。「噢，沒什麼。」當末班夜車空蕩蕩地駛過街道，我們相對而坐的安樂椅微微震動。你手裡拿著平裝書，我舉著我讀不下去的報紙，問你：「如果我是書裡的英雄，那麼你就會愛我嗎？」「別無聊了！」你讀的這些書裡描述著夜晚的殘酷寂寥；我比誰都明白夜晚的殘酷寂寥。

我心裡自忖，她母親說對了；我的臉始終蒼白：上面有著五個字。字母書的大馬上頭寫著「Horse」，B是樹枝（Branch），爸爸（Dad）有兩個D。法文的父親。媽媽，叔叔，嬸嬸，親戚。後來才發現，並沒有一座山名叫卡夫，也沒有半條蛇圍繞著它。我隨著逗點奔馳，碰到句號停下來，在驚嘆號的地方露出驚訝！書本和地圖的世界竟是如此絕妙！名叫湯姆的牛仔住在內華達州。這兒有個故事，是關於在波士頓的德州英雄，旋風牛仔佩科斯．比爾；黑男孩在中亞大搖大擺逞威風；《一千零一張臉》、《金蘭姆紙牌遊戲》、《洛弟》、《蝙蝠俠》。阿拉丁，請問一下，阿拉丁，《德州》第一百二十五集出了嗎？等一等，奶奶會說，然後把漫畫從我們手中搶走。等等！如果那低級漫畫的最新一期還沒出的話，我可以講個故事給你們聽。她會嘴裡叼著香菸開始講故事。我們兩個，你和我，爬上卡夫山，摘下樹上的蘋果，滑下豆子藤蔓，鑽進煙囪，展開線索搜查。夏洛克．福爾摩斯是僅次於我們的最佳偵探，緊跟著是旋風牛仔的夥伴「白羽毛」，再下去是老鷹梅哈默的朋友跛子阿里。讀者啊，親愛的讀者，你跟上了我的文字嗎？我一無所知，毫無概念，但結果竟是我的臉自始至終就是一張地圖。然後呢？你問，你坐在奶奶對面的椅子上，懸盪著搆不太著地的雙腳。然後發生了什麼事，奶奶？然後呢？

然後，好久之後，很多年以後，當我成了一個丈夫，在一整天疲憊工作結束後回到家，從公事包裡拿出剛才在阿拉丁店裡買來的雜誌，你一把搶過去，坐進同一張椅子，一如既往地故意懸盪著——噢，我的天！——你的腿。我會擺出慣常的空白臉孔，恐懼地自問：她心裡在想些什麼？在她內心那片禁止我進入的祕密花園裡，藏著什麼樣的謎？從你任由長髮披垂的肩膀，從彩色插頁的雜誌裡，我尋找著線索，企圖理解讓你懸盪雙腿的祕密，嘗試解開你內心花園中的謎：紐約的摩天大樓，巴黎的煙火，英挺的革命分子，果決的百萬富翁（翻頁）。附設游泳池的飛機，繫粉紅領帶的大明星，博學多聞的天才，最新情報（翻頁）。好萊塢小演員，叛逆歌手，全球的王子公主（翻頁）。地方新聞：兩位詩人和三位評論家共同探討閱讀的好處。

我終究參不透謎底。而你，在好幾個鐘頭好幾頁之後，等深夜裡經過我們家外頭的飢餓狗群也離去後，你將會完成填字遊戲：蘇美人的健康女神——Bo；一座義大利山谷——Po；碲元素的符號——Te；一個音符——Re；一條往高處流的河——Alphabet（阿法貝），我想。一座不存在於文字幽谷的山——Kaf（卡夫）；一個魔法字眼——Listen；心靈的劇場——Rüya（魯雅），一個夢，我的

夢，我的魯雅，我在睡前凝望在夢裡相見的人；照片中的俊美英雄——你總是想得出來，而我老猜不著。「我該剪頭髮嗎？」你會問，從雜誌裡抬起頭，靜寂的夜裡，你的臉一半籠罩在燈光下，另一半是一面黝黑的鏡子。但我始終不知道你是在問我，還是在詢問謎題中央那個英俊知名的英雄。有那麼一剎那，親愛的讀者，我的臉又倏地白了，一片慘白！

我永遠無法說服你為什麼我相信一個沒有英雄的世界。我永遠無法說服你為什麼那些創造出英雄的可悲作家自己不是英雄。我永遠無法說服你雜誌裡你所見到的照片是屬於另一個人種。我永遠無法說服你你必須要滿足於一個平凡的生活。我永遠無法說服你在那平凡的生活之中，我必須擁有一個位置。

30 我的兄弟

在我所聽聞過的所有君主中，我能夠想到唯一一個最接近真主精神的，就是巴格達的拉希德國王，這個人，你們都知道，很喜歡喬裝成別人。

——依莎珂．丹尼森[49]《七篇驚悚故事》〈諾德奈的大洪水〉

戴著墨鏡走出《民族日報》大樓後，卡利普並沒有前往他的辦公室，而是走向有頂大市場。他經過一家家販售遊客紀念品的商店，穿越鄂圖曼聖光清真寺的庭院，突然間，強烈的睡意襲來，使得伊斯坦堡變成一個截然不同的城市。看在他眼裡，有頂大市場裡的手提皮包、海泡石菸斗、咖啡磨豆器都不像是屬於這座人類定居了上千年的城市的物品；它們是可怕的符號，屬於一個不可理解的國度，上百萬的人民離鄉背井暫居於此。「奇怪，」卡利普自忖，迷失在市場雜亂無序的騎樓裡，「自從讀出我臉上的文字之後，我可以滿懷樂觀地相信，如今我能夠徹底做自己。」

經過一排拖鞋店的時候，他已經準備要相信，改變的不是這座城市，而是他自己。只不過，自從看出臉上的文字後，他就堅信自己已經解開了城市之謎，因此，他實在很難相信眼前的城市仍是他過去認識的那一個。望著一間地毯店的櫥窗，他心中浮起似曾相識的感覺，彷彿他曾經看過裡頭展示的地毯，曾經穿著沾滿泥巴的鞋子和破爛的拖鞋踩在上面，彷彿自己跟坐在店門口一邊啜飲咖啡一邊狐疑地盯著其他店的店老闆很熟，彷彿就像了解自己的一生那樣，很清楚這間店的故事以及其充滿投機狡詐的歷史、那瀰漫著塵埃氣味的過往。當他望向珠寶店、古董店和鞋店的展示櫃時，也有同樣的感觸。匆匆掃視過幾間騎樓店鋪後，他開始想像自己知道有頂大市場裡賣的所有東西，從銅水壺到秤盤，而他也認識每一個等著顧客上門的店員，以及穿梭在騎樓裡的每一個人。他實在太熟悉伊斯坦堡了，這個城市在卡利普面前沒有祕密。

心情輕鬆的他，作夢般地在騎樓裡閒逛。生平第一次，他眼前所見，不管是櫥窗裡的小擺飾還是迎面而來的臉孔，都既像夢中場景般奇異，同時又如嘈雜的家庭聚餐般熟悉而令人安心。他經過一間珠寶店明亮閃耀的櫥窗，心想自己內心的平靜必然與自己臉上的文字所指涉的祕密有關。雖然如此，他不願意再去回想那具屬於自己過去生活的可悲皮囊，那具自從他帶著恐懼從臉上讀出字母後便拋在身後的殘破軀殼。世界之所以如此神祕，是因為一個人的身體裡躲藏著第二個人，兩個人就像雙胞胎一樣共同生活著。走過「補鞋匠市集」，懶洋洋的店員在門口打發時間，卡利普看見一間小店的入口處展示著鮮豔的伊斯坦堡明信片，這時他才察覺，很久以前他就已經把自己的雙生兄弟留在身後了：這些明信片上充斥的全都是熟悉、陳舊、老套的伊斯坦堡景象，那些老掉牙的風景名勝，像是停泊在葛拉答橋畔的公共客運渡船、托普卡匹皇宮的煙囪、黎安德塔、博斯普魯斯橋。望著它們，卡利普更確定這個城市不可能有任何祕密瞞著他。不過，才一踏進貝德斯坦的窄巷，他的信心立刻消失無蹤。這裡是舊市場的中心，酒瓶綠的商店窗戶彼此對映。「有人在跟蹤我。」他警覺地想。

附近沒有半個人，沒理由引他起疑，但某種即將發生災難的預感卻教卡利普頓時憂心忡忡，他加緊

49 依莎珂・丹尼森（Isak Dinesen, 1885-1962），丹麥女作家，著有《遠離非洲》，中篇小說〈芭比的盛宴〉等。

腳步快走。來到「氈帽師傅市集」時，他向右轉，一路走到街底，然後離開市場。他本打算快步通過前面幾家二手書店，可是當他經過「Alif書店」時，這些年來他從沒多想過的店名卻突然好似變成一個暗示。令人驚訝的，並不在於書店以阿拉伯文的第一個字母「ا」[50]為名——這不僅是真主「阿拉」這個字的首字母，而且根據胡儒非的說法，是字母和宇宙的起源——真正讓人訝異的，「ا」這個字，竟是如烏申緒所指示的那樣，在門上方以拉丁字母拼成「Alif」。就在卡利普試圖把它視為一個日常事件而非一個有意義的符號時，他瞥見了穆阿馬大師的店。這位札曼尼教長的書店大門深鎖——從前這間店的常客許多都是遠方鄰里的可憐寡婦以及憂愁的美國億萬富翁——讓卡利普認為，這仍然是隱藏在城市中的某個神祕符號，而不是什麼日常生活中可能發生的現象，比如說年長可敬的教長不想在寒冷刺骨的天氣外出，或者是他死掉了。「倘若我還能在城市中看見符號，」他經過一堆又一堆老闆放在店門口的翻譯偵探小說和古蘭經解析，「那麼意思是，我還沒有學會我臉上的字所教我的東西。」然而，這並不是真正的原因：每次只要他想到自己被人跟蹤，他的腿就會自動加速，使得整個城市從一個平靜的地方、充滿了親切的符號和物品，轉變成為一個可怕的場所，遍布著未知的危險和神祕。

走到巴耶塞特廣場後，他轉進「帳篷匠路」，然後踏上「俄國茶壺路」，只因為他喜歡這個路名。接著，他走上與之平行的「水煙袋路」，一路往下走到金角灣。再下來，他調過頭來，又沿著「銅缽路」走上坡。沿途行經塑膠工作室、食品廚房、銅匠店和鎖店。「這表示當我展開新生活時，早已注定會遇到這些店。」他天真無邪地想著。再往前，他看到販賣水桶、臉盆、珠子、金屬飾片、軍警制服的各種店家。他朝選定的目的地巴耶塞特塔的方向走了一會兒，然後掉頭，經過卡車、橘子攤、馬車、舊冰箱、寫著政治口號的大學外牆，一路走上蘇里曼蘇丹清真寺。他走進清真寺的院子，沿著柏樹前行；等腳上的鞋子沾滿泥濘後，他從神學院旁的街道走出來，穿越一棟緊挨著一棟的原色木頭房子。令他懊惱的是，他滿腦子禁不住想著，從這些傾倒的屋舍一樓窗口凸出來、伸向馬路的排油煙管，看起來就「像」短獵槍，或「像」生鏽的望遠鏡，或「像」是嚇人的加農炮管。然而他並不想把任何東西聯想成別的東西，他也不想要「像」這個字眼在他心裡縈繞不去。

為了離開「青年熱血路」，他轉進「矮泉路」，一路上這個路名又盤踞了他的思緒，讓他心想或許這又是個符號。老舊的石板路上充斥著有關符號的陷阱，他做出結論，於是決定走上「王子街」。在那兒，他觀察到小販沿街叫賣脆芝麻圈、小巴士司機喝著茶、大學生一邊吃披薩一邊研究電影院門口的展示海報。今天上演的有三部電影，兩部是李小龍的功夫片，另一部，破損的海報和褪色的照片中，康尼葉·亞金飾演一個塞爾柱的侯爵，打敗了拜占庭的希臘人，與他們的女人睡覺。卡利普害怕自己若再一直盯著宣傳照裡演員橘色的臉孔，說不定會就此瞎掉，於是他繼續往前。行經「王子清真寺」時，他努力把迸入腦中的「王子故事」甩開。他通過外圍已鏽蝕的紅綠燈、一團混亂的塗鴉、頭頂上方廣告著骯髒餐廳和旅館的招牌、宣傳著流行歌手和洗潔精廠牌的海報。儘管他花費了很大力氣一路上成功地把所有這些的隱藏意義全拋在腦後，但當他行經「瓦倫渠道」[51]時，他忍不住想起自己很小的時候看過的一部電影裡頭的紅鬍子教士；當他走過著名的「微發」發酵飲料店時，他忍不住回憶起有一個假日夜晚梅里伯伯喝醉了酒，帶著全家大小坐上計程車，來這裡喝奶酒。這些畫面當場便轉化為符號，指向一個留存於過去的謎。

---

50 阿拉伯文的第一個字母「ا」按發音轉為拉丁字母後，則為「alif」。

51 拜占庭帝國曾在伊斯坦堡建築了許多貯水池和渠道，有的是暗道，有的是露天，結合成一個遍及伊斯坦堡的噴泉網路，為城市帶來充足穩定的淡水。

他幾乎是跑著穿越阿塔圖爾克大道，因為他再一次決定，假使能走快一點，非常快，那麼，城市呈現在他眼前的圖畫和文字就會如他想要的樣子：它們真正的樣貌，而不是一個謎的各種面向。他疾步走上「織布工路」，轉進「木材市場路」，他走了好一會兒，不去留意任何街道的名稱，沿路經過生鏽的陽臺欄杆與木頭骨架交錯而建的破爛連屋、五〇年代長頭型的卡車、拿來當玩具的輪胎、彎斜的電線桿、拆除廢棄的人行道、在垃圾桶間穿梭的野貓、站在窗口抽菸的包頭巾女人、賣酸奶酪的流動攤販、挖水溝的工人和製棉被的師傅。

才剛走下通往「祖國路」的「地毯商人路」沒多久，他猛地左轉，跨上另一側的人行道，接下來他又這樣變換了幾次。來到一家雜貨店，他停下來買了杯酸奶酪，一邊喝一邊想著，「被跟蹤」的感覺必定是從魯雅的偵探小說裡得來的。他心知肚明，既然自己腦子裡已擺脫不掉瀰漫全城的無解之謎，更別想能把這股感覺拋之腦後。他轉進「雙鴿路」，在下一個十字路口左轉，沿著「文化人路」幾乎跑了起來。他闖紅燈穿越「費維濟帕夏街」，橫衝直撞地閃過一輛輛小巴士。他瞥了一眼路標，赫然發現自己在「獅子穴街」上，剎那間他驚駭萬分：如果，三天前在葛拉答橋上他察覺到的那隻神祕之手仍持續在城市的各個角落放置符號，那麼，他確知存在著的那個謎想必依然離他非常遙遠。

他走進擁擠的市集，經過攤子上擺著青花魚、八目鰻、比目魚的魚販，來到所有道路的匯合點，亦即征服者清真寺的庭院。寬敞的院子裡空無人跡，只有一個黑鬍子男人，他穿身黑色外套，走起路來像是雪地裡的烏鴉。小小的墓園裡也沒有半個人影。征服者瑪哈姆蘇丹的陵寢是鎖上的，卡利普望進窗子裡，聆聽著城市的喧囂：市集的嘈雜人聲、汽車喇叭、遠方一所學校操場上孩童的嬉鬧、引擎發動的轟轟作響、庭院裡樹枝上麻雀與烏鴉的尖聲鳴叫、小巴士和摩托車的怒吼、附近摔門和關窗的聲響、建築工地、房屋、馬路、樹、公園、海、船、鄰近街區、整個城市的噪音。隔著霧濛濛的窗戶玻璃，卡利普凝視征服者瑪哈姆蘇丹那雕刻精美的石棺。這位他殷切渴望成為的人，五百年前征服了這座城市之後，就在胡儒非小冊子的幫助下，開始憑直覺探索城市之謎。他一點一滴地解析這片土地，在這裡，每一扇門、每一座煙囪、每一條街、每一道溝渠、每一棵梧桐樹都是符號，它們除了代表自身之外，都指涉著別的東西。

「要不是因為一場政治陰謀，讓胡儒非著作和胡儒非信徒給犧牲掉了的話，」從「書法家路」走向「慈母智慧路」時，卡利普心裡想，「要是蘇丹能夠揭開城市之謎的話，那麼，當他走在他所征服的拜占庭街道上時，和此刻的我一樣，看著頹圮的圍牆、百年梧桐樹、塵土飛揚的道路、空曠的空地，他可能會有什麼心得呢？」等走到「節制區」的菸草工廠和恐怖老建築時，卡利普給自己一個答案，一個自從他讀出臉上的文字後就明白的答案：「儘管他是第一次見到這座城市，但他卻熟悉得好像來過千萬次了。」而驚人之處在於伊斯坦堡仍只是一個剛被征服的城市。卡利普想不出究竟自己以前有沒有見過、熟不熟悉眼前的景象：污濕的馬路、碎裂的人行道、倒塌的圍牆、可憐的鉛灰色的樹、搖搖晃晃的汽車和瀕臨解體的公車、大同小異的臉孔、瘦得只剩皮包骨的狗。

現在他已明瞭自己將甩不掉尾隨在後的東西，即使他不確定那到底是不是真的，總之他繼續往前走，經過金角灣沿岸的製造廠房、空的工業用桶、拜占庭溝渠的斷垣殘壁、在泥濘的空地上吃麵包夾肉丸當午餐或是踢足球的工人，直到心中升起一股強烈的慾望，希望看到眼前的城市是一個充滿了熟悉景象的寧靜場所，使他禁不住想像自己是另一個人——是征服者瑪哈姆蘇丹。他懷抱著這個幼稚的幻想走了好一陣子，也絲毫不覺得自己瘋狂或荒謬。然後，他想到，許多年前耶拉曾在一篇紀念光復週年的專欄中說到，自從君士坦丁時代到現今的一千六百五十年間，伊斯坦堡曾經歷過一百二十四位統治者，而其中，征服者瑪哈姆是唯一不覺得自己需要在深夜裡微服出巡的。「我們的讀者很清楚原因何在」，當卡利普回想起耶拉在文章裡所寫的這句話時，他正與其他乘客一起坐在賽科西—埃烏普公車上顛簸著。在溫卡帕尼，他搭上了開往塔克辛的公車，他驚訝地發覺尾隨的人竟可以那麼快就跟上：他感覺那隻眼睛更近了，就盯著他的脖子。到了塔克辛又換了一次公車後，他想，如果跟隔壁的老人說話，或許自己可以轉換成另一個身分，藉此甩開背後的影子。

「你認為雪會繼續下嗎？」卡利普說，望出窗外。

「天曉得。」老人說，他似乎要再接下去說些什麼，但被卡利普打斷了。

「這場雪意謂著什麼？」卡利普說：「它在預告著什麼？你知道偉大的魯米有一則關於鑰匙的故事嗎？昨天晚上我夢見相同的東西。四周一片白，雪白，就像這場雪一樣白。我突然驚醒，感覺到胸口一陣冰冷尖銳的疼痛。我以為有一顆雪球、冰球、或是一顆水晶球壓在我心臟上，但並不是：躺在我胸口的是詩人魯米的鑽石鑰匙。我伸手抓起它，爬下床，心想也許它可以打開我的臥室房門，果不其然。然而，開門之後我卻進入了另一個房間，床上正睡著一個長得像我但並不是我的人，他的胸口上也有一把鑽石鑰匙。我放下手裡原本的那把鑰匙，拿起第二把，打開門踏出這個房間，又走進另一個房間。房裡的情況也是一樣……就這樣我走進下一個房間，再下一個房間，通往又另一個房間。無數個我的翻版，比我自己還要英俊，每人的胸口都放著一把鑰匙。不單是這樣，我看見房間裡除了我之外還有別人，一群魅影般的夢遊者，和我一樣手裡都拿著鑰匙。每一間房裡都有一張床，每一張床上都有一個像我這般作著夢的人！當下，我了解到自己身在天堂的市集裡。那兒沒有商業交易，沒有金錢往來，沒有稅收繳納，那裡只有臉孔和形象。你喜歡什麼，就去冒充什麼；你可以像戴面具一樣換上一張臉，從此展開新生活。我知道我所尋找的那張臉在最後一千零一個房間裡，然而我手裡拿到的最後一把鑰匙卻打不開最後一扇門。此時我才明白，唯一能開啟最後一道門的，是我最初看到壓在自己胸口的那把冰冷鑰匙。可是，那把鑰匙現在到哪去了？在誰手裡？這一千零一個房間，究竟哪個才是我最初離開的房間和床鋪，我完全沒有頭緒。悔恨交加之下，我流下懊悔的眼淚，知道自己注定要和其他絕望的影子一起，跑過一個又一個的房間，穿過一扇又一扇的門，交換鑰匙，驚異於每一張熟睡的臉，直到時間的盡頭……」

「看，」老人說：「看！」

卡利普閉上嘴，隔著墨鏡望向老人所指的地點。電臺大樓前面的人行道上有一具屍體；幾個人圍在旁邊大呼小叫。很快地，集結了一群看熱鬧的民眾，而路上的交通整個堵塞了。公車被卡得動彈不得，不管有座位或沒座位的乘客全部靠向窗邊去看那具屍體，氣氛驚懼死寂。

等道路清空、公車再度行駛之後，車內的死寂依然持續了好一會兒。卡利普在皇宮戲院對面下車，到尼尚塔希一隅的安卡拉市場買了鹹魚、魚卵醬、切片牛舌、香蕉和蘋果，然後疾步走向「城市之心公寓」。此時，他已經覺得自己太像別人，反而不想再當別人。他直接走向門房的家；以斯梅和佳美兒和小孫子們正在吃晚餐，圍坐在鋪著藍油布的餐桌邊，桌上是碎肉和馬鈴薯。這一幕和樂融融的家庭聚餐，看在卡利普眼中遙遠得像是好幾個世紀前的場景。

「祝你們好胃口，」卡利普說，停頓了一會兒後又補充：「你們沒有把信封交給耶拉嗎？」

「我們按了好幾次門鈴，」門房太太說：「但他就是不在家。」

「他現在在樓上，」卡利普說：「所以信封在哪兒呢？」

「耶拉在樓上？」以斯梅說：「如果你要上去找他，能不能順便把他的電費單交給他？」

他起身離開餐桌，走到電視機旁拿起上頭的繳費單，一張一張湊到他的近視眼下仔細查看。卡利普趁機摸出口袋裡的鑰匙，悄悄掛回架上的釘子。沒有人注意到他的動作。他拿了信封和電費單，然後轉身離開。

「叫耶拉別擔心，」佳美兒在他身後喊，興高采烈的語氣讓人起疑，「我沒有告訴任何人！」

這麼多年來，卡利普今天第一次不討厭搭乘城市之心公寓的老舊電梯，儘管電梯裡仍飄散著亮光漆和機油的氣味，上升的時候又像個腰痛的老頭般發出呻吟。鏡子依然在原位，以前他和魯雅常對著它互相比身高，但此時他卻避看鏡子，不想見到自己的臉，害怕自己會再次陷入文字帶來的恐懼中。

他走進公寓，才剛把脫下來的風衣和外套掛起來，電話就響了。拿起話筒之前，他先衝進浴室裡為任何可能預先準備，憑著渴望、勇氣和決心，他朝鏡子看了幾秒：不，那並不是偶然，字母、一切、整個宇宙和其奧祕都安然在位。「我知道，」拿起話筒時他心想，「我知道。」他知道電話的另一頭必然是那個密報軍事政變的人。

「你好。」

「這回你又叫什麼名字？」卡利普說：「化名太多了，把我搞得頭昏腦脹。」

「一個機智的開場，」對方說，聲音裡含著一股卡利普沒有料想到的自信。「你替我取個名字吧，耶拉先生。」

「瑪哈姆。」

「征服者瑪哈姆？」

「沒錯。」

「很好，我是瑪哈姆。我在電話簿裡找不到你的名字。給我你的住址，好讓我去你那兒。」

「既然我把住址當成祕密，那我為什麼要告訴你？」

「因為我只是個普通市民，心懷善意，想要把一場即將發生的軍事政變的證據提供給一位大名鼎鼎的記者。」

「你知道太多我的事情，不可能只是普通市民。」卡利普說。

「六年前我在凱爾斯火車站遇見一個傢伙，」名叫瑪哈姆的這人說：「一個普通的市民。他是一間小雜貨店的老闆，而且就像八百年前的詩人阿撻那樣，年復一年待在一間瀰漫著藥草和香水氣味的平凡小店裡。他要到埃祖隆去處理生意。整段旅程中我們都在談論你。對於你的家族姓氏——撒力克——的意義，他有一番見解：『意思是蘇非之道上的旅人。』他很清楚你以真名發表的第一篇專欄為何要用『聽』這個字來破題，原因是它翻譯成波斯文是『bishnov』，魯米的《瑪斯那維》正是以這個字開頭。一九五六年七月，你寫了一篇文章，把人生比擬為連載小說，而整整一年後，你又在另一篇文章裡把連載小說比擬為人生，這段時間，他對你的隱祕對稱和功利主義深感興趣，因為他從文字風格中分析出你以化名接下了摔角手系列文章，這系列的原作者由於和報社之間有嫌隙而丟下不管。同時期的另一篇作品中，你要求男性讀者不應該對街上的美麗女子皺眉，相反地，應該要學歐洲人那樣擺出愛慕的微笑。他知道你帶著愛慕、景仰和溫柔所描繪的美麗女子就是你的繼母，你拿她來代表一個對男人的皺眉忿忿不平的女人。另一篇文章裡，你暗諷一個住在伊斯坦堡灰撲撲的公寓大樓裡的大家庭，把他們比喻成一群可憐的日本金魚住在魚缸裡。他曉得那群金魚是一個又聾又啞的叔叔所養的，而那個大家庭便是你的家庭。這個人，一輩子沒有到過埃祖隆以西的任何地方，更別提來過伊斯坦堡，但他卻認識你所有不具名的親戚、你居住的尼尚塔希公寓、附近的街道、轉角的警察局、對面的阿拉丁商店、泰斯維奇葉清真寺的中庭和院子裡的倒影池、秋季花園、『牛奶公司』布丁店、人行道沿路的菩提樹和栗樹。他瞭若指掌，一如熟悉自己在凱爾斯市郊店鋪裡販賣的各式南北雜貨——從香水到鞋帶，從菸草到針線。在那個年代，全國廣播電臺裡還聽不到統一的口音時，他知道你在『伊斯坦堡廣播』裡諷刺伊白亮牌牙膏所推出的

『十一個問題測驗』，也知道他們為了奉承你好讓你閉上嘴，於是拿你的名字用來作為價值兩千里拉的答案。但正如他所料，你並沒有接受這小小的賄賂，反而在下一篇專欄裡建議讀者不要使用美國製的牙膏，應該用他們自己乾淨的手，蘸一點自製的薄荷香皂來搓磨牙齒。你當然不會曉得，單純善良的雜貨店老闆就依照你胡謅的配方塗抹他那日後將會一顆顆脫落的牙齒。除此之外，在接下來的火車旅程中，我和雜貨店老闆發明了一個問答遊戲，叫做『題目：專欄作家耶拉·撒力克』。我很辛苦地才贏了這個滿心掛念要在埃祖隆站下車的男人。沒錯，他是個普通市民，一個提早衰老的人，一個沒有錢修牙齒的人。這個人，他生活中唯一的樂趣，除了讀你的專欄外，就是待在花園裡逗弄他所養的好幾籠鳥，然後跟別人談論養鳥經。懂了嗎，耶拉先生？一個普通市民也有能力了解你，所以你別想瞧不起他！不過，我碰巧比那位普通市民更了解你。這就是為什麼我們會像現在這樣徹夜長談。」

「第二篇提到牙膏的專欄後四個月，」卡利普開口，「我針對同一主題又寫了一篇。內容在講什麼？」

「你提到，漂亮的小女孩小男孩在睡覺前給他們的父親、叔伯、姑嬸、繼母們『晚安吻』，漂亮的小嘴散發出薄荷牙膏的清香。平心而論，稱不上是一篇專欄。」

「我還曾經在其他哪裡談到日本金魚？」

「六年前，在一篇你嚮往著寂靜與死亡的文章裡。一個月後你再次帶出金魚，但這一次你說自己尋求的是秩序與和諧。你時常拿屋裡的魚缸和電視機相比。你提供讀者從大英百科全書裡節錄的新知，關於『和金』金魚因為混種而面臨的大浩劫。誰替你翻譯那些東西的？你妹妹還是你姪子？」

「那麼，警察局呢？」

「它讓你聯想到深藍色、黑暗、出生證明、小市民之悲、生鏽的水管、黑鞋子、沒有星星的夜晚、責備的臉、靜止不動時一種靈魂出竅的感覺、不幸、身為土耳其人、漏雨的屋頂、以及，自然而然地，死亡。」

「所有這些，你說的那位雜貨店老闆，全都知道？」

「不光是這些。」

「那麼他問了你什麼？」

「這個從沒看過街車、或許也永遠不會看到的男人，當下便問我，伊斯坦堡的馬拉街車聞起來是什麼味道，相較於沒有馬拉的街車。我告訴他，真正的差異不在於馬匹和汗水的氣味；那是引擎、機油和電的氣味。他問我，伊斯坦堡的電是不是有種獨特的味道。你從沒提過這一點，但他從字裡行間讀了出來。他請求我描述一下剛從報社出爐的報紙是什麼氣味。答案是，根據你一九五八年冬季的一篇專欄所言：一種混合了奎寧、霉味、硫磺和酒的氣息；讓人暈醉的混合。顯然，花三天才能抵達凱爾斯的報紙已失去了它的氣味。雜貨店老闆提出的一個最難的問題，是關於紫丁香的芬芳。我不記得你曾特別談及此種花。但他卻像個回味起甜美記憶的老人般，雙眼閃爍著，說二十五年來你曾經有三次提起紫丁香的氣味：一次，是在關於一位奇怪王子的故事中，這位王子在等待登基的那段時間，不斷給身邊的人帶來威脅；你說他的情人散發著紫丁香的芬芳。另一次——又是同樣的重複——想必靈感又是源自於某位近親的女兒，你寫到一個小女孩在暑假結束後返回學校，那是一個晴朗卻悲傷的秋日，她穿著燙得平整的罩衫，頭上繫著鮮豔緞帶；第一次你說她的『頭髮』聞起來像紫丁香，但隔年你又說是她的『頭上』散發著紫丁香的芳香。這是一件真實事件的回憶，還是作者自己抄襲自己作品的結果？」

卡利普沉默了一會兒。「我不記得。」最後他才彷彿大夢初醒般開口說：「我記得自己構思過關於王子的故事，但我不記得曾寫下來。」

「但雜貨店老闆記得。除了對氣味非常敏銳之外，他對空間也頗有概念。透過你的專欄，他不僅能夠想像伊斯坦堡充塞著各種氣味，他也熟知城市裡每一塊你所流連、喜愛、私下珍惜，或者視為神祕的區域。但對於這些區域彼此之間的遠近距離，他並沒有概念。偶爾，當我來到這些地區時——多虧了你，我對那些地方也瞭若指掌——會特別留意是否能遇到你。然而最近我不再費心那麼做了，因為你的電話號碼告訴我，你窩在尼尚塔希或西西黎一帶的某處。我想這一定會吸引你：我叫那位雜貨店老闆寫信給你。只不過結果發現，每天朗讀專欄給他聽的人，也就是他的姪兒，並不會寫字。老闆本身當然既不識字也不會寫字。你有一次寫到，看得懂文字只會妨礙記憶。要不要我告訴你，就在我們的隆隆火車即將駛進埃祖隆時，我最後是如何打敗這位靠著耳朵了解你作品的人？」

「想說就說。」

「雖然他記住了你文章裡所有的抽象概念，但他絲毫無法理解它們的意義。舉例來說，他完全不懂文字剽竊和盜用是什麼東西。他的姪兒只讀你報紙上的專欄給他聽，其他的文章他一概沒興趣。你不禁要想，他大概以為天底下所有的文章都是一個人同時寫成的。我問他，為什麼你老是反覆提起詩人魯米？他回答不出來。我再問他，關於你一九六一年那篇名為〈祕密書寫之謎〉的專欄，其中有多少是你的主張，又有多少是愛倫坡的？他倒是回答了，他說：全部都是你的。我考他對於『故事的起源與起源的故事』這個兩難題目的看法，這個問題正是你與涅撒提在爭辯——雜貨店老闆稱之為吵架——波特佛里歐和伊本．佐哈尼兩者的差異時，最主要的衝突點。他信心滿滿地說，一切的起源都是文字。他完全沒搞懂。我狠狠打敗了他。」

「在那場吵架中，」卡利普說：「我提出來反駁涅撒提的論調，的確是依據那個概念：文字是一切的起源。」

「但那其實是法茲拉勒的概念，而不是伊本．佐哈尼的。在你寫了〈審判長〉那篇念讚詩之後，你從此就不得不緊抓著伊本．佐哈尼不放，以便自圓其說。然而我碰巧知道你寫那些文章的目的何在，你只是要讓涅撒提在他上司面前難堪，讓他被踢出所屬的報社。最開始，在『是翻譯還是剽竊』的辯論後，嫉羨不已的涅撒提落入你設下的圈套，被你激得說出這是『剽竊』。接著，你把涅撒提塑造成一個瞧不起土耳其的人，暗示說他認為東方沒有任何原創的東西。因為，他的論點起源，是根植於你剽竊了伊本．佐哈尼，而伊本．佐哈尼又剽竊了波特佛里歐的事實。但你突然間轉而捍衛我們光榮的歷史和『我們的文化』，並煽動你的讀者向他的報社投書。而我們悲慘的土耳其讀者隨時對各種『新時代聖戰』極為敏感熱情，特別看不慣那種不識相的人竟敢宣稱『偉大的土耳其建築師』錫南其實是開塞利來的亞美尼亞人。因此他們不假思索地寫信去指責那個忝不知恥的敗類，雪片般的信件淹沒了報社。結果，倒楣的涅撒提還陶醉在抓到你剽竊的歡樂之中，不但丟了工作，專欄也停了。後來，他進入你所屬的報社，當一個次要的撰稿人，在那裡，我聽人家講，他像挖井般挖掘出無數有關你的八卦。你知道這件事嗎？」

「關於井，我寫過些什麼？」

「這個題材太顯而易見、也太廣泛無邊了，拿它來考一個像我這樣的忠實讀者，實在有點不公正。我不打算提到宮廷詩中的文學之井，或是魯米的情人賢姆士被棄屍的那口井，或是你總是隨意取用的《一千零一夜》中，那些充滿了神鬼、巫婆、妖怪的深井，或是公寓大樓裡的通風井，以及你說收容我們失落靈魂的無底黑暗。這些主題你已經用冗長的篇幅探討過了。這個怎樣？一九五七年的秋天，你寫了一篇細膩、憤怒、哀傷的作品，嘆道那些可悲的水泥宣禮塔（你對石頭建造的宣禮塔倒沒什麼不滿）包圍著我們的城市和新開發的市郊，像是滿懷敵意的長矛叢林。文章末尾處，有幾句不大引人注意的話——所有除了每日政治和醜聞之外的文章，都沒什麼人會去注意結尾——你提到貧民窟裡的一座清真寺，它有一座矮胖的宣禮塔，中庭裡有一口又黑又靜的乾井，周圍長滿雜亂的荊棘和整齊的蕨類。一看到這裡我就明白，你藉由描寫那口真正的井，其實是在巧妙地暗示我們，與其抬頭仰望高聳的水泥宣禮塔，還不如低頭望進我們過往的幽暗深井，那擠滿蛇蠍與靈魂的深淵，沉入我們的集體潛意識中。十年後，在一篇靈感來自於獨眼巨人和你個人不幸過去的文章中，你寫到某一個悲慘的夜晚，你獨自一個人，孤伶伶的，與壓在你良心上的罪惡陰影搏鬥。當你描述多年來緊追你不放的罪惡感像一隻『眼睛』時，你刻意而非不經意地寫到，那個視覺器官『就像額頭正中央的一口深井』。」

這個聲音——卡利普想像聲音的主人身穿舊外套、白衣領，有一張陰鬱的臉——是憑藉著過人的記憶，信手捻來了這些字句，還是靠小抄念出來的？卡利普沉思了一會兒。對方把卡利普的沉默視為某種暗示，於是發出勝利的笑聲。他們分別在電話線的兩端，這條電話線穿過了不為人知的地底隧道，鑽過堆滿鄂圖曼顱骨和拜占庭金幣的山丘下，它像黑色的藤蔓般，攀上一棟棟舊公寓大樓斑駁的牆壁，像曬衣繩般，緊緊懸掛在電線桿、梧桐樹和栗樹之間，彷彿是他們共同分享的一條臍帶。在電話線的另一頭，他悄悄地、帶著兄弟之愛，好像吐露一個祕密般地說：他對耶拉充滿關愛；他尊敬耶拉；他非常了解耶拉。耶拉對他不再有任何懷疑，對不對？

「我不知道。」卡利普說。

「若是那樣的話，讓我們丟掉兩人之間的黑色電話吧。」那聲音說。因為電話鈴有時候會無緣無故自己響起來，嚇人一大跳；因為這漆黑的話筒重得像個小啞鈴，而當撥號的時候，它又會發出吱吱哀鳴，就像是卡拉喀─卡迪喀渡船碼頭上的舊旋轉門；因為有時候它不會依照所撥的號碼，而是隨性所至亂數撥號。「懂了嗎，耶拉先生？給我你的地址，我馬上到。」

卡利普先是楞了一下，就如老師被一個天才學生突如其來的驚人之舉給嚇呆了。這個人似無邊際的記憶花園教他驚訝不已，而他自己記憶花園中盛開的花朵也讓他詫異，他察覺到自己正逐漸落入陷阱。

接下來，他問：

「關於尼龍絲襪呢？」

「一九五八年，在你被迫放棄真名，改以編造出來的怪假名發表專欄後的第二年，你寫了一篇文章，關於一個炎熱的夏日，被工作和孤獨壓得喘不過氣來的你到貝佑律的一間電影院（魯雅戲院）去看演了一半的電影，以躲避正午的太陽。在一片芝加哥幫派分子——可悲的貝佑律配音員讓他們滿口土耳其語——的笑聲中，在機關槍掃射、瓶子玻璃爆裂的聲響中，你聽到附近有個聲音，嚇了你一跳：不遠處，一個女人的長指甲正隔著絲襪在搔她的腿。等第一部影片結束，觀眾席的燈光亮起，你看見在你前面兩排的座位上坐著一個時髦漂亮的媽媽和她乖巧有禮的十一歲兒子，兩個人就好像密友般聊著。你看了很久，觀察他們是如何地親暱，是如何地聆聽對方的話語。兩年後，你在一篇文章裡寫到，當第二部影片開始後，你不再理會從戲院喇叭裡爆出的刀劍撞擊、怒濤洶湧聲，而是全心聽著那隻不安的手所製造出的窸窣聲，纖長的手指游移在讓伊斯坦堡夏夜的蚊子垂涎的腿上。你的思緒不在銀幕中的不法交易上，而是在母子之間的友誼上。十二年後你在一篇專欄中透露，這篇關於尼龍絲襪的文章發表後，報社的發行人立刻把你罵了一頓：你難道不曉得，去強調一個妻子兼母親的性魅力，是多麼危險的行為嗎？你難道不曉得土耳其讀者無法容忍這點嗎？如果你希望能安安穩穩地當個專欄作家，你在提起已婚婦女時就得當心點，也必須要注意寫作風格。」

「風格？請簡單講一下。」

「對你而言，風格即是生活。對你而言，風格是聲音，風格是你的思想，風格是你自我塑造的角色背後真正的自己，然而你不僅僅有一個、兩個，而是有三個角色……」

「有哪些？」

「第一個聲音是你所謂的『我的簡單角色』：這個聲音，你展現給所有的人；你帶著他一起參與了家庭聚餐，一起在飯後的煙霧繚繞中閒話家常。這個角色負責你日常生活的細節。第二個聲音則是屬於你希望成為的人：這個面具，是你從欣賞的人物身上擷取而來的，這些人物在現實世界中得不到慰藉，生活在另一個世界裡，充滿了神祕。你曾經寫到過，若不是你有習慣與這位你逐漸成功模仿的『英雄』悄聲對話，若不是你習慣重複這位英雄在你耳裡呢喃的離合詩、字謎、仿諷文、戲謔話——好似一個老人那樣反覆吟誦心裡縈繞不去的旋律——若不是這些原因，你早就縮進了角落，無法面對生活，像許多不快樂的人那樣等待死亡。我讀到這裡時還流下了眼淚。第三個聲音，則是屬於前兩個你稱之為『客觀與主觀風格』角色之外的另一個人，他把你——自然，也包括我——帶進了前面兩者所到達不了的世界：也就是黑暗角色，黑暗風格！當你寫到某些夜晚你極度憂鬱，就連模仿和面具也滿足不了你時，我甚至比你還清楚那是在寫什麼；但你比我更清楚自己犯下的過錯，我的兄弟！我們注定該互相了解，找到彼此，並一起戴上偽裝。給我你的地址。」

「地址？」

「城市是由地址所組成的，字母拼成的地址，就如字母拼成的臉孔。一九六三年十月十二日星期一，你描寫到舊日稱為塔塔夫拉的古圖路斯的亞美尼亞區，說它是全伊斯坦堡你最喜愛的地點之一。我帶著愉快的心情閱讀這篇專欄。」

「閱讀？」

「曾經有一次——一九六二年二月，當時你正在準備一場軍事政變，目的在於拯救國家脫離貧困，因此那一陣子非常忙碌——某一天，你在貝佑律的暗巷裡看見有人在搬運一面鍍金框的大鏡子，天曉得是為了什麼奇怪的原因，要把它從一間有肚皮舞孃和雜耍藝人表演的夜總會搬到另一家去。或許是天氣太冷了，鏡子先是出現裂痕，接下來竟在你眼前爆成碎片。這時候，你突然發覺，在我們土耳其語中，使玻璃變成鏡子的塗料和『祕密』是同樣一個字，而這絕不是毫無道理的。後來，你在專欄中透露了這個靈光乍現的剎那，你說：閱讀就是照鏡子；那些知道玻璃背後的『祕密』的人，便能夠看穿鏡子；而那些不識字的人，將只會看到他們自己乏味的臉。」

「祕密是什麼？」

「除了你以外，我是唯一知道祕密的人。你很清楚這種事不能在電話裡談。把你的地址給我。」

「祕密是什麼？」

「你到底明不明白，為了解開祕密，一個讀者必須投注一生的心力在你身上？我就是這麼做了。窩在沒有暖氣的國立圖書館裡，冷得直發抖，背上披著大衣，頭上戴著帽子，雙手戴著毛織手套，讀完了所有我懷疑是出自你筆下的文章，包括你草率成書並以化名發表的東西、你接手完成的連載、猜謎、人物肖像、充滿政治味或感動人心的訪談。這一切，只是為了知道祕密到底是什麼。由於你從不懈怠地每天平均寫作八頁文字，因此三十多年來，你的產量算一算高達十萬頁，差不多是三百本書，每一本三百三十三頁。單為這一點，我們國家真應該替你立一座雕像！」

「你也該有一座，竟然全看完了。」卡利普說：「關於雕像呢？」

「有一次我旅行到安那托利亞，來到一個名字我已經忘記的小鎮，我在廣場公園裡等公車，和身旁一個年輕人聊了起來。我們一開始先是談到眼前的一座阿塔圖爾克雕像，雕像伸手指向公車總站，彷彿暗示著在這個可悲小鎮唯一能做的事就是快點離開。接著，在我的引導下，我們聊起你的一篇專欄，文章的主題正是遍布全國數量超過一萬座的阿塔圖爾克雕像。你寫到，在天啟之日到來的那天，雷鳴閃電將撕裂漆黑的天際，震盪的大地將撼動蒼穹，這時，令人膽顫心驚的阿塔圖爾克雕像將會全部活過來。依照你的描述，其中有些雕像穿著歐洲服裝並沾滿了鴿糞，有些一身陸軍元帥的制服和飾物，有一些騎著揚起前蹄露出巨大生殖器的駿馬，還有一些頭戴高帽身披鬼魅斗篷，他們全在原地緩緩動起來；接著，雕像將會走下他們的基座——那些基座上覆蓋著鮮花和花圈，骯髒的舊公車和馬車多年來在它的周圍環行，軍服散發著汗臭的軍人和制服殘留著樟腦丸氣味的高中女生曾經聚集在此高唱國歌——最後，就這樣消失在黑暗裡。年輕人讀完了你的文章，對裡面描繪的天啟之夜深深著迷，你寫到屆時大地撼動、蒼穹撕裂，我們可憐的同胞隔著緊閉的門窗仍能聽見屋外的轟隆，在驚懼與無助中，他們傾聽著銅蹄石靴踩在狹窄人行道上的聲響。年輕人感到熱血沸騰，立刻寫了一封信給你，焦躁地詢問究竟天啟之日何時來臨。假如他說的話可信，那麼你曾經簡短地回給他一封信，要求他寄上一張證件照，並告訴他等你收到之後，就會向他透露『即將降臨之日的預兆』。別誤會我的意思，你透露給年輕人的祕密並不是『那個謎』。等待了好幾年後，失望透頂的年輕人在這座池塘乾涸、草皮枯萎的公園裡，偷偷把你那必然是極為私人的祕密告訴了我。你向他解釋幾個字的第二層意義，並要他記住一句話，因為哪天他將會在你的文章裡看到這個暗號。一旦我們的年輕人讀到這句話，他便能破解加密的專欄，展開行動。」

「那句話是什麼？」

「『我的一生充滿了如此可怕的回憶。』就是這句話。我沒辦法確定這是他捏造的還是你真的寫給他的，不過巧的是，這陣子當你抱怨自己的記憶受損，甚至全然抹滅時，我卻在最近重刊的一篇舊專欄中讀到了這句話以及其他幾句。給我你的地址，讓我直接向你解釋那意謂著什麼。」

「其他幾句又是說些什麼？」

「把地址給我！快點。我很清楚你對其他的句子或故事根本毫無興趣。你早已對這個國家徹底放棄了，以致你對任何一切都不再感興趣。你心懷怨恨地躲在那個老鼠洞裡，沒半個朋友、親人、同事，孤獨讓你變得古里古怪……給我你的地址，我才能夠告訴你在哪一家舊書店裡能找到轉賣你簽名照的神學高中學生，以及對年輕男孩情有獨鍾的摔角裁判。給我你的地址，我才能夠給你看我收藏的刻版畫，這些畫中描繪了十八個鄂圖曼蘇丹，他們把自己的後宮嬪妃裝扮成歐洲娼妓，然後到伊斯坦堡的隱蔽角落與她們幽會。你知不知道，巴黎的高級男裝店和妓院都稱這種偏好穿戴珠寶華服的疾病為『土耳其人病』？你知不知道，刻版畫中的馬哈木二世身穿偽裝的服飾在伊斯坦堡的暗巷裡交歡時，光溜溜的腿上套著的正是拿破崙遠征埃及時穿的靴子？你知不知道，同一張圖畫中，他最寵愛的妃子，蓓茲米．阿連皇太后——也就是你最喜愛的那位王子的祖母，以及一艘鄂圖曼船艦的守護之母——則滿不在乎地戴著一個鑽石與紅寶石鑲嵌的十字架？

「關於十字架呢？」卡利普愉悅地問道，他發現，自從妻子在六天又四小時前離開他後，第一次感覺到生命中還有一點樂趣。

「我知道這絕非偶然，一九五八年一月十八日你發表了一篇專欄，精心詳解埃及的幾何學、阿拉伯的代數學、以及敘利亞的新柏拉圖哲學，目的在證明十字架與新月形剛好是截然相反的形式——它代表著棄絕與否認。湊巧的是，在這篇專欄的正下方，刊登著一則結婚的新聞，我極為欣賞的演員愛德華．羅賓遜，『電影和舞臺中那位咬著雪茄的硬漢』，娶了紐約的服裝設計師珍．阿德雷為妻。報紙上刊出這對新婚夫妻站在一座十字架下方的照片。給我你的地址。一星期後，你提出一個論點，由於我們的孩童被灌輸了對十字的懼怕與對新月的狂熱，導致他們長大成人後沒有能力破解好萊塢的神奇臉孔，造成他們在性方面的混淆，比如說把所有月亮臉的女人全都視為母親或姑嬸。為了證明你的觀點，你公然斷言，如果趁學童歷史課剛上完十字軍東征的當天半夜去突襲檢查那些為貧童設立的國立寄宿學校，人們將會發現好幾百個學童都尿床了。這些才只是一小部分；把你的地址給我，我將會帶給你所有你想知道的十字架故事，所有我在地方報紙上讀到的東西，當我在圖書館裡搜尋你的作品時，看遍了這些報紙。『一個上了絞刑臺的罪犯，因為脖子上上過潤滑油的套索突然斷裂而逃過一劫，死裡逃生的他告訴人們，在他前往地獄的短暫路程中所見到的十字架。』開塞利的《火山郵報》，一九六二年。『我們的總編輯致電總統，指出用新月形符號c來取代十字形狀的字母t，將更有益於保存土耳其文化。』康亞的《綠色康亞報》，一九五一年。如果你給我地址，我會馬上再給你更多……我並不是暗示你可以用這些素材寫作；我知道你最憎惡那些凡事只考慮是否有利可圖的專欄作家。我可以把此刻就在我面前的好幾箱東西都帶過去，讓我們一起閱讀，一起歡笑與哭泣。好啦，給我地址，我會拿伊斯肯德倫報紙上的連載故事給你看，內容是說，當地的男人只有在夜總會裡跟妓女訴說自己對父親的怨恨時，才能夠停止口吃。給我你的地址，我會拿一個服務生的愛情和死亡預言給你看，這個人不僅目不識丁，甚至連土耳其語也講不好，更別說是波斯話了，然而，他竟能背誦奧瑪．珈音[52]未曾發表的詩歌，原因是他們兩人的心靈相通。給我你的地址，我會帶給你一位拜伯特的記者兼發行人的夢境，這個人發現自己的記憶逐漸退化，於是便在自家報紙的最後一頁把他所知的一切和生命中的回憶全部連載下來。最後的一場夢中，寬廣的花園裡將只見玫瑰凋零，落葉飄搖，井泉乾涸，在那兒，我知道你將會找到自己的故事，我的兄弟！我很清楚你為了防止記憶枯竭，服用抗血栓藥物；為了強迫血液流入腦中，你每天花好幾個小時躺著把腳高舉到牆上。你竭盡所能，只為了從那口乾枯絕望的井中汲取出一段段往事。『一九五七年三月十六日，』你對自己說，腦袋因為倒掛在沙發或床邊而脹得充血通紅……『一九五七年三月十六日那天，』你逼自己回想，『我在城市炭烤和同事吃午餐，我提到嫉妒迫使我們戴上了面具！』接著，

『對，沒錯，』你說，催促著自己，『一九六二年五月，經過中午一場欲仙欲死的性愛後，我在古圖路斯暗巷的一間屋子裡醒來，我對躺在身邊的半裸女人說，她皮膚上那幾顆大美人痣長得很像我繼母身上的。』一會兒後，一股你日後形容為『無情的』懷疑湧上心頭：這句話是對她說的嗎？還是對那位肌膚白似象牙的女人說的，在一棟窗戶關不緊密、貝敘塔希市場無休無止的喧囂滲隙而入的石造房屋裡？或者，是對那個霧眼迷濛的女人說的？這個女人不怕丈夫和孩子在家裡等待，三更半夜離開俯瞰著樹葉落盡的奇哈吉公園的獨室房屋，一路徒步走到貝佑律，只因為深深愛著你的她要拿一個打火機去給你，而你，日後你將寫到，你也不明白自己為何任性地非要這個打火機不可。把你的地址給我，我會拿歐洲最新的藥給你，這種名叫『助憶寧』的藥，能夠疏通腦部被尼古丁和苦澀記憶所堵塞的血管，不出多久便能把我們的生命帶回一度遺失的樂園。每天早上在你的茶裡加進二十滴淡紫色液體——不是說明書所指示的十滴——等你開始這麼服用後，很快地，你已塵封的記憶將再度被喚醒，甚至連你根本不記得自己忘了的回憶也都將浮現。就好像在一個舊櫥櫃後面赫然發現自己小時候的彩色鉛筆、梳子、淡紫色的大理石。如果你把地址給我，你就會記起你的那篇專欄，關於在每個人的臉上都可以讀到地圖，上頭擠滿了符號，標示的都是我們城市的著名景點；你會回想起自己為什麼寫它。如果你把地址給我，你將能回想起自己為什麼被迫在專欄中敘述魯米說過的一則故事，關於兩個野心勃勃的畫家之間的競賽。如果你把地址給我，你就會記得自己為什麼寫了那篇難懂的專欄，說到人類不可能徹底孑然一身，因為就算在我們最孤獨的時刻，也會有白日夢中的女人與我們作伴；不僅如此，這些女人總能直覺地意識到我們的幻想，她們等待著我們，尋覓著我們，有些人甚至找到了我們。給我你的地址，讓我提醒你那些你所遺

52 奧瑪・珈音（Omar Khayyam, 1048-1131），波斯數學家、天文學家、詩人，著有《魯拜集》。

忘的；我的兄弟，現在的你，正逐漸失去生活和夢想中的天堂和地獄。給我你的地址，我會衝去找你，在你的回憶灰飛煙滅之前拯救你。我知道你的一切，我讀過你寫的一切：除了我之外，沒有任何人能夠重建那個世界，讓你能夠再次寫下那些魔幻的篇章，讓你的文字像白晝的猛鷹劃過土耳其天際，像夜裡的幽魂魅影般狡猾潛行。等我到來之後，你將會再度執筆寫作，用文字讓遠在安那托利亞最偏僻地區咖啡館裡閱讀的年輕人燃起熱情；讓偏遠山區的國小老師和他們的學生感動莫名，眼淚如雨珠滑下臉頰；讓住在小鎮陋巷裡讀著圖文小說度過餘生的年輕母親重新發掘生命的歡樂。把你的地址給我，讓我們徹夜長談，你將會重拾對這片土地和這群同胞的溫柔關愛，以及對你自己失落過往的情感。想想那些受盡剝削的人民，他們從每兩個星期郵車才來一趟的積雪山城裡寫信給你。想想那些迷惘無助的人民，他們寫信給你尋求忠告，詢問該不該離開未婚妻，是不是要踏上朝聖之旅，或者大選時要選誰才好。想想那些苦悶的學生，地理課時坐在最後一排翻閱著你文章；那些卑微的辦事員，坐在陰暗角落的辦公桌後瀏覽你的作品，等待退休；那些悲慘的人，若非有你的專欄，他們除了收音機裡的消息外無話可談。想一想所有在露天公車站牌、骯髒淒涼的電影院休息區、遙遠荒涼的火車站裡閱讀你文章的人。他們正在等待你展現奇蹟，所有的人都是！你別無選擇，你必須給他們想要的奇蹟。把你的地址給我，兩顆腦袋合作勝過一顆腦袋。提起筆，告訴他們，救贖之日已近在眼前；告訴他們，提著塑膠筒到鄰近噴泉排隊取水的日子即將結束；告訴他們，蹺家的高中少女有可能逃離葛拉答妓院的命運而當上電影明星；告訴他們，奇蹟後的全國樂透彩券將會張張有獎；告訴他們，喝得爛醉如泥的男人回家後不會揍他們的太太；告訴他們，奇蹟之日的隔天，通勤電車後面會開始加掛車廂；告訴他們，城裡的每一個廣場都將會有樂團表演，就像歐洲一樣。寫吧，讓他們知道，終有一天，每個人都會成為風光的英雄；終有一天，很快地，不但每個人都能夠與任何他想要的女人上床，包括自己的母親，而且每個人都將能夠——很神奇地

——把自己床上的女人視為天使般的處女和姊妹。寫吧，告訴他們，祕密文件的密碼終於破解了，這份文件將揭開幾世紀以來帶領我們走向貧苦的歷史之謎；告訴他們，一個連結起全安那托利亞的民眾運動即將展開，而那些跨國勾結、陰謀把我們推入貧困的同性戀者、傳教士、銀行家和娼妓，以及他們本地的共犯，已經被指認出來。替他們指出敵人，好讓他們知道自己悲慘的命運可以怪誰，從而得到安慰；暗示他們可以做些什麼來擺脫敵人，好讓他們能夠在憤怒和悲傷的顫抖中，想像自己有一天或許能夠成就偉大事業；向他們詳細解釋，他們一輩子的悲苦全起因於這些可恨的敵人，好讓他們得以把罪孽推到別人身上，以換取內心的安寧。我的兄弟，我知道你的筆擁有強大的力量，不僅能夠實現這一切夢想，甚至有辦法達成更難以置信的故事和最不可能的奇蹟。透過你的生花妙筆，以及從你的記憶深淵中汲取出來的驚人往事，你使眾人的夢想成真。倘若我們從凱爾斯來的雜貨店老闆竟知道你童年居住的街道是什麼顏色，那純粹是因為他在你的字裡行間中瞥見了這些夢。把他的夢還給他。曾經有一度，你所寫的文句讓這片土地上的苦難同胞脊背發冷、寒毛直立，你喚醒了他們對往昔歡慶歲月的追憶，那段鞦韆與旋轉木馬的年代，攪醒了他們的回憶，讓他們品嘗到一絲未來美景的滋味。給我你的地址，你就能再做一次。在這個殘敗的國家裡，像你這樣的人，除了寫作之外還能做什麼？我知道你是出於無奈而寫，因為別的事你都做不來。啊，我是多麼常假想你無奈的時刻啊！看見帕夏的照片和水果一起掛在蔬果店裡，你渾身難受；看見目光凶猛卻可悲可嘆的弟兄在咖啡店裡用遭到汗水浸爛的紙牌玩牌，你感到悲哀不已。每當我看到母親帶著兒子趁著清晨破曉趕到市立魚肉批發市場排隊，希望能夠撿到一點便宜，或者每當早晨我坐著火車，經過工人市場的集散空地，或是每當我瞥見許多父親在星期日下午帶著妻兒來到光禿禿沒有半棵樹的公園，抽著菸，打發無止境的無聊時光，每當這個時候，我常常心裡暗忖，要是你，會怎麼想這些人？我所觀察到的景象，你是否全都看在眼裡？我知道，等你晚上回到你小小的房間，在經年磨損的書桌前坐下來後，你將會把他們的故事用墨水寫在白紙上。你那張經年磨損的書桌最適合這片悲慘的、受到遺忘的土地了。我會在腦海中浮現你低頭伏卷的樣子，努力想像你在凌晨時分疲倦地從桌前起身，打開冰箱──你有一次寫過──漠然地望進裡面，卻沒有翻找也沒有拿出任何東西，然後你就像個夢遊者一樣在房間裡繞著書桌踱步。啊，我的兄弟，你好孤獨，你好可憐，你好憂傷。我是多麼愛你！這些年來我讀遍了你寫的每個字，我滿腦子都是你，只有你。拜託，給我你的地址；至少給我一個答案。我會告訴你，在雅羅瓦的船上，我遇見軍事學校的學生，有些人臉上的文字就像是死掉的大蜘蛛黏在那兒，而當我獨自在骯髒的船首，置身於這群健壯的軍校生之間時，感覺到他們籠罩在一股甜美孩子氣的憂慮之中。我會告訴你，有一個賣樂透彩券的瞎子，幾杯茴香酒下肚後，從口袋裡拿出你回給他的信，叫酒店裡的同伴念出來，然後驕傲地指出你在字裡行間透露給他的祕密；這個人每天早上叫他的兒子讀《民族日報》給他聽，希望能找出吻合祕密的字句。他的信上面蓋著泰斯維奇葉郵局的郵戳。喂，你有在聽嗎？至少講句話吧，讓我知道你在聽。噢我的老天！我聽見你在呼吸，我聽見你呼吸的聲音。聽著，我絞盡腦汁才構思出下面的話，所以仔細聽好了：我懂你所寫的，舊碼頭的渡輪上，那看起來如此纖細而脆弱的瘦長煙囪，吐出一縷縷哀傷的青煙。我懂你寫的，在一場女人與女人跳舞、男人與男人跳舞的鄉下婚禮中，你突然沒辦法呼吸。我懂你所寫的，你抑鬱地穿越貧民窟裡廢棄的木造房舍，回到家後竟潸然淚下。我懂你所寫的，你去看一部講述大力士赫丘里士、參孫或羅馬歷史的電影，在那種會有小孩子在門口賣二手《德州》和《牛仔湯姆》漫畫的電影院裡，當一個表情憂鬱的三流長腿美國影星出現在銀幕上時，整間戲院隨著觀眾的心跳陷入一片沉寂，你感到困惑不已，簡直想要去死。這又該怎麼說呢？你懂我嗎？回答我，你這混帳！我是那種最理想完美的讀者，一個作家要是一輩子能碰上一次就夠幸運的了！把你的地址給我，我會帶仰慕你的高中女生照片給你，一共一百二十七張，有些背後附有地址，有些寫著從日記中摘錄的讚美。其中三十二個人戴眼鏡，十一個人戴牙套，六個人有天鵝般修長的脖子，二十四個人綁著你最愛的馬尾。她們全都為你痴狂，願意為你而死。我發誓。把你的地址給我，我會帶一份女人的名單給你，這些女人每一個都真心深信你六〇年代初期的一篇對話專欄是針對她而寫的。你提到：『聽了昨晚的廣播沒？嗯，聽見「情人時光」的時候，我腦子裡只想得到一件事。』你在上流社會圈子裡有許多仰慕者，在軍人妻子之間、在鄉下或白領家庭長大的敏感狂熱學生之中，你也同樣深受愛戴。這點你知道吧？要是你給我地址，我就會拿女人變裝的照片給你看，她們不光是為了簡陋的社交化妝舞會而變裝打扮，平常私底下也會。你曾經寫過，我們沒有私生活，確實如此，我們甚至沒有真正理解『私生活』這個取自翻譯小說和國外著作的概念。不過，要是你能看一看這些足蹬高跟馬靴、配戴惡魔面具的照片就好了，唉……噢，好啦，給我地址，求求你。我會馬上把我二十幾年來收藏至今、為數可觀的人臉相片帶去給你。我有妒火中燒的情侶互潑硝酸毀容後的照片。我有詭異的大頭照，是一些蓄鬍或剃光頭的基本教義分子被捕時所拍的，他們在自己的臉上塗上阿拉伯字母，舉行祕密儀式。我有庫德族叛軍的照片，他們臉上的文字已被汽油彈給燒毀。我有強暴犯被處決的照片，他們在鄉下城鎮被施以私刑吊死，我買通了當地官員才得到這些檔案照。與卡通裡所畫的相反，當上過潤滑油的繩結絞斷脖子的剎那，舌頭並不會吐出來，但臉上的文字會變得更清晰可辨。現在我明白是什麼不為人知的強制力驅使你在早年的專欄中承認自己比較喜歡舊式的死刑和劊子手。就好像我知道你沉溺於密碼、離合詩、符號，我也知道你半夜會變裝打扮走進一般民眾之中，以重建失落的神祕。我很好奇你用什麼詭計打發走你繼妹的律師丈夫，讓她單獨留下來一整夜聽你訴苦，講述生命中最簡單的故事。律師的妻子寄來憤怒的信，抗議你在文章中譏笑律師，你回覆她們說，文中提及的那名律師碰巧不是她們的丈夫；我很清楚你說的是實話。該是你把地址給我的時候了。我知道你夢中出現的每一隻狗、骷髏、馬、女巫分別有何象徵意義；我也知道你所寫的哪幾篇愛情書信的靈感是來自於計程車司機夾在後照鏡邊框的小圖片，上頭有女人、槍枝、骷髏、足球員、旗幟和花卉。我知道許多你為了甩掉那些纏人的仰慕者而施捨給他們的密碼句子；我也知道你總是隨身攜帶用來記錄關鍵字句的筆記本，而你的古裝戲服也從來不離身……」

過了良久，在卡利普拔斷電話線，翻遍耶拉的筆記本、舊戲服、衣櫃，像個搜尋記憶的夢遊者般忙了好一會之後，他穿著耶拉的睡衣躺在他的床上，聆聽著尼尚塔希的深夜呢喃，就在他即將墜入又深又沉的熟睡之際，他再一次明瞭，睡眠最重要的功能——除了讓人忘掉自己與心目中嚮往的理想人物距離何等遙遠，令人心痛——便是在安詳平和之中，把他聽見的和沒聽見的一切，把他看見和沒看見的一切，把他知道和不知道的一切，全部融合在一起。

31 故事穿入鏡子之中

他們倆並肩相依，倒影的倒影穿透入鏡子之中。——謝伊・加里波

我夢見我終於變成自己多年來渴望成為的人物。帶著憂傷過後的疲倦，我正逐漸沉入熟睡，踏上我們稱之為夢境——魯雅[53]——的旅程中途，來到一座高樓矗立如同幽暗森林的泥濘城市，走在陰鬱的街道上，面容陰鬱的行人擦肩而過，在那兒我遇見了你。整場夢中，或是在另一個故事裡，似乎就算我無法成為別人，你也會愛著我；似乎我必須接受自己的樣貌，就像順服地接受護照上的相片是自己的事實；似乎再怎麼掙扎著扮演別人，也是徒然。似乎隨著我們穿入黝暗的街道，那些歪斜傾覆在我們頭頂的嚇人建築就全都分了開來；一路上，我們的腳步為商店和人行道賦予了意義。

已經事隔多少年了？自從你和我驚異地發現這個魔幻遊戲，一個在我們往後的生命中將不時遭遇的遊戲？那是某個宗教節日的前一天，我們的母親相偕帶著我們來到一間服飾店的童裝部（在過去那段美好的時光裡，我們還不需要分別前往女裝部和男裝部）。在那家比最無聊的宗教課還要無聊的店裡，在某個昏暗的角落，我們發現自己被夾在兩面全身鏡之間，就這樣我們望著我們的倒影不斷增加，且愈來

53 土耳其文rüya（魯雅）意謂夢境。

愈小，延伸入無限遠處。

兩年後，我們一邊翻著《兒童週刊》裡的〈動物俱樂部的朋友〉篇章，一邊嘲笑那些我們認識的、把照片寄到這個單元來的小朋友。這本雜誌我們每個星期都看，默念其中〈偉大的發明家〉專欄。然後，我們注意到書的封底有一張圖畫，一個女孩正在閱讀我們手裡拿著的這本雜誌；當我們細看女孩手裡的雜誌時，我們發覺圖畫裡面另有圖畫：我們手裡拿的雜誌，封底是一個女孩手裡拿著雜誌，而那本女孩拿著雜誌的雜誌封底，是一個女孩手裡拿著雜誌。就這樣，同一個紅髮女孩、同一本《兒童週刊》，不斷往裡面繁殖，愈來愈小。

後來我們慢慢長高了，彼此漸行漸遠，某個星期日早上，我在你家的早餐桌上看到一罐市面新推出的黑橄欖醬——這種東西只有在你家才看得到，因為我家不吃——罐子上也有同樣的圖片畫法。上頭的標籤寫著收音機裡常播放的廣告詞：「哇，你竟然在吃魚子醬！」「噢，不是的，這是『卓越牌』黑橄欖醬。」標籤的背景是一幅完美幸福家庭的圖畫，父母和子女圍坐在桌邊吃早餐。我指給你看罐子標籤的圖畫裡擺在桌子上的罐子，它的標籤上又有另一個罐子的圖畫，你馬上領悟到，畫著橄欖醬罐子和幸福家庭的圖畫一層又一層地往裡面增生，愈來愈小。就是在那個時候，我們兩人都明白了接下來我要講的童話故事的開頭，然而卻不知道它的結局。

男孩和女孩是堂兄妹。他們在同一棟公寓大樓裡長大，爬上同樣的階梯，一起狼吞虎嚥地搶食土耳其甜點和印著獅子浮雕的椰子糖。他們一起寫功課，為同一隻蟲子分心，玩捉迷藏互嚇對方。他們年紀相仿，上的是同一所學校，看的是同樣的電影，聽的是同樣的廣播節目和唱片。他們閱讀同一本《兒童週刊》，同樣的書籍，翻遍同樣的衣櫃和箱子找到同樣的氈帽、同樣的絲面紗、同樣的靴子。有一天，一個故事講得很好聽的成年堂哥順路來訪，他們急匆匆地把他手裡的書搶下來，翻開來閱讀。

男孩和女孩起初覺得很好玩，書裡充滿了古老的文字、華而不實的用詞和波斯面孔；很快地他們就看膩了，把書丟到一邊。儘管如此，為了說不定裡面會有什麼有趣的圖畫，像是酷刑場景、裸體或潛水艇，他們還是忍不住好奇地翻完了整本書，最後甚至真的讀了起來。他們發現這本書實在是冗長得可怕。不過，在最開頭的地方，有一段男女主角之間的愛情戲，兩人之間的愛情描寫得無比美麗動人，男孩看了不禁心生嚮往，滿心期望自己就是書中的男主角，能夠深深墜入情網。因此，當男孩察覺到自己出現了愛情的徵狀，就如同書中接下來寫到的那樣（吃飯很匆忙、編造各種理由去找女孩、再怎麼渴也喝不完一整杯水），男孩才明白，原來在那個奇妙的剎那，當他們一起拿著書分別用手指撥弄書頁的兩角時，他就愛上了女孩。

所以，當他們用手指撥弄著書頁的兩角時，正在讀的故事是什麼？這個故事是發生在很久很久以前，關於生長在同一個部族裡的一對男孩和女孩。這對男孩和女孩名字叫做「愛」與「美」，他們居住在沙漠的邊緣，出生於同一個夜晚，受教於同一位老師（「瘋狂」教授），在同一個噴泉周圍漫步，並雙雙墜入情網。多年之後，男孩向女孩求婚，但部落裡的長老開了一個條件，要他前往「心之大地」，去把一種特別的煉金配方帶回來。男孩出發了，一路上遭遇到重重困難：他跌進一口井裡，被一個彩面女巫捉去當奴隸；他在另一口井裡看見了成千上萬的臉孔和影像，陷入迷亂；他愛上了中國皇帝的女兒，只因為她酷似他的摯愛；他從井底爬出來，被關入城堡裡；他跟蹤別人也被人跟蹤，掙扎著度過嚴冬，長途跋涉，追尋線索和記號；他一頭栽進文字之謎，傾聽故事也訴說故事。最後，偽裝起來跟蹤他、協助他度過難關的「詩」告訴他：「你就是你的摯愛，你的摯愛就是你；難道你還不了解嗎？」直到這個時候，故事中的男孩才想起自己是如何愛上女孩的，那時他們正在同一個老師的教授下，閱讀著同一本書。

而「他們」所一起閱讀的書，內容敘述一個名叫「歡騰國王」的君主愛上了一個名叫「永恆」的俊美青年。儘管暈頭轉向的國王完全搞不清楚怎麼一回事，但當你看到故事中的這兩個人共同閱讀著第三個愛情故事時，你已經猜測出他們將會墜入情網。那篇愛情故事中的情侶將會因為一本書中的另一個愛情故事而陷入愛河；而那個故事中的情侶，又將會因為閱讀另一則愛情故事而愛上彼此。

多年以後，在我們一起到服飾店、閱讀《兒童週刊》、研究黑橄欖醬瓶之後又過了許多年，我才發現，我們的記憶花園也正如這些愛情故事般，彼此相通、連接，形成一串緊緊相扣的故事之鍊，無限延伸，就好比有數不盡的門，開往數不盡的房間。然而，那時的你已經離家，而我也投入了虛構的世界，展開自己的故事。所有的愛情故事都是憂傷、動人、悲哀的，無論是發生在阿拉伯沙漠中的大馬士革、中亞草原上的呼羅珊、阿爾卑斯山腳的維若那，還是底格里斯河畔的巴格達。更悲哀的是，這些故事總是莫名地縈繞人心，讓人輕易地把自己投射到那最真誠最受苦的憂鬱英雄身上。

倘若有一天，有人（或許是我）終究提筆寫下了我們的故事，這個我仍猜不出結局的故事，那麼，我不知道讀者是否能立刻把自己投射到你我身上，就好像我在閱讀那些愛情故事時一樣；而我也不知道我們的故事是否會縈繞於讀者心中。但我很清楚，總會有某些段落能夠讓各個故事和各個主角與眾不同，獨一無二，因此，我打算盡己之力：

有一次我們共同去拜訪友人，在一間香菸藍煙繚繞的窒悶房間裡，你聚精會神地傾聽坐在旁邊的人講述一個冗長的故事，但時過午夜，你臉上的表情卻逐漸開始透露出「我不在這裡」；我愛那時的你。你無精打采地在你的一堆套頭衫、綠毛衣和捨不得丟的舊睡袍之中尋找一條皮帶，翻了一會後，你忽然驚覺敞開的衣櫃裡被自己弄得一團亂，頓時一抹做錯事的表情浮上臉龐；我愛那時的你。在那段你心血來潮想要長大後成為藝術家的日子中，有一次爺爺陪著你坐在桌邊學畫一棵樹，他無緣無故嘲笑你，但你並沒有對他生氣，反而笑了起來；我愛那時的你。穿著紫色外套的你登上了共乘小巴，正當轉身要甩上車門的那一剎那，一個五里拉硬幣跌出你手中，以一條完美的弧線滾進水溝蓋的柵欄間，你臉上露出一種調皮的驚訝；我愛你的表情，我愛你。一個晴朗的四月天，你發現早晨掛在我們小陽臺上晾的手帕竟然還是濕的，這才領悟到自己被耀眼的太陽給騙了，但馬上你又被屋後一處空地的陣陣鳥鳴所吸引，你側耳傾聽，流露出滿臉嚮往；我愛那時的你。我不經意地聽見你跟另一個人描述我倆共同去看的一部電影，在憂懼中我才明白，原來你和我的記憶與理解是如此地截然不同；我愛那樣的你，我愛你。你拿著一份有大量插圖的報紙窩進角落，閱讀某位教授在一篇文章裡高談闊論近親通婚的議題，然而我並不在乎你在讀什麼，只是愛看你在讀報的時候微噘起上唇，就像托爾斯泰筆下的某個角色。我愛你在電梯裡照鏡子的模樣，你望著鏡子裡的倒影好像是在打量別人。不知為何，我愛你焦急地翻皮包的樣子，好像在找什麼忽然想起來的東西。我愛你匆忙套上高跟鞋的動作，它們並排在那兒已經等了好久，一隻側躺著像艘窄帆船，另一隻立著像隻蹲踞的貓；而幾個小時後你回到家來，在你脫下沾滿泥巴的高跟鞋，把它們不對稱地放回原位前，我愛看你的臀部、腿和腳不由自主地展現出熟練的搖擺。當你淒然凝望著菸灰缸裡的菸蒂和折斷的焦黑火柴，滿心愁緒不知飛往何處時，我愛你。在例行散步的途中，當我們偶遇一個嶄新的光景，驚訝得不禁懷疑是否太陽從西邊出來的時候，我愛你；我愛的不是街景而是你。某一個冬日，一陣突來的南風吹走了伊斯坦堡的雪和灰雲，烏魯達山出現在天際線、宣禮塔和島嶼後面的地平線上，我愛的不是你指給我看的景色，而是縮著脖子瑟瑟顫抖的你。我愛你那留戀的眼神，注視著賣水小販的疲憊老馬拖著沉重的馬車，上面載滿了陶瓷容器。我愛你取笑那些小氣鬼時的樣子，他們叫大家不要掏錢給乞丐，說因為乞丐其實頗為富有。電影散場後，你找到一條捷徑，讓我們趕在眾人之前走出街道，而不必像他們一樣沿著迷宮般的階梯蜿蜒而上，我愛你那時歡欣的笑容。當我們又撕去一張附有禱告時刻表的教育日曆，我們朝死亡又推近一天後，我愛你用沉鬱嚴肅的聲音，彷彿在宣讀死亡的預兆般，念出包含了肉類、雞豆、肉飯、醬菜和水果盤的每日建議食譜。你耐心教我，在打開老鷹牌鯷魚醬的罐子時，要先把那一片有孔盤子拿下來，然後便能把蓋子整個旋開，我愛你接下來複誦標籤的樣子：「由製造商特列樂帝先生誠摯獻上。」當我注意到冬天清晨你的臉色如同慘白的天空時，或小時候當我看著你過馬路橫衝直撞，闖進我們公寓大樓前的車流中時，我都憂慮地愛你。當你嘴上浮著微笑，仔細端詳一隻降落在清真寺庭院裡的烏鴉棲息在一口擺放在靈柩臺上的棺材上時；我愛你那時的模樣。我愛你模仿廣播劇的配音，表演我們父母吵架的過程。當我用手捧起你的臉，恐懼地在你眼中看見我們未來的生命時，我愛你。儘管我仍然不懂究竟你為何把戒指留在花瓶旁邊，但幾天後當我又在那兒看見它時，我愛你。當我覺察在我們無休無止、恍若神話之鳥滑過天際的纏綿結束前，你透過笑語和創意也一起投入了莊嚴的狂喜時，我愛你。當你把蘋果橫切，露出完美的星狀果核時，我愛你。當我在一天的某個時候，發現我的書桌上有一綹你的頭髮，卻搞不懂它是怎麼來的；或者，當我們一起搭上擁擠的市公車，你我的手擠在眾人的手之中並排著緊握拉捍，而我注意到我們的手一點也不相似時，我愛你就如同我愛自己的身體，就如同我正在尋覓的遺失靈魂，就如同我在悲喜夾雜中所領悟到的自己無法成為的另一個人。我愛你。當你望著一列火車駛向未知的目的地時，臉上浮現一抹神祕的表情；當一群烏鴉厲聲鳴叫著瘋狂沖天，當傍晚時分突然停電，屋裡的黑暗逐漸和屋外的光亮互相交替時，那一模一樣的憂傷神情又再度浮現你臉龐。我帶著每次見到你那副神祕憂傷面容時的滿心無助、痛苦和嫉妒，無可自拔地愛著你。

32 我不是精神病患，只是你的一個忠實讀者

我把你當作我的鏡子。——蘇萊曼・卻勒比[54]

卡利普在早晨七點醒來——如果這可以算醒來的話——兩天以來，昨天晚上他才首度入睡。凌晨四點他醒來一次，聽完了早禱的呼喚後又回去睡，但才睡一個小時他又醒了。在中間那段清醒的時間裡發生了什麼事，他腦中又起了什麼念頭？事後他努力回想，只記得自己彷彿去了一趟耶拉在文章裡經常提起的「半夢半醒之間的神祕國度」。

就好像一個人筋疲力竭地度過了好幾個失眠夜後在熟睡中驚醒，或是如同許多累垮的可憐人醒來之後發現不是躺在自己的床上。卡利普也一樣，當他四點醒來，他一時間搞不清楚這張床、這個房間、這個公寓，甚至自己為什麼會在這裡，不過他沒有費太大的勁，就從撲朔迷離的記憶中走了出來。

所以，當卡利普看到書桌旁擺著他臨睡前留在那兒的箱子時，並不覺得困惑，而是開始從這個裝滿了耶拉的扮裝行頭的箱子裡拿出各種熟悉的物品：一頂瓜皮帽、蘇丹的包頭巾、長袍、手杖、靴子、染色的絲襯衫、各種形狀與顏色的假鬍子、假髮、懷表、眼鏡框、頭飾、氈帽、絲質腰帶、匕首、禁衛軍

54 蘇萊曼・卻勒比（Suleyman Celebi），十四世紀的性靈詩人，是安那托利亞地區最早的著名詩人。

飾物、袖口、其他一堆零零散散的雜物，都是在貝佑律的艾羅先生店裡買的，這間有名的商店販賣各種道具和戲服，專門提供給土耳其電影製作人拍古裝片用。接著，彷彿想起了內心深處的一段回憶般，卡利普的腦海浮現耶拉穿著一身戲服夜遊貝佑律的景象。然而，這些微服出巡的畫面就如不久前出現在他夢中、此刻依然縈繞不去的泛藍屋頂、整潔巷道及幽微人影，對卡利普而言，也屬於那「半夢半醒之間的神祕國度」：算不上神祕也算不上真實的驚奇；難以理解但也不是無法理解的奇景。在夢裡，他試圖尋找一個地址，它存在於大馬士革和伊斯坦堡地區，也出現在凱爾斯的郊區，結果他很輕易就找到了，簡單得像是報紙綜藝增刊中的填字遊戲，隨便就能想出幾個字來。

由於卡利普仍然沉浸在夢的魔咒下，因此當他看到書桌上擺著一大本姓名住址簿時，心裡湧上一股巧合的雀躍，彷彿那是一個幕後黑手所留下的痕跡，或是一個像孩子般愛玩捉迷藏的神祇所給予的提示。他讀著書裡的地址和寫在它們對頁的句子，忍不住微笑，很高興能活在這樣的世界裡。天曉得全伊斯坦堡和安那托利亞有多少仰慕者，正等待著有一天能夠在耶拉的專欄裡發現這些句子？而其中有些人或許已經讀到了。卡利普推開睡夢的迷霧，努力回想，他在耶拉的作品中看過這些句子嗎？是不是很多年前曾讀過呢？就算不記得有讀過，但他知道，他曾經從耶拉的口中直接聽過某些句子——例如「讓事物得以不凡的，是它獨一無二的平凡之處」、「讓事物得以平凡的，是它獨一無二的不凡之處」。

而就算有些句子在耶拉的作品和對話中找不到，他也記得曾經在別的地方看過，比如說謝伊．加里波兩個世紀前所寫的訓誡，內容關於兩個名叫「愛」與「美」的孩童的學校生活。

「神祕乃至高無上，必當恭敬以待。」

還有一些他不記得在耶拉的作品或任何地方看過，但感覺似曾相識，好像他在耶拉的作品和其他地方都有見過。譬如說，有一個句子，似乎針對一位居位在貝敘塔希區賽倫瑟貝的法倫汀．達基朗提出暗示：「這位先生，儘管理智正常，卻幻想自己多年來渴望相見的孿生妹妹將會在審判和解放之日以死亡之姿出現在他面前——想到這一天，很多人腦中浮現的畫面是他們把自己的老師痛毆一頓，或者更簡單一點，滿心愉悅地殺死自己的父親——於是，他過著遺世獨立的生活，足不出戶，沒有人知道他身在何方。」究竟「這位先生」會是誰呢？

天色逐漸變亮，卡利普在一股衝動下把電話線接了回去。他梳洗完畢，把冰箱裡僅存的食物翻出來吃，然後等晨禱的呼喚一結束，又躺回耶拉的床上睡覺。就在他即將入睡時，在那半夢半醒之際，從白日夢墜入夢境的過場中，年幼的他和魯雅乘著小船划過博斯普魯斯海峽。他們身邊沒有伯母、母親，也沒有半個船夫：與魯雅獨處讓卡利普覺得很沒有安全感。

醒來的時候電話正在響。等他伸手搆到話筒，他已經說服自己電話另一頭必然又是那個熟悉的聲音，不會是魯雅。一個女人的聲音傳來，他嚇一大跳。

「耶拉？耶拉，是你嗎？」

聲音並不年輕，也完全陌生。

「是的。」

「親愛的，親愛的，你跑到哪裡去了？我打了好幾天電話，找不到你，啊！」

最後的一聲嘆息，變成了一聲啜泣，然後女人哭了起來。

「我認不出你的聲音。」卡利普說。

「認不出我的聲音！」女人模仿卡利普的語調。「他說他認不出我的聲音。他竟然對我這麼客套。」

停頓了一會後，她像個自信滿滿的玩家攤出手中的牌，有點又賊又傲地說：「我是艾米妮。」

卡利普對她的名字毫無印象。

「對！」

「對？這就是你要說的？」

「過了這麼多年……」卡利普咕噥著。

「親愛的，終於，過了這麼多、這麼多年。你能想像當我讀到你在專欄中呼喚我時，心裡有什麼感覺嗎？我等待這一天等了二十年。你能想像當我讀到期盼了二十年的那句話時，是什麼感覺嗎？我想大聲喊出來，讓全世界都聽見。我幾乎陷入瘋狂；我花了一段時間克制自己；我哭啊哭。你知道，瑪哈姆因為涉入那些什麼革命事業，被迫退休。不過，他反正還是每天出門在外頭忙東忙西的。他才一腳跨出大門，我就溜上街。我一路跑到古圖路斯。但是，我們的街道那兒什麼都沒留下了，都沒有了。一切都變了，全拆了，什麼都沒留下了。我們的老地方再也找不到了。我站在大馬路中央哭了起來。路人可憐我，拿水給我喝。當下我轉身回家，收拾行李，趁瑪哈姆回來之前離開。親愛的，我的耶拉，現在告訴我要去哪裡找你？過去七天以來，我一路流浪，待在不同的旅館裡，借住遠親家，覺得自己到處不受歡迎，又隱藏不住我的羞恥。我打了好幾通電話到報社去，他們卻只回答『不知道』。我打電話給你的親戚，同樣的答案。我打了這個號碼，沒有人接。除了幾樣隨身用品外，我什麼也沒帶，我什麼都不要。我聽說瑪哈姆像個瘋子一樣到處找我。離開時我只留給他一封短信，沒多做解釋。他完全想不透我為什麼離家出走。沒有人懂，我沒有告訴任何人原因。親愛的，我不曾向任何人透露我倆的愛情，那是我一生的驕傲。接下來會怎麼樣呢？我很害怕。如今我是自己一個人了。我不再有任何責任。你再也不用心煩意亂，擔心你的胖兔寶寶得在晚餐前回家等她的丈夫了。孩子都已經長大了，一個在德國，另一個在當兵。我的時間、我的生命、屬於我的一切，全都是你的了。我會替你熨衣服，替你收拾書桌，整理你鍾愛的作品；我會為你換枕頭套；除了我們空蕩蕩的幽會愛巢之外，我不曾在別的地方見過你；我對你真正的居所、你的物品、你的書籍感到好奇極了。親愛的，你在哪裡？我要如何才能找到你？為什麼你不在專欄裡留下你家地址的密碼？給我你的地址。這麼多年來，你也一直在回想，對不對，回想從前？我們將再一次獨處，下午的時候，回到我們只有一個房間的石屋裡，陽光透過菩提樹葉流瀉而入，灑落在我們的臉龐、玻璃茶杯和我們交纏的雙手上。可是耶拉，那房子已經不在了！它被拆掉了，消失了；也不再有亞美尼亞人，或任何老式商店了……你注意到這件事嗎？還是你原本希望我回到舊地，把眼淚哭乾呢？為什麼你不在文章裡提起？你可以寫任何題材，你也該寫下這件事。你怎麼不跟我說話？在經過了二十年後說點什麼吧！你的手心是不是仍會因為尷尬而冒汗？你睡覺的時候臉上是不是仍掛著孩子氣的表情？告訴我。叫我『親愛的』……我要如何才能見到你？」

「親愛的女士，」卡利普小心翼翼地說：「親愛的女士，我已經忘了所有的事情。想必是有一些誤會，因為我已經好幾天沒有給報社任何稿子了。這陣子他們所刊登的都是我二、三十年前的舊文章。你懂嗎？」

「不。」

「我並沒有意思要向你或任何人傳達什麼密碼文句。我已經不再寫作了。編輯是拿我的舊專欄重新刊登，所以那個句子必然是二十年前的文章裡的。」

「騙人！」女人大喊：「你騙人。你仍然愛著我。你瘋狂地愛著我。你總是在文章裡提到我。當你寫到伊斯坦堡最美麗的景點時，你所描述的街道正是你我歡愛的屋子所在；你描寫的是我們的古圖路斯，我們的小窩，而不是隨便哪個單身漢的公寓。你在花園裡看到的，是我們的菩提樹。你提到魯米筆下的圓臉佳人時，並不是為了賣弄華麗辭藻，而是在形容你自己的圓臉愛人：我……你提到我的櫻桃小口、彎月細眉……是我啟發你寫下這些字句。在美國人登陸月球的文章裡，我知道當你形容到月球表面的陰影時，是在影射我臉頰上的雀斑。我親愛的，不准你再否認了！『那令人恐懼的無底深井』，指的是我的眼睛，而我很感謝你這麼寫，它讓我哭了。你說『回到那間公寓』，自然而然指的是我們的小屋，但我知道，你為了不讓任何人猜到我們祕密幽會地點，你被迫描述尼尚塔希的一棟六層樓電梯公寓。十八年前，我們在古圖路斯的小房子裡纏綿，整整五次。求求你不要否認，我知道你愛我。」

「親愛的女士，就如你說的，那是很久很久以前的事了。」卡利普說：「我什麼都記不得了。我逐漸忘記一切了。」

「我親愛的耶拉，這不可能是你。我就是不相信。你是不是被綁架了？是不是有人逼你這麼說？你旁邊有人嗎？告訴我實話，告訴我這些年來你始終愛著我，這樣就夠了。我已經等了十八年，我可以再等十八年。就這一次，告訴我一聲你愛我。好吧，至少告訴我當時你曾經愛過我。說一聲我曾經愛過你，那麼我就會掛掉電話，永遠不再來煩你。」

「我愛過你。」

「叫我親愛的……」

「親愛的。」

「噢，不是這樣，帶著感情說！」

「拜託，親愛的女士！過去的事就讓它過去吧。我已經老了，或許你自己也不再年輕了。我不是你幻想中的那個人。我懇求你，向前看，忘掉這個不愉快的玩笑，一切都是某個編輯上的錯誤造成的無心之過。」

「噢，我的天！現在我該何去何從？」

「回家去，回到你丈夫身邊。如果他愛你，他會原諒你。編個故事，如果他愛你就會相信你。別再耽擱了，趁你忠實的丈夫心碎之前趕快回家。」

「我希望能夠在十八年後再見你一面。」

「女士，我已經不是十八年前的那個我了。」

「不，你還是那個人。我讀了你的文章，我知道有關你的一切。我滿腦子都是你，滿腦子。告訴我：救贖之日近在眼前，對不對？誰會是那位救世主？我也一樣在等待祂。我知道祂就是你，其他很多人也都知道。所有的謎都在你身上。你將不會騎著白馬抵達，而是乘坐一輛白色的凱迪拉克。每個人都夢到同樣的畫面。我的耶拉，我是多麼愛你。讓我再見你一次，遠遠地就好。我可以站在公園的一角遠遠看你，比如說，馬喀區的公園。五點的時候到馬喀公園來。」

「我親愛的女士，很抱歉我得掛了。在掛電話前，請原諒這位年老的隱士想要仗勢這份他擔當不起的愛情，要求你一件事。請告訴我，你是怎麼得到這個電話號碼的？你有我的任何一個地址嗎？這對我非常重要。」

「假使我告訴你，那麼你會讓我看你一眼嗎？」

停頓。

「我會。」卡利普說。

「可是你得先給我你的地址。」女人狡猾地說：「坦白講，經過十八年後，我不再信任你。」

卡利普考慮了一會。他可以聽見女人緊張的呼吸聲，像具老舊的蒸汽引擎——他有種感覺，說不定有兩個女人——也能聽見她背後的收音機傳來的音樂，那讓他聯想到的不是「土耳其民族音樂」中的愛恨情愁，而是爺爺奶奶的最後幾年和他們的香菸。卡利普試圖想像那個房間，一臺老舊的大收音機立在一個角落，一個哽咽啜泣的中年女人拿著話筒，坐在另一個角落的破扶手椅裡。然而他腦中浮現的畫面卻是兩層樓之下、爺爺奶奶曾經坐著抽菸的房間：他和魯雅從前常在那兒玩「看不見」的遊戲。

一段停頓之後，卡利普才剛開口說：「地址是……」就被女人聲嘶力竭的叫喊打斷：「不要，不要告訴他們！他正在竊聽！他也在這裡。他逼我講話。耶拉，親愛的，不要說出你的地址，他打算過去殺了你。啊……喔……啊！」

緊接著最後一聲呻吟，卡利普聽見一陣怪異、恐怖的金屬聲響和模糊不清的碰撞噪音，透過用力壓在耳朵上的話筒傳來。他猜想有一場扭打。再來是砰的一聲巨響：可能是槍聲，不然就是話筒在搶奪的過程中摔到地上。隨之而來的是一片寂靜，不過也不算是全然死寂，因為卡利普聽見收音機從後面傳來歌聲，蓓席葉．阿克索伊唱著：「負心漢，負心漢，你這個負心漢啊！」也能聽見女人在另一個遙遠的角落啜泣的哭聲。電話線的那頭傳來沉重的呼吸聲，但拿起話筒的人並沒有開口。這些音效就這樣持續了很久。收音機換了另一首歌，呼吸聲和女人單調的哭泣沒有停止的跡象。

「喂！」卡利普驚懼地喊：「喂！喂？」

「我，是我。」終於，一個男人的聲音說，是他這幾天來聽到的同一個聲音，那慣常的聲音。他的語調沉穩、冷靜，甚至像是在安撫卡利普，總結一段不愉快的話題。「艾米妮昨天全招了。我找到她，把她帶回來。先生，你讓我想吐！我要讓你死得很難看！」接著，像一個裁判宣布一場冗長沉悶、令人索然生厭的比賽結束般，他用一種公正的語調補充：「我要殺了你。」

一片沉默。

「也許你也聽見了，」卡利普出於職業習慣說：「那篇專欄是一場誤會，它其實是舊文章。」

「不用多說了。」瑪哈姆說。他到底姓什麼？「我都聽見了，我已經聽完所有的故事了。但那並不是我要殺你的原因，雖然它確實讓你罪加一等。你知道我為什麼要殺你嗎？」然而他並不是要耶拉——或卡利普——回答；他似乎早已準備好答案。卡利普一如往常地聽著。「不是因為你背叛了或許能改變這個散漫國家的軍事行動；不是因為你在事後揶揄那些勇敢的軍官和忠貞的人民，而他們卻因你展開這些愛國工作，結果群龍無首，最後反倒落得屈辱的下場；也不是因為你坐在安樂椅裡編造各種陰險可恥的白日夢，而他們卻在你的文章的驅策下鋌而走險，懷著崇敬欽佩之心把他們的政變計畫和房子送給你；甚至不是因為你竟能夠利用這群被你操縱、帶你進家門的善良愛國民眾，陰險地實現你的夢想；也不是因為你誘拐我可憐的妻子——我長話短說——當我們全都被革命熱潮給沖昏了頭的那段日子，她精神崩潰了。不，我殺你是因為你誘拐了我們所有人，整個國家，你騙了我們，你用譁眾取寵的題材、暗示的修辭、一針見血的文筆偽裝，掩蓋住你無恥的夢想、可笑的恐懼和信口胡說的謊言，年復一年地讓它偷偷滲入整個國家，以及我的腦中。但如今我看清楚了。該是讓別人也明白的時候了。記得那個雜貨店老闆嗎？當初你嘲弄似的聽他的故事，對他嗤之以鼻，是啊，而現在我也將替他報仇。整整一個星期，我搜遍城市的每一吋土地，尋找你的蹤跡，終於明白唯一的解決方法：這個國家和我必須忘掉我們學到的一切。是你自己寫的，我們最終要拋棄所有的作家，歷經他們最初的殞落到最後的葬禮，直到他們永遠沉睡在遺忘的無底深淵。」

「我全心全意贊同你說的每句話。」卡利普說：「我告訴過你，等我寫完最後幾篇，以清空我記憶中不斷湧出的最後幾片碎屑後，我打算徹底放棄寫作，不是嗎？順便一問，你覺得今天的專欄怎麼樣？」

「你這不要臉的混蛋，你難道沒有半點責任感嗎？知不知道什麼叫奉獻？什麼叫誠信？什麼叫博愛？這些字對你沒有半點意義嗎？還是你只會嘲笑被這些觀念吸引的呆子，扯讀者的後腿，刊登文章消遣他們？你懂不懂什麼叫道義？」

卡利普想回答「我懂！」，不是為了替耶拉辯護，而是這個問題觸及他內心。然而電話那頭的瑪哈姆——他的全名是穆罕默德嗎？——卻開始一連串咒罵，滔滔不絕口沫橫飛。

「閉嘴！」好不容易罵完了所有想得到的髒話後，他大喊。「夠了！」一陣寂靜後，卡利普才搞懂他是在對角落裡依然哀哀哭泣的妻子說話。他聽見女人的聲音在解釋什麼，然後收音機關掉了。

「你明知她是我的堂妹，所以故意寫一些自作聰明的文章，貶低家族戀情。」自稱瑪哈姆的聲音繼續說：「即使你再清楚不過，這個國家有半數的年輕女子嫁給她們阿姨的兒子，有半數的年輕人則娶了他們叔叔的女兒，但你仍滿不在乎地寫那種無恥的文章來嘲笑近親通婚。不，耶拉先生，我娶她不是因為我這輩子沒機會遇到別的女孩，也不是因為我懼怕非親戚以外的其他女人，更不是因為我不相信除了我母親我姑嬸阿姨和她們的女兒之外，會有別的女人願意真心愛我或耐心待我。我娶她是因為我愛她。你能想像擁有一個青梅竹馬是什麼感覺嗎？你能想像一輩子只愛一個女人是什麼感覺嗎？我愛了這個女人五十年，而她現在卻在為你哭泣。我從小就愛她，你了解嗎？我仍然愛著她。你懂不懂什麼是愛？你懂不懂什麼是殷切地望進一個人的眼裡，一個讓你完整的人，像是你夢中自己的身體？你懂不懂什麼是愛？這些字眼，除了讓你當作素材，用卑鄙巧妙的文筆寫作童話故事，引導你那些輕信盲從的智障讀者外，對你沒有任何作用嗎？我真可憐你。我瞧不起你。我為你感到難過。你這輩子除了玩弄文字之外，究竟還做了些什麼？回答我！」

「我親愛的朋友，」卡利普說：「那是我的工作。」

「他的工作！」另一頭的聲音大吼，「你把我們耍得團團轉！我以前是那麼相信你。我同意你在那些華而不實的論文中所說的，你殘酷指出我的一生只是一場悲慘的展示，只是一連串愚蠢和欺騙，一段無止境的噩夢，以及一部奠基於可憐、卑微和粗俗的經典平庸之作。不但如此，在知道自己的卑賤後，我曾經自豪於能認識一位思想崇高、文筆有力的偉大人士，而且還與他交談過，甚至在一場流產政變中曾一度與他共事。你這個混帳無賴，我曾經是那麼地仰慕你，以至於我聽信你所說的：不只是我的懦弱造成了我一生的苦命，甚至整個國家的懦弱都導致它如此的下場。而我時常懷疑自己究竟哪裡錯了，使得懦弱成為我的人生之道，同時把你視為勇氣的模範，雖然現在我知道你其實比我還沒種。我曾經是那麼地崇拜你，以至於我讀遍了你的每一篇專欄，甚至包括你年輕時的回憶，其實那些事情誰都經歷過，只是你不曉得而已，因為你對周圍的人完全沒有興趣。我讀了所有那些專欄，關於你小時候居住在一棟公寓大樓，那裡的陰暗樓梯間裡有一股炸洋蔥的氣味；關於你夢到了妖魔和鬼怪，還有關於你靈魂出竅的胡說八道。我不但自己閱讀了千百遍，希望能看出內容可能蘊藏的驚喜，我還叫我太太也讀，晚上我們常常花好幾個小時討論這些文章，然後那時我會認為唯一值得相信的東西便是文章裡暗示的祕密意義。最後我相信自己已經明白了那個祕密意涵——也就是沒有意義，到頭來我才發現。」

「我從來沒有想過要引起這樣的仰慕。」卡利普鼓起勇氣說。

「你騙鬼啊！你一輩子的文學事業就是仰賴人群中像我這種馬屁精。你回信給讀者，向他們要照片，你檢查他們的筆跡，你假裝要洩露祕密、文句、神奇字眼……」

「全都是為了革命，為了審判之日，為了救世主的到來，為了解放的時刻……」

「然後呢？當你放棄之後又該如何？」

「啊，至少讀者終究還能夠相信一些東西。」

「他們相信的是你，而這讓你得意忘形……聽著，我是如此地仰慕你，以致當我讀到你一篇特別精采的文章時，會激動得從椅子上跳起來，淚流滿面。我會興奮得坐立難安，在房間裡來回踱步，到街道上走動，滿腦子想著你。不止這樣，我想你想到超越了幻想的界線，甚至在我迷濛的腦海中我們兩人之間的分野已經消失無蹤。不，我從不曾過分地以為自己是文章的作者。請記住，我不是精神病患，只是你的一個忠實讀者。然而在我看來，似乎我也有所貢獻，以一種奇怪的方式，一種太複雜而解釋不清的方式，我也參與創造你那些精采的句子、聰明的創新和概念。似乎如果沒有我，你就無法生出那些想法。別誤會我的意思，我不是說你從我身上偷了什麼東西，而且絲毫沒有想過要徵詢我的同意。我不是說胡儒非教派在我心底產生的種種啟發，也不是說關於我在我所寫的書的最後面發現的道理，我一直找不到人願意出版這本書。反正它們都是你的。我想要講的是，那種感覺就好像我們共同想到同一件事情，就好像你的成功我也有份一樣。你懂我的意思嗎？」

「我懂，」卡利普說：「我也寫過這類的句子。」

「對，在你那篇因為一時不察而又重刊一遍的可恥文章裡。但你並沒有真正明白我的話，要是你真聽懂的話，你早就插嘴了。那就是為什麼我要殺死你，就是這個原因！因為你根本不懂還裝懂，因為你根本不曾與我們相處過，卻囂張地把你自己灌輸到我們的靈魂中，趁深夜出現在我們的夢裡。這些年來，我狼吞虎嚥地閱讀你所有作品，逐漸相信自己對這些優秀的文章也有所貢獻，然後三不五時地，我會回憶起當我們還是朋友時的美好時光，我們曾經一起談論——或者有可能曾經一起談論——那些相同的觀點。這種想法一直在我腦海中揮之不去，我不停幻想著你，因此每當我遇到你的仰慕者時，聽到他們對你的滿口讚美就好像是對我說的；彷彿我和你一樣出名。關於你神祕私生活的謠言，似乎證明了我不只是另一個普通人，而是一個受到你神一般的影響力所感染的人；似乎我也和你一樣是個傳奇人物。一點一點地，因為你的關係，我將變成另一個人。最初的幾年裡，每當我在公共客運渡輪上聽見有些市民邊看報紙邊討論你，我就會忍不住想大聲衝口而出說：『我正好認識耶拉．撒力克，還熟得很呢！』然後向他們透露你和我彼此共享的祕密，得意地享受眾人的驚奇和崇拜。後來，這股衝動變得更加強烈。只要遇到有什麼人在讀你的文章或在談論你，我會忍不住想當場宣布：『先生們，耶拉．撒力克就在你們附近，非常近，事實上，其實我就是耶拉．撒力克本人！』這個念頭就如波濤洶湧，讓人無比陶醉，以致每每我準備開口表白時，心臟就開始狂跳，額頭也冒出大滴的汗珠，一想到驚愕的群眾一臉崇拜的表情，我就幾乎要昏厥過去。我之所以從不曾真的帶著喜悅和驕傲喊出那句話來，原因不是因為覺得太蠢或太誇張，而是因為這句話光是從我腦中閃過就已經足夠了。你懂我的意思嗎？」

「我懂。」

「我曾經是帶著何等得意的心情閱讀你寫的東西，覺得自己和你一樣有智慧。人們所讚美的不只是你，也包括我，這點我很確定。我們兩個是一起的，遠離凡夫俗子。我太清楚你了。因為我也和你一樣，厭惡那些上電影院、看足球賽、趕市集和參加慶典的群眾。你認為他們永遠成就不了任何事，冥頑不靈的他們最後的結局總是一再地重蹈覆轍。他們一方面是最無辜的受害者，遭遇了那麼多令人心痛落淚的悲苦與貧困，然而另一方面，他們其實正是肇禍的罪人，或者至少是共犯。我實在受夠了他們的那些假救世主、他們近年來的幾位總理和他們最新的愚行、他們的軍事政變、他們的民主、他們的痛苦折磨，還有他們的電影。這就是為什麼我喜愛你。現在我忍不住激動地回想，過去每次我讀完你的一篇新文章後，胸中就會湧起一股無比的興奮，臉上流滿了淚水，告訴自己：『這就是為什麼我愛耶拉．撒力克啊！』一直到昨天以前，我都還像隻仿聲鳥在唱歌似的，向你證明我記得你每一篇舊作的字字句句。你曾經想像過自己會有像我這樣的讀者嗎？」

「或許，多多少少……」

「聽著，如果是那樣的話……在我可悲的生命中某個遙遠的時刻，在我們低賤的世界裡某個平凡乏味的剎那，有一個粗魯的混蛋把共乘小巴的車門用力摔上，夾傷了我的一隻手指。為了確保有一小筆賠償會進入我的退休金裡——搭乘公共交通工具途中受到輕傷——我不僅得填寫必要的文件，還得忍受一個自以為是的傢伙在旁邊囉嗦。這時，一個想法突然浮現我腦海，就像一個救生圈，讓我緊抓不放：『要是耶拉．撒力克碰到這種情況，他會怎麼做？他會說些什麼？不知道我的行為像不像他？』過去二十年來，這個問題變得像是一種病。常常，當我在親戚的婚禮上為了表現親和而與別的賓客圍成圓圈跳哈拉伊土風舞時；或是當我在附近咖啡店裡玩牌打發時間，因為贏了一輪蘭姆琴酒而開心大笑時，我會猛然想到：『耶拉會這麼做嗎？』這個念頭足以破壞我整晚的興致，毀了我的一生。這輩子我都在問自己：耶拉．撒力克當下會怎麼做，耶拉．撒力克此刻在做什麼，耶拉．撒力克現在正想些什麼？如果光是這樣也還好，然而似乎這還不夠，另一個問題總會懸在我心頭：『不知道耶拉．撒力克會怎麼想我？』我規勸自己，你根本不記得我，更不會想到我，你心裡甚至不曾有一秒鐘閃過有關我的念頭。於是問題換成另一種形式：假使耶拉．撒力克現在看到我，他會怎麼想？假使耶拉．撒力克看到我吃完早餐後仍穿著睡衣，抽菸發呆，他會怎麼說？假使耶拉．撒力克目睹我在渡船上斥責那個騷擾鄰座穿迷你裙的已婚女士的變態，他會做何感想？假使耶拉．撒力克知道我把他所有的文章剪下來，收進ONKA牌的檔案夾裡，他會覺得如何？假使耶拉．撒力克發現了我對他和生命的這一切想法，他會說什麼呢？」

「我親愛的讀者和朋友，」卡利普說：「告訴我，為什麼這些年來你從沒找過我？」

「你以為我沒想過嗎？我害怕。別搞錯我的意思，我不是怕被誤會，怕自己忍不住在那種場合下阿諛諂媚，把你最平凡的論調當成絕世經典般吹捧，以為你會喜歡有人拍馬屁，或是怕自己不合時宜地大笑，惹你不快。所有可能的場景我都有設想到，也已經想像過千百遍了。」

「你遠比那些場景中的情況聰明得多。」卡利普說。

「我害怕萬一我們見面，等我誠心誠意地表達完那些奉承阿諛之詞後，我們兩人將無話可說。」

「然而，你看，事實卻完全不是那麼回事。」卡利普說：「你看，結果我們竟然開心地聊了這麼久。」

一陣沉默。

「我要殺了你。」那聲音說：「我會殺掉你。就是因為你，使我永遠當不成自己。」

「沒有人能夠做自己。」

「這個論調你寫過很多次了，但你永遠無法像我這樣親身體會，你永遠不可能像我這樣了解這一點……你所謂的『謎』，其實就是你知道這件事但卻不了解它，你寫出了真相但卻無法體會。一個人必須要先和自己成為一體，才有辦法發現這個真相，但如果他真的發現了，那又意謂著他其實並沒有能夠成為自己。你明白其中的弔詭之處嗎？」

「我既是我自己，也是另一個人。」卡利普說。

「沒用的，雖然你嘴裡這麼說，但你心裡並不這麼想。」電話另一頭的男人說：「所以你必須得死。如同在你的作品裡，你說服別人但自己卻不被說服，你成功地讓別人相信你自己並不相信的事。然而，當那些被你矇騙的人察覺到你可以說服別人自己不相信的事時，他們頓時生出一股恐懼。」

「恐懼什麼？」

「恐懼你所謂的『謎』。你難道不懂嗎？我懼怕模稜兩可，懼怕書寫這個虛偽的遊戲，懼怕文字的模糊臉孔。這些年來，當我閱讀你的作品時，常覺得自己一方面身在書桌前或椅子上，另一方面又處於某個截然不同的地方，與故事的作者同在。你真的能夠明白那是什麼感受嗎？被一個不信者所欺騙？發現那些說服你的人自己反而並沒有被說服？我並不是在抱怨是你讓我當不成自己，畢竟我可憐可悲的一生因此而豐富了起來；我變成了你，從此逃離空洞單調的恐怖生活，然而對於那個我稱之為『你』的奇妙實體，我仍保持懷疑。我不知道，但其實我只是不明白我知道。這樣可以算是知道嗎？顯然，我知道我結褵三十年的妻子在餐桌上留下一張沒頭沒腦的道別信後，離開我而消失到了哪裡，但我只是不明白原來自己知道。因為當我地毯式地搜尋整座城市時，我不明白自己不是在找你，而是在找她。但是在尋找她的過程中，我其實不自覺地也在尋找你，原因在於，從我開始一條街一條街地想要解開伊斯坦堡之謎的第一天起，一個討厭的念頭就揮之不去：『如果耶拉．撒力克知道我太太突然離家出走，不曉得他會怎麼想？』我發現此種情況是一個『最耶拉．撒力克式的困境』。我想把一切都告訴你。我認為這就是那個可以拿出來與你討論的完美題材，多年來我一直遍尋不著的完美題材。興奮難耐之餘，我第一次鼓起勇氣與你聯絡，可是我到處找不到你；你不在任何地方。我明知道這一點，但我並沒有察覺。當初為了以備不時之需，我弄到了幾個你的電話號碼，每一個我都打了，就是找不到你。我打給你的親戚，打給疼你的姑姑、敬愛你的繼母、對你怒氣難消的父親，以及你的叔叔。他們全都很關心，儘管你不在那裡。我去了《民族日報》辦公室，你也不在那裡。也有其他人到報社去找你，比如說你的堂弟兼妹夫，卡利普，他想要替英國電視臺的人安排採訪你。在一時衝動下我開始跟蹤他，心想這個作夢似的孩子，這個夢遊者，或許知道耶拉的下落。他不但會知道，我告訴自己，他也一定明白自己知道。我如影隨形地跟蹤他走遍伊斯坦堡，他走在前頭，我遠遠地跟在後頭。我們走上街道，進入高級商業大樓、舊商店、明亮的騎樓和髒亂的電影院，我們穿越有頂大市場，來到沒有人行道的陋巷，越過橋梁，走入伊斯坦堡那些黑暗陰森的區塊，在灰塵、泥巴、穢物中跋涉前行。我們不停地走著，沒有終點。我們就這樣走下去，彷彿對伊斯坦堡無比熟悉，卻又認不得它。我把他跟丟了，接著再找到，然後又再一次跟丟：我再一次找到他，然後又一次失去他的蹤影。有一次，我跟丟了之後，反而是他在一間破爛酒吧裡遇到了我。我們一群人圍著桌子而坐，每個人向大家講一個故事。我很喜歡說故事，卻總是找不到聽眾，不過這一回，眾人全都專心聆聽。故事說到一半，聽眾用好奇而不耐的眼睛注視著我的臉，想從中讀出最後的結局，而我也不禁擔心自己的表情會把結局透露出來，正當我的思緒來來回回在故事和擔憂之間徘徊時，忽然間我恍然大悟，原來我的妻子離開我去找你了。『我早就知道她是去找耶拉，』我想。我心裡知道，可卻從來不明白原來我知道這件事。我一直在尋求的想必就是此種心境。我終於成功地跨越了心底的一扇門，進入一個全新的領域。這麼多年來，我第一次得償心願：同時又是自己，又是另一個人。一方面，我想捏造一些說詞，像是：『這個故事是我從報紙一篇專欄上看來的。』另一方面，我感覺自己好不容易獲得了追求多年的平靜。之前為了查出哪裡可能找到你，我讀遍了你的舊專欄，到頭來卻是穿越了伊斯坦堡的大街小巷，踏上了人行道、商店門口的泥濘臺階，望見了我同胞臉上的無盡憂鬱。但我終究說完了我的故事，也同時領悟出我妻子的去向。不止這樣，正當我聆聽著服務生和高瘦作家在講述他們的故事時，我已預見了自己的可怕下場，也就是我剛才提過的：我被騙了一輩子，從頭到尾被耍得團團轉！我的天！我的天啊！這一切你能夠理解嗎？」

「能。」

「既然如此，聽著！我已得出結論，多年來你以『謎』的名義讓我們苦苦追求的真相，你知道卻不明白、書寫但不了解的真相，其實就是：在這片土地上，沒有任何人能夠做自己！在這片挫敗而壓抑的土地上，一個人的存在就是做別人。我是另一個人，故我在。好吧，所以，如果那個我想要與之交換身分的人碰巧也是另一個人，那怎麼辦？這就是我為什麼說我被誘騙的原因。因為我所閱讀而信賴的偶像，絕不會去偷他的仰慕者的妻子。我想對這群半夜裡圍著桌子說故事的妓女、服務生、攝影師和戴綠帽的丈夫大喊：『喂，你們這群廢物！你們這群人渣！你們這群沒用的人！你們這群倒楣鬼！你們這群微不足道的傢伙！別害怕，沒有人是他自己，沒有半個人是！就連皇帝、貴族、蘇丹、明星，那些你們想要與之交換身分的有錢有勢的人，也都不是！忘了他們，解放你們自己吧！拋開他們，你們就能解開他們告訴你們的神祕故事。把他們殺了！創造你們自己的祕密，找出你們的祕密！』你明白我在說什麼嗎？我要殺了你，不是基於一個丈夫被戴綠帽的憤怒復仇，而是因為我不要被扯進你的新世界。到時候，被你編寫入文章中的整個伊斯坦堡、所有的文字、符號、臉孔，將會重獲它們真正的神祕。『耶拉．撒力克遭到槍擊！』報紙頭條將會這麼寫，『一場神祕凶殺案』。而這場『神祕凶殺案』將永遠不會破案。我們的世界或許將會完全失去原本含糊不清的意義，繼之而起的是一場無政府的混亂，直到那個你不斷提起的救世主來到伊斯坦堡。然而，對我以及許多人而言，這代表著重新恢復過去一度失落的神祕，換句話說，沒有人能夠解開整件凶案背後的祕密。除了重新找回神祕之外，你也很清楚，還有別的可能嗎？關於那種神祕，我在我卑微的書中談了很多，而我知道這本書將透過你的幫助得到出版。」

「不見得，」卡利普說：「你大可以去製造最神祕的謀殺案，但是他們——那些有權勢的和低賤的人，愚蠢的和渺小的人——將會團結起來，編造出一個故事，證明背後毫無神祕可言。他們會輕易地相信自己所編的煽情劇碼，把我的死亡轉化為一則老掉牙的精采陰謀論故事。甚至我的葬禮都還沒結束，大家就已經認定我的死牽涉到一場危及國家尊嚴的陰謀，或是一段充滿愛恨情仇的長年策畫。到頭來，他們會說，凶手原來是某個緝毒探員，或是某個政變組織的成員；原來這場謀殺案是受到拿克胥教派組織的慫恿，或是某個政治黑道團體的教唆；原來這件醜事的策畫者是被廢黜蘇丹的孫子，或是燒國旗的叛黨；原來這個詭計的始作俑者是一群反對民主與共和國的人士，或是一群醞釀著要對全伊斯蘭世界發動最終聖戰的激進分子！」

「專欄作家的屍體被人發現神祕地倒臥在伊斯坦堡的泥濘人行道上，或者，埋在堆滿果皮菜渣、野狗屍骸、樂透彩券的垃圾堆裡……你有什麼辦法可以說服這些無知的人，讓他們相信灰飛煙滅的過往奧祕仍默默地存在生活之中？深深地埋藏在我們的過去，混雜在我們的記憶殘屑裡，消失在文字裡，而我們必須重新恢復這個奧祕？」

「三十年的寫作經驗支持我這麼說：人們早忘了，什麼都不記得。」卡利普說：「此外，你是否有辦法找到我並且執行你的計畫，也還未成定論。你頂多只能打中我某個非要害的部位，造成一點皮肉傷。更可悲的是，當你在警察局裡被揍得天昏地暗時——更別提刑求了——我卻出乎你預期地變成一個英雄，還得忍受總理愚蠢的慰問探視。我向你保證，這麼做不值得。人們不再渴望去相信在親眼所見的事實背後隱藏著觸不到的祕密。」

「那麼，誰能夠向我證明，我的這一生不只是一場騙局、一個差勁的笑話？」

「我！」卡利普說：「聽著……」

「Bishnov，」他用波斯文說：「不，我無法承受。」

「相信我，我也和你一樣對它深信不疑。」

「我願意相信，」瑪哈姆忘情地大喊，「為了挽回我自己生命的意義，我願意相信。可是，其他人又怎麼辦呢？那些製作棉被的學徒，他們藉著你塞進他們手中的密碼試圖解開生命中失落的意義。那些愛作夢的少女，她們一邊幻想在你所承諾的幸福樂園中擺滿了家具、果汁機、魚形檯燈、蕾絲床單，一邊痴痴空等著並不存在的未婚夫。而那些退休的公車剪票員，他們利用從你的專欄中所學到的程序，在自己的臉孔上看見了在未來的幸福樂園中他們即將擁有的公寓平面圖。還有那些土地調查員、瓦斯收費員、硬圈餅小販、乞丐（你看，我就是擺脫不掉你的用字遣詞），這些人受到你專欄中提出的字母數字所啟發，從石板路上計算出那位將拯救眾人脫離苦海的救世主會在何年何月降臨。而我們凱爾斯的雜貨店老闆，以及你的讀者，你可悲的讀者，多虧了你，他們才領悟到他們所尋找的神祕青鳥其實就是自己。這些人今後又該如何呢？」

「忘掉它，」卡利普說，他很害怕電話那頭的人滔滔不絕列舉下去，「忘掉他們，忘掉這一切，別去想他們。相反地，想一想最後幾個微服出巡的鄂圖曼蘇丹。想一想貝佑律黑道的老傳統，在殺死被害人之前先拷打他們一番，以免他們在某處私藏了黃金或祕密。想一想在全國兩千五百間理髮店的牆上所掛的照片，這些從《生活》、《聲音》、《星期日》、《郵報》、《七天》、《影迷》、《女孩》、《評論》、《週刊》等雜誌上剪下來的黑白照片——清真寺、舞者、橋梁、選美皇后、足球明星——被修染畫家重新染上色彩，想一想為什麼這些畫家總是把天空塗成波斯藍，用英國草皮的顏色去畫我們的泥巴路？想一想你埋頭翻閱過的所有土耳其字典，裡面有幾十萬字是在描述幾千種氣味和來源，以及它們所混合出來的、幾萬種充斥於黑暗狹窄的樓梯間的味道。」

「你這個混蛋作家，你！」

「想一想，為什麼土耳其人把向英國購買的第一艘蒸汽船命名為『快捷』，其中是有什麼神祕的原因？想一想，有一位執迷於秩序和對稱的左撇子書法家，對於用咖啡渣算命頗有研究，他曾把一輩子喝過的幾千杯咖啡的杯底沉渣都描繪出來，用圖畫來表現自己的命運，後來他又加上了他美麗的書法，將其製作成一本三百頁的手抄經典。」

「你再也哄騙不了我了。」

「想一想，當這座城市的花園裡那些幾千幾萬年前挖掘出來的水井全都填滿石頭與泥土、作為地基以便建造高樓大廈時，底下的蠍子、青蛙、蚱蜢、各式各樣閃亮耀眼的利古里亞、弗里吉亞、羅馬、拜占庭和鄂圖曼金幣、紅寶石、鑽石、十字架、寫真畫、禁忌的圖像、書籍和文章、藏寶圖，以及不知死於誰人之手的可憐被害人的頭顱⋯⋯」

「呵，這會兒又在講大不里士的賢姆士是吧？屍體被丟進井裡。」

「……它們支撐著上方的水泥、鋼筋、所有的公寓房間、門、年老的門房、接縫處像髒指甲一樣黑的拼花地板、憂戚的母親、暴躁的父親、關不緊的冰箱門、姊妹們、同父異母的姊妹們……」

「你是想要扮演大不里士的賢姆士嗎？還是韃迦爾？救世主？」

「……娶了同父異母妹妹的堂弟、液壓電梯、電梯裡的鏡子……」

「夠了，這些你都寫過了。」

「……孩童發現的祕密角落、留著當嫁妝的床單、爺爺的爺爺在大馬士革當總督時向一個中國商人買來的每個人都一直捨不得剪斷的一匹絲綢……」

「你是在提供我線索，對嗎？」

「……想一想我們生命的最終之謎。想一想一種名為『破迷刀』的銳利刀片，古代的劊子手用它來割下吊刑犯人的首級，放在柱臺上威懾示眾。想一想那位退休的上校，他把西洋棋子重新命名，稱國王為『母親』，王后為『父親』，城堡為『叔叔』，騎士為『姑姑』，小卒為『胡狼』而不是『小孩』。」

「知道嗎？在你背叛了我們之後，這些年來我只見過你一次，穿著一身怪異的胡儒非裝束，似乎是假扮成征服者瑪哈姆。」

「想一想某個平凡的夜晚，一個男人坐在桌前，思索著波斯詩集中的奧祕和報紙上的填字遊戲，沉浸於恆常的寧靜中。想一想，除了桌上檯燈所照亮的紙張和信件外，屋裡的一切全籠罩在黑暗裡，所有的菸灰缸、窗簾、時鐘、時間、回憶、痛苦、悲傷、欺騙、憤怒、挫敗——啊，挫敗！想一想，隨著填字遊戲中字母上下左右的移動，你陷入了一場神祕的空虛，為了逃離如此沉重的拉扯而得到自由，你渴切地幻想著改名換姓。」

「聽著，朋友，」電話線另一頭的聲音說，就事論事的語氣嚇了卡利普一跳。「從現在起，讓我們撇開所有的幻想和遊戲不談，文字和符號也一樣；那些我們早已談過了，我們已經超越了那些東西。是的，我原本打算設計陷害你。你已經知道了，不過，讓我再為你解釋清楚。事實上，不但電話簿裡沒有你的名字，根本連軍事政變也是假的，完全沒這檔子事！我們愛你，我們總是惦念著你，我們夫妻倆都是你的仰慕者，真正的書迷。我們的生活總是離不開你，將來也會繼續如此。現在，讓我們忘掉所有不愉快的事情。今晚，我和艾米妮可以前去見你。我們會假裝什麼事都沒有發生過，我們會好像初次見面般閒聊。你可以像剛才那樣滔滔不絕講個沒完沒了。拜託，答應吧！相信我們，你希望怎樣我都願意做，我可以帶給你任何東西。」

卡利普仔細想了想，隔了半晌後他才開口：「先給我聽聽看你找到了我的哪些電話號碼和地址。」

「沒問題，可是就算告訴了你，也無法把它們從我心裡抹掉。」

「反正，你告訴我就是了。」

趁男人離開去拿電話簿時，他的太太接過了話筒。

「信任他，」她悄聲說：「他這一次是真的悔悟了，真心誠意。他非常愛你。他本來打算做一些瘋狂的事，不過現在已經放棄了。他會把一切算到我頭上，而不會去對付你；他是個懦夫，我可以保證。感謝真主讓事情有圓滿的結局。今天晚上，我會穿那件你最喜歡的藍格子裙。親愛的，你要我們做什麼我們都願意，他和我都一樣！不過，我還是要告訴你：他不但試過模仿你穿上征服者瑪哈姆的胡儒非服裝，也試著想讀出你全家人臉上的文字……」聽見丈夫的腳步聲接近，她陡然住口。

等丈夫再度接起電話後，卡利普便從旁邊的書架上抽出一本書（法國諷刺作家拉布呂約的《品格論》），翻到最後一頁，開始把對方複述了好幾遍的地址和電話號碼抄下來。他原本打算告訴那對夫妻，他改變了主意不想要跟他們見面，因為他實在沒時間浪費在固執的讀者身上。只是他腦中想的和真正做的卻不一致。很久以後，當他回想起這天晚上所發生的一切，他將會說：「我想，當時我很好奇，很想遠遠地看一眼這對夫妻。也許動機是在於，我希望等我透過這些地址和電話號碼找到耶拉和魯雅後，可以告訴他們這段不可思議的故事，不僅是電話交談的內容，還有這對奇怪的夫妻究竟長什麼樣子，他們走路的姿態，他們的穿著打扮。」

「我不會給你我家的住址，」卡利普說：「然而，我們可以在別的地方碰面。今晚九點，嗯，約在阿拉丁的商店前。」

這個小小的讓步就足以使電話那一頭的夫妻倆興高采烈，感激不已，害得卡利普都不好意思起來了。耶拉先生會喜歡他們帶杏仁蛋糕呢，還是「長壽蛋糕店」的點心盒？既然大家會坐下來聊很久，那麼要不要帶一點堅果瓜子和一大瓶白蘭地呢？

卡利普聽見帶著倦意的丈夫大喊：「我會帶著我的相片集，那些大頭照，還有高中女學生的相片！」接著爆出一聲駭人的大笑，這時他才明白，丈夫和妻子之間想必早已打開了一瓶白蘭地，喝了好一陣子。他們又熱情地重複一遍見面的時間和地點，然後掛上電話。

33 神祕繪畫

我挪用了《瑪斯那維》中的神祕。——謝伊．加里波

全伊斯坦堡乃至於全土耳其，甚至是整個巴爾幹半島和中東地區，最富麗堂皇的墮落窟在一九五二年夏天開張了，確切來說是六月的第一個星期六，隱身在貝佑律紅燈區的窄巷裡，再往前過去便是英國領事館。歡慶的開張之日當天，正好是一場歷時六個月的激烈繪畫比賽的勝負揭曉之日。這間店的大老闆是貝佑律顯赫的黑道分子，後來因為駕駛著凱迪拉克沉入博斯普魯斯海峽而成為家喻戶曉的人物。當初就是他決心要在他寬敞的宮殿大廳牆壁上呈現出伊斯坦堡的景象，因而發起了這場繪畫比賽。

這位黑道大老闆之所以委託製作繪畫，並不是為了贊助此種藝術形式，畢竟，多虧了伊斯蘭教的禁止，此類藝術在我們的文化裡仍然相當落後（我指的是繪畫，不是賣淫）。他真正的目的是要提供顧客視覺的饗宴，讓這些來自全國各地的達官貴人在他的享樂宮裡不僅可以縱情於音樂、美酒、毒品和姑娘，也能品嘗到伊斯坦堡的迷人景色。最開始我們的黑道大哥商請學院畫家，但只接受銀行大樓委託的他們拒絕了（這些畫家能夠模仿西方立體畫派的技巧，用半圓規和三角板讓我們的鄉村少女呈現出長菱形的體態），於是他徵召那些裝飾鄉間豪宅、繪製戶外電影院看板以及為地方市集彩繪花車、貨車和馬戲團帳篷的藝匠和美工。然而過了好幾個月後，卻只有兩名畫匠前來應徵，而兩個人也都如同真正的藝

術家般自負，宣稱自己比對方更優秀。於是，我們狡詐的黑道大哥聽從了銀行總裁的暗示，拿出一大筆獎金，為兩位互相競爭的藝匠定下一場比賽，他提供享樂宮大廳的左右兩面牆壁，讓兩位野心勃勃的參賽者在上面畫下「全伊斯坦堡最美的一幅畫」。

兩位彼此猜忌的藝術家立刻在兩面牆之間拉上了一道厚厚的布簾。一百八十天過後，享樂宮的開幕之夜，仍掛著同一塊布簾的大廳裡，擺滿了緋紅色凸紋絲絨鋪襯的鍍金椅子、霍爾班花紋地毯、有分枝的銀色大燭臺、水晶花瓶、阿塔圖爾克肖像、瓷盤和珠母貝鑲嵌的架子。大廳裡冠蓋雲集，就連總督也在百忙之中抽空前來（畢竟，這個溫柔鄉正式登記的名稱可是「土耳其古典藝術保存俱樂部」）。當大老闆在眾人面前拉開粗麻布簾時，映入賓客眼簾的，在一面牆上是耀眼的伊斯坦堡景色，而在正對面的牆上，則是一面鏡子，在銀燭臺的光芒照耀下，鏡中映照出來的畫面看起來比被映照的那一幅作品本身更為出色、更為燦爛、更令人心醉神迷。

自然而然，獎金頒給了那位安裝鏡子的藝術家。然而往後多年，許多發現自己陷入這個邪惡溫柔鄉的客人都被牆上的奇妙圖像弄得魅惑神迷，分別從兩幅傑作中獲得截然不同的視覺享樂。他們會在兩面牆之間來回走動，盯著兩幅作品看上好幾個小時，試著去理解他們心中湧起的神祕喜悅。

在第一面牆上所畫的市場景色裡，有一隻可憐兮兮、瘦巴巴的雜種狗，正瞄向一個熟食攤子，但反映在對面的鏡子裡時，牠卻變成一隻悲慘但狡猾的動物。不過，當你再轉頭回去看第一面牆上的壁畫時，你不僅會觀察到其實原本就存在畫中的狡猾特性，還會注意到狗兒似乎有所動靜，引發你更深的疑惑。你再一次橫越大廳，想要瞥一眼鏡子再次確認，結果看到了某種模糊的閃爍，或許正好解釋了狗兒有所動靜的原因。此刻，滿頭霧水的你忍不住想要跑回第一面牆前再看一眼原版的圖畫。

有個神經質的老顧客曾經察覺到，壁畫中那條老狗漫步的街道所通往的廣場裡，有一座乾涸的噴泉，然而在鏡子裡，它卻潺潺湧出流水。他急忙忙趕回去看原畫，彷彿健忘的老頭忽然想起自己出門前忘了關水龍頭，只見畫中的噴泉確實是乾的。可是當他再往鏡子裡看時，卻眼見這一回泉水反而流得更急更充沛。他試圖把他的發現分享給在這裡工作的女人，但只得到她們冷漠的回應，因為她們早已聽膩了關於鏡子的戲法。被澆了冷水的他於是縮回自己孤獨的生活，過著沒有人懂也不需要人懂的日子。

然而，事實上，在溫柔鄉裡工作的女人並非漠不關心；每逢大雪紛飛的夜裡，她們湊在一起述說老掉牙的童話故事時，總會拿那幅壁畫和鏡子所耍的把戲當作好玩的試金石，來判斷她們顧客的性格。有些客人沒耐性、粗神經又急匆匆的，這種人根本不會注意到繪畫和鏡像之間的神祕矛盾。有些男人，要嘛，就是滔滔不絕地訴說自己的挫折苦悶，要嘛，就是猴急地想進行男人進妓院唯一想做的事，即使他連女孩子的名字都還搞不清。而另一種人，他們其實已看穿了鏡子和壁畫之間的把戲，但一句話也沒提；這種男人歷盡滄桑，什麼事都迷惑不了他們，什麼事都無法讓他們懼怕。還有一種人，他們用滿腹的憂慮來折磨每一位陪酒小姐、服務生和幫派分子，他們似乎對於平衡對稱有種偏執的狂熱，因此會幼稚地要求儘快把壁畫和鏡子之間的矛盾矯正過來。這些人是有潔癖的吝嗇鬼，就連喝酒和做愛始終都無法縱情享樂；死腦筋的他們希望一切井然有序，是最最無趣的情人和糟糕的朋友。

一段日子後，享樂宮的俘虜逐漸習慣鏡子對壁畫的戲弄。有一天，有一名並非靠著雄厚財力、而是憑藉著仁慈的保護羽翼而經常光顧此溫柔鄉的警長，在鏡子前方正面撞見了一個鬼祟的光頭佬，畫中的他拎著一把槍，走在暗巷裡。當下他直覺認定此人便是那件惡名昭彰的「西西黎廣場謀殺案」的凶手。警長判斷，那位在牆上裝設鏡子的藝術家必然知道有關謀殺案的祕密。於是，他著手調查藝術家的身分。

還有另一件軼事。某個濕黏的夏日夜晚，悶熱到甚至連人行道上的污水都還來不及流進街角的水溝就蒸發成水氣。一名大地主的兒子把他老爸的賓士車停在「禁止停車」標誌正前方，走進大廳裡，看見鏡中有一位溫順的閨女正在她貧民窟的家中織地毯。他一見鍾情，認定她便是自己尋尋覓覓的一生摯愛。可是，當他轉身回去看壁畫時，卻只看見一個平凡無趣的苦命女孩，而類似的姑娘在他老爸的村子裡比比皆是。

至於對大老闆來說——他自己即將開著他的凱迪拉克戰馬衝進博斯普魯斯海峽，在這個世界中發現另一個世界——所有好玩的笑話，有趣的巧合，以及世界的謎團，都不是壁畫或鏡子所耍的把戲；而是那些嗑藥喝酒到昏茫、飄飄然地將憂歡離合拋諸腦後的客人在自己的想像中重新找回了黃金歲月，他們滿心喜悅地以為自己解開了那個失落世界的玄奧，而把心中的謎團與眼前的複製品混為一談。儘管這位鼎鼎大名的幫派大哥是這麼一個冷靜的現實主義者，卻曾有人看見他在星期日早上開心地加入一群小孩的遊戲，玩著「找出兩幅畫中的七個相異處」。這群男孩和女孩是歡場小姐的孩子，他們邊玩邊等待疲倦的母親帶他們去貝佑律看日場的兒童電影。

不過，兩面牆上的相異處、特殊意涵，以及困惑人心的扭曲變形遠不止七個，而是無窮無盡。第一面牆上的伊斯坦堡景色，雖然技法類似那種畫在地方市集的馬車和帳篷上的圖畫，但在鏡子的修飾下，卻嚇人地神似陰森詭譎的刻版畫。壁畫的角落裡一隻展翅高飛的大鳥，在對面鏡子的呈現下，彷彿變成一隻懶洋洋撲拍著翅膀的奇珍異獸。壁畫中，古老的木造別墅未上漆的外牆，在鏡子裡幻化成為駭人的臉孔。遊樂園和旋轉木馬在鏡中顯得更為生動鮮明、色彩繽紛。老式的街車、馬車、宣禮塔、橋梁、凶手、布丁店、公園、濱海咖啡座、公共客運渡輪、銘文和箱子，全都轉化成為一個截然不同的世界裡的符號。一本黑色之書，被壁畫畫家本人惡作劇地塞進一個瞎眼乞丐手裡，到了鏡子裡，它卻變成一本二部曲，一本蘊含了兩種意義和兩種故事的書；然而，當你看著壁畫的時候，你會發覺那本書充滿了一致性，而它的奧祕就迷失在書本之中。有著紅唇、睡眼、長睫毛的本土電影明星，被畫家以遊樂場塗鴉的技法描繪在牆上，然而到了鏡子裡，她們卻轉型成為困苦堅毅、乳房飽滿的國母形象；接著，當你再回頭，陰鬱地一瞥原本牆面上的圖畫時，你將會又驚駭又歡喜地認出那個母親的形象並非陌生人，而是與你同床共枕多年的結髮妻子。

但享樂宮裡最讓人心神不寧的，是鏡中的臉孔。畫家的作品中充斥著數不盡的人群，走在橋上、街道上，他們的臉孔隨處可見。然而反映在鏡子裡時，這些臉孔卻呈現出新的意義、奇特的符號和未知的世界。先看一眼壁畫，再轉向鏡子，困惑的客人會注意到，當某個人的面貌映照在鏡子裡時（某個極其平凡的普通人，或是某個輕鬆自在戴著瓜皮帽的傢伙），他的臉上卻爬滿了符號和文字，變成了一張地圖，或是一則遺失的故事的線索。這讓某些觀者——在絲絨椅子之間來來回回踱步的他們此刻也成為鏡中影像的一部分——不禁覺得，他們暗自參與了一個只有少數菁英才知曉的祕密。每個人都明白，這些歡場姑娘當帕夏般伺候的菁英分子若不找出畫中的祕密絕不會罷休，為了尋找謎底，他們已準備好出發展開各種旅程、冒險與開放給在場每個人自由參加的競賽。

多年以後，在黑道大老闆消失在博斯普魯斯海峽的祕密中，而享樂宮也沉淪至名聲敗壞後，又過了很久，某一天，警長突然來訪，年老色衰的歡場女子看了一眼他風霜滿布的臉孔，才明白他也是前面提及的那種不安的靈魂之一。原來，警長準備重新調查那場惡名昭彰的西西黎廣場謀殺案，他想要再看一次鏡子，尋求幫助。然而這時他才得知，在一場衝突中——不是為了女人或金錢而爆發口角，大概只是出於無聊——那面巨大的鏡子被鬧事者拆了下來，摔得粉碎。於是就這樣，站在玻璃碎片之中，屆臨退休的警長再也沒辦法查出凶殺案的主謀，也永遠找不出鏡子的祕密。

34 不是說故事的人，而是故事

我的寫作方式比較像是大聲思考，迎合我自己的性情，
而不是去問是誰在聽我的故事。

——湯瑪斯．戴昆西《一個鴉片癮者的自白》

電話那頭的人在定下阿拉丁商店門口的約會前，給了卡利普七個不同的電話號碼。卡利普信心滿滿地認為其中某個號碼一定能讓他找到耶拉和魯雅，他甚至可以想見那些街道、門階，以及與他們再度重逢的公寓。他知道一旦見到了他們，就能得知耶拉和魯雅躲藏起來的原因，而他將會發現一切從頭到尾都是如此合理正當。他確信耶拉和魯雅會說：「卡利普，我們一直在找你，可是你既不在家也不在辦公室。電話沒人接。你跑哪去了？」

卡利普從坐了好幾個鐘頭的椅子上站起身，脫下耶拉的睡衣，梳洗一番，刮了鬍子，然後換上衣服。透過鏡子，他端詳自己臉上的文字，發現它們如今不再像是某個神祕故事或瘋狂遊戲的延續，也不再像某個讓他懷疑自己身分的視覺錯誤。就如同擺在鏡子前方的舊刮鬍刀片，或由施雲娜．曼卡諾代言的粉紅色麗仕香皂一樣，他臉上的文字也是真實世界的一部分。

一份《民族日報》已經從門縫塞了進來，他讀著自己的文字出現在耶拉掛名的專欄裡，彷彿在看別

人的文章。既然它們是刊登在耶拉的照片下，它們想必是耶拉的文句。但另一方面，卡利普也知道這些句子是他自己寫的。然而這對他而言一點也不矛盾，相反地，它看起來只不過是一個清晰明瞭的世界的延伸。他想像耶拉正坐在其中一間他手上握有地址的公寓裡，閱讀著自己專欄中別人的文章，不過卡利普猜想，耶拉應該不會視其為詐欺或對他的人身攻擊。有很大的機率，他甚至認不出那不是自己的舊作。

吃過了麵包、魚子醬、白切牛舌和香蕉後，他想要更進一步加強自己與現實世界的聯繫，於是開始處理擱在一邊的公事。他聯絡一個共同合作辦政治案件的同事，但得到的答覆是，對方突然被召出城去了。某個案子進展緩慢，一如往常，不過另一件案子則達成了某種結論，兩人所代理的客戶分別被判處六年徒刑，因為他們窩藏某個地下共產黨組織的創立者。他忽然想起，在不久前才讀完的報紙裡曾瞥見這一則新聞，卻沒有把它跟自己的事連結在一起，這使他不禁感到生氣。儘管他不清楚這股怒氣是從何而來，又是針對誰。於是他打電話回家，彷彿那是自然該做的事。「假使魯雅接了電話，」他心想，「那麼我也要耍她一下。」他打算變音，然後說想要找卡利普。但電話並沒有人接。

他打電話給易斯肯德，告訴他自己馬上就要找到耶拉了。他問，英國電視臺的人還會在城裡待多久呢？「今天是最後一晚，」易斯肯德說：「他們明天一大早就要回倫敦。」卡利普解釋自己很快會聯絡上耶拉，而耶拉也很想見見那些英國佬，為他們理清某些主題；他也認為這是一場重要的訪談。「這樣的話，我最好今天晚上跟他們聯絡一下。」易斯肯德說：「他們也是興致勃勃。」卡利普說「目前為止」他都會待在這裡，並且把電話上的號碼念給易斯肯德抄下來。

他決定打電話給荷蕾姑姑。他想過，親戚們可能因為一直沒有耶拉和魯雅的消息而跑去了警察局。或者，全家人仍在等他和魯雅從伊茲密度假回來？這是他編給荷蕾姑姑聽的謊言，說自己是從一家雜貨店裡打電話，而魯雅正坐在計程車裡等他。還是，魯雅回去過並向他們坦白了一切？此時此刻，他們有沒有耶拉的任何消息？他撥打荷蕾姑姑家的電話號碼，壓低音調改變聲音，解釋說他是一個忠實的讀者及仰慕者，想要親口向耶拉讚美他今天的專欄。荷蕾姑姑的回答很謹慎，沒有多做解釋，只是告訴他，耶拉不在，請他打電話去報社問問看。兩點二十分的時候，他開始一個接一個地試打他抄在《品格論》最後一頁的七組電話號碼。

一直打到晚上七點，他查出這七組號碼中，一組屬於他完全不認識的家庭；一組是那種常見的沒禮貌小孩；一組是個說話又直又尖的老頭子；一組通到一家烤肉串店；一組通到一個萬事通房地產經紀人，他並不好奇之前擁有這個號碼的人是誰；一組打到了女裁縫師家裡，她說這個號碼她用了四十年了；最後一組則打到了一對晚歸的新婚夫婦家裡。就在他猛打電話的同時，他發現在一個裝滿明信片、之前完全沒興趣仔細翻閱的盒子底部，有十張生活照。

十一歲的魯雅好奇地盯著鏡頭，想必是耶拉拿著相機在某次博斯普魯斯海峽之旅時拍的，背景是那棵著名榆樹下的咖啡座，旁邊是穿大衣打領帶的梅里伯伯，年輕時長得很像魯雅的美麗蘇珊伯母，以及某個耶拉的怪異朋友或是某個在伊米甘清真寺當伊瑪目的人……魯雅穿著她在二、三年級夏天時常穿的繫帶洋裝，還有，抱著荷蕾姑姑當時兩個月大的小貓煤炭叫牠看魚缸的瓦西夫，再加上叼著菸瞇著眼睛笑的艾斯瑪太太，她還故意拉整披肩想要擋住自己別被拍到，儘管不確定自己是不是在鏡頭的範圍裡……魯雅躺在奶奶的床上像嬰兒般熟睡，就如卡利普在七天又十小時前最後看到她的姿勢，兩隻膝蓋蜷縮到肚子，腦袋頂進枕頭裡，因為撐飽了齋戒假期的流水席餐點而累得睡著，那是她第一次婚姻的第一年，滿懷革命理想、一身邋遢的魯雅與自己的母親、叔叔、姑嬸鮮少往來，卻在那個冬日意外地隻身出現……全家人和門房以斯梅及他太太佳美兒一起在城市之心公寓前面擺姿勢拍照，人人都直盯著鏡頭看，只有繫了緞帶、坐在耶拉腿上的魯雅注視著人行道上一隻如今想必早已死了的流浪狗……蘇珊伯母、艾斯瑪太太和魯雅擠在人群中——圍觀的群眾站在泰斯維奇葉大道的人行道兩側，從女子學校一路延伸到阿拉丁商店——觀看法國總統戴高樂通過，不過照片沒拍到他本人，只拍到禮車的車頭……魯雅坐在母親的梳妝檯前，檯面擺滿了一盒盒蜜粉、一管管「沛膚」冷霜、一瓶瓶玫瑰水和古龍水、香水噴霧器、指甲銼刀和髮夾，她把剪了俏麗短髮的腦袋伸到兩面邊鏡的中間，變成了三個、五個、九個、十七個、三十三個魯雅……十五歲的魯雅穿著無袖印花棉洋裝，沒有察覺有人在拍照，低著頭在報紙上做填字遊戲，陽光從窗戶灑落在報紙上，一碗烤豆子擱在旁邊，她一面扯頭髮一面咬著鉛筆尾端的橡皮擦，臉上的表情讓卡利普害怕地明白自己被隔絕在外……頂多是五個月前的魯雅開懷大笑——卡利普知道，因為他看見她戴著去年生日時他送給她的希泰族太陽神徽章項鍊——就在這裡，在這個卡利普徹夜踱步的房間裡，坐在卡利普現在坐著的椅子上，旁邊就是他剛剛才掛上的電話……魯雅拉長了臉，在某個卡利普認不得的鄉間咖啡館裡，為了父母在郊遊途中益發激烈的爭吵而苦惱……魯雅在她高中畢業那年去過的奇里歐海灘上，身後是一片海洋，她試著裝出快樂的樣子，卻露出一抹憂鬱的笑容——她的丈夫，此刻望著照片的卡利普，永遠猜不透那種微笑中的祕密——她美麗的手臂自在地擱在一輛別人的腳踏車的置物籃上，身上穿著比基尼，露出盲腸炎開刀的疤痕以及兩顆連在一起豆莢形狀的痣，就在傷疤和肚臍之間，隱約可見映在她絲緞般肌膚上的肋骨陰影，她手裡拿著雜誌，卡利普看不清楚雜誌名稱，但那並不是因為照片失焦，而是淚水模糊了他的視線。

此刻，卡利普在一團謎霧中哭泣。彷彿置身於一個他熟悉卻不曉得自己熟悉的地方，彷彿沉浸在一本他讀過卻不記得自己讀過、因此依然讓他激動的書中。他知道自己曾經感受過這樣的絕望和打擊，然而，在此同時他也知道，這種痛楚是那麼地強烈，任何人一輩子只可能經歷一次。被欺騙的椎心之痛、幻想和失去的刺痛，是他一個人獨有的，他不認為別人能夠感受得到，但是，他又覺得這是某種懲罰，某個人像布棋局一樣設下了這個圈套。

淚水滴落在魯雅的照片上，他沒有抹掉，他沒有辦法用鼻子呼吸，他坐在椅子裡動也不動。星期五夜晚尼尚塔希廣場上的喧囂滲進房間裡：超載的公車裡疲乏的引擎發出隆隆聲響；糾結的馬路上隨意亂鳴的汽車喇叭、交通警察怒氣沖沖的哨音、擺在各家唱片行騎樓門口的大喇叭此起彼落地傳出流行音樂，還有人行道上的嘈雜人聲，這片嗡嗡的聲響不僅在窗玻璃上迴盪，也引起屋裡的物品微微的共鳴。卡利普傾聽著房間裡的共鳴聲，想到家具和物品也有它們自己的世界，隔絕於眾人的日常生活之外。「既然被騙就被騙了。」他告訴自己，一而再再而三地重複這句話，直到每一個字眼變得空洞沒有情感，轉化為不具絲毫意義的聲音和字母。

他在心底構築幻象：他不在這個房間裡，而是星期五晚上與魯雅一起在他們家裡；等會他們要去哪裡吃點東西，然後再去皇宮戲院。之後，他們會去買幾份晚報，然後回家窩著看書和報紙。在他幻想的另一個故事裡，有一個臉孔模糊的人對他說：「我老早就知道你現在是誰了，可是你當時甚至不認得我。」說這句話的幻影男人，他發現，原來就是多年來一直注視著自己的那個人。接著，他又想到，這個人注視的不是卡利普，而是魯雅。卡利普曾經有一次偷偷觀察魯雅和耶拉，結果竟陷入了他意想不到的恐慌。「就好像我死了，從遙遠的地方望著沒有我的生活繼續下去。」他在耶拉的書桌前坐下，馬上提筆寫了一篇文章，就用這句話開場，最後再簽上耶拉的名字。他很確定有個人正注視著他。就算不是有個人，至少是有隻眼睛。

尼尚塔希廣場上的噪音逐漸被隔壁大樓傳來的電視喧譁聲所取代。他聽見八點鐘新聞的開頭配樂，意識到全伊斯坦堡六百萬市民此刻都聚集在自家的餐桌前看電視。他很想手淫，但那隻甩不掉的眼睛一直干擾他。他強烈渴望能做自己，做自己就好，強烈到他想摔爛房裡的每樣東西，想殺死把他推入這個處境的每個人。正當他打算把電話從牆上拔下來丟出窗外時，這臺機器響了。

是易斯肯德。他已經跟英國廣播公司電視臺的人說過了，他們非常興奮，今晚將會在佩拉宮飯店等耶拉到來，他們已經布置好房間以供錄影。不知道卡利普聯絡上耶拉了嗎？

「對啦，對啦！」卡利普說，被自己的暴躁嚇了一跳。「耶拉準備好了，他有一些重要的事情要揭露。我們十點在佩拉宮見。」

掛上電話後，他內心湧上一股激動之情，擺盪在恐懼與快樂、焦慮與平靜、復仇快感與兄弟情誼之間。他飛快地在筆記本、紙張、舊文章和剪報裡面翻找，搜尋著什麼，儘管他也不知道自己想找什麼。某個暗示，以證明自己臉上的文字存在？可是那些字母和它們的意義是如此明晰，無須任何證明。某種邏輯，協助他選擇該說什麼故事？然而，除了自己的憤怒和激動之外，他再也不相信任何事物。某些範例用以闡示這個謎的美？但他明白，他只需抱持信心訴說自己的故事就已足夠。他翻遍櫥櫃，把地址簿迅速瀏覽一遍，讀了讀那些「關鍵句」，看了一下地圖，瞥了幾眼大頭照。正當他埋頭在戲服箱裡探尋時，突然深深後悔自己竟然打算故意遲到，於是，他匆忙衝出門外，時間差三分九點。

九點零二分，他縮著脖子鑽進阿拉丁商店對面大樓的黑暗門廊，然而，對街的人行道上並沒有任何像是電話裡的禿頭男人或他太太的蹤影。卡利普在腦中勾勒禿頭男的臉，回想他在酒吧裡講故事的模樣。他很氣那個男人和他太太竟然給他錯的電話號碼：是誰在騙誰？是誰在耍誰？

阿拉丁的店燈火通明，但透過塞滿物品的櫥窗只能看見店裡的一小部分。阿拉丁正在裡面上上下下彎腰忙碌，計算著要打包退回的報紙份數。卡利普看見他的身影被物品團團包圍：懸吊半空的玩具槍、裝在網袋裡的橡皮球、大猩猩和科學怪人的面具、一盒盒桌上遊戲、一瓶瓶茴香酒和水果酒、色彩鮮豔的運動和娛樂雜誌，以及裝在透明盒子裡的洋娃娃。店裡面沒有別人。平常白天坐在櫃檯後面的阿拉丁太太這時想必已經回到家，在廚房裡忙著，等丈夫回家。一個人走進店裡，阿拉丁退到櫃檯後面；沒多久，一對年老的夫婦出現了，卡利普的心臟猛地一跳。然後，第一個進入店裡、衣著怪異的男人走了出來，而老夫婦跟在他後面也出來了，懷裡抱著一個大瓶子，手挽著手漫步離開。他們是如此地怡然自得，卡利普瞥一眼便知道不是他們。一個身穿毛領大衣的男士走進店裡，和阿拉丁談了一會，卡利普不由得揣測兩人的對話內容。

這時，無論是在尼尚塔希廣場，或是清真寺旁的人行道上，或是伊赫拉穆那頭的馬路上，都沒有半個能引起注意的人：只有心不在焉的行人、沒穿外套疾步走過的店員、徹底迷失在幽藍夜裡的孤獨旅人。有那麼一陣子，馬路和人行道上空無人跡；卡利普似乎可以聽見對街裁縫車行的霓虹招牌滋滋作響。四周不見人影，除了一個警察，他手裡拿著機關槍，站在車站前守衛。望著樹幹被阿拉丁用橡皮筋和曬衣夾掛滿了內衣女郎雜誌的栗子樹，卡利普感到有點害怕，彷彿他正被人監視、被發現了身分，或是身處危險中。接著傳來了一聲噪音，一輛駛向伊赫拉穆的五四年道奇在行經轉角處時差點撞上了一輛開往尼尚塔希方向的舊斯科達公車。公車緊急剎車猛然停住，卡利普望著車裡的乘客紛紛站起來，轉頭去看另一邊的街道。隔著不超過三呎的距離，借助公車裡的昏暗燈光，卡利普與一張對此事故無動於衷的疲倦臉孔四目相對：一個六十多歲、歷盡風霜的男人，有著一對奇異的眼睛，溢滿了傷痛。他以前曾經遇過這個人嗎？他是一個退休的律師，還是一個等待死亡的教師？或許，在四目交投的剎那，對方心裡也想著同樣的問題——多虧了城市生活給予他們大膽對望的機會。公車開走了，兩人就此分別，也許永不再相遇。透過紫煙瀰漫的汽車廢氣，卡利普察覺對面人行道上開始有些動靜。兩個年輕人站在阿拉丁商店門口，互相點菸，想必是兩個大學生正在等另一個朋友，準備一起去看星期五晚場的電影。阿拉丁的店變得擁擠起來，有三個人在那裡翻閱雜誌，還有一個守夜警衛。一個留著大鬍子的賣橘子小販眨眼間已經推著他的推車來到街角，但很可能他早在那兒待了好一陣子，只是卡利普沒有注意到。一對夫妻沿著清真寺旁的人行道走來，手裡拎著大包小包，但很快地卡利普就看見年輕父親的懷裡還抱著一個小孩。同一時刻，隔壁小糕點鋪的老闆娘，一個上了年紀的希臘太太，熄掉了店裡的燈，把磨損的外套裹在身上，走出門外。她對卡利普禮貌地微微一笑，然後拿勾子把鐵捲門匡啷用力拉下。接著，阿拉丁商店和人行道又突然淨空了。一個住在前面附近、自以為是明星足球員的瘋子，穿著一身藍黃足球制服，從女子學校的方向緩緩地推著一輛嬰兒車走過來；他平時都把報紙放在嬰兒車裡，到潘加地的珍珠戲院大門口兜售。小推車的輪子轉呀轉，發出卡利普挺喜歡的音樂。

微風輕吹，卡利普覺得有點冷。九點二十分。「再等三個人經過。」他想。此時他非但沒看到阿拉丁在店裡，也找不到應該守在車站前的那個警察。對街一棟公寓大樓的狹窄陽臺裡，有一扇門開了，卡利普看到香菸末端的一點紅光；接著那個人把菸蒂往外一拋，便轉身進屋。人行道有點微濕，在霓虹燈和廣告招牌的映照下，反射出金屬光澤，除此之外，上面還散布著紙屑、殘渣、菸蒂、塑膠袋……有那麼一瞬間，這裡的一切，這條卡利普從小住到大的街道，這片他眼看著逐漸蛻變的社區，以及遠方的公寓大樓屋頂上，那一根根在幽藍深夜裡依稀可見的煙囪，卻讓卡利普感到無比陌生而遙遠，彷彿是童書裡的恐龍。接著他覺得自己像是小時候極為嚮往的X光透視人，能夠洞悉世界的神祕意義。廣告招牌上的每個文字，管它是在標明地毯商、餐廳、糕點鋪，或是推銷展示盒裡的蛋糕、可頌麵包、裁縫車、報紙，全都指向這第二層的意義。然而，如夢遊者般踩過人行道的不幸人們已經忘記了曾經能夠理解神祕的那段回憶，只能用殘存的第一層意義來構建生活——就好像那些遺忘了愛情、義氣和英雄的人，只能透過電影求取對這些情感的膚淺滿足。他走向泰斯維奇葉廣場，招了計程車。

計程車行經阿拉丁商店，卡利普想像禿頭男人正躲在角落裡，就像自己剛才那樣，等待著耶拉。是他的幻想嗎？還是他真的看見一個衣著怪異的可怕人影，藏身在賣裁縫車的商店櫥窗裡，周圍是一群在霓虹照耀下凍結的人形模特兒，他夾雜在那些彷彿被施了魔咒的駭人軀體間，正在用裁縫車縫著什麼。他不確定。來到尼尚塔希廣場，他叫計程車暫停，買了一份《民族日報》的晚報版本。懷著驚奇、雀躍和好奇的心情，他閱讀著自己的文章，恍如在讀耶拉的作品，與此同時，他想像耶拉也正在讀這篇以他的名義和照片發表的陌生文章；只不過，他抓不準耶拉的反應。一股怒氣從心底升起，直指向耶拉和魯雅：「你們會遭到報應！」他好想這麼說。但他也搞不清楚自己到底希望他們會如何：是遭到惡報還是善報？不僅如此，在他內心某處其實暗暗幻想著能在佩拉宮飯店撞見他們。計程車沿著塔刺巴西扭曲的街道蜿蜒而上，經過黑暗的旅館和塞滿了人的簡陋咖啡館。整個伊斯坦堡正在期待某件事情發生，卡利普有這種感覺。接著，他驚訝地注意到馬路上的汽車、公車和卡車竟是如此殘破不堪，而他卻從來都不曾察覺。

佩拉宮飯店的大廳溫暖而明亮。右邊是一間寬敞的接待室，易斯肯德坐在舊沙發椅上，與其他遊客一起觀看一群人在這裡拍戲。原來有一組國片工作人員利用飯店的十九世紀裝潢作為背景拍攝歷史劇。燈光打得通亮的房間裡洋溢著嬉鬧、友好以及和樂融融的氣氛。

「耶拉不在這兒，他沒辦法來。」卡利普向易斯肯德解釋。「突然有很重要的事。他之所以一直躲著就是為了這件神祕事務。他要我代替他接受採訪，原因也是基於那個祕密。要講的故事我已經滾瓜爛熟了，我會接替他的角色。」

「我不知道那些人願不願意接受這種安排！」

「就跟他們說我是耶拉．撒力克。」卡利普惡狠狠地說，連自己都有點吃驚。

「可是為什麼？」

「因為重要的是故事，而不是說故事的人。眼前我們有一則故事要說。」

「他們認識你。」易斯肯德說：「那天晚上在酒吧裡，你甚至自己也講了一個故事。」

「認識我？」卡利普一邊說一邊坐下來。「你用詞不夠精確。他們是見過我，沒錯，僅是如此罷了。而且，今天我是另一個人。他們既不認識那天見到的人，也不認識今天站在他們眼前的我。我打賭他們眼裡的土耳其人都長得一樣。」

「就算我們告訴他們，那天晚上見到的是另一個人，」易斯肯德說：「他們也一定會預期耶拉·撒力克應該年紀要大得多才對。」

「他們對耶拉了解多少？」卡利普說：「大概是某個人說，去採訪一下那個很有名的專欄作家，一定能夠替你的土耳其專題節目加分。於是他們把他的名字抄下來，說不定連他的年齡和他是幹什麼的都還搞不清楚。」

就在這個時候，一陣笑聲從拍攝歷史片的角落傳來。他們從沙發椅上扭過身子，轉頭張望。

「他們在笑什麼？」卡利普問。

「不知道，沒聽見。」易斯肯德說，但臉上卻帶著微笑。

「我們沒有人是自己。」卡利普低聲耳語，彷彿在洩露一個祕密。「我們沒有人可以。你難道不懷疑別人或許把你視為另一個人嗎？你真的百分之百肯定你就是你嗎？假使答案是肯定的，那麼，你真的百分之百確信你所肯定的自己就是你嗎？究竟這群人想要的是什麼？他們在尋找的，難道不是某個背景特殊的外國人嗎？然後利用他的故事來感動那些吃完晚餐看電視的英國人，讓他們為他的憂愁而苦惱，為他的悲傷而落淚？我就有這樣的故事，可以滿足節目的需求！甚至不用拍到我的臉。他們可以用燈光把我的臉弄暗。一位家喻戶曉的神祕土耳其專欄作家——更別忘了我的穆斯林身分，這是最有意思的重點——由於擔心政府壓迫、政治暗殺以及地下黨派恐嚇，決定以身分不曝光的方式接受英國廣播公司的專訪。這樣不是更妙嗎？」

「好吧。」易斯肯德說：「我打電話上樓通知一下，他們一定等很久了。」

卡利普望向交誼廳另一頭的拍片現場。一個留鬍子戴顫帽的鄂圖曼帕夏穿著一身筆挺的制服，上面綴滿了閃亮的動章、獎牌和飾帶，正在對乖巧的女兒說話。女兒專心聆聽，但臉卻沒有正對她親愛的父親，而是望向忙碌的攝影機。飯店服務生和接待人員恭敬而沉默地在一旁注視。

「我們沒有依靠，沒有力量，沒有希望！」帕夏說：「我們一無所有！每個人，啊，全世界的每一個人，都跟土耳其人為敵！天曉得，政府很可能也被迫要放棄這座堡壘了……」

「可是，最親愛的父親，想想我們依然擁有的……」女兒開口說話，她舉起手裡的書，目的是要讓觀眾而不是她父親看個清楚；但卡利普分辨不出那是什麼書。當這一幕再重來一遍，卡利普還是沒看見書名，不過他看得出那並不是古蘭經，而這讓他更好奇了。

一會兒後，易斯肯德引領著他搭乘老舊的電梯進入二一二號房，他又感覺到那種想不起一個熟悉名字的挫折感。

他在貝佑律酒吧見過的三名英國記者全在房間裡。兩個男人手裡都拿茴香酒，一邊調整攝影機和燈，一邊喝酒。女人正在閱讀雜誌，她抬起頭來。

「我們的名記者，耶拉．撒力克，專欄作家，親自前來了。」易斯肯德用英文說，聽在卡利普耳中頗為矯揉造作，他當下便把這句話在心中翻譯成土耳其文。

「非常高興見到你！」女人說，兩個男人立刻異口同聲地跟進，好像漫畫裡的雙胞胎。「不過，我們是不是以前見過？」

「她說：我們是不是以前見過。」易斯肯德替卡利普翻譯成土耳其文。

「在哪裡？」卡利普對易斯肯德說。

易斯肯德接著用英文對女人複述卡利普的話：「在哪裡？」

「在那家酒吧。」女人回答。

「這些年來我沒去過酒吧，而我近期內也不會想去。」卡利普語氣很堅定。「事實上，我想我這輩子從沒去過任何一間酒吧。我認為那一類的交際應酬，在那一種烏煙瘴氣的地方，不僅危害我的心理健康，更破壞我寫作所需的內在孤寂。對文學的熱情占據了我生活的極大比例，而對政治謀殺與迫害的探究則花去了更驚人的比例，這兩件事情讓我得以長年遠離墮落的生活。從另一個角度來說，我相當清楚，全伊斯坦堡乃至於全國上下，有無數的同胞認為自己就是耶拉．撒力克，而他們也都有無可辯駁的理由自稱為耶拉．撒力克。此外，有時夜裡當我變裝上街時，我會在一些貧民窟的小酒館裡驚訝地撞見其中某些人窩藏在我們黑暗、不可解的生活某處，在謎的中心。我甚至與這些不快樂的人結交朋友，而他們能夠身為『我』的程度簡直令我害怕。伊斯坦堡是一個了不起的地方，一個難以理解的地方。」

趁易斯肯德翻譯的時候，卡利普透過敞開的窗戶望向金角灣和城市裡的黯淡燈火。當初眾人為謝里姆一世清真寺打燈照明，顯然是為了增添其觀光吸引力，然而，一如往常，有人偷走了幾盞燈，使得清真寺變成一堆詭異嚇人的石頭，看起來像是只剩下一顆牙的老頭兒那黑洞般的嘴。一聽完易斯肯德的翻譯，女人立刻為自己的誤會禮貌地道歉，她語中不失幽默地說，她把當天晚上另一個說故事的人，一個戴眼鏡、身材高大的小說家，搞混成耶拉先生了，但她看起來並不相信自己說的話。似乎她是決定把卡利普及這種奇怪的情況視為有趣的土耳其特例，拿出一種「我不懂但我尊重」的態度，像一個寬容的知識分子在面對不同文化時的作法。卡利普很快就對這位細膩的女人產生好感，她頗具有運動員的精神，即使察覺手中的牌有異，也沒有立刻喊停不玩。她是不是有點讓人聯想起魯雅？

卡利普坐進一張背後打燈的椅子，由於旁邊牽了麥克風和攝影機線，地上纏繞著一堆黑色電線，感覺有點像現代的電椅。他們看見他的不自在，於是其中一個男人禮貌地笑了笑，拿個杯子塞進卡利普手裡，替他倒了點茴香酒加水。女人也帶著同樣的遊戲態度——反正他們就是一直微笑——飛快地把一捲帶子塞進放影機裡，興匆匆地按下播放鍵，一副偷看色情片的模樣。轉瞬間，他們過去八天所拍攝的土耳其風土民情便出現在小小的攜帶式螢幕上。眾人安靜地觀看，彷彿在看一部色情片，帶著一絲看熱鬧的心態，但也不是全然無動於衷：一個表演雜技的乞丐歡樂地展示他殘廢的雙手與截肢的雙腿；一場狂熱的政治遊行以及一個在遊行過後發表演說的狂熱領袖；兩個老頭子在玩西洋棋；酒館與夜總會的景象；一個地毯商人誇耀自己的櫥窗陳列；一群游牧民族騎著駱駝爬上山坡；一臺蒸汽引擎火車頭噴出濃濃的雲霧；貧民窟裡的孩童對著鏡頭猛揮手；蒙面婦女在蔬果店挑揀橘子；一個政治謀殺下的犧牲者以及他覆蓋在報紙下的屍體；一個年老的門房用馬車搬運一臺大鋼琴。

「我碰巧認識那位門房。」卡利普陡然開口。「就是他幫我們從『城市之心公寓』搬到小巷裡的住處。」

他們全都以又好玩又嚴肅的心情望著老門房，而他也帶著一模一樣的好玩和嚴肅，一面微笑著，一面把載了鋼琴的馬車拉進一棟舊公寓大樓的前院。

「王子的鋼琴回來了，」卡利普說。他不是很清楚自己是用誰的口氣在說話，自己到底是誰，不過他很確定一切都進行得很順利。「那棟公寓大樓的土地上原本是間狩獵小屋，有一個王子曾經居住在那裡。讓我告訴你們王子的故事！」

他們很快把器材架設好。易斯肯德再次轉述，著名的專欄作家將在此發表一段歷史性的重要聲明。女記者熱情地對著觀眾為這段訪談開場，她巧妙地把接下來的談話歸入一個廣泛的架構中，涵蓋了從前的鄂圖曼蘇丹、土耳其地下共產黨組織、阿塔圖爾克不為人知的祕密遺物、土耳其境內的伊斯蘭基本教義派、政治暗殺，以及軍事政變的危機。

「很久以前，有一個王子住在這座城市裡，他發現到生命中最重要的問題，是在於一個人能不能做自己。」卡利普開始敘述。隨著故事進展，他感覺到王子的怒火在自己體內燃燒，讓他變成了另一個人。是誰呢？當他講到王子的童年時，他察覺到自己的新身分是一個從前名叫卡利普的小男孩。當他談到王子刻苦讀書的過程時，他則變成了這些書本的作者。當他提到王子在小屋裡度過的孤獨歲月時，他又轉變成為各種故事中的英雄。而當他描述到王子向書記員口述內心想法時，他感覺自己就是那名學習到王子思想的人。當他敘述王子的故事就好像在講耶拉的那些故事時，他發現自己變成了耶拉某一則故事中的主角。當他揭開王子生平的最終結局時，他心想「耶拉以前老是這麼結尾」，因此開始氣飯店房裡的其他人竟然沒能領悟。怒火增添了他講話的說服力，幾個英國人認真地聆聽，彷彿聽得懂土耳其文語似的。一等卡利普說完王子的生平之後，停都沒停，他又把同一個故事從頭再說一遍。「很久以前，有一個王子住在這座城市裡，他發現到生命中最重要的問題，在於一個人能不能做自己。」他開始說，帶著同樣的自信滿滿。四個小時之後，他將回到城市之心公寓，回想起第一遍和第二遍之間的差異，他將會做出這樣的結論：說第一遍時，耶拉還活著，說第二遍時，他已經倒臥在警察局正對面，阿拉丁商店旁邊不遠處，氣絕身亡，屍體上面蓋著報紙。他在第二次說的時候，加強了某些第一次沒有留意的部分，而當他再說第三遍時，他已經很明白每講一遍他就會變成一個新的人。「正如王子，我敘述的目的也是為了做自己。」他很想這麼說。他憤恨那些不准他做自己的人，深信生命和城市之謎唯有藉著說故事才能解開，在最終內心深處的死亡和潔白之下，他結束了說了第三遍的故事，房裡陷入徹底的寂靜。

接著，英國記者和易斯肯德飛快地給卡利普一陣掌聲，真心誠意的表現，彷彿是觀眾在精采的演出結束後，鼓掌向大師致敬。

35 王子的故事

「以前的街車多好啊！」——阿哈麥．拉辛

很久以前，有一個王子住在這座城市裡，他發現到生命中最重要的問題，在於一個人能不能做自己。他的發現花了他一輩子，而他的一輩子就是他的發現。這是他為自己短暫的一生所下的簡短評論，透過口述由書記員抄寫下來——為了寫下自己的發現，王子在生命最後幾年雇請了一位書記。於是，王子說，而書記寫。

曾經，一百年前，那時我們的城市還不是現在這個樣子，沒有上百萬的失業人口像無頭蒼蠅般四處徘徊，沒有垃圾流過街道和橋下的排水溝，煙囪不會吐出焦黑的煙霧，公車站裡等車的人群也不會粗魯地你推我擠。過去那個時代，馬拉的街車走得無比緩慢，你可以在移動的時候跳上車；渡船也懶洋洋地航行，甚至有些乘客會下船步行，一路談笑風生，穿越菩提樹、栗樹和梧桐樹，直到下一個渡船站，等他們在站內的茶座喝完茶後，才又回到此刻姍姍來遲的同一艘渡船上，繼續他們的行程。在那個年代，栗樹和胡桃樹還沒有砍下來做成電線桿，最後落得黏滿了各式各樣裁縫師和割禮師的廣告傳單。出了城市界外，放眼所見並不是成堆的露天垃圾山和聳立的電線及電話線桿，而是無憂無慮的蘇丹往年奔馳狩獵的森林、樹叢和原野。一片片綠草如茵的山坡如今蓋滿了錯綜複雜的下水道、石板路及公寓大樓，但很久以前，那兒曾經有一間狩獵小屋，王子就在此居住了二十二年又三個月。

依照王子的看法，口述能幫助他做自己。王子深信，唯有透過對坐在桃花心木書桌前的書記口述，在這個過程中，他才能夠做自己。唯有他向書記口述的時候，他才能夠壓制住別人的聲音，這些人的話語、故事和思想終日在他耳中縈繞，深植於心底，無論他如何在小屋裡來回踱步，或是在高牆圍繞的花園裡做任何事情，也都甩脫不掉。「為了做自己，一個人必須只意識到自己的聲音、自己的故事，和自己的想法。」王子說，書記把它寫下來。

但這並不表示王子如前述所言只聽得見自己的聲音。相反地，每當他開始敘述時，他心知肚明，自己腦中想的其實是別人的故事；每當他即將產生自己的想法時，卻不禁被別人的想法所影響；而當他決定臣服於自己的憤怒時，感受到的卻是別人的憤怒。儘管如此，他依然曉得，一個人要能找到自己的聲音，唯一的方法便是在腦中製造一個足以對抗所有聲音的聲音，或者套用王子的說法：「挑戰其他狺狺狂吠之口。」所以口述，他認為，這正是他在這場肉搏戰中能占上風的優勢。

王子時常在小屋裡來回踱步，與思想、故事和文字交戰。他時常在豪華的拱形雙向對稱樓梯上上下下，有時候，走上雙向樓梯的左翼時所說的那句話，在走下右翼來到兩梯交會的平臺時卻又改成另一個句子。於是，他會要求書記念出剛才他走上左翼時口述的第一句話，或者，他會走到書記的書桌正對面，往那兒的一張沙發坐下來或躺下來。「念給我聽聽。」王子會說，而書記則會用死板的音調複述王子剛才口述的最後幾句話。

「奧斯曼．亞拉列丁王子殿下深深知曉，除非大家能夠認清當前最至關緊要的議題是『如何做自己』，否則，生活在這片悲慘土地上的我們都將注定毀滅、敗亡與被奴役。根據奧斯曼．亞拉列丁王子殿下的看法，尚未找出方法來做自己的人將會落入奴隸之路，種族將會滅絕，國家將不復存在，一無所有，一無所有。

「一無所有一定要記得重複三遍。」王子這麼說的同時可能正在上樓，或是下樓，要不然就是繞著書記的桌子走來走去。「不能只寫兩遍！」一開口，王子便發現自己說話的語氣和態度恰恰是在模仿年少時教過他法文的法蘭斯先生，不僅神似他在聽寫練習中使用的獨特風格，就連氣沖沖的步伐和訓話的語調都絲毫不差。這使得王子頓時陷入某種「打斷他智識活動」、「迫使他的想像力全然失色」的恐慌中。經驗老到的書記早已習慣他各式各樣的發作，遇到這種情況，他只是丟下筆，彷彿換上一張面具般，露出呆板、空白、沒有表情的表情，等待這場「我無法做我自己」的急性發作慢慢平息。

奧斯曼·亞拉列丁王子回憶起童年與青少年的種種時，常會有矛盾之處。書記員記得曾經寫過許多快樂的回憶，是關於一個開朗、歡樂、外向的青年，在鄂圖曼皇室的宮殿、別墅和度假行宮裡度過美好的歲月——不過如今它們只留在前幾本筆記中了。許多年前，王子曾經透露：「由於我的母親，娜西罕妃子殿下，是我父親蘇丹阿布杜拉·梅西德的最愛，因此在他三十個小孩中，我最受寵。」然而，也是許多年前，當王子另一次又提及這些快樂往事時，他卻說：「由於我父親，蘇丹阿布杜拉·梅西德，在他的三十個小孩中最疼我，因此我的母親娜西罕妃子殿下，他的第二個妻子，成為了後宮裡最得寵的嬪妃。」

書記曾經寫到，小王子為了躲避哥哥雷夏特的追逐，在多瑪巴切宮的後宮裡到處亂跑，把門開開關關，從樓梯跳上跳下，還當著黑人太監總管的面摔上門，把他嚇暈了。書記曾經寫到，王子十四歲的姊姊穆妮芮，在即將嫁給一個四十五歲的自大狂帕夏的前一夜裡，把她最疼愛的弟弟抱在腿上，一邊哭泣一邊說，她的悲傷單單只是因為她再也不能陪伴弟弟；那一夜，姊姊的眼淚濕透了王子的白衣領。書記曾經寫到，一群英法人士由於克里米亞戰爭[55]來到了伊斯坦堡，在一場為他們舉辦的宮廷宴會中，王子不僅在母親的允許下與一位十一歲的英國女孩跳舞，還與她相處了很長的時間，共同翻閱一本畫著火車頭、企鵝及海盜船的書。書記曾經寫到，在一場為船隻命名的典禮上——以王子的祖母蓓茲米．阿連皇太后為名——王子跟人打賭，如果他敢往智障哥哥的後腦勺打一掌，那麼他便可以吃掉整整四磅的土耳其甜點，包括玫瑰口味和開心果口味的。書記曾經寫到，王子和公主偷偷坐著皇家馬車溜到貝佑律一間商店裡，去看店裡販賣的各式各樣無奇不有的手帕、古龍水、扇子、手套和雨傘，可是沒想到他們竟然只買了售貨男孩身上的圍裙，因為他們想說到時候扮戲時會挺方便的。書記曾經寫到，王子小時候和青少年時代很喜歡模仿各種人，像是宮廷御醫、英國外交官、總理大臣、從窗外駛過的船隻、嘎吱作響的門聲、太監總管的娘娘腔、他的父親、馬車、雨水打在窗玻璃上的聲響、他在書中讀到的一切、父親葬禮上哀哀哭泣的眾人、浪潮，以及他的義大利籍鋼琴老師瓜帖利帕夏。事後，王子總會提醒書記說，所有這些他一字不差重複敘述的回憶，儘管包裝在憤怒與仇恨的字眼下，但必須要了解它們事實上是包含了數不盡的吻，是無數的女人與少女，伴著蛋糕、蜜餞、小鏡子、音樂盒及許許多多的書本和玩具，一起呈獻給他的。

多年後，當王子開始聘請一名書記把自己的過往和思想記錄下來時，每當回想到那段快樂年歲，他總這麼形容：「我的幸福童年維持了很長一段時間。童年的單純快樂讓我始終是個單純快樂、長不大的小孩，直到二十九歲。一個帝國竟能允許有可能登基成為一國之君的王子享受著單純幸福的生活直到二十九歲，這樣的帝國必然注定了衰頹、崩毀與滅亡。」二十九歲之前，排名第五繼承順位的王子理所當

55 克里米亞戰爭，一八五三年，俄國發動克里米亞戰爭，企圖併吞鄂圖曼土耳其，在英、法等歐洲國家的援助之下，鄂圖曼帝國大敗俄軍於黑海。

然地花費了大量時間追求女人、閱讀書籍、累積資產與財富、培養對音樂及繪畫的淺薄嗜好，以及對軍事戰略更膚淺的興趣、結婚、生下兩男一女，並且一如所有人那樣交友與樹敵。後來在王子的口述中，他這麼說：「其實是因為我一直到二十九歲之後，才能夠擺脫掉所有的包袱，所有的女人和財產、所有的朋友和單純的思想。」二十九歲那年，由於某些全然無法預料的歷史發展，王子突然從第五繼承順位上升到第三順位。不過，依王子所見，只有蠢人才會堅信那些事件是「全然無法預料的」。種種事件都是再自然不過、意料之中的發展：他的叔叔，靈魂與思想及意志力一樣衰老無力的阿布杜拉・阿齊茲蘇丹[56]，久病而亡；他最年長的哥哥，在繼承叔叔的王位之後不久便發瘋被廢。口述完最後一段，王子走上樓梯，然後說，繼位登基的二哥阿布杜哈密其實也和他們的大哥一樣瘋；從雙向樓梯走下來時，他重複第一千遍說，排在他前面順位的那個王子——也如他一樣，住在另一間宅邸中，等待有朝一日登基為王——甚至比他們前兩位哥哥還要瘋。至於書記，他在寫下第一千遍這些危險的文字後，又得耐著性子再加入補充，解釋為什麼王子的皇兄都發瘋了，為什麼他們不得不瘋，為什麼鄂圖曼王子除了發瘋之外什麼事都做不來。

畢竟，任何人若花一輩子等待登上一個帝國的王位，注定會發瘋；任何人若親眼目睹自己兄弟在等待夢想成真的過程中發瘋，他必然無可選擇地也將步上瘋狂之路，因為他早已陷入了瘋或不瘋的兩難之境。一個人之所以發瘋，並不是因為他想要，而是因為他太過努力避免自己發瘋；任何一位候補的王儲，只要曾經玩味過他的祖先如何在登基後什麼都還沒做就先去勒死自己的弟弟們，他這輩子就永難逃離發瘋的宿命。因為他必須了解這片他未來領土的歷史，因為他在任何一本舊史書中都可以讀到，他的祖先瑪哈姆三世即位成為蘇丹後，便把十九個兄弟一個接一個處死，不管他們是不是尚在母親的襁褓之中。任何一個王子，被迫讀完蘇丹殺死年幼弟弟的故事後，等著他們的便是終生的瘋狂。既然這段令人難以忍受的漫長等待終將結束在偽裝成自殺的下毒、絞死、謀殺之下，那麼，發瘋就成為唯一的出路，因為它意謂著「我放棄」——對於所有等待登基如同等待死亡的王儲而言，這也是他們心底最深處的祕密渴望。唯有發瘋一途，才能逃過蘇丹的眼線監視、逃過企圖透過人脈接近王子的卑鄙政客所設下的陰謀詭計，同樣也逃過他自己那巨大可怕的登基之夢。任何一個王儲，只要朝他夢想帝國的地圖瞥一眼，看見他即將要負責的領土是如此的寬廣遼闊、無邊無際，而他卻必須獨自一人統治——是的，獨自一人——任誰都會陷入瘋狂的邊緣。相反地，任何一個王儲若無法意識到這片廣大無盡，無法理解到自己未來必須治理的帝國是如此紛雜龐大，那麼他簡直已經瘋了。這時，列舉完種種發瘋的原因後，奧斯曼．亞拉列丁王子殿下會說：「如果說，相較於那些統治鄂圖曼帝國的笨蛋、瘋子和白痴，今天我算得上是一個理智的人，那麼，一切都是因為我看透了這個令人發瘋的廣大無盡！不像其他那些廢物、娘娘腔和智障。去思索自己將有一天必須肩付廣大無盡的責任，並不會把我逼瘋。相反地，仔細思索這件事，反而帶給我理智。原因在於，我很謹慎地透過意志和決心，控制腦中的想法，就這樣我發現了生命中最重要的問題，是在於一個人能否做自己。」

從第五繼承順位上升到第三順位後，他全心投注於閱讀。他認為，對於一個不認為得到王位是出於奇蹟偶然的王子而言，自我精進是有益無害的，而他樂觀地相信閱讀可以幫助他達成此一目標。他孜孜

---

56 關於這段史實，阿布杜拉．梅西德（一八三九—一八六一在位），死後由其弟阿布杜拉．阿齊茲繼位（一八六一—一八七六在位）。接著繼位的是梅西德的兒子穆拉特五世（一八七六在位），但之後被廢，由梅西德另一個兒子阿布杜哈密繼位（一八七六—一九〇九在位），期間，阿布杜哈密把自己的弟弟穆罕默德．雷夏特軟禁於後宮，直到他死後，穆罕默德．雷夏特才以六十五歲的年紀登基（一九〇九—一九一八在位），最後是末代蘇丹瑪哈姆．瓦西敦丁（一九一八—一九二二在位）。

不倦地閱讀書本，從中擷取「有用的思想」，希望能夠藉此堅持自己所執著的夢想，並在不遠的將來建立起一個更為幸福快樂的鄂圖曼帝國，實現這些思想；不僅這樣，他也希望能夠藉此保持心智健全，為此他離開了位於博斯普魯斯海岸邊的宅邸，拋妻棄子，揮別過往的習慣和物品，甩掉所有能讓他想起過往愚蠢幼稚生活的事物，然後他搬到狩獵小屋來，在這裡度過接下來的二十二年又三個月。這棟狩獵小屋坐落在山坡上，一百多年後，此地將覆蓋在馬路下，鋪上街車軌道，樹立起一棟棟黑暗嚇人、受各種西方風格影響的公寓大樓，以及男女學校校舍、一間警察局、一座清真寺、一間服飾店、花店、地毯店及洗衣店。小屋四周是高高的圍牆，一方面讓蘇丹方便監視他危險的弟弟，另一方面保護王子不受外界的紛擾，而越過高牆所看見的高大栗樹和梧桐樹，一個世紀後將會被黑色的電話纜線纏滿枝葉，被裸女雜誌釘滿樹幹。小屋裡唯一可聞的聲響，除了多年後依然流連不去的烏鴉群的尖叫聲外，只有軍隊演習的噪音，以及遇到風從陸地吹往海洋的天氣裡，從對面山坡的兵營傳來的音樂。待在小屋的最初六年是他一生中最快樂的時光，這句話王子講過了不下千遍。

「因為那段時間，我純粹專注於閱讀。」王子常常說：「我只夢想我所讀到的種種。這六年來，我的生命中只有那些作家的思想和話語。」接著他又補充：「不過，整整六年來，我絲毫無法做我自己。我不是我，而或許那就是我得以快樂的原因。問題是，一個蘇丹快不快樂並不重要，重要的是做他自己！」每次他回憶起那六年的快樂時光，口氣裡總帶著痛苦與渴望；接著他會再次重複一句書記員寫過上千遍的話：「每個人，不單單是蘇丹，最重要的都是要做他自己。」

王子曾經口述道，在那六年即將來到尾聲的某一天傍晚，他清楚地頓悟了他所謂一生的發現及目標。「某個快樂的晚上，我正一如往常地幻想自己登上了鄂圖曼王位，對著某個試圖干預國家事務的笨蛋破口大罵。正當我想像自己『就如伏爾泰所言』地斥責那個笨蛋時，我僵住了，驚覺自己陷人窘境。

彷彿我幻想的第三十五位鄂圖曼蘇丹並不是我，而是伏爾泰；彷彿那不是我，而是一個扮演伏爾泰的人。剎那間，我才了解到，若一個蘇丹不是自己而是別人，會是如何恐怖——一個蘇丹，握有千萬人的性命，掌控數不清的事務，統理一片在地圖上似無邊際的國土。」

日後王子還會拿其他的故事來解釋這頓悟的剎那，但書記深知，在靈光乍閃的一刻後，接下來的總是同樣的兩難：一個能決定千萬人生死的蘇丹，在腦海中思忖著別人的詞句，這是正確的嗎？一個未來將統治世界上最偉大帝國的王子，是否應該純粹依照自己的意志行事？一個人若滿腦子縈繞著別人的思想，如同噩夢般揮之不去，那麼他可以算是個蘇丹嗎？或者，只是個影子？

「等我想通我必須不做別人而做自己，不是影子而是真正的蘇丹時，我才了解到我應該甩脫所有的書本，不僅是這六年間所讀的，而是整輩子裡讀過的。」王子說著說著準備開始敘述接下來十年生活的種種。「倘若我想成為自己而非別人，那麼我就必須拋棄所有的書籍、所有的作家、所有的故事及所有的聲音。這花了我十年工夫。」

於是，王子開始向書記口述，他是如何一本本擺脫那些曾經影響過自己的書籍。書記寫下王子在小屋裡燒毀了伏爾泰全集，因為讀了愈多他的作品，王子便益發感覺自己是個有智慧、無神論、詼諧且機智過人的法國人，而不是自己。書記繼續寫到，接下來小屋裡清空了叔本華的作品，因為它們讓王子變成一個隨時隨地、日以繼夜會去思索自己的意志的人，而這位悲觀的人物，這位德國哲學家，絕不可能是有朝一日要登上鄂圖曼王位的王子。當初花費大筆金錢購得的盧梭全集也被扔出了小屋，撕成了碎片，因為它們把王子變成了一個赤裸裸面對自己的野蠻人。「我把法國思想家全燒了——認為世界是理性之地的戴爾圖、迪帕賽、莫瑞里，以及持相反意見的布里修特——因為閱讀他們的過程中，我看不見自己身為未來的蘇丹，而是一個譏誚好辯的教授，總是企圖駁斥前輩思想家的荒謬觀察。」王子經常這麼說。他燒掉了《一千零一夜》，因為書中那些微服出巡的蘇丹不再適合現今的時代，不再適合王子未來要扮演的角色。他把《馬克白》也燒了，原因在於每次讀這本書，都讓他覺得自己是個軟弱的懦夫，不在乎為了爭奪王位而血染雙手，更糟的是，他不僅不引以為恥，甚至從中獲得一種充滿詩意的驕傲感。他把魯米的《瑪斯那維》丟出小屋外，因為每當他閱讀這本書亂無章法的內容，被其中的故事給混淆時，他就變成了某個苦行聖人，樂觀地相信生命的本質便是雜亂無章。「我燒了謝伊・加里波，因為每次讀他，我就會變成一個憂傷情人。」王子解釋道，「我把波特佛里歐也燒了，因為閱讀他的作品讓我以為自己是一個想要成為東方人的西方人。伊本・佐哈尼也被我燒了，因為他讓我以為自己是一個想要成為西方人的東方人。我不想要是東方人也不想要是西方人，我不想要執迷，也不想要瘋狂，不想勇於冒險，也不想當哪本書中的人物。」最後，為了總結以上的敘述，王子會再度執著地說出那一組疊句，那書記在六年間數不清的筆記中再三寫過無數次的話語：「我想只做自己；我想只做自己；我想只做自己。」

然而他明白這並非易事。好不容易拋棄了所有的書本，終於擺脫掉多年來絮絮不休的聲音後，內心的寂靜竟讓王子難以忍受，他只得心不甘情不願地派遣一個手下進城去買新書。撕開包裝，狼吞虎嚥地讀完後，他會先對作者嘲笑一番，然後，再以憤怒的儀式處決這些書本。但儘管如此，他仍不斷聽見聲音，並忍不住模仿作者，於是他便派手下前往巴比黎尋找屏息等待他的外文書商，滿以為藉由閱讀另一種書籍可以甩脫掉這些聲音。結果他痛苦地發現只不過是以毒攻毒。「奧斯曼・亞拉列丁王子殿下在決心要做自己之後，花了整整十年對抗書本。」書記有一天這麼寫到，然而王子卻糾正他說：「不是對抗，改用『扼制』！」花了十年的時間扼制書本中傳來的聲音後，他才終於了解到，若想要成為自己，唯一的方法就是提高自己的音調，壓過書中的聲音。於是，他展開行動，聘請了一位書記。

「這十年間，奧斯曼．亞拉列丁王子殿下不僅努力扼制書本及故事，也扼制任何阻礙他成為自己的事物。」王子站在樓梯頂往下喊，補充說明。書記一如往常地寫下這句話以及後續的長篇大論，雖然這些話王子已經重複過八百遍了，但他仍帶著第一次說出口時的熱情自信與興致昂揚再次向書記口述。書記寫下，這十年間，王子不僅扼制書本，還包括周遭任何具有同等影響力的物品，原因在於，這些家具——桌、椅、茶几——透過為他帶來必要或不必要的舒適或不舒適，而讓他遠離了一己的內心私語；原因也在於，當王子瞥見菸灰缸或蠟燭臺時，他會分心岔神，無法專注於能使他成為自己的思想；除此之外，所有牆上的繪畫、茶几上的花瓶、沙發上的靠枕，都會把王子捲入他不想要投入的心理狀態；最後，所有的時鐘、碗盤、筆以及古董椅子，全都滿載了回憶與聯想，阻礙著王子成為自己的努力。

書記寫到，整整十年間，王子對各種物品除了摔的摔、燒的燒、丟的丟，想眼不見為淨之外，也努力扼制那些讓他變成另一個人的回憶。王子常說：「有時候，我深陷於一連串飛馳的思緒或是白日夢裡，可是突然間想起某個微不足道的過往瑣事，接著整段思緒就被打亂。那些陳年舊事總是如影隨行，像是一個無情的殺手追殺在後，或是一個積怨多年的瘋子，為了一段莫名的仇恨窮追不捨。」畢竟，對一個將來會登上鄂圖曼蘇丹寶座、必須把千萬百姓的生命視為己任的人而言，倘若在思緒飛騰之際忽然為了小時候吃的一碗草莓而分神，或是被某個後宮小太監的蠢話給打斷，那將是極為可怕的事。蘇丹——不對，不光是蘇丹，所有人都一樣——的責任就是做自己，具備個人的思想、意志及決心，他必須對抗那些紛亂而隨興所至的回憶碎屑，以防它們阻礙他成為自己。某一個機會裡，書記寫到：「為了期望能扼制所有污染個人思想及意志之純粹的回憶，奧斯曼．亞拉列丁王子殿下消除了整間小屋裡一切氣味的來源，丟棄所有的舊衣物及家具，隔絕任何稱之為音樂的麻醉藝術，遠離他的白色鋼琴，並把屋裡每一個房間全漆成白色。」

「然而，其中最令人難以忍受，遠勝於回憶、物品和書本的，是人。」王子躺在尚未處理掉的沙發裡，聆聽書記把剛才口述的內容念出來，聽完後他加以補充。人有百百種：他們在最不恰當的時刻登門拜訪，帶來煩人的閒話和無聊的謠言。雖然出發點為善意，但他們唯一的貢獻就是擾亂一個人的內心平靜。他們的關心帶給人的是窒息而不是安慰。他們滔滔不絕講個沒停，只是為了證明自己有事情可以講。他們告訴你許多故事，只是為了要你相信他們是有趣的人。他們藉此展現對你的愛慕而搞得你渾身不自在。或許這些都是芝麻小事，不過對於殷切渴望做自己的王子來說，他只想與自己的思緒獨處，因此每當有這些蠢人來訪、帶來無趣的閒話和無聊的抱怨後，王子總會有好長一段時間沒辦法做自己。「奧斯曼．亞拉列丁王子殿下主張，最最損害一個人自我的，乃是他身邊之人。」書記某一回寫道。而又有一次：「人最大的喜悅，在於使他人看似自己。」他曾寫出王子最大的恐懼，是在於未來登基之後，他必須與這些人建立起關係。「對於可憐、悲慘、不幸之士的同情，會影響一個人。」王子以前常說。「我們之所以受到影響，是因為與那些平凡普通的人為伍，使我們到頭來也變得平凡而普通。而那些性格特殊、值得尊敬的人，同樣也會影響我們，原因在於我們會不自覺地開始模仿他們。然而，從各方面來看，這些人是最危險的。不過，別忘了注明我已經把他們全部處理掉了，全部！再補充說，我發起戰鬥不單是為了自己，為了讓我能做自己，而是為了解放成千上萬的人民。」

多年來，為了避免受到別人的影響，他發起這場不可思議的生死交戰。然而，第十年的一天晚上，他照例在對抗熟悉的事物、他喜愛的香味以及感動他的書本，這時他往威尼斯式百葉窗縫望出去，只見月光照耀在積雪堆覆的寬闊花園裡，突然間王子明白了，他所發起的戰鬥事實上並非他個人的戰鬥，而是幾百萬苦命人民的戰鬥，他們把一生的賭注都押在逐漸崩解的鄂圖曼帝國上。書記再次把王子的話寫進筆記裡，在王子一生的最後六年中，這句話不知已講過了幾萬遍：「所有沒辦法做自己的人、只會模仿外來文化的文化，以及只會從異國故事中尋求幸福歡樂的國家都注定要衰頹、崩毀與滅亡。」於是，退居小屋等待登基的第十六年，王子決定聘請一位專屬書記。一方面，此刻的他已了解到唯有提高聲音講述自己的故事才能夠擊敗耳中聽見的外人聲音；另一方面，他逐漸明白，自己個人的內心爭戰事實上是一場「歷史性的生死交戰」、「千年難得一見的最後的戰役，關係到是否要脫去外殼、直見本性」、「歷史發展上最重要的一個停頓點，後世的史學家將視其為一個轉變關鍵」。

自從那一夜，皎潔的月光照在白雪盈盈的花園裡，讓人聯想起時間的永恆與可怕，從那時起，每天早上，王子便對著坐在桃花心木書桌前、忠實而耐心的老書記訴說自己的故事和發現。王子終將慢慢憶起，事實上多年前他就已經發現了他故事中「最重要的歷史面向」：早在他退隱至小屋前，難道他不曾親眼目睹伊斯坦堡的街道每天都在改變，只為了模仿一個不存在的外國城市？難道他不曉得，滿街悲苦的民眾，透過觀察西方遊客以及研究隨處可見的外國人照片，改變了自己的衣著打扮？難道他不曾聽過咖啡店裡的閒談？那群落魄之士夜裡聚集在陋巷咖啡店的爐火旁，不是在講述土耳其的傳統故事，而是拿報紙上的垃圾彼此教育，殊不知那些文章是二流的專欄作家從《基督山恩仇記》或《三劍客》中斷章取義，把主角的名字改成伊斯蘭姓名而成。此外，他難道不曾為了打發愉快的時光而時常光顧亞美尼亞珍本書商，翻閱他們所出版的這一類集結作品嗎？在他毅然決然展開遺世獨立的生活之前，王子難道不曾感覺到自己的臉孔也正如其他的悲苦大眾一樣，逐漸失去了從前的神祕意義？也如那些悲慘、窮困、不幸的人民一樣，陷入了平凡庸俗？「的確，他知道！」書記為每個問題寫下答案，深知這是王子想要的寫法。「是的，王子感覺到自己的臉孔也在逐漸改變。」

與書記一起工作的頭兩年——他把他們在做的事稱之為「工作」——王子叫他把一切都記下來：從他孩提時模仿的各種船笛聲和狼吞虎嚥吃過的土耳其其點心，到他作過的噩夢和四十七年來讀過的書；從他最喜歡的衣服到最討厭的衣服；從他得過的所有疾病到他接觸過的每一種動物。並且，套用他常說的一句話，他的作法是「依據他所發現的浩瀚真相來斟酌每一個字句」。每天早上，當書記在桃花心木書桌前坐定後，王子便來到他的老位子，往書桌對面的沙發上坐下，或是繞著它踱步，或是踩著通往樓上的雙向樓梯一階階走，上去又下來。或許彼此都明白王子沒有新的故事可說了，然而沉默正是兩人所尋求的，畢竟，就如王子常說的：「唯有當一個人不再有話可說時，他才最接近最純然的自己。唯有當他的敘述抵達終點時，他才能夠聽見自己內在深沉的靜寂，因為所有的往事、書本、故事和回憶全都自動關閉。唯有此時，他才會聽見自己的真實聲音從靈魂深處湧起，從存在的永恆黑暗迷宮中浮現，讓他成為自己。」

在這段等待著聲音從故事的無盡深淵緩緩浮出的日子裡，有一天，王子終於提到了女人和愛情，由於他視其為「最危險的課題」，所以他從來不曾碰觸，直到那特別的一天。接下來將近六個月的時間裡，他暢談自己的舊情人、稱不上愛情的感情、他與一些後宮嬪妃之間的「親密」關係——除了少數幾個人之外，回想起她們時他總帶著憂傷與悲憫——以及他的妻子。

依照王子的看法，這種親密關係最可怕的地方在於，就算是個毫無特色的平凡女子，也可能在你沒有設防的情況下占據你的一大片思緒。王子年輕時，結婚後，甚至在拋妻棄子離開博斯普魯斯畔的宅邸搬進小屋後的頭幾年裡——也就是說，在三十五歲以前——他從不曾為這件事煩憂，因為那時的他還不曾下定決心「只做自己」且「不受任何影響」。除此之外，由於「可悲的模仿文化」教導我們每一個人，若能愛一個女人、男孩或真主愛到忘記自我——也就是「融入愛情之中」，是一件非常值得驕傲和讚美的事，因此王子也像街上的普羅大眾一樣，始終以「墜入情網」為榮。

直到他搬進與世隔絕的小屋裡，無間斷地閱讀了六個年頭，最終體悟到生命中最重要的問題在於能否做自己，這時，王子才斷然決定小心處理有關女人的事情。確實，缺少了女人，他感到不完整。然而，也不能否認，每一個他親密交往的女人都會攪亂他的思緒，在他的夢裡流連不去，但此時的他卻渴望一切都純粹屬於自己本身。有一陣子他曾經想過，也許可以藉由與數不清的女人親密交往，使自己對愛情的毒藥產生免疫。但是，由於他懷著實用的期待來執行，希望從此愛情就如家常便飯，反而使得鎮日的激情讓他心生膩煩，因此，對於這些女人他都不太在意。後來，他慢慢地主要只與萊拉小姐一人見面，心想自己絕不可能會愛上她，因為根據他對書記口述的說法，她是所有女人之中「最平庸、乏味、清白、無害的」。「奧斯曼．亞拉列丁王子閣下深信自己不會愛上她，於是便一無所懼地敞開了內心。」一天晚上書記這麼寫到，現在他們也開始晚上工作了。「由於她是唯一一個能讓我敞開內心的女人，因此我立刻愛上了她。」王子補充道，「那是我這輩子最恐怖的一段時期。」

書記寫下那段日子裡王子和萊拉小姐在小屋會面及爭吵的情形。萊拉小姐會帶著僕人，乘坐馬車從她帕夏父親的宅邸出發，駛上半天的路，抵達小屋。接著兩人會坐下來共進晚餐，滿桌的餐點就像他們在法國小說裡讀到的那樣，他們邊吃邊談論詩詞與音樂，就好像小說裡那些優雅細緻的角色一樣。晚餐過後，當她該回家的時候，他們會陷入爭吵，就連在虛掩的門後偷聽的廚子、僕人、馬車夫也搖頭嘆息。「我們的爭執並沒有任何具體原因，」王子有一次解釋說：「我只是單單對她發脾氣，畢竟就是因為她，所以我才做不了自己，我的思想不再純粹，我再也聽不見發自靈魂深處的聲音。事情就這樣拖磨下去，直到她意外過世，而我永遠不知道她的死是不是我的錯。」

王子口述道，在萊拉小姐死後，他感到很悲傷，卻也解脫了。這一回，總是恭敬、專注、不發一語的書記，一反六年來替王子工作的慣例，好幾次主動觸及這個主題，企圖深入探究這一場生死愛戀，但王子從不予理會，只是依照自己的步調和心情來決定是否要舊事重提。

在他死前半年的某一天夜裡，王子解釋，倘若就連在小屋裡經歷了十五年的奮戰後，他都依然無法成功變成他自己，那麼，伊斯坦堡也將變成一個「做不了自己」的可悲城市，大街小巷將失去自我特色，城市裡的廣場、公園和人行道將只能模仿其他城市的廣場、公園和人行道，而路上的不幸人群將永遠無法達成做自己的這個目標。從他的言談中可以得知，他對於伊斯坦堡的每一條街道是多麼瞭若指掌，雖然他從來不曾踏出過小屋花園外一步，卻在想像中鮮明地刻印下每一盞街燈和每一間商店。他拋掉平常的憤怒聲音，改以嘶啞的嗓音說道，從前萊拉小姐每天搭乘馬車來小屋的那段日子，他常花費很長的時間幻想著馬車穿梭在城市街道的景象。「在那一段奧斯曼．亞拉列丁王子殿下極力渴望做自己的日子裡，他經常用上整整半天光景，幻想著一赤一黑兩匹駿馬拖著一輛馬車，從庫魯謝米一路駛向小屋。等兩人一如往常用餐完畢、爭吵結束後，王子會花上剩下的半天時間，想像馬車沿著同樣的大街小巷，蜿蜒穿梭，載著淚眼汪汪的萊拉小姐返回帕夏父親的宅邸。」書記以他慣有的細膩筆跡一絲不苟地寫下。

王子死前的一百天，他又開始在腦中聽見了別人的聲音與故事，為了壓制這些雜音，怒氣沖沖的王子列舉出潛藏在自己體內的各種角色，無論他是否知情，他們就如同第二個靈魂般一輩子附著在他的體內。他靜靜地敘述所有的角色，說自己如同抑鬱的蘇丹被迫每晚變裝一樣，必須扮演這些不同的身分。其中他唯獨偏愛一個角色，因為那個人愛上一個秀髮散發著紫丁香芬芳的女人。由於書記曾經一遍又一遍地反覆閱讀王子口述的字句，六年來的工作讓他一點一滴地得知、了解、而取得了王子過往記憶的最枝微末節，所以書記非常清楚，那位秀髮散發著紫丁香芬芳的女人就是萊拉小姐。理由是，他記得自己有一次寫下一個故事，是關於一個忘不了紫丁香芬芳而迷失了自我的情人，他永遠無法肯定那位秀髮散發紫丁香氣息的女子是意外身亡，還是因他犯的錯誤而死。

帶著超越病痛的狂熱，王子把他與書記共事的最後幾個月形容為一段「貫注工作，貫注希望，貫注信仰」的時期。這段快樂的時光裡，王子清晰地聽見腦海中的一個聲音，透過這個聲音，他從早到晚口述故事，說得愈多，他就愈是自己。他們工作到深夜，然後書記會乘坐在外頭等候的馬車回家，無論前一天忙到多晚，隔天一大早，他就會回到桃花心木書桌前的位子上。

王子逐一述說故事，關於那些因為找不到自我而崩毀的王國，因為模仿別人而滅絕的種族，因為無法過自己的生活而消失無蹤的異域部落。伊利里亞人由於選不出能夠以堅毅的人格教導人民做自己的國王,因而從世界的舞臺退場。巴別塔的崩毀，並非如眾人所言是因為國王尼祿挑戰了上帝的權威，而是由於他投注一切來興建此塔，耗盡了所有使巴別塔得以獨樹一幟的資源。游牧民族拉比底亞在邁入農村經濟之際，受到交易往來的安提坡民族的引誘，投入盲目的競爭，從此失去蹤跡。薩珊王朝的滅亡，根據大巴里的《歷史》所述，要歸咎於最後的三位統治者（荷米茲、柯蘇如、雅茲迪格），他們沉迷於拜占庭、阿拉伯與希伯來文明，一輩子不曾有一天能夠做他們自己。利地亞在首都沙迪斯建造起第一座蘇錫安風格的神殿後，短短五十年的時間裡，輝煌的利地亞王國便衰敗滅亡，退出了歷史的舞臺。瑟比瑞安這個民族，就連今日的歷史學家也不復記憶，原因在於他們不止遺忘了自己的過去，而且就在他們的國家即將要建立為一個亞洲大帝國時，大家也跟著淡忘了自己之所以為瑟比瑞安人的奧祕，全國人民彷彿感染了瘟疫般，一窩蜂穿上了薩瑪爾坦的服飾，背誦起薩瑪爾坦的詩歌。「米底亞人、帕夫拉哥尼亞人、塞爾特人，」王子接著說，書記立刻搶在他的主人之前補充說：「因為無法做自己而滅亡絕跡。」深夜裡，在筋疲力竭地說完了各種死亡與毀滅的故事後，他們聽見夜闌人靜的屋外傳來夏蟬的鳴叫。

秋天來臨，深紅色的栗子樹葉開始落進青蛙低鳴的蓮花池塘，某個風大的日子裡，王子受了風寒，臥病在床，但兩人都沒有太擔心。這段期間，王子滔滔不絕講述著，倘若他尚無法找到自我就登上了鄂圖曼王位、掌握號令天下的權力，那麼，居住在伊斯坦堡陋街暗巷裡的市井小民將要面臨如此可悲的生活：「他們將透過別人的眼睛來看自己，傾聽別人的故事以支持自己的故事，迷戀上別人的臉孔而非自己的臉孔。」他們沖泡著從附近菩提樹上摘下的花朵，一邊啜飲一邊繼續工作直到深夜。

第二天，當書記上樓去，要替躺臥在沙發上發燒的主人再拿一床棉被保暖時，他突然彷彿中了魔咒般意識到，這間桌椅早已丟棄、門窗毀壞、裝潢拆除的狩獵小屋是如此地空蕩，空空蕩蕩。空無一物的房間，牆壁和樓梯間，瀰漫著夢境般一片白。其中一個空蕩的房間裡佇立著一臺白色史坦威鋼琴，全伊斯坦堡只有一臺，是王子童年時的玩具；幾十年來它沒有再發出過聲響，被徹底遺忘了。書記望著這一片白，望著白色的光芒從窗口射進小屋，彷彿落在另一個星球上，感覺好似所有的過往都已褪色，所有的記憶都已凍結，所有的聲音、氣味、物品都已消逝，就連時間也停了。手裡抱著一條無香味的白棉被走下樓，他禁不住覺得眼前的一切，王子躺臥的沙發、他工作多年的桃花心木書桌、白紙、窗戶，都像是迷你娃娃屋裡的家具，如此的脆弱、易碎、不真實。當書記把棉被披在王子身上時，他注意到主人好幾天沒刮鬍子的臉上，蒼白逐漸擴散。他頭側的小几上，擺著半杯水和幾顆白色的藥片。

「昨天晚上我夢到我母親在遠方一座陰暗濃密的森林裡等我。」王子躺臥在沙發上口述。「有水從一個紫紅色的大水罐裡泉湧而出，但非常緩慢，像是奶酒一樣。這時我才明白我之所以活下來，是因為我一輩子都堅持做我自己。」書記寫道：「奧斯曼・亞拉列丁王子殿下用盡一生等待寂靜，為的是希望能聽見自己的聲音和故事。」「等待寂靜，」王子重複。「伊斯坦堡的時鐘不該停下來，」王子說。「當我在夢中看著時鐘時，」王子開口，書記寫下，「他總覺得他在講述別人的故事。」一陣沉默。「我羨慕沙漠中的石礫，它們單單只要做自己就好，我羨慕人煙罕至的高山上的岩石，以及不為人知的山谷中的樹木。」王子滿懷熱情費力地說。「在我的夢中，漫步在我的記憶花園裡，」他開口，然後又說：「一無所有。」「一無所有。」書記小心翼翼寫下來。一段很長、很長的寂靜。接著，書記從書桌後起身，走向王子躺臥的沙發，仔細端詳主人一會後，再靜靜走回書桌後面。他執筆書寫：「伊曆一三二一年，沙邦月七日[57]，星期四清晨三點十五分，奧斯曼・亞拉列丁王子殿下，在泰斯維奇葉山丘的狩獵小屋口述完最終遺言後，溘然長逝。」然而二十年後，他又以同樣的字跡寫下：「奧斯曼・亞拉列丁王子殿下未能活著登上的王位，在七年之後，由小時候被他打過後腦勺的穆罕默德・雷夏特殿下登基，在其統治下，鄂圖曼帝國參與了世界大戰，終至步向滅亡。」

書記的某位親戚把這些記事本交付給耶拉・撒力克，而專欄作家死後，眾人在他的眾多文件中發現了這一篇文章。

57 此為伊斯蘭曆，約為西曆一九〇三年。伊斯蘭曆法是以穆罕默德離開麥加遷至麥地那開始記年（西曆六二二年），依陰曆計算，一年只有三百五十四天。沙邦月，等於西曆的八月。

36 但書寫的我

你們這些閱讀的人，仍然活在世上
但書寫的我
想必早已踏上我的旅程
走進了暗影國度

——愛倫坡《影子，一則寓言》

「是的，是的，我是我自己！」講完了王子的故事之後，卡利普心想：「沒錯，我就是我！」既然已經說出了這個故事，他更加深信他有能力做自己，也很高興終於辦到了，現在他只想衝回城市之心公寓，趕到耶拉的書桌前坐下，著手寫作全新的專欄。

他在飯店外頭招了輛計程車，坐在車子裡，司機開始講他的一個故事。由於卡利普明白人只有透過說故事才能做自己，因此他耐著性子聽司機的敘述。

似乎是在一個世紀前，某個炎熱的夏日，一群德國及土耳其的工程師為了建造橫跨博斯普魯斯海峽的黑達帕夏火車站，正把各種估量圖表攤在桌子上研究，這時，有個稚嫩清秀的潛水夫拿著一枚他找到的錢幣走上前來——他們派了幾個潛水夫到附近的海床上搜查是否有珍貴物品。錢幣上是一個女人臉孔的浮雕，一張奇異而迷人的臉。潛水夫問其中一個在黑傘下工作的土耳其工程師有沒有辦法藉由錢幣上的文字解開這張臉孔的謎，因為他自己怎麼也猜不透。年輕的工程師深受震懾，不是因為錢幣上的文字，而是由於這位拜占庭皇后臉上的迷人神情使他墜入無比的迷惘與敬畏，就連潛水夫也出乎意料。皇后的臉孔中蘊含著某樣東西，不止像是工程師天天使用的阿拉伯和拉丁字母，更恍如他摯愛表妹的容顏，他日夜夢想著娶她為妻，然而當時的她卻即將嫁作他人婦。

「是啊，泰斯維奇葉警察局旁邊的馬路封閉了。」司機回答卡利普的問題，「看來大概是他們又槍殺了誰。」

卡利普下車步行，穿過又短又窄的小巷從安洛克路走向泰斯維奇葉大道。兩路交接處，停在那兒的警車閃爍著藍燈，映照在潮濕的柏油路面上，散發出一抹慘澹、哀愁的霓虹招牌色澤。阿拉丁的店裡還亮著燈，但店門口的一塊小小空地卻籠罩在一片死寂中，如此地無聲無息，卡利普這輩子從來沒有經歷過，未來也只有在夢裡才會再遇到。

來往的車輛全停了。樹葉一動不動。沒有風。小小的空地似乎如劇場舞臺般架設起人造的燈光和音效。櫥窗裡，佇立在歌星牌裁縫車之間的假人彷彿隨時會活過來，加入警察等一群人。「是的，我也是我自己！」卡利普很想這麼說。這時，大批的警察和圍觀的群眾之中忽然爆開一道銀藍色的相機閃光燈光芒，卡利普這才逐漸意識到一件事——彷彿記起了夢中的某個剎那，或是找到了一把丟失二十年的鑰匙，或是認出一張不想見到的臉孔。離歌星牌裁縫車櫥窗幾步之外的人行道上有一塊泛著粉紅色的白斑。一個孤伶伶的身影：他知道那是耶拉。除了頭部之外，全身都覆蓋在報紙下。魯雅在哪兒？卡利普靠近了些。

可以清楚看見，在如棉被般覆蓋著身體的報紙上方，他的頭枕著骯髒、泥濘的人行道。張開的眼睛如作夢般迷濛；臉上的表情彷彿在別處神遊，安詳寧靜，像是在觀星，或是休息作夢。魯雅在哪兒？卡利普滿腦子只覺得這是一場遊戲、一個玩笑，但接著又被滿心的懊悔所取代。看不到任何血跡。他究竟是如何在尚未看見屍體之前就已明白那是耶拉？他很想說：你們知道嗎，我並不曉得原來我知道一切？在耶拉的心底、我的心底、我們的心底，都有一口井；乾燥的通風井；一枚鈕釦，紫色的鈕釦；錢幣、汽水瓶蓋、從櫥櫃後面挖出來的鈕釦。我們正在觀星，枝葉間的點點繁星。屍體似乎在要求著人們把他蓋好免得著涼。把他蓋好，卡利普心想，這樣他才不會著涼。卡利普覺得有點冷。「我是我自己！」他注意到全版攤開的幾張報紙是《民族日報》和《土古曼日報》，浸染了地上油污彩虹般的色澤。他們過去每天在這份報紙上搜尋耶拉的專欄：別著涼了。外頭冷。

他聽見警車的無線電裡傳來金屬般的刺耳人聲，呼叫巡警。長官，魯雅在哪兒，她在哪，哪裡？街角的紅綠燈茫然閃爍：綠，紅。然後又：綠，紅。然後映在糕餅店女廁所的窗戶上再一次：綠，紅。我記得，我記得，我記得，耶拉這麼說。阿拉丁店裡的燈亮著，儘管鐵捲門已經拉下。會不會是某種線索呢？巡警先生，卡利普很想說，我正在寫第一本土耳其偵探小說，如你所見，這裡有個線索：燈亮著沒有關掉。地上散布著菸蒂、紙片、垃圾。卡利普看準了一個年輕的警察，走上前去詢問他。

事件發生在九點半到十點之間。歹徒的身分不明。受害者被射殺後當場死亡。是的，他是個知名專欄作家。沒有，他身旁沒有別人。不了，謝謝，我不抽菸。是啊，警察工作真不是人幹的。沒有，死者當時沒有和任何人在一起，我非常確定。先生為什麼這麼問呢？先生從事哪一行的？這麼晚了先生在這裡做什麼？能不能麻煩先生出示一下身分證明？

趁著警官檢查他的身分證時，卡利普研究了一會覆蓋在耶拉屍體上的報紙。從遠處看得比較清楚，擺放假人的櫥窗裡散發出來的光線在報紙上灑落一抹粉紅色的光暈。他心想：警官，死者以前相當重視微小細節。對，我就是照片中的人，那是我的臉。好吧，拿回去。謝謝。我該走了。你知道，我太太正好在家裡等我。看起來大概沒什麼事吧。

經過城市之心公寓時他一步也沒有停，飛快地疾步穿越尼尚塔希廣場，才剛轉進他自己住的街道，突然間，有史以來頭一遭，一隻土色的雜種野狗竟向他咆哮起來，彷彿斥責他一般狺狺狂吠。這暗示什麼？他換走對街的人行道。客廳的燈是亮著的嗎？在電梯裡他心想：我怎麼可能會忘了？

公寓裡沒有人。沒有絲毫跡象顯示魯雅曾經回來過。屋裡的每樣物品都帶給人難以承受的疼痛，他伸手碰觸的家具、門把、四散的剪刀和湯匙、魯雅以前塞菸蒂的菸灰缸、他們曾經同桌吃飯的餐桌、很久以前他們老是面對面坐著的扶手椅，落寞、孤寂的扶手椅。這一切全是那麼令人難以忍受、悲哀。他等不及要逃出這裡。

他在街上走了很久。從尼尚塔希通往西西黎區的幾條街是他和魯雅小時候興高采烈衝向城市電影院的路徑，此刻，一旁的人行道上除了野狗翻撿垃圾桶外，完全是靜悄悄的。關於這些狗，你寫過了多少故事？而我到頭來又將會寫下多少？似乎走了好久好久之後，他沿著清真寺後方的小路繞過了泰斯維奇葉廣場，接著，如他所料，他的雙腳帶領他來到四十五分鐘前耶拉陳屍的街角。但那兒沒有半個人。屍體、警車、記者和群眾全消失不見了。透過從裁縫車展示櫥窗反射出來的霓虹燈光，卡利普看不出人行道上有任何耶拉陳屍過的痕跡。原本覆蓋住屍體的報紙，想必被細心地收拾乾淨了。車站前的一個警察依例手持機關槍在他慣常的崗位上巡邏。阿拉丁的店裡，燈依舊亮著。

抵達城市之心公寓時，他感到一股少有的疲憊。耶拉的公寓，如此忠實地模擬著過去，看起來是那麼奇異而熟悉，又令人心碎，就如同一個多年征戰冒險後返鄉的士兵眼中的老家。過去竟是那麼遙遠！雖然他才離開這裡不到四個小時。往事如睡夢般誘人。他像個愧疚而無辜的孩子，幻想著自己或許能夢見檯燈下的報紙專欄、照片、謎、魯雅，以及他所尋覓的什麼東西，於是便爬上耶拉的床，墜入夢鄉。

醒來的時候，他以為是星期六早晨，但其實已經是星期六中午了。今天不用上班或開庭。他連拖鞋也沒穿，就跑到門邊去拿已經塞進門縫的《民族日報》：耶拉・撒力克遇害身亡。頭條大刺刺地橫跨刊頭上方。他們登出了一張屍體用報紙蓋上前的照片。他們給了他一整個版面，並引述了總理與其他官員乃至於社會名人的話。他們把卡利普所寫的、標題為「回家」的文章特別框起來，注明為「最後一篇專欄」，並放上一張耶拉的近照，照片拍得不錯。根據異議人士的說法，槍擊的動機是為了民主、言論自由、和平云云，那些人一有機會就喜歡提起的好理由。針對行凶者的搜捕行動已經展開。

穿著睡衣，他坐在溢滿紙張和剪報的書桌前，抽著菸，抽了很久很久。然而當門鈴響起時，他卻覺得自己前一個小時好像都在抽同一根菸。是佳美兒。她手裡拿著鑰匙站在原地，見鬼似地瞪著卡利普。一會兒後，她終於跨步進房，蹣跚地走向電話旁的安樂椅，才剛坐下來，她就立刻放聲痛哭。大家都以為卡利普也死了。這幾天來大家擔心他們擔心得要命。她一看到早報的消息，就馬上跑到荷蕾姑姑家去。半路上她看見阿拉丁商店的門口圍了一群人，這時她才知道，稍早前的清晨，在店裡面找到了魯雅的屍體。似乎是阿拉丁早上開店的時候，發現魯雅的屍體躺在洋娃娃之中，彷彿在熟睡。

讀者啊，親愛的讀者，讀到本書這裡，請容許我在把這些字句交給印刷工人之前，至少介入這麼一次，我畢竟在前面是那麼小心翼翼地試圖把敘述者和主角區隔開來，並且把報紙的專欄和描述情節的篇章劃分清楚——花費了好一番工夫，你或許早已觀察到了——雖然效果不盡理想。有些書中的某幾頁文字之所以深深烙印在我們心底，讓我們一輩子難以忘懷，並不是因為作者的技巧精湛，而是由於「故事似乎有生命」、「自己寫出了自己的故事」。留在我們腦海中、內心深處、或任何地方的這些篇章，對我們的意義並非某位藝術大師的驚世創作，而是溫柔、感人、憂傷的片段，許多年後我們會依然牢牢記憶，就如同我們自己生命中的高低起伏，或甚至是更超然的感動。所以，這麼說吧，倘若我是個一流的文人，而非只是現在這樣一個初出茅廬的專欄作家，我將能信心滿滿地預測，在我這部名為《魯雅與卡利普》的作品中，這兒將會是令我敏感而聰慧的讀者永難忘懷的其中一頁。但我並沒有如此的把握；畢竟我是個實在的人，知道自己擁有多少才華，作品又有多少分量。因此，我想還是讓讀者你獨自體會這一頁。最好的方法或許是，乾脆讓我建議印刷廠把後面幾頁用油墨全部塗黑。如此一來，你或許能運用自己的想像力，創造出我的文字無法忠實傳達的故事。如此一來，當我接續這裡被打斷的故事，敘述那場正在降臨的黑色之夢時，我或許能描繪出它的墨漆色澤。我只是想提醒你，當我告訴你接下來的種種時，我的心裡一片寧靜，像個夢遊者。所以，請你，把接下來的篇章，黑色的篇章，就看作是一個夢遊者的日記吧。

佳美兒幾乎是一路從阿拉丁商店跑到荷蕾姑姑家。屋裡面每個人都在哭，大家都以為卡利普也死了。佳美兒最後終於洩露了耶拉的祕密：她告訴他們，耶拉這些年來一直躲藏在城市之心的頂樓公寓裡，魯雅和卡利普上個星期也待在那裡。這再度讓大家以為卡利普也和魯雅一樣死了。稍晚，當佳美兒回到城市之心公寓，以斯梅告訴她：「上樓去看一看！」她拿著鑰匙來到樓上，一股奇異的恐懼襲來，使她遲遲不敢開門，但隨之而起的是一種或許卡利普還活著的預感。她穿著一件卡利普常看到她穿的開心果綠的裙子，繫著一條髒污的圍裙。

一會兒，當卡利普來到荷蕾姑姑家，他看見荷蕾姑姑穿著連身裙，布料的底色是同樣的開心果綠，上頭紫色的花朵綻放。這純粹是巧合，還是暗示著整個世界就如記憶花園般神祕魔幻？卡利普告訴母親、父親、梅里伯伯、蘇珊伯母，以及在場每一個含淚傾聽的親友，告訴他們他和魯雅五天前就從伊茲密回來了，然後花了大半的時間在城市之心公寓裡陪耶拉，有時候甚至在那兒過夜：耶拉好幾年前買下了頂樓的公寓，但始終不讓別人知道。他之所以躲藏起來，是因為有人在恐嚇他。

下午稍晚，面對著國家調查局的探員以及搜集證詞的檢察官，卡利普把同樣的故事又講了一遍，他提到電話中的聲音，並且詳盡地說明了一番。但他沒有辦法讓面前的兩個人——坐在那裡，帶著一副無所不知的神態，聽他說話——信服自己的故事。他感到無助，就好像一個甩不掉腦中的幻想、可又無法說服別人相信的人。他心中是一片漫長而深沉的寂靜。

傍晚的時候，他發現自己置身於瓦西夫安靜的房間裡。或許因為這是屋裡唯一沒有哭泣聲的房間，所以他依然能在這裡看到往日痕跡，不曾受到任何侵擾，訴說著如今只屬於過去的一個幸福家庭：因為「近親結婚」而畸形的日本金魚在魚缸裡安詳地悠游。荷蕾姑姑的貓咪煤炭趴在地毯邊緣伸懶腰，一邊心不在焉地打量著瓦西夫。坐在床角的瓦西夫正在檢視手裡的一疊紙張。那是弔慰的電報，來自於各地幾千幾百個人，上自總理，下至最卑微的讀者。卡利普望著瓦西夫的臉上流露出訝異而嬉鬧的神情，曾經，當他擠在卡利普和魯雅中間、坐在同樣的床角一起翻看舊剪報時，他也是這副表情。房間裡光線昏暗，一如從前他們每次待在這裡等待奶奶——後來是荷蕾姑姑——為他們準備晚餐時。低瓦數的燈泡散發出令人昏昏欲睡的光芒，恰如其分地融入褪色的舊家具和舊壁紙中，讓卡利普聯想起他與魯雅共度的生命低潮，悲傷如同不治之症般在他全身上下蔓延。那些痛苦與憂愁如今已成為美好的回憶。卡利普請瓦西夫從床角起身。他關上燈，然後連衣服都沒脫就往床上一躺，像是一個打算哭到睡著的孩子。他整整睡了十二個小時。

隔天，在泰斯維奇葉清真寺所舉行的葬禮上，卡利普找到機會和總編輯談了一會。他解釋說耶拉其實還有好幾箱尚未發表的作品，儘管上星期他只交了幾篇新專欄，但事實上他的寫作從未間斷。他把下層抽屜裡的幾篇專欄草稿重新修潤了一番，又好玩地寫了幾篇他從未觸碰過的新鮮題材。總編輯說，他當然願意在耶拉的老版面上刊登這些文章。於是，卡利普的文學之路就這麼鋪好了，往後幾年，他將在耶拉的空間裡繼續下去。群眾步出了泰斯維奇葉清真寺，走向尼尚塔希廣場，靈車正停在那裡等待。半路上，卡利普看到阿拉丁心不在焉地站在店門口旁觀。他手裡拿著一個洋娃娃，正準備用報紙包起來。

卡利普第一次夢見魯雅與這個洋娃娃在一起，是在他把首批耶拉的新作送到《民族日報》編輯室的那天夜裡。把耶拉的文章遞交出去後，他聽了一會眾人的安慰和謀殺理論——這些人有朋友也有敵人，包括了老專欄作家涅撒提——最後走進耶拉的辦公室，開始閱讀過去五天來堆在桌上的報紙。報上充滿了無數引人落淚和過度褒揚的訃聞，以及土耳其當代歷史上類似的凶殺案件：這些文章傾向於把罪過推給亞美尼亞人、土耳其黑手黨（卡利普忍不住想用綠筆改成「貝佑律幫派」）、共產黨員、香菸走私販、希臘人、基本教義派宗教分子、極右派、俄羅斯人、拿克賀教派。其中有一篇由一名年輕記者所寫的文章，探討凶手的「犯案手法」，引起了卡利普的注意。葬禮隔天刊登在《共和國報》上的這篇文章，簡短而明白，但卻運用了稍微誇張的敘述風格。其中的角色不是以姓名而是以他們的身分來稱呼，並用首字母大寫標明出來。

名專欄作家和他的妹妹，星期五晚上七點離開專欄作家的公寓，前往皇宮戲院。電影的片名叫做「回家」，於九點二十五分散場。專欄作家和妹妹——嫁給一位年輕律師（這是卡利普第一次在報紙上看到自己被提起，就算只是附加說明）——也在散場後的人群中。過去十天來已成為伊斯坦堡日常規律的風雪儘管平息了，但天氣依然很冷。他們穿越總督路，從安洛克走到泰斯維奇葉大道。晚上九點三十五分，就在他們來到警察局正對面時，死亡尾隨而至。凶手用的是一把配給退休軍事人員的克勒克卡萊製手槍，極有可能原本瞄準名專欄作家，但意外地擊倒了兩人。或許是扳機卡住了，他所發射的五顆子彈有三顆擊中了專欄作家，一顆打到妹妹，另一顆則射進了泰斯維奇葉清真寺的牆壁。由於有一顆子彈命中心臟，專欄作家當場死亡；另一顆子彈擊碎了他放在外套左邊口袋裡的筆——所有的記者都針對這件巧合而大肆渲染——這也是為什麼專欄作家的白襯衫上沾染的綠色墨水比鮮血還多。左肺嚴重受創的妹妹，從槍殺現場掙扎著走到對街的雜貨店，無視於位於相同距離的警察局。寫這篇文章的記者自以為是握有關鍵錄影帶的偵探，一再重複播放同一段影片，一再描述妹妹是怎麼樣蹣跚走進阿拉丁的雜貨店，而店主人又是如何沒有看到她走進來，因為當時他躲在一棵高大的栗子樹幹後面，被擋住了視線。妹妹跨進店裡，拖著緩慢的腳步，最後癱倒在角落的一堆洋娃娃中。文章寫到這裡，卡利普開始覺得好像在描述閃光燈下的芭蕾舞劇。但接下來，影片猛然向前快轉，變得荒謬無比：店主人原本正忙著在打烊時間拿下他掛在栗子樹幹上的報刊雜誌，聽見槍響，嚇得躲到樹後，沒有注意到妹妹走進店裡，手忙腳亂地拉下鐵捲門逃離現場跑回家去。

儘管阿拉丁的店裡燈亮了一整夜，然而在附近調查的警察或圍觀的群眾卻沒有半個人想到要進去看看，沒有半個人知道一個年輕女子正在裡頭痛苦死去。同樣的情形，相關單位也感到不解，槍擊案發生時，站在對面人行道上巡邏的員警竟沒注意到現場有兩個人，更別提主動搜尋了。

凶手逃逸無蹤。有一位市民主動向有關單位提供線索，他說，就在事件發生之前不久，他出門去阿拉丁的店裡買樂透彩券，瞥見一個陰森恐怖的人影，穿著一身奇裝異服，披著怪異的斗篷，像是從古裝劇裡走出來的人（「看起來有點像征服者瑪哈姆蘇丹」），回家後他便滔滔不絕向太太和小姨子講這件事，而那時他甚至還不知道發生了槍擊案。文章的最後，年輕的記者期盼這條最新的線索不會再度淪為怠忽職守和能力不足之下的犧牲品，就如同隔天早晨被發現死在洋娃娃堆裡的年輕女子。

那天夜裡，卡利普夢見了魯雅，置身於阿拉丁商店的洋娃娃堆之中。她沒有死，而是在黑暗中與洋娃娃一齊輕柔地呼吸，眨眼，等待著卡利普。然而卡利普遲到了，他怎麼樣就是到不了那兒。他唯一能做的，只是站在城市之心公寓裡，望出窗外，透過淚水，看著燈光從阿拉丁商店的窗戶流瀉而出，映在積雪的人行道上。

二月初的一個晴朗早晨，卡利普的父親告訴他，梅里伯伯收到了西西黎地政事務所寄來的回覆，資料證明耶拉在尼尚塔希的某條後巷裡還擁有另一間公寓。

梅里伯伯和卡利普帶著鎖匠來到公寓。它位於尼尚塔希其中一條舊巷子裡，是那種老舊的三、四層樓建築的頂樓。建築物的外牆已被煤煙燻黑，油漆如同沒有藥醫的皮膚病般不斷剝落，前方的馬路是由長石板鋪成，人行道上坑坑洞洞。每當走在這種樣子的街道，卡利普總忍不住懷疑為什麼有錢人竟然想要住在如此惡劣的環境？或者反過來，為什麼住在如此惡劣環境的人竟然可以算是有錢人？門上沒有標示屋主姓名，鎖匠沒有費多少工夫，輕輕鬆鬆便打開了老舊的門鎖。

公寓裡面有兩間狹小的臥室，各擺了一張床。外面則是一間靠馬路有採光的小客廳，正中央擺了一張餐桌，左右各有兩張安樂椅。桌子上散布著有關於近來謀殺案的剪報、照片、電影和運動雜誌、像是《牛仔湯姆》和《德州》的最新一期等等卡利普小時候看的兒童漫畫、偵探小說，和一疊疊紙張及報紙。看見一個銅製大菸灰缸裡堆滿了開心果殼，卡利普心裡不再懷疑：魯雅的確曾坐在這張桌子邊，待了好一陣子。

走進想必是耶拉的房間裡，朝卡利普迎面而來的是一盒盒的記憶：名叫「助憶寧」的補腦藥、血管擴張劑、阿斯匹靈及火柴盒。而魯雅房裡的景象則讓他意識到，他的妻子離家時並沒有隨身帶走多少東西：一些化妝品、她的拖鞋、沒有掛上鑰匙的幸運鑰匙圈，以及背面是鏡子的髮梳。卡利普望著這些物件，在這空空蕩蕩、家徒四壁的房間裡，擺在床邊的那張曲木椅子上，他看了好久好久，有一剎那甚至恍神產生幻覺，覺得自己捕捉到了這些物品向他展示的第二層意義，掌握住了隱藏在這個世界背後的、受到壓抑的祕密。「他們來這裡講故事給彼此聽。」回到客廳時他心想。梅里伯伯還因為剛才爬樓梯而氣喘吁吁的。從紙張擺在桌上的樣子判斷，魯雅當時正在記錄下耶拉口述的故事，而耶拉顯然是坐在梅里伯伯此刻所在的左邊椅子上，魯雅則是坐在對面現在空著的椅子上，傾聽他說話。卡利普把耶拉的故事收進口袋裡，以後寫《民族日報》的文章會用得上。然後，針對梅里伯伯有權知道的答案，他態度溫和地提出了解釋：

耶拉長期以來一直為一種嚴重的記憶喪失症所苦，這個疾病是著名的英國醫生科瑞基所發現的，但他始終找不出治療的方法。為了不讓任何人知道他生病，耶拉於是躲進這些公寓裡，但時不時會尋求魯雅和卡利普的協助。為了幫他，有時候魯雅或卡利普會來這裡過夜，聆聽耶拉的故事，甚至偶爾替他抄寫下來，以幫助他喚醒回憶，重組過去。外頭開始下雪之後，耶拉更是不眠不休地把他無窮無盡的故事向他們傾吐。

梅里伯伯陷入沉默，彷彿這一切他再明白不過。接著他哭了。他點起一根菸。他有一陣輕微的氣喘發作。他說耶拉一直就是這麼固執。他之所以個性變得這麼死硬，是為了要報復整個家族把他踢出城市之心公寓，報復他父親再婚時母親所受的不公平待遇。但他父親其實很愛他，至少絕不亞於魯雅。如今他一個孩子也沒有了。啊，不，卡利普現在是他唯一的兒子了。

眼淚。沉默。陌生環境裡的內部聲響。卡利普很想告訴梅里伯伯，走吧，去街角的店裡買瓶茴香酒，然後回家。但相反地，他卻問了自己一個他永遠不會再去想的問題。這個問題，如果有些讀者只想放在自己心底，那麼最好跳過（這一段）：

盛開在記憶花園中的，是什麼樣的故事、回憶和童話，讓魯雅和耶拉覺得必須排除卡利普？是因為卡利普不會說故事？是因為他沒他們好玩有趣？是因為有些故事他根本聽不懂？是因為他對耶拉的過度仰慕掃了他們的興？是因為他們想逃離他身上有如傳染病般的頑固憂鬱？

卡利普注意到，魯雅把一個塑膠優格碗放到暖氣的閥門下方，就像她在家裡時那樣。

夏天快結束之前，卡利普搬出了他與魯雅所租的公寓——所有的家具都充滿著難以言喻的疼痛，他沒有辦法待在這個瀰漫著魯雅回憶的地方，太教人難以承受——搬進耶拉在城市之心公寓的房子。就如同他終究無法去看魯雅的屍體，他也不想看見他們的東西被他父親賣掉或送人。他再也不能用幻想來自娛，想像他們再度一起生活，彷彿重拾一本看到一半被打岔的書。過去在夢裡他常這麼樂觀地想像，在夢裡魯雅會忽然又從某處出現，就好像她結束第一段婚姻後那樣。炎熱、窒悶的夏天似乎永無止境。

夏天結束的時候，爆發了一場軍事政變。一群小心謹慎避開政治污池的愛國人士組織起一個新政府，宣布緝拿過去所有政治謀殺案的凶手。對此，記者做出回應，在檢查制度的監督下，他們以委婉、恭謙的語氣指出甚至「耶拉．撒力克謀殺案」也有待理清。其中一份報紙——基於某種原因，並不是刊登耶拉作品的《民族日報》，而是另一家——懸賞了一筆可觀的獎金，贈送給任何能夠提供破案情報的民眾。這筆錢足夠買一輛卡車，或一小間製麵粉廠，或一間雜貨店，可以在往後的人生每個月為自己帶來一份穩定收入。在這筆獎金的推波助瀾下，「耶拉．撒力克謀殺案」之謎再度成為眾人的焦點。許多外省小鎮的軍事司令官也出動全力尋求破案，不願意錯過這個讓他們出名的最後機會。

我的文字風格大概已經向你透露，此刻又是我，那個敘述一切經過的人。當栗子樹再次吐露新芽的那段日子，我從一個憂鬱的人逐漸轉變成為憤怒的人。外省記者把各種小道消息傳到了伊斯坦堡，宣稱

「調查行動正在暗中進行」，然而對此，那個憤怒的我並沒有太過留意。這星期他讀到凶手已在山區小鎮落網，但上個星期他卻聽說一輛滿載足球選手和球迷的公車在那個小鎮外墜落峽谷，而凶手就在這場意外事故裡；隔一週後，卻發現嫌犯在一個海邊城鎮被捕，當時他正引頸凝望鄰國的天際線，那兒的人付給他一大筆錢犯下此案。由於這些報導不僅給平時根本不敢想像要做線民的民眾莫大的鼓勵，也激起許許多多的軍事司令官採取積極的行動，與其他功成名就的同袍展開競爭，因此，當夏天來臨，到處都充斥著宣稱「凶手已經落網」的新聞。就是在這段期間，保安警官開始三更半夜把我叫出來，帶到他們在伊斯坦堡的總部，目的是想得到更多「資訊」以及一個「肯定的指認」。

除了實施宵禁之外，政府現在更關掉了午夜到早晨的電力，反正城市本身也負擔不起讓發電機運轉一整夜。於是，伊斯坦堡的夜晚變得一片漆黑，如同那些特別熱中於宗教、墓地廣大遼闊的偏遠小鎮一樣。恐怖的黑暗統治著夜晚，私宰場的屠夫殘暴地處決老馬，被包圍在這樣的環境裡，這個城市以至於整個國家的所有人民，我們的生活被硬生生地從中切開了兩半，迥然相異。夜半時分，我會緩緩從桌前繚繞的煙霧中起身——幾分鐘前我才以比得上耶拉才華的靈感和創意完成了最新一篇專欄——步下陰暗的樓梯，離開城市之心公寓，踏上空無人跡的人行道，等待警車來載我前往國家調查局。調查局位於貝敘塔希高地，看起來很像一座高牆圍環的碉堡。城市荒涼死寂，但碉堡裡卻是生氣勃勃，熱鬧而明亮。

他們拿出許多大頭照，都是一些睡眠不足的年輕男子，一頭亂髮，神情恍惚，深深的黑眼圈掛在臉上。有些人的眼睛讓人聯想到挑水夫的黑眼珠兒子，以前當他和他爸爸一起來梅里伯伯的公寓替水箱加水時，他總會用照相機般的眼睛凝視公寓裡的所有家具，把一切印入腦海。有些人則很像那些滿臉痘子、吊兒郎當的年輕人，趁著電影中場休息五分鐘的時間跑來找魯雅，自稱是「朋友的朋友的弟弟」，完全不理會跟她一起來看電影的堂哥是否在旁邊，或是魯雅正津津有味地品嘗著潘吉雪糕。另外有一些人，像是和我們同齡的店員，透過男性服飾店半掩的門，睡眼惺忪地望著著返家的小學生。還有一些人——這是最可怕的一種——他們不像任何人，絲毫不會讓人聯想到任何人或任何事情。這些空洞的臉孔，襯著警察部門那沒有粉刷、污穢、黏了不知道什麼髒東西的牆壁，看起來令人毛骨悚然。常常我從記憶的迷霧中隱約辨認出一個朦朧的陰影，不完全清晰但也不完全模糊。而每當我遇到這種躊躇難行的時刻，站在一旁的冷酷探員就會鼓勵我，給我一些暗示，提示大頭照中那張鬼魅臉龐的身分：這個小鬼頭，多虧密報，被我們在席瓦斯的一間右翼咖啡店裡給逮到，身上背了四件凶殺案；這個連鬍子都還沒長齊的小鬼，在一份擁護恩維爾·霍查的刊物中發表一段長篇大論，認定耶拉為實體標靶；這個外套上掉了鈕釦的傢伙，目前正從馬拉提亞被押送到伊斯坦堡，他是個老師，卻不斷灌輸他九歲大的學生們「耶拉該當被砍死」的觀念，因為他在十五年前一篇討論魯米的文章中褻瀆了一位偉大的宗教人物；這個怯懦的中年男子，看起來像個平凡的居家男人，其實是個酒鬼，在貝佑律一家酒館裡高談闊論什麼要消滅我們土地上所有的害蟲，結果正巧隔壁桌的市民滿腦子都是報紙的懸賞獎金，便靈機一動向貝佑律分局舉發他，聲稱這傢伙在列舉害蟲的名單時也提到了耶拉的名字。卡利普先生認不認識這個宿醉的酒鬼，這些游手好閒整天作白日夢的混混，這些瘋言瘋語的怪人，這些沒用的廢物？卡利普先生這幾年來，有沒有看過耶拉跟剛才一張張拿給他看過的照片中哪個恍惚或罪惡的臉孔在一起？

仲夏，當印著魯米臉孔的五千里拉紙鈔開始發行，我在報紙上讀到一篇訃聞，一位名叫法地·瑪哈姆·烏申緒的退休上校過世了。那一陣子，炎熱的七月夜晚，深夜訪談任務的次數直線上升，而放在我面前的大頭照也倍數增加。比起耶拉的小小照片收藏，在這裡我看到了更悲傷、哀怨、嚇人、不可思議的臉孔：腳踏車修理工、考古系學生、紡織機操作員、加油站服務員、雜貨店進貨員、綠松塢電影公司臨時演員、咖啡店老闆、宗教論文作者、公車收票員、停車場小弟、夜總會保鑣、年輕會計師、百科全書推銷員……他們都受過嚴刑拷問，經歷了大大小小的鞭打；他們全都望進鏡頭，帶著一副「我不在這裡」，或是「反正其實我是另一個人」的表情，掩蓋住他們臉上的恐懼和憂傷。他們似乎想藉此忘掉那沉澱在他們記憶庫深處的失落祕密——然而由於他們已忘記了它的存在，所以他們也從不曾想起它——把那神祕的知識拋入無底深井中，永遠不復返。

當初，為了想看看在這場陳舊的棋局中哪個棋子擺在哪個位置，我在全然無意識下走了幾步棋，然而如今這場棋局對我而言（對我的讀者也一樣），只是通向一場命中注定的結局。我不想再回頭，因此，我也不想再提起任何關於我看到照片中的人臉上寫著文字的事情。只不過，某一個永無盡頭的碉堡之夜（或者該稱之為「城堡」？），當我再度以同樣的肯定否決了所有呈到我面前的照片後，調查局探員——我事後才知道他是一位參謀上校——問了我一個問題：「文字，你能夠辨認出任何文字嗎？」接著他以內行人的老練口氣補充道：「我們也明白，在這塊土地上，一個人要做自己有多困難。但你不能多少幫我們一點嗎？」

一天晚上，我聽見一個身材圓胖的少校談論到，在安那托利亞地區有一些蘇非教派的殘黨仍堅信某種救主降臨的理論。他提起這個話題的口氣，並不像在報告某件祕密情報工作，而是像在闡述自己陰鬱乏味的童年回憶：耶拉曾經多次暗中前往安那托利亞，嘗試與這些「反動餘孽」接觸，並成功地與其中一群沖昏頭的人會面，地點常常不是在康亞郊區的修車場，就是在席瓦斯某個製棉被師的家裡。耶拉告訴他們，他會把審判之日的暗示藏進專欄文章裡，大家只要耐心等就好了。而在有關獨眼巨人、博斯普魯斯海峽乾涸的一天、蘇丹及帕夏易容扮裝的文章裡，便充斥著如此的暗示。

後來，有一個勤奮的警官透露說他終於解開了密碼，他一本正經地解釋道，用〈吻〉這篇文章的每一段第一個字母所組成的離合詩，就是解謎的關鍵。聽完後我很想說：「我早知道了。」不久，他們意味深長地拿給我阿亞托拉．柯海尼描述自己一生和奮鬥的著作《發現神祕》，以及當他流亡布爾薩期間，在幽暗的城市巷道裡被人拍攝到的照片。他們究竟想暗示些什麼，其實我早已心知肚明，我忍不住想說：「我知道。」有時候，他們笑談說其實是耶拉找人來殺自己，目的是為了「建立起」某種失落的祕密，或者，依他們的說法，因為「他腦袋短路」，記憶錯亂；有時候，我會在面前的照片中看到一張臉孔，酷似從耶拉的榆木櫥櫃深處找出的照片裡，那群迷惘、呆板、抑鬱的人。每當這種時候，我總想衝口而出：「我不是早知道了嘛！」我想告訴他們，我知道在博斯普魯斯海峽逐漸乾涸的時候，他聲聲呼喚的摯愛是誰；在那篇關於吻的文章裡，他捏造出來的虛幻妻子是誰；在半夢半醒之間，他所遇見的英雄又是誰？我很想說「我知道」，儘管我對他們的言論存疑，譬如，他們曾樂不可抑地回憶起耶拉專欄裡有一個賣黃牛票的傢伙，瘋狂地愛上了電影售票亭裡的希臘女孩，他們說他其實是他們局裡的便衣警察；或者，當我認真專注地盯著又一張照片，然後說我不認得這張臉時——除了因為被折磨、毆打得不成人形，使它喪失了所有的祕密與意義，也因為隔著一塊神奇的雙面鏡，被我們觀看卻看不見我們而滿臉不自在——他們便會委婉向我解釋，耶拉所說的什麼臉孔和地圖上的東西，事實上只是一個老掉牙的詐騙花招，運用低劣的技巧取悅讀者，誘拐他們以為他傳遞了一個彼此共有的祕密、一個信物、一個符號。

也許他們早已曉得我知道什麼或不知道什麼，但由於他們希望儘快了結這件事，所以他們想要徹底抹去耶拉的失落、黑暗之謎，那個我們還來不及發現就已被我們生活中的灰暗瑣屑所掩蓋的祕密。他們必須趁著懷疑還沒有在我心中——甚至所有報紙讀者和全國人民心中——開花結果之前，就先摘掉它的嫩芽。

偶爾，一個受夠了的冷酷情報員，或是一個我初次見到的將軍，或一個我幾個月前認識的瘦削檢察官，會試圖描述整個故事的來龍去脈，就像一個不具說服力的偵探，如魔術師般輕而易舉地揭開所有線索和細節的隱藏意涵，解釋給推理小說的讀者聽。在彷若魯雅的推理小說結尾的場景中，其他在場官員專心聆聽，並在面前印著「國家供應局」的紙張上做筆記，彷彿他們是一群正在為校內辯論比賽評分的老師，耐心聆聽著得意門生的珠璣箴言：凶手是某個意圖「顛覆」我們社會的外國勢力所派來的打手；意識到自己的祕密被眾人嗤之以鼻的拜塔胥和拿克胥教派，以及一些運用離合詩的古典詩詞作家、一些當代的吟遊詩人——全都自認是胡儒非信徒——他們在不知不覺中被外國勢力擺布，成為陰謀的推手，把我們的社會帶入無政府甚至是末世的狀態。不，這件謀殺案跟政治毫無牽連。要得出這個結論，一個人只要稍微回想：遇害的記者過去所寫的全是他個人的隱晦執迷，一堆非關政治的胡言亂語，不僅筆調老式而過時，文字風格更是過於冗長而難以閱讀。凶手必然是貝佑律的幫派大哥，因為耶拉把他的傳奇寫得過於誇張不實，幫派大哥自覺受到了嘲諷，心生怒火，因而親自或雇請槍手把他給幹掉。那些夜晚，不時有為了出鋒頭而自首的大學生被施以刑求以打消承認犯案的念頭，也不時有無辜的民眾在清真寺莫名被捕，被嚴刑拷打要他們吐出自白。在那段日子的某一夜，來了一位滿口假牙的鄂圖曼古典文學教授——他和調查局局長小時候一起在伊斯坦堡的舊街道與後院裡度過，街道與後院上方是一個個有格子構造的陽臺——他先簡短地發表一段關於胡儒非教派及古代文字遊戲藝術的介紹，不僅內容枯燥，還不時被笑話所打斷。接著，我勉強把故事又講一遍給他聽，聽完之後，他擺出一副吉普賽算命師的神態，解釋說：「這些事件可以輕而易舉地被置入謝伊．加里波《美與愛》一書的架構中。」不過，這位指出了兩百年前詩歌問題的教授從文學角度針對耶拉一案所提出的解答卻沒有得到重視，因為在此同時，碉堡裡有一個兩人小組正忙著檢查眾多消息人士的信件，這些信全都是在懸賞獎金的熱潮下一窩蜂湧向報社和有關當局的。

大約就在那段期間，他們做出結論，凶手是個被人告發的理髮師。他們給我看這個年約六十的瘦小男人，但我仍然認不出他來。從此以後，他們便停止召喚我來參加碉堡裡這一場又一場瘋狂的生死盛宴、神祕與權力的嘉年華會。理髮師的故事讓報紙忙了整整一個星期，從頭到尾鉅細靡遺：他先是否認犯案，接著坦承是他幹的，然後又否認，最後再度承認。原來，許多年前，耶拉在一篇名為「我必須做自己」的專欄中首度提到了這個男人。在那篇文章以及後續的幾篇裡，他描寫到這位理髮師曾經來到報社問了他幾個問題，並說這將能解開攸關東方、我們本身、以及我們存在的奧祕，然而專欄作家卻隨口用幾個笑話打發掉了。理髮師把這些笑話視為耶拉在大庭廣眾下對他的誹謗，而看到耶拉三番兩次在專欄中提起，更讓他憤恨難平。事隔二十年後，他竟看見最初的那篇專欄又以同樣的標題重新刊登，又再侮辱他一次，於是，在身邊某些人士的煽動下，理髮師決定狠狠報復專欄作家。至於煽動者的身分，不僅始終沒有查出來，甚至理髮師也一再否認有這些人存在，堅稱自己的傑作是一項「個人恐怖行動」——借用警察局教他的說法。報紙上刊登出此人被打腫的疲倦臉孔，已磨去了任何的意義和文字，過沒多久，他就受審並判刑，接著，一天凌晨，當伊斯坦堡的街頭只有悽慘的野狗無視於戒嚴宵禁而四處遊蕩時，他被吊刑處死，展現出當局的效率，以迅捷的法律執行來彰顯出迅捷的正義。

那陣子，我一方面埋首於卡夫山的題材，寫下我所記得或研究過的故事，另一方面同時也茫然地聆聽人們向我闡述的各種理論，這些人來到我的辦公室找我，意圖替整起「事件」提出合理解釋，但都沒什麼幫助。就是在這樣的情況下，一個狂熱的神學院學生告訴我，他從耶拉的寫作中分析出他就是韃迦爾，他長篇大論地解釋道，剪報中的文字充斥著關於劊子手的指涉，證實了他的推論，而既然他能夠得出如此結論，那麼凶手也必然可以；藉由殺死耶拉，凶手便超越了救世主，也就是「祂」。一名尼尚塔希裁縫師向我吐露，他過去一直在替耶拉縫製古裝戲服。就好像記不得多年前看過的電影般，我也差一點想不起原來他就是魯雅失蹤的那個雪夜、我看到待在店裡熬夜工作的同一位裁縫師。當我的老友，資料收藏家賽姆，突然現身時，我也是同樣的恍惚以對。他一方面是來跟我討論調查局的檔案資料到底有多詳盡，一方面也帶來好消息，告訴我如今默哈瑪特．伊瑪茲終於落網，那位無辜的學生隨即獲釋了。當賽姆談起〈我必須做自己〉這篇專欄，說顯然是它的標題激起殺人動機時，我卻感到離自己是如此的遙遠。對這本黑色之書而言，對卡利普而言，我正逐漸變成一個陌生人。

有一段時間，我全心全意投入法律工作和案件處理。又有一段時間，我讓一切順其自然，拜訪老朋友，與新認識的人上餐館或酒吧。有時候我注意到伊斯坦堡上空的雲朵染上了一抹奇異的黃色或灰色；有時候我則努力說服自己，城市上方的天空仍是往日的景象。午夜過後，輕鬆地解決掉當週的兩、三篇文章後——就如同多產時期的耶拉——我會從書桌前起身，坐在電話旁的椅子，伸長雙腿擱在腳凳上，等待周遭的事物逐漸幻化成為另一個世界的事物，另一個宇宙的符號。就是在這個時候，我察覺到自己記憶深處有某個往事如影子般顫動，影子飄向前來，穿過記憶花園的一道門，通向另一座花園，然後繼續又穿過第二道、第三道、第四道門，透過這熟悉的過程，我感覺我的自我開了又關，我變成了另一個人，可以愉快地與那個影子相處；而此時，當我即將開始用另一個人的聲音說話時，我及時拉住了自己。

為了避免在沒有設防的情況下憶起魯雅，我大致把生活維持在某種不是太嚴格的掌控之中，小心翼翼地避開隨時隨地都可能意外降臨的悲傷。每週三、四次，當我在荷蕾姑姑家吃晚飯，我會幫瓦西夫餵他的日本金魚，但我從來不再坐在床沿陪他一起看他拿出來的剪報。（儘管如此，我卻還是在那堆報紙中瞥見了愛德華．羅賓遜的照片印在耶拉的專欄上方，然後發現兩人之間有一種家族的共通點——他們更像是遠親。）每當時間已晚，我父親或是蘇珊伯母總會建議我早點回家，彷彿生病的魯雅正躺在床上等我，這時我會告訴他們：「說得對，我最好在宵禁前回去。」

我會避開阿拉丁商店的那條路，那條我和魯雅常走的路，繞道穿過暗巷，朝我們家和城市之心公寓的方向走去，接著再改變路線，避開耶拉和魯雅離開皇宮戲院後所走的街道，最後我發現自己置身於伊斯坦堡的陰暗巷弄裡，沿途是陌生的牆壁、路燈、文字、清真寺庭院、面目猙獰的建築，以及窗簾緊閉有如瞎眼的窗戶。經過這些黑暗死寂的符號讓我徹底變了一個人，以致當我在宵禁開始前一刻終於抵達城市之心公寓前的人行道時，看見依然綁在頂樓陽臺鐵欄杆上的破布，竟不假思索地把它當成魯雅正在家裡等我的暗示。

走過了黑暗無人的街道，看見了魯雅留在鐵欄杆上給我的信號後，我會想起我們曾經徹夜長談的話題，那是結婚三年後的某個雪夜，像一對毫無忌諱的多年老友般，我們的對話既沒有掉入魯雅的漠然深井中，我們也沒有意識到彼此之間幽幽浮現的深邃沉默。在我的鼓動和魯雅的想像力玩味之下，我們假想著當我們七十三歲時，每天會一起度過什麼樣的生活。

當我們七十三歲時，冬季的某一天我們會一起去貝佑律。我們會用存下來的錢買禮物送給對方：一件毛衣或一雙手套。我們會穿著又重又舊的大衣，上面沾染了我們的氣味。我們會心不在焉地瀏覽櫥窗，也沒有特別要找什麼，只是彼此邊看邊聊。我們會氣沖沖地咒罵，抱怨那些變來變去的事物，叨叨絮絮地念說從前的衣服啊、展示櫥窗啊、人啊，都比現在要好得太多。當我們碎碎念個不停的同時，我們會意識到我們之所以有這種行為，是因為我們太老了，對未來沒有多少期待，然而儘管如此，我們並不打算改變，仍會繼續我行我素下去。我們會去買個幾磅的糖漬栗子，並確認店家並未偷斤減兩、包裝得宜。然後在貝佑律後巷的某處，我們意外發現了一間從沒看過的舊書店，驚訝歡喜之餘，我們慶賀彼此的好運。店裡面，將能找到一些價格合理、魯雅從沒讀過或不記得讀過的懸疑小說。當我們四處探頭尋找小說時，一隻在書堆裡出沒的老貓會朝我們低吼，而敏感的女店員則會對我們微微一笑。我們會到一間布丁店坐一會，很高興買到一袋袋便宜的書，足以滿足魯雅至少往後幾個月的懸疑閱讀胃口。喝茶的時候，我們起了小小的爭執。我們之所以吵架是因為我們已經七十三歲了，而就如所有的人一樣，我們很清楚自己七十三年的生命全是徒然。回家之後我們馬上打開大包小包，我們會毫不害羞地脫下衣服，然後用我們蒼白、鬆弛的年老身軀盡情做愛，同時享用那一大包糖漬栗子配上黏稠的糖漿。我們疲累的衰老身體，如今是蒼白的顏色，看起來就像是六十六年前我們初次相遇時，兩人稚嫩肌膚的那種半透明奶油色。講到這裡，想像力始終比我生動鮮明的魯雅會插嘴說，我們將會在瘋狂的纏綿中途停下來，抽一根菸，大喘一口氣。提起這個話題的人是我，因為我直覺相信，等我們到了七十三歲，當魯雅不再有條件盼望另一種生活的時候，她終將會愛我。相反地，伊斯坦堡，一如我的讀者所知，將繼續生活在悲慘之中。

我依然偶爾會撞見她的物品，有時藏在耶拉的一只舊箱子裡，有時夾在我辦公室的東西裡，或是在某個房間，或是在荷蕾姑姑家，由於我之前莫名的忽略，以至於尚未處理掉。一顆紫色的鈕子，來自於我初次見到她時她身上穿的印花洋裝；一副所謂「摩登」的尖角鏡架，那種六〇年代歐洲雜誌裡開始出現於精明幹練的女人臉上的鏡架，魯雅試著戴了半年後就丟在一旁；黑色的小髮夾，她總是用嘴咬著一根，兩隻手把另一根固定在頭髮上；一個尾狀的蓋子，是她拿來收藏針線的一個空木鴨的蓋子，丟了好多年，始終令她耿耿於懷；文學課的家庭作業混在梅里伯伯的法律文件中，作業的題目是討論卡夫山上的神祕怪鳥「駿鷹」，回答則是原封不動從百科全書上照抄下來；幾綹她的髮絲，黏在蘇珊伯母的梳子上；一張替我列的購物清單（煙燻鰹魚、一本《銀幕》雜誌、打火機加的丁烷、寶妮榛果巧克力）；一張樹的圖畫，是在爺爺的協助下畫出來的；字母書裡的那匹馬；綠色襪子的其中一隻，十九年前我曾看見她穿著這雙襪子騎著一輛租來的腳踏車。

在我溫柔、恭敬、謹慎地把這些物品放進尼尚塔希公寓大樓前的垃圾桶，然後轉身跑走之前，我會先把它們揣在我邋遢的口袋裡，隨身攜帶個幾天，有時候一個星期，甚至——唉，好吧——好幾個月。即使在痛苦地割捨它們之後，我仍不免幻想，也許有一天，這些悲傷的物品將會伴隨著往事回到我身旁，就好像從公寓大樓的幽暗天井裡再度現身的物品。

如今，關於魯雅的一切，我所擁有的只有這篇文字，這一張張晦暗、黑色、深漆如墨的書頁。有時候當我想起書裡面其中一則故事，比如說劊子手的故事，或者某個下雪的冬夜我們第一次聽到耶拉說的「魯雅和卡利普」的故事，而我最後總會聯想到別的故事，關於一個人要做自己的唯一方法，若不是變成另一個人，就是要進入別人的故事。而我試圖放進這本黑色之書中的故事，又讓我聯想起第三或第四則故事，就好像我們那不斷延伸、向前開啟的愛情故事和記憶花園。那迷失在伊斯坦堡街頭而逐漸變成另一個人的情郎，或是那想找回自己臉上失落的祕密與意義的男人，回想起他們的故事總教我激動不已，促使我以益發濃烈的熱情全心擁抱這份新工作，也就是重述那些很舊很舊、古老塵封的故事，以至於此刻我來到了我書本的結局。最後，卡利普匆匆忙忙趕在報紙截稿前寫出最後一篇耶拉的故事，雖然坦白來說，它們的確不再是報紙上最熱門的東西了。黎明破曉前，他從書桌前起身，凝望著城市在黑暗中沉睡，心痛地想念著魯雅。我從書桌前起身，望進城市的黑暗，想念著魯雅。我們望進伊斯坦堡的黑暗，想念著魯雅。然後，在夜半時分，一股悲傷襲向我們，半夢半醒中一股顫慄攫住了我，我以為自己在藍格子棉被上又遇見了魯雅的蹤跡。畢竟，沒有什麼比生命更讓人驚奇。除了書寫。除了書寫。除了書寫。是的，當然了，除了書寫，那是唯一的慰藉。

（一九八五—一九八九）

解說——記憶的花園，城市的謎題

文／廖炳惠

年輕的律師卡利普回到家，卻發現愛妻魯雅（Rüya，在土耳其文是「夢」的意思）不告而別，因此他開始各處尋找她的下落。卡利普與魯雅是青梅竹馬的堂兄妹，他懷疑妻子是回去找她的前夫，或者與她的同父異母兄弟耶拉在一起。耶拉是媒體名人，在報紙上的專欄文章，大家爭相傳誦，而且在有關城市的書寫裡處處留下各種宗教、政治、哲學、歷史、地理的符碼，透露許多不為人知的事件。順理成章的，卡利普不斷從耶拉的舊作及稿件中尋覓愛妻的蹤影軌跡，在伊斯坦堡各角落出沒，甚至住進耶拉的房子，成為他的代言人，直到他呼喚愛妻的文章引出耶拉的老情人及其善妒的丈夫，終於逼使耶拉在三、四角戀愛的謎情關係裡遭到槍殺，而同行的魯雅也被流彈射中，香消玉殞。然而，故事並未如此簡單便結束……

《黑色之書》（原文作Kara Kitap，一九九〇年出版，英譯於一九九四年初問世，二〇〇六年又推出新譯本）受到史頓的《崔士坦・仙弟》（*Laurence Sterne, Tristram Shandy*）及波赫士（Luis Borges）的魔幻偵探小說（如《死亡與羅盤》）的影響，大致是有跡可尋，尤其史頓在他的小說裡即以整面「黑」頁去表達「不可解釋」、「無法理解」或「離奇死亡」，而且小說裡主角與敘事者托比叔叔的辯證結構，以及情節不斷節外生枝的百科辭典式援引各種看似不相干的故事，在很多細節上均令《黑色之書》的讀者有「似曾相識」的感覺。

不過，更顯而易見的是符傲思（John Fowles）的《法國中尉的女人》或波赫士的一些短、中篇小說，涉及文學與真實世界、多重敘事觀點、無以決定的結局或儼然並未發生的災難等這些「後現代」小說技巧。但是，這些影響都比不上伊斯坦堡在作者帕慕克身上所累積、沉澱的碰撞、雕砌及銘記作用。據他二〇〇四年來臺灣與我訪談的過程中坦稱：《黑色之書》有很大的成分是自傳。

二〇〇四年，他來新竹演講，我便預測他會得諾貝爾文學獎，果然他在二〇〇五年入圍，但因為政論爭議（公開譴責土耳其政府迫害屠殺百萬亞美尼亞人）而失之交臂，二〇〇六年終於有了遲來的正義，瑞典學院以「在追尋故鄉的憂鬱靈魂中，發現文化衝突跟交疊的新表徵」盛讚他的文學成就，可說實至名歸。他的成名之作一般是以《我的名字叫紅》為代表，但是他的幾本近作其實更能道出土耳其在新舊轉折、東西交界之間的變異、扭曲與調適，尤其在《雪》、《伊斯坦堡》，作家的現身說法痕跡可說俯仰皆是，而這些面向早已深植在《黑色之書》裡，也因此不少讀者均公開主張《黑色之書》是帕慕克最好的作品。

雖然書名以「黑」為準，其實色彩、聲音之繽紛、故事之錯綜，從第一章起便令人目不暇給：魯雅是在「甜蜜而溫暖的黑暗中」熟睡，但其床單、被褥與周遭的一切其實都豐富得讓卡利普無法掌握愛妻「腦袋裡此刻正上演著何種美妙的事件」。這一幕寫活了所有夫妻彼此之間的好奇、猜疑與迷情，而且也富神奇的自傳意味（帕慕克的父母結婚二十五年，最後終於離異，而他自己也與結髮近二十年的妻子分手）。在魯雅「夢境」的記憶花園裡是什麼呢？「別想，別想！如果你想，你一定會醋勁大發。」當然，愈去壓抑，醋意愈是一發不可收拾。整個故事也是在此一基調之下展開，同時不斷圍繞一些卡利普最為熟悉的親友、城市及歷史去鋪陳。

在結構上，整本小說共分三十六章，每一章均以一則或兩則引言開始，且與敘事體產生若即若離的辯證與呼應關係，這種對位安排，如在單數章，大致圍繞著卡利普的思想、記憶與境遇，而偶數章則以耶拉的專欄內容及引發的論述作用去發展，可說一動一靜，富於外延與內省之張力，同時也與卡利普的尋尋覓覓，由失落自我到坐擁或取代他人之書寫，乃至與敘事者「我」（耶拉與作者本人）呈現多元位勢的交錯、匯合。事實上，不止卡利普與耶拉的認同關係極其混淆，卡利普的老同學與舊識也告訴他：她常認為自己是魯雅。耶拉在他的專欄中更與土耳其的許多軍事政變、革命、暗殺、陰謀、迫害、祕密警察及各種監督、官檢形成神祕的先知、預防或共謀、背叛的關係，在想像與真實之間擺盪。因此，《黑色之書》的主題可說是敘事認同、文化記憶與虛擬現實的問題，而在種種的敘事認同的糾結之上，更有帕慕克本人與卡利普或耶拉的彼此融合之處。畢竟帕慕克早期修習過新聞學，也在大家族中成長，其描述的家族社區生活，乃至他所熟悉的城市百態，在這部小說裡確實有難分難解的交織層面。

故事從卡利普的童年開始，不過，謎題及無法解開的空缺、縫隙、真實比那種中規中矩的直線敘事要更加曲折、神祕，如卡利普從小讀耶拉的專欄長大，但耶拉似乎並不比他年長，而卡利普對魯雅的愛慕一直未斷，但中間有一大段卻是空白，因為魯雅曾經嫁給他人，之後又離婚，「前夫」是誰，何以魯雅如此選擇，在敘事體裡卻沒清楚交代。小說的結尾是王子說書，之後是卡利普及魯雅追憶往事，儼然魯雅在前面三十四章的活動完全不算數，可算是極其撲朔迷離。

第六章的班迪師傅所製造幾可亂真而且似乎比現實人物更加真實的「假人」，可說是帕慕克在《黑色之書》的敘事認同最具象徵意義的段落。擬態化身的「民間藝術」一方面道出敘事與社會對應模仿關係，另一方面則凸顯土耳其在「西化」或「現代化」過程中，人們紛紛「披上」西洋外衣，「相信自己也跟著變成了另一個人」，崇拜舶來的程度已經到了拋棄傳統、「重新做人」的地步：

西化的熱潮正如火如荼地展開，男士拋棄土耳其氈帽，換上巴拿馬帽，女士則摘下面紗，蹬上高跟鞋。

當今的土耳其人不想再當「土耳其人」了，他們想當別的。那就是為什麼每個人大力提倡穿著正式服裝、剃光鬍子、改良語言的發音和字母。另一名商店老闆則簡潔地指出，他的客戶其實不是要買一套衣服，而是要買一個夢。他們真正想要購買的是一個夢想，希望能變成穿著同一件衣服的「別人」。

「假人」的姿勢因而構成了土耳其的「本質」，也隨著這種風潮，所有一切都「變了樣」，失去了他們的正統純粹」，人人變得像同一個模子印出，「人們日常生活的每一個舉手投足、兒子和父親所謂『人類最偉大珍寶』的姿勢，在不知不覺中慢慢變化，消失無蹤，彷彿聽命於某位看不見的『領袖』，取而代之的是一整套從某個不知名的源頭模仿而來的動作。過了一些時日，有一天，當父親與兒子開始著手製作一系列孩童人偶時，他們才恍然大悟：『那些該死的電影！』兒子失聲大喊。」這一刀兩刃的寫法，刻繪出現代化之後土耳其的四不像的「駭怖、淒惻」及荒謬。當然，「假人」只是個文化創意的小規模民俗玩意，最可觀的西化影響及其認同位置之塑造作用則主要來自歐美電影。《黑色之書》到處瀰漫當代西方影像的情節、人物：

那些該死的電影一匣匣從西方運來，在電影院裡每個小時輪番放映，影響了路上的行人，使他失掉了自己的正統純粹。我們的同胞以不可思議的速度拋棄自己的姿勢，開始接納別人的。我不打算重述師傅兒子的每一句話，他極為詳細地解釋父親的憤怒，義正辭嚴地指責這些新潮、矯作、荒誕可笑的動作，一筆一劃勾勒出所有精雕細琢的舉止以及扼殺我們原始純真的暴力行為：鬨堂大笑、推開窗戶、用力甩門；拿起茶杯或披上外套；所有這些後天習得的做作動作——點頭頷首、禮貌的輕咳、生氣的表示、眨眼、推諉客套、揚眉毛、以及翻白眼——全都是從電影學來的。

也就是在這種現代或在西洋影像中有樣學樣的「鏡映期」（mirror phase）裡，卡利普以多種擬仿的混合敘事認同，去把耶拉、他筆下的城市及其事故，一一加以內在化，產生荒誕的新身分，增添了新的感官領悟及知覺，同時接到耶拉的「粉絲」來電，最後才發現原來這位讀者「知音」其實是不斷監督他、懷疑妻子與耶拉有染的善妒丈夫，到故事進入尾聲之時，也是因為他的槍擊，耶拉與魯雅均送命身亡。

小說中《愛麗絲鏡中奇遇》或許多傳統的故事也不斷進入錯綜的敘事認同結構中，透過名字與人物的轉換，或商店（阿拉丁）、戲院的資訊意象、乃至電話、地圖、報刊、公車……無不把未來不相干的整個串連起來，尤其將歷史記憶與個人慾望匯流。耶拉在報紙專欄為大眾解夢，讀者與他因而「一起夢見無數相同的夢境」，而且在另一個深夜裡，專欄作家「回首過去的時光，試圖攀附住一根記憶的枝枒，陡然間他想起一段過往，自己曾經在伊斯坦堡的街頭度過駭人的一天：我的整個身體，整個人，慾火焚身地想要親吻某個人的唇」。

在此一不斷擴充的敘事認同結構中，卡利普與耶拉與其他人（包括帕慕克本人）均整個交織、帶動了其情節的向前發動之驅力，而且此一敘事結構背後隱約與伊斯蘭神學及土耳其所遭遇過的戰爭歷史息息相關，一如大帕夏所說，所有符號均指向神諭，「我也和所有人一樣，立刻明白你就是祂（大帕夏開始說話）。我心知肚明，無須仰賴任何有關你的神諭、天空中或古蘭經裡的徵兆，或是字母和數字所顯現的祕密——這是千百年來的習俗。當我看見群眾臉上的勝利狂喜與歡樂時，我立刻知道你就是祂」。而且這些日常生活的作為又與內外聖戰密切糾纏：「我們要對抗的不只是『外來的』敵人，那些內在的敵人又怎麼辦呢？那些造成我們一切窮苦與折磨的主事者，那些放高利貸的吸血鬼、那些躲在人群裡偽裝成市井小民的虐待狂，他們難道不是罪人嗎？你很清楚，只有透過發起對內戰爭以抵抗內部敵人，你才有辦法給你苦難的弟兄帶來幸福與勝利的希望，不是嗎？接著，你一定也明白，你的戰爭，是沒有辦法靠伊斯蘭的聖戰士來打贏的，必須在線民、拷刑者、劊子手和警察的支援下，才贏得了這場內戰。絕望的大眾必須親眼見到造成種種苦難的犯罪者，才會相信打倒這個人將有機會為人間開創一片天堂樂土」。

在帕慕克的筆下，警察、軍隊、政府、宗教及官檢機制均有其既具暴虐、可笑而又與百姓之嗜於「被虐待」的懶性或反動性格，彼此互為因果，持續強化其歷史與政治夢魘。某種程度上，這些描述其實「預告」了帕慕克後來因為直言無忌所招惹的政治迫害及法律訴訟，也因此讓土耳其在人權上有了污點，遲遲無法被歐盟接受。他對警察的酷異觀察可說是所有第三世界（含以往的臺灣及今日的中國）均感同身受而又苦於不敢明講或暗諷的，尤其針對領導者往往透過抄襲的方式將他人的意見竊為己有：

> 有趣的是，三年前當他政治生涯最為活躍時，他曾以化名發表了一些「全球分析」，如今卻聽見總理一字不漏地複述他當時提出的政治解決辦法。可以想見「這些人士」手下有一個消息靈通的情治單位網絡，負責清查國內所有出版品，再冷僻的也不放過，然後把有需要的資訊呈報「上去」。

不但媒體與政治之間有微妙的檢查、共謀或遭官方「全面挪用」，而且，媒體其實與欺騙、國家的操弄，似乎是一體兩面：「我殺你是因為你誘拐了我們所有人，整個國家，你騙了我們，你用譁眾取寵的題材、暗示的修辭、一針見血的文筆作為偽裝，掩蓋住你無恥的夢想、可笑的恐懼、隨興所至的謊言」。也因此瑪哈姆說他有正當的理由去「公報私仇」，把槍殺耶拉此一報界名人與妻子的男友視作是為大眾「報仇」，以便國家可從虛假的妄想夢幻中重新甦醒，忘掉以往的錯誤：「整整一星期，我搜遍城市的每一吋土地，尋找你的蹤跡，終於明白唯一的解決方法：這個國家和我必須忘掉我們所學到的一切。是你自己寫的，我們最終要拋棄所有作家，經歷他們最初的殞落到最後的葬禮，直到他們永遠沉睡在遺忘的無底深淵」。不過，反諷的是耶拉的專欄也道出祕辛，是「文字之謎與謎之失落」，不斷拉開「另類的第三空間」、「黑暗角落」，帶領大家進入客觀與主觀之外的世界，穿過了虛偽，提供種種神啟般的線索，是在這種多重的體悟下，卡利普在鏡映之中，不僅看到文字的意涵及別人的面具，而且也將之普遍化，去重新體會記憶之中「所有過往的悲傷」。電影則將這種臉孔、文字及世界的意涵作了無窮的延伸與拓展。

透過這種方式的「拾荒」文字記憶及歷史殘留痕跡，敘事者將博斯普魯斯海峽所連結的東方與西方、現代與過去、自我與他人、虛構與真相，整個挖掘出來加以從內引爆或重新尋夢：「海灘上的拾荒漢，過去靠撿拾巨浪沖上沙灘的錫罐和拜占庭錢幣討生活，如今他們將發現別的東西：像是咖啡磨豆器，多年前被洪水從濱海區的木造房子裡拖出來，拋入博斯普魯斯海峽深處；上面的布穀鳥已長滿苔蘚的咕咕鐘；以及貽貝包覆的黑色鋼琴。到那時候，有一天，我將會鑽過鐵絲網，溜進這個新地獄，去尋找一輛黑色的凱迪拉克。」

這種歷史記憶與文字之謎的匯通，大概是帕慕克最為可觀的面向，特別他將鄂圖曼帝國、土耳其及許多歐美電影、小說的歷史場景一一搬出，與伊斯坦堡的男女感情或人際糾葛彼此交錯，讓《黑色之書》的每一個章節、段落都充滿了文字謎題與神妙解答。要進一步去體驗，得要讀者自己去打開這本小說了。

（本文寫於二〇〇七年，作者曾任清華大學外文系教授）

帕慕克年表

一九七九年 第一部作品《謝福得先生父子》（*Cevdet Bey ve Ogullari*）得到Milliyet小說首獎，隨即於一九八二年出版，一九八三年再度贏得Orhan Kemal小說獎。

一九八三年 出版第二本小說《寂靜的房子》（*Sessiz Ev*），並於一九八四年得到Madarali小說獎；一九九一年，這本小說再度得到歐洲發現獎（la Découverte Européenne），同年出版法文版。

一九八五年 出版第一本歷史小說《白色城堡》，此書讓他享譽全球。《紐約時報》書評稱他：「一位新星正在東方誕生——土耳其作家奧罕・帕慕克。」這本書得到一九九〇年美國外國小說獨立獎。

一九九〇年 出版《黑色之書》為其重要里程碑，此書使他在土耳其文學圈備受爭議，卻也同時廣受一般讀者喜愛。一九九二年，他以這本小說為藍本，完成Gizli Yuz的電影劇本，並受到土耳其導演Omer Kavur的青睞，改拍為電影。

一九九七年 《新人生》的出版，在土耳其造成轟動，成為土耳其歷史上銷售速度最快的書籍。

一九九八年　《我的名字叫紅》出版，奠定他在國際文壇上的文學地位，並獲得二〇〇三年IMPAC都柏林文學獎（獎金高達十萬歐元，是全世界獎金最高的文學獎）。

二〇〇四年　出版《雪》，名列《紐約時報》十大好書。

二〇〇六年　獲諾貝爾文學獎。

二〇〇九年　出版《純真博物館》，為《紐約時報》「最值得關注作品」，西方媒體稱此書為「博斯普魯斯海峽之《蘿麗塔》」。於土耳其出版的兩天內，銷售破十萬冊。

二〇一〇年　獲「諾曼・米勒終身成就獎」。

二〇一四年　出版《我心中的陌生人》，榮獲二〇一六年俄羅斯Yasnaya Polyana文學獎外語文學獎、二〇一六年曼布克文學獎入圍、二〇一七年國際IMPAC都柏林文學獎決選。

二〇一六年　出版《紅髮女子》，榮獲二〇一七年義大利蘭佩杜薩文學獎。

二〇二一年　出版《大疫之夜》。

04
帕慕克作品集
Orhan Pamuk

國家圖書館出版品預行編目資料

黑色之書／奧罕・帕慕克（Orhan Pamuk）著；李佳姍譯. -- 二版. -- 臺北市：麥田，城邦文化出版；家庭傳媒城邦分公司發行，2024.8
面；　公分. --（帕慕克作品集；04）
譯自：Kara Kitap
ISBN 978-626-310-705-2（平裝）
EISBN 978-626-310-701-4 (epub)

864.157　　113008026

黑色之書

原著書名・Kara Kitap
作者、封面繪圖・奧罕・帕慕克 Orhan Pamuk
翻譯・李佳姍
封面設計・Bianco Tsai

責任編輯・徐凡
國際版權・吳玲緯　楊靜
行銷・闕志勳　吳宇軒　余一霞
業務・李再星　李振東　陳美燕
總編輯・巫維珍
編輯總監・劉麗真
事業群總經理・謝至平
發 行 人・何飛鵬
出版社・麥田出版
台北市南港區昆陽街16號4樓
電話：886-2-25008888　傳真：886-2-2500-1951
發行・英屬蓋曼群島商家庭傳媒股份有限公司城邦分公司
台北市南港區昆陽街16號8樓
客服專線：02-25007718；25007719
24小時傳真專線：02-25001990；25001991
服務時間：週一至週五上午09:30-12:00；下午13:30-17:00
劃撥帳號：19863813　戶名：書虫股份有限公司
讀者服務信箱：service@readingclub.com.tw
城邦網址：http://www.cite.com.tw
香港發行所・城邦（香港）出版集團有限公司
香港九龍土瓜灣土瓜灣道86號順聯工業大廈6樓A室
電話：852-25086231　傳真：852-25789337
電子信箱：hkcite@biznetvigator.com
馬新發行所・城邦（馬新）出版集團
Cite（M）Sdn. Bhd.
41, Jalan Radin Anum, Bandar Baru Seri Petaling,
57000 Kuala Lumpur, Malaysia.
電話：+6(03)-90563833　傳真：+6(03)-90576622
電子信箱：services@cite.my
印刷・前進彩藝有限公司
初版一刷・2007年2月
二版一刷・2024年8月
定價・550元

城邦讀書花園
www.cite.com.tw